Ce livre est également disponible
au format numérique

www.bragelonne.fr

Bradley P. Beaulieu

Les Douze Rois de Sharakhaï

Sharakhaï – tome 1

Traduit de l'anglais (États-Unis) par Olivier Debernard

Bragelonne

Collection dirigée par Stéphane Marsan et Alain Névant

Titre original : *Twelve Kings in Sharakhaï*

Cartes :
D'après les cartes originales de Maxime Plasse

ISBN : 979-10-281-0079-7

Bragelonne
60-62, rue d'Hauteville – 75010 Paris

E-mail : info@bragelonne.fr
Site Internet : www.bragelonne.fr

Pour mes sœurs, Kim et Dawn.
Il y a tellement de vous dans ces pages,
et particulièrement à travers Çeda.
Votre force, votre affection, votre sens de la famille.

Remerciements

La liste des gens qui ont contribué à l'aboutissement de ce livre est plus longue que n'importe lequel de mes romans précédents. Pourquoi ? Parce que c'était le premier tome d'une nouvelle série. J'évoluais, je progressais et j'essayais de dépasser mes limites afin d'atteindre un public plus large (ce que j'espère avoir réussi). Ce livre marque le début d'une saga que je souhaite longue et riche, et je voulais donc qu'il frappe les esprits. J'ai par conséquent visé large et je souhaite remercier autant de personnes que possible. Je m'excuse par avance auprès de ceux que j'ai oubliés. J'ai fait de mon mieux, mais peut-être cela n'a-t-il pas suffi.

Je voudrais avant tout remercier ceux qui ont lu les premières versions, devenues les éléments du projet qui a permis de vendre les trois premiers tomes de la série. Rob Ziegler, Paul Genesse, Robert Levy, Justin Landon, Doug Hulick, Paul Weimer et Betsy Mitchell. Merci pour vos conseils qui m'ont permis de prendre le bon cap. Mille fois merci à Patrick Tracy qui m'a aidé à rédiger les poèmes épiques, un élément capital de l'histoire de ce roman, et de toute la série.

Merci à tous les membres de l'atelier d'écriture de Costal Heaven : Grá Linnaea, Rob Ziegler, Chris Cevasco, Brenda Cooper, Adam Rakunas, Kris Dikeman, David Levine, Mark Teppo. Merci d'avoir contribué à affiner ces premières pages. Merci également à mes relectrices personnelles Jennifer Linnaea et Beth Wodzinski, pour vos commentaires sur le texte original qui, avouons-le, manquait alors quelque peu de finesse.

Merci, une fois encore, à Russell Galen, pour avoir orienté ma carrière avec talent. Je ne sais pas où je serais sans lui.

Merci à Betsy Wollheim d'avoir cru en ce livre. Merci également pour vos fantastiques conseils sur le texte original et sur tout ce qu'il y avait autour. Dans ce domaine, la richesse de votre savoir est incommensurable, et je suis heureux d'avoir pu en profiter. Je vous suis redevable, à vous, à votre père et à toute l'équipe de DAW Books.

Merci à Gillian Redfearn qui a fait tant de remarques précieuses sur ce livre. Merci pour ses efforts qui ont permis de régler les problèmes tenaces (ainsi que les autres) et pour avoir préparé la sortie du roman sur le marché britannique. J'ai rarement rencontré une telle amoureuse de la littérature de l'imaginaire. Et c'est contagieux !

Marylou Capes-Platt, je m'excuse pour tous ces tirets d'incise et parenthèses, pour les ellipses et les innombrables ¶ ! Merci de m'avoir fait profiter de votre talent. Vous avez un véritable don pour rendre une histoire cohérente, sentir ce qu'un lecteur acceptera ou non, et écrire des commentaires amusants lors du travail éditorial.
Adam Paquette, merci pour cette nouvelle magnifique couverture. Votre Sharakhaï est encore plus belle et majestueuse que celle que j'avais imaginée. Et les illustrations intérieures sont tout aussi merveilleuses.
Juliette Wade, merci pour vos suggestions. J'ai toujours apprécié la sensibilité avec laquelle vous abordez de nombreux problèmes, une sensibilité que l'on retrouve dans votre critique.
Merci à Sarah Chorn à qui j'ai brusquement demandé de lire ce roman et qui a eu la gentillesse d'accepter. Il était bien avancé à ce moment, mais s'il est important d'avoir des retours sur ce qui ne fonctionne pas, il est tout aussi important d'en avoir sur ce qui fonctionne bien. Merci encore.
Aidan Moher, merci, une fois de plus, pour vos critiques et – surtout – pour votre aide en ce qui concerne le livre des poèmes, la relation de Çeda avec sa mère et les rituels autour de Çeda et des adicharas. Ces trois thèmes ont ouvert une nouvelle dimension et enrichi considérablement l'histoire.
Merci à Paul Genesse qui a lu bon nombre de mes livres, et qui connaît donc mes forces et mes faiblesses. Merci, Paul, de m'avoir poussé à corriger ce qui n'allait pas et à approfondir les passages prometteurs. Il faut que les héros soient héroïques, n'est-ce pas ? Cette histoire a pris une nouvelle direction grâce à vos commentaires. Merci de vous être battu pour elle.
Merci à Rob Ziegler qui a relu le roman alors qu'il était bien avancé. Merci d'avoir affronté cette épreuve et de m'avoir aidé à identifier tout ce qui n'allait pas.
Merci à Justin Landon qui a lu un premier jet, puis le roman entier *deux* fois ! Ce livre est bien meilleur grâce à vous. L'histoire a radicalement changé après votre première lecture, mais elle en avait besoin. Vos commentaires m'ont donné le courage de la transformer, d'approfondir le passé de Çeda, d'imaginer des intrigues parallèles, de présenter l'histoire sous de nouveaux points de vue… et bien davantage. Merci, Justin, pour vos conseils et pour avoir martyrisé l'intrigue avec moi.
Merci à mes fans, et surtout à ceux qui ont appris que je travaillais sur *Les Douze Rois* et qui m'ont encouragé. Vous l'ignorez peut-être, mais votre soutien m'a beaucoup aidé sur la longue route menant à la publication. La perspective de terminer ce roman pour le mettre entre vos mains a été d'un grand réconfort. J'espère que l'attente en valait la peine.
Dans mes livres précédents, je réservais les derniers remerciements à ma femme, Joanne, qui sacrifie (encore et toujours) une bonne partie de son

temps pour que je puisse écrire. Merci, ma chérie. Tout cela n'aurait pas été possible sans toi. Pourtant, je dois aujourd'hui ajouter mes enfants à la Liste des Personnes les plus Importantes. Merci à vous, Relaneve et Rhys, qui avez accepté de passer un peu moins de temps avec papa pour que celui-ci puisse poursuivre ses rêves.

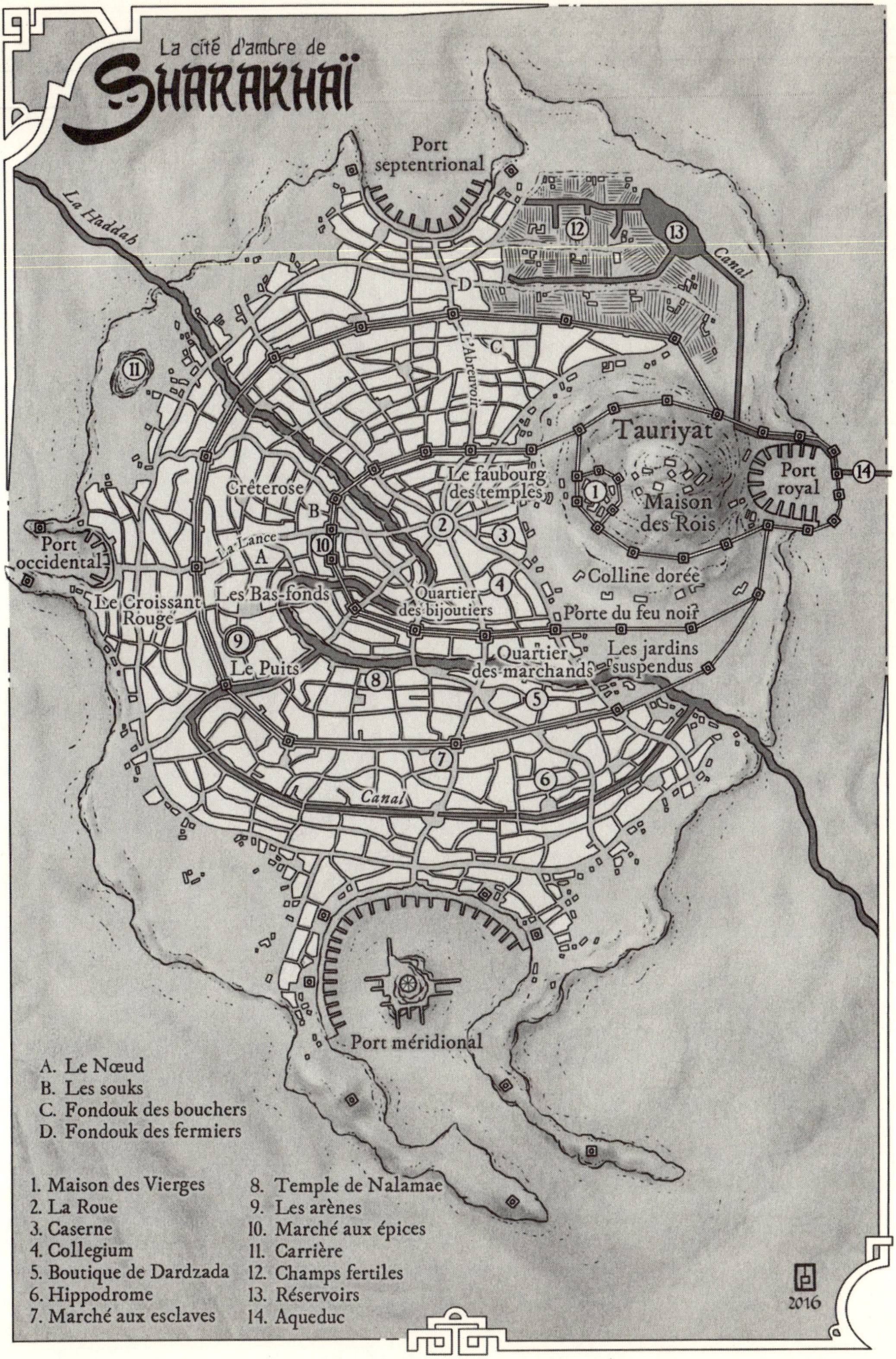
La cité d'ambre de
Sharakhaï
Port septentrional
La Haddah
Canal
L'Abreuvoir
Tauriyat
Le faubourg des temples
Crêterose
Port royal
Maison des Rois
La Lance
Port occidental
Le Croissant Rouge
Les Bas-fonds
Quartier des bijoutiers
Colline dorée
Porte du feu noir
Les jardins suspendus
Le Puits
Quartier des marchands
Canal
Port méridional
A
B
C
D
1
2
3
4
5
6
7
8
9
10
11
12
13
14
A. Le Nœud
B. Les souks
C. Fondouk des bouchers
D. Fondouk des fermiers
1. Maison des Vierges
2. La Roue
3. Caserne
4. Collegium
5. Boutique de Dardzada
6. Hippodrome
7. Marché aux esclaves
8. Temple de Nalamae
9. Les arènes
10. Marché aux épices
11. Carrière
12. Champs fertiles
13. Réservoirs
14. Aqueduc
2016

Désert du Grand Shangazi
Désert du
Qarthüm
Ganahil
Çalabïn
Baük
Samandar
Sharakhaï
Mazandír
Les Milles Terres de Kundhun
N
o
e
s
2016
0 100 200 300 400 500 600
Échelle en lieues
Ville
Caravansérail
Route de caravane

MIRÉA
Tsitsian
Rienza
Iradan
MALASAN
Aldiir
Abjahel
Bairal
Ashdankaat
GRAND SHANGAZI
Tiazet
Ishmantep
Annseri
Ur'bek
Almadan
Le dernier fort
La Haddah
QAIMIR
Viaroza

CHAPITRE PREMIER

Assise sur un banc en bois blanc, Çeda ajustait ses mitaines. Elle se trouvait sous la plus grande arène de Sharakhaï et l'air était frais, presque froid comparé à la chaleur implacable qui régnait sur la ville. La pièce était petite. Les murs étaient décorés de tuiles en céramique peintes et l'ameublement se limitait à une poignée de bancs et d'armoires en mauvais état. En général, les chiens de poussière attendaient dans une salle commune à l'autre extrémité des arènes, mais Çeda avait droit à un traitement de faveur depuis qu'elle avait remporté son premier combat, à l'âge de quatorze ans.

Par les dieux! Cinq ans déjà…

Elle serra les poings et savoura le craquement du cuir ainsi que le poids des mailles de fer qui protégeaient les articulations et le dos de ses mains. Elle vérifia les attaches de son armure. Ses grèves, ses bracelets épais, sa lourde jupe de combat et sa cuirasse. Toutes ces pièces étaient blanches, la couleur des crocs d'un loup prêt à mordre, mais elles n'étaient plus de première jeunesse, et la teinture ne parvenait plus à dissimuler le brun naturel du cuir. L'armure avait une longue histoire, un vécu au cours duquel elle avait traversé de nombreux combats. Çeda l'aimait ainsi. *Elle est ancienne, mais elle me convient parfaitement*, songeait-elle.

Elle ramassa son casque en acier brillant et le posa sur ses cuisses avant d'observer le masque de fer fixé sur la partie antérieure. Il représentait un visage de femme froide, impénétrable. Prête au combat. Une tête de loup était accrochée au-dessus, les babines retroussées.

Une voix résonna dans le couloir. Une voix rauque et ancienne, une voix de montagne.

— Ils sont prêts.

C'était Pelam.

Çeda jeta un coup d'œil en direction des rideaux rouge sang qui isolaient la pièce du couloir.

— J'arrive, dit-elle avant de baisser la tête vers son casque.

Ses doigts effleurèrent les innombrables entailles qui zébraient le métal et glissèrent sur les yeux vides…

Que Tulathan m'accorde jugement et lucidité.

Elle caressa la fourrure rêche du loup…

Que Thaash guide ma lame.

Elle glissa le casque sur ses tresses noires et serra la jugulaire.

Tandis qu'elle se levait, elle sentit le poids de l'armure peser sur ses muscles. Elle écarta les lourds rideaux, remonta le couloir pentu et émergea dans la chaleur du soleil de midi. Les murs de l'arène se dressaient autour d'elle, avec les sièges disposés en cercles concentriques. Ce serait une bonne journée pour Osman. Plusieurs centaines de personnes attendaient déjà le début du combat.

La moitié des spectateurs étaient des habitants de la cité. Ils connaissaient l'arène dans ses moindres recoins, et les chiens de poussière qui avaient l'habitude d'y combattre. L'autre moitié se composait d'étrangers qui venaient pour affaires ou pour chercher fortune, car Sharakhaï, la perle ambrée du désert, attirait les êtres en quête d'une vie meilleure. Ces parasites agaçaient Çeda, mais elle était mal placée pour s'en plaindre.

Les arènes payaient bien.

Une acclamation sauvage monta des gradins lorsque la jeune fille s'avança vers le centre de l'arène pour rejoindre le cercle composé de onze guerriers. Les preneurs de paris annoncèrent les cotes de la Louve Blanche. Le tirage au sort n'avait pas encore décidé de son futur adversaire, mais une foule de spectateurs se leva pour miser sur elle.

Les autres chiens de poussière observèrent la jeune fille avec méfiance. Plusieurs d'entre eux la connaissaient, mais certains combattants venaient de lointains royaumes dans le seul but de se mesurer aux meilleurs combattants de Sharakhaï. Trois des onze guerriers rassemblés au centre de l'arène étaient des femmes. Deux d'entre elles étaient puissamment bâties et la troisième était un colosse qui devait peser vingt kilos de plus que Çeda. Certains hommes étaient lourds et musclés, d'autres sveltes et agiles. L'un d'entre eux dominait ses camarades. Il portait un vieux plastron en cuir et un casque conique doté d'un filet en cotte de mailles qui tombait sur ses larges épaules. Haluk dépassait Çeda d'une tête et demie et la fixait du regard comme un taureau prêt à charger.

Çeda avança vers lui et lui prit la main. Elle remarqua un accroc dans son gant en cotte de mailles. Elle y glissa le pouce et planta son ongle dans la chair. Elle retira son doigt ensanglanté et l'essuya sur le vieux plastron en cuir du guerrier. Haluk la regarda d'un air hébété, puis une joie malsaine se peignit sur son visage.

La foule rugit.

De nouveaux paris furent lancés et les spectateurs se pressèrent au bord de l'arène.

Çeda venait de marquer Haluk, de se l'approprier. C'était une tradition ancienne, et de nombreux chiens de poussière ne la respectaient plus, mais la jeune fille sentit qu'aujourd'hui, les autres guerriers se tiendraient à l'écart. Ils n'avaient aucune envie d'affronter Haluk – pas au cours du premier combat de la journée, du moins. Tandis qu'elle se tournait et regagnait sa place sans prêter la moindre attention à son adversaire, elle sentit une certaine fébrilité envahir celui-ci. *Parfait.* Il avait mordu à l'hameçon, et il la choisirait comme adversaire si elle ne le choisissait pas avant.

Les parieurs se calmèrent et Pelam émergea d'un tunnel obscur. Les spectateurs comprirent que le premier combat allait commencer et les paris reprirent de plus belle.

Pelam portait une veste ornée de pierreries sous un caftan d'un rouge élégant, malgré la poussière qui s'était incrustée dans l'ourlet au fil de ses innombrables traversées de l'arène. Les guerriers s'écartèrent pour le laisser passer, et il s'arrêta au centre du cercle. Il jeta un coup d'œil autour de lui pour vérifier que tout était normal, puis ouvrit le couvercle du panier qu'il tenait d'une main squelettique. Il plongea l'autre main à l'intérieur et en tira une vipère à cornes aussi longue que ses maigres jambes. Le serpent se tortilla, déroula sa coiffe et siffla en dévoilant ses crochets à venin.

Pelam connaissait son affaire, mais à la vue du reptile, Çeda sentit sa chair se hérisser. Les morsures étaient rares, mais il arrivait qu'un guerrier inexpérimenté sursaute à l'approche du serpent. La jeune fille savait qu'il fallait rester immobile ; cependant, les étrangers oubliaient parfois les conseils de Pelam… et la vipère ne mordait pas toujours celui qui reculait.

Tandis que le serpent furieux s'agitait au bout du bras de Pelam, les guerriers écartèrent les jambes de manière que leurs sandales touchent celles de leurs voisins. Pelam vérifia que leur position était correcte, puis il lâcha la vipère et recula aussitôt.

Le reptile s'enroula sur lui-même et resta immobile un moment. La foule hurlait dans l'air étouffant du désert et chaque spectateur encourageait son favori d'une voix suraiguë. Les guerriers étaient silencieux. Le serpent se décida enfin à bouger et, curieusement, rampa en direction de Pelam. Il fit quelques mètres sur le sable, puis il changea d'avis et glissa vers la gauche de Çeda. Il tourna une fois de plus…

… et passa entre les jambes de Haluk.

Un lourd silence s'abattit sur l'arène. Un jeune employé se précipita et saisit le reptile par la queue. Le serpent se tortilla comme une vrille de charpentier, pendant que l'adolescent le faisait glisser dans son panier.

Pelam attendit tranquillement que Haluk fasse son choix.

Le colosse n'hésita pas un instant. Il se dirigea vers Çeda et cracha à ses pieds.

La foule se déchaîna.

— Le Chêne de la garde a choisi la Louve Blanche !

Un vrai chêne, en effet. Haluk était capitaine au sein des Lances d'argent et c'était un géant. Un géant cruel à qui il était grand temps de donner une leçon.

À l'annonce de Pelam, les spectateurs des arènes voisines approchèrent comme des chacals ayant flairé une charogne, et les gradins se remplirent en quelques minutes.

Les autres guerriers sortirent pendant qu'une dizaine d'adolescents surgissaient des tunnels en portant des sabres, des masses et des boucliers en bois. Çeda avait été défiée et elle était en droit de choisir son arme la première, mais c'était une adepte de l'ancienne tradition et elle estimait que c'était elle qui avait défié Haluk en le marquant. Elle inclina donc la tête pour concéder son avantage. La plupart des chiens de poussière lui auraient rendu la politesse, mais Haluk poussa un grognement et ramassa l'une des rares armes destinées aux deux guerriers en même temps : l'entrave.

La foule rugit avec la puissance d'un coup de tonnerre. Des spectateurs éclatèrent de rire, d'autres applaudirent. Certains regardèrent Çeda sans chercher à dissimuler leur inquiétude, car de toute évidence, le choix de Haluk était loin d'avantager la jeune fille.

L'entrave était une corde faite de solides brins de cuir tressés qu'on attachait aux poignets des combattants pour les empêcher de s'éloigner l'un de l'autre.

Çeda tendit la main gauche sans quitter Haluk des yeux et Pelam noua une extrémité de la corde autour de son poignet. Il fit de même avec Haluk, puis un assistant lui apporta un petit gong en cuivre et un marteau.

Les adolescents s'en allèrent et il ne resta plus que Çeda, Haluk et Pelam au centre de l'arène.

Les portes des tunnels se fermèrent.

Pelam attendit quelques instants pour faire monter la tension, puis il leva le gong entre les deux combattants. Il frappa un coup unique et recula.

L'entrave n'était pas encore tendue, mais cela ne durerait pas, car Haluk avait tout intérêt à contrôler les mouvements de son adversaire. Çeda était prête. Haluk se pencha en avant pour saisir le lien et le tirer vers lui. La jeune fille réagit aussitôt. Elle bondit et frappa du pied. Sa sandale s'écrasa contre le menton de son adversaire et celui-ci recula de quelques pas. Puis Çeda se rua sur lui. Haluk ne s'attendait pas à une telle manœuvre et il écarquilla les yeux. Il leva un bras pour se protéger, mais la guerrière lui saisit le poignet et lui assena un coup de poing sur la joue.

Çeda sentit les mailles de l'armure du colosse s'enfoncer douloureusement dans ses mitaines de combat. Haluk bascula en arrière et tomba sur les fesses. Son casque conique virevolta dans les airs et s'écrasa dans un nuage de poussière sèche.

La foule se leva et hurla de joie.

Le casque était hors de portée et Haluk roula en arrière avant de se relever. Il réagit si vite que Çeda n'eut pas le temps d'approcher et de porter le coup de grâce. Le colosse effleura sa joue et sentit le sang qui coulait des éraflures régulières que les mailles avaient laissées sur sa peau. Il contempla sa main d'un air déçu, puis ses yeux se durcirent. Jusque-là, il avait fanfaronné et cherché à intimider la jeune fille, mais c'était fini. Il était furieux.

Il n'y a pas plus aveugle qu'un homme enragé, songea Çeda.

Haluk s'accroupit avec prudence et commença à enrouler la corde autour de son poignet, sans hâte. Çeda recula et tira sur le lien de tout son poids. Les brins de cuir pénétrèrent dans la chair du colosse, mais celui-ci n'y prêta pas attention. Çeda tira de nouveau, en vain. Haluk profitait des brefs instants de répit pour saisir l'entrave en avant et l'enrouler autour de son poignet. Les muscles de son bras ondulaient et se contractaient au rythme de ses efforts.

Il sourit en dévoilant deux rangées de dents cassées.

Çeda frappa du pied en visant les cuisses et les genoux – des coups destinés à tester les réflexes du colosse. Celui-ci para les attaques sans difficulté. La jeune fille s'apprêtait à tirer sur la corde quand Haluk lâcha prise et se jeta sur elle. Çeda feignit de trébucher et, quand le guerrier arriva sur elle, bondit sur le côté et frappa à hauteur des mollets.

Haluk s'effondra et ses poumons se vidèrent.

Il tendit les bras et saisit une cheville de la jeune fille, mais Çeda se libéra d'un rapide coup de pied et s'éloigna avec la grâce d'une danseuse. Haluk se leva avec difficulté.

La foule hurla de nouveau. De nombreux étrangers se joignirent à la clameur en se demandant ce qui se passait.

Les Sharakhiens et les amateurs avaient compris.

Ils avaient compris qu'ils assistaient à un affrontement exceptionnel.

Haluk n'avait pas perdu un duel depuis plus de dix ans. Çeda n'avait concédé que quelques rares défaites et était invaincue depuis trois ans. Ce soir, la ville ne parlerait que de ce combat, surtout si Çeda le remportait aussi facilement. Les gens prudents veilleraient cependant à éviter le sujet en présence de Haluk.

Le colosse savait que sa réputation était en jeu. Il fixait Çeda du regard avec une détermination proche du désespoir. Il n'allait pas être facile de le vaincre.

Un silence inquiétant s'abattit sur l'arène tandis que les deux adversaires se remettaient en garde. On n'entendait plus que les halètements de Haluk et la respiration profonde mais calme de Çeda sous son casque.

Le colosse fit un pas en avant. Çeda s'écarta et en profita pour récupérer une longueur de corde. Haluk fit de même et chacun enroula un quart de l'entrave autour de son poignet. Les deux combattants n'étaient plus qu'à quelques pas l'un de l'autre.

Haluk avança de deux pas. Il voulait se rapprocher, mais il avait renoncé aux attaques téméraires. Il procédait avec précaution, comme un capitaine de la garde de Sharakhaï était censé le faire.

Çeda frappa aux jambes, mais sans faire beaucoup de dégâts. Ce n'était pas le but de la manœuvre. Elle voulait que Haluk reste prudent jusqu'à ce qu'elle soit prête. Elle porta un nouveau coup de pied et recula aussi loin que possible. Haluk avança en tirant sur l'entrave et la jeune fille dut lui en céder une longueur. Le guerrier répéta la manœuvre jusqu'à ce que Çeda n'ait plus un centimètre de corde à lui abandonner.

Haluk se campa solidement sur ses jambes et abaissa son centre de gravité avant de tirer un coup sec. Çeda n'eut pas d'autre choix que d'avancer.

Elle était dangereusement proche de son adversaire.

Les spectateurs trépignaient et les vibrations sourdes se propageaient dans l'arène, mais ils restaient silencieux, fascinés.

Haluk tira de nouveau, plus fort.

Çeda passa à l'attaque.

Elle s'élança en profitant de la tension de la corde. Surpris, Haluk essaya de la saisir à la gorge, mais il ne fut pas assez rapide. Çeda esquiva et empoigna les longs cheveux châtains du colosse. Elle enroula les cuisses autour de sa taille et cala ses pieds derrière ses genoux dans l'espoir de lui faire perdre l'équilibre.

Mais Haluk ne tomba pas. Il était trop grand et trop fort.

Il réagit comme Çeda l'aurait fait à sa place : il la souleva pour la jeter à terre.

La jeune fille s'accrocha de toutes ses forces au cou et aux flancs de son adversaire.

Ils tombèrent tous les deux et heurtèrent le sol avec violence. Une terrible douleur irradia dans le dos et les fesses de Çeda lorsque Haluk l'écrasa de tout son poids. Elle toussa et ses oreilles se mirent à tinter ; pourtant, elle entendit la voix du capitaine de la garde.

— Manœuvre stupide, ma fille.

Haluk voulut se lever, en vain : les bras de Çeda lui enserraient le cou, et ses jambes lui comprimaient la taille. Il était fort, mais sans appui, il ne pouvait pas se dégager. Il essaya de se redresser à plusieurs reprises pour frapper du poing, mais la jeune fille en profita pour l'étrangler un peu plus fort et il renonça. Ils restèrent allongés, haletants, dans un corps à corps presque sensuel. Chacun s'efforçait de trouver un appui pour prendre l'avantage.

Puis Haluk se redressa un peu trop et Çeda lui assena un violent coup de tête. Le rebord de son casque lui fendit le front et un filet écarlate coula le long de son nez. Des gouttes tombèrent sur le masque en métal, et la jeune fille huma l'odeur du sang.

Haluk réagit avec colère. Il parvint à glisser un avant-bras sur la gorge de Çeda et appuya de toutes ses forces.

Les spectateurs se levèrent comme un seul homme et hurlèrent de colère, mais Çeda le remarqua à peine. Les battements de son cœur résonnaient dans ses oreilles. Elle avait de plus en plus de mal à respirer.

Haluk avait réagi en guerrier lucide et expérimenté, mais il avait ouvert sa garde. Çeda glissa une main le long du bras gauche de son adversaire, près du coude pour avoir un meilleur appui, puis elle poussa un cri guttural en contractant ses muscles. Elle ne se déplaça que de quelques centimètres, mais ce fut suffisant pour échapper à l'étranglement.

Haluk essaya de renouveler la prise, mais il n'en eut pas le temps. Çeda saisit les boucles de son plastron et poussa pour se dégager. Elle glissa sur le côté et se retrouva presque dans le dos de son adversaire.

La position idéale.

Elle passa le bras au-dessus de la tête de Haluk et l'entrave glissa sur la gorge du guerrier. Çeda tira de toutes ses forces.

Haluk comprit qu'il était en mauvaise posture. Il essaya de se libérer, de glisser ses doigts entre sa gorge et la corde, en vain. Le colosse ne renonça pas pour autant. Çeda grogna, serra les dents et s'arqua en arrière. Les muscles de ses bras étaient tendus comme les haubans d'un navire par grand vent.

Pendant un instant, elle crut que Haluk allait abandonner en frappant le sol de la main, ou qu'il allait sombrer dans l'inconscience. Elle se trompait. Sa respiration était pourtant réduite à un faible sifflement et ses lèvres étaient couvertes d'écume.

Et puis il cessa de lutter et son corps devint flasque.

Çeda ne perçut pas le gong de Pelam marquer la fin du combat, mais elle entendit la foule…

Les spectateurs hurlaient de joie, agitaient les mains et tapaient des pieds.

— La Louve a gagné ! La Louve a gagné !

Çeda ne leur prêta aucune attention. Elle fit basculer Haluk sur le dos et s'assit sur sa poitrine. Elle dégagea la corde et le sang reflua. Le visage de l'homme devint aussi pâle que celui d'un mort.

Le guerrier cligna des yeux d'un air égaré et regarda autour de lui comme s'il ne savait plus où il était. Une terrible expression de colère déforma ses traits quand il entendit la foule et reconnut le masque de Çeda.

La jeune fille se pencha jusqu'à ce que sa poitrine effleure la sienne.

— La prochaine fois que tu touches ta fille, Haluk Emet'ava, souffla-t-elle à son oreille, je ne serai pas aussi gentille. (Son pouce droit se posa entre la quatrième et la cinquième côte.) La prochaine fois, ce ne sera pas une correction en pleine lumière, mais un coup de dague dans les ténèbres. (Elle se redressa et le toisa, toujours à cheval sur lui.) Est-ce que je me suis bien fait comprendre ?

Haluk cligna des paupières. Il ne répondit pas à la question, mais une lueur de honte brillait dans ses yeux. Une honte qui en disait bien plus qu'une confession.

Le pouce de Çeda s'enfonça entre ses côtes.

— J'aimerais entendre ta réponse.

Haluk grimaça sous le coup de la douleur, puis il se lécha les lèvres et regarda la foule. Enfin, il acquiesça.

— Je comprends.

Çeda hocha la tête, se leva et recula.

Pelam avait observé la scène avec un mélange de curiosité et d'inquiétude, mais il ne fit aucun commentaire. Il se tourna et inclina la tête avant d'esquisser un geste plein de grâce en direction de la jeune fille. Certains spectateurs hurlaient de désespoir, d'autres comptaient l'argent qu'ils venaient de gagner avec des sourires ravis. Çeda aperçut Osman parmi les spectateurs et se demanda pourquoi il était venu assister au combat. Osman était le propriétaire des arènes. C'était un ancien chien de poussière et celui qui lui avait appris les ficelles du métier.

Nous avons parcouru un long chemin depuis…

Il observait Çeda depuis les gradins les plus élevés. Il était un des rares – avec Pelam – à connaître sa véritable identité. Çeda ne savait pas depuis combien de temps il était là. Il avait vu la fin du combat, mais son visage était impénétrable, et la jeune fille était incapable de dire s'il était satisfait ou non.

Elle leva la tête avec ostentation en direction de la foule, mais ce signe ne s'adressait qu'à Osman.

Le maître des arènes acquiesça et effleura son oreille. Il voulait lui parler.

Et peut-être plus.

CHAPITRE 2

Çeda accomplit un tour d'honneur de l'arène en levant le poing vers les spectateurs en liesse, puis elle se retira dans la pièce qu'on lui avait attribuée avant la rencontre. Osman la rejoignit peu après.

Les deux gardes le saluèrent et l'ancien guerrier écarta les tentures rouges pour entrer. La jeune fille entendit les deux hommes s'éloigner. Elle n'en fut pas surprise. Ils agissaient toujours ainsi quand Osman venait la voir.

Elle avait déjà enlevé ses bracelets et bataillait avec les sangles de son armure.

— Çeda, dit Osman d'un ton hésitant.

Elle l'ignora, et ôta sa cuirasse pour la déposer sur un banc. Elle ne portait qu'une tunique blanche sous son armure et savait que le vêtement trempé de sueur ne cachait pas grand-chose de son anatomie. Elle ôta et plia sa lourde jupe de combat, puis posa le pied droit sur le banc et défit les quatre boucles de la grève. Sa tunique remonta et dévoila une cuisse musclée. Elle enleva l'autre grève, puis les emboîta avec délicatesse et les posa sur la jupe en cuir.

Elle se tourna alors vers Osman qui attendait quelques pas plus loin. L'ancien guerrier l'observait avec attention. Il portait des habits de prix – un caftan rouge, d'élégantes sandales en cuir, des bracelets en or jaune et blanc –, mais la terrible cicatrice qui zébrait son visage racontait des jours moins glorieux. Elle partait de sa tempe droite et courait jusqu'en bas de sa joue gauche.

Il souleva un sourcil épais. Il semblait prêt à esquisser un sourire, mais ne le fit pas. Peut-être attendait-il de voir comment Çeda allait réagir. Osman n'était pas le genre qu'on apercevait dans les quartiers chic de Sharakhaï, mais c'était néanmoins un maître et cela se voyait au premier coup d'œil : il était propre, ses ongles étaient coupés avec soin et sa barbe taillée à la perfection.

Il avait combattu dans les arènes avant de gravir les échelons de la réussite sociale. Il n'était plus un chien de poussière.

Il contempla le corps de la jeune fille sans la moindre gêne. Il n'était pas un homme pudique, et en vérité, c'était une des raisons pour lesquelles Çeda l'aimait bien. Elle ne supportait plus les hommes trop sages et trop discrets.

— Qu'est-ce que tu as dit à Haluk ? demanda-t-il.

Çeda avança d'un pas, et un filet de sueur coula au creux de ses reins.

— Ça me regarde.

— Ce n'est pas le genre de type qu'on souhaite avoir comme ennemi.

Elle avança d'un autre pas.

— Eh bien ! heureusement qu'il ne sait pas qui je suis.

— Il va venir me voir, tu sais. Il va m'offrir de l'argent pour que je lui révèle ton nom.

Çeda en doutait. Les lois de l'arène n'étaient pas écrites, mais elles étaient anciennes et respectées. Osman le savait aussi bien qu'elle.

— Peut-être, dit-elle. Mais tu ne lui diras rien.

— Tiens donc ?

Le sourire qu'il retenait depuis un moment se dessina enfin sur ses lèvres. On ne pouvait nier qu'il était bel homme, surtout quand il lui souriait ainsi.

— Et pourquoi donc ? poursuivit-il.

— Parce que si tu parlais…

Elle fit un pas en avant. Elle était désormais assez près pour sentir la chaleur de son corps dans l'air froid de la petite pièce souterraine. Elle posa un pouce entre deux côtes, comme elle l'avait fait avec Haluk, et appuya. Fort. La plupart des hommes auraient grimacé, mais pas Osman. Il demeura impassible, mais sa respiration se fit plus sèche et plus rapide.

— … tu le regretterais amèrement.

Son sourire perdit de son éclat.

— Tiens donc ?

— Je peux te le garantir.

Ses narines se dilatèrent et Çeda laissa la tension retomber. Elle fit glisser ses doigts calleux sur son torse, son ventre, ses hanches.

Avant de descendre quelques centimètres plus bas.

Elle se figea et échangea un sourire carnassier avec l'ancien guerrier. Rien de plus.

Osman resta de marbre quelques instants, puis il glissa les bras autour de la taille de Çeda et pencha la tête pour poser ses lèvres chaudes sur les siennes. Il la plaqua contre lui tandis que ses mains puissantes exploraient son dos et sa nuque. Il la serrait si fort que c'en était presque douloureux.

Mais Çeda ne se plaignit pas.

Elle l'entraîna sur le sol dallé et fit glisser son caftan sur son corps harmonieux. Elle s'installa sur lui et il saisit ses cuisses avant de caresser son ventre sans douceur. Çeda fit passer sa tunique trempée de sueur par-dessus ses épaules et la jeta dans un coin de la pièce. Un grondement sourd jaillit de la gorge d'Osman quand elle se souleva, le glissa en elle et retomba brutalement sur lui. Elle bougea avec lenteur et son amant respira plus fort. Puis elle accéléra le rythme.

Il voulut l'attirer contre lui pour savourer le contact de son corps, mais elle écarta ses mains d'une tape. Il essaya de nouveau et elle saisit ses poignets pour les plaquer au sol. Ses seins effleurèrent sa poitrine. Elle lécha les cicatrices qui zébraient son torse, ses bras et ses épaules. Elle le griffa. Elle glissa ses doigts dans le noir buisson qui enveloppait son sexe.

Puis elle le chevaucha avec ardeur, et lorsqu'elle fut secouée par un orgasme, les douleurs et les tiraillements de son corps n'étaient plus qu'un lointain souvenir.

Elle se détendit et s'allongea sur la poitrine d'Osman. L'ancien guerrier la saisit par les cheveux et plongea au fond d'elle pendant qu'elle le mordait au cou. Il jouit et elle sentit son membre palpitant s'apaiser. Elle sentit sa semence couler sur ses cuisses. Pendant quelques instants, ils restèrent immobiles, et leurs respirations ralentirent. Une atmosphère paisible s'installa dans la pièce, comme le moment où les animaux regagnent leurs tanières à la tombée de la nuit.

Çeda se redressa enfin. Elle n'embrassa pas son amant. Elle ne murmura aucune parole douce à son oreille. Elle se contenta d'admirer le tableau de ses cicatrices en songeant aux histoires qu'elles racontaient. C'était une des raisons qui l'avaient attirée vers lui. *Un guerrier expérimenté*, avait-elle pensé. *Qui sait neutraliser, blesser et tuer un homme. Je me demande comment il s'en tire dans les affrontements plus intimes.*

Il s'en tirait fort bien.

Il était aussi bon que ses amants précédents – qui n'étaient pas très nombreux, il fallait bien le reconnaître. En outre, leur relation n'impliquait aucun sentiment amoureux. Pas en ce qui la concernait, du moins.

Elle fit glisser ses mains sur le ventre d'Osman en suivant la cicatrice la plus large du bout des doigts. Le sentiment d'intimité devint embarrassant, comme toujours. Elle essaya de cacher sa gêne, mais il le remarqua. C'était un homme fier, pourtant pas assez pour rompre avec cette femme qui ne l'aimait pas.

—J'ai une mission pour toi, Çeda.

Il souleva ses hanches pour lui faire comprendre qu'il voulait se dégager. Elle resta immobile, provocatrice.

—Je ne suis pas ta domestique. Ni à ton service, vieil homme.

— C'est ce que tu me répètes à longueur de temps.

Il arqua le dos et ferma les yeux quand elle se contracta autour de lui. Il poursuivit sur un ton plus sérieux, même s'il n'en avait aucune envie.

— C'est un furtif. Rien de plus.

Çeda se leva et prit une serviette en coton sur une étagère.

— Si c'était si simple, tu ne t'adresserais pas à moi, dit-elle.

Elle plongea la serviette dans un seau d'eau et essuya la semence entre ses cuisses, puis elle plia le carré de tissu et lava son corps maculé de sueur, de sang et de terre. Pendant un instant – un instant seulement –, elle fut heureuse d'avoir vécu si longtemps chez Dardzada. Celui-ci l'avait élevée avec sévérité, et certains jours, Çeda avait eu envie de le frapper comme ses adversaires dans l'arène, mais elle reconnaissait qu'il lui avait appris beaucoup de choses – comme cette décoction à base d'herbes qui permettait de neutraliser la semence d'un homme.

Que Yerinde me protège, songea-t-elle avec amertume.

Osman s'assit.

— La course ne pose pas de problème, mais il faut que le travail soit bien fait.

— Tu n'écoutes pas. (Çeda se sécha, puis enfila une dishdasha noire et un niqab assorti.) Envoie donc Tariq si c'est tellement important.

Osman éclata de rire.

— S'il s'agissait d'organiser une rixe dans une taverne des quartiers sud, j'enverrais Tariq, mais pas pour cette mission.

— Pourquoi ? (Elle ajusta son voile, et les pièces de cuivre qui y étaient accrochées tintèrent.) Tariq portera ton message aussi bien que moi.

Osman se leva et se rhabilla.

— Le message doit être convoyé dans sept jours, au coucher du soleil.

Çeda se figea un instant, puis elle finit d'ajuster son niqab comme si la remarque d'Osman était sans importance.

— Dans sept jours ? Pendant Beht Zha'ir ?

Beht Zha'ir était une nuit sacrée qui avait lieu toutes les six semaines. C'était la nuit au cours de laquelle Tulathan et Rhia, les lunes sœurs, se levaient de concert pour illuminer le désert, mais c'était aussi la nuit pendant laquelle les asirim et le Roi Moissonneur sillonnaient les rues de la cité pour prélever leur tribut. Pourquoi Osman voulait-il qu'elle porte un message à ce moment-là ? Alors que tout le monde se terrait chez soi ? Pendant un instant, la jeune fille craignit que l'ancien guerrier ait découvert ses *véritables* projets.

— Est-ce que ça veut dire que tu refuses ? demanda Osman d'un ton un peu trop désinvolte.

— Je n'ai pas dit ça.

— Il va falloir que tu apprennes à t'exprimer plus clairement, Çeda. L'âge tend à me ramollir la cervelle.

— D'accord, j'accepte.

— Il y a deux livraisons à faire.

Il fallait porter le message et la clé de décryptage séparément. Osman ne proposa personne d'autre et la jeune fille comprit qu'elle était libre de choisir le second courrier.

— Je vais prendre Emre, dit-elle.

Osman réfléchit, puis hocha la tête. Il ouvrit une poche en cuir accrochée à sa ceinture et en tira une petite bourse en tissu.

— L'argent de ta victoire, dit-il.

Il lança l'escarcelle sans avertissement, sans doute pour vérifier les réflexes de la jeune fille.

Çeda l'attrapa d'un geste précis et la soupesa.

— J'y ai ajouté le salaire du furtif, dit-il avant qu'elle ait le temps de poser une question.

— Paiement d'avance, hein ?

— La moitié seulement. Tu viendras chez moi pour toucher le reste, lâcha-t-il d'un ton bourru.

Il avait parlé d'une voix autoritaire, mais ses yeux étaient presque suppliants. Il avait envie qu'elle vienne, et peut-être qu'elle reste jusqu'au matin.

Çeda rassembla son armure dans un baluchon serré qu'elle fit passer par-dessus son épaule, puis se dirigea vers la sortie avec un boitement marqué. Elle se glissait dans son personnage comme on enfile une vieille robe confortable. Officiellement, elle n'était qu'une professeure d'escrime qui avait été blessée au genou. Elle avait gardé des séquelles, certes, mais elle était encore capable d'apprendre le maniement du sabre et du bouclier aux enfants des riches marchands de la ville. Cette identité lui convenait très bien. Elle aimait enseigner, et son travail lui permettait de se rendre aux arènes sans éveiller les soupçons.

Elle s'arrêta à la hauteur d'Osman.

— Chez toi ? (Il hocha la tête.) Nous verrons…

Elle sortit de la pièce, quitta les arènes et se fondit dans les rues brûlantes de la cité.

CHAPITRE 3

Le brouhaha du marché aux épices enveloppa Çeda comme une tempête de sable estivale. Le bruit lui parut rauque et agressif après le silence des rues de Crêterose. Des centaines d'étals avaient envahi le vénérable bâtiment – un des plus anciens de Sharakhaï – pour former un assemblage hétéroclite où se mêlaient couleurs chatoyantes, clients curieux et marchandages enfiévrés. Çeda avait déposé son armure dans le logement qu'elle partageait avec Emre, son plus vieil et plus fidèle ami, mais elle marchait toujours en boitillant. De nombreux marchands lui adressaient un hochement de tête ou un sourire tandis qu'ils remplissaient de petits sacs de jute de grains de poivre, d'anis étoilé ou de sel grossièrement moulu.

Une fillette aux yeux marron encadrés de boucles châtaines abandonna ses camarades rassemblés près de la porte d'entrée et se précipita vers la guerrière. Çeda connaissait Mala depuis des années et l'employait parfois pour remplir des missions simples, comme faire le guet ou obtenir des informations – des tâches qu'une enfant accomplissait plus facilement qu'une adulte. C'était quand même curieux : les rues de Sharakhaï grouillaient de gamins, mais personne ne faisait attention à eux.

— Regarde ! dit Mala.

Elle brandit une vieille canne comme un sabre et l'abattit en exécutant une parade nette et efficace. Elle avait travaillé cette technique pendant des semaines sans parvenir à la maîtriser. Le mouvement était encore maladroit, mais la fillette était sur la bonne voie.

— C'est mieux, dit Çeda en ébouriffant les cheveux de Mala.

La fillette fronça les sourcils et recula. Elle se recoiffa d'un geste rapide et leva son arme en prenant une pose un peu trop sérieuse pour être crédible. Sa sœur, Jein, apparut, bientôt suivie du reste de la bande. Çeda les connaissait tous. Ils étaient armés de cannes et l'un d'eux tenait même un authentique shinai, un sabre en bambou. Ils imitèrent Mala dans l'espoir que Çeda leur donnerait une leçon. La jeune fille cachait soigneusement à ses riches élèves des arènes qu'elle enseignait l'escrime gratuitement aux enfants de Crêterose quand elle en avait le temps. L'ennui, c'était qu'elle *n'avait pas* toujours le temps, et que Mala et ses camarades se montraient parfois insistants.

—Pas maintenant, dit-elle. (Elle contourna un large pilier en briques d'argile et pénétra dans l'ombre du bâtiment.) Pas maintenant.

Les enfants prirent des mines déçues, mais c'était ainsi. Çeda avait des affaires à régler.

—Demain. Nous danserons demain, leur dit-elle.

Elle se fondit dans la foule et se dirigea vers le cœur du marché.

—Essayez, essayez! lança le vieux Seyhan alors que la jeune fille approchait des quatre étals branlants qui marquaient son territoire dans ce gigantesque asile de fous. (Il tendait des biscuits préparés par Tehla, la boulangère.) Essayez, essayez! répéta-t-il, en kundhanais cette fois-ci.

Il s'adressait à une grande femme à la peau noire et à son serviteur. Il réitéra son offre en miréen à l'approche d'un homme joufflu arborant de longues et fines moustaches.

Çeda s'empara d'un biscuit et le fourra dans sa bouche avant que Seyhan ait le temps de froncer les sourcils.

—C'est réservé aux clients! lança le vieil homme en lui faisant signe de s'éloigner.

Un goût de cardamome et d'oignon caramélisé envahit la bouche de la jeune fille, qui saliva tant qu'elle en eut mal aux mâchoires.

—Je suis une cliente! répliqua-t-elle.

Seyhan agita le doigt en signe de dénégation, d'abord en direction de Çeda, puis vers Emre qui ouvrait un sac rempli de paprika écarlate quelques pas derrière lui.

—Ce voleur passe son temps à me dépouiller et il t'apporte tout ce dont tu as besoin. Ne viens pas me dire le contraire! maugréa Seyhan.

C'était une plaisanterie: Emre pouvait prendre autant d'épices et d'huile qu'il le voulait. C'était grâce à Seyhan que les repas de Çeda restaient mangeables. Le vieux marchand était tout aussi généreux avec son argent. Il donnait quelques sylvals supplémentaires à Emre quand la journée était bonne, comme aujourd'hui. Çeda avait pourtant du mal à comprendre pourquoi Emre travaillait pour lui depuis si longtemps. Emre avait d'ordinaire tendance à enchaîner les emplois comme un séducteur les conquêtes, mais il semblait très attaché à Seyhan – à la grande satisfaction de Çeda.

La jeune fille s'apprêtait à répondre aux accusations du vieux marchand quand un homme imposant à la peau brune et burinée approcha et prit un biscuit. Il le glissa dans sa bouche et le mâcha d'un air concentré, comme si l'on allait lui demander la liste des ingrédients qui entraient dans la recette. Seyhan se tourna vers lui et ils entamèrent une conversation en kundhanais. Çeda s'éloigna le long des tables couvertes de sacs remplis d'épices.

Il y en a tant. Et elles viennent des quatre coins du monde.

Quatre royaumes – Miréa, Qaimir, Malasan et les Milles Terres de Kundhun – entouraient Sharakhaï, le moyeu de cette grande roue. Le marché aux épices en était la preuve : on pouvait y découvrir une palette de cultures venant de mille lieues à la ronde.

Çeda allait appeler Emre – qui ne l'avait pas encore remarquée – quand deux jolies Miréennes émergèrent de la foule et se dirigèrent vers lui. Elles se ressemblaient assez pour être sœurs : elles avaient une peau crémeuse, des yeux en amande et des cheveux noirs et brillants. Leurs belles robes en soie et leurs bijoux en jade indiquaient qu'elles appartenaient à une famille aisée.

— Vous êtes revenues ! s'exclama Emre.

Le jeune homme se redressa et esquissa le sourire qu'il réservait habituellement aux femmes qu'il venait de rencontrer. Il devait penser que cela le rendait irrésistible. Sa barbe noire tressée se balançait sur sa poitrine nue et l'extrémité effleurait sa ceinture en cuir ouvragé, assortie aux bracelets qui enveloppaient ses avant-bras musclés. La première Miréenne sourit et détourna les yeux, mais l'autre approcha un peu plus en serrant une bourse en soie dans ses mains.

Elle parla trop bas pour que Çeda entende. Emre inclina la tête et remplit deux sacs avec habileté, le premier avec du sel rose du désert, le second avec une épice orange vif que Çeda ne connaissait pas. Lorsqu'il eut terminé, il garda les deux sacs près de lui afin de prolonger la conversation. Çeda l'observa en se demandant – pour la millième fois – s'il lui avait déjà souri ainsi. C'était peut-être arrivé avant qu'ils couchent ensemble, mais après, son attitude avait complètement changé. Il plaisantait avec elle quand il y avait du monde et se conduisait en petit ami quand cela l'arrangeait, mais il gardait ses distances lorsqu'ils étaient seuls.

La Miréenne qui tenait la bourse gloussa. Sa compagne regardait en silence, les yeux écarquillés et les joues écarlates.

Çeda n'avait aucune raison d'intervenir. Elle se fichait bien des conquêtes d'Emre – que les démons du désert lui arrachent les yeux ! –, mais ces deux filles… elles débarquaient d'un pays lointain et se comportaient comme si la cité d'ambre n'était qu'une misérable colonie qu'elles daignaient honorer de leur présence. C'était insupportable.

— Quatre mois ! lança-t-elle d'une voix si forte qu'on l'entendit sans doute à l'autre bout des souks. (Elle ignora les deux jeunes femmes pour se concentrer sur Emre.) Quatre mois et je te retrouve *ici* ?

Les Miréennes observèrent Emre et Çeda en se demandant ce qui se passait.

Emre foudroya son amie du regard, mais il fit de son mieux pour cacher son irritation. Il n'avait pas le choix, s'il voulait conserver une chance de glisser une de ces femmes – voire les deux – dans son lit.

— Je t'ai envoyé un message, dit-il d'un ton aussi nonchalant que possible. Le coursier ne t'a pas trouvée ? Je paierai les réparations de la voiture de ton maître que ma mule a abîmée.

La réplique était si mauvaise que Çeda faillit éclater de rire. Elle adorait jouer à ce petit jeu avec lui, mais malheureusement, elle n'en avait plus guère l'occasion.

— J'ai reçu le message, mais les dommages ne se limitent pas à une misérable roue brisée. (Elle porta une main à son ventre et le souleva légèrement à la manière des femmes enceintes.) Tu oublies que tu as bien profité de l'hospitalité de mon seigneur. Et tu oublies également ces chèvres mortes.

Les deux Miréennes échangèrent un regard éberlué et reculèrent avec lenteur, les sourcils froncés – le comble de la stupeur pour des dames des royaumes du Nord. Emre toisa Çeda, puis éclata d'un rire sonore tandis que les deux Miréennes inclinaient leurs jolis minois et se fondaient dans la foule.

— Des *chèvres* ?

— Par dizaines, tuées de ta main !

— Eh bien, elles devaient le mériter !

— Sans doute. Elles n'avaient qu'à choisir une autre victime pour vérifier la solidité de leurs cornes.

Emre rit de nouveau. Seyhan s'entretenait avec une femme portant une abaya qui, jadis, avait dû être somptueuse. C'était une de ses plus fidèles clientes, une maîtresse de cuisine au service d'un riche seigneur de la Porte du feu noir. Le marchand regarda Emre et Çeda en fronçant les sourcils, puis leur fit signe de s'éloigner.

— Fichez-moi le camp ! dit-il en agitant les mains. Vous êtes pires que des voleurs. Il n'y en a pas un pour rattraper l'autre.

Il reporta son attention sur la maîtresse de cuisine et Emre leva les yeux au ciel avant de se glisser sous l'étal pour rejoindre Çeda.

— Il a le béguin pour elle, dit-il en jetant un coup d'œil par-dessus son épaule.

— Seyhan ? demanda Çeda en étouffant un gloussement. Grand bien lui fasse !

Emre se fraya un chemin en direction du vieux fort où se rassemblaient les marchands de parfum.

— Sûr, dit-il. (La brise apportait des fragrances de plus en plus prononcées de rose, de jasmin et de bois de santal.) S'il y a un homme à Sharakhaï qui a vraiment besoin de fourrer une dinde, c'est bien Seyhan.

Çeda lui donna une claque sur le bras.

— Tu es infect. (Elle jeta un coup d'œil en direction du marchand d'épices qui souriait toujours à la maîtresse de cuisine.) Tu les imagines ensemble ? Les Lances d'argent débarqueraient en deux temps trois mouvements en entendant leurs râles de plaisir.

— Ouais. Ils croiraient qu'on assassine quelqu'un.

Çeda éclata de rire et plusieurs passants la regardèrent. Emre attendit que les curieux retournent à leurs affaires pour poursuivre à voix basse.

— Et la Louve Blanche ? Elle a gagné ?

La réponse fut aussi discrète que la question.

— Elle s'en est plutôt bien tirée d'après ce que j'ai entendu.

Un soulagement touchant se peignit sur les traits d'Emre.

— Tant mieux. Et tu es venue pour une raison particulière ? En dehors de faire fuir les belles Miréennes à peau de satin…

— Ces catins ont eu ce qu'elles méritaient ! répliqua-t-elle. Je suis juste venue voir quelle profession tu exerces cette semaine.

Emre se frappa la poitrine.

— Tu me brises le cœur ! Je travaille pour Seyhan depuis *une éternité.*

— Depuis trois mois.

— C'est ce que je disais : une éternité !

Une partie de Çeda eut envie de rire, mais le combat contre Haluk – qu'elle avait failli perdre – l'avait rendue étrangement nostalgique.

— On ne se voit presque plus, dit-elle.

Emre fit un pas de côté pour éviter une alouette des rues qui courait pieds nus entre les gens. Çeda regarda l'enfant s'éloigner en songeant qu'elle avait couru ainsi quand elle était petite. Le jeune homme inclina la tête pour reconnaître que son amie avait raison.

— Tous les navires finissent par affronter une tempête de sable, lâcha-t-il.

Çeda haussa les épaules. Elle ne pouvait reprocher grand-chose à Emre, compte tenu du peu de temps qu'elle passait à la maison.

— Nous pourrions peut-être y remédier…

Emre acquiesça. Il jeta un nouveau coup d'œil en direction de Seyhan, mais le vieux marchand était caché par la foule.

— Oui, nous pourrions, mais…

— Le maître des arènes est venu me voir aujourd'hui, l'interrompit Çeda.

Elle savait qu'elle aurait dû attendre un moment plus tranquille pour parler du furtif, mais elle voulait connaître la réponse d'Emre avant de quitter les souks.

— Oh ?

— Il cherche quelqu'un pour faire une course.

— Une course ?

Elle se pencha vers lui et poursuivit à voix basse.

— Un furtif.

Emre haussa un sourcil.

— Quand ?

— Dans sept jours, répondit Çeda en insistant sur chaque syllabe.

— Sept jours ? (Emre observa les passants par-dessus l'épaule de son amie, puis se pencha à son tour.) Pendant Beht Zha'ir ?

Çeda hocha la tête presque imperceptiblement.

Emre regarda autour de lui comme s'il s'attendait à voir les Lances d'argent envahir le marché aux épices pour les conduire à Tauriyat. Il constata, soulagé, qu'il n'y avait aucun garde en vue et observa Çeda avec un curieux mélange d'enthousiasme puéril et de peur mal cachée.

— Ça fait un bail qu'on n'a pas fait ça, Çeda.

— Comme je le disais tout à l'heure, on ne se voit pas assez.

Emre se pencha un peu plus près.

— Dis-moi la vérité, souffla-t-il d'un ton grave. Y a-t-il des chèvres impliquées dans cette histoire ?

Çeda éclata de rire.

— Pas que je sache. Que les dieux nous protègent.

— Dommage, dommage… (Il s'inclina avec emphase.) Mais bon, j'accepte de placer ma vie entre tes mains.

Ils franchirent une arche de pierre et pénétrèrent dans les ruines de l'ancien fort annexé depuis bien longtemps par les souks tentaculaires. Le soleil était au zénith et ses rayons nimbaient les étals aux couleurs chatoyantes d'un halo de lumière. Un peu partout, des hommes et des femmes vendaient des globes d'eau parfumée. La plupart des gens pensaient que l'ancien fort était un endroit rébarbatif et indigne d'un commerce aussi raffiné, mais on y trouvait les fragrances les plus enivrantes des cinq royaumes. Il n'était pas rare d'y voir des seigneurs et des dames de haut rang qui se tapotaient le poignet avec un bouchon en verre et s'extasiaient en humant les subtils arômes qui imprégnaient leur peau. De nombreux enfants portant des plaquettes de bois parfumées scrutaient la foule à la recherche de clients potentiels.

L'un d'eux fit signe à Emre.

— Seigneur, la senteur du cyprès, du pin ou du clou de girofle. Que peut-on espérer de mieux pour combler la ravissante colombe que vous escortez ?

— Ma dame, dit un autre en regardant Çeda. De l'ambre pour une femme aussi belle que des pierres fraîchement polies. Ou de la lavande. Ou du baume citronné. Choisissez donc. Les parfums de mon maître sont les plus subtils de tout le Grand Shangazi.

Çeda fit signe à un petit vendeur d'approcher. C'était une fillette aux cheveux noirs et aux yeux pétillants de la couleur du jade brut.

— Viens par ici. Viens.

Il y avait des années qu'elle ne s'était offert une fiole de parfum. Sa bourse était bien remplie, alors pourquoi se priver ?

La fillette se précipita vers elle avec un sourire professionnel.

— Maintenant que je vous observe de près, ma dame, je pense que le vétiver s'impose. Il vous apportera la joie pendant les jours sombres. Il éclairera…

Çeda éclata de rire et agita les mains pour interrompre l'enfant. Elle était prête à essayer quelques parfums et n'avait aucune envie d'entendre le boniment habituel. Elle allait ouvrir la bouche quand elle remarqua qu'il se passait quelque chose d'étrange. Plusieurs marchands entouraient un homme imposant, qui portait une magnifique robe rouge vif coupée à la mode malasanienne – moulante, mais avec des manches amples. Il s'agissait peut-être d'un seigneur de Malasan, ou d'un maître de caravane, ou d'un prince. Deux femmes, assez jeunes pour être ses filles, se tenaient en retrait et bavardaient gaiement.

Elles s'efforçaient de rester discrètes, mais Çeda n'eut pas de mal à remarquer leur curieux manège.

Dès qu'elles se déplaçaient, leurs yeux à l'affût observaient les personnes qu'elles allaient approcher. Elles regardaient d'abord si elles étaient armées, puis scrutaient leurs visages comme si elles cherchaient à les graver dans leur mémoire. Celle qui portait une robe jaune vif croisa le regard de Çeda. Elle se figea et le cœur de Çeda accéléra.

— Qu'est-ce qui se passe ? demanda Emre.

Çeda secoua la tête et détourna les yeux pour ne pas éveiller les soupçons de l'inconnue.

Emre ouvrit la bouche, puis la referma sans prononcer un mot. Il avait perçu l'étrangeté de la scène, lui aussi. Quelque chose qui risquait de très mal tourner.

Çeda n'eut pas le temps de faire un geste. Derrière elle, quelque chose roula sur les pavés. Quelqu'un cria, mais ses paroles furent couvertes par le vacarme. La jeune fille se retourna et s'aperçut qu'une barrière de troncs bloquait le passage par lequel elle était entrée. Des claquements métalliques résonnèrent à l'extérieur du fort.

Un nuage de poussière s'éleva, transpercé ici et là par un rayon de soleil. Les conversations s'étaient éteintes comme un feu de camp sous la pluie. La plupart des gens contemplaient l'issue bloquée d'un air hagard ou inquiet.

Mais pas les deux femmes. La première resta près du seigneur. La seconde s'élança vers la sortie encore dégagée, mais n'eut pas le temps de faire plus de deux pas. Une nouvelle barrière de troncs apparut et bloqua le passage sans laisser le moindre interstice. De nouveaux claquements métalliques résonnèrent à l'extérieur du fort.

La seconde femme dégaina un sabre – Çeda se demanda où elle avait bien pu le cacher–, un shamshir doté d'une lame aussi noire que la nuit. C'était une arme que seules les Vierges du Sabre avaient le droit de porter. L'homme devait être un personnage très important pour être escorté par deux guerrières de ce corps d'élite.

Une ombre glissa sur les pavés et Çeda leva les yeux.

Malgré le soleil aveuglant, elle distingua quatre silhouettes au sommet des remparts. Quatre hommes portant des turbans noirs, un voile dissimulant leurs visages. Ils ramassèrent des espèces de sacs qu'ils jetèrent à l'intérieur du fort. De grosses outres en cuir explosèrent sur les pavés en projetant des gerbes de liquide visqueux et incolore sur les gens et les étals. Une étrange odeur envahit l'espace clos et noya les parfums délicats. Un relent âcre qui irritait les narines et la gorge. De l'huile de lampe. Les quatre hommes visaient le seigneur et les Vierges du Sabre. Çeda et Emre étaient assez loin et n'avaient pas été éclaboussés par les projections.

Les marchands d'épices, les clients et les camelots se mirent à hurler avec des yeux exorbités, comme si une armée de démons venait de surgir des profondeurs de la terre.

—Reculez! lança quelqu'un. Reculez!

Reculer, certes, mais pour aller où? Çeda aurait bien aimé le savoir.

Et puis elle comprit qui étaient les quatre hommes et ce qu'ils avaient l'intention de faire. Une Vierge fit deux pas vers la muraille, son sabre noir à la main. Elle sauta sur un étal de parfums qui trembla sous son poids, puis bondit vers une poutre qui avait jadis supporté le premier étage du fort. Elle atterrit dessus avec légèreté et profita de son élan pour se propulser vers un rebord en pierre. Elle poursuivit son ascension en sautant d'un point d'appui à un autre.

Elle effectua un dernier bond alors que son élan faiblissait. Elle se cambra comme la corde d'un arc et récupéra une dague noire glissée dans la manche droite de sa robe. Elle planta la lame entre deux pierres à moins de cinquante centimètres du sommet du rempart et un crissement métallique suraigu résonna à l'intérieur de l'ancien fort.

Par les dieux! Cette fille avait gravi quinze mètres de muraille en un clin d'œil et avait choisi d'arriver à bonne distance des mystérieux inconnus pour qu'ils ne puissent pas l'attaquer tout de suite. Deux hommes se dirigèrent vers elle tandis que les deux autres lançaient une nouvelle outre vers la seconde

Vierge qui explorait le mur de pierre du bout des doigts. L'outre explosa tout près d'elle, mais celle-ci n'y prêta pas attention. Elle semblait avoir trouvé ce qu'elle cherchait. Elle s'immobilisa et examina l'espace qu'elle venait d'effleurer. Puis elle recula d'un pas, pivota et porta un puissant coup de pied en poussant un cri de guerre que Çeda ressentit jusqu'au fond de la poitrine.

Le mur trembla et une pierre tomba à terre. Rien de plus. La jeune fille ne se découragea pas pour autant. Chacun de ses coups était aussi puissant que le précédent et chaque cri de guerre faisait frissonner Çeda. De nouvelles pierres tombèrent.

Sur les remparts, les hommes voilés approchèrent de la Vierge qui s'accrochait au parapet d'une main et cherchait un point d'appui avec ses pieds. Ils abattirent leurs shamshirs, mais elle para les coups avec une adresse stupéfiante.

Les événements s'étaient enchaînés si vite que les marchands et les clients commençaient à peine à comprendre ce qui se passait. Des enfants effrayés crièrent et se blottirent contre leurs parents. Plusieurs hommes frappèrent les barrières de troncs dans l'espoir de les faire bouger. En vain. Une femme avait sorti un gourdin clouté, mais elle ne semblait savoir qu'en faire.

Au milieu de ce chaos indescriptible, le mystérieux seigneur affichait un calme inquiétant. Les petits seigneurs des quartiers est demandaient parfois la protection des Vierges, mais rares étaient ceux capables de conserver leur sang-froid dans des circonstances aussi dramatiques. L'homme dut sentir le regard de la jeune fille, car il tourna la tête vers elle.

Çeda s'aperçut alors qu'elle s'était trompée. L'homme n'était pas calme, mais parfaitement serein. Il estimait qu'il ne courait aucun danger.

Il ne s'agissait pas d'un notable se promenant en ville.

C'était un des Douze Rois.

Un Roi de Sharakhaï déguisé en riche seigneur se tenait à dix mètres de Çeda, au milieu du marché aux épices en proie au chaos. Que faisait-il là ?

Le Roi tourna la tête pour observer le combat qui se déroulait sur les remparts. La Vierge avait pris pied sur le chemin de ronde et se battait contre les hommes voilés. Leurs sabres claquaient comme des coups de marteau sur une enclume et résonnaient entre les murailles. Sa camarade frappait toujours le mur qui se lézardait et s'effritait de plus en plus. Elle suivait un rythme étrange que Çeda était incapable d'expliquer, mais qu'elle comprenait intuitivement.

La jeune fille s'aperçut que ses doigts serraient la poignée de son kandjar. Elle fit un pas en direction du Roi, bien décidée à se ruer vers lui et à lui trancher la gorge. Elle sentit à peine Emre lui saisir le poignet – celui qui tenait la dague – et l'obliger à se tourner vers lui.

— Mais qu'est-ce que tu fais ? siffla-t-il. Tu veux mourir ?

Çeda se libéra d'un geste sec. Emre essaya de l'attraper de nouveau, mais elle lui saisit le bras et le projeta dans un des rares endroits épargnés par les projections d'huile.

— Reste là, Emre.

Alors qu'elle se tournait vers le Roi, elle aperçut une lueur tomber du haut des remparts et son sang se glaça.

La torche s'écrasa sur la nappe d'huile qui s'étendait toujours.

Des flammes jaillirent dans un bruit de tempête et Çeda eut l'impression de recevoir une gifle. Elle esquissa un mouvement de recul pour se protéger du souffle brûlant.

Je peux encore atteindre le Roi.

Quelque part derrière elle, des objets en verre se brisèrent. De l'eau coula sur un tapis et sur les pavés. Des malheureux transformés en torches vivantes hurlèrent de douleur.

Je peux encore l'atteindre.

Mais ses pieds refusèrent de bouger.

Les flammes se propageaient en dévorant tout ce que l'huile avait touché.

Un chariot explosa pendant que le feu grimpait le long des murs et s'insinuait entre les pavés. Des malheureux cernés par l'incendie hurlaient et essayaient de se protéger, les yeux écarquillés de terreur. La vague brûlante dévorait hommes, femmes et enfants sans distinction.

Les flammes tourbillonnaient entre Çeda et le Roi. Elles étaient impressionnantes, mais la jeune fille était convaincue qu'avec un peu d'élan…

Non ! Dieux tout-puissants, c'était impossible ! La chaleur était trop intense.

Par l'élu de Bakhi ! Nous allons tous rôtir ! songea-t-elle.

La fillette qui lui avait offert un bâtonnet parfumé était toujours là, pétrifiée par la peur. Puis elle tourna la tête et s'élança vers un groupe d'hommes dévorés par les flammes.

— Papa !

Çeda oublia aussitôt ses désirs de vengeance.

— Non !

Elle saisit la fillette par les bras et la tira en arrière. L'enfant se débattit avec l'énergie du désespoir, mais Çeda ne lâcha pas prise. Quelque chose de lourd et humide s'abattit sur elles, puis un bras puissant glissa autour de Çeda et l'entraîna en arrière. La jeune fille tomba avec la fillette.

Un tapis, songea Çeda. Emre avait versé de l'eau parfumée sur un tapis et les avait enveloppés avec.

— Papa ! hurla la fillette qui se débattait toujours.

— C'est trop tard, souffla Çeda.

Elle glissa une main sur les yeux de l'enfant pour la préserver de l'horrible spectacle. La fillette continua à lutter. Comment pouvait-on le lui reprocher ? Çeda ne la lâcha pas pour autant. Elle la garda serrée contre elle.

Emre rabattit le tapis sur leurs têtes pour les protéger de la chaleur intense et Çeda jeta un rapide coup d'œil à travers les franges dégoulinantes. Tout ce qui avait été touché par l'huile était en flammes, et une épaisse fumée noire envahissait le fort. Il était de plus en plus difficile de respirer, y compris sous le tapis humide. Un homme monta sur un chariot et essaya d'imiter la première Vierge. Il réussit à agripper une poutre, mais il lâcha prise et tomba sur un étal couvert de globes en verre. Plusieurs d'entre eux roulèrent sur les pavés et se brisèrent. L'eau parfumée se mêla à l'huile, et pendant quelques instants, les flammes se propagèrent en dessinant des tourbillons bleu-vert d'une beauté hypnotique. Une femme essaya d'éteindre les habits en feu d'un jeune garçon sans prêter attention à celui qui consumait ses propres vêtements. Plusieurs personnes imitèrent Emre. Deux hommes dévorés par les flammes commencèrent à se battre pour la possession d'un tapis humide.

La seconde Vierge poussa le Roi à travers le trou qu'elle avait pratiqué dans le mur du fort. Les flammes la rattrapèrent au moment où les pieds du Roi disparaissaient. La guerrière était couverte d'huile et elle s'embrasa comme un petit soleil, mais elle n'essaya même pas de suivre son maître. Par le doux baiser de Goezhen ! elle se pencha et souleva la grosse pierre qu'elle avait descellée pour reboucher le trou. L'obturation n'était pas parfaite, mais elle empêcherait les flammes d'atteindre le Roi dont les vêtements étaient imbibés d'huile. Elle termina son travail, puis roula par terre en se tordant de douleur.

Çeda contempla les failles noires autour de la lourde pierre. De l'autre côté, un Roi s'échappait en rampant. Il était sans défense.

Elle avait eu sa chance et l'avait laissée filer.

La chaleur était insupportable. Çeda avait l'impression d'être en feu malgré la protection du tapis. La fumée devint plus épaisse et la jeune fille fut saisie par une quinte de toux inextinguible qui lui irrita un peu plus la gorge. Les gens qui ne hurlaient pas toussaient, eux aussi. Çeda se demanda avec appréhension si ceux qui avaient échappé aux flammes n'allaient pas mourir asphyxiés. Elle leva la tête et chercha des cordes entre les chariots et les étals. Peut-être pourrait-elle fabriquer un grappin de fortune et l'accrocher au sommet des remparts… Et puis elle entendit un bruit au-delà de la barrière de troncs qui obstruait l'issue la plus proche. La lourde barricade s'ébranla et une dizaine de Lances d'argent se glissèrent à l'intérieur du fort en faisant signe aux gens de sortir. Des gardes commencèrent à évacuer les survivants pendant que d'autres lançaient des tapis humides dans le vain espoir de maîtriser l'incendie.

On aida Çeda à se lever et à quitter le fort. La jeune fille frissonna de froid en atteignant une partie ombragée du marché. La fillette l'avait suivie.

Elle tremblait de tout son corps et ses yeux verts exprimaient une stupeur que Çeda ne comprenait que trop bien.

Les Lances d'argent les interrogèrent, mais Seyhan se porta garant de leur honnêteté et on les libéra sans tarder.

Une question tournait inlassablement dans la tête de la jeune fille : *Comment as-tu pu être aussi lâche ?*

— Tu n'aurais rien pu faire, dit Emre, le soir venu, dans leur petite maison de trois pièces.

Tu te trompes. J'aurais pu tuer un Roi.

— Je ne veux pas en parler, lâcha la jeune fille en gagnant sa chambre. Pas maintenant.

Elle resta éveillée une bonne partie de la nuit. Dans sa tête, elle rejoua l'attentat des dizaines de fois en imaginant ce qu'elle aurait pu faire. L'attaque avait sans doute été organisée par l'Al'afwa Khadar, les Hôtes sans Lune. C'était un groupe de rebelles composé de Sharakhiens et de nomades du désert qui n'avaient qu'un seul but : chasser les Rois. Pendant combien de temps avaient-ils préparé cette attaque ? Des mois, voire des années. Une longue enquête avait sans doute été nécessaire pour apprendre qu'un Roi se déguisait pour se promener dans les rues de la cité, puis il avait fallu établir une surveillance pour découvrir ses habitudes, la fréquence de ses sorties, les chemins qu'il empruntait, le nombre de gardes qui assuraient sa protection…

Lorsque Çeda était confrontée, d'une manière ou d'une autre, à la présence des Rois, ou quand elle passait près de Tauriyat – la colline au pied de laquelle sa mère avait été pendue –, elle était envahie par un sentiment d'impuissance qui lui donnait envie de hurler à pleins poumons. Les maîtres de Sharakhaï quittaient rarement leur domaine, et le jour où elle avait enfin l'occasion d'en tuer un, elle se révélait incapable de tenir la promesse qu'elle avait faite à sa mère. Il lui fallut un long moment avant de comprendre qu'elle n'avait aucune raison de s'en vouloir : même si elle avait trouvé le courage d'attaquer le Roi, les Vierges du Sabre l'auraient tuée à coup sûr. Ces femmes avaient le pouvoir de lire dans le cœur des hommes. Comment aurait-elle pu les vaincre ?

Elle s'endormit en se demandant comment les Rois allaient réagir à cet attentat. Leur réponse ne tarderait pas et elle serait brutale. À Sharakhaï, une chose était sûre : quand il s'agissait de vengeance, les Rois payaient rubis sur l'ongle et se montraient fort généreux.

Le lendemain matin, alors que les Lances d'argent quadrillaient toujours le quartier occidental pour rassembler des informations, Çeda entendit un rugissement venant de l'ouest. Elle abandonna son petit déjeuner – une salade de haricots accompagnés d'une tranche de pain – et sortit dans la rue. Le bruit se répéta. Il était de plus en plus fort et faisait trembler les fondations de la ville. La jeune fille se dirigea vers la Porte sanctifiée, une des douze forteresses qui protégeaient les remparts extérieurs de la cité. Elle se dressait à l'ouest de Tauriyat et de la Maison des Rois, à l'extrémité de la rue qu'on appelait « la Lance ». Des centaines de gardes étaient stationnés au sommet des murailles, immobiles. Leurs visages étaient cachés dans l'ombre de leurs casques et les reflets du soleil faisaient briller les pointes d'acier des flèches encochées à leurs arcs courts.

Çeda leur prêta à peine attention. Elle ne voyait que les silhouettes pendues le long des remparts. Des fillettes. Rien que des fillettes. Elle les compta avec une fascination morbide. Vingt-quatre. Elles avaient la gorge tranchée et s'étaient vidées de leur sang comme des lapins accrochés par les pattes et éventrés. Les corps et les flaques écarlates se lisaient comme des symboles d'un parchemin ancien : « Attaque nos murailles et c'est ton sang qui coulera. Touche à un cheveu de nos filles et vingt-quatre des tiennes périront. » Le message était on ne peut plus clair. Les Vierges du Sabre étaient toutes des filles de Rois. Les premières-nées commençaient l'apprentissage des armes à l'âge que devaient avoir les vingt-quatre malheureuses victimes. Elles apprenaient à se battre pour se protéger et pour protéger la cité que les dieux avaient offerte à leurs pères.

Çeda observa chaque corps en leur rendant un hommage silencieux et en leur faisant une promesse. Surtout à la dernière, la petite vendeuse de parfum aux cheveux noirs et aux yeux de jade. Qu'avait-*elle* bien pu faire aux Rois ? Rien, mais elle était là. Elle était présente sur les lieux de l'attaque et avait survécu. Il n'en fallait pas davantage pour qu'on la soupçonne. À moins qu'elle ait été choisie au hasard, parce qu'elle avait été au mauvais endroit, au mauvais moment. Deux fois de suite.

Une rage sourde se répandait parmi la foule qui sanglotait au pied des murailles, mais Çeda refusa d'y céder. Elle étouffa sa colère et l'enfouit au plus profond de son âme pour qu'elle brûle en compagnie de tous ses regrets.

Puis elle se tourna et s'éloigna.

Elle n'avait pas besoin des morts. Et les morts n'avaient pas besoin d'elle.

CHAPITRE 4

Onze ans plus tôt…

Le lever de soleil sur le Grand Shangazi était un spectacle d'une beauté saisissante, une explosion de couleurs ambrées, ocre et rouille, une palette d'ombres gravées sur les vagues de dunes sous le vent. Mais Çeda n'y prêta pas attention, car sa mère s'était murée dans le silence. Une fois de plus.

Çeda était une fillette maigre de huit printemps. Elle était assise sur le barrot central du skiff – un navire bien plus maniable qu'il en avait l'air – que sa mère, Ahya, avait loué à prix d'or. L'aube était proche et l'on n'entendait rien d'autre que le glissement du bois sur le sable doré et le chuchotement occasionnel de la semelle de direction quand Ahya se penchait sur le gouvernail pour changer de cap. Çeda frissonnait, les bras croisés, mais elle ne se plaignait pas. Dans le désert, la fraîcheur était une denrée rare et le vent mordant ne tarderait pas à succomber aux rayons brûlants du soleil.

Çeda et sa mère n'avaient pas prononcé un mot depuis le début de leur voyage. La fillette aurait voulu savoir pourquoi elles avaient quitté la cité d'ambre aussi soudainement, mais elle savait qu'elle n'obtiendrait rien en brusquant sa mère. Bien au contraire. Ahya pouvait se montrer plus têtue qu'une mule.

L'enfant aurait surtout voulu savoir pourquoi sa mère avait si peur. Car elle avait peur, il n'y avait pas le moindre doute à ce sujet. Elle était plus raide que le barrot sur lequel elle était assise et scrutait le désert avec une attention inhabituelle. Elle corrigeait parfois la course du skiff et jetait un rapide coup d'œil à la voile, mais elle ne regardait jamais sa fille. L'inquiétude et un dur labeur avaient creusé des rides aux coins de ses yeux, des yeux qui exprimaient généralement une volonté farouche, mais qui, ce jour-là, ne trahissaient qu'une profonde fatigue et une angoisse proche de la panique. Cela ne l'empêchait pas de tenir la barre d'un air stoïque tandis que ses longs cheveux flottaient dans le vent comme la flamme d'un bâtiment de guerre.

Ahya était déterminée.

La veille, elle s'était couchée dans le lit qu'elle partageait avec sa fille et s'était endormie bien avant le crépuscule pour se préparer à une nouvelle expédition clandestine. Elle avait eu un sommeil agité. Elle avait prononcé le nom de sa fille à plusieurs reprises, très lentement : « Céééé-daaaa, Céééé-daaaa. » Sa voix était si triste que la fillette avait failli la prendre dans ses bras et pleurer tout bas. Elle n'avait pas eu le courage de la réveiller. Elle s'était étendue dans son dos, tout contre elle, et avait caressé ses cheveux en se demandant quels terribles cauchemars perturbaient son sommeil.

Ahya s'était réveillée au crépuscule et s'était absentée plusieurs heures. À son retour, les lunes jumelles étaient déjà hautes dans le ciel. Elle avait ouvert la porte et était entrée précipitamment dans leur logement misérable. Elle portait une robe noire et un voile qui n'étaient pas sans rappeler la tenue des Vierges du Sabre. Elle avait ordonné à Çeda de rassembler quelques affaires pendant qu'elle entassait un peu d'eau et de nourriture dans une besace. De quoi survivre un jour ou deux dans le désert. Elle avait aussi emporté leurs livres, des livres qui les avaient suivies au gré de leurs nombreux déménagements. Elle avait enfilé une autre robe – porter une tenue de Vierge du Sabre était un crime puni de mort –, puis elles étaient sorties dans les rues de la cité. Çeda avait fait un effort surhumain pour contenir la curiosité qui la rongeait.

Elle avait l'habitude de déménager brusquement – c'était déjà arrivé une bonne dizaine de fois – et Ahya lui avait appris à ne pas poser de questions. Les explications viendraient quand elles seraient dans un endroit sûr.

Elles étaient arrivées au port occidental bien avant les premières lueurs de l'aube et Ahya avait déboursé une petite fortune pour louer un skiff et acheter le silence du propriétaire, un bel homme à la peau mate. Elle avait mis le cap au nord, et l'embarcation s'était rapidement éloignée de Sharakhaï et de ses milliers d'habitants. Quel terrible danger se cachait dans ses rues étroites et tortueuses pour qu'Ahya décide de s'enfuir en pleine nuit ?

— Tu es allée dans le désert hier, dit Çeda, incapable de supporter le silence plus longtemps. Tu es allée cueillir des pétales ?

Elle avait senti qu'il s'était passé quelque chose d'inhabituel et il fallait qu'elle trouve le moyen de faire parler sa mère. N'importe quel moyen.

Ahya tira sur la barre de gouvernail et l'embarcation contourna un imposant rocher noir.

— Je suis allée dans le désert, mais je n'ai pas trouvé de pétales.

Çeda allait demander ce qu'elle avait trouvé, mais sa mère la regarda dans les yeux et secoua la tête. Ce n'était pas encore le moment.

L'embarcation passa le dernier monolithe qui se dressait près de Sharakhaï et s'élança sur la mer de sable. Ahya attacha la barre du navire avec deux longueurs de corde et se tourna enfin vers sa fille. Elle la regarda comme les autres mères regardent leurs enfants : sans froncer les sourcils, sans colère, sans aboyer d'ordre. Elle la regarda avec compassion. Cela arrivait si rarement que Çeda comprit tout de suite que la situation était grave. Ahya plongea la main dans sa robe – presque à contrecœur, remarqua la fillette – et en tira un médaillon en argent de la taille et de la forme d'une flamme de lanterne. Ce bijou était un des rares objets auxquels elle tenait.

Elle le glissa entre ses cuisses pour le protéger du vent et l'ouvrit. Elle en sortit deux pétales blancs dotés d'une pointe d'un bleu très pâle. Ils étaient secs, car Ahya les avait cueillis quelques semaines plus tôt sur les branches d'un adichara. Les adicharas étaient des arbres noueux et hérissés de vilaines épines, qui fleurissaient seulement lorsque les lunes jumelles étaient visibles dans le ciel. Cette cueillette était interdite par les Douze Rois de Sharakhaï, mais ce n'était pas cela qui inquiétait Çeda. Sa mère récoltait des pétales d'adichara bien avant sa naissance, et il n'était pas rare qu'elle lui en propose le lendemain de la sainte nuit de Beht Zha'ir. Mais elle lui donnait toujours un morceau adapté à sa taille et à son poids, jamais un pétale entier. Ce changement était inquiétant.

Pourquoi ? se demanda-t-elle. *Pourquoi maintenant ? Et pourquoi ici ?*

— Ouvre, dit Ahya en agitant le pétale devant les lèvres de Çeda.

Ce cadeau n'avait rien de rassurant, bien au contraire. Ahya estimait que le moment était assez important pour offrir un pétale entier à sa fille, assez important pour influer sur son destin. Les indices s'assemblèrent dans la tête de la fillette.

— Nous allons voir la sorcière, hein ?

Sa mère se contenta d'agiter le pétale. Partagée entre la crainte de désobéir et celle d'obéir, Çeda finit par ouvrir la bouche. Sa mère déposa le pétale sur la langue de sa fille d'un geste grave, puis elle glissa l'autre entre ses lèvres et observa la fillette avec attention. Çeda se demanda ce qu'elle espérait lire sur son visage.

La fillette sentit les manifestations qui accompagnaient l'absorption d'un pétale, avec une intensité sans précédent. Un picotement gagna sa langue, puis ses lèvres. Son visage, l'extrémité de ses doigts, la plante de ses pieds et l'intérieur de son nombril – l'endroit qui, selon sa mère, devait être la source des cris de guerre – furent envahis par l'énergie qui émanait du pétale. Sa bouche se remplit de salive, l'obligeant à déglutir sans cesse. Son ouïe s'affina et le crissement des patins en bois sur le sable résonna à ses oreilles. Elle entendit le gémissement d'un louveteau à crinière dans le lointain. Elle eut même l'impression de sentir la présence des adicharas qui formaient un vaste cercle autour de la cité, les arbres sur lesquels sa mère avait cueilli le pétale qu'elle avait dans la bouche.

Elle se sentait plus vivante que jamais. Elle se sentait capable de terrasser un de ces maudits briseurs d'os qu'elle avait aperçus sur les dunes aux premières lueurs du jour, alors que le skiff sortait du port. Elle aurait pu bondir de l'embarcation et poursuivre les lunes jumelles jusqu'à ce qu'elles disparaissent aux confins du monde. Rien ne lui était impossible, mais Ahya la regardait d'un air peiné, comme si Çeda venait de subir une épreuve qu'elle n'avait pas su surmonter. Pourquoi ? La fillette n'en avait aucune idée. Il était arrivé que sa mère lui offre un bout de pétale en d'autres occasions que Beht Zha'ir : la veille de son anniversaire ; pendant Beht Tahlell, la nuit où la déesse Nalamae avait posé son doigt tordu dans le désert pour faire jaillir la Haddah et apporter la vie dans le Grand Shangazi ; quand elles dansaient avec des lames… Pourquoi lui avait-elle donné un pétale entier et pourquoi fronçait-elle les sourcils en voyant sa fille se remplir d'énergie dorée ?

— Dis-moi ce qui se passe, dit Çeda, ne serait-ce que pour chasser la déception du visage de sa mère.

Les mâchoires et les traits d'Ahya se contractèrent. Elle était têtue, mais les chiens ne faisaient pas des chats.

— Est-ce que nous allons voir la sorcière ?

Ahya estima sans doute que sa fille avait droit à quelques explications, car elle daigna sortir de son silence.

— Saliah n'est pas une sorcière.

Çeda n'était pas d'accord sur ce point. Tout le monde savait que Saliah pouvait voir au-delà du présent, qu'elle était capable de lancer des sorts si l'envie ou le besoin l'en prenaient. Une réplique cinglante lui brûla les lèvres, mais elle eut la sagesse de la garder pour elle. Sa mère était tendue comme une corde de tambûr et elle pouvait se rompre à la moindre contrariété.

— Est-ce que tu vas lui vendre des pétales ? demanda Çeda.

Avec un peu de chance, elle avait deviné juste et l'affaire ne s'éterniserait pas. Pour une raison inexplicable, l'enfant était de plus en plus inquiète.

— Cela ne te regarde pas.

— Memma, j'ai huit ans. Je suis assez grande pour savoir.

Ahya s'arracha à la contemplation des dunes et une expression réprobatrice se peignit sur son visage. Elle observa sa fille quelques instants et laissa échapper un gloussement sec tempéré par l'angoisse et le doute qui la tourmentaient. Puis elle se détendit et éclata d'un rire joyeux qui résonna dans le ciel lumineux. La tension des dernières heures s'évanouit et Ahya renaquit. Elle prit la main de Çeda et l'embrassa trois fois.

— Tu as peut-être raison, Çedamihn, mais je ne te dirai rien quand même. Pas encore. Pas avant que tu lui aies parlé.

Çeda fut heureuse d'entendre sa mère rire – un son magnifique et trop rare –, mais le répit fut de courte durée. Le fardeau qui s'était accumulé sur les épaules d'Ahya au cours des derniers mois réapparut, plus lourd que jamais. La jeune femme se raidit sur le barrot, la main sur la barre, ses yeux graves rivés sur les dunes tandis que le vent gonflait la voile du skiff blanchi par le soleil.

— Tu seras une gentille fille. Tu veux que ta mère soit fière de toi, n'est-ce pas ? demanda-t-elle sans regarder l'enfant.

Çeda crut que sa mère voulait s'assurer qu'elle se conduirait convenablement devant Saliah, et puis elle vit son visage préoccupé et comprit qu'elle faisait erreur.

Et tout devint clair. Le désert se volatilisa et le monde de la fillette se réduisit à Ahya et au navire qui glissait sur le sable.

Sa mère allait *l'abandonner*. Elle allait la confier à Saliah et s'en aller, pour toujours peut-être.

Mille questions tourbillonnèrent dans la tête de l'enfant : où Ahya avait-elle l'intention d'aller ? Pourquoi ne voulait-elle pas que sa fille l'accompagne ? Mais Çeda domina son angoisse pour faire plaisir à sa mère. Elle se contenta de hocher la tête.

— Tu liras les livres que je t'ai donnés, poursuivit Ahya.

Ce n'était pas une question, ni même une demande, juste l'expression d'un souhait.

— Je le ferai.

— Rappelle-toi tout ce que je t'ai appris à propos du maniement du sabre et du bouclier. Entraîne-toi. Je ne te l'ai jamais dit, mais nous savons toutes les deux que tu es douée pour les armes. Ne considère jamais rien comme acquis. Est-ce que tu comprends ? Et si tu as besoin de quelque chose, va voir Dardzada. Il t'aidera.

Dardzada était un apothicaire installé dans un quartier aisé de Sharakhaï, à l'est de la ville. C'était un client d'Ahya – peut-être lui vendait-elle des pétales d'adichara –, et Çeda était allée chez lui à de nombreuses reprises. Elle restait assise dans la boutique avec ordre « de ne toucher à rien » pendant que les deux adultes bavardaient dans une pièce du fond. Dardzada était toujours méchant avec Çeda. Il lui demandait quand elle s'était lavée pour la dernière fois et affirmait qu'il la vendrait à une tribu de nomades si elle touchait à l'une de ses plantes. Par le doux souffle des dieux, pourquoi sa mère lui conseillait-elle d'aller voir cet horrible bonhomme ?

Ahya sembla lire dans ses pensées.

— Il est le sang de ton sang, Çedamihn.

—Jamais de la vie! s'exclama la fillette en espérant que ces mots lui feraient oublier ce qu'elle venait d'entendre.

—Je t'assure que si, dit Ahya d'un ton calme. Tu le comprendras un jour.

Le navire poursuivit sa route. Çeda chercha la force d'exprimer ses peurs, de demander à sa mère ce qu'elle avait l'intention de faire, de la supplier de changer d'avis, mais elle craignait de voir se réaliser ses pires cauchemars si elle prononçait un mot. Au fil des lieues, elle se persuada qu'il était idiot de critiquer les décisions de sa mère. Après tout, ce n'était pas la première fois qu'Ahya faisait quelque chose de dangereux. Pendant Beht Zha'ir, la nuit où seuls les Rois immortels et les Vierges du Sabre avaient le droit de se promener en ville, il n'était pas rare qu'elle enfile sa tenue de combat noire pour sortir. Comme la veille. Elle rentrait parfois sans un accroc à ses vêtements, mais il arrivait aussi qu'elle soit couverte de plaies et d'hématomes que Çeda soignait en suivant ses instructions sévères.

Elle avait bafoué les lois de Sharakhaï sous le nez des Douze Rois et elle avait survécu. Elle savait ce qu'elle faisait. Elle reviendrait saine et sauve, comme toujours.

Çeda en était convaincue.

Le soleil était levé depuis un bon moment quand une forme se dessina sur l'horizon, une colonne de pierre qui se dressait vers le ciel bleu sombre comme un doigt crochu et accusateur. Tandis qu'elles se rapprochaient, Ahya tira sur la barre de gouvernail pour mettre le cap à l'ouest, et le navire s'élança à la poursuite de l'ombre de sa voile. Çeda se redressa et scruta l'horizon à la recherche de leur objectif.

Il s'écoula plusieurs heures avant qu'elle entende les carillons éoliens. Des tintements clairs et musicaux qui résonnaient à la limite de la perception humaine.

Comme dans un rêve, songea-t-elle.

Les notes lui rappelèrent des songes qu'elle avait oubliés jusqu'à ce moment précis.

Et comme dans un rêve, la demeure de Saliah surgit du sable. Ce n'était qu'un humble bâtiment en briques d'argile avec un jardin clos, mais il ressemblait à une oasis magique au milieu du désert.

Ahya immobilisa le navire près de l'affleurement rocheux sur lequel la maison de Saliah était construite. Sans un mot, la jeune femme attrapa les livres et le sac de vêtements de sa fille pendant que celle-ci carguait la voile avec adresse autour de la bôme. Ahya jeta l'ancre – une lourde pierre attachée à une corde – pour empêcher le skiff de dériver au gré du vent. Avant de poser le pied sur le sol couleur rouille, elle ramassa une poignée de sable qu'elle porta à ses lèvres en marmonnant une prière, puis elle laissa les grains s'écouler entre ses doigts en formant une cascade. Çeda ne savait pas ce qu'elle avait demandé aux divinités du désert, et elle n'avait aucune envie de le savoir. Il s'agissait d'un rite sacré, et seul le dieu concerné pouvait entendre le message qu'on lui adressait.

Çeda imita sa mère et les grains filèrent entre ses doigts.

— S'il te plaît, Nalamae, souffla-t-elle, guide ma mère aujourd'hui plus que jamais.

Saliah les attendait près de la porte de sa demeure. C'était une belle femme. Et très grande. Elle mesurait une tête de plus qu'Ahya. D'une main, elle tenait une houlette dont la cuillère était incrustée de gemmes. De l'autre, elle caressait la longue tresse qui tombait sur sa poitrine. Elle regarda Ahya et Çeda approcher, mais ses yeux semblaient contempler quelque chose bien plus loin.

— Qui est là ? demanda-t-elle.

— Ahyanesh. Et j'ai amené ma fille. Pouvons-nous parler, Saliah Rivièrenée ? Je suis venue t'entretenir d'une affaire de la plus haute importance.

— Une affaire de la plus haute importance...

— Je ne serais pas ici sinon.

Saliah réfléchit pendant que les carillons tintaient dans le jardin. Un lourd silence s'installa, puis la grande femme hocha la tête. Elle se tourna vers la fillette et regarda au loin avant de tendre la main. Çeda avait peur de la prendre, mais elle savait qu'elle n'avait pas le choix.

— Pourrais-tu aller te promener dans le jardin, ma petite ? demanda Saliah.

— Un instant ! s'exclama Ahya.

Elle avait les yeux écarquillés. Pourquoi cette simple requête l'affolait-elle autant ?

— Tu veux que Çeda...

Saliah inclina la tête vers elle.

— N'as-tu pas parlé d'une affaire de la plus haute importance ?

— Si, mais...

— Il ne peut donc s'agir que de Çeda, dit Saliah d'un ton nonchalant.

Ahya regarda sa fille, puis le mur du jardin, avant de se tourner vers Saliah d'un air implorant.

— Pourquoi ce ne serait pas moi ?

— Parce que c'est elle qui sera enveloppée dans le manteau de tes choix. Parce qu'il est plus facile de sentir ce qui est caché quand le regard se pose à côté et non pas dessus. Maintenant, va, Çedamihn. Ta mère et moi devons parler. (Saliah lâcha la main de l'enfant et se tourna avec une grâce royale vers la porte de la maison.) Pourquoi n'irais-tu pas voir si l'acacia veut bien te parler ?

Et elle disparut dans l'ombre de sa demeure.

— Va, dit Ahya en fronçant les sourcils.

Elle posa une main sur l'épaule de sa fille et la poussa doucement vers l'arche de pierre qui conduisait au jardin.

Çeda ne comprit pas ce qui venait de se passer ; pourtant, elle éprouva un certain soulagement à l'idée de se promener à sa guise. Elle s'était inquiétée pendant la traversée, mais la maison de Saliah était une oasis, un abri accueillant pour se protéger des tempêtes de sable.

Si quelqu'un peut aider ma mère, c'est bien Saliah, songea l'enfant.

Çeda s'était déjà promenée dans ce lieu, mais ses souvenirs ne revinrent pas avant qu'elle franchisse l'arche et entre dans le jardin.

C'était merveilleux. Dans le désert, on n'entendait que les carillons tinter à la limite du seuil de perception, mais il y avait d'autres sons. Des oiseaux au bec brillant voletaient entre les arbustes et au-dessus du chemin sinueux. Ils gazouillaient et chantaient toutes sortes de mélodies dans un air brusquement devenu humide. Çeda avait l'impression de se trouver sur les berges de la Haddah au milieu de l'été. Les roseaux accueillaient les nids des roitelets, des alouettes et des bergeronnettes. Et les parfums ! D'innombrables fragrances florales : la valériane, l'annadouce et l'arôme curieusement acide des clochettes d'or, le tout mêlé à une odeur riche et ancienne d'ambre en copeaux. Çeda songea que le monde était sans doute né dans ce paradis. L'enfant oublia les sombres pensées accumulées pendant le voyage.

Au centre du jardin se dressait un énorme acacia dont les branches se déployaient comme les bras d'une grand-mère protectrice. Il était bien plus haut que le mur d'enceinte, mais la fillette ne l'avait pas remarqué de l'extérieur. Elle approcha et leva la tête pour regarder les feuilles vertes et les éclats de cristal colorés suspendus aux branches.

« Pourquoi n'irais-tu pas voir si l'acacia veut bien te parler ? »

La fillette savait que Saliah lisait les sons des carillons lorsqu'elle avait des visiteurs, mais elle ne possédait pas ce don.

C'était un pouvoir réservé à la sorcière du désert et à ses semblables, aux personnes capables de comprendre le fonctionnement interne de l'univers.

Non ?

Des dizaines d'oiseaux voletaient entre les branches, pourtant sans jamais effleurer les minces fils dorés et les carillons qui y étaient accrochés. Çeda aurait bien aimé faire tinter les tiges métalliques, mais elles étaient trop hautes.

Elle mourait d'envie de grimper dans l'arbre. C'était peut-être blasphématoire, mais après tout, Saliah avait donné la permission, non ? La fillette se lécha les lèvres et jeta un rapide coup d'œil en direction de la maison. Saliah et sa mère parlaient à voix basse, mais le pétale aiguisait encore ses sens et elle entendit une partie de la conversation.

— J'ai trouvé quatre de leurs poèmes, dit Ahya.

— Quatre sur douze.

— C'est un début.

— Cela ne me semble pas prudent, malgré ce que tu m'as dit.

— Dans ce cas, dis-moi ce que je peux faire d'autre ! supplia Ahya.

— Ce n'est pas aussi simple que tu le crois et il n'y a pas que les Rois à prendre en compte.

— Tu me l'as dit, mais les Rois doivent tomber.

— Je ne te contredirai pas sur ce point.

— Alors ? Que pourrais-je faire d'autre ?

Çeda n'entendit pas la suite, car elle contourna le tronc et sursauta lorsque deux oiseaux à crête jaune jaillirent d'un buisson. Elle leva la tête et aperçut le ciel bleu du désert à travers les branches. Elle observa les carillons qui lançaient des éclats de mille couleurs.

— Prends-la avec toi, souffla Ahya. Prends-la. Je reviendrai la chercher. Ou quelqu'un d'autre viendra.

— Patience, dit la voix grave de Saliah. J'écouterai les carillons...

Et Çeda n'entendit plus rien. Elle eut l'impression que Saliah lui avait permis d'écouter une partie de la conversation et qu'elle avait décidé que cela suffisait. Ça n'avait rien d'impossible, car les héritiers du sang divin étaient très puissants quand ils étaient sur leur domaine. Çeda était convaincue que la vieille femme faisait partie de l'ancien peuple. Elle descendait des dieux en droite ligne. C'était la seule explication à ses pouvoirs.

La fillette avait fait le tour de l'arbre. Elle attendit un moment, tête levée, puis respira un grand coup et s'élança. Elle sauta sur une pierre ronde et saisit la branche la plus basse avant d'effectuer un rétablissement. Elle poursuivit son ascension en restant près du tronc pour éviter les rameaux hérissés de fines épines.

Alors qu'elle approchait du sommet, elle remarqua que les carillons produisaient des notes différentes.

Ils jouaient désormais un air plus insistant, plus désespéré.

Elle l'écouta pendant quelques minutes. Ce changement de rythme l'angoissait. La nouvelle mélodie lui rappelait le sifflement des tempêtes de sable à Sharakhaï. Elle bascula en arrière et resta suspendue par les jambes, mais elle eut l'impression que c'était mal et se redressa pour examiner les carillons.

Elle distingua des images à travers leurs reflets éclatants. Des images aussi fugaces que des écailles d'argent filant sous la surface de l'eau. Il y avait quelque chose, et l'instant d'après, plus rien. Elle vit une main calleuse de femme avec une plaie et du sang qui coulait le long du pouce. Elle vit un scarabée aux ailes irisées qui se posait sur une fleur aveuglante. Elle vit une femme portant une dishdasha d'un orange diaphane qui dansait dans le désert ; ses pieds projetaient des gerbes de sable tandis qu'elle virevoltait et bondissait. Elle vit des sabres noirs brandis en signe de victoire et des guerrières en robe de combat qui chargeaient à travers les dunes. Elle vit un homme dont elle reconnut aussitôt les yeux ; il portait une élégante tenue de cheikh. Et elle vit bien d'autres choses, mais n'en comprit aucune.

Une image la frappa : elle se trouvait dans une salle richement décorée et un Roi se tenait devant elle. Elle savait que c'était un Roi, car il portait de beaux vêtements et une couronne dorée. Ses yeux sombres et perçants étaient volontaires, presque fiers. Il tenait un shamshir en acier noir d'une main. Il y avait une marque gravée sur la lame, près de la garde. C'était un motif circulaire représentant des roseaux au bord d'une rivière. La fillette distinguait presque les hérons qui traquaient les ouïes écarlates dans le courant. Elle n'était pas particulièrement surprise d'être en présence d'un des douze monarques immortels de Sharakhaï ou de voir une arme aussi étrange. Non, le plus curieux, c'était que le Roi lui présentait le sabre comme une offrande.

Çeda était tellement fascinée qu'elle ne remarqua pas tout de suite qu'on l'observait. Elle tourna la tête. À travers les branches, les fils dorés et les carillons miroitants, elle aperçut la haute silhouette de Saliah sous l'arche de pierre, la houlette à la main. Ses traits n'exprimaient ni colère, ni bonté. Elle regardait l'arbre avec un mélange de crainte et de fascination, comme si Tulathan était soudain apparue devant elle. Ahya se tenait deux pas en arrière. Elle semblait attendre – ou espérer – quelque chose.

Saliah leva la main droite et serra le poing à plusieurs reprises en tournant la paume vers le ciel, puis vers le sol. Elle se ressaisit ensuite.

—Descends, mon enfant, dit-elle d'un air absent. (Ses paroles se mêlèrent aux tintements des carillons comme des amis qui se retrouvent après une longue séparation.) Descends *tout de suite.*

Les membres de Çeda se mirent à trembler. Pour une raison inconnue, elle savait que la sorcière aveugle avait vu les mêmes images qu'elle, mais elle n'était qu'une enfant maladroite alors que Saliah était capable d'interpréter les visions. Quel terrible message avait pu l'ébranler de la sorte ?

La fillette descendit le long des branches avec des gestes empreints de respect. Quand ses pieds se posèrent sur le sol, elle s'aperçut que Saliah pleurait.

—C'est vrai ? demanda Çeda. On me donnera un sabre noir ?

Ahya écarquilla les yeux, puis déglutit avec peine pendant que son regard passait de la vieille femme à l'enfant et de l'enfant à la vieille femme. Elle attendait la réponse de la sorcière, mais elle avait peur de ce qu'elle allait entendre.

Çeda n'eut pas le temps de demander ce qui se passait. Saliah se tourna et se dirigea vers la maison.

—Il n'y a pas de place pour Çeda ici, lâcha-t-elle.

Ahya regarda sa fille, puis la sorcière qui s'éloignait. Plusieurs fois. Saliah semblait perdue dans un maelstrom intérieur.

— S'il te plaît, supplia Ahya. Il y a encore…

— Partez, lâcha Saliah.

— Je te demande juste de la garder pendant que je…

Saliah s'arrêta et pivota. Elle fit claquer son bâton sur le sol de pierre et une note sourde résonna pendant une éternité, comme si le désert n'était rien d'autre qu'une immense peau de tambour.

— Nous pouvons emprunter bien des chemins dans ce monde, et dans le prochain. Mais toi, Ahyanesh, tu es arrivée à la fin de ton voyage. Prends ton enfant et quitte… cet… endroit.

Saliah se tourna et s'éloigna. Quelques instants plus tard, elle disparut dans sa demeure.

Çeda et Ahya se retrouvèrent seules.

Abandonnées.

Ahya se tourna vers sa fille dans un mouvement las. Son visage avait quelque chose de saisissant, avec ses yeux perçants et ses cheveux noirs qui flottaient au vent. Elle n'était pas en colère, mais abasourdie. Curieusement, elle semblait apaisée, comme si elle n'avait plus de choix à faire, comme si le chemin à suivre était clair. Et puis elle sembla se rappeler la présence de sa fille. Elle la saisit par le poignet et l'entraîna vers le skiff.

CHAPITRE 5

Çeda était montée sur le toit en tuiles d'argile de son appartement. En équilibre sur la pointe des pieds, elle observait la ruelle tortueuse qui partait de sa demeure pour traverser les souks et s'éloigner en direction de l'Abreuvoir, la principale artère de la cité. Le vent soufflait avec douceur dans les rues abritées de Sharakhaï, mais sur les toits, il était assez puissant pour faire claquer la dishdasha noire de la jeune fille. Les rafales étaient chargées de sable, et Çeda avait rabattu le voile de son turban sur son visage. Le médaillon en argent de sa mère était accroché à son cou. Ce soir-là, il pesait sur son cœur comme une enclume.

À l'ouest, le soleil se dressait encore au-dessus de l'horizon comme un disque d'or poli, mais les étoiles s'étendaient déjà sur la vaste toile bleu sombre du ciel. En général, les nuits étaient assez bruyantes à Sharakhaï. On entendait les cris des colporteurs et des enfants qui couraient dans les rues, les grondements des chariots qui remontaient l'Abreuvoir… mais ce soir, la cité était plus silencieuse qu'un ossuaire. C'était la nuit de la moisson, la nuit au cours de laquelle les asirim traqueraient les âmes des élus en hurlant.

Beht Zha'ir avait lieu toutes les six semaines, quand les lunes jumelles étaient pleines. La cité, d'ordinaire si animée et si brillante, se transformait alors en animal terrifié. Çeda en avait la preuve devant elle : la ville était plongée dans les ténèbres et le silence. Aucune loi ne dictait la conduite des habitants la sainte nuit, mais de nombreuses rumeurs affirmaient que la lumière et le bruit attiraient les asirim. Personne ne dérogeait à cette règle, même pas les seigneurs qui espéraient secrètement faire partie des élus. Ils montaient la garde dans l'obscurité et priaient les dieux du désert en silence jusqu'au lever du soleil. Même Tauriyat, la colline où se dressaient les palais des Rois, était plongée dans les ténèbres. Pendant Beht Zha'ir, seuls le Roi Moissonneur et les Vierges du Sabre osaient sortir.

Et Emre n'était pas encore rentré. Où pouvait-il bien être ? Avait-il des ennuis ? Était-il blessé ?

Était-il mort ?

— Dépêche-toi, marmonna la jeune fille en contemplant les ténèbres de plus en plus denses.

Elle espéra que le vent porterait ses paroles aux dieux du désert.

Tandis qu'elle scrutait la ruelle, une idée morbide lui traversa l'esprit : et si la peur d'Emre attirait les asirim ? Cela n'était pas impossible. Elle n'avait jamais approché ces créatures d'assez près pour observer leurs méthodes de chasse. En fait, elle n'avait jamais *vu* un asir de sa vie. Enfin, pas distinctement. Elle n'avait aperçu qu'une ombre furtive quelques années plus tôt, une silhouette tordue qui se déplaçait comme un chien blessé dans les rues de la ville.

La nuit tombait. L'obscurité allait devenir impénétrable et le resterait jusqu'à ce que Rhia et Tulathan montent dans le ciel.

— Par les tétons de Nalamae, dépêche-toi, Emre !

Mais malgré ses prières, les ténèbres envahirent les rues, les lunes poursuivirent leur ascension et la ruelle demeura désespérément vide. Elle ferait mieux de rentrer. Elle ferait mieux d'attendre à l'abri. Il fallait être idiot pour partir à la recherche de quelqu'un pendant Beht Zha'ir. Emre était allé au port méridional pour récupérer un paquet, mais Çeda ignorait ce qu'il avait fait ensuite.

Elle ne pouvait pourtant pas l'abandonner.

Elle ne pouvait pas lui faire ça.

Ils avaient attendu toute la journée qu'Osman prenne contact avec eux et leur indique leurs destinations. Çeda et Emre étaient nerveux, comme toujours avant un furtif. Ils burent un peu d'eau et grignotèrent un plat à base de raisins secs, de pignons et de riz au safran. Emre raconta à son amie qu'un caravanier malasanien s'était arrêté devant l'étal de Seyhan pour goûter un piment au vinaigre que le vieux marchand conservait dans des jarres en argile rangées sous les tables chargées d'épices.

— Il a dit qu'il en avait entendu parler. (Emre esquissa un large sourire, les yeux perdus dans le vague.) Il a *exigé* qu'on lui en donne un. Il voulait que je lui refile le piment le plus fort que j'avais en stock. Quand il est parti, il *pleurait*, Çeda. Il pleurait et suppliait qu'on lui donne de l'eau. Mais personne ne lui en a donné, même quand il a sorti ses pièces d'or.

Çeda savait que les marchands d'épices gardaient toujours un peu d'eau derrière leurs étals, mais que jamais ils n'en proposeraient à un étranger trop prétentieux.

— Tout le monde souriait, poursuivit Emre. Tout le monde lui disait : « Que les dieux nous pardonnent, mais nous n'avons pas d'eau. » Quand il a fichu le camp, je te jure que son visage était plus brillant que le soleil. Et il pleurait comme un petit garçon qui a perdu sa mère. Je suis sûr qu'il pleure encore.

Çeda rit avec un peu de réticence. Les marchands n'évoquaient jamais le sujet devant Emre, mais tous savaient ce qu'il avait enduré par un groupe de caravaniers malasaniens. C'était pour cette raison qu'ils avaient joué ce vilain tour à l'étranger. Ils étaient toujours prêts à défendre le jeune homme.

— Vous êtes cruels et bas, dit Çeda. Tous. Sans exception.

Emre balaya cette remarque désapprobatrice comme on balaie le sable sur le pont d'un navire.

— Les Malasaniens peuvent bien souffrir mille fois mille morts. Ce n'est pas moi qui me soucierais de leur sort.

Çeda n'insista pas. Elle ne voulait pas remuer le couteau dans une plaie qui, certains jours, ne semblait pas encore cicatrisée.

Tariq arriva deux heures avant le coucher du soleil, l'air bravache et les bras croisés. Il leur parla comme s'il était le maître de Crêterose, alors qu'il n'était qu'un homme de main d'Osman. Çeda et Emre le connaissaient bien. Ils l'avaient fréquenté au cours de leur jeunesse dans les quartiers ouest de la ville.

— Deux paquets, dit Tariq. Çeda part en premier. Emre, tu partiras après elle.

Tariq ordonna à Emre de quitter la pièce avant d'expliquer à Çeda qu'elle devait se rendre dans une distillerie située à l'est du port septentrional. La jeune fille enfila une abaya et un hijab pour dissimuler son visage, puis attacha deux couteaux de combat à ses mollets – on n'était jamais trop prudent – et sortit. Emre resta seul avec Tariq.

Çeda se glissa dans une ruelle et fit demi-tour. Osman et Tariq auraient été furieux d'apprendre que la jeune fille et Emre se communiquaient toujours leurs destinations respectives lors d'un furtif. Au cas où. Çeda grimpa au sommet du bâtiment de deux étages qui se trouvait en face de chez elle et s'accroupit derrière le parapet du toit en terrasse. Emre apparut à la fenêtre et se pencha à l'extérieur pendant un bref moment. Il glissa le bras droit le long du mur et pointa le doigt vers le bas – le sud – avant d'ouvrir la main comme une voile gonflée par le vent. Il devait donc se rendre au port méridional, ou dans les environs.

Çeda se mit en route.

Elle rencontra son contact derrière le manège à bœufs qui faisait tourner la meule de la distillerie. Elle aurait été incapable de dire de quel pays il venait : sa peau était aussi noire que celle des Kundhanais, mais il avait les traits d'un natif des hautes terres de Miréa. Il était grand et plutôt distingué. Il portait des vêtements sombres et ses cheveux noirs étaient attachés en une longue queue-de-cheval. Il lui donna une sacoche contenant une petite boîte en ivoire, et Çeda l'apporta dans une baraque délabrée au cœur des Bas-fonds, un faubourg où les bâtiments s'entassaient le long de ruelles étroites. Les Sharakhiens n'aimaient pas traîner dans ce quartier – y compris ceux qui y habitaient – et Çeda ne dérogeait pas à la règle. C'était un endroit dangereux, mais la jeune fille arriva à destination sans encombre. Une vieille femme décharnée ouvrit la porte et lui fit signe d'entrer. Ses rides étaient si profondes qu'on aurait pu croire qu'elle vivait dans le désert depuis la création de Sharakhaï. La maison n'abritait qu'une petite pièce éclairée par une bougie dégoulinante posée sur une table. La vieille femme regarda Çeda en esquissant une grimace qui dévoila ses gencives édentées, et tendit une main impatiente. Çeda leva sa sacoche et la vieillarde la prit d'un geste sec. La mission était terminée. Osman n'avait pas menti : le furtif s'était déroulé sans problème.

Un tel luxe de précautions n'avait rien d'étonnant dans la cité d'ambre. À Sharakhaï, de nombreuses personnes avaient besoin de communiquer pour régler certaines affaires – légales ou pas – sans attirer l'attention des Rois, et plus particulièrement celle de Zeheb, le Roi des Murmures. On racontait que Zeheb était capable d'entendre tout ce qui se disait dans la cité, surtout quand on parlait des Douze Rois. Les hommes et les femmes qui s'adonnaient au jeu du pouvoir avaient compris qu'il était dangereux d'opérer en pleine lumière. Ils engageaient donc des personnes comme Osman pour passer leurs commandes, régler leurs dettes et faire connaître leurs conditions, dans l'espoir – rarement déçu – de tromper la vigilance des Rois, des Vierges du Sabre et des percepteurs royaux. Quand on voulait faire des affaires à Sharakhaï, il fallait inclure le salaire des intermédiaires dans les frais généraux. C'était une activité à haut risque, mais très rémunératrice.

Ce système présentait de nombreux avantages pour les commanditaires. Il fallait verser une somme considérable pour s'offrir les services d'une personne comme Çeda, mais les intermédiaires assuraient une certaine sécurité en cas de problème. Les Lances d'argent ou les Vierges pouvaient intercepter un message, mais ils ne pouvaient pas le déchiffrer sans le code transporté par une autre personne. De plus, les coursiers ne savaient pas grand-chose de leur mission et ne pouvaient donc rien révéler d'important. Osman lui-même ignorait le contenu des messages et des paquets, pour sa protection comme pour celle de ses clients.

Çeda sortit de la maison délabrée et s'éloigna d'un air nonchalant. Une fois à l'abri d'éventuels regards, elle se réfugia derrière un immeuble d'habitation de trois étages – un des seuls des Bas-fonds – où les gens s'entassaient jusqu'à vingt par appartement. Le mur présentait un renfoncement dans lequel un figuier avait jadis poussé. L'arbre n'était plus qu'une souche grisâtre, mais les parois rapprochées du recoin permettaient de grimper au sommet du bâtiment massif sans trop de difficulté. Çeda traversa le toit d'un pas rapide et silencieux, puis s'accroupit près du parapet et observa la ruelle qu'elle venait de quitter.

Certains renseignements pouvaient se monnayer très cher, mais ce n'était pas pour cette raison que Çeda avait accepté de travailler pour Osman. Elle aimait savoir ce qui se passait à Sharakhaï, qui communiquait avec qui. Elle considérait sa curiosité comme un investissement qui lui rapporterait peut-être des dividendes, un jour.

Une heure plus tard, elle vit deux hommes et une femme descendre la ruelle d'un pas décidé. Des shamshirs glissés dans des fourreaux en cuir se balançaient à leurs ceintures. Leurs dishdashas et leurs turbans clairs se confondaient avec les murs en briques d'argile. Leurs voiles n'étaient pas attachés et se balançaient à chacun de leurs pas. Les trois inconnus entrèrent chez la vieillarde édentée et ressortirent quelques instants plus tard. Ils s'éloignèrent en empruntant la ruelle par laquelle ils étaient arrivés. Quand ils traversèrent le premier carrefour, Çeda remarqua que la femme portait la sacoche en cuir qu'elle avait donnée à la vieille femme.

Dès que les inconnus furent hors de vue, la jeune fille regagna la rue et s'élança à leur poursuite. Ils traversèrent les Bas-fonds, remontèrent le Puits et pénétrèrent dans le Croissant rouge, un quartier proche du port occidental, le plus petit et le plus misérable des quatre ports sableux de la ville.

Les trois inconnus s'engagèrent dans une ruelle et Çeda se tapit dans un recoin. La femme, qui marchait entre les deux hommes, s'arrêta et regarda derrière elle pour s'assurer que personne ne les suivait. De toute évidence, ce n'était pas la première fois qu'elle se livrait à ce genre d'exercice. Elle ne remarqua rien de suspect et rejoignit ses deux camarades.

Çeda leur laissa un peu d'avance, car elle comprit qu'ils allaient se montrer plus prudents. Elle sortit de sa cachette et descendit la rue à grands pas. Quand elle arriva à hauteur de la ruelle, elle frotta l'épaule de sa dishdasha comme si elle venait de remarquer une tache et en profita pour jeter un coup d'œil. La femme avait disparu, mais les deux hommes attendaient dans une petite cour située derrière une arche pointue, vingt pas plus loin.

Il était impossible de passer par la ruelle.

Mais il existait un autre chemin.

Çeda poursuivit sa route et arriva devant un établissement de bains publics. C'était tout ce qui restait d'un ancien caravansérail qui avait été rasé lors de la construction du port occidental. L'accès était alterné : un jour les femmes et les jeunes filles, l'autre les hommes et les garçons. Par la grâce de Tulathan, c'était le jour des femmes.

L'employé qui surveillait l'entrée, un jeune homme en caftan bleu, avait l'air de s'ennuyer ferme.

—L'eau n'est plus très chaude à cette heure-là, dit-il.

—Ce n'est pas grave, répliqua Çeda en lui donnant deux khets de cuivre.

Le jeune homme haussa les épaules. Les deux pièces tombèrent au fond d'un coffre avec un tintement métallique, et il tendit une serviette en coton à Çeda.

—Savon ou pierre ponce? demanda-t-il en agitant la main vers une étagère sur laquelle se trouvait un assortiment de chaque.

Les produits n'étaient pas gratuits, bien entendu.

Çeda secoua la tête et traversa la cour. Dès qu'elle eut le dos tourné, le jeune homme se remit à polir une poignée en cuivre ondulée.

Çeda croisa quatre femmes et une fillette qui sortaient du bâtiment richement décoré en riant de bon cœur. Elle se dirigea vers l'entrée, puis accéléra le pas et tourna au coin de l'édifice. Elle jeta un coup d'œil par-dessus son épaule et s'aperçut que la fillette s'était retournée. L'enfant la regardait avec curiosité tandis que le vent jouait dans ses longues mèches humides. Çeda porta un doigt à ses lèvres, puis se glissa entre le mur du bâtiment et celui d'enceinte.

L'espace était étroit et les briques rugueuses. La jeune fille n'eut aucun mal à grimper assez haut pour s'accrocher au sommet du mur d'enceinte. Elle entendit des murmures provenant de l'établissement de bains et des voix – plus claires – qui montaient de la cour se trouvant de l'autre côté du mur. Elle se hissa assez haut pour jeter un rapide coup d'œil et vit les trois personnes qu'elle avait suivies à travers la cité en compagnie d'un homme à la barbe fourchue. Il était grand et large d'épaules. Il portait une dishdasha brune richement brodée et deux shamshirs étaient accrochés à sa ceinture. Des tatouages représentant des vipères faisaient le tour de ses poignets et de ses avant-bras. De toute évidence, c'était un individu dont il fallait se méfier. Il s'appelait Macide Ishaq'ava et était le chef des Hôtes sans Lune, un groupe disparate qui rassemblait des centaines, voire des milliers, de nomades du peuple errant, les douze tribus qui avaient régné sur le Grand Shangazi.

Tous les Sharakhiens connaissaient le nom de Macide. Çeda ne l'avait jamais rencontré, mais elle savait ce dont il était capable. Le massacre du marché aux parfums en était l'exemple le plus récent, mais ce n'était malheureusement pas le seul. Des années plus tôt, Macide s'était assuré la collaboration d'un charcutier qui préparait des salaisons avec la chair d'un daim très rare vivant au sud du Grand Shangazi. L'homme était un fournisseur officiel de la Maison des Douze Rois, et pour la fête de la nouvelle année, il avait servi de la viande empoisonnée. Aucun Roi n'avait succombé, mais dix-huit invités de la plus haute noblesse avaient trouvé la mort.

Les Rois n'avaient pas pris l'affaire à la légère.

En guise de représailles, ils avaient empoisonné des dizaines de personnes. Des hommes, des femmes et des enfants choisis au hasard... des malheureux de basse extraction, d'anciens nomades qui s'étaient installés en ville. Les cadavres avaient été jetés dans le fleuve pour que tout le monde les voie flotter vers le désert. Les quelques téméraires qui s'étaient aventurés dans les eaux peu profondes pour récupérer les corps avaient été criblés de flèches par les Lances d'argent postées par centaines sur les berges.

Les Hôtes sans Lune s'étaient vengés en enlevant une jeune Vierge du Sabre qui n'avait pas encore accompli sa vigile dans le désert. Elle fut crucifiée et abandonnée sur une dune. Quand les Rois l'apprirent, ils entrèrent dans une rage folle. Ils rassemblèrent vingt-quatre filles du même âge que la Vierge et les pendirent par les pieds à des poteaux plantés dans le sable du port septentrional. Les suppliciées restèrent accrochées douze jours. Elles moururent de soif ou de froid. Les Vierges et les Lances d'argent veillèrent à ce que tout le monde comprenne le message : si les citoyens de Sharakhaï refusaient de dénoncer des ennemis de la cité, ils en paieraient le prix. Œil pour œil, dent pour dent.

L'homme qui se tenait dans la cour était en grande partie responsable de cette succession de massacres.

Macide prit la sacoche en cuir que lui tendait la femme. Il l'ouvrit et en tira un étui à parchemin. Il l'examina avec attention, puis tourna les anneaux d'ivoire disposés le long du rouleau pour former une combinaison – qu'on lui avait sans doute communiquée des jours ou des semaines plus tôt. Lorsqu'il eut terminé, il brisa le sceau en cire à l'extrémité de l'étui et sortit un parchemin. Il hocha la tête d'un air satisfait et rangea le message dans le rouleau.

— Va, dit-il en se tournant vers la femme. Va chercher le deuxième étui et retrouve-moi sur le navire.

— Bien.

Le petit groupe s'éloigna et disparut dans la ruelle.

Çeda envisagea de continuer sa filature, mais elle en avait vu assez. Pour en apprendre davantage, il aurait fallu qu'elle récupère le parchemin de Macide, et elle n'en avait pas le temps.

Le soleil était bas et Beht Zha'ir allait commencer. Maintenant qu'elle savait que les Hôtes sans Lune étaient impliqués dans cette affaire, elle voulait rentrer chez elle et s'assurer qu'Emre allait bien.

Elle n'avait aucune raison sérieuse d'être inquiète.

Mais elle l'était tout de même.

Son malaise empira sur le chemin du retour. Elle arriva enfin chez elle et constata que les lieux étaient vides. La lumière du crépuscule disparut derrière l'horizon et un frisson parcourut la cité. La peur était de plus en plus prégnante. Les asirim approchaient.

Çeda s'arracha à ses pensées en voyant des ombres bouger dans la ruelle. Elle scruta les ténèbres en retenant son souffle, mais ce n'était qu'un chien errant qui courait sur les pavés. Un deuxième apparut, puis un troisième. Ils étaient nerveux. Ils ralentirent, le poil hérissé, et poursuivirent leur chemin avec prudence. Ils disparurent à un coin de rue et Çeda se retrouva seule une fois de plus.

Elle comprit qu'Emre ne rentrerait pas.

Il ne rentrerait pas parce qu'il s'était passé quelque chose de grave. Elle le sentait. Résignée, elle tira sur la partie inférieure de son turban noir de manière à dégager son cou, puis elle prit son médaillon avec des gestes méticuleux et l'ouvrit du bout de l'ongle. Il contenait un pétale séché d'un blanc d'os, avec un soupçon de bleu éclatant.

La situation lui rappelait ce qui était arrivé onze ans plus tôt, le jour où sa mère avait loué le skiff et où elles avaient rendu visite à Saliah, la sorcière du désert. Le jour où sa vie avait été bouleversée.

Le jour où Ahya avait été tuée.

Allait-elle revivre la même épreuve ? Allait-elle perdre un autre être cher ?

Le pétale était aussi léger qu'un rayon de lune. Elle le glissa sous sa langue. Les odeurs de jasmin, de romarin et de macis se mélangèrent au parfum floral – reconnaissable entre tous – de l'adichara. Sa peau la picota. Ses lèvres tremblèrent. Elle entendit un bruit strident. Un doigt mouillé de vin qui glisse sur le bord d'un verre en cristal en produisant une note aiguë. Il lui arrivait de deviner la présence des champs en fleur autour de la cité, mais ce soir, sa perception était exacerbée. Elle sentait presque la faim des asirim.

La douleur qui irradiait son ventre reflua. Ses mains tremblaient. Les lunes jumelles frémissaient dans le ciel, et l'espace d'un instant, Çeda eut l'impression de communier avec la cité tout entière. Elle sentait la présence des hommes, des femmes et des enfants qui se blottissaient chez eux en attendant la fin de la nuit. Ils n'osaient pas penser aux créatures surgissant du désert pour se glisser dans la gigantesque cité qui, selon les légendes, avait émergé des sables du Grand Shangazi.

Çeda fixa le voile à son turban avant de le rabattre sur son visage. Elle saisit son poignard, un kenshar dont la lame était affûtée comme un rasoir, et vérifia qu'il glissait bien dans le fourreau accroché à sa ceinture. Puis elle fit de même avec le shamshir qu'elle portait dans le dos. Elle sauta sur la poutre qui marquait la frontière entre le rez-de-chaussée et le premier étage, et effectua un salto avant d'atterrir sur le sol sec et poussiéreux.

Çeda se mit en route d'un bon pas. Elle franchit les anciennes murailles de Sharakhaï – qui n'avaient pas pu contenir l'expansion de la cité – et descendit la rue sinueuse qui croisait l'Abreuvoir, la grande avenue qui traversait la ville du nord au sud en la séparant en deux moitiés presque parfaites. Elle arriva à un carrefour et tourna en direction du port méridional – l'endroit où Emre devait rencontrer son contact –, mais elle eut à peine le temps de faire dix pas. Un long gémissement funèbre résonna au-dessus de la cité, bientôt suivi par un autre, plus puissant et plus désespéré que le premier.

La jeune fille frissonna.

Par le regard lumineux de Tulathan, les asirim doivent avoir faim pour arriver si tôt. D'habitude, ils attendent que les lunes soient hautes dans le ciel.

Un nouveau hurlement monta dans la nuit. Çeda eut l'impression que les créatures avaient senti sa présence, qu'elles se moquaient d'elle. Mais pourquoi était-elle sortie au lieu de se barricader chez elle ?

En entendant le cri suivant, la jeune fille fut convaincue qu'il lui était destiné, qu'on l'appelait. *« Viens. Nous avons envie de lécher ta peau. »*

Elle se mit à courir. Le pouvoir du pétale lui permettait de se déplacer plus vite que l'homme le plus rapide de la cité. Elle slaloma entre les étals vides des souks, traversa le marché aux épices et atteignit l'Abreuvoir. N'importe qui pouvait la voir, surtout à la lumière de Rhia et de Tulathan, mais il était peu probable que quelqu'un soulève les couvertures qui calfeutraient les fenêtres pour jeter un coup d'œil dans la rue. Les sinistres cris des asirim tempéraient les ardeurs des plus curieux.

La jeune fille franchit la Voie des joyaux, le Pilier noir et le Bossu, le vénérable pont qui enjambait le lit à sec de la Haddah. Elle se dirigea vers le quartier des esclaves et quitta l'Abreuvoir pour prendre un raccourci. Emre et elle l'avaient découvert alors qu'ils n'étaient que des alouettes des rues, et l'empruntaient toujours pour se rendre au port méridional.

Alors qu'elle descendait une ruelle étroite, elle imita le chant de l'alouette ambrée. Quatre notes montantes suivies d'un long roucoulement.

Les cris des asirim étaient de plus en plus forts, et la jeune fille comprit qu'ils étaient proches. Très proches.

Personne ne pouvait prédire leurs déplacements, car ils n'obéissaient qu'aux caprices du Roi Moissonneur. Et personne ne pouvait prédire *combien* viendraient rôder en ville. Parfois, ils n'étaient qu'une poignée. Parfois, leurs hurlements résonnaient des riches quartiers est aux misérables faubourgs ouest.

Çeda imita le chant de l'alouette ambrée une fois de plus, puis elle attendit. Elle était terrifiée et dut faire un effort surhumain pour ne pas se terrer dans un recoin jusqu'aux premières lueurs de l'aube. Un asir hurla de nouveau. Tout près.

Puis la jeune fille entendit quelque chose. Le son venait d'assez loin, mais elle n'eut aucun mal à l'identifier. Le chant d'une alouette ambrée.

C'était Emre. Elle en était certaine. Mais les notes étaient faibles. Le jeune homme était-il blessé ? Ou terrorisé ? Ou les deux ?

Au bout de la ruelle, un pont en pierre enjambait un profond canal, à sec la plus grande partie de l'année. Malgré la hauteur, Çeda sauta pardessus le parapet sans la moindre hésitation. Elle espéra que les effets du pétale atténueraient le choc et neutraliseraient la douleur.

Elle siffla de nouveau. Personne ne répondit, mais elle perçut des bruits de pas. Juste au-dessus de sa tête. Elle se figea, le souffle coupé, convaincue qu'un asir l'avait trouvée.

CHAPITRE 6

Les bruits de pas s'éloignèrent et le cœur de Çeda se remit à battre. Puis l'asir poussa un cri qu'aucune gorge humaine ne pouvait produire et la jeune fille se boucha les oreilles pour se protéger du son qui s'insinuait jusque dans son âme. Un instant plus tard, une porte vola en éclats et Çeda resta pétrifiée, incapable de respirer. Elle entendit un homme prier avec ferveur d'une voix rauque et précipitée. Il s'adressait aux lunes jumelles. C'était sans doute important à ses yeux. Après tout, il allait prendre place aux pieds des premiers dieux.

C'était ce que le Kannan affirmait, du moins.

Çeda ne savait pas trop s'il fallait y croire, et de toute manière, ce n'était pas le moment de se lancer dans une réflexion théologique. Un bruit sourd et humide interrompit soudain la prière. Puis les pas se rapprochèrent, accompagnés d'un frottement intermittent, comme si l'on traînait un corps.

Çeda s'accroupit sous le pont et se fit aussi petite que possible.

Les bruits de pas résonnèrent sur le tablier. Une ombre se dessina sur le lit du canal. Çeda aurait pu la toucher en tendant la main, et elle frissonna en songeant que l'asir était juste au-dessus d'elle. Mais la créature poursuivit son chemin d'un pas traînant. Elle regagnait les champs en fleur en emportant l'homme que le Roi Moissonneur lui avait accordé. Çeda avait honte, mais la mort de cet inconnu lui importait peu. Elle était soulagée de ne pas être à sa place.

À la lumière des lunes, elle pouvait voir le canal, mais pas ce qui se trouvait sous les ponts. Les arches étaient des puits de ténèbres et il lui fallut un long moment pour que ses yeux réussissent à les percer. Quelque chose bougea sous l'ouvrage voisin, à une vingtaine de pas de l'endroit où elle se trouvait. Ce devait être Emre. La jeune fille aurait voulu se précipiter vers lui, mais la peur la clouait sur place.

Les bruits de pas s'évanouirent et les muscles de Çeda acceptèrent enfin de lui obéir. La jeune fille courut jusqu'au pont voisin en restant aussi courbée que possible. Emre était là – que les dieux en soient remerciés ! –, les mains plaquées sur son flanc. Un peu plus loin, un homme était allongé sur le sol, immobile. Il portait des vêtements simples et un turban d'un rouge si vif que l'obscurité l'atténuait à peine. Son front, les coins de ses yeux et les paumes de ses mains étaient couverts de tatouages qui racontaient sa vie, celle de sa famille et de sa tribu. À condition de savoir les interpréter. Mais c'était avant tout le turban qui l'identifiait comme un homme du désert. Les nomades qui souhaitaient se sédentariser pouvaient s'installer à Sharakhaï, mais il leur était interdit de porter des turbans et des dishdashas rouges. Les femmes devaient abandonner leurs robes écarlates et leurs voiles ornés de vieilles pièces de monnaie et de broderies au fil d'or. Les autres couleurs étaient autorisées, mais le rouge était réservé aux vêtements de guerre. C'était le prix que demandaient les Douze Rois en échange de leur hospitalité. Les nouveaux venus devaient montrer qu'ils renonçaient à leur passé et à leurs élans guerriers.

Par la grâce des dieux du désert ! Qu'est-ce qu'un nomade était venu faire ici ? Et pourquoi avait-il attaqué Emre ?

Çeda n'eut pas le temps d'approfondir ces questions. Une sombre silhouette atterrit lourdement sur le lit du canal. Un asir.

La jeune fille recula précipitamment dans l'ombre du pont. Ses lèvres se mirent à trembler et la salive inonda sa bouche lorsqu'une curieuse odeur douceâtre – un vague relent de pommes presque moisies – envahit ses narines. Elle dut rassembler tout son courage pour ne pas tourner les talons et s'enfuir en courant. Elle avait retrouvé Emre et il était hors de question qu'elle l'abandonne.

L'asir avança avec raideur. Il se pencha sur le cadavre du nomade et ses doigts aux ongles noirs glissèrent sur sa poitrine. Ses membres étaient longs et fins, la tête disproportionnée par rapport au reste du corps. Des tresses de cheveux filandreux s'entrelaçaient en formant d'énormes nœuds à hauteur des épaules. La créature n'était pas très différente des gamins affamés que Çeda croisait dans les taudis, sinon que les enfants avaient la peau claire alors que celle de l'asir était plus noire qu'un fruit pourri.

La créature se pencha un peu plus et renifla le cou du cadavre. Puis elle chargea le corps sur son épaule et grimpa le perré du canal.

Il disparut en quelques instants.

Elle attendit que les bruits de pas s'évanouissent, puis s'agenouilla près d'Emre.

— Emre…, murmura-t-elle dans l'obscurité.

Elle crut un instant qu'elle arrivait trop tard. Le jeune homme ne bougeait pas et respirait à peine. Si la mort n'avait pas encore frappé, elle devait s'apprêter à le faire.

Elle le secoua avec énergie. Enfin, il réagit et ouvrit les yeux.

—Est-ce que tu es venue me prendre? demanda-t-il en observant la jeune fille.

—Emre, non. C'est moi, Çeda. Est-ce que tu vas bien?

Il cligna des paupières et son regard s'éclaircit.

—Çeda?

—Tu es blessé?

Il écarta la main de son flanc pour lui montrer le sang qui maculait ses doigts et son avant-bras. Les blessures étaient monnaie courante dans les arènes, mais Çeda sentit son estomac se nouer devant celle de son ami. Et l'expression angélique du jeune homme n'arrangeait rien à l'affaire. Il ressemblait à un enfant ignorant tout des dures réalités de ce monde.

—Est-ce que tu peux tenir debout?

Emre grimaça et tendit un bras à son amie. Çeda l'aida à se lever et il fit quelques pas avant de s'arrêter brusquement.

—La sacoche, dit-il entre ses dents serrées.

—Elle peut bien pourrir dans les champs lointains, gronda Çeda.

—Récupère-la, Çeda. Si on la laisse là, je suis mort.

Le sac était par terre, au milieu de détritus que les pluies printanières avaient abandonnés dans le canal. Çeda le ramassa et le glissa en bandoulière. Il ne pesait pas très lourd et Emre avait raison. Cela permettrait de prouver qu'il s'était rendu au port méridional, mais qu'il n'avait pu assurer la livraison. C'était ennuyeux, mais Osman serait content de récupérer le contenu de la sacoche.

Les deux amis se dirigèrent vers le sud. C'était à l'opposé de Crêterose, le quartier où ils habitaient; cependant, Emre n'était pas en état d'escalader le perré du canal. Le lit était plus profond en aval, mais au printemps dernier, un groupe d'alouettes des rues avait utilisé un tronc afin de faire une rampe entre la berge et le fond du canal. L'ascension ne fut pas facile, car le tronc était étroit, et Emre vacillait à chaque pas. Le jeune homme finit par l'enfourcher et progressa par à-coups avec l'aide de Çeda, juste derrière lui.

Une fois sur la berge, Çeda passa le bras de son ami sur ses épaules afin de le soutenir. Emre respirait à grands coups et serrait les dents pour lutter contre la douleur, mais il ne se plaignait pas. C'était inutile. Son sang poissait le tissu léger de sa dishdasha, et sa souffrance se sentait dans chacun de ses mouvements.

—Nous serons bientôt à la maison, dit Çeda.

C'était un mensonge. À la vitesse à laquelle ils avançaient, il leur faudrait des heures pour rentrer. La jeune fille envisagea de se réfugier chez une personne de confiance et d'y rester un jour ou deux, mais sur qui pouvait-elle compter? Personne. Quelqu'un pouvait parler. Leur hôte, ses enfants, ses amis ou ses voisins.

Non. Elle devait ramener Emre à la maison avant le lever du soleil. Seule.

Les hurlements des asirim redoublèrent, comme s'ils avaient senti la détresse de la jeune fille. Une longue complainte que les morts adressaient aux vivants dont ils allaient s'emparer.

Par pitié, Rhia, guide mes pas !

À ce moment, elle sentit qu'Emre devenait plus lourd. Il était sur le point de s'évanouir. Il avait perdu trop de sang et fait trop d'efforts.

Elle essaya de le faire avancer. L'énergie du pétale d'adichara lui permettrait de le soutenir pendant un certain temps, mais pas jusqu'à leur demeure. Elle devait trouver un chariot – avec une mule, de préférence.

Elle allongea Emre avec prudence et regarda autour d'elle.

Une ombre bougea.

La jeune fille sentit le sang refluer de son visage, et une sueur glacée recouvrit sa peau.

Elle aurait dû avancer plus vite. Elle aurait dû porter Emre, l'emmener le plus loin possible avant de chercher un chariot. Mais il était trop tard. Un asir se tenait au milieu de la rue, juste devant elle. Il était encore à vingt pas, mais il semblait assez près pour lui fendre la gorge de ses griffes noires.

La peur l'envahit et Çeda laissa échapper un couinement d'enfant terrifié. Elle aurait voulu s'enfuir, elle aurait voulu hurler, mais elle en était incapable. Elle était pétrifiée, enracinée.

L'asir approcha en inclinant la tête comme un sphinx du désert qui tend l'oreille pour repérer une proie. Sa couronne dorée luisait à chaque mouvement. Une couronne ? Pourquoi diable cet asir portait-il une couronne ?

La créature était nue. Sa peau était sèche et tendue. Elle empestait la chair en décomposition, avec des pointes de figue et de prune qui ne faisaient que souligner sa puanteur. Çeda fut secouée par un haut-le-cœur, puis par un autre. Ses hoquets résonnèrent dans la rue déserte, mais elle resta aussi immobile que les pierres du Grand Shangazi.

La créature s'arrêta devant elle, puis se pencha et renifla. Elle goûtait l'air. Sa peau noircie luisait à la lumière de Tulathan et de Rhia. Elle avait des yeux jaunes, de fines lèvres noires retroussées sur des dents déchaussées et de longs crocs brisés.

La créature cligna des paupières et fronça les sourcils, la mâchoire en avant. Elle semblait confuse – Çeda aurait été bien incapable d'expliquer pourquoi. L'asir écarquilla les yeux, puis se pencha un peu plus et leva la main vers le visage de la jeune fille. Çeda se força à ne pas bouger, ne pas reculer, ne pas esquiver. Elle ne tressaillit même pas lorsque les doigts desséchés écartèrent son voile et effleurèrent sa joue. Elle ne s'était pourtant jamais sentie aussi vulnérable. L'asir la renifla et lui lécha le cou à l'endroit où la carotide palpitait avec le plus de force. Le geste n'était pas dépourvu d'une certaine tendresse, et Çeda éprouva une sensation étrange en songeant que la scène était une caricature perverse du serment d'allégeance entre un Roi et une Vierge. Elle avait envie de bouger, de hurler, de se battre, de sentir autre chose que ce terrible sentiment de soumission. Mais elle ne pouvait rien faire. Elle était à la merci de l'horrible créature.

L'asir parla d'une voix aussi légère que la bruine. Enfin, Çeda eut l'impression qu'il parlait, mais peut-être cette voix était-elle le jouet de son imagination. Elle comprit quelques mots : « défaire », « trahi » et « tombé ».

Puis une phrase complète. « Il reposera en dessous de l'arbre tordu... »

Elle cessa de respirer. Ces mots...

Elle les avait vus. Elle les avait lus.

Mais comment...

Ses pensées et les paroles de l'asir furent interrompues par un claquement de fouet et un gémissement. Tout proches. Si proches que la jeune fille sentit les poils de sa nuque et de ses bras se hérisser.

La créature jeta un coup d'œil par-dessus son épaule, puis observa Çeda. Elle effleura son front du bout du doigt, se pencha en avant et embrassa l'endroit qu'elle venait de toucher. Çeda voulut reculer, mais ses muscles refusèrent de lui obéir. Un baiser de cette créature... Elle frissonna de dégoût. Et cette peau... Ces lèvres sèches et étrangement chaudes... Elles faisaient penser à des asticots sur un morceau de viande.

L'asir s'éloigna d'un pas traînant et disparut dans la nuit. Çeda s'aperçut que ses muscles lui obéissaient de nouveau. Elle releva Emre et l'aida à franchir un muret qui entourait la cour d'une imposante demeure d'un étage. Elle soutint le jeune homme jusqu'au figuier qui se dressait au centre de l'espace dégagé.

Elle adossa Emre contre le tronc et se retourna juste à temps pour apercevoir plusieurs silhouettes qui glissaient dans la rue. Ses narines se dilatèrent et sa respiration devint hachée. Elle fut envahie par une sensation primale née de sa rage, de sa peur et de son impuissance, une émotion provoquée par ces ombres mystérieuses et par tout ce qu'elles représentaient. Une émotion qu'elle était incapable d'expliquer et de comprendre. Enveloppées dans leur robe noire, les Vierges du Sabre se déplaçaient avec la grâce d'une guêpe du désert.

Une dizaine d'entre elles se succédèrent dans la rue, deux par deux, comme si elles étaient les véritables seigneurs de Sharakhaï. Cette escouade devait escorter le Roi Sukru qui accomplissait sa triste besogne. Un tel déploiement de force n'avait rien de surprenant après l'attentat du marché aux parfums.

Çeda éprouva une certaine satisfaction en songeant que les Rois n'étaient pas immunisés contre la peur. Elle se surprit à rêver. Si *elle* trouvait le moyen de les approcher... elle pourrait tenir ses promesses.

Et puis elle se rappela quelque chose : une lame noire, la berge d'un fleuve… mais le souvenir était profondément enfoui dans sa mémoire et elle ne réussit pas à le ramener à la surface. Elle fut envahie par un sentiment d'impuissance et d'angoisse. Et pas seulement à cause d'Emre. Mais que faisaient-ils là ? Ils auraient dû être chez eux, en sécurité.

Elle s'arracha à ses pensées en apercevant la silhouette imposante qui avançait à grands pas derrière les Vierges. L'homme portait de beaux vêtements brillants et une couronne qui n'était pas sans rappeler celle de l'asir. Il ne se déplaçait pas avec la grâce des membres de son escorte, mais sa démarche était celle d'un personnage fier et autoritaire. C'était Sukru, le Roi Moissonneur. Les légendes affirmaient que c'était lui qui choisissait les proies des asirim pendant la nuit de Beht Zha'ir. Il sillonnait la cité en marquant les élus qui auraient l'honneur d'être enlevés, mais on ne savait pas grand-chose à propos de ses critères de sélection. Des rumeurs racontaient qu'il faisait claquer son fouet contre la porte d'une demeure et que les asirim entraient pour s'emparer d'un habitant, ou bien qu'il observait les gens à travers les murs et les ténèbres avant de murmurer les noms de ceux qu'il avait choisis. On disait aussi qu'il se déguisait et se promenait dans les rues avant la nuit de Beht Zha'ir. Et quand les deux lunes se levaient dans le ciel, il guidait les asirim à travers la ville pour les conduire à leurs victimes.

Six autres Vierges apparurent derrière le Roi Moissonneur. Toutes avaient la main sur le pommeau de leur sabre. Aucune ne remarqua les deux silhouettes blotties au pied du figuier. Çeda s'apprêtait à adresser une prière de remerciement aux lunes jumelles quand une Vierge de l'arrière-garde s'arrêta près du muret. Elle se tourna et observa la cour. Ses yeux glissèrent sur l'arbre, et une partie de l'esprit de Çeda espéra que la Vierge la verrait et approcherait. Elle avait envie de se mesurer à elle. Elle en rêvait depuis des années. Et puis elle songea que ce n'était sans doute pas le meilleur moment pour se faire tuer, et condamner Emre à une mort certaine.

Le jeune homme respira plus fort et s'agita comme s'il avait entendu ses pensées.

Çeda espéra qu'il n'allait pas se réveiller et crier.

Il ne le fit pas. Au bout de quelques instants, la Vierge se remit en route et rattrapa ses sœurs. Que les dieux du désert soient loués.

Çeda resta sous le figuier pendant un long moment. Elle attendit que les gémissements des asirim cessent. Elle attendit que Rhia, la lune dorée, traverse le ciel indigo. Elle attendit qu'Emre se repose. Le jeune homme respirait plus facilement, mais rien ne pressait. Çeda avait pris suffisamment de risques pour la nuit.

Rhia se coucha et la jeune fille réveilla son ami. Emre battit des paupières et laissa échapper une faible plainte. Ils se levèrent et se remirent en route.

Tulathan suivit sa sœur, et au moment où les deux jeunes gens regagnaient leur demeure, le soleil apparut au-dessus de l'horizon. Çeda aida son compagnon à monter l'escalier et l'allongea sur son lit. Elle cacha la sacoche sous le sommier et alla chercher de l'eau et des bandages. Elle fit boire Emre autant que possible et nettoya les plaies – deux coups de sabre en travers de la poitrine et un sur le bras gauche – avant de les recoudre. Elle était épuisée. Les effets du pétale s'étaient dissipés et elle sombrait dans une douce léthargie. Le contrecoup était attendu, mais jamais il n'avait été si intense.

Elle se rappela alors qu'elle avait failli perdre Emre et réussit à repousser la fatigue. Une fois les plaies recousues, elle les banda et planta un baiser sur le front du jeune homme – un baiser semblable à celui de l'asir. Puis elle le laissa se reposer.

Elle regagna sa chambre en se traînant comme un chien battu. Elle n'aspirait plus qu'au royaume des rêves, mais une question la harcelait.

Elle écarta la couverture en crin de cheval qui dissimulait la niche située au-dessus de son lit et prit le livre d'Ahya. Avec le médaillon, c'était un des rares souvenirs qui lui rappelaient les mains gracieuses et le sourire élégant de sa mère. Çeda utilisait le livre pour faire sécher les pétales d'adichara. Elle le feuilleta avec respect jusqu'à ce qu'elle trouve ce qu'elle cherchait.

Elle observa la page pendant un moment et quelque chose s'ouvrit dans son esprit, une faille de plus en plus large qui menaçait de l'aspirer. Elle songea qu'elle avait mal compris, qu'elle avait été victime de son imagination, qu'elle était sous l'influence de l'asir… Mais non, sa mémoire ne mentait pas. Elle n'avait *rien* inventé. Les mots étaient là et ils la contemplaient depuis la page du livre.

Il reposera,
En dessous de l'arbre tordu,
Jusqu'à la mort par son engeance portée.
Par les larmes de Nalamae,
Et par la crainte divine,
Le sang du sang gagnera les sombres terres.

Par le doux baiser de Goezhen, qu'est-ce que tout cela signifiait ? Pourquoi une pathétique créature avait-elle récité des vers qui se trouvaient dans le livre de sa mère ? Pourquoi ce passage et pas un autre ? Cela n'avait aucun sens. Elle relut la page encore et encore, puis feuilleta l'ouvrage en quête d'indices. Elle n'en trouva aucun.

La lumière du soleil éclairait désormais la petite chambre. Çeda s'abandonna à la fatigue de la nuit et s'endormit en serrant le livre dans ses bras.

CHAPITRE 7

Les vers tournèrent dans la tête de Çeda pendant son sommeil, et quand elle se réveilla, ils résonnèrent à ses oreilles, prononcés par une voix étrange qui mêlait les accents mélodieux de sa mère au souffle rauque de l'asir.

Il reposera en dessous de l'arbre tordu

Le vent du désert s'était levé et la journée était chaude. La jeune fille entendit la vieille Yanca qui toussait à cause de la poussière et les échos des souks au bout de la rue. La journée était bien entamée et l'air vibrait sous les cris des colporteurs, les braiments des ânes et le tintement d'une clochette – Tehla signalait que son pain sortait du four. Les gens allaient se précipiter vers son étal pour en savourer une petite tranche. Les plus riches achèteraient une miche entière.

Çeda se leva et ses douleurs se rappelèrent aussitôt à son bon souvenir. Elle s'efforça de les ignorer et ouvrit le livre de sa mère en espérant qu'après une nuit de repos, les événements de la veille lui apparaîtraient sous un angle nouveau. L'ouvrage – auquel elle tenait comme à la prunelle de ses yeux – ne lui apporta aucun réconfort. Il dégageait une aura différente et Çeda se demanda si Ahya ne l'avait pas volé à un asir. C'était ridicule, mais… la jeune fille était convaincue qu'il existait un lien entre le livre et ces terribles créatures. Surtout celle qui avait embrassé son front de ses lèvres étrangement chaudes.

On racontait que les asirim étaient les âmes des braves qui s'étaient sacrifiés quand les tribus du désert s'étaient rebellées contre les Douze Rois quatre siècles plus tôt. Les dieux les avaient transformés en créatures puissantes et vengeresses pour qu'ils massacrent les ennemis de la cité.

Il reposera en dessous de l'arbre tordu

L'arbre tordu faisait sans doute référence aux adicharas, ces épineux qui poussaient dans le désert. La plupart des habitants ne savaient pas grand-chose à leur sujet et rares étaient ceux qui en avaient vu de près, car il était interdit de les approcher. Les téméraires qui s'aventuraient dans les champs en fleur en plein jour étaient condamnés à avoir les yeux brûlés. Ceux qui s'y aventuraient la nuit étaient condamnés à mort. Cela n'empêchait pourtant pas Çeda de s'y rendre plusieurs fois par an – comme sa mère l'avait fait avant elle – pour récolter les précieux pétales qu'elle faisait sécher en attendant d'en avoir besoin. La jeune fille se rappela alors que sa réserve s'amenuisait et qu'il était temps de préparer une nouvelle expédition. Il était inutile d'en récolter trop d'un coup, car ils perdaient une partie de leur pouvoir au fil du temps.

Il était préférable de les cueillir quand les lunes sœurs traversaient le ciel de concert en nimbant les adicharas d'une aura bleutée. C'était à ce moment-là que les pétales se gorgeaient de la force des dieux. Mais il fallait se montrer prudent, car les branches étaient hérissées d'épines enduites d'un redoutable poison, et la moindre égratignure pouvait se révéler fatale. Pourtant, le poème faisait référence à quelqu'un qui se reposait dessous. Un asir ? Un héros mort depuis des siècles ?

La jeune fille parcourut les pages du livre. Le poème faisait partie de l'histoire de Yerinde, la déesse de l'amour et de l'ambition, et de Tulathan, la lune brillante, déesse de la loi et de l'ordre. Les deux divinités s'étaient aimées, mais l'histoire s'était mal terminée. Yerinde était volage et tous les dieux étaient passés entre ses bras. Tous sauf Tulathan, ce qui ne faisait qu'attiser le désir de Yerinde. Elle courtisa la lune brillante et la convainquit de descendre du firmament pour se poser sur terre. Tulathan tomba amoureuse, mais elle finit par regretter les cieux obscurs. Yerinde se sentit rejetée et enferma Tulathan au plus profond d'une montagne forteresse dans le plus grand secret.

Rhia partit à la recherche de sa sœur, et quand elle apprit ce que Yerinde avait fait, elle libéra Tulathan, et les jumelles se vengèrent de Yerinde. Depuis ce jour, Tulathan est la plus petite et la plus faible des deux lunes, mais c'est aussi la plus brillante et la plus prompte à la colère.

Çeda songea que l'histoire avait peut-être un lien avec l'asir, mais elle fut incapable d'imaginer lequel.

La cloche de Tehla l'arracha à ses pensées et la jeune fille décida d'aller voir comment se portait Emre avant de partir aux arènes pour donner ses leçons d'escrime. Elle enveloppa le livre dans un tissu blanc et le rangea dans sa cachette.

Le jeune homme dormait encore. Il ne réagit même pas quand elle défit les bandages et soigna les plaies – une opération pourtant très douloureuse. Elle posa la main sur son front et constata qu'il avait de la fièvre. Beaucoup de fièvre. Du poison ? Une infection ? Elle avait nettoyé les blessures aussi bien que possible, par deux fois, mais cela ne suffisait pas.

Elle devait aller chez Dardzada.

Elle récupéra la sacoche en cuir sous le lit du jeune homme. Osman devait la chercher. Enfin, la personne qui avait organisé et payé la livraison devait la chercher. Il y avait sans doute eu un problème quand Emre avait rencontré son contact, et il avait été obligé de s'enfuir. Ou bien il avait été attaqué alors qu'il se rendait au point de livraison. Par un nomade ? Mais pourquoi ?

S'agissait-il d'une rencontre malheureuse ?

Non. Les hommes du désert n'aimaient pas Sharakhaï. Quand ils venaient pour faire du commerce, ils repartaient toujours avant la tombée de la nuit. Si l'un d'entre eux avait attaqué Emre, c'était dans un but précis.

Que pouvait-elle faire ? La solution la plus sage consistait à aller voir Osman et à lui demander où Emre devait porter la sacoche.

Elle jeta un coup d'œil à son ami, puis ouvrit le sac en cuir et en tira un étui à parchemin en ivoire. Elle le secoua doucement, mais il ne produisit aucun bruit. Un sceau de cire jaune vif était apposé sur le bouchon qu'il était impossible d'ouvrir sans connaître le code secret. Comme Macide la nuit précédente. L'étui était muni de six bagues d'ivoire capables de tourner indépendamment. La combinaison avait sûrement été envoyée des semaines ou des mois plus tôt par un courrier. Lorsque les bagues étaient dans la bonne position, la capsule se déverrouillait et il était possible de récupérer le contenu de l'étui. Si l'on essayait de l'ouvrir avec une mauvaise combinaison, une poche d'acide se déchirait et les documents étaient détruits.

Deux sifflements résonnèrent en bas de la fenêtre. Çeda se redressa et rangea l'étui dans la sacoche, puis siffla à son tour. Deux coups brefs, comme ceux qu'elle venait d'entendre. Elle poussa le sac sous le lit d'Emre du bout du pied, puis approcha de la fenêtre et glissa la tête entre les rideaux en laine. Tariq était dans la ruelle. Il portait un sarouel blanc, des sandales en cuir sombre et une cape en tissu noir qu'il possédait depuis qu'il était enfant.

Un shamshir était accroché à sa ceinture.

Ils se regardèrent un moment, puis Çeda sourit et lui adressa un signe amical, comme si tout allait bien. Tariq lui rendit son sourire et se dirigea vers la porte d'un pas pressé. Pendant qu'il montait l'escalier, Çeda courut dans sa chambre et récupéra son shamshir. Elle le posa sur la table où elle préparait les repas.

Elle eut à peine le temps de s'asseoir. Tariq entra, puis se tourna brusquement pour fermer la porte. Il voulait cacher sa réaction, mais Çeda eut le temps d'apercevoir son visage. Il avait vu le sabre et était en colère, ou déçu. Çeda connaissait Tariq depuis l'enfance, mais il travaillait pour Osman depuis plusieurs années, et malgré son jeune âge, il était devenu l'un de ses hommes de confiance. Ce n'était pas le fruit du hasard. Il était impétueux, mais rusé. Et diablement habile avec une lame.

Il fit claquer ses mains – l'ancienne façon de saluer les dieux.

— Çeda, où est Emre ?

La jeune fille fit un signe de tête en direction de la chambre voisine.

— Il y a eu un problème.

— Je sais. C'est pour ça que je suis ici.

— Qu'est-ce que tu sais ?

— Je sais qu'Emre n'a pas fait la livraison.

— Je parle du colis, Tariq.

Il esquissa un large sourire.

— Je ne sais rien à propos du colis, Çeda.

Il avait parlé d'un ton désinvolte. Un peu trop désinvolte. Osman était le seul à savoir quelque chose à propos du colis.

— C'est bien ce que je pensais, dit Çeda en esquissant un sourire tout aussi éclatant que le sien.

— Est-ce qu'il l'a toujours ? demanda Tariq.

Il haussa les sourcils et inclina la tête en direction de la chambre d'Emre comme s'il avait l'intention d'y entrer, avec ou sans l'accord de Çeda.

— Non.

— Non ? répéta Tariq.

— Mais je sais où il est.

Une expression furieuse se peignit sur les traits du jeune homme.

— Par le doux souffle des dieux ! Et où est-il, Çeda ?

Tariq sortait rarement de ses gonds, mais aujourd'hui, il n'était pas dans son état normal. La jeune fille le sentit au ton de sa voix et à la manière dont il plissait les yeux. Le contenu de l'étui devait être de la plus haute importance, et Çeda n'avait pas l'intention de donner la sacoche à Tariq – ou à Osman – avant d'avoir découvert de quoi il s'agissait.

— Je n'ai pas pu l'emporter.

— Il me semble t'avoir demandé où il était, Çeda, pas de me faire un résumé des événements qui t'ont amenée à prendre cette décision idiote.

— C'est… un endroit qui n'est pas facilement accessible. Il faut attendre ce soir. J'irai le chercher quand il n'y aura plus de danger et je l'apporterai à Osman demain.

— Pourquoi est-ce que tu ne me dis pas où c'est ? Je pourrais m'en occuper.

— Tu n'as pas entendu ce que j'ai dit ? C'est dangereux d'y aller avant la nuit. (Çeda se leva pour lui signifier que la conversation était terminée.) Dis à Osman que je le lui apporterai demain matin.

Le sourire de Tariq s'évanouit.

— Çeda, tu sais que je ne peux pas te laisser faire ça… Laisse-moi aller le chercher. (Il la toisa avec une expression indéchiffrable.) Ça nous évitera des ennuis à tous les deux.

Il avait raison. Elle ferait mieux de lui donner la sacoche, mais cette histoire était un peu trop mystérieuse. L'asir. L'homme du désert. Le baiser de la créature à la couronne. Et Emre. Sans compter qu'elle n'aimait pas qu'on lui force la main. Alors, qu'Osman aille se faire foutre ! Et que Tariq lui emboîte le pas ! Ils auraient leur satané étui quand elle déciderait de le leur donner.

— Ne t'inquiète pas pour ta jolie petite tête, Tariq. Osman tient à récupérer le colis et il le récupérera. Mais pas aujourd'hui. (Elle recula la chaise pour se ménager un peu d'espace, au cas où.) Alors pourquoi est-ce que tu ne retournerais pas le voir vite fait pour le lui dire ? Ce n'est pas à toi qu'il en voudra si tu rentres les mains vides.

— Ne rejette pas la faute sur le messager, c'est ça ?

— Exactement.

— Le problème, Çeda, c'est qu'on rejette *toujours* la faute sur le messager et que je ne suis rien de plus aux yeux d'Osman. Rien de plus. Allez, ne sois pas bornée. Allons-y ensemble. Je suis sûr qu'à nous deux, on peut affronter n'importe quel danger.

— Je ne peux pas. J'ai des trucs à faire, Tariq.

La colère déforma les traits du jeune homme. Dans ce genre de situation, il avait l'habitude de dégainer son shamshir pour appuyer ses arguments. C'était un véritable derviche avec une lame, mais Çeda était meilleure que lui et il le savait. Avec Emre et Osman, il faisait partie des rares personnes qui connaissaient son identité de chien de poussière. Çeda remarqua pourtant qu'il n'y avait pas la moindre trace de crainte dans son regard, pas plus que dans le hochement de la tête qu'il lui adressa.

— Demain, Çeda. Aux premières lueurs.

— Demain.

Tariq s'éloigna.

Çeda songea qu'elle n'aurait pas dû le provoquer ainsi, mais il était devenu un peu trop bravache en grandissant et elle en avait assez d'être houspillée.

Elle regagna la chambre d'Emre et le fit boire. Il avala l'eau, mais ne se réveilla pas. Sa respiration était paisible, ce qui était bon signe ; néanmoins, Çeda ne l'avait jamais vu dans un tel état. Sa peau était grisâtre, cendreuse, ses lèvres presque violettes.

La jeune fille se pencha et regarda la sacoche sous le lit. Elle mourait d'envie d'en apprendre davantage à son sujet, mais elle devait d'abord s'occuper d'Emre.

Les onze élèves de Çeda se tenaient dans une des arènes d'Osman. Ils formaient deux rangs de cinq. Amal – une jeune fille qui manquait d'agressivité, mais qui était très douée pour mémoriser les mouvements – faisait office de professeur à la place de Çeda.

Elle recula vers l'entrée du tunnel.

— Tu t'en tires très bien, lui dit Çeda. Fais-les traverser les neuf dunes, puis tu enchaîneras avec trois tours des arènes. À la semaine prochaine.

Amal s'inclina et leva son shinai tandis que les élèves – des jeunes filles âgées de neuf à treize ans – agitaient la main pour saluer leur professeur. Çeda n'aimait pas écourter ses leçons, mais aujourd'hui, elle avait beaucoup à faire.

Elle quitta les arènes et s'enfonça dans la cité. Elle traversa l'Abreuvoir et arriva devant la boutique de Dardzada l'apothicaire.

La jeune fille aperçut sa silhouette massive à travers une vitrine. Il parlait avec un homme mince qui semblait très agité. Trois encensoirs étaient posés sur une petite table. Le premier était rempli de myrrhe, le second d'ambre et le troisième de bois de santal. Un mélange destiné à apaiser les dieux du désert, et Bakhi en particulier.

La maison était en pierre, et non en briques d'argile comme celles des taudis. Ce détail montrait que le propriétaire était un personnage important, mais Dardzada n'avait pas besoin de ce genre de publicité. Il était installé dans le quartier depuis de longues années et s'y était forgé une solide réputation. La plupart des habitants pensaient qu'il n'était qu'un simple marchand d'herbes et d'onguents, mais il se livrait également à une activité beaucoup plus rémunératrice. Dardzada savait trouver ce que ses clients cherchaient. De même qu'Osman connaissait des coursiers prêts à transporter votre colis à travers la ville dans le plus grand secret, Dardzada pouvait vous donner l'adresse de salons proposant le baiser de Yerinde – un miel fabriqué par les rares essaims d'abeilles des pierres –, du pollen d'adichara, voire des pétales entiers comme celui dans le médaillon de Çeda.

La jeune fille n'avait jamais vendu les pétales qu'elle récoltait, ni à Dardzada ni à personne. Emre était la seule personne au courant de ses expéditions. La possession d'un pétale était punie de mort, mais ce n'était pas pour cette raison que Çeda restait discrète. Enfin, ce n'était pas la *seule* raison. La cueillette et les voyages dans les champs en fleur lui rappelaient sa mère, et elle aurait eu l'impression de la trahir en en parlant à quelqu'un d'autre qu'Emre.

Elle attendit en observant les gens habillés avec soin qui passaient dans la rue. Elle aperçut deux Lances d'argent à cheval. Ils portaient des haubergeons rutilants et étaient si fiers qu'ils ne prêtèrent aucune attention à la jeune fille accroupie dans l'ombre.

Une demi-heure plus tard, le client de Dardzada prit enfin congé. Il remarqua Çeda qui l'observait depuis l'autre côté de la rue et son front se plissa comme s'il craignait que le regard de la jeune fille perce ses petits secrets. Çeda attendit qu'il soit parti, puis ramassa la sacoche en cuir et sa canne. Elle traversa la rue en boitant et écarta le rideau de perles avec prudence pour entrer dans la boutique. Dardzada avait pris du poids et le sommet de son crâne s'était dégarni depuis l'époque où elle vivait chez lui. Il leva les yeux de son livre de comptes et fronça les sourcils. Il regarda la jeune fille avec la même intensité que son client quelques instants plus tôt, puis se replongea dans son livre.

Çeda tourna la tête vers l'atelier de préparation et aperçut un bouquet d'épaisses tiges vertes hérissées d'épines dans un récipient en terre.

— Il me faut du suc de charo, Dardzada.

Une fois de plus, l'apothicaire leva les yeux et fronça les sourcils. Il posa la plume de vautour noir et s'essuya les mains sur son caftan à rayures brunes et or. Il était rasé de près, ce qui faisait ressortir son double menton et les bourrelets de son cou. Ces renflements adipeux le vieillissaient. Il toisa la jeune fille et son regard s'attarda sur la sacoche glissée sous son bras. Pendant un instant, Çeda se demanda s'il ne voyait pas l'étui à rouleau à travers le cuir. Mais non. Elle était si inquiète qu'elle imaginait n'importe quoi.

— Tu es blessée ? lâcha-t-il.

— Pas moi.

Elle eut l'impression de voir une lueur de soulagement passer dans ses yeux, mais cela ne dura qu'un instant. S'était-elle trompée ?

— Dans ce cas, va chercher de l'aide ailleurs. (Il prit sa plume et se remit à écrire.) J'ai mieux à faire qu'à soigner les vauriens des taudis qui te servent de petits camarades.

— Je peux payer.

— Je n'ai pas besoin de ton argent.

— Je le préparerai moi-même…

L'apothicaire penché sur son livre laissa échapper un long soupir résigné.

— Alors, dépêche-toi.

La jeune fille passa près de lui et entra dans l'atelier. Les murs étaient couverts d'étagères et de meubles à tiroirs. Il y avait là des centaines d'ingrédients permettant de concocter toutes sortes de tonifiants, d'élixirs, de pommades et d'onguents. Çeda ne fut pas surprise de constater que rien n'avait bougé depuis son départ. Dardzada avait tenu la promesse qu'il avait faite à Ahya à sa mort. Il avait élevé la fillette avec sévérité, mais avait eu de plus en plus de mal à la contrôler et était devenu méchant. Surtout quand il avait appris que Çeda traînait avec Emre et ses petits camarades près des souks. La jeune fille avait fini par emménager avec Emre et son frère, Rafa.

Çeda prit une tige de charo dans le récipient en terre et la posa sur le plan de travail au centre de la pièce. Elle coupa une extrémité pour exposer la chair pâle et attrapa un rouleau pour extraire le suc blanchâtre. C'était une des tâches que Dardzada lui confiait quand elle était jeune. Elle avait détesté cela, mais elle fut surprise de constater que ce travail lui manquait. Cette activité n'avait aucun rapport avec l'enseignement de l'escrime, les combats dans l'arène et les furtifs. Elle lui permettait de communier avec le désert et de se retrouver. Elle écrasa trois tiges afin de préparer quatre ou cinq onguents. Ce serait suffisant. Avec un couteau à lame émoussée, elle rassembla le liquide blanc et épais au bord du plan de travail et le fit couler dans une fiole. Elle prit également une potion de guérison préparée par Dardzada, un mélange infâme de bouillon de queue de bœuf et de coques de pistache cuites à l'eau. La mixture dégageait une terrible odeur de pourriture, mais elle était efficace.

La jeune fille rangea la fiole et la potion dans la poche accrochée à sa ceinture. Elle tourna la tête et s'aperçut que Dardzada n'avait pas levé le nez de son livre de comptes. Elle en profita pour verser quelques cuillerées de nahcolite en poudre dans un bol en céramique et y ajouta un peu d'eau pour former une pâte. Elle y trempa un morceau de coton avec lequel elle frotta son médaillon.

Il n'était pas très prudent de nettoyer le bijou en argent, car il risquait d'exciter la convoitise de personnes malintentionnées à l'ouest de l'Abreuvoir, dans le Puits et même à Crêterose. Mais Çeda tenait ce médaillon d'Ahya et elle n'avait pas envie de le laisser s'oxyder.

— Tu te rappelles le livre que tu m'as donné après la mort de ma mère ? demanda-t-elle en frottant vigoureusement les marques noires. (Seuls les crissements de la plume sur le papier lui répondirent.) Dardzada ?

— Est-ce que je n'ai pas assez fait pour toi, aujourd'hui ?

— Le livre de ma mère ? Tu te rappelles ? (Il haussa les épaules sans lever la tête.) Ma mère t'avait dit quelque chose à son sujet ?

Il se redressa.

— Quoi ?

— Est-ce qu'elle t'avait dit quelque chose à son sujet ?

— Non. Pourquoi m'aurait-elle dit quelque chose ?

— Parce que c'est un des objets qu'elle m'a laissés. Je sais qu'elle y tenait comme à la prunelle de ses yeux. Je me souviens qu'elle le lisait souvent, tard le soir.

Le visage de Dardzada s'adoucit. Si Çeda ne l'avait pas connu aussi bien, elle aurait pu croire qu'il se laissait aller à un moment de nostalgie.

— C'était une sacrée érudite, ta mère.

— Est-ce qu'il lui arrivait de parler des asirim ?

Dardzada leva les yeux au plafond, puis trempa la pointe de sa plume dans l'encrier et se remit à écrire.

— Tout le monde parle des asirim, Çedamihn.

— Ouais.

Elle avait terminé de polir le médaillon et celui-ci brillait comme le jour où Dardzada le lui avait donné. Le pire jour de son existence. Çeda cligna des yeux pour chasser ses larmes et sortit de l'atelier.

— Est-ce qu'elle en avait vu ? demanda-t-elle.

— Et comment le saurais-je ?

— Dardzada, est-ce qu'elle en avait *vu* ?

L'apothicaire dut sentir quelque chose d'inhabituel dans sa voix, car il leva les yeux et observa la jeune fille en fronçant les sourcils.

— Pourquoi me poses-tu toutes ces questions ? Que s'est-il passé ?

Il ne savait rien. Çeda le lut dans ses yeux.

— Rien. C'est sans importance.

— Ne me prends pas pour un imbécile. Tu viens me voir le lendemain de Beht Zha'ir pour me demander du suc de charo et tu poses des questions à propos des asirim ? Ne t'approche plus des champs en fleur, ma fille. Le jeu n'en vaut pas la chandelle. Ils ont tué ta mère, et ils te tueront également.

— Je ne suis pas allée dans les champs en fleur hier.

— Non ? (Dardzada se redressa et pointa sa plume vers la poitrine de la jeune fille.) Dis-moi un peu, Çeda, que caches-tu dans ton petit médaillon ?

Çeda sentit son visage s'empourprer.

— C'est le médaillon de ma mère.

Dardzada éclata de rire.

— En effet, et j'aurais peut-être mieux fait de ne pas te le donner.

Il se tut et l'observa quelques secondes. Il dut se rendre compte qu'il l'avait blessée, mais il se remit à écrire sans s'excuser.

— Ouste ! Fiche le camp. Apporte le suc à ton cher Emre.

Çeda sortit et prit le chemin de Crêterose. Le rire moqueur de Dardzada la poursuivit à travers les rues de la cité.

CHAPITRE 8

Çeda voulait rentrer aussi vite que possible pour soigner Emre, mais elle avait d'autres affaires à régler. Elle fit un détour par les souks et s'arrêta près d'un étal de fruits avant de scruter la foule. Elle cherchait une certaine fillette.

La marchande, une solide Kundhanaise aux cheveux frisés et ébouriffés, lui tendit un sachet contenant trois khets de kumquats.

— Je ne vous ai jamais vue ici, lui dit Çeda.

La Kundhanaise sourit comme si elle venait d'entendre une histoire drôle.

— Caravane arrivée hier matin, dit-elle avec un fort accent kundhanais.

— Et vous venez d'où ?

— Hier matin.

— Non, vous venez d'où. De Ganahil ? D'Aldamlasa ?

— Ganahil, répondit la marchande avec son grand sourire.

Çeda prit les fruits et s'enfonça dans les allées plus ou moins régulières du marché. Elle mangea les kumquats en savourant leur chair sucrée et leur peau élastique, mais elle resta attentive. Elle slalomait entre les étals et tournait la tête dès qu'elle apercevait des enfants courant entre les gens. Elle s'intéressait surtout à ceux qui n'étaient pas accompagnés par un adulte, aux petits vagabonds crasseux. Tandis qu'elle glissait le dernier kumquat dans sa bouche, elle remarqua un groupe de gamins sur la place qui s'étendait autour du puits central.

Elle reconnut Mala, ses boucles châtaines soulevées par le vent, et sa sœur, Jein. Une dizaine d'autres alouettes des rues les accompagnaient. La plupart s'abreuvaient à l'ombre du grand pistachier qui se dressait au bord de la place. Trois d'entre eux observaient les passants avec attention. Ils cherchaient une proie. Emre et Çeda avaient fait la même chose quand ils étaient jeunes. Chaque jour, ils écumaient les marchés, la dalle aux enchères ou l'Abreuvoir en quête d'un pigeon à dépouiller. Le lendemain de Beht Zha'ir, une atmosphère de fête s'emparait de la cité. Après le silence, le calme et la terrible angoisse de la sainte nuit, les habitants et les visiteurs de Sharakhaï se précipitaient vers les souks, le marché aux épices et les innombrables étals de nourriture. L'argent coulait à flots.

Les yeux de Mala s'éclairèrent quand elle croisa le regard de Çeda.

— Çeda ! (Puis son visage se chiffonna sous le coup de la déception.) Mais… nous n'avons pas nos sabres.

— Pas de leçon aujourd'hui, ma puce, dit Çeda en l'entraînant à l'écart des autres enfants. Aujourd'hui, j'ai une mission à te confier. (Mala esquissa un sourire malicieux.) Tu connais Tariq ? Serais-tu capable de le repérer au milieu d'une foule ? (La fillette hocha la tête.) Parfait ! (Çeda s'accroupit pour la regarder en face.) Approche un peu…

Emre était toujours inconscient quand elle regagna l'appartement. Il ne réagit pas lorsqu'elle défit ses bandages et étala le suc de charo sur ses blessures. Il toussa quand elle l'obligea à boire la potion de Dardzada, puis se rendormit.

Au moins, il respire plus facilement.

Çeda ne pouvait rien faire de plus. Elle traversa la pièce qui servait de cuisine et de salon et entra dans sa chambre.

Elle se laissa tomber sur son lit, posa la sacoche en cuir sur ses genoux et en tira l'étui à parchemin. Le sceau était jaune, ce qui signifiait qu'on avait employé une cire rare et onéreuse, mais ce n'était pas un problème : Çeda collectionnait les cires rares et onéreuses depuis des années.

Elle leva le bras, écarta la tenture en crin de cheval accrochée au mur et attrapa une boîte dans la niche cachée derrière. Elle en souleva le couvercle et ses yeux parcoururent les compartiments profonds. L'un d'entre eux contenait une dizaine de bâtonnets de cire. Elle les passa en revue et en trouva deux dont la couleur était proche de celle du sceau. Elle les mélangea et fit des essais jusqu'à ce que la teinte soit parfaite. Cela faisait un problème de réglé, mais il y en avait d'autres, et bien plus épineux. L'étui était entouré de six anneaux en ivoire, et s'ils n'étaient pas placés dans un ordre précis, on ne pouvait pas l'ouvrir sans détruire les documents qu'il contenait.

La jeune fille sortit dans le salon et s'arrêta devant une rangée de plantes exposées au soleil. Elle en choisit une dont la tige était longue et sèche, puis regagna sa chambre. Elle posa le pot verni bleu céruléen sur son bureau et récupéra une partie de la mousse gris-vert qui couvrait la terre. Elle finissait de l'étaler sur le cylindre en ivoire quand un bruit de pas résonna dans la ruelle. Quelqu'un s'arrêta devant l'entrée du bâtiment et la jeune fille entendit des craquements, semblables à ceux des coquilles d'escargot que les grives du fleuve brisaient sur les rochers. Çeda termina d'étaler la mousse, puis approcha de la fenêtre et écarta le rideau. Mala et Jein étaient dans la ruelle. Mala aperçut Çeda et s'accroupit. Elle épousseta ses sandales, se redressa et s'éloigna à grands pas. Jein la suivit en la regardant avec des yeux écarquillés.

Çeda poussa un soupir. Comment avait-elle pu croire qu'Osman la laisserait en paix jusqu'au lendemain matin ? Jein était trop jeune, et Çeda avait demandé à Mala de ne rien lui dire à propos de sa mission. Le nettoyage des sandales signifiait que Tariq était en chemin, le départ à grands pas qu'il était pressé.

La jeune fille ne disposait que de quelques minutes.

Elle retourna à son bureau et remit la mousse dans le pot, puis observa le cylindre qui était désormais couvert de minuscules insectes rouge vif. On les appelait le sang du désert. Il s'agissait de mites qui vivaient dans les racines de nombreuses plantes poussant dans des climats arides. Elles se promenèrent sur les motifs en forme de chacals, de léopards, de faucons et d'autres animaux gravés sur les anneaux en ivoire, puis elles se rassemblèrent sur certains symboles et la combinaison apparut.

Pour éviter de regrettables accidents, les artisans qui fabriquaient ces étuis marquaient les symboles de la combinaison avec un soupçon de khôl. Ils l'essuyaient une fois l'objet terminé, bien entendu, mais le khôl était préparé à partir d'une suie issue de la longue combustion d'un tissu préparé à cet effet.

Une suie à laquelle on ajoutait du beurre clarifié.

Et les mites adoraient le beurre clarifié, Çeda l'avait appris quand elle vivait chez Dardzada.

La jeune fille fit tourner les anneaux et entendit de nouveaux craquements, plus insistants et plus rapides. Tariq était tout proche. Elle brisa le sceau et fit glisser un rouleau de parchemin de l'étui. Elle inclina le cylindre vers la fenêtre et regarda à l'intérieur. Il ne contenait pas de poche d'acide. Étrange.

Elle entendit des bruits de pas.

Les pas d'un adulte, pas d'une alouette des rues comme Mala.

À l'intérieur du parchemin, Çeda découvrit une petite bourse en velours. Elle délaça le cordon et versa le contenu au creux de sa main. Et laissa échapper un hoquet de surprise.

Dans sa paume, une gemme brillait comme une petite lune. Elle était transparente et luisait d'un éclat diaphane, comme le voile des cieux. Elle était si délicate que la jeune fille se demanda si elle n'allait pas se briser comme un bloc de sable. Mais elle était aussi dure qu'un diamant.

Par le regard lumineux de Tulathan ! Qu'est-ce que c'était que cela ? Cette pierre devait avoir de bien étranges propriétés pour qu'on la transporte ainsi à travers Sharakhaï.

Les pas résonnèrent dans la ruelle. Çeda entendit un loquet se soulever et la porte du bâtiment s'ouvrir. Quelqu'un gravit l'escalier.

Elle remit le couvercle en place, puis rangea l'étui et les deux bâtonnets de cire dans la sacoche qu'elle glissa sur son épaule. Elle n'était pas idiote. Osman n'était pas un homme qu'il fallait prendre à la légère. Elle couchait avec lui de temps à autre, mais cela ne la protégerait pas de sa colère s'il apprenait ce qu'elle venait de faire.

Elle rangea la boîte en bois derrière la couverture en crin de cheval et approcha de la fenêtre. Alors que les pas de Tariq résonnaient sur le palier, elle écarta le rideau et sauta dans la ruelle. Mala était en faction au coin d'un bâtiment voisin, mais Çeda lui fit signe de partir avant de s'éloigner. Elle se dirigea vers le sud et emprunta une succession de rues tortueuses pour gagner les souks. Elle n'était pas très rassurée à l'idée d'abandonner Emre, mais si Tariq décidait de forcer la porte – ce dont elle doutait –, il laisserait le blessé en paix quand il s'apercevrait que le cylindre n'était pas caché dans l'appartement.

Elle devait trouver du feu pour faire fondre la cire et sceller l'étui avant de l'apporter à Osman. Elle emprunta la rue principale à l'ouest des souks et du marché aux épices. Les affaires devaient être bonnes, car les boniments des colporteurs étaient interrompus par les échos de marchandages endiablés. D'innombrables odeurs flottaient dans l'air frais : galanga, macis, viande rôtie…

La jeune fille était venue là sans savoir pourquoi, mais une idée lui traversa la tête et elle se dirigea vers l'étal de Seyhan. Le marchand avait des lampes à huile pour vendre ses épices aussi tard que possible. Elle en emprunterait une, ferait fondre la cire et elle…

La jeune fille s'arrêta net.

Le brouhaha des souks, auquel elle prêtait à peine attention, résonna soudain à ses oreilles comme les rugissements furieux d'un orage.

Osman se tenait devant elle. Il attrapa une brochette de viande et de melon grillés, paya le marchand et se tourna avant que Çeda ait le temps de s'accroupir derrière un étal. Il esquissa un sourire inquiétant et se dirigea vers elle.

— Te voilà donc, dit-il en mordant dans un morceau d'agneau fumant.

Çeda sourit avec bonne humeur et serra aussitôt les dents pour ne pas se lécher les lèvres.

— Je suis surprise de trouver une personne de ton rang dans un tel endroit, dit-elle.

Osman esquissa un rictus amusé, et ses anciennes cicatrices se dessinèrent à travers sa barbe noire.

— Je suis surpris de trouver une personne *que j'attendais chez moi* dans un tel endroit.

— Je voulais juste m'acheter quelque chose à grignoter avant de me préparer. Pour cette nuit.

— Oh ? (Il arracha un bout de melon d'un coup de dents et le mâcha bruyamment en tendant la brochette à la jeune fille.) Tu veux goûter ?

Il avait à peine posé sa question que deux hommes émergèrent de la foule et encadrèrent Çeda. Ils n'étaient pas très impressionnants, mais la jeune fille les connaissait et avait un grand respect pour leur habileté à manier le gourdin et à se battre à mains nues. Si elle voulait s'enfuir, c'était le moment ou jamais.

Elle ne bougea pas.

Elle connaissait plusieurs endroits où se réfugier, mais elle savait qu'Osman la retrouverait tôt ou tard. L'influence de l'ancien chien de poussière s'étendait bien au-delà des murailles de Sharakhaï.

— J'ai arrêté de manger du mouton, dit-elle.

— Vraiment ? (Il mordit dans un autre morceau de viande.) Et pourquoi donc ? demanda-t-il en regardant par-dessus l'épaule de la jeune fille.

Çeda tourna la tête et vit Tariq qui approchait par la rue qu'elle avait empruntée un peu plus tôt. Il avait le même âge qu'elle, mais son air arrogant le faisait ressembler à un petit garçon se pavanant devant une fille.

Çeda se tourna vers Osman et le regarda dans les yeux.

— Je trouve la viande trop dure. Avam achète des animaux trop vieux. Il y a toujours un morceau qui se coince entre mes dents.

Un sombre sourire se dessina sur les lèvres d'Osman et quelques passants tournèrent la tête vers lui. L'ancien guerrier les ignora. Ses yeux d'acier ne voyaient que Çeda.

— Et moi, je suis trop vieux, Çeda ?

La jeune fille ne répondit pas tout de suite. Bien sûr que non, il n'était pas trop vieux. Il était encore plein d'énergie, mais elle n'avait pas l'intention de le lui dire. Pas dans de telles conditions.

— Si tu as besoin de moi pour répondre à cette question, il faut croire que oui.

Un éclat douloureux passa dans ses yeux, mais cela ne dura qu'un instant. Osman n'était pas devenu le maître des arènes de Sharakhaï en montrant ses faiblesses. Il hocha la tête en direction de la sacoche accrochée à l'épaule de la jeune fille.

Çeda regarda autour d'elle d'un air étonné.

— Tu ne crois pas qu'il serait préférable d'aller chez toi ? Je t'y rejoindrai dès que…

Osman jeta sa brochette par terre et pointa le doigt vers une ruelle sombre. Ses deux gardes saisirent les bras de Çeda et l'entraînèrent sans ménagement. Une fois de plus, la jeune fille envisagea de fuir, de se battre s'il le fallait, mais elle avait déjà accepté son sort. Elle avait menti à Osman pendant des années et n'avait plus envie de le faire. Elle ne résista pas. Une fois à l'abri des regards indiscrets, Tariq s'empara de la sacoche et fouilla à l'intérieur. Il sortit l'étui à parchemin et le tendit à Osman comme s'il s'agissait d'une relique inestimable tombée des cieux.

Osman le prit d'un geste sec et le donna à l'un de ses gardes, qui le glissa dans une poche noire accrochée à sa ceinture. Tariq regarda Çeda et ses narines frémirent de colère, comme s'il s'attendait à des moqueries. Puis il salua Osman en s'inclinant et recula en posant la main sur le pommeau de son shamshir.

— Laissez-nous, dit Osman.

Aucun des trois hommes ne bougea. Ils regardèrent leur chef avec des yeux écarquillés.

— Laissez-nous !

Tariq donna un coup de menton en direction de la rue principale et s'éloigna. Les deux gardes lui emboîtèrent le pas après avoir échangé un regard entendu.

— L'étui a été ouvert, dit Osman.

— En effet.

— À qui avais-tu l'intention de le vendre ?

— À personne. Jamais je…

— Jamais ?

— Jamais ! répéta-t-elle. Je n'ai jamais vendu quelque chose qui t'appartenait. Je l'ai ouvert par pure curiosité. Pour moi et pour personne d'autre.

— Tu le reconnais, alors ? Tu reconnais que ce n'est pas la première fois que tu me trahis.

— Je ne t'ai pas trahi, Osman. J'ai fait ce que j'ai fait…

Les mots se coincèrent dans sa gorge et elle s'interrompit. Emre était le seul à savoir ce qu'elle cherchait. Elle cachait ses véritables desseins depuis si longtemps qu'il lui était difficile, voire impossible, d'en parler.

— Pour ta mère ? demanda Osman. (Il tourna la tête vers la droite, vers Tauriyat qui était cachée par des bâtiments de deux étages.) Pour combattre les Rois ?

Çeda resta immobile, stupéfaite. Elle avait l'impression qu'Osman lui avait ouvert le crâne pour lire ses pensées les plus secrètes.

— Pourquoi es-tu si étonnée, Çedamihn Ahyanesh'ala ? Tu crois que les gens ont oublié ta mère ? Elle agissait comme si personne ne se souciait d'elle – et elle t'a peut-être convaincue de faire la même chose –, mais certains d'entre nous l'aimaient. Certains d'entre nous l'aimaient beaucoup.

Ces paroles firent lentement leur chemin dans la tête de la jeune fille, et puis une idée terrible lui traversa l'esprit.

— Toi et ma mère étiez… Tu as…

Osman la regarda d'un air étonné, et puis il comprit et éclata de rire.

— Non, Çeda. Ta mère et moi étions amis. Je lui rendais des services et elle faisait de même. C'est pour cela que ta trahison est si douloureuse.

— Qu'est-ce que ça peut te faire si j'ai lu quelques messages ? Tu détestes les Rois autant que moi.

— Autant que *toi* ? Non. Je… ne les aime pas, mais ils assurent une certaine stabilité dans une ville qui change sans cesse. (Ses mâchoires se contractèrent.) Je ne peux pas fermer les yeux sur ce que tu as fait, Çeda. Si on apprenait que je t'ai pardonné, les autres courriers tenteraient leur chance. Et tout ce que j'ai construit finirait par s'écrouler. Morceau par morceau.

Il se tut. Peut-être attendait-il que la jeune fille se défende, mais elle se contenta de le regarder.

— Tu n'as rien d'autre à me dire ? Tu ne veux pas m'expliquer pourquoi tu as fait tout cela ?

Çeda resta immobile et silencieuse. Qu'aurait-elle pu dire ? Il avait raison et elle avait toujours été consciente des risques qu'elle prenait.

— Très bien. (Il se dirigea vers l'entrée de la ruelle où Tariq et les deux gardes attendaient.) Je ne veux rien de cassé, lâcha-t-il avant de se fondre dans la foule.

Les trois hommes approchèrent, Tariq en tête. Çeda envisagea de se défendre, ne serait-ce que pour effacer le sourire arrogant de son ancien ami. Et puis elle songea que si elle résistait, ils le lui feraient payer.

Elle fit de son mieux pour se protéger. Tariq frappa le premier. Puis ce fut au tour des deux autres. Çeda s'effondra et ils la rouèrent de coups de pied, dans la tête, le dos et les jambes. Elle reçut un violent coup sur la nuque et un rideau d'étoiles descendit devant ses yeux. Les muscles de ses bras se relâchèrent et refusèrent de lui obéir. On la tourna sur le dos et on la frappa au visage, aux côtes, au ventre.

Les coups cessèrent et elle entendit un gémissement. Il lui fallut un long moment pour comprendre qu'il sortait de sa gorge. C'était elle qui laissait échapper ces sons pitoyables.

Mais elle ne pleurerait pas.

Elle ne ferait pas ce plaisir à Tariq.

Ni à Osman, s'il était encore là.

Et puis elle regarda autour d'elle et vit que ses tortionnaires avaient disparu. Depuis des heures, peut-être. Pendant combien de temps était-elle restée allongée dans cette allée ? Des gens passaient dans la rue. Ils se demandaient sans doute ce qu'elle avait fait pour mériter une telle correction.

Elle resta allongée une éternité. Enfin, elle fit jouer ses articulations et ses muscles avec prudence pour savoir si elle était capable de tenir debout, puis se leva tant bien que mal, comme un enfant qui ne sait pas encore marcher. Elle se mit en route. Ses pas étaient saccadés, ses membres tremblaient.

Elle éclata de rire.

Cette fois-ci, elle n'avait pas à faire semblant de boiter.

CHAPITRE 9

Onze ans plus tôt…

Une chaleur implacable régnait sur le désert. La mère de Çeda tira sur la barre de gouvernail pour que le skiff contourne une grande dune. Les patins en bois sifflèrent et l'embarcation s'inclina sur la droite avant de se redresser.

— J'ai vu des choses dans les carillons de Saliah, dit Çeda après un long silence.

Ahya hocha la tête, le visage impassible.

— Qu'est-ce que tu as vu ?

— Une aile-vibrante. Une main pleine de sang. Des Vierges du Sabre, et un cheikh.

— Et un sabre noir ?

Çeda réfléchit. Cette question était importante pour sa mère. Elle le devinait à la manière dont Ahya s'efforçait d'ignorer sa fille.

— Un Roi me le donnait.

— Tu peux me dire à quoi il ressemblait ?

Çeda fit de son mieux, mais les images s'effaçaient déjà. Elle décrivit ses vêtements, sa carrure imposante et la salle richement décorée. Sa mère garda les yeux rivés sur l'horizon. Son inquiétude semblait laisser la place à une sorte de fatalisme, et la fillette n'aimait pas ça. Elle n'aimait vraiment pas ça.

— Il y a un lien entre tout ça, hein ?

Un brusque coup de vent fit vrombir la voile quelques instants.

— Oui, lâcha Ahya d'une voix atone. Mais ce n'est qu'un chemin parmi tant d'autres, Çeda. Même Saliah ne sait pas toujours lequel sera le bon.

Elle avait prononcé cette dernière phrase avec une pointe d'espoir, mais Çeda comprit qu'elle cherchait seulement à se convaincre. Ahya croyait aux visions et en savait assez pour les interpréter – un peu mieux que Çeda, du moins. La fillette essaya d'en apprendre un peu plus sur ce qui se passait, sur leur destination, sur ce qu'Ahya avait l'intention de faire, mais sa mère refusa d'aborder ces sujets. L'enfant se tut.

Elles atteignirent Sharakhaï bien après midi. La cité était en pleine effervescence, comme c'était souvent le cas après Beht Zha'ir. Ahya ne conduisit pas sa fille à la maison. Elle se rendit directement chez Dardzada et ordonna à Çeda de l'attendre dans la rue. L'apothicaire portait une dishdasha à rayures marron et blanches. Il regarda la fillette d'un air mauvais, puis ferma la porte à clé pour parler avec Ahya en toute tranquillité. Çeda s'accroupit devant la boutique et observa les passants. La plupart d'entre eux ne la remarquèrent même pas. Le soir approcha. Il allait bientôt faire nuit et sa mère n'était pas encore sortie. Il se préparait quelque chose de grave, mais Çeda n'était plus dans le désert, et ses tentatives d'explications rationnelles avaient cessé de la rassurer.

Elle ne laisserait pas sa mère partir seule.

Pas ce soir.

Mais que pouvait-elle faire ?

Ahya et Dardzada parlaient depuis presque deux heures. Les effets du pétale d'adichara s'étaient dissipés depuis longtemps et Çeda se sentait fiévreuse. Elle frissonna malgré la chaleur. Le ventre noué, elle avait l'impression que quelque chose la dévorait de l'intérieur. Elle éclata en sanglots.

Des passants s'arrêtèrent.

— Tu ne vas pas bien, petite ? demandèrent certains. Je peux faire quelque chose ?

Une vieille femme s'appuyant sur une canne noueuse approcha. Elle s'agenouilla à grand-peine et serra l'enfant dans ses bras.

— Tu as perdu quelqu'un, petite ?

Oui, pensa la fillette. *J'ai perdu ma mère.*

Mais elle répondit que non et la vieille femme reprit son chemin.

L'angoisse devint insupportable. Çeda fit le tour de la boutique et entra en s'efforçant de ne pas faire de bruit. Elle colla son oreille contre la porte de l'atelier et écouta la conversation à voix basse.

— Es-tu vraiment sûre de vouloir faire cela ? demanda Dardzada.

La fillette ne l'avait jamais entendu parler sur un ton implorant. L'apothicaire était un homme qui avait l'habitude d'aboyer des ordres, pas de supplier, et pourtant… Il semblait aussi désespéré que Çeda.

— Il n'est pas trop tard, poursuivit-il. Je peux parler à la Matrone. Elle a l'oreille d'un Roi. Nous pourrions attendre un jour ou deux et voir…

— Ce serait trop dangereux, et tu le sais.

— Pas autant que ce que tu as l'intention de faire, non ?

— Je ne compromettrai pas tout ce que nous avons accompli pour une femme à propos de laquelle nous ne savons presque rien.

— Elle a toujours été loyale.

— C'était une Vierge du Sabre. C'est une raison suffisante pour virer de bord et passer au large. (Un bref silence s'installa.) Il se fait tard. La potion est prête ?

La fillette entendit le tintement clair du verre contre le verre.

— Oui, c'est prêt. Tu n'as donc pas l'intention de renoncer à ton projet ?

— Est-ce que j'aurai le temps de lui dire au revoir ?

— Oui. Le produit n'agit pas tout de suite. Quand tu partiras, répète-toi l'histoire que nous avons préparée. Il faut qu'elle devienne *ton* histoire. La seule et unique.

La fillette entendit un nouveau tintement, puis un gargouillement.

Quelques instants plus tard, des bruits de pas se dirigèrent vers la porte. Çeda fila vers l'entrée de la boutique, mais n'eut pas le temps de sortir.

— Viens ici ! aboya Ahya.

Elle ne semblait ni surprise, ni en colère. Çeda approcha et sa mère s'accroupit pour la regarder en face. Elle dégageait une étrange odeur, à la fois florale et fétide. Ses yeux étaient rouges et distants. Ils semblaient perdus dans le vague, comme si la jeune femme avait absorbé du lotus noir.

— Tu vas rester avec Dardzada, dit-elle.

Çeda secoua aussitôt la tête.

— S'il te plaît, memma. Ne pars pas.

Sa mère la saisit par le bras, puis cligna des yeux plusieurs fois. On aurait pu croire qu'elle avait abusé de l'arak et que son esprit était embrumé par l'alcool.

— Sois gentille avec lui, Çeda.

— Memma, non !

Sa mère se leva. Son regard se voila un instant, puis elle regarda l'entrée de la boutique d'un air résolu. Dardzada sortit de l'atelier et approcha de Çeda tandis qu'Ahya glissait vers la porte comme un spectre.

Elle s'immobilisa et se tourna vers sa fille.

— Sois gentille avec lui, répéta-t-elle. (Elle prit les mains de l'enfant et les embrassa.) Et rappelle-toi ce que je t'ai dit dans le désert.

— Non ! s'écria la fillette.

Elle saisit le poignet d'Ahya et le serra de toutes ses forces, refusant de lâcher prise.

— S'il te plaît ! S'il te plaît ! Ne pars pas !

Sa mère essaya de se dégager avec une curieuse indolence. Puis elle leva la main et gifla sa fille. Çeda recula en titubant, sonnée. Dardzada la saisit par les épaules.

Ahya la regarda avec une expression douloureuse, puis se détourna et sortit. La cloche accrochée au-dessus de la porte tinta et la jeune femme disparut dans les ténèbres. Çeda se tortilla pour se libérer, mais sans conviction. Sa mère ne l'écouterait pas. Elle avait pris une décision et ne reviendrait pas dessus.

Tout ira bien. Elle sait ce qu'elle fait.

Mais ces arguments sonnaient creux. Maintenant que sa mère était partie, la fillette n'avait d'autre choix que d'affronter la réalité.

— Monte, dit Dardzada en la poussant vers l'arrière-boutique.

Çeda se dirigea vers l'escalier comme une somnambule et gravit les marches avec lenteur. Sur le palier, sous les fenêtres, elle aperçut une palette sur laquelle on avait jeté une couverture. Elle s'étendit, puis se tourna vers le mur, dos à l'escalier, et joignit les mains.

Je t'en supplie, Nalamae, guide ses pas. Je t'en supplie, Nalamae, guide ses pas. Je t'en supplie, Nalamae, guide ses pas.

Elle répéta sa prière dans l'espoir que la déesse l'entendrait.

Les marches de l'escalier grincèrent. Dardzada monta et se retira dans sa chambre sans adresser un mot à la fillette. Il ne fut pas long à s'endormir et ses ronflements troublèrent le silence nocturne. Çeda, elle, resta éveillée. La nuit n'en finissait pas. Les secondes se succédaient avec une lenteur insupportable. L'enfant supplia le soleil de se lever dans l'espoir de voir sa mère revenir, mais les ténèbres refusèrent de battre en retraite et le temps parut suspendre son vol.

Lorsque les premiers rayons de lumière s'insinuèrent par les interstices des volets, la fillette les observa en guettant les pas de sa mère dans la rue en terre battue. Mais Ahya ne rentra pas. La cité s'éveilla. Le martèlement des sabots des mules et le grincement des chariots se mêlèrent au brouhaha des passants de plus en plus nombreux. Des gens balayèrent le sable qui s'était accumulé devant leur porte pendant la nuit.

Et puis elle entendit un bruit sec contre un volet, juste au-dessus d'elle.

Puis un deuxième, et un troisième.

— Çeda ! souffla une voix pressante.

L'enfant se leva et ouvrit le volet avec lenteur pour qu'il ne grince pas. Elle jeta un coup d'œil dans la rue et aperçut Emre, son meilleur ami, l'un des rares qu'elle avait conservés malgré les nombreux déménagements imposés par sa mère. Il portait un pantalon large ainsi qu'une chemise trop grande pour lui. Il était pieds nus, mais paraissait insensible au froid mordant du petit matin. Il n'était pas du genre frileux. Le cœur de la fillette se remplit de joie... jusqu'à ce qu'elle remarque l'expression de son camarade.

Emre avait neuf ans, un an de plus qu'elle, mais il ressemblait à un petit garçon effrayé par un monde qu'il ne comprenait pas.

— Çeda, il faut que tu viennes.

Il tourna la tête vers Tauriyat, la colline qui se dressait au centre de Sharakhaï. Le domaine des Rois.

Çeda voulut refuser, lui dire qu'elle attendait sa mère… et puis elle croisa son regard, et son ventre se noua avec tant de force qu'elle crut qu'elle allait vomir.

Des bruits de pas approchèrent, mais Çeda était si inquiète qu'elle les entendit à peine. Dardzada sortit de sa chambre, saisit l'enfant par les cheveux et la tira en arrière pour l'éloigner de la fenêtre. Il tendit un bras potelé et pointa un doigt vers Emre.

— Va-t'en, Emre, ou bien je descends te caresser le dos avec mon fouet !

Çeda n'entendit pas de réponse. Emre n'avait pas peur de Dardzada, mais il n'avait pas l'intention de le provoquer, d'autant que Çeda risquait de faire les frais de la colère de l'apothicaire. Le gros homme ferma le volet et la fillette comprit qu'elle devait partir. Elle ne pouvait pas rester là.

Pas le doux souffle des dieux, l'expression d'Emre…

Elle se précipita vers l'escalier. Dardzada lui tannerait la peau des fesses pour la punir, mais elle s'en fichait. L'apothicaire s'élança à sa poursuite et tendit les bras pour l'attraper.

— Çedamihn, arrête-toi !

Mais l'enfant était trop rapide. Elle atteignit le rez-de-chaussée, traversa la boutique et se précipita dans la rue. Elle rejoignit Emre et ils s'enfuirent en courant, jetant parfois de brefs coups d'œil par-dessus leurs épaules. Alors qu'ils atteignaient l'avenue de la Grande Porte, Çeda aperçut l'apothicaire. Dardzada se tenait au milieu de la rue et la regardait avec une expression de profond regret. Puis elle le perdit de vue.

Les enfants ralentirent d'un accord tacite, mais ils ne cessèrent pas de courir. Emre était silencieux. De toute évidence, il avait peur de prendre la parole. Çeda ne posa aucune question. Elle avait peur elle aussi. Elle était *terrifiée*. Il était arrivé quelque chose à sa mère. Elle le sentait, mais elle ne savait pas quoi.

Ahya avait-elle été arrêtée par les Vierges du Sabre ? Ou par les Rois en personne ? L'avait-on enfermée en attendant son procès ? Cette hypothèse s'accordait assez bien avec les visions qu'elle avait eues dans le jardin de Saliah.

Mais l'enfant devina que c'était plus grave.

Si Ahya avait été arrêtée, Emre le lui aurait dit sans l'ombre d'une hésitation.

Elle continua à courir et ne tarda pas à dépasser son camarade. Sa peur était de plus en plus pressante. Elle imagina des dizaines d'hypothèses plus terribles les unes que les autres, puis son angoisse éclata sous la forme d'un interminable sanglot…

Mais rien de tout cela ne la prépara à la scène qui l'attendait.

Tauriyat était au centre de Sharakhaï et c'était sur ses flancs que se dressait la Maison des Rois : douze palais reliés par d'innombrables ponts et tunnels. Un imposant rempart entourait la colline et seules deux portes permettaient de le franchir. La première se trouvait à l'est, près du port protégé qui abritait la flotte de guerre. La seconde, à l'ouest, s'ouvrait sur le cœur de la cité. Emre se dirigea vers la première.

Les hautes portes étaient fermées, mais quatre Vierges du Sabre se tenaient au sommet des remparts. Elles portaient des robes de combat noires et un turban auquel était accroché un voile qui dissimulait leur visage. Chacune tenait une lance étincelante. Elles ne surveillaient pas le parvis qui s'étendait devant l'entrée. Elles regardaient au loin, au-delà de l'aube, comme si elles cherchaient à apercevoir les dangers à venir.

— Çeda, arrête-toi, dit Emre en la rattrapant. Elles surveillent ceux qui approchent trop près.

La fillette l'entendit à peine. Le garçon lui prit le bras, mais elle se dégagea d'un mouvement brusque. À droite de la porte, près des remparts, un corps était pendu à un gibet.

Le corps d'Ahyanesh Allad'ava. Sa mère.

Elle était accrochée par les pieds, nue, la gorge tranchée.

Çeda voulut se diriger vers elle, mais Emre l'en empêcha. Elle n'accorda pas un regard au jeune garçon, et s'arrêta, pétrifiée.

Il y avait des marques sur les chevilles et les mains de sa mère.

Non, pas des marques…

Des plaies. On avait tracé des runes anciennes dans la chair d'Ahya, à l'envers pour que les passants puissent les lire sans difficulté. Çeda les observa. Sa mère ne lui avait pas appris grand-chose, mais elle ne voulait pas que sa fille soit analphabète.

« Catin » était gravé sur le dos des mains, « Parjure » sur les pieds.

Il y avait une autre marque sur le front de la jeune femme, mais Çeda ne la connaissait pas. C'était un signe complexe qui ressemblait à une source sous un champ d'étoiles.

Elle aurait dû pleurer, hurler, mais elle avait l'impression que tout était logique et prédestiné. La fuite dans le désert aux premières lueurs de l'aube, la visite chez Saliah et la mort de sa mère. Elle avait tourné les pages d'un livre et l'histoire s'achevait par la disparition d'Ahya. C'était inéluctable, l'enfant le comprenait maintenant. Pourquoi ne s'en était-elle pas rendu compte plus tôt ?

Elle désigna la marque gravée sur le front d'Ahya.

— Qu'est-ce que ça veut dire ? demanda-t-elle, plus pour elle-même que pour Emre.

— Tu sais bien que je ne sais pas lire, marmonna le garçon.

La fillette examina le signe et le grava dans sa mémoire. Chaque courbe, chaque trait, chaque angle. Les incisions étaient profondes et des filets de sang traçaient de sinistres motifs sur les yeux, le visage et les cheveux défaits d'Ahya.

Elle n'oublierait jamais cette image. Elle ne pourrait pas l'oublier.

Un bruit sourd résonna derrière la porte du domaine royal et les lourds battants s'ouvrirent vers l'extérieur en grinçant. Çeda eut l'impression que Tauriyat était une énorme créature qui se réveillait après un long sommeil. Une colonne de Vierges montées sur de grands chevaux émergea dans le claquement des sabots et les tintements des bardes.

— Allez, viens, dit Emre en tirant sur le bras de son amie.

Çeda refusa de bouger, mais les cavalières approchèrent et Emre se fit plus insistant. La fillette contempla les hautes tours de la Maison des Rois et cracha dans la rue poussiéreuse avant d'emboîter le pas à son camarade. Ils s'engouffrèrent dans une allée trop étroite pour les destriers et rebroussèrent chemin.

— Tu ne devrais pas venir avec moi, dit Çeda quand ils arrivèrent près de la boutique de l'apothicaire. Si Dardzada te voit, il te battra comme plâtre.

Emre sourit.

— Encore faudrait-il qu'il m'attrape.

Puis le sourire du garçon s'effaça, et il regarda son amie avec une compassion et une sincérité que Çeda ne lui connaissait pas. Emre était toujours en train de rire ou de plaisanter.

— Ta mère, je l'aimais bien, tu sais.

Çeda hocha la tête.

— Elle t'aimait bien, elle aussi.

Elle l'embrassa sur la joue et se dirigea vers la boutique d'un pas décidé.

L'apothicaire l'attendait à l'intérieur. Il n'était pas en colère. Il regarda la fillette comme s'il savait déjà ce qui s'était passé, comme s'il le savait depuis la veille. Dans les moindres détails. Le départ d'Ahya, son exécution, la découverte de la tragédie par sa fille. Il savait depuis le début. Il regarda l'enfant comme pour lui dire que les dieux en avaient décidé ainsi et que personne ne pouvait rien y faire. Ni lui, ni elle, ni Ahya.

La fillette se fichait de ce qu'il pouvait penser.

Elle monta et s'allongea sur la palette. Elle entendit Dardzada rassembler ses affaires, et quelques instants plus tard, la porte de la boutique s'ouvrit et se referma. Le brouhaha de la ville enveloppa l'enfant un instant.

Et elle pleura. Maintenant qu'elle était seule, le sentiment de perte devenait plus réel. Elle avait connu une vie pleine d'imprévus et de changements. Ahya et sa fille déménageaient souvent d'un quartier à un autre et ne gardaient jamais leurs amis très longtemps. Mais Çeda avait sa mère et cela lui suffisait. Elle adorait les moments de lecture, les voyages à travers le désert, les lassis à la noix de coco qu'Ahya préparait pour son anniversaire, les heures passées à danser avec des sabres.

Que lui restait-il ? Dardzada ?

Elle n'avait plus rien.

Elle n'était plus qu'une coquille vide.

Comment aurait-elle pu empêcher cette tragédie ? Comment ? En ne montant pas sur l'arbre dans le jardin de Saliah ? En suppliant sa mère de rester avec elle ? En la retardant ou en l'empêchant de partir ? Une autre nuit, les choses se seraient peut-être déroulées différemment. Une autre nuit, sa mère aurait peut-être échappé à la mort.

Dieux, pourquoi avait-il fallu qu'elle gifle sa fille avant de disparaître ?

Des larmes roulèrent sur les joues de l'enfant tandis qu'elle imaginait mille autres fins.

Çeda pria jusque tard dans la nuit pour que tout cela ne soit qu'un mauvais rêve.

Elle se réveilla alors qu'on la secouait avec insistance.

C'était Dardzada. Il était assis sur une chaise, près de la palette. Il tenait un petit livre relié en cuir. Une chaînette était coincée entre les pages et un magnifique médaillon en argent se balançait à son extrémité. Le médaillon de sa mère. Les affaires de sa mère. L'apothicaire les tendit à l'enfant.

— Elle m'a demandé de te les donner, dit-il.

Çeda refusa de les prendre. Elle avait l'impression qu'en acceptant ces objets, elle se rendrait coupable de la mort de sa mère.

C'était idiot. Le livre était un recueil de poèmes et d'histoires qu'Ahya adorait. Et le médaillon était le seul luxe qu'elle s'était jamais autorisée. La fillette glissa le bijou autour de son cou et fut envahie par un mélange de joie et de malaise en le sentant glisser sur sa poitrine. Elle ouvrit le livre d'un geste tendre et le feuilleta en lisant une partie du poème préféré de sa mère.

Les joncs fanés,
Le fleuve asséché,
Les fauvettes frissonnent,
Sous le ciel d'hiver.

— Les Vierges du Sabre vont chercher les gens qu'Ahya fréquentait, dit Dardzada en se laissant aller contre le dossier de la fragile chaise en bois. Mais elle savait se montrer discrète, et les gardes qui patrouillent dans le quartier… je les connais depuis des années. Ils ont des trous de mémoire quand on les rémunère grassement. (Il lissa sa barbe brune.) C'est ce que je fais. Et ce que je continuerai à faire.

— Et tu espères que je vais te remercier ?

Les yeux de Dardzada se mirent à briller. Il était en colère, mais pas parce que les paroles de l'enfant l'avaient blessé.

— C'est ta mère que tu devrais remercier, car elle a su rester prudente pendant toutes ces années. Ses amis sont de vrais amis et ne diront rien si on les interroge. Avec un peu de chance, les Rois en auront vite assez de traquer des fantômes et se contenteront de l'avertissement d'aujourd'hui.

Çeda aurait voulu vomir. Ainsi, sa mère n'était plus qu'un « avertissement » ? Un avertissement destiné à qui ? Un avertissement pour quoi ? La fillette songea à l'étrange signe gravé sur le front d'Ahya. Elle envisagea d'interroger Dardzada, mais elle n'avait aucune envie de parler à l'apothicaire. Elle se rallongea donc en serrant le livre contre sa poitrine.

Elle ne pouvait pas s'empêcher de songer aux dernières heures de sa mère. Que lui avait-on fait ?

— Ils savent que j'existe maintenant, hein ?

— Ahya ne leur a rien dit à ton sujet.

— Comment peux-tu en être si sûr ?

— Je le sais.

Elle aurait voulu en apprendre davantage, mais un profond désir de solitude la submergea. Dardzada le sentit peut-être, car quelques instants plus tard, il se leva et descendit dans la boutique.

Il revint la voir plusieurs fois au cours de la soirée, avant de monter l'escalier et de gagner sa chambre. La porte se ferma avec un petit bruit métallique.

Plus tard, au milieu de la nuit, Çeda l'entendit sangloter. Il pleura longtemps, très longtemps. La fillette n'aurait jamais imaginé qu'il puisse être si triste. Dardzada était toujours de méchante humeur quand Ahya lui rendait visite. Il s'emportait facilement et il lui arrivait même de se montrer cruel. Avait-il *aimé* sa mère ?

C'est un peu tard pour le montrer !

Les sanglots faiblirent, puis s'évanouirent. Des ronflements les remplacèrent quelques minutes plus tard. La fillette se leva et descendit en silence. Elle sortit de la boutique et s'enfonça dans la nuit froide. Elle n'aurait pas dû. Elle courait le risque de croiser une patrouille de gardes ou des Vierges du Sabre.

Mais elle refusait de rester cachée. Elle refusait de ruminer son chagrin. Pas ce soir. Elle voulait voir sa mère une dernière fois, et si les Rois l'arrêtaient, eh bien ! qu'ils fassent ce que bon leur semble.

Elle remonta l'Abreuvoir jusqu'à la Lance, une avenue qui abritait les boutiques les plus huppées de Sharakhaï et conduisait à Tauriyat.

Les lunes étaient hautes dans le ciel. Grâce à la lumière de Tulathan la brillante et de sa sœur dorée, Rhia, l'enfant vit que la porte orientale était fermée. Une Vierge patrouillait au sommet des remparts. Çeda attendit qu'elle soit cachée par les bâtiments voisins, puis elle traversa le parvis et s'arrêta devant le gibet.

Dans le lointain, au-delà des murailles de la ville, un loup à crinière hurla. Un autre se joignit à lui, puis un troisième. Leurs cris résonnèrent dans l'air sec du désert et réconfortèrent la fillette qui se tenait devant le corps de sa mère. Elle avait toujours considéré ces créatures efflanquées comme des membres de sa famille. C'étaient des enfants des sables, tout comme elle et Ahya.

Les loups se turent et le silence retomba. Çeda se retrouva seule avec ses pensées. Elle ne murmura aucun adieu. Ce n'était pas pour cela qu'elle était venue. Elle sortit le couteau qu'Ahya lui avait offert pour son sixième anniversaire, deux ans plus tôt, et en fit courir la pointe sur la paume de sa main. L'entaille la brûla, mais pas plus que son cœur qui pleurait la mort de sa mère. Elle rengaina l'arme et se glissa sous la plate-forme de la potence. Sa main entaillée ramassa une poignée de sable marbré de taches sombres, le sang de sa mère.

— Sang de mon sang, souffla-t-elle.

Elle recula et gagna le centre du parvis d'un pas tranquille. Que les Vierges aillent au diable.

Elle s'arrêta et se tourna pour contempler Tauriyat – enfin, ce qu'on apercevait par-dessus les murailles, du moins. Des lanternes éclairaient la route qui serpentait sur le flanc de la colline et se ramifiait comme une branche d'acacia pour desservir les douze palais. Des lumières clignotaient aux innombrables fenêtres et Çeda se demanda ce que les Rois pouvaient bien faire pendant que sa mère se balançait au gré du vent.

Elle contempla chaque Maison l'une après l'autre, puis elle porta le poing à ses lèvres en serrant le sable qu'elle avait ramassé un peu plus tôt. Les grains s'enfoncèrent dans la plaie qui zébrait sa paume et elle parla. Elle n'adressa pas une prière à Nalamae – elle avait demandé l'aide de la déesse par deux fois, mais celle-ci n'avait pas daigné l'écouter.

Elle ne murmura pas. Elle parla d'une voix claire et nette, comme si les Rois se tenaient devant elle.

— Ici, ô Rois, je fais une promesse. Je promets qu'un jour, je viendrai réclamer vengeance.

Un nouveau hurlement monta du désert, plus fort et plus pressant que les précédents. Plusieurs loups le reprirent en chœur, et bientôt, ils furent des dizaines à faire écho au serment de la fillette.

Les derniers grains de sable tombèrent aux pieds de Çeda.

— Je me vengerai de vous tous. Sans exception.

CHAPITRE 10

Emre rêva.

Il entendit un hurlement résonner au-dessus des rues de la cité d'ambre et le tonnerre gronder dans le ciel d'encre.

Il courait sur le lit asséché de la Haddah, slalomant dans l'espoir d'échapper aux sombres silhouettes qui filaient dans la nuit. Elles se tenaient sur les ponts, au-dessus de lui, enveloppées dans des capes. Elles attendaient qu'il passe, puis sautaient par-dessus le parapet pour se joindre à la meute qui le pourchassait.

Au début, elles n'étaient qu'une poignée, puis une dizaine, puis un flot ininterrompu. Certains asirim couraient debout comme des hommes. D'autres galopaient à quatre pattes comme des chacals. Leurs hurlements ravivaient les forces d'Emre, car ce n'étaient pas des grondements de bêtes sauvages, mais des cris humains. Ils exprimaient de la souffrance, de l'angoisse, des regrets envers quelque chose qu'ils avaient longtemps cherché et qu'ils n'avaient jamais trouvé.

Le plus proche griffa ses talons. Un autre frappa à hauteur des jambes et ses ongles labourèrent sa chair. Un troisième l'attrapa par ses vêtements et le fit tomber.

Emre sentit le poids de l'asir sur lui, mais la peur l'empêcha de réagir. Il resta pétrifié quand la créature se redressa. Quand ses longs cheveux volèrent au vent. Quand elle posa ses ongles crasseux sur sa poitrine. Quand elle esquissa un rictus édenté qui le glaça jusqu'au plus profond de son être.

Il sentit les ongles s'enfoncer entre ses côtes et atteindre son cœur palpitant. Il les sentit effleurer son âme.

— Tu aurais pu me sauver, dit la créature.

Emre s'aperçut que le visage de l'asir lui était familier. Puis il le reconnut malgré la saleté et les taches de sang, malgré les hématomes et les plaies.

Rafa.

Par les mains charitables de Bakhi, non!

Son frère sourit. Ses ongles s'enfoncèrent plus profond en déchirant la chair et les os. Ses doigts se refermèrent sur son cœur.

Emre se réveilla trempé de sueur.

Son regard se posa sur les murs délavés. Par endroits, le plâtre s'était effrité et l'on apercevait les briques derrière. Le jeune homme voulut se redresser, mais une terrible douleur envahit son flanc gauche et il retomba en arrière.

— Pas les tétons de Nalamae, qui a laissé un oryx m'embrocher pendant que je dormais?

Il glissa une main sur la zone douloureuse et sentit les épais bandages qui enveloppaient son torse. Les pièces du puzzle s'assemblèrent avec lenteur. Les brumes du cauchemar refluèrent et il comprit qu'il était blessé. Au contact de ses doigts, des ondes douloureuses parcoururent son corps et ravivèrent sa mémoire. Ses véritables souvenirs remontèrent à la surface de sa conscience comme des marins attirés par les chants des funestes sirènes des sables. Il se rappela le furtif de la nuit de Beht Zha'ir.

Il était arrivé au port méridional et avait parlé à un homme portant un turban noir doté d'un voile qui cachait son visage. La longue bande de tissu était mal enroulée et formait des plis curieux, signe que l'inconnu n'avait pas l'habitude de ce genre de coiffe. Essayait-il de se faire passer pour un Sharakhien?

Un Qaimirien? Un Miréen? Un chien de Malasanien, peut-être?

L'inconnu lui avait donné une sacoche en cuir contenant un étui à parchemin avant de filer.

Et puis, plus rien.

Il ne se souvenait pas de ce qui s'était passé ensuite.

Il essaya de nouveau de s'asseoir. Il y réussit presque, mais l'effort fut si douloureux que ses oreilles se mirent à bourdonner. Il roula prudemment sur le côté droit et agrippa le bord du matelas pour se redresser. En glissant les jambes hors du lit, il s'aperçut qu'il était moite de sueur.

Pendant un moment, Emre se contenta de respirer et d'écouter les lointains claquements d'un marteau sur une enclume. Puis il se pencha en avant, prit appui sur ses jambes flageolantes et se leva. Mille étoiles illuminèrent son champ de vision. Il passa une langue sèche sur ses lèvres craquelées, puis se dirigea tant bien que mal vers la table disposée près du lit. Il attrapa le broc rempli d'eau fraîche et but goulûment.

Que les dieux te bénissent, Çeda.

L'eau lui fit mal au ventre, mais il se sentit mieux. Il fit un pas hésitant en direction du passage voûté qui conduisait au salon et écarta le rideau de perles. La migraine broyait son crâne au rythme des coups de marteau du forgeron. Il se dirigea lentement vers la chambre de Çeda, puis un terrible vertige l'obligea à s'arrêter. Il voulut appeler la jeune fille, mais il renonça à cette idée. Il n'avait aucune envie qu'elle le voie dans cet état pathétique. Elle l'avait déjà soigné. Peut-être même lui avait-elle sauvé la vie. Et il voulait l'appeler au secours comme un gamin terrifié parce qu'il n'était pas fichu de faire cinq pas ?

Le vertige reflua, et il arriva sans aide devant la chambre.

— Çeda ?

Il écarta le lourd rideau et entra. La jeune fille était allongée sur son lit, tournée vers le mur. Elle ne réagit pas quand il approcha. Il posa la main gauche sur une chaise et essaya de la soulever, mais ce simple effort faillit lui arracher un hurlement de douleur. Il changea de main et tira la chaise vers le lit. Il eut l'impression qu'on versait de l'or en fusion sur ses côtes. Il n'avait pas besoin d'ôter ses bandages pour savoir que Çeda avait cousu ses plaies avec l'habileté d'un chirurgien. Elle s'était déjà occupée de lui le jour où il s'était ouvert la jambe sur une pierre en escaladant un mur de l'ancienne cité. Et elle avait l'habitude de recoudre elle-même les blessures qu'elle rapportait de l'arène, des sombres ruelles de la ville ou de ses expéditions dans le désert.

« Tu es bien la fille de ta mère », lui répétait-il.

« Et alors ? » répliquait-elle avec un large sourire, heureuse d'une telle comparaison.

Emre resta silencieux en attendant que la douleur reflue. Il était hors de question qu'il parle d'une voix bêlante comme un agneau blessé.

— Je sais que tu es réveillée. Tu respires comme un bœuf quand tu dors.

— Mieux vaut respirer comme un bœuf que puer comme un bœuf, dit-elle au mur. Et dans ton cas, je te signale que ce n'est pas *seulement* quand tu dors.

Il s'esclaffa… et le regretta en sentant la douleur lui dévorer la poitrine. Mais ce ne fut pas pour cette raison qu'il arrêta de rire. Çeda avait parlé d'une voix étrange, pâteuse, comme si elle avait bu trop d'arak et qu'elle n'avait pas eu le temps de s'en remettre.

— Çeda, qu'est-ce qui ne va pas ?

La jeune fille resta immobile. Sa poitrine se soulevait régulièrement et Emre eut l'impression qu'elle se demandait comment répondre. Puis elle se tourna avec lenteur. Chaque mouvement lui arrachait une grimace douloureuse.

— Çeda ! Par tous les dieux ! Mais qu'est-ce qui t'est arrivé ?

Son œil gauche était tuméfié et une plaie couverte de sang séché lui traversait le front. Ses lèvres étaient gonflées. Ses vêtements étaient sales, déchirés et maculés de taches sombres.

— Je suis allée aux arènes. J'ai voulu m'expliquer avec un escalier. (Elle esquissa un sourire qui se transforma aussitôt en grimace.) J'ai perdu.

— Je ne suis pas d'humeur à plaisanter.

Emre approcha la chaise en ignorant la douleur. Ses mains s'ouvraient et se fermaient nerveusement en trahissant le profond sentiment d'impuissance qui s'était emparé de lui. La couverture était remontée jusqu'à la taille, mais à la manière dont la jeune fille était repliée, il comprit qu'elle avait reçu des coups sur tout le corps. Çeda, la Louve Blanche, avait été rossée comme une mule refusant d'entendre raison. La colère embrasa le jeune homme.

— Qui t'a fait ça ?

La douleur empêchait Çeda de respirer trop profondément.

— J'aimerais bien le savoir. Et je te jure que le jour où je l'apprendrai, je leur flanquerai une sacrée raclée.

— Je t'ai dit que je n'étais pas d'humeur à plaisanter. Qu'est-ce qui s'est passé ?

— Qu'est-ce que tu veux que je te dise, Emre ? J'ai fait l'idiote. Je traversais les Bas-fonds et quelqu'un m'a sauté dessus. Je crois qu'ils étaient deux. Je n'ai pas vraiment eu le temps de les voir.

— Les Bas-fonds ? Mais qu'est-ce que tu fichais dans les Bas-fonds ?

Les Bas-fonds étaient une vaste étendue à l'extérieur des murailles occidentales de Sharakhaï. Elle avait été annexée par la cité tentaculaire depuis bien longtemps, mais ce n'était pas un endroit très agréable et il n'avait jamais été urbanisé correctement. Il se nichait dans un large méandre de la Haddah et était souvent inondé lorsque des pluies diluviennes s'abattaient sur le désert – ce qui était assez rare, mais tout de même. C'était un quartier pauvre où les masures s'entassaient les unes contre les autres, un monde à part où la lie de Sharakhaï s'efforçait de survivre. Il ne faisait pas bon s'y promener, car la plupart des habitants arrivaient tout droit du désert. C'étaient des nomades qui avaient décidé de se sédentariser et de faire fortune à Sharakhaï. Malheureusement pour eux, la ville n'avait pas oublié – et encore moins pardonné – la guerre déclenchée par les tribus quatre siècles plus tôt. D'autant plus que certains cheikhs n'avaient pas renoncé à détruire la cité d'ambre pour redevenir les maîtres du désert. Les Rois autorisaient les nomades à s'installer à Sharakhaï de manière à affaiblir les tribus, mais les Sharakhiens ne les aimaient pas et le leur faisaient sentir. Seuls leurs semblables les acceptaient, et leurs semblables vivaient dans les Bas-fonds.

— Je t'ai dit que j'ai fait l'idiote, non ?

— Toi ? Agressée dans la rue ?

Çeda grogna, embarrassée.

— On trouve toujours plus fort que soi, Emre. Plus fort et plus rapide.

— On leur mettra la main dessus, dans ce cas. Les langues se délieront en échange de quelques pièces.

— Tu sais très bien que non. Dans les Bas-fonds, personne n'acceptera de parler, à toi ou à moi. Alors oublie tout ça, tu veux bien ?

— Qu'est-ce que tu fichais là-bas ?

La jeune fille se redressa au prix d'un effort surhumain et s'adossa contre la tête de lit.

— Je prenais un raccourci. Je t'ai dit d'oublier tout ça.

Emre se laissa aller contre sa chaise en esquissant une grimace, qui n'avait rien à envier à celle de Çeda.

Celle-ci l'observa et gloussa. Emre la regarda sans comprendre et elle éclata de rire – dieux, comme il aimait ce bruit. Elle porta aussitôt les mains à ses côtes, le visage partagé entre un rictus douloureux et une hilarité sincère.

— Quoi ? demanda-t-il.

— On fait une sacrée paire, tu ne trouves pas ? On a l'air de deux chiens battus…

Emre rit à son tour et Çeda fit de même, malgré la douleur. Les deux amis savourèrent ce moment d'intimité. Ils n'avaient pas parlé ainsi depuis des mois.

— Et toi ? demanda Çeda en reprenant son souffle. Tu te souviens de ce qui t'est arrivé l'autre nuit ?

Emre haussa les épaules.

— Je suis allé au port méridional et j'ai rencontré un type près de l'entrepôt à un étage, celui avec les carillons.

— Tu as vu son visage ?

Emre secoua la tête et essaya de se rappeler la suite.

— Il portait un voile. Je ne me souviens pas d'avoir entendu sa voix. J'ai prononcé le mot de passe que Tariq m'avait refilé et il m'a donné une sacoche en cuir contenant un étui à parchemin. C'est tout.

— Et puis ?

Emre se concentra, mais il ne se rappelait rien d'autre, et plus il insistait, plus son esprit s'embrouillait.

— Je ne sais pas… (Il regarda la jeune fille.) C'est toi qui m'as sauvé, n'est-ce pas ?

Çeda répondit d'un petit hochement de tête.

— Je t'ai trouvé dans le lit de la Haddah. Il y avait le cadavre d'un nomade près de toi.

À ces mots, Emre se rappela son rêve. Il gisait dans le lit du fleuve, l'asir était penché sur lui, ses griffes s'enfonçaient dans sa poitrine…

Le songe était une porte permettant d'accéder à ses souvenirs. C'était un parchemin qu'on déroulait au fur et à mesure qu'on le lisait. Il se rappela ce qu'il avait fait… sa lâcheté… Pas étonnant qu'il ait rêvé de son frère.

— Emre ? Tu te souviens de quelque chose, pas vrai ?

Il tourna la tête vers Çeda, mais il regardait ailleurs. Il regardait un homme à terre, un homme qui le suppliait de l'aider. Il ne l'avait pas fait. Il s'était contenté de regarder, aussi immobile qu'une statue de pierre.

— Emre, parle-moi.

Il ne pouvait pas raconter cette histoire à Çeda. Il aurait pu la raconter à une personne dont l'avis lui était indifférent, mais pas à elle. Il fit donc la seule chose qu'il pouvait faire.

Il mentit en prenant soin de mélanger fiction et réalité pour être plus crédible.

— J'ai quitté le port et je me suis dirigé vers le nord. Près de la fontaine de Yerinde, j'ai entendu un bruit et j'ai compris qu'on me suivait. J'ai couru, mais il y avait deux types devant moi.

Il secoua la tête. Il était furieux contre lui-même. Comment avait-il pu se laisser piéger si facilement ?

— Ils m'ont coincé près des ruines du temple de Nalamae. On s'est battus. J'en ai blessé un à la jambe, mais j'avais déjà pris un coup de sabre. Je me suis enfui et j'ai emprunté les canaux. J'ai cru que je les avais semés, mais je me trompais.

Il s'interrompit. Les souvenirs de la nuit tournaient dans sa tête comme des ombres macabres. Les souvenirs de ce qui s'était *vraiment* passé.

— On s'est battus et…

— Et ?

Il ne répondit pas. La jeune fille tendit le bras et lui prit la main.

Emre savoura la douce chaleur de sa peau, mais cela ne suffit pas à chasser le torrent glacial qui coulait en lui.

— C'est juste que… je n'avais jamais… Je n'avais jamais tué personne, Çeda.

Ce n'était pas *la* vérité, mais *une* vérité. Il faudrait s'en contenter, pendant un temps, du moins.

Çeda lui serra la main.

— Ils t'auraient tué si tu t'étais laissé faire.

— Je sais. (Il se leva et la douleur lui arracha une grimace.) Tu veux que je t'apporte quelque chose ?

— Quoi ?

— Ce que tu veux.

— Non, rien. (La jeune fille fronça les sourcils et son regard passa d'Emre à l'entrée de sa chambre.) Pourquoi ? Où vas-tu ?

— J'ai besoin de faire un tour.

— Sûrement pas. Tu as oublié tes points de suture ?

Le jeune homme s'arrêta sous le passage voûté.

— Je fais juste un saut jusqu'aux souks et je reviens. Promis. J'ai besoin d'un peu d'air.

Il se dirigea vers la porte de l'appartement et posa la main sur la poignée. Çeda le traita de tête de mule depuis la chambre, assez fort pour qu'il l'entende.

Il sourit et sortit sur le palier.

— Andouille ! lança-t-il à son tour.

Il ferma la porte derrière lui.

CHAPITRE 11

Çeda tenta de se rendormir ; cependant, elle ne parvenait pas à oublier le visage défait d'Emre. Il n'exprimait pas une simple peur, mais un mélange de terreur et de fascination. Que lui était-il arrivé ? Elle l'ignorait ; pourtant, elle savait qu'il ne lui avait pas tout dit, et cela exacerbait son propre sentiment de culpabilité.

Elle lui avait menti, car comment aurait-elle pu lui dire la vérité ?

Écoute, Emre, j'ai ouvert le cylindre que tu transportais. Et Osman l'a appris. Tu ne m'en veux pas, j'espère ?

Elle l'avait fait parce qu'elle s'inquiétait pour lui – et par curiosité, certes –, mais elle avait trahi le lien de confiance entre Osman et Emre, et celui entre Emre et elle.

Elle se força à attendre un moment afin de minimiser la douleur, puis se leva et prit le plus grand des brocs qu'elle avait remplis au puits le plus proche, la veille. Elle but avec avidité, puis se déshabilla. Elle n'avait pas eu la force ni le courage de le faire quand elle était rentrée. Elle lava ses vêtements avec soin et en profita pour répertorier ses blessures. Elle était couverte de plaies et d'hématomes – dont certains étaient très douloureux –, mais elle avait connu pire dans les arènes. Ses côtes étaient sensibles, mais contrairement à ce qu'elle avait cru, elles n'étaient pas cassées.

C'étaient les marques au visage qui la dérangeaient le plus, car elles révélaient ce qui lui était arrivé. Peu de gens savaient qu'elle travaillait pour Osman et seule une poignée d'entre eux apprendraient sa trahison. C'était à l'intention de ces derniers que l'ancien chien de poussière avait demandé à ses hommes de la rouer de coups. Il voulait que ses subordonnés voient le sort qu'il réservait à ceux qui cherchaient à le trahir. Ses liens personnels avec Çeda ne changeaient rien à l'affaire.

Il s'écoula une bonne heure avant qu'elle réussisse à enfiler une jalabiya pourpre et un niqab noir qui dissimulait son visage. La jalabiya était magnifique, et elle ne l'avait portée que deux ou trois fois depuis qu'elle l'avait achetée, un an plus tôt. Ce fut d'ailleurs pour cette raison qu'elle la choisit : moins on la reconnaîtrait, mieux ce serait.

Si elle avait écouté la voix de la raison, elle se serait recouchée et aurait attendu que ses blessures guérissent, mais elle ne pensait qu'à la gemme qu'elle avait trouvée dans l'étui et aux nomades qui avaient essayé de s'en emparer. Cette histoire était trop étrange et elle avait la ferme intention d'en apprendre davantage.

Elle envisagea d'attendre le retour d'Emre – qui était bien long –, mais elle avait envie de solitude et le jeune homme devait se trouver dans le même cas. Elle sortit et se dirigea vers les souks. Alors qu'elle remontait la ruelle d'un pas prudent, elle leva la tête vers le soleil… et se rappela. Elle avait une leçon cet après-midi. Elle avait envoyé un message pour prévenir qu'elle serait absente et quelqu'un se chargerait de l'annoncer à ses élèves, mais il lui faudrait quand même s'excuser par écrit.

Les rues n'étaient pas très animées, mais il y avait assez de gens pour que Çeda passe inaperçue. La jeune fille se dirigea vers l'étal de Tehla. La boulangère était accroupie et surveillait les braises d'un four dont les briques devaient dater de la création du monde. Elle prit une pelle en bois et, d'un geste précis, retourna quatre miches pour parfaire leur cuisson.

Elle se releva et sursauta en apercevant la silhouette de Çeda, puis elle sourit, soulagée. Elle fit tournoyer la pelle avec une adresse consommée et la posa près du four.

— Les miches seront bientôt cuites et il y en a deux qui ne sont pas encore réservées. À moins que tu ne préfères du pain sans levain. J'en ai parfumé au fenouil et à la coriandre, ou bien…

Elle s'interrompit en voyant la jeune fille soulever son niqab et montrer son visage.

— Par les tétons de Nalamae ! Çeda, que t'est-il arrivé ?

Çeda sourit.

— C'est sans importance, mon amie. Je ne suis pas ici pour me faire soigner.

— Tu… tu en es sûre ? Je peux aller chercher Seyhan. Il vend des cataplasmes en plus de ses épices.

Çeda secoua la tête et Tehla acquiesça. Celle-ci savait que la jeune fille avait habité chez Dardzada et qu'elle avait appris à préparer des emplâtres – entre autres choses – tout aussi efficaces que ceux de Seyhan.

— Je suis venue te parler de ton frère, dit Çeda.

— Yosan ?

— Davud.

Le vent brûlant du désert gonfla les toiles tendues sur les étals du marché et joua avec les boucles emmêlées de Tehla. Le visage de la boulangère se crispa.

— Qu'est-ce que tu lui veux, à Davud ?

— J'ai des questions et je cherche les réponses. Il est toujours apprenti au collegium, n'est-ce pas ?

L'étonnement de Tehla se transforma en amusement.

— En effet. Mais pourquoi...

— Pourrais-tu lui faire passer un message ?

Çeda voyait toujours Davud sous les traits d'un enfant. Dans sa jeunesse, le garçon avait été la terreur des souks. Il courait partout, renversait les tonneaux, volait des parts de tourte à la viande quand personne ne regardait. Il lui arrivait même d'escroquer les visiteurs, à la grande colère des marchands qui le corrigeaient parfois à coups de poing et de pied. En apprenant qu'on battait son fils, le père était entré dans une colère noire, mais il avait fini par tolérer ces raclées tant qu'elles n'étaient pas trop sévères. Même Tehla, la femme la plus douce du monde, avait souvent caressé les fesses de son frère avec une badine dans l'espoir de lui faire entendre raison.

Mais personne n'avait jamais douté de l'intelligence du garçon. Le jour où il avait enfin compris que les Lances d'argent finiraient par lui couper un doigt ou lui arracher un œil, il avait cessé ses frasques pour travailler avec sa mère. Celle-ci s'était aperçue qu'il avait un don pour le calcul et l'avait chargé d'encaisser et de rendre la monnaie. Entre deux clients, Davud se lançait dans de grands récits inspirés par les poèmes qu'il lisait. Tout le monde connaissait ces histoires, car les parents les racontaient à leurs enfants et de nombreux conteurs les narraient le long de l'Abreuvoir. Mais Davud avait également un don pour les mots et la comédie. Il se rappelait les moindres détails, changeait de voix et interprétait les scènes d'une manière que l'auteur n'avait peut-être pas imaginée. Certaines personnes n'hésitaient pas à affirmer qu'il était meilleur que le vieil Ibrahim – après s'être assurées qu'Ibrahim n'était pas dans les environs –, et Davud avait acquis une certaine renommée.

Une renommée qui avait fini par attirer l'attention.

Un jour, un maître du scriptorium du collegium vêtu d'une robe blanche s'était installé devant l'étal et avait écouté Davud. Lorsque celui-ci avait fini, l'érudit avait observé le garçon un long moment, et Davud lui avait demandé s'il voulait entendre une nouvelle histoire. L'homme avait secoué la tête en disant que c'était inutile, puis était parti. Davud avait paru un peu triste, mais la semaine suivante, le maître était allé voir le père du garçon.

— Pourquoi n'envoyez-vous pas votre fils au collegium historia ? avait-il demandé.

— Parce que nous n'avons pas assez d'argent, avait répondu le père.

Le maître, qui s'appelait Amalos, avait incliné la tête en souriant.

— Laissez-moi me charger de ce problème.

Depuis ce jour, le garçon avait bien changé. Çeda reconnut à peine l'adolescent qui entra dans le salon de thé où ils avaient rendez-vous. Elle avait choisi un établissement assez éloigné des souks afin de ne pas croiser un habitant de Crêterose, mais assez près de l'Abreuvoir et du collegium pour que personne ne s'étonne de les voir bavarder ensemble.

Davud avait grandi. Il avait toujours été élancé pour son âge, mais aujourd'hui, il était plus grand qu'Emre. Il était souple et mince – à la différence d'Emre qui était puissamment bâti. Ses yeux marron pétillaient et son sourire dévoilait des dents étincelantes, mais ce qui étonna le plus Çeda, ce fut son calme et sa maturité. Elle avait du mal à croire qu'elle regardait le garnement qui avait jadis terrorisé les souks. Davud entra et s'adressa à l'employé chargé de l'accueil. Il expliqua qu'une jeune fille l'attendait et l'homme proposa de le conduire jusqu'à elle. Davud le remercia en inclinant la tête et lui emboîta le pas. Çeda portait une abaya couleur crème et un keffieh assorti qui ne laissait voir que ses yeux, mais le sourire de Davud s'élargit dès qu'il l'aperçut.

Au plafond, des ventilateurs brassaient l'air avec lenteur, et leurs grincements se mêlaient au brouhaha des conversations. C'était la dernière mode dans les établissements chic situés le long de l'Abreuvoir. Les pales tournaient grâce à un ingénieux ensemble de poulies et de courroies.

Çeda observa les clients. La plupart étaient des marchands ou des visiteurs étrangers. Ils portaient des vêtements qu'on voyait rarement à Sharakhaï, des vêtements épais qui n'étaient pas adaptés à la chaleur étouffante de la cité. D'ici une semaine ou deux, ils les abandonneraient pour se plier à la mode locale, même si celle-ci offensait leur pudeur.

Çeda s'était installée dans un coin de la salle, à l'abri des oreilles indiscrètes. Davud s'arrêta devant la table basse et s'inclina avec respect.

— C'est un bon jour pour retrouver une vieille amie, dit-il. (Il montra une pile de coussins.) Puis-je ?

— Bien sûr, répondit Çeda en s'efforçant de ne pas sourire.

Davud était amoureux d'elle quand il était enfant, et de toute évidence, cela ne lui était pas passé. *Il va falloir que je fasse attention. Je veux des informations, mais sans lui donner de faux espoirs.*

Davud s'assit en face de la jeune fille. Il la regarda avec une joie enfantine, puis ses traits se figèrent quand elle souleva le keffieh qui dissimulait son visage tuméfié. Une semaine s'était écoulée depuis la sévère correction, mais certains endroits étaient encore douloureux. Surtout les côtes. Elle avait cependant pris le temps de se reposer, et elle allait mieux. Elle avait bu ce qui restait de la mixture infâme de Dardzada après avoir soigné Emre. Le médicament avait un goût de fiente de chacal, mais il était efficace. Les hématomes, eux, ne semblaient pas pressés de disparaître, au grand dam de Çeda. La jeune fille avait envisagé de garder son keffieh pour ne pas inquiéter Davud, mais elle aurait manqué aux règles les plus élémentaires de la politesse. Elle allait lui demander un grand service et ne voulait pas le mettre mal à l'aise.

— Çeda, que s'est-il passé ?

Elle fit un geste désinvolte.

— Une divergence de points de vue avec une branche particulièrement revêche.

— Une *branche* ? Tu es sûre que ce n'était pas un tronc d'arbre ? Voire une forêt tout entière ?

— Je dois avouer que je n'étais pas de très bonne humeur non plus. Je suppose qu'elle ne m'a pas entendue venir et que je lui ai fait peur.

Davud éclata de rire et toute trace d'inquiétude disparut de son visage. Çeda tapota les coussins près d'elle et le jeune homme se rapprocha. Dos au mur, ils avaient une vue imprenable sur la salle et les clients qui bavardaient. Côte à côte, ils pouvaient parler dans une relative intimité et Çeda était soulagée qu'il ne voie pas son visage tuméfié à chaque instant.

Un garçon coiffé d'un kufi bleu vif approcha et s'arrêta près de la table. Il attendit patiemment.

— Commande ce que tu veux, dit Çeda, assez fort pour couvrir le brouhaha. Leurs thés sont délicieux. Il y en a des dizaines que je n'ai pas encore goûtés. Ils en reçoivent de tous les coins du monde. Et le mari de la propriétaire est un cuisinier remarquable. Il fait des pâtisseries avec des baies qui te chatouillent la langue quand tu mords dedans.

— Ce thé sent merveilleusement bon, dit Davud en montrant la magnifique théière damasquinée posée devant Çeda.

— Écorce d'orange avec de la cannelle et du macis, dit le serveur sans l'ombre d'une hésitation.

— Avez-vous de ces petits pains aux graines de lotus ?

Davud tendit la main et forma un cercle avec le pouce et l'index.

Le serveur hocha la tête et Davud leva trois doigts. Le garçon s'inclina avec respect et disparut dans une arrière-salle. Il revint peu après avec une théière, une tasse en porcelaine peinte et une assiette contenant trois petits pains très blancs et parfaitement ronds. Ils ressemblaient davantage à des champignons vénéneux qu'à de savoureuses viennoiseries, mais Davud n'hésita pas un instant. Il fourra le premier dans sa bouche et le mâcha d'un air béat.

— Tu les as goûtés ? demanda-t-il entre deux mastications bruyantes.

Çeda secoua la tête.

—Je ne les trouve pas très appétissants.

—C'est une recette miréenne, expliqua Davud en engloutissant le deuxième pain. Un véritable délice.

L'adolescent dévora le contenu de l'assiette et ils burent leur thé en écoutant l'écho des conversations.

—C'est la première fois que je viens ici, dit Davud en observant la salle. J'ai l'impression que de nouveaux salons de thé, cafés et fumoirs ouvrent chaque semaine le long de l'Abreuvoir.

—Je ne pense pas que ce soit une impression.

—En un sens, c'est plutôt une bonne chose, non ? En dehors de Sharakhaï, je ne pense pas qu'on puisse commander des petits pains aux graines de lotus, du kéfir et une paella dans un même restaurant. Voire dans une même ville.

—Sharakhaï est généreuse, dit Çeda.

C'était la formule consacrée quand on découvrait une nouvelle merveille dans les recoins de la cité d'ambre.

—En effet. Et surtout quand il s'agit de mystères.

Davud inclina la tête vers la jeune fille et haussa les sourcils d'un air entendu. Une fois, deux fois, trois fois.

Çeda essaya de retenir son sourire, et puis elle éclata de rire. Si ses souvenirs étaient exacts, Davud n'avait que seize ans, mais il avait la maturité d'un homme beaucoup plus âgé. Il étudiait au collegium depuis plusieurs années, mais Çeda n'aurait jamais imaginé qu'il avait changé à ce point.

—Les mystères sont faits pour être élucidés, dit-elle en le toisant comme un maître du collegium.

—En effet. Et à ce propos...

Il s'interrompit et regarda les tables voisines avec méfiance.

—On attire moins l'attention quand on se comporte normalement, dit Çeda.

L'adolescent rougit, mais se pencha discrètement vers elle avant de reprendre la parole.

—J'ai fait des recherches au sujet de la gemme que tu as mentionnée. Seul, pour commencer. Mais je n'ai rien trouvé et j'ai fini par en parler à Amalos. Je t'avais dit que je serais peut-être amené à le faire.

—J'espère que tu en as dit le moins possible.

—Bien entendu ! répliqua Davud. Il pense que je fais ces recherches à titre personnel.

Çeda leva le bras et prit la main du jeune homme.

—Je me permets d'insister. Le collegium a des liens très étroits avec la Maison des Rois. Si quelqu'un venait à découvrir...

Davud hocha la tête et poursuivit dans un murmure.

— Ne t'inquiète pas. Amalos ne porte pas les Rois dans son cœur.

Çeda lui serra la main. Il n'aurait pas dû lui confier une telle révélation, mais elle était heureuse qu'il l'ait fait. À Sharakhaï, il était important de connaître les gens qui soutenaient les Rois. C'était une question de vie ou de mort.

— Quoi qu'il en soit, reprit Davud, j'ai raconté à Amalos que j'avais lu quelque chose à propos d'une gemme diaphane. Ce n'était pas un mensonge, d'ailleurs. J'ai juste évité de lui préciser pourquoi j'avais lu le texte en question. Amalos adore partager son savoir. C'est un puits de science. J'ai du mal à croire qu'il connaît autant de choses. Si jamais tu as besoin d'autres informations, n'hésite pas à me le faire savoir.

Çeda hocha la tête.

— Et que t'a raconté ce brave Amalos ?

— Eh bien, c'est là que ça devient compliqué. À sa connaissance, il existe trois types de gemmes diaphanes, et elles sont toutes très rares. Deux d'entre elles proviennent des mines situées dans les montagnes de la province de Quanlang, à Miréa. On pense qu'il va de même pour la troisième, mais il est possible qu'elle vienne de plus loin. La reine Alansal veille à ce que les emplacements des mines restent secrets pour éviter les raids, voire une annexion pure et simple.

— Les mines sont importantes ?

Ce fut au tour de Davud de la toiser comme un maître du collegium.

— On ne sait jamais ce qui est important. Amalos m'en a parlé, alors je t'en parle. Bon, les pierres du premier type sont appelées « clés de l'esprit ». Celui qui les avale peut entendre les pensées des gens qui l'entourent.

— Il peut entendre leurs *pensées* ?

— C'est ce qu'on raconte. Mais il y a un prix à payer. Celui qui avale la pierre ne tarde pas à succomber.

— À quoi bon l'avaler si elle te tue ensuite ?

— C'est une bonne question. Tu te doutes bien qu'on n'utilise ces pierres que dans des circonstances très particulières, mais jadis, les reines miréennes y avaient souvent recours. Elles disposaient d'agents spéciaux, tous volontaires, qui avalaient les pierres et qui racontaient ce qu'ils entendaient pendant qu'un de leurs camarades notait leurs paroles.

Intéressant, songea Çeda. Mais si ces pierres étaient si rares, pourquoi en avait-elle trouvé une à Sharakhaï ? Et où trouver quelqu'un prêt à se sacrifier pour lire les pensées des autres ?

La réponse était évidente. Les fanatiques étaient légion chez les Hôtes sans Lune.

— Et le deuxième type ?

—Les pierres du deuxième type sont appelées « pierres de vie ». On ne les avale pas, enfin, pas au départ, du moins. Elles se nourrissent de sang.

Çeda but une gorgée de thé.

—Tu m'excuseras, mais je ne comprends pas très bien ce que tu entends par là.

Davud s'esclaffa.

—Rassure-toi, j'ai eu du mal, moi aussi. Amalos ne sait pas trop comment ça se passe, mais apparemment, il faut tremper la pierre dans le sang des vivants pour activer son pouvoir.

—Qui est ?

—Quand on la glisse dans la gorge d'un cadavre, celui-ci revient à la vie. Je ne sais pas pour combien de temps. Quelques minutes, je suppose. Deux heures au maximum. Pendant ce laps de temps, le mort peut parler. Quand les effets de la pierre cessent, il regagne le domaine de l'au-delà.

—C'est terrible, Davud. Qui oserait jouer avec la mort ?

—Tu n'as pas entendu le pire. Les pierres du troisième type sont appelées « pierres de sel ». On peut les avaler, mais ce n'est pas obligatoire. En règle générale, on fait une incision sur le front, on les glisse sous la peau et on recoud. (Il posa un doigt au milieu de son front avec un air dégoûté.) Elles se dissolvent lentement en effaçant les souvenirs les uns après les autres. Jusqu'à ce qu'il n'en reste plus. Au bout d'une semaine ou deux, les victimes sont réduites à néant. Ce ne sont plus que des livres aux pages vierges. Elles ne pensent plus, elles n'éprouvent plus aucune émotion. Et elles deviennent très dociles.

Çeda frissonna.

—Mais pourquoi ferait-on une telle chose ?

—Les Miréens sont contre la peine de mort, car ils pensent que toutes les âmes sont susceptibles de se racheter et de retrouver le droit chemin, alors ils répugnent à tuer. Mais il faut bien punir les crimes abominables. Au cours de l'histoire, certains monarques ont également utilisé ces pierres. Pour se venger, et par amour.

—Par amour ?

—Dans un sens. Un amour assez pervers, certes. On raconte qu'un roi trouvait sa reine un peu trop rebelle. Il a remédié au problème avec une pierre de sel.

Çeda frissonna de nouveau.

—C'est horrible.

—Et particulièrement cruel.

—Comment différencie-t-on ces pierres ?

Davud leva sa tasse. Il but une longue gorgée et savoura le breuvage comme si le goût du thé lui faisait oublier les horreurs qu'on avait perpétrées contre de malheureux innocents.

— Il n'y a pas d'informations précises à ce sujet. On sait juste qu'elles sont plus ou moins transparentes et striées de blanc, comme celle que tu m'as décrite. On raconte que les clés de l'esprit sont constellées de grains dorés. Est-ce que c'est le cas de ta pierre ?

Çeda secoua la tête.

— Ces grains, ils sont gros ? On les voit facilement ?

— Je ne sais pas.

La jeune fille n'avait rien remarqué de tel, mais elle n'avait pas examiné la pierre très longtemps.

— Supposons qu'il n'y ait pas de grains dorés. Qu'en est-il des autres ?

— D'après le texte qu'Amalos a lu, les pierres de sel auraient une teinte laiteuse.

Çeda secoua la tête avec soulagement.

— Non, la mienne est très claire et les stries ne sont pas vraiment blanches. Elles ressemblent à des volutes de fumée.

— Il nous reste donc la pierre de vie. Peu de textes y font référence, et curieusement, c'est la seule dont l'emploi est interdit par le Kannan.

Le Kannan était le recueil de lois écrit par les Rois à l'intention des Sharakhiens. Les habitants et les visiteurs de la cité d'ambre devaient les respecter. Ces lois avaient été rédigées après Beht Ihman, la nuit où les Rois avaient empêché la coalition des tribus du désert de s'emparer de Sharakhaï, quatre siècles plus tôt. Mais le Kannan s'inspirait de l'Al'Ambra, les règles qui dictaient la conduite des nomades depuis des milliers d'années.

— Pourquoi pas les autres ? demanda Çeda. Pourquoi ne pas les interdire toutes ?

Davud toucha son front, un signe pour invoquer patience et bienveillance. Il s'adressait aux dieux qui l'écoutaient peut-être.

— Qui peut dire ce qui se passe dans la tête d'un Roi ?

Les Rois, songea Çeda. *Les Rois doivent savoir.*

Il restait encore des mystères à éclaircir, mais Davud avait fait du bon travail. Ils sortirent du salon de thé et se dirent au revoir. L'adolescent la serra contre lui – Çeda grimaça de douleur quand il comprima ses côtes – et partit en direction du collegium. La jeune fille s'éloigna en slalomant entre les chariots, les chevaux et les passants. Elle remonta l'Abreuvoir en écoutant les bruits de la ville. Elle s'aperçut qu'elle boitillait, parce que sa cheville gauche était encore douloureuse, mais aussi parce que c'était une vieille habitude. Elle tenta de se convaincre qu'elle se promenait au hasard des rues, mais comprit que ce n'était qu'un mensonge. Elle savait très bien où elle allait, ou plutôt qui elle allait voir.

Pourquoi pas ?

Elle devait élucider cette histoire de pierre de vie – à supposer que c'en soit une. Emre avait failli mourir à cause d'elle, et si Miréa était impliqué dans cette affaire, il y avait de bonnes chances pour que les Rois le soient également. La jeune fille songea avec amertume qu'elle n'était pas parvenue à leur faire grand mal depuis qu'ils avaient exécuté sa mère. Elle n'était encore qu'une enfant qui s'efforçait de ne pas se laisser engloutir par la cité. Elle avait observé les Rois, elle s'était efforcée de rassembler autant d'informations que possible à leur sujet, mais les résultats n'avaient pas été à la hauteur de ses espérances. Les maîtres de Sharakhaï s'étaient forgé une certaine image et il était difficile de deviner ce qui se cachait derrière.

Çeda avait longtemps espéré une occasion qui ne s'était jamais présentée, mais cette histoire allait peut-être lui fournir la chance qu'elle attendait. Et que les dieux la maudissent si elle la laissait passer ! Elle était prête à explorer toutes les pistes pour élucider cette affaire.

La perspective de revoir Osman n'avait rien d'enthousiasmant. Le maître des arènes ne pardonnait pas facilement à ceux qui l'avaient trompé, mais Ahya répétait que les problèmes étaient comme les termites : ils avaient tendance à se multiplier quand on n'y prêtait pas attention.

CHAPITRE 12

Çeda remonta l'Abreuvoir. L'avenue contournait l'imposante colline de Tauriyat et la Maison des Rois avant de filer vers le nord et de s'arrêter à quelques mètres des sables du port.

Celui-ci était en pleine effervescence, mais cela n'avait rien d'étonnant. De nombreuses caravanes arrivaient à Sharakhaï un jour ou deux après Beht Zha'ir. Les marchands espéraient ainsi profiter des nombreuses fêtes qui marquaient la fin de la sainte nuit. Une vingtaine de vaisseaux des sables étaient rangés le long des quais. Certains avaient hissé le pavillon rouge miréen, d'autres le pavillon ocre et brun de Kundhun. Trois petites caravelles amarrées les unes derrière les autres n'arboraient aucun drapeau. Des navires appartenant aux tribus du désert. Ils faisaient rarement escale à Sharakhaï, surtout depuis la recrudescence des attaques rebelles contre les caravanes officielles, mais certains cheikhs bénéficiaient encore des faveurs des Douze Rois.

La jeune fille évita un chariot surchargé de balles de tissus aux couleurs vives et longea le quai, qui s'incurvait comme un croissant de lune en épousant la forme de la baie. Une quarantaine d'appontements s'avançaient dans les sables comme les dents d'un gigantesque peigne. Deux phares en pierre blanche se dressaient de part et d'autre de l'entrée du port – une configuration identique à celle du port méridional et du port royal, à l'est de la cité. On les allumait chaque nuit, à l'exception de Beht Zha'ir, pour guider les navires jusqu'aux quais. Mais à la différence des autres phares, ceux du port septentrional étaient sous la tutelle d'Osman. C'était l'un des nombreux investissements qu'il avait réalisés quelques années après l'achat des arènes.

Alors que Çeda traversait la promenade à grands pas, elle tourna la tête vers l'entrée de la baie. Une caravelle équipée de deux voiles latines glissa entre les phares tandis que son gouvernail projetait une gerbe de sable dans son sillage. Sur un quai, le capitaine du port agita des fanions rouges et le navire changea légèrement de cap pour se diriger vers lui. L'équipage affalait déjà les voiles, et la caravelle ralentit avant de s'immobiliser à une cinquantaine de pas de l'appontement. Un train d'une dizaine de mules conduit par le benjamin du capitaine du port approcha, et l'on attela les bêtes au navire avec une lourde corde. Le jeune homme lança : « Hyah ! Hyah ! » en faisant claquer son fouet, et les mules tirèrent la caravelle près de l'appontement.

— Ho ! ho !

Çeda se tourna. Une charrette tirée par un âne squelettique remontait la piste aride menant au phare le plus proche. Un vieil homme à la peau tannée par le soleil était assis sur le banc du conducteur. Il était plus voûté que les arches d'un palais et portait un chapeau à large bord. Il tourna la tête vers la jeune fille et esquissa un sourire qui dévoila cinq dents jaunies ressemblant à des stèles dans un cimetière abandonné.

Çeda n'était pas d'humeur à plaisanter, mais le sourire d'Ibrahim était sincère et elle ne put s'empêcher de le lui rendre.

— Que les lunes éclairent tes pas, Ibrahim. Comment se porte la perle que tu as pour femme ?

— Une perle ? (Le vieil homme se renfrogna.) Un maudit bout de charbon, tu veux dire.

— Si c'est un morceau de charbon, il brûle comme le soleil.

— Pourquoi crois-tu que je porte un chapeau ? répliqua Ibrahim en soulevant le bord de son couvre-chef.

— Parce que tu as peur que sa beauté t'aveugle ?

— Parce que j'ai peur de tourner de l'œil en la voyant !

Çeda éclata de rire, mais s'interrompit en apercevant Tariq. Le jeune homme l'observait depuis l'encadrement de la porte du phare.

Çeda réfléchit un instant, puis se tourna vers lui et déroula le keffieh qui lui enveloppait la tête avant de le laisser glisser sur ses épaules. Elle n'avait pas envie qu'il pense qu'elle se cachait.

— Bien le bonjour, Tariq, dit-elle avec naturel.

Le jeune homme avança en la toisant avec un mélange de provocation et de mépris, puis se dirigea vers la charrette. Çeda poursuivit son chemin vers le phare, et pendant un instant, le soleil l'aveugla. Quand ses yeux s'habituèrent à la lumière, elle aperçut la puissante silhouette d'Osman qui descendait les dernières marches de l'escalier intérieur. Il portait un long caftan doré et un sarouel rouge serré à mi-mollet. Sa barbe broussailleuse et mal entretenue le faisait ressembler à l'un de ces dieux marins que Çeda avait vus sur les enluminures d'un livre. Mais le maître des arènes semblait pensif et son expression évoquait davantage celle d'une divinité de la sagesse que d'une divinité guerrière.

Çeda n'avait jamais compris pourquoi Osman – qui était riche – passait la plus grande partie de son temps à s'occuper du bâtiment et de son fanal. Il aurait pu déléguer cette tâche à un subalterne, mais un jour, alors qu'ils venaient de faire l'amour, il lui avait avoué qu'il adorait les phares.

— Ils me font penser à d'autres lieux, aux gens qui y vivent, à leurs coutumes si différentes.

— Tu pourrais voyager, avait dit Çeda. Rien ne t'en empêche.

Il avait secoué la tête.

— Je ne quitterai jamais Sharakhaï, Çeda.

— Pourquoi donc ? Tu es encore un fringant jeune homme.

Il l'avait pincée pour la punir de cette pique, avant de redevenir sérieux.

— J'aime trop cette ville pour la quitter. Mais cela ne m'empêche pas de rêver.

Lorsque Osman arriva au rez-de-chaussée, Tariq revenait en portant un tonneau sur son épaule. La jeune fille et les deux hommes se regardèrent sans bouger. Les mâchoires de Tariq se contractaient spasmodiquement, mais rien d'autre ne trahissait son humeur. Osman ne semblait pas très heureux de voir Çeda, mais pas mécontent non plus.

— Je pensais que j'avais été clair, dit-il enfin. Tu n'es plus la bienvenue par ici.

— Il faut que nous parlions, dit Çeda.

Que Rhia soit louée ! Elle avait retrouvé une voix normale, mais elle était gênée par le regard d'Osman qui s'attardait sur ses blessures.

— Que nous parlions de quoi ?

— Du contenu de l'étui.

Le visage d'Osman retrouva l'expression trahie et déçue qu'il avait affichée dans la ruelle, avant d'ordonner à ses hommes de rosser la jeune fille. Mais cette fois-ci, une lueur assassine brillait au fond de ses prunelles. Il détourna les yeux – au prix d'un effort considérable, visiblement – et se pencha pour attraper un des nombreux tonneaux entassés au pied de l'escalier intérieur. Il le souleva et gravit quelques marches.

— Montes-en un, lâcha-t-il.

Çeda et Tariq se toisèrent.

— Tu sais, Çeda, un jour, il n'y aura plus personne pour te protéger de toi-même.

— Et tu crois que tu seras encore là pour le voir, Tariq ?

— Si les dieux me prêtent vie.

Il éclata de rire comme s'il s'agissait d'une plaisanterie, puis s'éloigna d'un pas nonchalant et entra dans une petite pièce au fond de la tour.

Çeda souleva un lourd tonneau et suivit Osman. L'escalier semblait s'élever jusqu'au ciel – il y avait sans doute plus de dix étages –, et quand elle parvint au sommet, la jeune fille avait le souffle court. Elle n'avait pas fait autant d'efforts depuis la correction qu'elle avait reçue dans la ruelle. Elle connaissait assez bien son corps pour savoir quand elle pouvait le pousser jusqu'à ses limites et quand il avait besoin de repos ; pourtant, elle était heureuse de constater que ses articulations retrouvaient leur souplesse. Elles étaient encore un peu raides, mais prêtes à supporter de nouveaux efforts. Osman haletait, lui aussi, mais pas autant que la jeune fille s'y attendait. Il transpirait à peine.

— Vingt ans dans les arènes et toujours en forme, remarqua Çeda. Tu pourrais encore en remontrer à bon nombre de chiens de poussière.

— Je suis capable de monter un tonneau ou deux, mais me battre ? J'ai laissé ça derrière moi, Çeda. Aujourd'hui, des gens se battent pour moi.

Çeda s'avança pour poser son tonneau avec les autres, mais Osman secoua la tête. Il désigna l'escalier métallique en colimaçon qui conduisait à la terrasse. Il grimpa quelques marches et ouvrit une trappe. La jeune fille plissa les yeux pour se protéger du soleil aveuglant et suivit le maître des arènes. Osman rabattit la trappe d'un coup de pied et se dirigea vers l'énorme lanterne qui se dressait au centre de la terrasse. Une enveloppe de verre munie d'un large couvercle en laiton faisait office de cheminée. La mèche – une corde en poils de cheval rêche et noire de suie – s'enfonçait dans un réservoir en cuivre. Osman dévissa le bouchon de la cuve et le posa à côté de lui, puis il hocha la tête en direction de Çeda. Il recula et contempla le port pendant que la jeune fille versait le contenu de son tonneau dans le réservoir. L'huile coula avec un bruit de rivière et une odeur âcre se répandit dans l'air. Quand le tonneau fut vide, Çeda le reboucha et le posa par terre.

À cet instant, une main se referma sur sa gorge et elle fut projetée en arrière. Le ciel tourbillonna et envahit son champ de vision.

Elle agita les bras pour retrouver son équilibre, mais elle tomba sur le sol en pierre et ses douleurs se réveillèrent. Osman la saisit par les cheveux et la traîna – lentement mais sûrement – vers le parapet. Çeda se débattit, donna des coups de pied, griffa le sol pour s'accrocher à… quelque chose, n'importe quoi. Elle n'aimait guère être traitée comme un sac de cendres, mais Osman était en position de force. Il la souleva et la fit passer par-dessus le parapet.

La jeune fille garda les pieds sur le rebord en pierre, mais elle se figea tandis qu'elle basculait en arrière. Terrifiée, elle saisit le bras du maître des arènes et s'agrippa à son caftan de crainte qu'il la laisse tomber. C'était un geste inutile et elle en était bien consciente. Si Osman avait l'intention de la jeter dans le vide, rien ne pourrait l'en empêcher.

Elle regarda vers le bas. Compte tenu de la distance qui la séparait du sol, elle n'aurait aucune chance de survivre à la chute, même si elle tombait sur le sable.

Par tous les dieux, elle n'avait jamais vu Osman aussi furieux. Il avait les veines saillantes, il respirait en crachant des postillons et ses lèvres frémissaient. Il ouvrit la bouche et Çeda fut surprise de ne pas l'entendre hurler. Sa voix était intense et bien plus effrayante que des vociférations rageuses.

— D'abord, tu ouvres un étui qui n'est pas à toi. Puis tu avoues que ce n'est pas la première fois. Et tu oses venir me voir pour me dire que tu continues à te mêler des affaires de mes clients ? De *mes* clients, Çeda, pas les tiens ! Cette histoire ne te concerne pas !

— Elle me concerne depuis qu'Emre a failli se faire tuer en transportant cet étui !

— Emre connaît les risques du métier, tout comme toi. À moins que tu les aies oubliés ?

Quand Çeda avait commencé à travailler pour Osman, elle avait fait une promesse de sang. Elle avait juré de protéger les colis qu'on lui confiait, au péril de sa vie si besoin était. Emre avait fait de même.

— Je ne les ai pas oubliés, mais cette fois-ci, c'est différent. (Elle essaya de se rapprocher du parapet, mais Osman l'en empêcha.) Ça t'est égal qu'un de tes employés ait été attaqué ? Qu'il ait failli y laisser sa peau ?

— Je ne m'en fiche pas, Çeda, mais ce n'est pas mon problème.

— Emre est *mon* problème. Tu croyais vraiment que j'allais rester les bras croisés alors qu'on a essayé de le tuer ? Je ne peux pas m'en prendre à ses agresseurs, mais je peux regarder ce qu'il y a dans l'étui, si tu me laisses faire.

La main de l'ancien guerrier lui enserrait la nuque comme un étau. Osman la secoua sans ménagement et une expression désespérée se peignit sur son visage, celle d'un chien de poussière qui sent que la fin est proche.

— Qu'est-ce que je vais bien pouvoir faire de toi ? Pourquoi faut-il que tu sois plus bornée qu'une putain de mule ?

Çeda sentit son ventre se nouer, mais elle toisa Osman avec froideur. S'il sentait sa peur, il n'était pas impossible qu'il décide de se débarrasser d'elle une bonne fois pour toutes.

— Je suis ce que je suis, Osman. C'est pour cette raison que tu m'as permis de descendre dans l'arène. Pour cette raison que tu m'as engagée pour faire des furtifs.

L'ancien guerrier l'éloigna un peu plus du parapet. Il était hors de lui.

— Il y avait un nomade ! se dépêcha d'ajouter Çeda. Est-ce que tu le savais ?

Les muscles du cou de l'ancien guerrier se tendirent.

— Bien sûr que je le savais !

Sa réponse prit la jeune fille au dépourvu, et puis elle comprit.

Emre, tu n'es qu'un pauvre imbécile !

Elle n'avait rien dit à Tariq et donc... Emre était allé voir Osman le jour où il était allé « faire un tour », ou bien après.

— Est-ce qu'il t'a dit qu'un asir avait pris le corps du nomade ? (Osman ne répondit pas, mais sa réaction de surprise le trahit.) Il y avait des asirim partout. Je suppose que tu les as entendus. L'un d'entre eux a chargé le cadavre sur son épaule et l'a emporté. Je l'ai vu.

Osman plissa les yeux.

— Pourquoi ?

— Comment le saurais-je ? Peut-être que son odeur lui plaisait. Peut-être qu'il avait faim. Ou peut-être a-t-il pensé que le nomade avait récupéré l'étui qu'Emre transportait. Savais-tu qu'il y avait une pierre de vie à l'intérieur ?

— Tu n'as donc rien écouté à ce que je t'ai dit ? gronda Osman. (Il la secoua une fois de plus et la jeune fille sentit ses pieds glisser sur le parapet.) Je ne *veux* pas le savoir, et toi non plus !

— Osman, écoute-moi. Est-ce que tu te rappelles quand j'ai commencé à travailler pour toi ? Tu répétais sans cesse que tu allais devenir le maître des furtifs et mettre Vadram le Vieux sur la paille. Tu disais qu'il ne sentait pas le vent du changement qui soufflait sur la ville et qu'une tempête s'abattrait sur lui quand les Lances d'argent ne respecteraient plus leurs engagements.

— Vadram était à moitié sénile. Son empire s'effondrait depuis des années et il gérait ses affaires comme si tout allait bien.

— Et toi ? Est-ce que tu vas continuer à ignorer la tempête que tu aperçois à l'horizon ? Est-ce que tu vas rester les bras croisés pendant que le sable hurle au-dessus de Sharakhaï ?

Osman la relâcha. Ses poings tremblaient, mais pas d'épuisement. Ils tremblaient sous le coup de la rage et de l'inquiétude. Il resta immobile un moment, mais Çeda sentit que sa colère refluait. Les épaules du maître des arènes s'affaissèrent et son expression changea. Il ressemblait à un homme qui sait qu'il va faire une bêtise, mais qui ne peut s'en empêcher. Il laissa échapper un long soupir et ramena la jeune fille sur la terrasse avant de la repousser sans ménagement.

— Qu'est-ce que c'est, une pierre de vie ? demanda-t-il en chassant la poussière qui couvrait son caftan et ses avant-bras.

— C'est une pierre qu'on glisse dans la bouche d'un cadavre, répondit Çeda en se redressant. (Elle se tourna vers lui.) Le mort se réveille et peut parler tant que la pierre agit.

— Et pendant combien de temps agit-elle ?

— Seul Bakhi le sait. Bakhi et ceux qui ont envoyé la pierre à Macide, je suppose.

Elle se prépara au pire. Osman allait sûrement se mettre à hurler, à la traiter de sale petite fouineuse. Il était même possible qu'il change d'avis et la jette du haut du phare. La jeune fille s'attendait à tout, à tout sauf à ça: le maître des arènes réfléchit, esquissa un sourire résigné et éclata d'un long rire sonore que la moitié des habitants de la ville dut entendre.

—Par tous les dieux, tu as suivi les types qui ont récupéré ton étui, dit-il quand il se calma enfin. Çeda, nous sommes impartiaux. Nous ne prenons pas parti!

—Non, *tu* ne prends pas parti! Macide est une vipère!

—Il s'en prend aux Rois, et à ceux qui s'opposent à lui, mais il laisse ses alliés en paix. Il n'est pas une menace pour nous.

—Tu te trompes. Il s'en prend à tout le monde, y compris ses alliés. Tu ne connais pas ces gens.

Osman fit rouler ses épaules comme un guerrier qui se prépare à combattre.

—Je les connais mieux que toi. Macide a un objectif et il est prêt à tout pour l'atteindre. Je pense que c'est une qualité chez un homme.

—Il est prêt à *tout*, comme tu dis, Osman. C'est une mule avec des œillères. Il avance droit devant lui, sans se soucier de ce qui se passe sur les côtés, sans se soucier des gens qu'il piétine.

Osman semblait incrédule.

—Il veut verser le sang des Rois, Çeda. Ce n'est pas ce que tu cherches à faire, toi aussi? Ce n'est pas ce dont tu rêves depuis la mort de ta mère? En toute logique, vous devriez être alliés!

Çeda cracha devant elle.

—Je ne serai jamais l'alliée de Macide!

Osman l'ignora.

—Que s'est-il passé avec ta mère, Çeda?

—Je ne peux pas te le dire.

Un sentiment de tristesse envahit la jeune fille, pas parce qu'elle allait décevoir Osman, mais parce qu'elle avait été incapable de venger Ahya comme elle l'avait promis. Elle regrettait parfois de ne pas l'avoir accompagnée. Elle se serait battue à ses côtés et, si telle était la volonté des dieux, elle serait morte à ses côtés.

L'ancien guerrier et la jeune fille se toisèrent tandis que le brouhaha de la cité bourdonnait à leurs oreilles. Puis il se passa quelque chose et le regard d'Osman s'adoucit.

—Dis-le-moi et je t'aiderai.

Çeda ne l'avait jamais vu ainsi. Il se comportait toujours en vétéran endurci. Il gardait une expression froide et ne montrait jamais ses faiblesses. Même quand ils faisaient l'amour, il baissait rarement sa garde – peut-être pour la protéger, peut-être pour se protéger. La jeune fille regretta soudain de l'avoir trahi, bien plus que le jour où il l'avait surprise avec l'étui à parchemin dans les souks. Elle comprit alors qu'elle n'avait pas le choix. Elle ne l'avait jamais eu. Elle n'avait jamais partagé ses secrets qu'avec Emre parce qu'elle craignait que les Rois s'en prennent à elle et à ceux qui lui étaient chers. Elle savait qu'Osman était prêt à l'aider, mais elle secoua la tête.

— Ce n'est pas ton combat, Osman.

L'ancien guerrier retrouva son expression stoïque et s'approcha du parapet. Il observa la cité de Sharakhaï, les mains croisées dans le dos.

Çeda se glissa près de lui et le vent brûlant du désert souleva les plis de ses vêtements. Le port méridional et ses deux phares se trouvaient droit devant elle, au sud. Le port occidental – le plus petit de la cité – était sur sa droite, au-delà de la Haddah, des souks et des taudis. Le port de Tauriyat – le port des Rois – était sur sa gauche. Il abritait la flotte de guerre et était protégé par une haute muraille. Une gigantesque porte permettait aux navires de gagner le désert. Une épaisse ligne noire reliait les montagnes aux remparts du port des Rois. C'était l'aqueduc qui alimentait le lac artificiel au nord-est de la ville et qui irriguait les bosquets et les plantations. La Haddah et les nombreux puits assuraient une grande partie des besoins en eau, mais l'aqueduc était vital. C'était le lien entre la cité et les précieux réservoirs nichés dans les montagnes. Malgré les terribles sécheresses, il avait permis à Sharakhaï de se développer et de prospérer pour devenir le formidable monstre tentaculaire qui s'étendait aux pieds de la jeune fille.

Du haut du phare, on apercevait les anciennes murailles de la cité. Elles délimitaient les quartiers aisés qui entouraient Tauriyat : la Colline dorée, le faubourg des temples, le collegium et le cœur historique de Sharakhaï : la dalle aux enchères, les souks et le marché aux épices. Les murailles n'avaient pas réussi à contenir le développement urbain, et la cité avait grignoté le désert, surtout à l'ouest. C'était là que vivaient les plus pauvres, dans un immense capharnaüm de baraques, de maisons et de bâtiments délabrés. Çeda s'estimait heureuse de vivre à Crêterose, près des anciennes murailles et des souks. Certains quartiers étaient insalubres et infestés de racaille – surtout quand les habitants n'avaient pas les moyens d'entretenir une milice privée ou de verser des pots-de-vin pour convaincre les Lances d'argent de faire leur devoir.

— À ton avis, Osman, que feront les Hôtes sans Lune s'ils réussissent à tuer les Rois ? À ton avis, que feront-ils si les asirim disparaissent en laissant Sharakhaï sans défense ?

Elle se tut et attendit qu'Osman digère ses paroles. Les asirim moissonnaient les habitants de la ville pendant Beht Zha'ir, mais les Vierges du Sabre les utilisaient aussi pour protéger les intérêts des Rois. Force était de reconnaître que leur présence assurait une certaine stabilité. Ils dissuadaient les tribus du désert et les quatre royaumes voisins – qui convoitaient la cité depuis des siècles – d'attaquer Sharakhaï.

— Ils relanceraient la guerre qui a pris fin à l'avènement des Rois, poursuivit Çeda. Ils raseraient Sharakhaï pour que le Shangazi redevienne ce qu'il était à l'origine : une terre de nomades.

— Tu le crois vraiment ? demanda Osman. Quatre cents ans se sont écoulés depuis la fin de cette guerre, Çeda. Les nomades ont eu le temps de changer, même ceux qui font partie des Hôtes sans Lune. Macide est un dangereux salopard quand il dégaine ses sabres, mais crois-moi, il est aussi habile avec un sabre qu'avec une plume et un livre de comptes. Il n'a pas le choix. Il a besoin d'argent pour équiper ses hommes, nourrir ses chevaux et réparer ses navires. Il faut de l'argent pour obtenir une pierre de vie. Il n'a aucune envie de détruire la cité ou les tribus du désert. Il les aime trop. Il veut juste se débarrasser des Rois, pour que les nomades puissent vivre comme ils l'entendent.

— Tu parles comme un homme qui ne veut surtout pas savoir ce qui se passe dans sa propre cité. Un homme qui imagine au lieu de se renseigner.

— Ce n'est pas ma cité.

La jeune fille s'aperçut avec étonnement qu'elle ne s'était jamais sentie aussi proche de l'ancien guerrier. Là, au sommet du phare, avec la ville à ses pieds. Elle regretta de ne pas être amoureuse de lui. Elle regretta de ne pas pouvoir rester à ses côtés pour l'aider à gérer son petit empire. Il le lui avait proposé. Il lui avait demandé sa main, mais Çeda n'avait pas été tentée. Peut-être à cause de la promesse qu'elle avait faite à sa mère, car elle savait qu'en épousant Osman, il lui faudrait renoncer à ses projets de vengeance.

— Tu aimes cette ville, dit Çeda. Tu l'aimes autant que moi.

— Ce n'est pas ce que je voulais dire.

— Je sais. Sharakhaï est entre les mains des Rois. Et si elle leur échappe, qui deviendra son maître ? Macide Ishaq'ava ? Les cheikhs du désert ?

Au loin, des vautours tournoyaient dans le ciel. Les champs en fleur étaient trop loin pour qu'on les aperçoive de la ville, même depuis le sommet d'une tour. Ils entouraient Sharakhaï en marquant une frontière que les dieux du désert avaient juré de défendre. C'était là que poussaient les adicharas aux troncs noueux. C'était là qu'apparaissaient les asirim quand les deux lunes montaient dans le ciel. C'était là qu'ils retournaient après avoir semé la terreur jusqu'au petit matin.

— Dis-moi qui a envoyé la pierre à Macide, dit Çeda. Tu courrais trop de risques en demandant à tes hommes de se renseigner, alors laisse-moi fouiner dans l'ombre. Je serai discrète. Tu le sais. Et je te dirai ce que j'ai découvert.

Osman continua à regarder la cité, puis tourna la tête vers Tauriyat. Il observa la Maison des Rois un long moment, comme s'il cherchait à voir à travers les épaisses murailles pour lire les pensées des monarques.

— Une partie de moi est convaincue que les Rois gouverneront Sharakhaï jusqu'à la fin des temps. Les dieux leur ont donné la cité, et le contrôle du désert par la même occasion.

— Tu veux donc t'en remettre à la chance ?

Osman se tourna vers la jeune fille et la regarda comme un chien de poussière jaugeant son adversaire.

— Il y a un tournoi dans deux jours, dit-il.

— Je sais.

— La Louve Blanche y prendra-t-elle part ?

— La Louve Blanche est blessée, dit Çeda avec prudence, mais elle se joindra à la meute des chiens de poussière.

— Tant mieux. (Osman s'éloigna et souleva la trappe.) Elle aura peut-être l'occasion d'apprendre quelque chose d'intéressant.

Il descendit l'escalier et Çeda se retrouva en seule compagnie de l'immense cité.

Les pas d'Osman s'éloignèrent, mais elle ne bougea pas. Elle réfléchissait aux paroles de l'ancien guerrier. Elle se tourna vers le Puits, un quartier qui s'étendait au-delà de Crêterose. C'était là que se dressaient les arènes d'Osman. Sept amphithéâtres au fond desquels des hommes et des femmes se battaient pour de l'argent. Du haut du phare, ils ressemblaient à de vilaines fleurs oubliées des dieux.

Osman préparait quelque chose, mais quoi ? Elle l'ignorait, mais elle savait – comme tous les habitants de Sharakhaï – que le plus grand affrontement de l'année aurait lieu le tavahndi suivant. Osman voulait-il la mettre à l'épreuve ? Allait-il lui demander de gagner en échange des informations qu'elle désirait ?

Eh bien, qu'il en soit ainsi. Et que le malheur frappe le chien qui aurait la malchance de l'avoir pour adversaire.

CHAPITRE 13

— Excellence ?

Ihsan, le Roi Éloquent, leva les yeux de son bureau et aperçut une silhouette décharnée dans l'encadrement de la porte. C'était Tolovan, son vizir depuis plus de trente ans.

— Il est arrivé, dit celui-ci. Je l'ai fait conduire sur la terrasse.

Ihsan hocha la tête. Le vizir se retourna et s'éloigna. Son abaya indigo était si longue qu'elle traînait derrière lui.

Ihsan trempa sa plume dans l'encrier posé à côté du livre ouvert devant lui, puis inscrivit le dernier de ses rendez-vous de la matinée. Il plongea la main dans un vénérable pot en bronze et saupoudra la page de sel. Lorsque l'encre fut sèche, il ferma le livre à moitié pour rassembler les cristaux noircis dans la rainure, puis les fit glisser dans un récipient presque vide. Il les consommerait au cours du prochain repas. L'idée d'assaisonner la nourriture avec des mots le réconfortait et lui donnait l'impression qu'il existait un lien privilégié entre lui et son passé. C'était pour cette raison qu'il notait les événements de chaque journée avec la plus grande précision : ses plans, ses réunions avec les autres Rois…

Il n'avait pourtant rien écrit à propos de son prochain rendez-vous. Et il ne le ferait pas quand il regagnerait ses appartements.

Certaines choses doivent rester cachées, aux yeux des hommes comme à ceux des dieux.

Il se leva et sa dishdasha cousue de fils d'or effleura les dalles en travertin. Il descendit au rez-de-chaussée et franchit une double porte que deux serviteurs avaient ouverte à son approche. Il arriva sur une grande terrasse qui offrait une vue exceptionnelle sur les quartiers sud-ouest de Sharakhaï et sur le désert infini qui s'étendait au-delà.

Il n'y avait qu'une seule table et deux chaises. Un homme massif à la barbe et la moustache taillées avec soin se tenait près d'un siège. Mihir Halim'ava al Kadri, fils du cheikh Halim, seigneur des Mains de Feu. Mihir portait un turban rouge, une couleur interdite au bas peuple, mais tolérée quand il s'agissait d'un fils de cheikh en visite à Sharakhaï. Il avait la peau olivâtre et des tatouages orangés le long de l'arête du nez, sur son menton, ses joues et ses paumes. Contrairement aux autres tribus, les Kadris ne décoraient pas le dos de leurs mains. Mihir aperçut Ihsan et lui présenta ses paumes. *Quand nous venons en paix, tu peux lire notre histoire. Quand nous venons en guerre, nous ne montrons rien, car nos paumes serrent les poignées de nos lames.* Ce geste contrastait étrangement avec le turban rouge. Cette couleur avait été synonyme de guerre, mais depuis quelques années, elle n'exprimait plus qu'une insolence presque puérile. Aux yeux des cheikhs et de leurs émissaires, elle restait cependant un symbole de leur différence avec Sharakhaï et de leur refus d'accepter l'autorité des Rois. Ihsan, lui, trouvait que Mihir ressemblait à un naufragé accroché à un rocher pendant une terrible tempête.

—Tauriyat est heureuse de vous accueillir, dit le Roi en inclinant la tête.

—Mon père vous envoie ses salutations, ô Roi de Sharakhaï.

—Je ne suis pas vraiment *le* Roi, dit Ihsan.

Il s'installa sur une chaise et invita Mihir à faire de même.

Puis Ihsan fit un geste en direction de la porte. Des serviteurs apportèrent des plateaux chargés de raisin, de légumes marinés, de galettes grillées, de fromage de chèvre fumé importé de Qaimir, de bols de houmous et de purée d'aubergine saupoudrée de paprika et d'huile d'olive aromatisée – les cuisiniers avaient remarqué qu'Ihsan raffolait de ce plat depuis quelque temps. Des verres étaient remplis de jus de tomate jaune. Le liquide avait été filtré trois fois afin d'être aussi clair que du cristal et luisait aux rayons du soleil printanier. Un serviteur ouvrit un coffret en bois à grain épais et y plongea une longue paire de pinces en argent. Mihir écarquilla les yeux en le regardant remplir les verres de glaçons avec des gestes délicats.

—Un peu plus ? proposa Ihsan lorsque le serviteur eut rempli la moitié du verre du jeune homme.

—Non, merci, répondit Mihir à contrecœur.

Il n'avait aucune envie de passer pour un rustre qui voyait de la glace pour la première fois de sa vie.

C'était sans doute le cas, mais il convenait de préserver les apparences.

—Vous avez fait un long chemin, dit Ihsan après avoir bu une gorgée de jus de tomate. Je suppose que les Mains de Feu ont déjà gagné leurs collines de printemps ?

Mihir ne répondit pas tout de suite. Il porta le verre à ses lèvres et attendit. Les serviteurs disposèrent les derniers plats – du fromage de chèvre qui venait d'être cuit et des tartes à l'ail caramélisées – et se retirèrent. Le jeune homme s'empara d'une galette, la trempa dans la purée d'aubergine et la dégusta avant de répondre à la question d'Ihsan.

— Nous nous y sommes installés juste avant que j'embarque pour Sharakhaï.

— C'est bien tard, me semble-t-il.

Mihir mâcha un bout de pain sans discrétion.

— La chasse était encore bonne sur les plateaux inférieurs. Il y avait des antilopes, des chèvres et des chiens par dizaines.

Ihsan tourna sa paume vers le ciel.

— Les dieux sont généreux.

Mihir sourit, puis but une nouvelle gorgée de jus de tomate.

— Bakhi est bienveillant.

Pendant un moment, les deux hommes mangèrent en observant Sharakhaï, sans prononcer un mot. Les échos de la cité montaient jusqu'à eux : le brouhaha de la foule, les tintements d'une cloche, des coups de marteau sur la pierre. Les bruits étaient étouffés, comme s'ils venaient d'un monde situé au-delà de la barrière des rêves.

L'industrie, songea Ihsan. *La croissance.* Cet univers était bien différent de celui de Mihir. Le jeune homme appartenait à une tribu de nomades dont les déplacements étaient dictés par des traditions ancestrales, par les nécessités de la guerre et, parfois, par l'humeur de son cheikh. Pour un Sharakhien, ce mode de vie était aussi étrange que le fruit en croissant qu'Ihsan tenait dans la main, mais le jeune homme était venu à Sharakhaï pour apporter des informations. « Des informations à propos d'événements graves qui risquaient de se produire en ville », avait affirmé le cheikh lorsqu'il avait demandé une audience pour son fils.

Mihir était nerveux. Il mourait d'envie d'aborder l'objet de sa visite, mais Ihsan attendit qu'ils aient fini de manger. Il ne voulait pas donner l'impression qu'il avait hâte d'entendre les informations du jeune homme, quelles qu'elles soient. Il était hors de question de se placer en position de faiblesse, et encore moins de dévoiler son jeu.

— Comment se portent les Kadris ? demanda Ihsan en contemplant le désert.

Dans le lointain, au-delà des murailles de Sharakhaï, une tempête approchait. Elle se dirigeait vers la cité, semblait-il.

— Bien, Votre Excellence. Très bien, même. Les navires que vous avez offerts à mon père l'année dernière nous sont d'une grande utilité. Nous avons établi des liens commerciaux avec les villages du sud kundhanais, ainsi que vous nous l'aviez suggéré. Mon père vous remercie une fois encore.

Ihsan fit un geste désinvolte sans quitter l'horizon des yeux, comme si la faveur accordée à la tribu du cheikh Halim était sans importance. C'était pourtant une étape majeure dans les plans à long terme d'Ihsan. Les Kadris et trois autres tribus avaient fait une promesse aux Rois de Sharakhaï en échange de navires, de chevaux, d'acier et de routes commerciales secondaires qu'il n'était plus possible de surveiller. Les Vierges du Sabre avaient déjà du mal à protéger les axes principaux des pirates, sans parler des pistes qui partaient de Kundhun et de Malasan pour s'enfoncer dans le Shangazi. Au cours des dernières décennies, les Rois avaient veillé à ce que les caravanes ne puissent pas éviter Sharakhaï et les rares caravansérails autorisés à collecter les taxes au nom de la cité.

Et nous avons fait du bon travail.

Les asirim – qui avaient obéi au doigt et à l'œil pendant des siècles – renâclaient et tiraient sur leurs laisses. Une partie d'entre eux refusaient désormais de se plier à la volonté des Vierges du Sabre si le Roi Mesut – le Roi Chacal, seigneur des asirim – n'était pas présent. Et cela ne suffisait pas toujours : à plusieurs reprises, des asirim n'avaient pas voulu écouter Mesut, ce qui n'était jamais arrivé auparavant. Les récalcitrants avaient été exécutés, bien entendu, mais ce vent de rébellion compliquait grandement la surveillance des routes commerciales à travers le désert.

« C'est une crise qui ne durera pas », avait dit Mesut lorsque ses pairs lui avaient demandé des explications. « Une tempête qui traverse le Shangazi. »

Mais les tempêtes sont parfois mortelles, avait pensé Ihsan. *Le Shangazi n'est pas aussi inoffensif que tu voudrais nous le faire croire.*

Des signes étaient apparus, comme des feuilles d'acacia emportées par le vent au-dessus des dunes. Des dizaines de signes. Ihsan les avait vus. Et il s'était inquiété. Sharakhaï s'exposait à de grands dangers si elle ne parvenait pas à contrôler ses frontières comme elle le faisait deux siècles – ou même vingt ans – plus tôt. Il était urgent de réagir. Il fallait passer des alliances avec un certain nombre de cheikhs en leur faisant croire que ces rapprochements étaient désintéressés.

Les résultats avaient dépassé les espérances d'Ihsan. Ce rendez-vous en était un parfait exemple. Deux ans plus tôt, un cheikh n'aurait jamais dépêché son fils à Sharakhaï pour qu'il parlemente avec un Roi. Il aurait envoyé un vizir et exigé que la rencontre ait lieu dans le désert.

Mais Mihir était là, dans le palais d'un Roi. Il n'avait sans doute qu'une confiance toute relative en son hôte, mais il était prêt à lui tendre la main pour entretenir une paix profitable aux deux partis. Peu de tribus accepteraient de faire de même, mais désormais, elles réfléchiraient à deux fois avant de s'en prendre aux intérêts des Rois.

Mihir but la dernière gorgée de jus de tomate et ferma les yeux en sentant le liquide frais se répandre dans sa bouche. Puis il tourna la tête vers Ihsan sans lâcher son verre.

Nous y voilà, songea Ihsan.

— Seigneur Roi, dit le jeune homme, je viens vous apporter des informations au nom de mon père.

— Vous parlez d'un air bien grave pour une personne si jeune, dit Ihsan comme si cela l'inquiétait. Quelles sont donc ces informations que votre père souhaite nous communiquer ?

— Il se passe des choses dans le désert.

— Des choses…

— Oui, Votre Excellence. On raconte que des hommes et des femmes se rassemblent.

Ihsan regarda son interlocuteur en feignant la surprise.

— Ils se rassemblent ? Et pour quelle raison ?

— Ils se rassemblent pour s'unir. Pour former une tribu de tribus.

— Les Hôtes sans Lune ?

Mihir hocha la tête, visiblement embarrassé. Il n'était pas gêné parce qu'un certain nombre de Kadris s'étaient joints aux rebelles, mais parce qu'il savait qu'il aurait sans doute fait de même deux ans plus tôt. Ihsan le lut dans ses yeux. Il sentit le feu qui l'habitait. Mihir était furieux qu'on l'ait envoyé parlementer avec les Rois de Sharakhaï et se demandait s'il ne devait pas profiter de l'occasion pour trancher la gorge de celui qui était assis en face de lui.

— Les Al'afwa Khadar cherchent à nous saigner depuis bien longtemps, jeune Kadri. Dites-moi donc en quoi la situation présente est différente.

— Ils n'ont pas été aussi nombreux depuis des années. Ils pensent que Sharakhaï est devenue une proie facile, une pêche bien mûre qui attend d'être cueillie. C'est ridicule, mais les paroles de Macide et de son père, Ishaq, font frémir les jeunes et les âmes influençables.

— Des membres de votre tribu ont-ils rallié Macide ?

Mihir choisit ses mots avec soin.

— Votre Excellence est un puits de sagesse. Je suis sûr qu'elle n'a pas besoin de moi pour répondre à cette question.

— Je dois avouer que je suis un peu perdu. N'avons-nous pas passé un accord avec votre cheikh ? Et avec de nombreuses autres tribus ?

— En effet, dit Mihir. Mais les souvenirs ne s'effacent pas facilement dans le désert.

Tiens donc ? songea Ihsan avec amusement.

— Certains pensent qu'il y a des crimes qu'on ne peut pas pardonner.

— Est-ce le cas de votre père ? demanda Ihsan pour tâter le terrain.

— Mon père ne peut pas se permettre d'être l'esclave de sa fierté.

— Et vous, fils d'Halim ? Y a-t-il des crimes que *vous* êtes incapable de pardonner ?

Mihir inspira un grand coup.

— Pardonnez-moi, Votre Excellence, mais… vous aurais-je offensé sans m'en rendre compte ?

Ihsan mima une expression de surprise.

— Moi, offensé ?

— Je suis sûr que vous connaissez les circonstances de la mort de ma mère.

— Oui, ce fut un grand malheur, mais les asirim… Quand le sang leur monte à la tête, ils deviennent incontrôlables. Les Kadris le savent mieux que n'importe qui.

Dix ans plus tôt, Husamettín, le Roi des Lames et Seigneur des Vierges, avait rassemblé cinq mains de guerrières et une dizaine d'asirim pour mettre un terme aux attaques de caravanes sur les pistes du nord-ouest. Il avait suivi les traces des pillards et découvert un camp où s'étaient rassemblées trois tribus, dont celle des Mains de Feu.

Husamettín s'était montré impitoyable.

La mère de Mihir, Syahla, avait été blessée pendant les combats. Ce n'était qu'une simple égratignure, mais elle avait été laissée par la griffe d'un asir. Sa mort avait été longue et douloureuse. Halim avait demandé audience aux Rois et les avait suppliés de sauver son épouse. Un élixir, un baume, une imposition des mains par une Matrone de la Maison des Vierges, ou par un Roi en personne… Ihsan était présent. La requête du cheikh avait été refusée. Par trois fois.

— « Nous ne pouvons pas pardonner des affronts tels que ceux que vous commettez depuis des années », avait déclaré Ihsan au cheikh fou de chagrin. « Mais vous découvrirez peut-être que le malheur ouvre la porte vers de nouveaux chemins. »

Les yeux d'Halim avaient longtemps brûlé d'une rage féroce, mais sa colère s'était dissipée au fil des ans. Quand Ihsan avait pris contact avec lui, le cheikh l'avait écouté de mauvaise grâce ; pourtant, il avait fini par conclure un traité avec Sharakhaï.

Ihsan se demandait souvent comment Halim était parvenu à faire accepter cet accord à son peuple. En ce qui concernait Mihir, cela n'avait pas dû être chose facile.

Mihir se leva et les pieds de sa chaise raclèrent le sol. Ses yeux brillaient comme ceux de son père lorsque les Rois lui avaient refusé leur aide. C'étaient les yeux de la jeunesse, de l'insolence et des bravades qui pouvaient se révéler fatales.

— Les Hôtes sans Lune se rassemblent, déclara Mihir. Je vous conseille de surveiller votre royaume, des sombres dunes jusqu'aux rues de Sharakhaï.

— Nos rues ?

Mihir ignora son ton condescendant.

— Voici la dernière information que mon père m'a chargé de vous communiquer. Les Hôtes préparent quelque chose à Sharakhaï. Mon père a entendu dire qu'ils allaient recevoir un paquet, un paquet contenant un objet qui pourrait causer votre perte si j'en crois les rumeurs. Il a envoyé des hommes pour intercepter ce paquet et vous prouver sa bonne foi. *Voilà* ce que mon père a fait. *Voilà* ce que signifie la parole des Kadris.

— Et qu'est-ce que ces hommes ont trouvé ? demanda Ihsan.

Il se laissa aller contre le dossier de sa chaise et regarda Mihir avec un calme froid.

— Nous l'ignorons, marmonna celui-ci. Ils étaient deux. Le premier a été tué, l'autre a disparu.

— Et d'après votre père, que contenait ce paquet ?

— Il l'ignore, mais il m'a prié de vous dire que nous continuons à chercher. Si nous apprenons quelque chose, nous vous le ferons savoir.

Mihir s'inclina à moitié, une main posée sur le dos de l'autre. Ce n'était pas une déclaration de guerre, mais peu s'en fallait. C'était un salut aux antipodes du précédent, les paumes ouvertes. Ihsan retint un sourire.

Mihir ne manquait pas de caractère.

Le jeune homme fit volte-face sans un mot et se dirigea vers la double porte. Tolovan surgit de nulle part et regarda son maître, prêt à intervenir. Ihsan secoua la tête. Le vizir s'écarta et attendit que Mihir sorte, puis s'avança d'un pas mesuré et s'arrêta devant la table.

— Comment s'est passé votre repas avec le fils du désert ?

— Ce fut très instructif, Tolovan.

— Instructif, seigneur Roi ?

— Instructif... Quand on lance un filet dans un lac, on ne sait jamais ce qu'on va attraper. Mais quand on le lance encore et encore, on finit toujours par attraper quelque chose.

— Quelque chose d'intéressant, j'en suis certain.

— Il est encore un peu tôt pour le dire. (Ihsan se leva et regarda les plats à moitié consommés.) Un peu trop tôt, oui.

Un sourire se peignit sur ses lèvres. Il s'éloigna vers le palais à grands pas.

CHAPITRE 14

Sept ans plus tôt…

Çeda s'agenouilla près d'une fenêtre du premier étage et regarda à travers les fentes d'un volet. Trois femmes portant des jalabiyas aux couleurs vives – vert émeraude, safran et jaune paille – descendaient la rue en bavardant d'un ton joyeux. Elles venaient à la boutique chaque semaine, toujours à la même heure, pour s'approvisionner en crèmes hydratantes. Enfin, c'était ce qu'elles prétendaient, car en réalité, elles achetaient du *ral shahnad*, le feu de l'été, une essence distillée à partir d'une fleur rare qui ne poussait que dans les régions les plus éloignées de Kundhun. Çeda vivait avec Dardzada depuis quatre ans et commençait à bien connaître les drogues, ne serait-ce que parce qu'elle était chargée du laborieux processus de fabrication. Dardzada avait perfectionné les formules, mais c'était grâce à elle que ces trois femmes pouvaient plonger au cœur de leurs fantasmes.

Une tête émergea d'une ruelle et se tourna vers la fenêtre. Emre. Les trois femmes passèrent devant lui sans s'arrêter et le garçon leur emboîta le pas. Il marchait comme s'il avait les jambes tordues, le nez pointé vers le ciel, et balançait ses bras de manière ridicule. Çeda pouffa, puis se figea en le voyant approcher de la boutique. Le garçon cessa de faire l'imbécile, mais si l'apothicaire l'apercevait, il comprendrait tout de suite que Çeda mijotait un mauvais coup.

L'adolescente attendit. Les trois femmes entrèrent par la porte qui se trouvait juste en dessous d'elle. Le plancher grinça lorsque Dardzada abandonna son atelier de préparation pour saluer ses clientes. L'une d'elles lui raconta aussitôt qu'elle avait acheté un superbe cheval venant d'un lointain pays, un cadeau d'anniversaire pour les douze ans de sa fille. Puis les voix s'éloignèrent. L'apothicaire invitait souvent ses clients à boire une tasse de thé dans le jardin, derrière la boutique. Çeda ouvrit le volet et se glissa sur le rebord de la fenêtre, puis sauta et roula dans la rue poussiéreuse pour faire le moins de bruit possible.

Elle se releva d'un bond et partit en courant, Emre à ses côtés. Elle lui assena un grand coup de coude sans ralentir.

—Aïe! Mais pourquoi t'as fait ça?

—Parce que tu es un crétin. Je t'ai dit de ne pas te moquer de Dardzada.

—Je ne me moquais pas de *lui*. Je me moquais de ces trois femmes. Tu as vu comment elles marchaient? Comme si les gens du quartier n'attendaient qu'un claquement de doigts pour se jeter à leurs pieds.

—Ils le feraient peut-être.

—C'est pas le problème.

Il lui donna un coup de coude et accéléra.

Elle le rattrapa sans peine et lui pinça l'oreille. Les deux adolescents éclatèrent de rire. Ils se dirigèrent vers la Haddah et s'arrêtèrent devant le premier escalier en pierre qu'ils aperçurent. Le printemps était là et le niveau de l'eau était haut. S'il continuait à pleuvoir, les Sharakhiens pourraient manger du poisson en abondance. Le vieil Ibrahim racontait même que le fleuve risquait de déborder.

—Il y a des signes, avait-il dit à Çeda un jour qu'il pêchait sur un vieux pont en pierre. Tu verras. Ibrahim se souvient. (Il s'était tapoté le crâne sous son chapeau à large bord taché par la sueur.) Ibrahim connaît les signes.

—Quels signes? avait demandé Çeda.

Il s'était tourné vers elle en grimaçant, comme s'il venait de mordre dans un citron malasanien.

—C'est sans importance, petite. Sans importance.

Çeda et Emre remontèrent la rive sinueuse. Près du centre-ville, la berge se résumait à un ancien chemin pavé qui longeait les quartiers aisés de la ville. La Haddah coulait en contrebas. Des centaines de passants se promenaient. Des gens fortunés sirotaient des limonades à l'eau de rose et contemplaient les eaux claires accoudés à des balustrades. D'autres marchaient en bavardant à voix basse. Des Lances d'argent en patrouille observèrent Çeda et Emre avec suspicion. Ils les suivirent un moment, puis firent demi-tour quand ils comprirent que les adolescents se dirigeaient en amont. Personne d'autre ne prêta attention aux deux jeunes gens.

Ils passèrent sous le Bossu, le pont le plus ancien et le plus massif de la cité. Il y avait beaucoup de monde sur l'Abreuvoir, mais par un étrange phénomène acoustique propre à l'avenue, les bruits semblaient étouffés et lointains. Les bâtiments en pierre de trois ou quatre étages cédèrent la place à des constructions plus trapues, puis à des maisons de plus en plus délabrées.

Les deux jeunes gens avaient pénétré dans les Bas-fonds. Sur la berge, des centaines de personnes lavaient leurs vêtements dans l'eau du fleuve. Des enfants s'éclaboussaient et des hérons longeaient les roseaux en attrapant des gobies de leurs becs pointus.

Sept ou huit alouettes des rues s'entraînaient à l'escrime, les pieds dans l'eau. Ils répétaient les mouvements du *tahl selheshal*, la danse des lames. Ils s'interrompirent et baissèrent leurs armes en bois en voyant Çeda et Emre approcher. Plusieurs d'entre eux firent un pas vers la berge, mais ils battirent en retraite lorsque les deux nouveaux venus posèrent les mains sur les poignées de leurs couteaux.

Çeda et Emre traversèrent le quartier nord-ouest en écoutant les chants d'oiseaux, le bourdonnement des insectes et les poissons qui jaillissaient de l'eau, des bruits qu'on n'entendait que deux mois par an dans cette région aride. *Est-ce que c'est pareil à Malasan ? On dit que dans ce pays, on ne peut pas marcher une demi-journée sans traverser un cours d'eau. Et à Miréa, où il pleut une fois par semaine ?* Çeda n'aurait pas aimé vivre dans ces pays. Le désert était son sang et sa chair. Comment aurait-elle pu l'abandonner ? Cette simple idée était absurde.

Emre la contempla comme si elle avait perdu l'esprit.

— Qu'est-ce qui se passe ? demanda-t-il.

— Quoi ?

— Tu viens de rigoler. Pour rien.

— Et alors ? dit Çeda avec un sourire. Ta tête ressemble au cul d'un bœuf et je ne me moque pas de toi pour autant.

Emre essaya de la frapper, mais elle était trop rapide. Elle évita le coup de poing et s'enfuit en courant, Emre sur les talons. Ils se pourchassèrent, crièrent et rirent sans se soucier des promeneurs agacés, puis s'arrêtèrent pour reprendre leur souffle. Ils se remirent en route et Emre leva le doigt quand ils arrivèrent aux frontières de la cité.

— Là, derrière ces buissons de fleurs orange feu.

Ils se glissèrent derrière les buissons en question et écartèrent des cailloux empilés avec soin. Ils récupérèrent les deux sacs qu'ils avaient cachés là quelques jours plus tôt en prévision de leur voyage. Çeda glissa le sien sur ses épaules en poussant un soupir satisfait. Ils avaient de l'eau et de la nourriture pour plusieurs jours, mais si tout allait bien, ils seraient de retour le lendemain matin.

Emre se tourna vers elle quand ils quittèrent la cité pour pénétrer dans le désert.

— Tu es sûre que tu veux le faire ?

Çeda regarda droit devant elle, les yeux plissés pour se protéger des reflets lumineux à la surface du fleuve.

— Évidemment.

— Qu'est-ce que ta mère allait faire dans les champs en fleur ?

Emre était rusé. Cette question le harcelait depuis bien longtemps, mais il avait attendu le bon moment pour la poser.

Et sa patience fut récompensée. Çeda estimait qu'il était en droit de savoir.

— Elle allait cueillir des pétales.

— Je sais bien, mais pourquoi ?

Çeda ne fut pas étonnée qu'il ait deviné une partie de la vérité – pourquoi se rendre dans les champs en fleur, sinon pour récolter des pétales ? Mais la jeune fille ne savait pas grand-chose à propos des activités de sa mère et cela l'embarrassait. Ahya avait sans doute eu l'intention de lui en parler, un jour, mais elle n'en avait pas eu le temps. Quelques mois plus tôt, Çeda avait commis l'erreur d'interroger Dardzada à ce sujet. Non seulement l'apothicaire avait refusé de répondre, mais il était entré dans une colère noire et lui avait intimé l'ordre de ne plus jamais aborder le sujet. Quand elle avait récidivé, deux mois plus tard, il l'avait battue comme plâtre et enfermée dans sa chambre pour qu'elle comprenne qu'il ne plaisantait pas. Il l'avait gardée là jusqu'au lendemain soir, ne lui apportant qu'un morceau de pain et un peu d'eau en guise de repas. Il lui avait expliqué qu'elle n'avait pas à se plaindre, que sa punition n'était qu'une douce plaisanterie en comparaison de ce qui lui arriverait si les Rois mettaient la main sur elle.

Elle ne lui en avait plus jamais parlé – elle n'était pas idiote –, mais la colère de Dardzada n'avait pas étanché sa soif de curiosité, bien au contraire. Elle avait déjà attendu trop longtemps.

Au cours des précédentes semaines, les deux adolescents avaient préparé leur expédition : la date, la meilleure manière de quitter la boutique de Dardzada, le matériel nécessaire… La seule question qu'elle n'avait pas réglée, c'était ce qu'elle dirait à l'apothicaire à son retour. Dardzada serait fou furieux – et c'était un euphémisme –, mais Çeda avait presque treize ans et elle voulait lui faire comprendre qu'elle était capable de se débrouiller seule. Il ne pouvait plus la cacher au reste du monde, ni lui cacher le reste du monde.

Elle bondit sur un rocher en partie immergé, puis un autre.

— Parfois, elle me donnait des pétales, dit-elle. Parfois, elle les gardait.

Emre tenta de la suivre, mais il glissa et tomba dans l'eau en se tordant la cheville. Il fit quelques pas en s'efforçant de marcher normalement et de cacher son embarras.

— Quand ça ? demanda-t-il d'un ton bourru.

— Les jours saints, mais rarement ceux qui ont été instaurés par les Rois. Plutôt ceux où les tribus nomades fêtent les dieux et la création du désert.

— Mais pourquoi elle te donnait des *pétales* ? Le truc que les Rois préfèrent par-dessus tout ?

Il la rattrapa sur la berge couverte de galets. Devant eux, le lit du fleuve formait une ligne droite avant de contourner un promontoire rocheux sur lequel se dressait une vieille tour ressemblant à une tombe abandonnée.

— Pourquoi est-ce qu'elle cueillait des pétales d'adichara, comme les Vierges ?

Cette question tourmentait Çeda depuis longtemps. Elle se la posait déjà avant la mort de sa mère. Elle avait interrogé Ahya, mais celle-ci n'avait jamais voulu lui répondre – pas de manière satisfaisante, du moins.

— Je crois qu'elle les cueillait parce que les Rois ne voulaient pas qu'on le fasse. Elle m'en donnait pour la même raison. Si les Rois interdisaient quelque chose, elle le faisait. Elle était ainsi.

— Elle faisait partie des Hôtes sans Lune ?

— Non, répondit aussitôt Çeda. Elle n'était pas d'accord avec leurs méthodes. Elle les trouvait trop brutales.

— Mais elle voulait tuer les Rois…

— Je ne sais pas si elle voulait les tuer…

— Mais sa mort…

— Oui, je sais. Je pense qu'elle voulait voler quelque chose aux Rois, mais qu'on l'a arrêtée par surprise.

Emre s'esclaffa.

— Tu n'y crois pas toi-même.

— Non, pas vraiment, mais c'est possible. Je ne sais pas, et je ne saurai peut-être jamais.

Emre resta silencieux un moment, puis il reprit la parole d'une voix basse mais intense.

— Alors pourquoi est-ce que tu n'oublies pas toute cette histoire ?

Çeda le regarda, éberluée.

— Parce qu'ils l'ont *tuée* !

— Je le sais bien, mais il y a des gens qui meurent tous les jours, Çeda.

L'adolescente s'arrêta net, attendant qu'Emre se tourne vers elle.

— Si tu ne veux pas m'aider, fais demi-tour. Je me débrouillerai toute seule.

— Pas question. Je veux y aller.

— Tu viens de dire que tu voulais que j'oublie tout ça !

— Non, ce n'est pas vrai.

Emre semblait désemparé, presque effrayé.

— J'ai juste…

— Juste quoi ?

Il ne répondit pas. Il ne la regardait plus. Il regardait derrière elle. Çeda fronça les sourcils et il haussa le menton pour lui dire de se tourner.

Çeda obéit et aperçut un loup au sommet de la berge. L'animal approcha, s'arrêta à leur hauteur et baissa la tête pour les regarder. C'était à peine plus qu'un louveteau, et par la bonne fortune de Rhia, il était *blanc*! Son museau était gris, certes, et des touffes de poils sombres parsemaient son cou, mais le reste était d'une blancheur immaculée.

Çeda n'avait jamais vu ou entendu parler d'une telle créature.

Emre ramassa une pierre pour la jeter sur l'animal, et elle lui saisit le poignet.

—Non!

—Ce n'est qu'une bête galeuse, dit le garçon.

—Il est magnifique.

Elle ouvrit son sac et en tira un morceau de viande fumée volé dans le cellier de Dardzada.

—Tu ne vas quand même pas lui donner à manger?

—Et pourquoi pas?

Elle jeta le bout de viande vers l'animal.

Un autre loup apparut à côté du premier. Un loup normal, fauve avec un museau et une crinière noirs.

Et puis un troisième, et un quatrième... En quelques instants, une meute de huit individus se rassembla sur la berge. C'étaient des animaux adultes aussi grands que Çeda.

Celle-ci avait beaucoup d'admiration pour ces créatures magnifiques, mais ses mains et ses jambes se mirent à trembler, ses dents à claquer. Cette réaction l'étonna, car elle n'avait pas peur – enfin, pas trop. Elle était subjuguée.

Deux jeunes apparurent. Ils étaient aussi grands que le loup blanc dont la tête devait arriver à la taille de Çeda.

Emre glissa une main vers son couteau.

—N'essaie même pas, siffla la jeune fille. Ce sont des animaux très intelligents.

L'un des loups semblait vouloir descendre au bord du fleuve. Il allait et venait le long de la berge en observant les cailloux qui se trouvaient en contrebas. Sa tête pointait en avant quand il déglutissait. Ses camarades scrutèrent les deux humains et se hérissèrent sous la tension.

Le loup blanc, lui, ne prêtait aucune attention aux adolescents. Il mordilla la patte d'un adulte avec un peu trop d'enthousiasme, car sa victime se retourna d'un bond et lui mordit le museau. Le petit loup s'enfuit en courant et l'adulte laissa échapper un jappement meurtri avant de s'élancer à sa poursuite. Le reste de la meute lui emboîta le pas, à l'exception de l'animal qui allait et venait le long de la berge. Le dernier loup – qui était zébré de cicatrices noires – baissa la tête et gronda en montrant ses crocs pendant quelques instants, puis il rejoignit ses camarades en courant.

— On a été idiots de ne prendre que des couteaux, souffla Emre.

— Tu crois qu'avec un sabre, tu aurais pu affronter une meute entière ?

— Peut-être pas, mais je m'en serais mieux tiré qu'avec ce cure-dent, répondit-il en levant son couteau. (Il regarda l'arme comme s'il n'avait jamais remarqué que la lame était si courte.) Dieux ! Qu'est-ce qui vient de se passer ?

— Je ne sais pas, mais Bakhi a daigné nous apporter son aide. Il ne faudrait pas que ce soit en vain.

Elle se tourna vers l'amont du fleuve et fit un pas en avant, mais Emre l'attrapa par le poignet.

— Nous ne sommes pas prêts pour une telle expédition.

— *Je* suis prête.

Elle se libéra d'un geste brusque et se remit en chemin.

Elle n'entendit plus que les bruits de ses propres pas, et pendant un moment, elle crut qu'Emre avait rebroussé chemin. Elle songea que c'était mieux ainsi, puis des semelles grincèrent dans son dos et elle retint un sourire. Elle était impatiente de voir les champs en fleur ; pourtant, elle n'avait pas envie de les voir seule.

Les deux adolescents suivirent le fleuve sur plusieurs lieues et s'enfoncèrent dans le désert. L'eau était fraîche, et quand ils avaient trop chaud, ils s'arrêtaient, s'aspergeaient et buvaient avant de se remettre en chemin. Ils découvrirent un petit affluent qui se jetait dans la Haddah, et Çeda décida de le suivre en estimant que cela rendrait la marche moins pénible.

Ils longèrent le cours d'eau pendant plusieurs heures.

— Où on va s'arrêter ? demanda Emre.

— Là, répondit Çeda en désignant un tamarix qui se dressait un peu plus loin. Nous devons toucher au but. Je vais grimper aux branches et regarder si je vois les adicharas.

Les deux adolescents prirent le temps de boire et de remplir leurs outres, car l'arbre au large tronc était assez loin de la berge. Quand ils l'atteignirent, Çeda défit son sac et le tendit à Emre. Elle se hissa dans les branches et monta aussi haut que possible avant de scruter les dunes ambrées. À l'est, elle aperçut une colonne de voiles blanches – une caravane faisait route vers un port lointain, mais comment savoir lequel ? Çeda n'avait pas envie de quitter le désert ; pourtant, elle aurait aimé voyager à bord d'un navire des sables, traverser le Shangazi pour admirer les merveilles dont elle avait entendu parler ou dont elle avait lu les descriptions dans des livres.

Au nord, elle crut apercevoir une tache noire qui ondulait dans les vagues de chaleur, et puis une autre, un peu plus à l'ouest.

Les champs en fleur.

Ses doigts la picotèrent. Elle n'avait jamais vu d'adicharas ; néanmoins, elle avait imaginé mille choses à leur sujet et se demandait si la réalité ressemblerait à ses rêves. Elle éprouvait une certaine nervosité à l'idée d'atteindre son but, mais elle était heureuse que le grand jour soit arrivé.

Alors qu'elle descendait, elle aperçut une pierre plate qui disparaissait presque sous les racines de l'arbre. Un signe complexe y était gravé.

— Qu'est-ce que c'est ? demanda Emre.

— Aucune idée.

Çeda s'accroupit et essaya de dégager la pierre, en vain. Elle renonça et les deux adolescents se dirigèrent vers le champ le plus proche. Alors que le soleil se couchait en projetant des taches de couleur sur les nuages rassemblés à l'ouest, ils franchirent une dune et aperçurent la forêt. De loin, ils eurent l'impression que les arbres formaient une bande qui s'étendait du nord au sud, mais tandis qu'ils approchaient, ils remarquèrent des espacements irréguliers. On aurait dit une île de pierre noire perdue au milieu du désert, avec des criques et des lacs de sable cachés à l'intérieur des bosquets de troncs tordus.

De petites créatures ressemblant à des colibris voletaient autour des adicharas. Les deux adolescents approchèrent et plusieurs se précipitèrent vers eux.

C'étaient des açals, des ailes-vibrantes. Ces scarabées étaient gros comme le pouce de la jeune fille, mais en vol, ils semblaient aussi grands que sa main. Leurs carapaces étaient noires et irisées, leurs ailes pourpres et brillantes, leurs mandibules incurvées rouge sang – une couleur récurrente chez les animaux venimeux du désert.

La nuée de coléoptères dépassa les deux adolescents avant d'amorcer un virage et de revenir vers eux.

L'un d'eux se posa sur l'épaule de Çeda et la mordit.

La jeune fille cria de peur et de douleur. L'insecte s'envola avant qu'elle ait le temps de faire un geste. Un autre fonça vers elle. Elle agita la main pour le chasser et il s'en alla mordre Emre.

Les deux adolescents reculèrent, mais les ailes-vibrantes étaient de plus en plus nombreuses. Un nuage vrombissant s'était rassemblé au-dessus de leurs têtes, un nuage qui se déplaçait pour leur couper toute retraite.

Çeda regarda autour d'elle dans l'espoir de trouver un chemin dégagé… et aperçut la carcasse de l'antilope.

Elle distingua des bandes noires, un ventre blanc et de longues cornes à nervures. C'était un onyx. L'animal était enveloppé par les branches comme si celles-ci l'avaient happé, puis étranglé.

Alors qu'elle reculait en essayant de repousser les scarabées les plus agressifs, la jeune fille aperçut les corps de deux autres antilopes prisonniers des arbres. Des nuées de coléoptères jaillissaient de leurs entrailles.

— Arrête-toi ! cria-t-elle à Emre.

Dieux! Elle frissonna de peur et de dégoût à l'idée d'être dévorée de l'intérieur, de servir de nid aux œufs et aux larves des ailes-vibrantes.

—Arrête-toi! Ils essaient de nous pousser vers les arbres!

Emre regarda par-dessus son épaule, les yeux écarquillés par la peur. Avait-il compris ce qui arrivait quand on approchait trop près des adicharas? Il leva son sac comme un bouclier. Une nuée de coléoptères se précipita dessus, mais d'autres le mordirent aux cuisses et aux bras. Emre les chassa et recula d'un pas. Les scarabées étaient de plus en plus nombreux.

—Qu'est-ce qu'on va faire?

Çeda attrapa le sac accroché dans son dos qu'elle avait récupéré et imita Emre.

—Par ici! lança-t-elle en s'élançant vers la gauche.

Elle réussit à faire quelques pas avant qu'une masse sombre et bourdonnante lui barre le chemin. Un scarabée fondit sur elle et la mordit à la cheville. La plaie à l'épaule la faisait souffrir le martyre.

Emre cria en agitant les bras comme un dément.

—*Qu'est-ce qu'on va faire?*

—*Je ne sais pas!*

Le jeune homme affichait la même expression qu'elle. Ils étaient terrifiés à l'idée de la mort horrible qui les attendait. Çeda respirait de plus en plus vite. Le poison avait commencé à se répandre et elle avait l'impression qu'on lui arrachait le bras chaque fois qu'elle agitait les mains pour repousser les insectes.

Il fallait trouver une solution. Et vite.

Le jeune homme ouvrit son sac et sortit une couverture avec des gestes maladroits et saccadés. Il se protégea la tête et les épaules, puis s'élança vers le désert en poussant un long hurlement.

Une nuée d'ailes-vibrantes s'abattit sur lui. De nombreux insectes attaquèrent la couverture, mais plusieurs d'entre eux se glissèrent dessous et s'acharnèrent sur le garçon. Çeda ne savait pas si Emre avait anticipé cette réaction, mais la plupart des coléoptères le prirent en chasse. Seule une poignée d'entre eux continua à harceler Çeda.

La jeune fille s'élança à la poursuite de son ami.

—Laissez-le tranquille! hurla-t-elle. Laissez-le tranquille!

Des larmes roulèrent sur ses joues.

Les insectes ignorèrent ses suppliques, mais une partie de ceux qui poursuivaient Emre fit demi-tour et fondit sur elle. Deux nuées de taille sensiblement identique attaquèrent les adolescents.

Le soleil se coucha et la température baissa. Ce fut sans doute pour cette raison que les ailes-vibrantes battirent en retraite les unes après les autres pour regagner les adicharas. Emre ne sembla pas s'en apercevoir, ou bien il s'en fichait. Il continua à courir sur le sable en poussant des cris qui exprimaient plus de douleur que de peur. Çeda le suivit. Elle eut honte d'elle en songeant au comportement héroïque de son ami.

Les derniers coléoptères étaient partis, mais Emre courait toujours, tant bien que mal. Ses gestes étaient chaotiques et il manquait de trébucher à chaque pas.

— Emre, arrête-toi ! Ils sont partis !

La jeune fille ne sut jamais s'il l'avait entendue. Il s'effondra en soulevant un nuage de sable.

Elle courut vers lui et arracha sa couverture.

Les scarabées ne l'avaient pas ménagé.

Son torse et son dos n'avaient pas trop souffert, mais le reste… son visage, ses bras et ses jambes étaient couverts de morsures.

Dieux tout-puissants ! Il y en avait peut-être assez pour le tuer.

Çeda n'avait jamais vu d'ailes-vibrantes auparavant et ne savait presque rien à leur sujet. Dardzada en avait parlé, un jour. Ou bien était-ce Ibrahim, le conteur ? Ou Davud, le sale gamin que personne n'arrivait à faire taire ? C'était sans importance. Les membres et le visage de la jeune fille étaient enflés et douloureux, mais les morsures ne représentaient pas un danger mortel. Le poids qui lui comprimait la poitrine l'inquiétait davantage. Elle avait l'impression que son cœur était enfermé dans un carcan. Elle se rappela alors que les morsures d'Emre étaient bien plus nombreuses que les siennes.

— Emre ?

Le garçon gémit, ouvrit les yeux et sembla reconnaître son amie.

— Je leur ai fait peur ?

Un rire nerveux s'échappa de la gorge de la jeune fille. Elle écarta les cheveux d'Emre et sortit son outre pour le faire boire. Elle utilisa le reste de l'eau pour laver les plaies, puis les enduisit d'un baume pour les coups de soleil. Cela ne servirait peut-être pas à grand-chose, mais c'était mieux que rien. Il était urgent de neutraliser le poison et tant pis si toute l'eau y passait. Il faudrait cependant qu'elle trouve une source dans les plus brefs délais, car Emre n'était pas en état de marcher.

Quand elle eut terminé de passer le baume, il faisait sombre et les étoiles constellaient le ciel. Seule une bande de lumière mauve s'étalait encore au-dessus de l'horizon, à l'ouest.

La jeune fille devait retourner à la rivière. Elle y remplirait les outres et laverait les plaies d'Emre jusqu'à ce qu'il guérisse. Et puis, elle avait aperçu de l'annadouce et des fils d'or près de l'eau. Avec un peu de chance, elle pourrait préparer un cataplasme efficace.

— Emre, est-ce que tu m'entends ?

Elle posa les deux couvertures sur le garçon, puis lui glissa la lanière d'une outre autour du poignet droit et laissa son sac à portée de main. Au cas où il aurait faim. Elle se pencha sur lui et murmura à son oreille.

— Je vais chercher de l'aide, Emre.

— Auprès de ta mère ?

Des larmes perlèrent aux yeux de la jeune fille.

— Non, Emre. Ma mère est morte.

Elle se leva et le regarda une dernière fois.

— Dis-lui qu'elle me manque, souffla le garçon.

— D'accord, dit-elle.

Elle fit volte-face et se mit en chemin.

CHAPITRE 15

Le lendemain de sa conversation avec Osman, Çeda entra dans la chambre d'Emre pour changer ses bandages. Elle le trouva assis sur son lit, en train d'enfiler ses bottes.

— Non ! aboya-t-elle en se précipitant vers lui. Tu as assez couru la semaine dernière ! Tu as déjà fait sauter plusieurs points de suture, Emre !

— Il faut que je me lève, Çeda. Je n'en peux plus de rester dans ce lit.

— Tu sors trop.

La jeune fille le soignait avec les remèdes de Dardzada depuis une semaine, mais il était encore très pâle.

— Couche-toi !

Emre se garda bien d'obéir et elle l'attrapa par les épaules pour l'allonger de force. Il avait la peau moite, et Çeda imagina le pire : une infection. À moins que ce ne soit qu'une conséquence de la perte de sang et de la déshydratation. Elle ôta ses bandages et constata avec soulagement que les plaies étaient en voie de guérison.

Emre resta allongé et but un peu d'eau. Son visage reprit quelques couleurs, mais son expression était grave, comme si quelque chose le tourmentait.

Il souffre d'une blessure au cœur, pas au corps, songea la jeune fille.

— Qu'est-ce qu'il y a, Emre ?

Le jeune homme inspira et grimaça de douleur.

— Quel jour on est ?

— Devahndi. Neuf jours après Beht Zha'ir. Pourquoi ?

Il haussa les épaules.

— C'est encore si réel. J'ai l'impression que c'est arrivé hier.

— C'est normal.

Il tira la couverture brune sur ses jambes.

—Je suis désolé, Çeda.

—De quoi ?

—De t'avoir mise en danger. Tu n'aurais pas dû sortir pour aller me chercher.

—On s'occupe l'un de l'autre, tu te souviens ?

—Ouais, sauf que c'est toujours *toi* qui t'occupes de *moi.*

Il grimaça comme s'il s'agissait d'une plaisanterie sinistre. Çeda ne l'avait jamais vu dans cet état.

—Qu'est-ce qui se passe, Emre ?

La question l'arracha à ses sombres rêveries. Il leva les yeux vers elle et frissonna avant de secouer la tête.

—C'est juste le contrecoup de l'attaque. Et toi ? Tu ne m'as jamais raconté ce qui s'est passé au cours de cette fameuse nuit.

—Si, je te l'ai dit. Je t'ai découvert dans le lit du fleuve. Tu ne t'en souviens pas ?

Il haussa les épaules.

—Vaguement. Allez, dis-moi.

Çeda s'exécuta. Elle lui raconta qu'elle l'avait cherché, qu'elle l'avait trouvé sous un pont et qu'un asir avait emporté le corps du nomade. Elle n'alla pas plus loin. Elle ne parla pas du baiser tiède et répugnant de l'asir à la couronne. Elle ne voulait pas l'inquiéter. Mais Emre lui saisit le poignet alors qu'elle s'apprêtait à passer le suc de charo sur les plaies qui zébraient ses côtes.

—Et puis ?

Çeda préférait lui cacher la vérité, mais comment pouvait-elle garder des secrets alors qu'elle mourait d'envie de savoir ce qui le tourmentait ? Elle devait lui faire confiance. Elle inspira un grand coup.

—Un asir m'a coincée, dit-elle. (Elle fit une pause et frissonna en se rappelant le baiser.) Il portait une couronne et m'a parlé.

—Il t'a *parlé* ?

Elle étala le suc sur les blessures et les couvrit d'une bande de coton propre.

—Ne bouge pas, dit-elle.

Elle sortit de la pièce et revint avec le livre qu'elle cachait dans sa chambre. Elle se rassit, chercha le poème écrit par sa mère et présenta la page à Emre.

Il reposera,
En dessous de l'arbre tordu,
Jusqu'à la mort par son engeance portée.
Par les larmes de Nalamae,
Et par la crainte divine,
Le sang du sang gagnera les sombres terres.

— C'est ce qu'il a dit, Emre. Comment se fait-il que ce poème soit dans le livre de ma mère ?

Le jeune homme se redressa en serrant les dents, puis examina la page.

— Il a *parlé* ?

— Oui. Il a récité ces vers.

— Tu avais pris un pétale avant de quitter la maison, n'est-ce pas ? Tu sais qu'ils provoquent des rêves.

La jeune fille n'en crut pas ses oreilles.

— Et ?

— Tu as peut-être *cru* qu'il parlait. Peut-être que tu t'es endormie et…

— J'ai entendu ce que j'ai entendu, Emre. Il était aussi près que toi.

— Mais tu as dit…

— Est-ce que tu veux bien m'écouter ? (Elle lui arracha le livre des mains.) Je l'ai *entendu* !

— D'accord, d'accord.

Çeda baissa les yeux et s'aperçut qu'elle avait déchiré un morceau de page.

Une sourde colère lui noua le ventre. Elle avait déchiré une page du livre de sa mère. Alors qu'elle lissait le papier en se traitant de tous les noms, elle remarqua quelque chose de curieux. Sa colère se volatilisa sur-le-champ.

Il y avait des signes près de la jointure des pages. Elle ne s'en était jamais aperçue.

— Çeda ? Ça ne va pas ?

— Attends, marmonna-t-elle en feuilletant le livre.

— Quoi ?

Elle l'ignora. Elle découvrit de nouveaux signes. Quatre sur une page, six sur une autre, deux ici, un là. Il ne pouvait pas s'agir d'une coïncidence. C'était impossible. Mais que signifiaient-ils ? Ils ne semblaient pas avoir la moindre relation avec le poème, ou entre eux.

— Çeda ! Dis-moi ce qui se passe.

La jeune fille poussa un long soupir, puis tourna le livre et lui montra les marques.

Emre plissa les yeux.

— C'est Ahya qui les a faites ?

Çeda eut envie de le gifler, mais seulement parce qu'elle était encore sous le coup de la colère et de l'angoisse. Les marques avaient été tracées avec une encre brune identique à celle qui avait servi à écrire le poème, mais on avait utilisé une plume ou un stylo différent.

— Je ne sais pas, dit la jeune fille.

Tout cela n'avait aucun sens et elle n'avait pas le temps d'y réfléchir pour le moment. Elle alla ranger le livre dans sa cachette et se prépara pour la journée.

Elle glissa la tête dans la chambre d'Emre, son armure dans une main, son shamshir dans l'autre.

— À plus tard, lança-t-elle.

— Et où est-ce que tu vas ?

— Aux arènes. J'ai besoin de me détendre.

— De te détendre ? Tu as reçu la mère de toutes les raclées il y a quelques jours à peine.

— Il y a neuf jours, Emre.

— Et tu n'as plus mal ?

— Bien sûr que j'ai mal. (Elle fit rouler ses épaules et ses muscles la brûlèrent.) Les arènes, c'est encore mieux quand on a mal !

Çeda s'arrêta devant la lourde porte en bois et tendit l'oreille. Elle entendit un rythme lent et puissant, la foule des spectateurs qui tapaient des pieds pour réclamer leur dose de violence. Une odeur de sueur et de sang flottait dans l'air, avec des relents de colère et de peur. Elle imprégnait le sombre couloir, la porte en bois et l'arène qui s'étendait au-delà. Elle était partout. Les doigts de la jeune fille glissèrent sur le battant, puis elle inclina la tête avec humilité.

— Que Thaash guide ma lame !

Elle inspira un grand coup et vida ses poumons. L'air siffla contre son masque en fer. Avant un combat, elle pensait souvent à sa mère se balançant au bout d'une corde dans la brise matinale, aux marques que les Rois avaient gravées sur ses poignets et ses chevilles. « Catin. » « Parjure. » Et puis il y avait l'étrange symbole sur son front. Çeda avait d'abord cru qu'il s'agissait d'une insulte écrite dans un langage oublié, mais aujourd'hui, elle n'en était plus si sûre. Aujourd'hui, elle avait l'impression que c'était un indice, un fragment du mystère qui entourait sa mère, le livre, les asirim… Cela changeait tout. Jusqu'au combat qu'elle s'apprêtait à livrer.

La foule rugit derrière la lourde porte. Son adversaire venait d'entrer dans l'arène. Les spectateurs aboyèrent comme des chacals dans le désert, et la jeune fille comprit qu'il s'agissait d'un étranger.

— Çeda.

Celle-ci se tourna et vit Pelam qui approchait dans le tunnel sombre. Comme toujours, il portait un caftan rouge et un kufi brun taché de sueur. Son visage affichait une expression renfrognée. La porte se souleva dans un grincement de poulie et il haussa le menton en direction de l'arène.

— Fais attention à lui. Il a payé très cher pour se battre contre toi.

Çeda hocha la tête et se tourna vers la porte. Le lourd battant continua à monter et l'arène apparut. Elle avança d'un pas décidé et les lanières de sa jupe de combat claquèrent contre ses cuisses. La foule rugit de plus belle.

— La Louve Blanche ! La Louve Blanche !

— Donne-lui une bonne leçon !

— Montre-lui comment on se sert d'une lame à Sharakhaï !

Une foule en grande partie masculine se pressait dans les gradins. Ce combat serait très différent de son duel avec Haluk. Aujourd'hui, elle participait à un tournoi. Ces rencontres attiraient les meilleurs combattants, et les meilleurs combattants attiraient les nobles, les ambassadeurs, les dignitaires et les riches marchands. Les spectateurs portaient des vêtements aux couleurs vives et des bijoux étincelants. Ils agitaient des éventails ou des manches munis de longs crins de cheval pour chasser les mouches. Certains – ceux qui souhaitaient rester anonymes – se cachaient derrière des voiles ou des burqas décorés de pièces d'or et d'argent qui tintaient à chaque mouvement, mais on apercevait encore leurs yeux maquillés de khôl. Les spectateurs les plus riches étaient au premier rang, les plus pauvres au cinquième, le dernier. Plus on s'éloignait de l'arène, moins les tenues étaient extravagantes. Les gens portaient des keffiehs, des dishdashas taillées dans un tissu banal aux couleurs ternes. Ils avaient pourtant payé une petite fortune pour assister à ce tournoi qui réunissait les meilleurs guerriers de la région.

Un Qaimirien d'une trentaine d'années se tenait dix pas devant Çeda. Sa peau huilée luisait sous les rayons du soleil. Il était à peine plus grand que la jeune fille, mais c'était un bel homme solidement bâti. Il portait un kilt en cuir et des sandales. Il ne marchait pas et ne bandait pas ses muscles comme beaucoup de jeunes guerriers. Il était digne, et Çeda se demanda si ce n'était pas un noble. Cela n'aurait rien eu d'étonnant, car les Qaimiriens étaient attirés par les arènes comme les scarabées par les bouses de vache. Surtout les riches et les fils de bonne famille trop gâtés. Ils se considéraient comme les aristocrates de la gent guerrière et n'aimaient pas qu'on loue les exploits des chiens de poussière. Ils se sentaient blessés dans leur honneur. Certains d'entre eux venaient donc se mesurer aux Sharakhiens, convaincus que leurs nobles origines et leur entraînement rigoureux les rendaient invincibles. On trouvait parmi eux quelques redoutables guerriers, mais la plupart n'étaient que des prétentieux espérant accaparer un peu de gloire dans la cité qui se vantait de compter les meilleures lames des cinq royaumes. Ils découvraient vite pourquoi Sharakhaï n'avait jamais plié devant une armée ennemie. Les enfants du désert apprenaient le maniement du sabre, de la lance et du bouclier dès qu'ils savaient marcher. À Sharakhaï, le combat n'était pas un simple divertissement, c'était une tradition. Il faisait partie de la vie des habitants au même titre que la faim, la soif et la chaleur implacable.

Çeda observa les yeux verts du Qaimirien. Elle y chercha une étincelle d'impatience, mais elle n'en trouva pas. Il lui adressa un hochement de tête poli, puis se tourna vers la loge d'Osman qui trônait au-dessus des gradins. La jeune fille devina que cet adversaire allait lui donner du fil à retordre, et elle avait un flair redoutable dans ce domaine. Elle s'aperçut qu'elle s'était hissée sur la pointe des pieds sous le coup de l'excitation. Elle espéra qu'elle ne se trompait pas.

Osman, qui portait un caftan émeraude et une veste brodée, s'avança au bord de la loge. Après leur conversation au sommet du phare, Çeda avait pensé qu'il demanderait à la voir avant son entrée dans l'arène. Il ne l'avait pas fait, et à présent, elle n'avait d'autre choix que de combattre en espérant qu'il n'avait pas changé d'avis. L'ancien guerrier prit une queue de cheval qu'il trempa dans un récipient rempli d'eau. À cet instant, les spectateurs se turent et l'on n'entendit plus que les cris venant des arènes voisines.

— Que la chance de Bakhi vous sourie, lança Osman d'une voix puissante.

Il leva la queue de cheval et l'abattit comme un fouet, d'abord vers Çeda, puis vers le Qaimirien, pour les asperger de l'eau puisée sous le temple de Bakhi. Il adressa un signe de tête à Pelam et s'installa sur sa chaise sculptée, avec la majesté d'un Roi. Les spectateurs se remirent à crier, plus fort. Osman se tourna et engagea la conversation avec l'homme assis près de lui, un seigneur de la Maison des Rois qui se rendait souvent aux arènes.

Çeda était déçue qu'Osman ne l'ait pas fait appeler avant les combats, et ce n'était pas vraiment le moment de lui poser des questions. Il fallait donc qu'elle joue cette comédie pour voir ce qui allait se passer.

Derrière Çeda, une dizaine de garçons d'arène sortirent du sombre tunnel pour apporter armes et boucliers. Le Qaimirien gagna le tirage au sort et prit une longue épée à lame droite identique à celles de son pays. Çeda choisit un bouclier ovale qui n'était pas plus large que sa cuisse. Tandis qu'elle l'accrochait à son avant-bras, le Qaimirien aux yeux verts se baissa pour saisir un bouclier rond à peine plus grand que celui de la jeune fille.

C'était de nouveau au tour de Çeda. La jeune fille prit un shamshir, le symbole des arts martiaux du désert.

Les spectateurs éclatèrent de rire, tapèrent du pied et sifflèrent.

Cette réaction sembla satisfaire le Qaimirien. Il ne sourit pas, mais ses yeux pétillèrent. Sa soif de combat était aussi intense que celle de Çeda. Il recula. Pelam leva son petit gong entre les deux combattants et le fit tinter.

Le Qaimirien se rua aussitôt sur son adversaire en espérant la prendre par surprise. Çeda s'écarta avec grâce et se prépara à parer une attaque, mais le Qaimirien ne frappa pas avec son épée. Il leva son bouclier et essaya de pousser la jeune fille contre la paroi de l'arène. Mais Çeda était trop rapide.

Elle esquiva la charge et le Qaimirien n'eut d'autre choix que de frapper de taille.

De son bouclier, la jeune fille para une série de coups dont le seul but était d'évaluer son allonge et sa rapidité. Elle réagit avec une certaine lenteur pour tromper le Qaimirien. Chaque fois, elle attendit le dernier moment pour bloquer les attaques qui visaient la tête et la poitrine.

Puis le Qaimirien se fendit, pas aussi loin qu'il aurait pu le faire, mais suffisamment pour que la jeune fille pare le coup avec son sabre. Elle fit un pas en avant, bloqua le bouclier de son adversaire avec le sien et contre-attaqua.

Le Qaimirien la repoussa violemment. Les spectateurs rugirent de plaisir et applaudirent. Ils en voulaient davantage.

Çeda avait touché le guerrier à la cuisse. La blessure n'était pas profonde, mais elle saignait. Dans l'arène, les lames n'étaient pas aiguisées comme des rasoirs, mais elles n'étaient pas émoussées non plus. Les combats n'étaient pas censés s'achever sur la mort d'un chien de poussière ; pourtant, le danger était omniprésent. Un mauvais mouvement, une erreur de calcul, et le combattant imprudent se vidait de son sang sur le sol de l'arène, les yeux rivés sur le ciel d'azur en attendant que Bakhi le guide vers les champs lointains.

Çeda avait pensé que son attaque agacerait son adversaire, mais le Qaimirien n'avait rien perdu de son calme, bien au contraire. Il semblait presque amusé.

— Cela n'arrivera plus, dit-il d'une voix aussi grave que la note d'un oud.

Il avait un accent marqué, mais il parlait très bien le sharakhien.

— Nous verrons bien, répliqua Çeda.

Elle frappa avec force et bloqua plusieurs attaques précipitées de son bouclier.

Le Qaimirien se redressa et une pluie de coups s'abattit sur la jeune fille. Des coups précis et bien ajustés qui n'avaient rien de comparable avec ceux qu'elle venait de parer. La position des pieds ; les frappes compactes, mais puissantes ; les réactions rapides… Cet homme était un maître escrimeur, et il prenait son travail au sérieux.

Çeda esquissa un sourire.

Elle jeta un rapide coup d'œil par-dessus l'épaule du Qaimirien et vit quelqu'un entrer dans la loge d'Osman, un homme aussi pâle qu'un mort. Osman se leva et l'embrassa sur les joues.

Les deux combattants restèrent lame contre lame pendant un bref moment, puis Çeda frappa avec son bouclier et le Qaimirien fut projeté en arrière.

Le coup ne l'avait pas blessé, mais ce n'était pas son but. Derrière son masque, Çeda observa la loge d'Osman. L'homme à la peau pâle avait les yeux en amande et les hautes pommettes d'un Miréen. Ses cheveux ivoire étaient attachés en une longue queue-de-cheval qui se balançait dans le dos de sa chemise en soie bleue. Au moment où il s'asseyait, Osman remarqua que Çeda les regardait. Il lui adressa un petit hochement de tête sans équivoque.

Alors que le Qaimirien approchait, la jeune fille comprit que l'inconnu était l'expéditeur de l'étui à parchemin, ou l'un de ses serviteurs. Voilà donc l'indice qu'Osman lui offrait en dépit de la discrétion légendaire dont il faisait preuve à propos de ses clients. Voilà pourquoi il n'avait pas voulu lui parler au phare. Il ne lui révélerait rien d'autre. Il ne ferait pas un pas de plus vers ce qu'il considérait comme une trahison.

Le Qaimirien se lança dans une série d'attaques, et cette fois-ci, Çeda ne réussit pas à les parer toutes. Un coup franchit sa garde et frappa sa jupe de combat avec assez de force pour transpercer le cuir et la peau. La jeune fille s'éloigna d'un bond et laissa échapper un petit sifflement de colère.

La foule applaudit, mais pas aussi fort que la fois précédente.

Idiote, Çeda. Idiote, idiote, idiote!

Les spectateurs préféraient la voir gagner, mais ils étaient avant tout venus pour assister à un affrontement de qualité, et ils étaient satisfaits.

La jeune fille fit quelques pas. Sa blessure l'obligeait à boitiller et le Qaimirien en profita. Il frappa d'estoc à hauteur du visage et des mollets pour l'obliger à se déplacer. Çeda ne réagit pas assez vite et il en profita pour porter un coup particulièrement vicieux à l'épaule gauche. Il enchaîna en abattant sa lame sur le sabre de la jeune fille, et Çeda sentit son bras s'engourdir. Son arme lui échappa.

La foule hoqueta. Certains spectateurs applaudirent, mais la plupart claquèrent des doigts pour montrer qu'ils étaient déçus par la prestation de Çeda.

Le Qaimirien s'élança de nouveau, mais elle l'attendait. Elle exagéra son boitement et para l'attaque avec son bouclier. Son adversaire jeta un rapide coup d'œil en direction de la loge d'Osman. Peut-être s'imaginait-il déjà recevant la récompense destinée au vainqueur?

Il se reconcentra, mais il avait perdu son rythme. Il porta un coup puissant de haut en bas, mais Çeda para et feinta pour lui faire croire qu'elle allait essayer de passer derrière lui. Le guerrier réagit… comme la jeune fille l'espérait. Elle bondit en arrière et laissa son bouclier glisser le long de son bras. Elle saisit la lanière de cuir et l'ovale en fer décrivit un grand arc de cercle avant de s'abattre sur le crâne du Qaimirien.

Çeda lâcha la lanière et saisit le bouclier de son adversaire à deux mains. Les spectateurs se levèrent et trépignèrent avec enthousiasme. La jeune fille tira le Qaimirien à l'écart du mur d'un mouvement si brutal que le guerrier faillit perdre l'équilibre. Puis elle pivota contre le bouclier et se jeta à terre en entraînant son adversaire avec elle. Le Qaimirien essaya de résister, mais les lanières du bouclier étaient serrées autour de son avant-bras. Il redressa son épée dans l'espoir de frapper d'estoc, mais la pointe se planta dans le sol poussiéreux et l'arme lui échappa.

Il tomba comme une masse. Çeda plaqua son bouclier par terre dans l'espoir de l'immobiliser, mais il parvint à dégager son bras et tendit la main vers son épée. La jeune fille voulut l'en empêcher, mais il était trop tard. Elle recula et récupéra le bouclier.

Les deux combattants se levèrent sous les hurlements de la foule. Les spectateurs étaient divisés. Certains criaient : « Sharakhaï ! » alors que d'autres hurlaient : « Qaimir ! »

Le Qaimirien regarda son adversaire. Un filet écarlate coulait du sommet de son crâne sur son visage, mais ses yeux… Ses yeux se levèrent vers la loge d'Osman.

Çeda profita de ce moment d'inattention. Elle para quelques coups destinés à la tenir à distance, et soudain, tout devint clair.

Le Miréen. L'homme qui avait parlé à Osman. Sa présence intriguait la jeune fille, mais également le Qaimirien. Quand celui-ci tournait la tête vers la loge, ce n'était pas pour regarder Osman.

Il était venu pour l'albinos.

Pourquoi ? Cette question tourbillonnait dans sa tête et elle para trois attaques rapides sans remarquer que le Qaimirien préparait quelque chose de plus élaboré. Lorsqu'elle bloqua le troisième coup, le guerrier la percuta et la projeta en arrière. Çeda perdit l'équilibre et roula sur le sol en soulevant un nuage de poussière. Sa tête heurta le mur de l'arène.

Le Qaimirien se précipita vers elle. Il posa un pied sur le bouclier pour lui immobiliser un bras et glissa la pointe de son épée sur sa gorge.

La foule se tut.

Les lèvres de Çeda se crispèrent en une ligne presque invisible. La mort dans l'âme, elle leva la main et frappa le sol.

Le gong de Pelam sonna.

L'affrontement était terminé.

CHAPITRE 16

Les arènes se situaient au centre du Puits, l'un des quartiers les plus anciens et les plus congestionnés de la ville. Lorsque les combats se terminaient, une foule compacte se répandait dans les rues et il n'était plus possible de faire un pas devant l'autre. Çeda se fraya un chemin entre les badauds et les chariots des marchands de pistaches grillées, d'eau de rose parfumée au miel et de sucreries délicates dont les spectateurs aimaient à se régaler en commentant les affrontements de la journée. Le soleil se couchait. Çeda se glissa sous une arche sombre et surveilla les alentours pour repérer l'homme qu'elle avait l'intention de suivre. Elle portait une dishdasha à rayures et un hijab assorti. C'étaient des vêtements de qualité, mais ils étaient usés jusqu'à la trame. Ils n'attireraient pas l'attention dans ce quartier.

Plusieurs chiens de poussière sortirent par la porte réservée aux guerriers. Sept ou huit hommes et une poignée de femmes couverts de sang et d'hématomes. Ils furent aussitôt enveloppés par la petite foule qui les attendait avec impatience. Les combattants s'éloignèrent, seuls ou par deux, entourés de leurs admirateurs.

Un peu plus près, quatre soldats miréens en armure descendirent l'escalier qui conduisait à la loge d'Osman. C'étaient des hommes grands et musclés, les cheveux attachés en chignon. Ils avaient les mains posées sur les pommeaux de leurs sabres à lame incurvée et surveillaient la foule avec attention. Les gardes personnels d'Osman – deux colosses désagréables et experts dans l'art de manier les gourdins plombés accrochés à leurs ceintures – s'écartèrent pour laisser passer les quatre soldats. Les Miréens se regroupèrent quelques pas plus loin et attendirent leur maître qui bavardait avec Osman au sommet de l'escalier. Les deux hommes se saluèrent poliment et l'albinos descendit.

Dès qu'il arriva en bas, les quatre soldats l'encadrèrent et ils s'éloignèrent vers l'est, en direction de l'Abreuvoir.

La jeune Mala se tenait dans un recoin, un peu plus loin. Elle portait une robe bleue toute simple et ses cheveux étaient rassemblés en une tresse maladroite. Çeda fit un signe de tête en direction des Miréens et la fillette acquiesça. Elle se fraya un chemin entre les spectateurs avec l'aisance d'une truite qui file entre les rochers. Sa sœur, Jein, et trois autres alouettes lui emboîtèrent le pas.

Çeda attendit quelques instants, puis quelques minutes. La lumière du crépuscule reflua. Osman et Tariq quittèrent les arènes en bavardant à voix basse. Osman ne vit pas la jeune fille tapie sous l'arche, mais Tariq la repéra aussitôt. Il la regarda un bref moment, puis se retourna pour rejoindre son maître.

La plupart des guerriers étaient sortis, mais le Qaimirien ne s'était pas montré. La foule se dissipa et la petite place fut bientôt déserte. Çeda songea qu'elle avait dû le manquer, ou qu'il avait quitté les arènes par une issue secondaire.

Elle s'apprêtait à renoncer quand il sortit enfin. Il boitait, mais était resté jusqu'au dernier combat. S'il l'avait remporté, il pourrait revenir le lendemain pour gagner un peu plus d'argent. Mais Çeda doutait que ce soit le cas, et même si elle se trompait, elle était convaincue qu'il ne retournerait pas aux arènes. Il avait participé au tournoi dans un seul but : surveiller le Miréen.

Le soleil était couché et l'inconnu se glissa dans une rue obscure. Il se déplaçait avec lenteur, mais Çeda veilla à ne pas le suivre de trop près. Il se dirigea vers l'est et le sud, puis emprunta une voie sur berge en direction du port méridional. Juste avant d'atteindre l'Abreuvoir, il tourna sur la droite et disparut dans les ténèbres.

Çeda accéléra le pas en s'efforçant de marcher en silence sur le sol en terre battue. Elle scruta l'obscurité et distingua l'arche d'une tonnelle couverte de lierre. Et un éclair métallique.

Elle s'arrêta net, mais ne dégaina pas le kenshar accroché à sa ceinture.

— Pas un pas de plus, dit une voix dans l'obscurité.

— Je n'ai pas l'intention de t'attaquer, dit Çeda. Je veux seulement connaître ton nom et te demander ce que tu es venu faire à Sharakhaï.

— Tu es bien curieuse.

— Juste ton nom, alors.

— Mon nom est sans importance.

— Je te donne le mien si tu me donnes le tien.

— Tu es la Louve Blanche, et je n'ai pas besoin d'en savoir plus.

Çeda retint une grimace.

— Qui ça ?

— Inutile de jouer à ce petit jeu. J'ai reconnu ta façon de marcher. L'allure permet d'identifier une personne aussi bien qu'un visage ou un nom. Mieux, même, car peu de gens sont capables de la modifier.

Idiote!

Quand le Qaimirien avait disparu, elle avait oublié de contrefaire le boitement du personnage qu'elle devenait en sortant des arènes. Elle n'avait pas imaginé qu'il pouvait l'observer.

— Dans ce cas, il semblerait que tu aies un avantage certain sur moi. Allons, de quoi as-tu si peur? Je ne te demande que ton nom.

Un bref silence s'installa, puis le Qaimirien reprit la parole.

— J'ai vu comment tu regardais l'invité d'Osman. Tu joues un jeu dangereux.

— L'homme à la peau blanche?

— Il s'appelle Juvaan Xin-Lei. C'est un maître de caravane de Miréa.

— J'ai bien des défauts, mais je ne suis pas complètement idiote. Juvaan n'est pas un maître de caravane.

— Je t'assure que si. Sa famille contrôle la route de Sharakhaï depuis que les premiers navires miréens se sont élancés à travers le Grand Shangazi. Mais il est plus que cela, je te l'accorde. Juvaan est aussi un émissaire de la reine Alansal.

Par le regard lumineux de Tulathan, la situation se compliquait.

— Et pourquoi la reine a-t-elle envoyé un émissaire à Sharakhaï?

Le Qaimirien se redressa et avança d'un pas. Il rengaina son poignard d'un geste fluide.

— J'en ai déjà trop dit, lâcha-t-il.

Il pivota sur ses talons pour se remettre en chemin.

— J'ai trouvé un étui à parchemin envoyé par Juvaan, dit Çeda.

Le Qaimirien se figea, puis se retourna avec lenteur.

— Tu as trouvé quoi?

— Un étui à parchemin. Envoyé par Juvaan et destiné aux Hôtes sans Lune. Intéressant, non, ce petit cadeau de la reine de Miréa aux rebelles du désert?

Le visage du Qaimirien était un masque de concentration, et Çeda comprit qu'elle avait marqué un point important.

Une femme cria un nom dans l'obscurité et un jeune garçon répondit aussitôt. Des voix d'enfants lancèrent des quolibets à propos de bébé courant rejoindre les jupes de sa memma.

— Je veux en savoir davantage, dit le Qaimirien.

Çeda croisa les bras avec un petit sourire satisfait.

— Je ne sais pas comment vous procédez à Qaimir, mais à Sharakhaï, on échange.

L'homme réfléchit. La jeune fille craignit qu'il ne la croie pas, mais quand il reprit la parole, il y avait une pointe de curiosité enfantine dans sa voix.

— Eh bien ! Échangeons alors. Ton histoire contre la mienne ?

— Ça marche.

— Commence.

Çeda aurait préféré que ce soit le contraire, mais elle décida de faire preuve de bonne volonté. Son interlocuteur semblait être un homme honorable.

— On a payé un de mes amis pour qu'il livre cet étui, et il a failli y laisser la vie. C'est pour cette raison que je cherche à en apprendre davantage.

— Quel est son nom, celui de ton ami ?

— C'est sans importance, répondit Çeda.

— Je croyais que nous échangions.

— Je n'ai pas pour habitude de trahir les personnes que j'aime.

— Ainsi, tu aimes ce garçon.

Elle comprit qu'il s'amusait avec elle. C'était sans importance.

— Ce n'est pas un garçon, et bien sûr que je l'aime. Il me protège et je le protège. Depuis toujours.

— Et à qui était-il censé livrer l'étui ?

— Je te l'ai dit. À l'Al'afwa Khadar.

— Comment le sais-tu ?

— Parce que j'ai livré son petit frère à une vieille femme dans les Basfonds. Des types sont venus le chercher un peu plus tard et l'ont apporté à Macide Ishaq'ava en personne.

Le Qaimirien se raidit.

— Sais-tu où est cet homme ?

— Non.

— Tu dois bien avoir une idée.

— Aucune. Je l'ai vu dans le Croissant Rouge, dans une ruelle qui longe les bains publics.

— Est-ce que tu fais partie de l'Al'afwa ?

L'homme parlait d'une voix de plus en plus méfiante. Çeda comprit qu'elle devait bien réfléchir avant de répondre. De toute évidence, le sujet était de la plus haute importance pour le Qaimirien.

— Non.

L'homme l'examina avec attention, puis reprit la parole d'une voix moins tendue.

— Qu'y avait-il dans l'étui ?

Çeda faillit mentir, mais cet homme pouvait peut-être la renseigner sur les plans de Macide et sur ce qui se tramait à Sharakhaï.

— Il contenait une pierre transparente.

— Décris-la-moi.

— De la taille d'un grain de raisin. Transparente, mais avec des bandes blanches et cotonneuses au milieu. Aussi légère qu'un courant d'air.

— Blanches, dis-tu ?

— Comme la neige au sommet des montagnes.

— Et l'autre étui ? Est-ce que tu l'as ouvert ?

— Non.

— Pourquoi ? Pourquoi as-tu ouvert un étui et pas l'autre ?

— Je l'avais déjà livré quand je me suis rendu compte de son importance.

— Est-ce qu'Osman...

Çeda leva la main.

— Assez, dit-elle. Je t'ai donné beaucoup. Je t'ai donné tout ce que je suis prête à partager pour cette nuit.

L'obscurité s'installait et seule une bande claire s'étendait encore sur l'horizon. Dans la pénombre, le Qaimirien n'était qu'une silhouette sombre sur un fond de khôl.

— Laisses-tu entendre qu'il y aura d'autres nuits ?

— Je n'ai rien dit de la sorte !

Misérable petit prétentieux !

— Bien. (Il resta silencieux un long moment.) Puisque c'est à mon tour, je vais te raconter une histoire – si tu souhaites l'entendre.

— Je suis tout ouïe.

— Sharakhaï et Qaimir ont des intérêts communs, d'accord ?

— Il n'y a aucun doute sur ce point.

— De nombreux voyageurs du sud du Shangazi viennent ici pour admirer la perle du désert, n'est-ce pas ?

— En effet.

— Il y a deux ans, une grande caravane est arrivée à Sharakhaï. Elle apportait du bois, du vin, des céréales, des urnes, des balles de tissu, des veaux, des poulains, des oiseaux chanteurs et même des tonneaux de glace enveloppée de paille pour que les Rois puissent savourer des boissons fraîches.

L'homme parlait d'une voix mélodieuse, ainsi que le voulait la tradition narrative qaimirienne. Çeda avait entendu des conteurs qaimiriens dans des maisons de thé, mais elle ne leur avait guère prêté attention. Pourtant ce soir, elle écoutait une histoire qui ne s'adressait qu'à elle, et dans la ruelle sombre, les paroles du Qaimirien l'envoûtèrent sans même qu'elle s'en rende compte.

— Les maîtres de Qaimir échangèrent leurs produits contre des épices, de la vaisselle et quelques lames en acier, mais il ne s'agissait pas d'une caravane ordinaire. Parmi les voyageurs, il y avait des émissaires, des seigneurs de Qaimir, qui devaient s'entretenir avec les Rois de Sharakhaï. Certains étaient venus avec leur famille, car une fois leurs affaires réglées, ils avaient l'intention de visiter la cité.

» Ils eurent amplement le temps de le faire, car la caravane resta à Sharakhaï pendant quatorze jours et quatorze nuits avant de prendre le chemin du retour. Une colonne de navires marchands appartenant aux Rois de Sharakhaï se joignit à elle, et onze vaisseaux s'élancèrent à travers le Shangazi en direction de Nijin. Malheureusement, la caravane fut attaquée par les tribus du désert avant même d'avoir atteint le premier caravansérail. Vingt embarcations de petite taille – principalement des cotres et des sloops – l'interceptèrent trois jours après son départ de Sharakhaï. Ils lancèrent une attaque brutale contre les bâtiments royaux, puis s'amusèrent avec les vaisseaux qaimiriens. Ils les détruisirent les uns après les autres jusqu'à ce qu'il n'en reste plus qu'un. Le plus grand. Celui qui transportait les nobles et leurs familles. Le bâtiment glissa sur des chaînes tendues en travers d'une vallée de sable et ses patins furent arrachés.

» Les pillards commencèrent par tuer les hommes, mais pas tous. Ils en épargnèrent autant qu'il y avait de femmes et d'enfants, et puis on les rassembla comme des esclaves. Les hommes furent alignés devant les femmes et les enfants… (Le Qaimirien déglutit avec tant de peine que Çeda l'entendit dans l'obscurité.) Chaque homme dut choisir entre sa vie et celle de la personne qui était en face de lui. Les uns après les autres, ils se sacrifièrent pour que les innocents survivent, et le sable doré du désert but leur sang. Mais quand arriva le tour du dernier homme, une femme se précipita vers le chef des pillards en hurlant. Une flèche la frappa avant qu'elle ait le temps de faire trois pas. Elle tomba à genoux et ses mains raclèrent le sable sous les yeux horrifiés de sa fille. Le chef des pillards, un cheikh à la barbe fourchue, aux bagues en or et aux tatouages de serpents autour des bras et des poignets, se dirigea vers elle. Le dernier homme hurla et essaya d'arriver avant lui, car il s'agissait de son épouse et il était prêt à tout pour la sauver. Le cheikh décida que la femme avait choisi à la place de l'homme et l'acheva d'un coup de cimeterre.

Pendant un moment, le Qaimirien fut incapable d'ajouter un mot. Çeda s'aperçut qu'elle avait porté les mains à sa poitrine et qu'elle s'était penchée en avant, comme si elle voulait étreindre cet homme, ou sa femme, ou sa fille. Comme la plupart des habitants de Sharakhaï, elle connaissait l'histoire de la passe sanglante. Et elle connaissait le chef des pillards, le cheikh à la barbe fourchue. Ce n'était pas un cheikh d'ailleurs, mais il aurait été ravi d'apprendre que des étrangers le considéraient comme tel.

Il s'agissait de Macide, le rebelle qui avait récupéré l'étui à parchemin que Çeda avait porté dans les Bas-fonds. Elle comprenait pourquoi le Qaimirien s'était raidi en entendant son nom, pourquoi il voulait en apprendre davantage sur les Hôtes sans Lune. Elle aurait voulu lui apporter un peu de réconfort, mais resta silencieuse. Elle avait l'étrange impression d'être en partie responsable de ce qui lui était arrivé.

—Quand il eut fini, reprit le Qaimirien, le cheikh abandonna le corps, et le sang de la femme coula sur le sable impitoyable. « Va-t'en ! » dit-il au dernier homme. « Prends tes femmes. Prends tes enfants ! Prends tes marchandises si tu le souhaites. » « Mais nous n'avons ni navire, ni eau ! Vous aviez dit que vous les laisseriez en vie ! » s'écria l'homme. Le cheikh le regarda avec des yeux froids. « Et c'est ce que je fais », dit-il avec lenteur. « Votre sort est désormais entre les mains de la Grande Mère. » Et les nomades partirent. Tous. Abandonnant derrière eux les carcasses des vaisseaux, leur chargement, les femmes, les enfants et le dernier homme de Qaimir. Celui-ci fit ce qu'il put. Lui et toutes les survivantes. Ils fabriquèrent un skiff avec les patins des navires et mirent le cap au sud dans l'espoir d'atteindre le caravansérail le plus proche. Mais ils n'allaient pas assez vite et n'avaient presque rien à boire et à manger. L'eau et la nourriture avaient été récupérées par les pillards, ou jetées dans le sable. Ils voyagèrent trois jours et les enfants moururent les uns après les autres. Puis ce fut au tour des femmes. Certaines succombèrent à l'air brûlant du désert, d'autres aux rayons du soleil ou à l'épuisement.

» Le dernier homme perdit sa fille un jour avant de trouver des secours. *Un jour !* Il la vit mourir et voulut mourir avec elle.

Par le sabre sifflant de Goezhen ! Ce Qaimirien était le seul homme à avoir survécu au massacre de la passe sanglante. Personne ne méritait de voir sa femme assassinée et sa fille mourir lentement de soif alors que le salut était si proche...

—Mon cœur se remplit de sel à la pensée de ce que tu as perdu, dit Çeda, incapable de trouver une expression susceptible d'apaiser une partie du chagrin de cet homme.

Le Qaimirien se raidit comme s'il venait soudain de se rappeler où il était et à qui il parlait.

—Il n'y eut que quatre survivants. Deux femmes, un garçon et le dernier homme. L'homme de Qaimir. Il rentra dans son pays et demanda audience à son roi. Il lui raconta son histoire et sollicita la permission de retourner dans le désert pour retrouver ceux qui avaient commis ce crime impardonnable. Le roi accepta, et le dernier homme rassembla des navires de guerre pour traquer les nomades. Il connaissait leurs vaisseaux. Mille ans pouvaient s'écouler, mais jamais il n'oublierait la forme de leurs voiles et les lignes de leurs coques. Il finit par en trouver trois qui naviguaient ensemble. Il les attaqua et interrogea les prisonniers. Le cheikh n'était pas parmi eux, mais il reconnut un homme qui avait participé au massacre. Le nomade ne se montra pas bavard, même sous la torture, mais finit par dire ce qu'il savait. C'est-à-dire assez pour que le dernier homme retourne à Sharakhaï, là où tout avait commencé. Il apprit que les nomades avaient été payés. Ils avaient été payés pour attaquer les navires des Rois. La présence des vaisseaux qaimiriens n'était qu'un hasard malheureux.

Dieux tout-puissants! la malchance... Des dizaines de personnes mortes parce qu'elles s'étaient trouvées au mauvais endroit au mauvais moment.

Le Qaimirien leva les yeux. Il ressemblait plus à une ombre qu'à un homme.

—Je suis sa trace depuis ce jour. Et l'étui à parchemin m'aurait peut-être permis d'apprendre des choses importantes.

—Tu sais que c'est Juvaan qui l'a envoyé. Pourquoi ne pas lui demander des explications?

—Juvaan paiera pour ce qu'il a fait, mais je ne dois pas oublier qu'il n'est qu'une pièce du puzzle. Il y en a beaucoup d'autres et je dois les identifier pour mon roi.

—Et la pierre? demanda Çeda. Connais-tu sa nature?

—J'ai l'impression que *tu* la connais.

—Je ne t'ai pas demandé de me faire part de tes impressions. Je t'ai demandé ce que tu savais à son sujet.

—C'est difficile à dire tant que je ne l'ai pas examinée, mais je pense qu'il s'agit d'une pierre de vie. Et oui, je connais sa nature. Elle est capable de faire parler les morts, entre autres choses.

—Tu sais ce que Macide voulait en faire?

—Pas pour le moment.

—À ton avis, pourquoi Juvaan lui a donné cette pierre? Avec quel cadavre Macide veut-il s'entretenir?

—Je l'ignore, dit le Qaimirien d'un ton froid. J'en parlerai avec mon seigneur, le roi. (Il inclina la tête dans l'obscurité.) Il est possible que nous ayons d'autres informations à échanger, plus tard.

—Peut-être.

—Où puis-je te contacter?

Çeda songea que l'offre du Qaimirien était sans doute sincère, mais elle n'avait aucune envie de le voir traîner près de chez elle.

—Là où j'habite, on te remarquerait tout de suite. Ce serait dangereux pour toi et pour moi.

—Je viendrai en portant une tenue de chien de poussière, dit-il avec une note d'amusement dans la voix.

—Quand bien même...

—Connais-tu Hefaz le cordonnier?

—Tout le monde connaît Hefaz.

Le Qaimirien recula d'un pas dans les ténèbres.

— Dans ce cas, tu sauras où me trouver. Mais fais bien attention. Cette histoire te dépasse comme elle me dépasse. Il serait préférable que la Louve Blanche évite de s'y intéresser.

— Je sais me débrouiller.

— Peut-être.

L'homme s'éloigna. Il était sur le point d'être avalé par les ténèbres quand il prononça un nom.

— Ramahd.

— Hein ? demanda Çeda.

— C'est mon nom. Je m'appelle Ramahd.

Et il disparut.

CHAPITRE 17

Ses plaies et ses hématomes étaient si douloureux que Ramahd Amansir grinça des dents quand il descendit le quai et monta dans un traîneau. De nombreux véhicules attendaient les gens qui, comme lui, n'avaient pas envie de marcher dans le sable jusqu'au centre du port. Le conducteur portait un caftan ainsi qu'une bonne dizaine de colliers de noyaux de pêche séchés au feu qui s'entrechoquaient au moindre mouvement. Il se tourna et toucha sa main, puis son front.

— Où puis-je vous conduire, seigneur ?

Ramahd lui tendit un sylval.

— Aux quais intérieurs.

Il faisait sombre, mais à la lueur de Tulathan, Ramahd vit les yeux du pilote s'éclairer tandis qu'il glissait la pièce dans son escarcelle.

— Une petite croisière nocturne, hein ?

— Je viens de vous donner une pièce d'argent et j'estime qu'à ce prix, je suis en droit de voyager en silence.

— Oh, sans aucun doute, seigneur.

Le pilote fit claquer sa langue et frôla de son fouet le dos du cheval. L'animal se mit en route d'un pas lourd et les patins du véhicule glissèrent sur le sable du port.

— Sans aucun doute, répéta le pilote.

Le traîneau s'éloigna du quai où s'alignaient d'innombrables entrepôts, salons de thé et bordels. Le festival était terminé et les échos joyeux s'étaient tus. Des centaines d'étrangers et de Sharakhiens avaient participé au défilé qui avait remonté l'Abreuvoir, et avaient dansé sur le sable du port au son des tambours. Quelques ivrognes se promenaient encore sur les quais. Sans doute des caravaniers. Les rues de Sharakhaï n'étaient pas sûres la nuit, mais certains fêtards étaient trop ivres pour s'en souvenir et les touristes ignoraient les dangers de la cité d'ambre. Il fallait se méfier des alouettes des rues tapies dans l'obscurité. Elles étaient capables de vous dépouiller en un rien de temps. Les plus âgées n'hésitaient pas à frapper avant de voler, violer ou trancher les gorges sous les appontements.

Le traîneau fila droit vers les quais centraux. Le port méridional était moins étendu que le port septentrional, mais il était tout de même important. Les appontements extérieurs avaient une capacité d'accueil de deux cents vaisseaux, et deux cents autres pouvaient s'amarrer le long des quais intérieurs conçus pour les longs séjours. Les bâtiments appartenant aux nations étrangères mouillaient généralement dans le port intérieur. Les quatre voisins de Sharakhaï – Qaimir, Miréa, Malasan et Kundhun – avaient toujours un ou plusieurs navires à quai. Les maîtres de caravane les plus riches – ou les plus rusés – restaient à Sharakhaï plusieurs semaines d'affilée afin d'acheter des produits qu'ils revendraient en faisant un bénéfice confortable, dans leur pays ou dans un autre.

Les silhouettes des bâtiments à quai se dessinaient sous les innombrables étoiles qui brillaient au-dessus du Shangazi. Le traîneau s'arrêta près d'un escalier menant au labyrinthe d'appontements, de navires et de sable. Quelques pas plus loin, huit hommes et deux femmes – des caravaniers – descendirent d'un autre bateau en entonnant – mal et fort – une chanson à boire malasanienne.

L'un d'eux posa un pied mal assuré sur une marche et regarda le traîneau de Ramahd d'un air hautain. Le conducteur se tourna vers le Qaimirien et les noyaux de pêche s'entrechoquèrent autour de son cou.

—Vous préférez que je fasse le tour ? souffla-t-il.

—Ça ira ainsi, répondit Ramahd.

Il se leva, enjamba le rebord du traîneau et descendit sur le sable avec prudence.

Le conducteur contempla le Malasanien d'un air dubitatif, puis haussa les épaules.

—Vous savez ce que vous faites. Demandez Hoav si vous avez besoin d'un transport.

Le cheval se remit en route et le traîneau rejoignit celui qui s'éloignait dans la nuit.

Ramahd approcha de l'escalier sur lequel le Malasanien se tenait toujours.

—Tu vas où ? demanda le caravanier.

Un autre jour, Ramahd l'aurait sans doute remis à sa place. Il l'aurait poussé dans ses derniers retranchements pour voir comment il maniait le fer… mais ce soir, il était fatigué. Deux jours s'étaient écoulés depuis le tournoi et il n'était pas encore remis. Il avait affronté trois adversaires dans l'arène et chacun lui avait offert une jolie collection de contusions. Il n'avait pas envie de se battre avec un ivrogne accompagné de neuf camarades.

Il n'était pas d'humeur à bavarder non plus. Il n'était guère patient avec les imbéciles, surtout quand lesdits imbéciles étaient soûls.

Il avança à grands pas et s'arrêta devant le caravanier.

Et ne dit rien.

Le Malasanien avait des yeux un peu trop confiants pour son propre bien. Il cligna des paupières pour chasser son ivresse, puis se rengorgea comme un paon. Ramahd ne bougea pas. Il le regarda dans les yeux et attendit en se demandant ce que cet imbécile allait faire. Plus le numéro d'intimidation durerait, plus il aurait envie de lui donner une bonne correction.

Les camarades du Malasanien étaient montés sur le quai. La plupart poursuivirent leur chemin sans remarquer que l'un d'entre eux cherchait querelle à un inconnu, mais trois autres s'arrêtèrent et observèrent les deux protagonistes en silence.

— Allez, viens, dit une femme en malasanien. Tu voulais pas qu'on aille faire une partie de dés ?

Les mâchoires du caravanier se décrispèrent tandis que son agressivité refluait comme une vague sur le sable. Il jeta un coup d'œil sur le côté, observa Ramahd et cracha en prenant soin de ne pas le toucher. Puis il se tourna vers l'escalier et rejoignit ses camarades. Le petit groupe s'éloigna et se fondit dans la nuit.

Ramahd secoua la tête et gagna l'appontement où deux navires qaimiriens étaient amarrés. Le premier était un lourd galion à quai depuis plusieurs semaines. Il avait assuré le transport de la délégation venue fêter l'ouverture d'une nouvelle route commerciale avec Malasan. Le second était un navire de plaisance racé et muni de longs patins taillés dans du bois de glisse de la meilleure qualité. Ramahd se dirigea vers le navire de plaisance. Le *Héron Bleu* faisait la fierté de la Maison Amansir. Il avait été baptisé en l'honneur du cimier familial qui représentait un échassier se promenant dans une eau calme. Le navire était arrivé deux semaines plus tôt. Jamais il n'avait navigué si vite.

À la lumière de Tulathan, Ramahd aperçut le second, Dana'il, qui se tenait près de la passerelle. Il était au garde-à-vous, les mains croisées dans le dos.

— Seigneur Amansir, dit-il en inclinant la tête et en claquant des talons.

Les membres d'équipage présents se levèrent, s'alignèrent devant Ramahd et claquèrent des talons à leur tour.

— Repos, dit Ramahd.

Dana'il se détendit légèrement tandis que les six hommes – des marins d'élite – retournaient à leurs occupations. Ils devaient préparer le navire à sa course nocturne. Dana'il regarda Ramahd d'un air impatient.

— Tu souris, Dana'il.

— En effet, seigneur.

Il n'y avait qu'une seule chose capable d'expliquer cette bonne humeur.

— Tu l'as trouvé ?

— Oui, seigneur. Près du port occidental, comme vous l'aviez suggéré. Il se cachait dans la cave d'une tannerie. Le propriétaire est un vieux sympathisant qui habite Sharakhaï.

— Est-il toujours là-bas ?

— Non. Macide est parti avec Hamid à la tombée de la nuit. Quezada a été obligé d'abandonner la surveillance. On n'a pas revu Macide et Hamid depuis.

— Ils sont rusés comme des serpents.

— En effet, dit Dana'il d'un ton neutre.

Il savait de quoi il parlait : il avait failli être tué au cours du dernier affrontement avec les Hôtes sans Lune.

— Nous ne sommes sûrs de rien, mais nous pensons que Macide utilise cette cave depuis peu.

Il était donc possible qu'il y séjourne encore une semaine ou deux.

Ramahd fit un pas en avant et serra l'épaule de Dana'il d'un geste amical.

— Les dieux daignent enfin nous accorder un peu de chance. Je ne pouvais pas espérer meilleure nouvelle.

Il lui assena une claque sur le bras et inclina la tête en direction de l'écoutille.

— Elle est réveillée ?

— Oui. Depuis peu. Et si vous me permettez cette remarque, elle est d'une humeur de chien.

— L'as-tu déjà vue autrement que d'une humeur de chien ?

— Je préfère ne pas répondre à cette question, seigneur.

— Tu es un homme sage, Dana'il. Bien plus sage que moi, te l'ai-je dit ?

— Je préfère ne pas répondre à cette question, seigneur.

Ramahd lui assena une autre claque sur l'épaule.

— Eh bien, je te le dis, mais veille à ce que cela ne te monte pas à la tête. (Il se dirigea vers l'échelle qui permettait de descendre sous le pont et s'arrêta devant l'écoutille.) Une sortie d'une heure. Sud-sud-ouest. Navigue comme bon te semble, puis rentre à Sharakhaï.

— Bien, seigneur, dit Dana'il en inclinant la tête.

Ramahd descendit l'échelle et remonta un passage étroit pour gagner la cabine de proue, celle qui avait été attribuée à Meryam. Il entendit des pas résonner sur le pont, puis des bruits étouffés lorsque trois marins sautèrent sur le sable. Par les dieux, il éprouvait une étrange sensation à l'idée de quitter

Sharakhaï, même pour une courte durée. Macide était à portée de main, mais il ne fallait rien précipiter. Ramahd avait simplement découvert l'un de ses repaires. C'était déjà arrivé trois fois et le nomade courait toujours. Lors de la dernière opération, deux Qaimiriens étaient morts et trois autres avaient été blessés, dont Dana'il qui avait survécu grâce aux soins efficaces – et onéreux – de Meryam.

Macide était aussi insaisissable qu'une anguille.

Et plus dangereux qu'un serpent.

Ramahd n'avait donc pas l'intention de se précipiter dans cette tannerie. Il allait faire son rapport au roi, puis préparerait une opération dans le calme. Et si les dieux étaient justes, le meurtrier de sa femme, de sa fille et de tant d'autres paierait enfin pour ses crimes.

Le navire s'ébranla. Comme le *Héron* était léger et muni de patins très glissants, il pouvait être tracté par des membres d'équipage. Le vent frais de la nuit gonfla ses voiles, et il traversa le port.

Tandis qu'il approchait de la cabine de Meryam, Ramahd déglutit en humant l'odeur qui flottait dans la coursive. Un relent de pomme fermentée, mais plus intense et plus nauséabond. Il s'y habituerait. Il s'habituait toujours. Il suffisait d'être patient. Un bruit de succion suivi de petits grognements satisfaits s'échappa de la cabine. C'était toujours ainsi quand Meryam prenait ses *repas*. Ramahd ferma les yeux, et tandis qu'il levait la main pour frapper, il se demanda s'il n'était pas préférable de remettre sa visite à plus tard.

— Entrez, dit une voix rocailleuse.

Ramahd ouvrit la porte et entra, la gorge serrée. Une lanterne rouge était accrochée à l'une des grosses poutres qui zébraient le plafond de la petite cabine triangulaire. Meryam portait une robe couleur bronze sombre dotée d'un corsage doré, qu'elle avait resserré pour souligner une silhouette déjà trop fine. Le foulard qui enveloppait sa tête et ses épaules plongeait son visage dans l'ombre, mais ne parvenait pas à dissimuler les joues creuses et les yeux enfoncés dans leurs orbites. Ses lèvres, jadis charnues, dessinaient un rictus qui ressemblait davantage à une grimace qu'à un sourire. Ses mains faisaient penser à des pattes de rat. Les doigts hérissés d'ongles longs et fins semblaient faits pour gratter et déchirer plutôt que manipuler des objets. Meryam porta un calice doré à sa bouche tandis que Ramahd fermait la porte.

Elle posa la coupe et des reflets carmin apparurent sur sa lèvre inférieure. Elle les fit disparaître d'un coup de langue, et Ramahd se rendit compte à quel point elle avait changé. Elle avait pourtant été si belle, si distinguée, si douce…

Elle ne l'était plus.

Elle n'était plus qu'une boule de haine animée par une seule pensée : venger la mort de sa sœur et de sa nièce. Après l'assassinat de Yasmine et de Rehann, deux ans plus tôt, Ramahd avait cru qu'il était l'incarnation même de la vengeance, mais il ignorait le véritable visage de celle-ci. Il l'avait découvert en voyant ce que Meryam s'était infligé au cours des mois suivants.

Le Qaimirien s'assit en face de la jeune femme et retint un haut-le-cœur en percevant les relents de son haleine fétide. Il respira avec calme et lenteur jusqu'à ce que la nausée reflue. Il ne parla pas de Macide de crainte qu'elle exige de se rendre à la tannerie sur-le-champ pour obtenir des informations. Il avait d'autres plans.

— Une fois que nous serons en chemin, je te ferai porter un peu de nourriture, dit-il.

— Tu sais que je ne peux pas l'avaler.

— Meryam, tu es en train de te détruire. Juste une petite assiette. Une minuscule carotte et un bol de soupe au gingembre.

— J'ai tout ce qu'il me faut.

Elle avait répété cette phrase à d'innombrables reprises depuis la mort de Yasmine et de Rehann.

Que les dieux lui viennent en aide ! Quand il regardait Meryam, Ramahd ne pouvait s'empêcher de songer au sourire radieux de son épouse, à ses longs cheveux balayés par le vent, à sa gaieté. Yasmine riait peu, mais son rire n'en était que plus magnifique. La ressemblance entre les sœurs s'était estompée lorsque Meryam avait commencé à perdre du poids, mais elle était encore présente. Elle le serait toujours.

Par les dieux du ciel d'azur, Yasmine, tu n'imagines pas combien tu me manques.

Les visions surgirent. Elles surgissaient toujours quand Ramahd pensait trop à sa femme. Yasmine courant vers Macide. La flèche qui se plantait dans sa poitrine. Le sang sur le sable doré… Il les chassa avant qu'elles envahissent son esprit. Il commençait à maîtriser cette technique et cela ne faisait qu'exacerber son impatience : il devait tuer Macide avant que sa haine se tarisse. La haine était épuisante, et quand sa flamme vacillait, il fallait beaucoup d'efforts pour la raviver et souffler sur les braises qui vous dévoraient le cœur.

Les crissements des patins sur le sable et le murmure du gouvernail résonnèrent dans la petite cabine. Dana'il guidait le navire hors du port.

Ramahd parla avec toute l'autorité qu'il estimait nécessaire. Meryam était susceptible, surtout quand elle émergeait d'un sommeil d'une semaine. S'il la brusquait, elle se braquerait et il n'en tirerait plus rien.

— Si tu continues ainsi, tu mourras avant de revoir les côtes de la mer Australe.

Meryam gloussa et ses lèvres dévoilèrent des dents tachées de rouge.

— Tu m'as dit la même chose il y a six mois.

— Et regarde dans quel état tu es aujourd'hui ! Tu as perdu trop de poids depuis ! Tu ne peux pas continuer ainsi, Meryam !

— J'ai tout ce qu'il me faut.

— Peut-être, mais ta colère ne te nourrira pas éternellement. Fais-moi confiance, je sais de quoi je parle.

— Vraiment ?

— Ne recommence pas, Meryam. Ne recommence plus.

La jeune femme n'avait jamais exprimé de griefs explicites, mais laissait souvent entendre que Ramahd n'avait pas aimé sa sœur autant qu'elle et qu'il n'avait aucune envie de s'imposer les mêmes sacrifices qu'elle.

— On peut atteindre son objectif sans se dessécher comme un fruit oublié au soleil.

— Est-ce donc ce que je suis pour toi ? Un fruit oublié au soleil ?

— Tu es la sœur de ma femme et je te chéris. C'est pour cela qu'il m'est si douloureux de te voir dans cet état.

— N'avons-nous pas des sujets autrement plus importants que mon appétit à discuter ?

— Et si je préparais des fekkas ? Comme tu les aimes ? Avec des graines de nigelle et…

— Dis-moi ce que tu es venu me dire.

— Pas avant que tu m'aies répondu.

Elle le toisa et une lueur de colère brilla dans ses yeux enfoncés dans leurs orbites. Sa sœur avait adoré les fekkas. Meryam n'en raffolait pas, et Ramahd non plus, mais ils en avaient souvent mangé en prenant le thé avec Yasmine, surtout quand celle-ci était enceinte et qu'elle exigeait que tout le monde se plie à ses caprices. « C'est pour le bébé », disait-elle avec un sourire malicieux. « Faites-le pour le bébé. » Quand les nausées étaient devenues quotidiennes, Ramahd et Meryam n'avaient pas eu le cœur de lui refuser ce petit plaisir.

Ils s'étaient mis à haïr ces biscuits. Ils en riaient parfois quand Yasmine avait le dos tourné. Ils les jetaient dans les buissons, par-dessus la rambarde de la terrasse, et racontaient à Yasmine qu'ils avaient tout mangé. La jeune femme n'était sans doute pas dupe, mais elle n'avait jamais rien dit. Lorsque Ramahd avait informé Meryam de la tragique disparition de sa sœur dans le désert, elle avait pris l'habitude de manger des fekkas. Cela faisait partie des nombreux hommages silencieux qu'elle rendait à Yasmine, et aujourd'hui, c'était un des rares aliments qu'elle acceptait encore d'avaler.

Sa colère s'apaisa. Elle leva sa coupe et but une gorgée avant de lécher le mélange de sang et de vin qui tachait ses lèvres.

— Je ne les aime pas quand ils sont sucrés.

— Je vais en préparer des salés.

— Maintenant, dis-moi…

Le navire franchit une dune et la lanterne se balança. Sa lumière pourpre dansa sur les murs.

— Comme nous le soupçonnions, Juvaan soutient les Hôtes sans Lune, sans doute à la demande de sa reine.

Les yeux de Meryam se plissèrent pour ne plus former que deux points lumineux.

— J'ai l'impression que tu sais quel genre d'aide il leur apporte.

Rien ne lui échappait. Elle sondait l'esprit de Ramahd. Le Qaimirien savait que c'était à cause des sombres rituels qu'elle accomplissait. Des rituels de sang particulièrement répugnants. Elle ne s'y adonnait pas par désespoir. Meryam avait toujours eu ce pouvoir. Elle le savait, et son père, le roi Aldouan, le savait également. Il était cependant hors de question qu'une princesse suive l'initiation des mages, mais…

Après la mort de Yasmine, tout avait changé.

— J'ai réussi à apprendre quelque chose d'intéressant, en effet.

— Dis-moi.

Les paupières de Meryam devenaient lourdes. Le moment approchait.

— Dans l'arène, j'ai affronté une femme. Elle est venue me parler après le tournoi et m'a dit qu'elle surveillait Juvaan, elle aussi.

— Une femme.

— Une femme, oui. Elle a ouvert un étui à parchemin, un étui envoyé par Juvaan. Il contenait une pierre de vie.

— À quoi ressemble cette femme ?

Ramahd se laissa aller contre le dossier de sa chaise.

— Est-ce que tu écoutes ce que je te dis ? Il y avait une pierre de vie dans l'étui. Ils ont l'intention de parler aux morts.

— Elle est jolie ?

Oui, elle est jolie.

— C'est une guerrière qui se bat dans les arènes.

— Tu as juré, Ramahd. Nous avons juré tous les deux.

Elle avait parlé d'une voix lente et pâteuse. L'effet aurait pu être risible, mais Ramahd savait que ces paroles exprimaient un profond ressentiment.

— Je m'en souviens.

Ils s'étaient fait une promesse, une promesse de sang et de larmes. Ils avaient juré de venger Yasmine et Rehann. Ils avaient juré que leurs assassins souffriraient dix fois ce que leurs malheureuses victimes avaient enduré.

Les yeux de Meryam étaient de plus en plus lourds. Elle se lécha les lèvres comme si elle venait de passer des heures en plein soleil.

Le moment approchait.

Le navire était sorti du port. Parfait. Le Roi des Murmures aurait du mal à les écouter s'il tendait l'oreille dans leur direction.

Meryam toussa et sa tête glissa contre sa poitrine. Elle fut secouée par un violent frisson, puis se redressa brusquement. Comme une femme fière et en bonne santé.

— Deux nuits. (Elle ne parlait plus d'une voix rocailleuse et tremblante.) Deux nuits de retard.

Les paroles s'échappaient de sa gorge comme de noirs sortilèges.

Ramahd était toujours stupéfait par cette transformation. Stupéfait et écœuré. Il était assis devant Meryam, mais c'était désormais le roi, Son Excellence Aldouan shan Kalamir, qui s'exprimait par l'entremise de sa fille. Sa voix franchissait d'innombrables lieues grâce au pouvoir de Meryam et à la potion qu'elle préparait à partir du sang de son père et d'un rare vin de sureau permettant de le conserver pendant des mois.

— Je n'ai pu faire autrement, mon roi. Nous explorions une nouvelle piste.

Meryam s'assit et la chaise grinça.

— Parle-moi de cette piste.

— Bien sûr, mais avant, je souhaiterais vous communiquer une information que nous venons juste d'obtenir. Nous l'avons trouvé, mon roi. Nous avons trouvé Macide.

— Vraiment ?

Une expression de surprise se peignit sur les traits de la jeune femme, mais elle n'était pas aussi profonde que Ramahd s'y attendait.

— Nous avons appris qu'il se cache dans une tannerie.

— Ce n'est pas la première fois que nous découvrons l'un de ses repaires.

— C'est exact, et nous allons donc procéder avec prudence. Mais nous pensons qu'il ne s'y cache pas depuis longtemps. Et si nous ne capturons pas Macide, nous pourrons toujours interroger le propriétaire de l'endroit.

Meryam hocha la tête avec un optimisme mesuré.

— Très bien. Prions Bakhi pour qu'il nous accorde cette récompense.

— Bien sûr, mon roi.

— Et l'autre piste ?

— Lors de notre précédent entretien, je vous ai informé que certains indices laissaient à supposer une intervention de Miréa. Nous ne nous étions pas trompés. C'est Juvaan Xin-Lei qui soutient les Hôtes sans Lune. Mais peut-être n'est-il pas le seul.

— Quel genre d'aide leur apporte-t-il ?

— Je suppose qu'il finance leurs actions. Il doit aussi leur fournir des informations. Et nous pensons qu'il a envoyé une pierre de vie à Macide.

Les yeux de Meryam se plissèrent.

— Une pierre de vie…

— C'est cela.

— Tu en es sûr ? L'as-tu vue de tes propres yeux ? L'as-tu tenue entre tes mains ?

— Non, mais…

— Quelqu'un t'en a donc parlé. Qui ?

— Une femme qui cherche les mêmes informations que nous.

— Quelle coïncidence !

Ramahd resta silencieux. Le roi Aldouan exigeait que son gendre agisse avec la plus grande discrétion quand il enquêtait à Sharakhaï. Il voulait venger la mort de sa fille et de sa petite-fille, mais il craignait de s'attirer les foudres des Douze Rois et cela le rendait parfois un peu trop prudent. Il n'aurait jamais avoué qu'il avait peur des maîtres de la cité d'ambre, mais il veillait à ne pas les mécontenter. Quand on analysait sa politique de manière globale, on ne se rendait compte de rien, mais lorsqu'on prenait un peu de recul, cela se voyait comme le nez au milieu de la figure.

— Vous semblez vous méfier de cette femme, dit Ramahd. Elle n'a pourtant aucune raison de me mentir.

— Dans ce cas, confie-lui ta vie si cela te chante.

— Je n'ai pas l'intention d'agir sur sa seule parole, mon roi, mais je pense qu'il serait bon d'explorer cette piste. Entre de mauvaises mains, la pierre de vie pourrait devenir une arme redoutable et être utilisée contre nous.

— Une arme redoutable, en effet, dit le roi après un moment de silence.

Ramahd fronça les sourcils. Aldouan avait parlé d'une manière étrange…

— Sauriez-vous quelque chose à propos de cette affaire ?

— À propos de la pierre ? Je ne sais rien. (Meryam leva une main et l'agita comme pour chasser un insecte.) Je suis juste inquiet.

— S'il y a quelque chose que je devrais savoir, mon roi…

— Oui, oui. Je t'en ferai part le moment venu.

— Sauriez-vous ce qu'ils ont l'intention de faire avec cette pierre ?

— J'ai quelques idées sur la question, Ramahd, rien de plus. Nous en reparlerons.

Malgré ces paroles, le visage de Meryam s'assombrit et esquissa une moue ennuyée. La jeune femme ouvrit la bouche, puis la referma sans prononcer un mot. Elle leva la tête et Ramahd croisa son regard soucieux. Le Qaimirien ne l'avait jamais vue ainsi depuis qu'il communiquait par l'intermédiaire du sombre rituel.

— Garde la tannerie à l'œil si tu le souhaites, mais ne touche pas à Macide.

Les yeux de Ramahd s'écarquillèrent.

— Mon roi ?

— Tu m'as bien entendu, Ramahd.

— Je… j'ai du mal à en croire mes oreilles…

— Je veux que tu trouves la pierre de vie, et plus important encore, le message qui l'accompagnait. Si cela n'est pas possible, nous capturerons Macide et nous le ferons parler.

— Vous n'êtes pas sérieux…

— Je peux t'assurer du contraire.

— Mon roi, je ne suis pas venu à Sharakhaï pour chercher les messages que Juvaan Xin-Lei envoie au chef des Hôtes sans Lune. Je suis venu pour trouver Macide et rendre justice à ceux qu'il a massacrés dans le désert. Ma femme, ma fille et tant d'autres. Je le traquerai et lui infligerai le châtiment qu'il mérite. Je le ferai souffrir longtemps avant de le tuer. Tel est mon droit.

— Tel est ton droit, en effet, mais tu es dans le Shangazi par ma volonté et pour *accomplir* ma volonté. Et c'est ce que tu feras, Ramahd. Trouve le message et nous reparlerons de Macide Ishaq'ava. (Il s'interrompit et leva le doigt comme s'il chapitrait un enfant têtu.) Je ne te demande pas grand-chose. Je ne t'interdis pas de surveiller Macide et de le suivre afin de préparer le jour où tu le captureras. Trouve ce message, Ramahd, et Macide sera à toi. (Ramahd était incapable de prononcer un mot.) Jure d'obéir à mes ordres.

— Je…

— Jure-le-moi, Ramahd, ou bien je t'ordonnerai de rentrer.

— Je… je le jure, mon roi.

— Très bien.

Les paupières de Meryam papillonnèrent et sa tête bascula en arrière avec mollesse.

Le roi s'était retiré.

La jeune femme resta immobile un long moment. Ses sclères avaient des reflets écarlates à la lumière de la lanterne. Au bout d'un certain temps, elle se redressa et regarda Ramahd. D'habitude, elle restait prostrée pendant des heures, voire des jours, après avoir servi de voix à son père, mais pas aujourd'hui. Elle avait entendu les paroles du roi et appris que Ramahd lui avait caché des informations à propos de Macide. Elle n'avait pas pu réagir avant que l'esprit d'Aldouan se retire, mais à présent, elle avait retrouvé sa liberté, et son visage exprimait une haine farouche. Elle tremblait si fort qu'elle était incapable de parler.

Elle se pencha en avant. Ramahd songea qu'elle voulait peut-être prendre appui sur la table afin de se lever, et puis il comprit qu'elle tombait. Il se précipita vers elle et la prit dans ses bras. Il la souleva – elle était aussi légère qu'un agneau – et la déposa sur sa couchette.

Tandis qu'il ôtait son foulard et remontait la couverture, il l'entendit murmurer quelque chose.

— Hamzakiir, souffla-t-elle. Hamzakiir.

Ramahd ne connaissait personne de ce nom.

— Qui est Hamzakiir ? demanda-t-il.

Mais la jeune femme continua à murmurer.

— Hamzakiir. Hamzakiir…

Ramahd déposa un baiser sur son front, puis se dirigea vers la cambuse pour préparer des fekkas.

CHAPITRE 18

Trois jours après son combat contre le Qaimirien, Çeda s'installa à la fenêtre près de laquelle elle gardait ses plantes. Tandis que le crépuscule approchait, elle savoura son thé à la coriandre en lisant un ouvrage sur l'histoire de Sharakhaï – elle l'avait acheté des années plus tôt pour en apprendre un peu plus sur les Douze Rois. C'était un ramassis d'âneries, un récit idéalisé d'événements historiques, mais elle espérait y trouver un indice à propos du poème de sa mère. La relecture fut décevante.

Sharakhaï était apparue mille ans plus tôt, mais pas sous la forme d'une communauté citadine permanente. À cette époque, ce n'était encore qu'une oasis où les nomades se ravitaillaient en eau quand ils traversaient le Shangazi. Sa position centrale en faisait un lieu de rencontre pour parler de ses voyages, commercer, chanter, chercher des épouses pour ses fils et des maris pour ses filles. On y voyait même des tribus qui s'aventuraient rarement si loin dans le désert. Les habitants du Shangazi n'étaient pas tentés par la sédentarisation, mais Sharakhaï se transforma néanmoins en agglomération. Des nomades passaient à différentes époques de l'année et certains s'attardaient pour faire un peu de commerce. Ils prévoyaient de rester un mois ou deux, mais les mois se transformaient souvent en années, et la population de Sharakhaï augmentait chaque saison.

Certains nomades se sédentarisèrent, au grand mépris des cheikhs. Un peu malgré elle, Sharakhaï devint une ville, puis une cité, puis un état aussi redoutable – voire plus – que les plus puissantes tribus du désert. Les cheikhs ne virent pas cette évolution d'un très bon œil, mais qu'y faire ? On ne pouvait rien reprocher aux premiers habitants de la cité : il s'agissait avant tout de personnes incapables de voyager, de blessés et de femmes sur le point d'accoucher… Quand les tribus revenaient, les chefs fronçaient les sourcils et demandaient le retour des membres de la communauté, mais certains refusaient de leur obéir. Ils étaient las des longues courses à travers le désert et préféraient rester à Sharakhaï.

La cité grandit et la colère des cheikhs avec elle. Des tribus arrivèrent du nord, du sud, de l'est et de l'ouest, et les protestations se multiplièrent. Les nomades exigèrent que les seigneurs de la cité leur paient un tribut qu'ils collecteraient à chacun de leur passage. Les maîtres de Sharakhaï partageaient encore des liens très forts avec les nomades, et ils acceptèrent. Le commerce prospéra et la cité se développa. Ses seigneurs prirent de l'assurance et se proclamèrent Rois. Douze Rois pour douze tribus. Et au fil du temps, le tribut versé aux cheikhs se réduisit comme une peau de chagrin.

Les nomades étaient de moins en moins nombreux et leur pouvoir s'amenuisait. Les cheikhs décidèrent donc de rassembler une armée assez puissante pour vaincre les Rois et leur déclarèrent la guerre.

Puis vint la nuit de Beht Ihman.

Les Rois se réunirent à Tauriyat, la colline sur laquelle ils avaient bâti la Maison des Rois, et invoquèrent les dieux du désert. Ils invoquèrent les lunes jumelles, Rhia et Tulathan. Ils invoquèrent Goezhen le Noir et sa couronne d'épines. Ils invoquèrent Thaash l'Inconstant, Yerinde la Gracieuse, Bakhi l'Austère et Nalamae la Douce. Et les dieux répondirent à leur appel. Et les dieux écoutèrent leur requête.

— *Sauvez-nous*, dirent les Rois. *Sauvez-nous et tout ce que nous possédons sera à vous.*

Tulathan la Brillante prit la parole.

— *Vous régnerez sur votre cité. Et sur le désert également. Mais nous exigeons un tribut.*

— *Tout ce que vous voulez*, dirent les Rois.

— *Un tribut élevé*, insista Tulathan.

— *Nous demandons beaucoup et il est donc juste qu'on nous demande beaucoup.*

— *Un tribut de sang*, dit Tulathan.

— *Un tribut de sang*, dit Rhia.

— *Nous voulons du sang*, dit Goezhen.

Tel fut le tribut que les dieux demandèrent et tel fut le tribut que les dieux obtinrent. Des braves de chaque tribu sédentarisée acceptèrent de se sacrifier pour sauver les autres. C'était un acte désespéré dans un moment désespéré, mais aucune vie n'aurait été épargnée si les nomades avaient envahi la cité.

Les dieux furent satisfaits.

Ils accordèrent aux maîtres de Sharakhaï des pouvoirs sans pareils, et ceux qui les payèrent de leur sang devinrent les asirim, les serviteurs des

Rois, obéissants et prêts à tout pour protéger la cité. Et ils la protégèrent. Les Vierges du Sabre les emmenèrent patrouiller dans le désert pour traquer ceux qui empruntaient les pistes oubliées dans l'espoir d'échapper aux taxes. Le châtiment était la mort. Des légendes affirmaient que les asirim aimaient punir ceux qui n'avaient aucune considération pour le sacrifice qu'ils avaient consenti pendant Beht Ihman.

Mais les dieux ne pouvaient pas se satisfaire du sang d'une poignée d'individus.

Pour que les Rois conservent leurs pouvoirs, il fallait davantage de sang. Alors les asirim venaient à Sharakhaï lorsque les lunes jumelles traversaient le ciel. Ils venaient chercher de nouvelles victimes, et la plupart des nobles de la cité considéraient que c'était un honneur que d'être marqué par la main de Sukru. Les élus perpétuaient la mémoire de ceux qui avaient offert leur sang aux dieux pour sauver la ville des nomades.

C'était tout ce que Çeda savait à propos de Beht Ihman. Les différents récits étaient à peu près cohérents, mais la jeune fille n'était pas satisfaite. Sa mère avait découvert des indices qui faisaient référence à cette nuit. Était-ce pour cette raison qu'on l'avait exécutée ? Qu'elle s'était rendue à la Maison des Rois ?

Çeda était prête à tout pour en apprendre davantage, pour découvrir les secrets qui se cachaient derrière la légende, mais que pouvait-elle faire ? Les maigres informations dont elle disposait, elle les tenait de sa mère – qui n'était guère bavarde sur le sujet –, d'Ib'Saim qui travaillait dans les souks et d'Ibrahim qui tirait son chariot à travers la ville en racontant des histoires. Mais Çeda savait que leurs versions étaient bien éloignées de la réalité. Elle avait lu des poèmes épiques et des ouvrages à propos de la période qui avait précédé la guerre et de celle qui avait suivi, mais ce n'était que de la propagande mise en place par les Rois, des fables rédigées des années, voire des générations, après les événements en question. Certains affirmaient même que c'étaient les Rois en personne qui les avaient écrites.

La jeune fille devait trouver des sources plus fiables, mais où ? Les Rois avaient passé quatre cents ans à travestir la vérité. Ceux qui s'y étaient opposés avaient sûrement été réduits au silence, assassinés. Les rumeurs affirmaient que Zeheb, le Roi des Murmures, était capable d'entendre ceux qui complotaient contre les maîtres de Sharakhaï. Il s'agissait peut-être d'une légende, mais c'était une arme particulièrement efficace pour lutter contre les comportements rebelles.

La jeune fille tourna la dernière page, ferma le livre d'un geste sec et se frotta les yeux. Les paroles de l'asir avaient un lien avec sa mère, elle le sentait au plus profond de son être, mais lequel ? Çeda était avant tout une alouette des rues. Elle était loin d'être idiote, mais rien ne l'avait préparée à affronter une situation de ce genre. Rien ne l'avait préparée à découvrir ces terribles secrets. Elle posa le livre sur la pile la plus proche et sentit de nouveau la vague d'incertitude qui grandissait en elle depuis quelques jours. Elle ne réussirait pas à élucider cette énigme avec des documents que tout le monde pouvait consulter. Elle avait l'impression de contempler des os blanchis par le soleil dans le désert. Et encore. En examinant des os, on pouvait se faire une idée du genre d'animal auquel ils avaient appartenu… Çeda, elle, était confrontée à un squelette assemblé avec des os appartenant à des animaux différents, le squelette d'une chimère conçue pour apaiser la curiosité des gens. Ces os avaient cessé d'inquiéter les Rois, mais ils possédaient un fragment de vérité et guideraient peut-être Çeda entre les écueils des mensonges.

À condition qu'elle trouve les bons.

La jeune fille avait l'impression de disposer de moins en moins de pistes. Elle avait besoin d'indices. Il devait bien y avoir quelqu'un, quelque part dans la cité, qui savait quelque chose. Il suffisait de le trouver.

Le soleil s'était hissé au-dessus de l'horizon et Çeda se leva pour refaire du thé. Elle se glissa dans la chambre d'Emre, une tasse à la main, la dernière infusion de Dardzada dans l'autre. Elle tendit la fiole au jeune homme et but une gorgée de thé.

Emre vida la moitié du flacon d'un trait.

— C'est de la pisse de mule, Çeda. Pourquoi me forces-tu à boire de la pisse de mule matin et soir ?

Elle le regarda sans ciller.

— Tu préfères servir de buffet aux vers ?

Il leva la fiole, le visage tordu par une grimace de dégoût.

— Je ne crois pas que ça puisse être pire que ça.

— Tais-toi, imbécile. Et finis la potion.

Emre inspira un grand coup et obéit, puis secoua la tête et haleta comme un loup, la langue pendante.

— Heureuse ?

— Comme un gosse qui vient de tremper les doigts dans un pot de miel.

Elle lui arracha la fiole des mains et fit un signe de tête en direction de sa chemise.

— Enlève-la.

Emre haussa un sourcil.

— C'est une proposition ?

Elle lui assena un léger coup de poing sur l'épaule. Il éclata de rire et elle lui en donna un deuxième. Plus fort. Le jeune homme poussa un gémissement.

— Pour l'amour des dieux, Çeda, on n'est pas dans l'arène !

— Parle encore d'arène et je te jure que tu le regretteras, siffla-t-elle.

Il n'aurait pas dû aborder ce sujet, surtout à voix haute. Les voisins pouvaient entendre.

Emre ôta sa chemise et Çeda observa les points de suture. Tout allait bien. Les signes d'infection avaient presque disparu et les plaies cicatrisaient.

— Tant mieux, dit Emre quand elle eut terminé son examen. Parce que je vais travailler avec Seyhan aujourd'hui.

— C'est hors de question !

— Çeda, si je reste ici une journée de plus, j'enfonce le mur à coups de tête, ne serait-ce que pour m'assommer et rêver que je suis ailleurs.

— Tu n'es pas encore guéri…

— Je suis capable de me tenir derrière un étal et de tendre des sacs en mousseline aux belles Miréennes qui viennent me voir.

— Toujours les femmes…

— Que veux-tu que je te dise ? Elles sont folles de moi.

Elle le frappa une troisième fois. Encore plus fort.

Il poussa un hurlement de bête à l'agonie, mais ses yeux pétillaient de malice. Il s'assit au bord du lit et enfila ses sandales avant d'entrecroiser les lacets en cuir sur ses mollets. Çeda songea qu'il semblait en forme. Elle fut heureuse de le voir ainsi, surtout après la période dépressive qui avait suivi son agression.

— Eh bien ! Si tu veux faire ta tête de mule, fais-la ! Je vais t'accompagner sur un bout de chemin.

— Et je peux savoir où *tu* as l'intention d'aller ?

— Pas tes oignons.

Emre secoua la tête, les yeux rivés sur une sandale.

— Çeda et ses secrets. Pourquoi est-ce que tu ne les épouses pas, puisque tu les aimes tant ?

— Ils feraient sûrement un meilleur mari que toi !

Le jeune homme sourit, mais une ombre glissa sur son visage, comme si la pique de Çeda l'avait blessé. Il resta silencieux et Çeda fit de même.

Ils quittèrent l'appartement et se dirigèrent vers les souks d'un même pas. Le soleil brillait, mais une brise fraîche soufflait du nord – plutôt rare en cette saison. Emre avançait avec précaution, mais Çeda sentit qu'il prenait de l'assurance. En fin de compte, cette sortie lui ferait sans doute le plus grand bien. À condition que Seyhan ne lui fasse pas soulever des tonneaux d'épice.

— Alors ? demanda Emre quand les échos des souks parvinrent à leurs oreilles.

— Alors quoi ?

— Tu vas te décider à en parler, oui ou non ?

— À parler de quoi ?

Emre leva les yeux au ciel.

—Du prix des figues! Enfin, Çeda! Parler de quoi? Du poème, évidemment!

La jeune fille resta silencieuse un moment. Elle venait de consacrer deux heures à Emre et cela lui avait permis d'oublier ses problèmes, mais la pause était terminée.

—Je crois qu'elle a été tuée à cause du poème, ou de quelque chose qui a un rapport avec lui, mais je ne sais pas pourquoi. Il fait peut-être référence aux asirim, ou aux Rois, ou aux deux, mais comment? C'est le mystère que je dois percer, Emre. Je dois trouver ce qui se cache derrière ces mots.

—J'ai toujours cru qu'on l'avait exécutée parce qu'on l'avait surprise dans les champs en fleur.

Çeda basait ses déductions sur ce qui s'était passé au cours des deux nuits qui avaient précédé la mort de sa mère. Ahya s'était comportée avec un fatalisme qui ne lui ressemblait pas. Il avait dû se passer quelque chose dans les champs en fleur. Elle avait dit qu'elle n'avait trouvé aucun pétale. Peut-être avait-elle été repérée par les Vierges du Sabre? Peut-être s'était-elle enfuie en laissant des indices qui avaient permis de remonter jusqu'à elle? Jusqu'à Dardzada? Jusqu'à Çeda? Peut-être était-ce pour cette raison qu'elle était partie. Pour empêcher les Rois de s'en prendre aux personnes qui lui étaient chères.

Çeda et Emre atteignirent une intersection et virent une colonne d'hommes qui se dirigeait vers les souks, portant des seaux remplis d'eau ou de citrons. Certains tenaient des brins de menthe à la main. Les deux jeunes gens leur emboîtèrent le pas, mais sans approcher trop près.

—Peut-être que les Rois avaient découvert son poème, dit Emre. Peut-être qu'elle était parvenue à élucider une partie de l'énigme.

Çeda secoua la tête.

—Si c'était le cas, ils seraient venus chercher le livre.

—Ils l'ont peut-être fait. Ils ont peut-être ordonné aux Vierges de le récupérer, mais elles ne l'ont pas trouvé.

—Non. Dardzada en aurait entendu parler. Il m'a donné le livre sans hésitation. S'il avait su que c'était bien plus qu'un souvenir, ou s'il avait appris que les Vierges du Sabre le cherchaient, il l'aurait brûlé sur-le-champ.

—Dardzada s'occupe de lui…

—… et de personne d'autre, dit Çeda en complétant le refrain qu'ils avaient l'habitude de chanter dans les rues quand ils étaient enfants.

Mais c'était un mensonge. Dardzada s'était occupé d'elle pendant quatre ans, même si c'était d'une manière un peu particulière. Il l'avait même surprotégée.

Non. Si Dardzada s'était montré sévère, voire cruel, ce n'était pas parce que Çeda lui était indifférente.

Ils atteignirent les souks. Aussi loin que le regard portait, on apercevait des hommes, des femmes et des enfants installer des étals, disposer des marchandises et tendre des auvents dans l'espoir que l'ombre attirerait les clients. Emre s'arrêta et resta immobile. De toute évidence, il essayait de clarifier ses pensées.

— Dis-moi ce que tu as dans la tête, dit la jeune fille.

— Çeda, Ahya est morte à cause de ces mystères et il t'arrivera la même chose si tu ne renonces pas.

Il désigna le sommet de Tauriyat qu'on apercevait au-dessus des bâtiments en pierre se dressant à l'extrémité des souks. Il y avait un palais pour chaque Roi sur la colline.

— Ils vivent là depuis quatre cents ans, et je suppose que ça continuera quatre cents ans de plus. Le jeu n'en vaut pas la chandelle, Çeda.

Il essayait de la protéger, elle le savait, mais ses paroles la brûlèrent comme le soleil le jour où ils s'étaient rendus dans les champs en fleur.

— Tu n'es pas obligé de m'aider, Emre.

Elle voulut se remettre en marche, mais il lui saisit le poignet et la fit pivoter vers lui.

— Je t'aiderai si tu as besoin d'aide. Tu le sais. Tu n'as qu'à demander. Mais promets-moi de réfléchir à ce que je t'ai dit. (Il la dévisagea.) Et tu vas où, au fait ?

— Je vérifie que tu es capable de marcher sans faire sauter tes points de suture.

Il plissa les yeux.

— Si tu n'as pas envie de me le dire, ne le fais pas. Pas la peine de me raconter des fables.

Un peu plus loin, Tehla était en train de plonger une pelle en bois dans son four, avant d'en retirer huit biscuits dorés. Elle les disposa sur la planche où elle faisait refroidir son pain. Puis elle saisit le ruban rouge de la petite cloche en cuivre qui y était accrochée et le secoua trois fois.

Çeda prit Emre par le bras et l'entraîna vers l'étal.

— Viens. C'est moi qui offre.

Emre la regarda en secouant la tête, nullement convaincu par sa pathétique diversion pour changer de sujet, mais se laissa faire. Çeda prit deux biscuits au fromage de chèvre et déposa une pièce d'argent sur le comptoir usé.

— Inutile de faire sonner ta cloche, Tehla, l'odeur suffit à faire saliver toute la ville.

La boulangère joignit les mains et s'inclina.

— Bienvenue, dit-elle en esquissant un sourire malicieux. (Elle se redressa et ses yeux brillèrent comme un lever de soleil.) Et qui donc vois-je derrière toi ? (Son sourire s'adressait à Çeda et Emre, mais son regard était réservé au jeune homme.) À en juger par le nombre de tes visites, j'en conclus que tu détestes mon pain et mes biscuits.

— Je déteste *ton* pain et *tes* biscuits ? dit Emre. (Il mordit dans le gâteau fumant et poursuivit la bouche pleine.) Elle est bien bonne, celle-là. (Il se tourna vers Çeda.) Je pense que je peux m'en tirer tout seul, maintenant. Je vous souhaite une excellente journée, charmantes dames.

Il s'inclina en esquissant une petite grimace, puis s'éloigna en direction du marché aux épices, dont on apercevait les murs en briques d'argile et le toit pointu au-dessus des étals.

Çeda attendit un instant, puis mordit dans son délicieux biscuit. Tehla surprit son sourire et baissa les yeux vers sa pelle en bois.

— Il n'y a pas de mal à regarder, Tehla, dit Çeda d'un ton amusé.

La boulangère se pencha en avant et se lécha les lèvres avec tant d'impudence que Çeda rougit.

— Il a une sacrée figue dans le pantalon. Bien ronde et bien juteuse, hein ?

— Tehla !

Les deux femmes éclatèrent de rire, mais Çeda s'aperçut qu'elle éprouvait une pointe de jalousie envers la boulangère, pourtant plus âgée qu'elle.

— Ne me dis pas que tu ne l'as jamais goûtée ?

— Une dame ne parle pas de ces choses.

— Oh ! Parce que tu es une dame, maintenant ?

— Assez ! dit Çeda en engloutissant le dernier bout de biscuit pour ne pas sourire. J'ai besoin de quelque chose.

Tehla plissa les yeux.

— Vraiment ? Il ne s'agirait pas de Davud, par hasard ?

— Mais si, Tehla. Il s'agit bien de lui.

CHAPITRE 19

Sept ans plus tôt…

Çeda revint au petit matin avec de l'eau et des herbes pour soigner Emre. Elle s'était inquiétée pour lui tout au long de la nuit et avait parcouru la dernière demi-lieue en courant, sans prêter attention à ses propres plaies. Emre était allongé sous les couvertures. Il n'avait pas bougé. Sa respiration était faible et il ne réagit pas quand elle le secoua doucement.

Il ne semblait pas avoir touché à l'outre qu'elle avait posée près de lui. Elle ne pouvait pas l'obliger à manger ; cependant, elle le fit boire de petites gorgées d'eau qu'il avala à grand-peine. Il était silencieux, mais il laissait parfois échapper un gémissement. Çeda était incapable de dire s'il rêvait ou souffrait. Elle mâcha des feuilles d'annadouce et des racines de fil d'or, puis elle les mélangea en un cataplasme dont elle enduit chaque morsure de scarabée. Puis elle découpa une couverture en rubans qu'elle disposa sur les plaies. Le tissu empêcherait l'emplâtre de couler et le protégerait de la terrible chaleur du désert un moment.

Quand elle eut terminé, le soleil était déjà haut dans le ciel et elle était épuisée. Elle but un verre d'eau et tendit la main pour prendre un morceau de viande séchée dans la sacoche posée près d'Emre.

Elle se figea.

Elle avait laissé la sacoche ouverte afin qu'Emre puisse manger s'il avait faim, mais le jeune homme n'y avait pas touché. Il était bien trop faible pour cela.

Alors pourquoi la nourriture avait-elle disparu ?

Des lézards ? Des souris peut-être ? C'était sans importance. Ce qui comptait, c'était qu'il n'y avait plus rien à manger.

La jeune fille posa la sacoche sur ses cuisses et regarda son ami en regrettant qu'il ne puisse parler.

— Par tous les dieux, Emre, j'ai vraiment été nulle sur ce coup-là.

Elle aurait pu chasser, mais elle ne voulait pas le laisser seul. Elle l'avait abandonné pour aller chercher de l'eau et ne recommencerait pas tant que ce ne serait pas indispensable. S'il reprenait assez de forces au cours de la journée, ils se mettraient en route le lendemain matin et marcheraient jusqu'au ruisseau. En attendant, ils resteraient là pour se reposer.

Çeda sentit son ventre se nouer.

Ils allaient devoir passer la journée et la nuit suivante dans le désert. Près des champs en fleur. Pendant Beht Zha'ir.

Tout le monde savait que les asirim vivaient à proximité des adicharas. Ce soir, ils sortiraient de leurs tombes et marcheraient vers Sharakhaï.

Et Çeda et Emre seraient sur leur chemin.

Mais le soleil brillait, la menace semblait lointaine. Çeda savait qu'il s'agissait d'une impression trompeuse, mais elle était si fatiguée… Elle allait se reposer un petit moment, puis elle aviserait. Elle disposa les sacoches de part et d'autre d'Emre, puis se glissa près de lui et tira les couvertures pour les protéger du soleil.

— Emre ?

Le garçon ne répondit pas, mais il respirait plus facilement. Elle se colla contre lui et sombra dans un profond sommeil.

Un sommeil ponctué de rêves très désagréables.

Une longue plainte la réveilla.

On aurait dit le gémissement d'un enfant qui souffre. La jeune fille sentit les poils de sa nuque se hérisser. Elle repoussa les couvertures froissées et se tourna vers Emre.

Tulathan était haut dans le ciel et Rhia venait d'apparaître au-dessus de l'horizon, à l'est. Il faisait assez clair pour examiner les plaies de son compagnon. Elles avaient désenflé et Emre respirait paisiblement. Elle lui parla. Il marmonna quelque chose, mais ne se réveilla pas.

Çeda décida que c'était mieux ainsi. Il était hors de question de se mettre en marche maintenant, alors autant qu'il dorme jusqu'au matin. Elle le fit boire, et une nouvelle plainte résonna dans la nuit. Plus près. Elle semblait venir des champs en fleur, au nord.

Les asirim se réveillaient-ils ? Avaient-ils senti la présence des deux humains ? Allaient-ils venir les enlever comme ils enlevaient les personnes marquées par le Roi Moissonneur à Sharakhaï ? La jeune fille se leva avec lenteur. Elle craignait qu'on la voie, mais sa curiosité était plus forte que sa peur. Elle se déplaça en silence et monta jusqu'au grand plateau où poussaient les adicharas. Elle vit des points lumineux apparaître avec lenteur. Les fleurs saluaient les deux lunes en déployant leurs pétales sur les masses sombres des arbres. Elles brillaient comme les lampes d'une cité au cœur de la nuit. La jeune fille aperçut des nuages lumineux emportés par le vent. *Du pollen*, songea-t-elle.

Les scarabées avaient disparu – que les dieux en soient remerciés – et l'on n'entendait plus leurs vrombissements. Ils avaient regagné leurs nids, au creux des carcasses qui jonchaient les champs en fleur. Peut-être craignaient-ils le froid de la nuit, ou la lumière des deux lunes, ou les deux. Elle ne vit pas davantage de sombres silhouettes émerger du sable. À son grand soulagement...

Son estomac gronda tandis qu'elle rebroussait chemin. Elle regagna le campement et fit boire Emre. Puis elle porta l'outre à sa bouche et avala quelques gorgées d'eau. Elle avait déjà eu faim au cours de sa courte vie, mais jamais à ce point. Ahya avait toujours veillé à ce que sa fille ait de quoi manger.

Elle s'apprêtait à redonner un peu d'eau à Emre quand elle entendit des bruits de sabots.

Elle se leva d'un bond et regarda vers le sud-est, vers Sharakhaï.

Un cheval apparut au sommet d'une dune.

Qui pouvait bien venir ici ? Qui était assez téméraire pour sortir la nuit de Beht Zha'ir ?

L'animal galopait droit vers elle.

La jeune fille songea qu'elle se trouvait dans un endroit trop exposé.

— Emre, souffla-t-elle d'une voix rauque. Emre, il faut bouger.

Elle le secoua avec force, mais il ne se réveilla pas. Alors elle glissa un bras sous ceux d'Emre et l'entraîna au pied de la dune. Elle remonta en courant et récupéra les sacoches et les outres avant de redescendre. Le cheval était tout proche. Elle s'agenouilla près d'Emre et couvrit son corps de sable. Elle s'enfouit à son tour et posa une joue sur le sol.

Elle se figea en apercevant le cheval franchir le sommet de la dune voisine. C'était un animal imposant, et les deux lunes nimbaient son cavalier d'un halo argenté. L'homme chevauchait avec assurance, mais il était secoué par de terribles quintes de toux. Il fila droit vers les champs en fleur sans remarquer la présence de Çeda et d'Emre. La jeune fille crut d'abord que c'était sa destination, et puis elle le vit se diriger vers le tamarix. Elle se rappela l'étrange symbole gravé sur la pierre coincée sous les racines de l'arbre, et une fois de plus, elle se demanda quelle pouvait bien être sa signification.

Quand le cheval fut assez loin, elle se leva et s'élança à sa poursuite. Elle courut aussi courbée que possible, prête à se jeter à terre au cas où le cavalier tournerait la tête dans sa direction. C'était une précaution inutile, car l'homme regardait droit devant lui. Il cravachait sa monture sans relâche, mais la pauvre bête était à bout de souffle et avançait à peine plus vite que Çeda qui n'était pas au mieux de sa forme. L'animal s'arrêta non loin du tamarix et le cavalier sauta à terre.

Il se précipita vers l'arbre et s'immobilisa à quelques pas du tronc. Il resta là, secoué par des quintes de toux, comme s'il attendait l'arrivée d'un messie.

Et Çeda vit quelque chose d'extraordinaire.

De noirs tentacules émergèrent du sable et formèrent un vague cercle autour du cavalier.

— Par tous les dieux miséricordieux ! souffla Çeda.

Puis elle songea que ce n'était pas le moment de se faire remarquer.

Les racines du tamarix ondulèrent tels des serpents se préparant à mordre, puis avancèrent dans un concert de craquements sourds. Elles enveloppèrent le cavalier comme un amant et l'entraînèrent dans le sable. Un long et douloureux gémissement monta à l'est tandis que l'inconnu s'enfonçait en toussant de plus belle.

Il disparut et Çeda contempla le tamarix avec des yeux écarquillés.

Comment cela était-il possible ?

La jeune fille attendit. Elle attendit que le cavalier réapparaisse, que quelqu'un vienne le sauver, qu'il se passe quelque chose, n'importe quoi… en vain. Elle n'entendait plus que le bruissement des branches du tamarix qui se balançaient au gré de la brise nocturne.

Le cheval resta immobile un moment, puis s'éloigna vers le sud-est, sans doute en direction du cours d'eau. Peut-être l'animal connaissait-il la région. Peut-être était-il déjà venu là avec son maître. La jeune fille se leva, épousseta ses vêtements et dégaina son couteau avant de se diriger vers l'arbre. Elle approcha avec prudence et resta à l'écart de l'endroit où les racines avaient surgi du sol. Elle fit le tour du tamarix, mais rien ne se passa. Le cavalier ne réapparut pas.

Elle approcha de l'arbre et s'agenouilla près de la pierre en partie cachée par les racines. La nuit était claire et elle examina le symbole. Ne s'agissait-il pas du sigil d'un Roi ?

La jeune fille frissonna de peur et d'excitation.

Un Roi ? Ici ?

À quinze pas de distance ?

Elle regarda le couteau qu'elle tenait à la main, puis éclata de rire.

Elle aurait pu attaquer un Roi ? Elle ? C'était ridicule, et pourtant… elle en rêvait depuis longtemps. Pour venger sa mère. Pour se venger.

Elle grava le sigil dans sa mémoire et le dessina à plusieurs reprises dans le sable. Quand elle fut satisfaite du résultat, elle fit un pas vers la légère dépression marquant l'emplacement où le Roi avait été englouti par le sable.

Elle ne vit rien de particulier. Elle fit demi-tour et se dirigea vers l'endroit où elle avait enterré Emre. Elle passa près de lui et poursuivit son chemin en direction du champ d'adicharas le plus proche.

Elle observa les fleurs bleu et blanc et perçut leur odeur entêtante. Elle n'avait pas prévu de rester dans le désert si longtemps. Elle était venue pour observer les arbres et pensait rentrer avant le commencement de Beht Zha'ir. Ce voyage aurait dû être une simple reconnaissance en prévision d'une future expédition. Mais elle était là et contemplait les fleurs dont tout le monde avait entendu parler, mais que bien peu de gens avaient vues. Sa mère avait cueilli leurs pétales pendant des années. Elle les faisait sécher et en offrait un à sa fille pour fêter les jours saints ou des occasions particulières.

Une fleur se trouvait juste au-dessus de sa tête. Elle se balançait comme si elle était perdue, comme si elle cherchait quelque chose. Çeda savait que les épines des branches étaient dangereuses et leva les mains en faisant très attention. Ses doigts enveloppèrent délicatement la corolle et elle coupa la tige avec son couteau. Elle porta la fleur à son nez et inspira un grand coup.

Comme ce parfum lui rappelait sa mère.

— Tu me manques, dit-elle en s'adressant au désert glacé. Tu manques à Emre.

Elle écouta la nuit et son ouïe s'affina, tandis qu'elle prenait conscience de tout ce qui l'entourait. Ou peut-être était-ce un effet de sa solitude, de son désir de retrouver sa mère.

Elle perçut le bruissement des adicharas, le murmure du vent dans les branches, le gémissement des asirim dans le lointain. Rien d'autre.

Çeda glissa la fleur dans sa chemise et rengaina son couteau avant de retourner près d'Emre. Elle resta éveillée toute la nuit, guettant le retour du Roi ; tendant l'oreille pour déceler l'approche d'un autre cavalier.

Mais le Roi ne réapparut pas et personne ne vint. Grâce aux dieux, Emre se réveilla un peu avant le lever du soleil.

— Qu'est-ce qui s'est passé ? demanda-t-il.

— Tu as attaqué toute une colonie de scarabées, voilà ce qui s'est passé.

— J'ai gagné ?

— Non.

Le garçon la regarda d'un air égaré.

— Tu es sûre ?

— Je peux te l'assurer, dit Çeda en l'aidant à s'asseoir.

Par le sourire éclatant de Tulathan, comme elle était heureuse de le voir ainsi !

— Depuis combien de temps on est là ? demanda-t-il après avoir vidé la moitié d'une outre.

—Une nuit, un jour et une nuit, répondit Çeda avant de boire à son tour. (L'eau ne lui avait jamais paru si délicieuse.) Il faudrait rentrer. Si tu en es capable…

Il hocha la tête et elle l'aida à se lever. Chaque geste était une torture, mais la jeune fille voulait partir au plus vite. Le Roi risquait de revenir.

Ainsi qu'elle l'espérait, les mouvements d'Emre devinrent plus fluides – elle avait fait la même expérience la veille. Quand ils atteignirent le cours d'eau, le garçon se déplaçait presque normalement.

Il monta sur un promontoire en pierre et faillit perdre l'équilibre.

—Il s'est passé quelque chose pendant que j'étais inconscient ? demanda-t-il.

—Je suis allée chercher de l'eau, j'ai préparé un cataplasme, je t'ai soigné… Que pouvait-il arriver d'autre ?

Il haussa les épaules.

—Et comment le saurais-je ?

La jeune fille effleura la fleur cachée dans sa chemise.

—Non, Emre. Il ne s'est rien passé.

CHAPITRE 20

Çeda était en retard pour son rendez-vous avec Davud. Elle courut à travers le marché aux épices et passa devant l'étal de Seyhan. La foule était déjà nombreuse, mais Emre n'était pas là. Seyhan n'était plus tout jeune ; pourtant, il semblait étrangement guilleret. Il versait des grains de poivre noir dans un sachet en mousseline pour un vieil homme dont les mains tremblaient. Son petit-fils – un échalas aux yeux qui lui mangeaient le visage – répartissait le contenu d'un énorme sac d'anis étoilé dans des pochons.

— Où est-ce que tu as envoyé Emre ? demanda la jeune fille d'une voix assez forte pour couvrir le brouhaha du marché.

Seyhan tourna la tête vers elle, puis il haussa les sourcils pour manifester son incompréhension.

Çeda leva les mains à sa bouche en guise de porte-voix.

— Emre… Tu ne l'as quand même pas envoyé au port chercher des tonneaux ? Il faut le ménager pendant quelques semaines.

Le visage de Seyhan se renfrogna.

— Emre. (Il cracha par terre.) Il pourra remercier les dieux si j'accepte de le réembaucher un jour. À supposer qu'il revienne.

— Quoi ?

Seyhan tendit la poche remplie de grains de poivre à son client. Le vieil homme tremblant lui donna deux sylvals et s'éloigna à pas lents dans les allées trépidantes. Le marchand d'épices se tourna vers Çeda.

— Je ne suis pas un sans-cœur, Çeda. J'ai entendu dire qu'il avait été agressé et j'étais prêt à… Comment disent les caravaniers, déjà ? À lui laisser la place de manœuvrer. Mais j'ai aussi entendu dire qu'il était guéri et qu'il préférait courir les rues de Sharakhaï plutôt que travailler pour moi.

—Il n'est pas guéri, l'interrompit Çeda. Pas encore. Il a besoin d'un peu plus de temps.

—Inutile de lui chercher des excuses. Hier encore, la fille de Galovan l'a vu sur l'Abreuvoir. Et il n'était pas vraiment à l'article de la mort, puisqu'il est venu l'embrasser. Quand on est assez fort pour embrasser les filles, on l'est assez pour vendre des épices.

—Il a le droit de se promener sur l'Abreuvoir, dit Çeda. (Elle était décontenancée, mais ne voulait pas que Seyhan le voie.) Le Kannan ne l'interdit pas, que je sache.

—En effet. C'est sans doute pour ça qu'il a demandé à Sahra de ne pas dire à son père qu'elle l'avait vu. Pour éviter que son père me le répète. Je ne suis pas méchant, Çeda, mais pas un imbécile non plus.

Non, c'est moi l'imbécile. Emre manigançait quelque chose de louche et allait s'attirer des ennuis. Elle le sentait.

—C'est ma faute s'il n'est pas venu travailler, dit-elle alors que quelqu'un la bousculait. Ses blessures n'étaient pas belles à voir et je l'ai obligé à attendre un jour ou deux de plus pour qu'elles cicatrisent. (Elle haussa les épaules.) On dirait qu'il a suivi mon conseil, pour une fois.

Le visage de Seyhan se renfrogna, puis s'adoucit.

—Dis-lui de venir me voir.

—Je n'y manquerai pas.

Elle envisagea de partir à la recherche d'Emre sur-le-champ, mais elle avait un rendez-vous. Davud l'attendait sous un vénérable figuier en bordure des souks. Il esquissa un large sourire et étreignit la jeune fille avec un enthousiasme surprenant, mais quand elle lui expliqua ce qu'elle voulait, son visage redevint sérieux.

—Je ne sais pas grand-chose sur Beht Ihman, Çeda, murmura-t-il.

—Je cherche des documents, Davud. Des textes aussi précis que possible, des textes qui n'auraient pas été réécrits par les Rois.

Le jeune homme haussa les épaules.

—Il en existe sûrement, mais je n'y ai pas accès.

—Mais ton maître, Amalos, doit pouvoir les consulter, lui ?

—Peut-être.

—Tu lui fais confiance ?

—À quel propos ?

Un groupe de femmes approcha du figuier en bavardant. Çeda attendit qu'elles s'éloignent avant de poursuivre à voix basse.

—Au salon de thé, tu m'as dit qu'il n'aimait guère les Rois.

—Je… je n'aurais pas dû dire ça.

—C'est la vérité ?

—Il trouve qu'ils sont… trop stricts.

— Est-ce qu'il répondrait à une ou deux questions à propos de Beht Ihman, Davud ? Est-ce qu'il me laisserait lire des ouvrages anciens sans que ça éveille ses soupçons ? C'est tout ce que je veux savoir.

— Pardonne-moi, Çeda, mais il faut que tu m'en dises un peu plus.

— Non. Je ne veux pas t'impliquer dans cette histoire. Contente-toi de me parler d'Amalos.

Si Davud avait été plus âgé, ou plus audacieux, il aurait pu exiger des explications, mais le jeune homme resta silencieux. Il réfléchit un moment, puis hocha la tête.

— Je ne pense pas qu'il te dénoncerait aux autorités parce que tu as posé une ou deux questions, si c'est ce que tu veux savoir.

— Peux-tu me le présenter ?

Davud tenta de sourire, mais le résultat ne fut pas très convaincant.

— Oui.

— Parfait. (Çeda lui saisit le bras.) Allons-y.

Les deux jeunes gens s'enfoncèrent dans les rues tortueuses de la cité et arrivèrent en vue d'une quinzaine de bâtiments en pierre rouge, qui s'élevaient derrière un mur d'enceinte. Au loin, vers l'est, on apercevait la masse imposante de Tauriyat et de la Maison des Rois qui s'accrochait sur son flanc. De nombreux étudiants circulaient sur le domaine. La plupart portaient une robe en lin, une ceinture en corde et des sandales en cuir tressé. Certains étaient plus jeunes que Çeda, mais la majorité était plus âgée. À Sharakhaï, peu de familles étaient assez riches pour envoyer leurs enfants au collegium, et la moitié des étudiants étaient originaires de Qaimir, de Miréa ou de contrées plus lointaines encore. Les Sharakhiens n'aimaient guère ces étrangers, surtout ceux qui vivaient dans les quartiers populaires, comme celui de Çeda.

Deux hommes arborant de longues barbes et portant la robe blanche des enseignants interrompirent leur conversation pour observer la jeune fille, mais ils ne cherchèrent pas à l'arrêter. Çeda les salua d'un signe de tête et sourit jusqu'à ce qu'ils s'éloignent. Davud semblait un peu inquiet et il accéléra le pas. Ils entrèrent dans le plus grand bâtiment du collegium, le scriptorium, et traversèrent plusieurs salles où régnait une agréable fraîcheur.

— Ne t'inquiète pas pour ces types, dit Çeda.

Sa voix résonna entre les murs.

— *Chut !* souffla Davud.

Les yeux de Çeda s'habituèrent à la pénombre et elle s'aperçut que les joues du jeune homme étaient écarlates.

Il était gêné qu'on le voie en sa compagnie.

Çeda eut aussitôt envie de le taquiner pour qu'il rougisse un peu plus, et puis elle songea qu'il avait sûrement eu du mal à se faire une place dans cet endroit. La jeune fille était agacée par la pudibonderie ambiante et furieuse que Davud y ait succombé, mais elle ne voulait pas lui attirer d'ennuis. Elle garda donc ses moqueries pour elle et se laissa guider. Ils atteignirent un escalier menant aux caves du collegium et descendirent deux niveaux.

Çeda n'avait pas vu Amalos depuis des années, mais quand ils entrèrent dans son bureau, elle se demanda si ce n'était pas des siècles. Le maître avait beaucoup vieilli. Il portait une robe blanche et était penché sur une plaque d'argile. Il recopiait une tablette ancienne à l'aide d'un stylet en bois, qui devait dater de l'époque où les premiers dieux avaient quitté ce monde.

—Sois un bon garçon et prépare-moi un peu d'argile, dit-il en agitant la main vers un coin de la pièce.

Davud se figea en espérant que son maître remarquerait Çeda et qu'il n'aurait donc pas à lui expliquer les raisons de sa présence. Mais Amalos resta penché sur sa tablette comme un vautour sur une charogne, et Davud n'eut d'autre choix que de prendre la parole.

—Je suis venu avec quelqu'un, maître Amalos.

Curieux, songea Çeda. En ville, Davud était parfaitement sûr de lui, mais au collegium, il redevenait un jeune apprenti timide.

Amalos ne bougea pas et Davud parut se décomposer.

—Maître Amalos, je suis avec quelqu'un qui souhaite vous parler.

—Quoi ?

Le vieux maître se tourna et aperçut Çeda.

—Qui êtes-vous ?

Davud rentra la tête dans les épaules et se dirigea vers une table sur laquelle se trouvaient un broc et un tas de poudre rouge. Çeda devrait se débrouiller toute seule.

—Je suis Çeda, répondit-elle. (Amalos continua à la dévisager tandis que ses sourcils broussailleux se rapprochaient dangereusement.) Çedamihn Ahyanesh'ala ? Vous connaissiez ma mère. Et Dardzada, mon ancien tuteur.

Les yeux du vieil homme s'éclairèrent.

—Il n'est pas resté ton tuteur très longtemps, il me semble.

Il se retourna vers sa tablette.

—Non, en effet.

Amalos se remit au travail et Çeda comprit qu'elle allait devoir prendre l'initiative.

—Je suis venue pour vous poser des questions sur les Rois et sur Beht Ihman. (Le vieil homme se figea puis se remit à écrire.) Je me demandais s'il existait des textes à propos de cette nuit.

—Il y en a des centaines, dit Amalos.

—Certes, mais je cherche des documents d'époque.

Çeda s'interrompit et jeta un coup d'œil en direction de Davud. Celui-ci préparait de l'argile et semblait absorbé par sa tâche. Elle poursuivit à voix basse.

— Des textes écrits par des gens qui ont vu ce qui se passait.

— Seuls les Rois ont vu ce qui se passait. Les Rois et les dieux.

Çeda baissa encore la voix.

— Il y a sûrement eu quelqu'un d'autre.

Le stylet d'Amalos traça une boucle dans l'argile rouge et s'immobilisa au-dessus de la tablette. La main du vieil homme tremblait. Était-ce à cause de l'âge ou d'une brusque angoisse ?

— Davud, mon cher enfant, dit-il sans se tourner. J'ai oublié quel jour nous étions. Va voir maîtresse Nezahum et dis-lui que je ne pourrai pas la voir aujourd'hui, tu veux bien ? Demande-lui si nous pouvons remettre notre rendez-vous à demain, pendant le repas du matin.

— Mais votre rendez-vous est à midi.

— J'ai beaucoup de choses à faire. Va.

— Mais, l'argile…

— Oublie l'argile, Davud.

Le jeune homme fronça les sourcils et n'insista pas. Il se lava les mains et les sécha avec une serviette qu'il lança ensuite sur la table. Il regarda Çeda avec un mélange de soulagement et de ressentiment, puis sortit.

— Ferme la porte, veux-tu ? demanda Amalos en se remettant au travail.

Çeda obéit. Le battant pivota en grinçant et le loquet cliqueta.

Le vieil érudit se tourna vers la jeune fille et ses épais sourcils blancs s'abaissèrent avec lenteur tandis qu'il la toisait.

— Tu dis qu'Ahyanesh était ta mère ?

— C'est cela.

— Et ton père ?

Cette question lui avait été posée des milliers de fois, par des hommes en règle générale. Çeda cachait rarement la vérité. Elle n'avait pas de père et ne se souvenait pas en avoir eu un. Les rares fois où elle avait interrogé sa mère à ce sujet, la réponse d'Ahya s'était résumée à un regard courroucé, à un grondement réprobateur ou à un pincement d'oreille. L'unique fois où elle avait dit quelque chose, Çeda avait eu l'impression de recevoir un coup de marteau sur la tête.

« Ton père ? » avait-elle aboyé. « Ton père te tuerait sur-le-champ s'il apprenait que tu es en vie. »

Un mélange d'affolement et de crainte s'était alors dessiné sur le visage de sa mère, comme si ces terribles paroles lui avaient échappé. Elle ne les avait jamais expliquées, mais ne les avait jamais réfutées non plus. Elle était restée silencieuse tandis que sa fille essayait de comprendre. Cette nuit-là, l'enfant avait pleuré pendant des heures avant de s'endormir. Elle était convaincue qu'un jour, son père viendrait la tuer dans son sommeil.

— Je n'ai pas connu mon père, dit Çeda.

— Mais tu dois savoir…

— Je ne sais rien.

Au-dessus des yeux d'Amalos, les sourcils blancs frémirent comme s'ils se battaient l'un contre l'autre.

— Dis-moi pourquoi tu cherches des informations à propos de Beht Ihman.

La jeune fille s'attendait à cette question. Un maître du collegium ne pouvait manquer de la poser, et elle avait préparé un savant mensonge ; pourtant, l'attitude du vieil homme la fit hésiter. Il la regardait avec sévérité, mais bienveillance, avec curiosité, mais respect. Personne ne l'avait jamais traitée avec une telle considération. Ni Emre, ni Osman, et certainement pas Dardzada. Elle eut envie de lui dire la vérité pour le remercier, et puis elle y renonça. Elle ne dirait rien tant que cela n'était pas indispensable.

— Il y a plusieurs nuits, j'ai dû sortir pendant Beht Zha'ir et j'ai vu l'un d'entre eux. Un asir. Je… je voudrais en apprendre un peu plus à leur sujet.

— Toi ?

— Oui, *moi*.

— Tu as dû entendre les histoires.

— Je veux connaître la vérité.

Amalos leva une main comme pour chasser un insecte, une des ailes-vibrantes qui pullulaient parmi les adicharas.

— La vérité est un mirage qui change au gré des vents du désert. Elle a été perdue, Çedamihn, et tu ne la retrouveras pas ici.

— Et où pourrais-je la retrouver ?

— Va voir Saliah pour trouver *ta* vérité.

Çeda fronça les sourcils. La plupart des gens étaient convaincus que Saliah n'était qu'une légende. Les rares qui croyaient en son existence racontaient qu'elle se cachait et qu'il était impossible de la trouver, même en cherchant au bon endroit. D'autres pensaient qu'on pouvait la rencontrer, mais quand et où elle le souhaitait. De toute évidence, Amalos faisait partie de la première catégorie, et s'il avait mentionné son nom, c'était pour signifier à Çeda que la conversation était terminée. Mais s'il n'avait pas l'intention de lui parler de Beht Ihman, pourquoi diable s'était-il débarrassé de Davud ? Et pourquoi avait-il posé toutes ces questions ?

— Je suis venue te voir toi, Amalos. Je suis venue parce que Davud te fait confiance. Je suis venue parce que tu es savant. Je suis venue parce que je marche sur un chemin dangereux. J'en suis consciente. Mais sache que je découvrirai ce qui s'est vraiment passé cette nuit-là, que tu m'aides ou pas.

À ces mots, le vieux maître se ratatina comme si des dangers inconnus menaçaient soudain Çeda.

— Tu sais, dit la jeune fille. Tu sais ce qui s'est passé.

— Ce que je sais ne t'apportera rien de bon.

Il se tourna vers son bureau, prit son stylet et se remit à tracer des signes dans l'argile rouge.

— Tu n'es qu'un lâche !

Il tourna la tête vers elle, sans la regarder.

— Un lâche, sans doute, mais un lâche en vie.

Çeda attendit qu'il ajoute quelque chose, qu'il change d'avis, mais elle comprit qu'il ne le ferait pas. Ni maintenant, ni jamais.

Elle ouvrit la porte et sursauta en découvrant Davud accroupi à l'entrée de la pièce. Le jeune homme avait les yeux écarquillés comme des lunes. Il ne ressemblait en rien à l'adolescent guilleret avec lequel elle avait pris le thé. Il se redressa et lissa sa robe pour en chasser des plis imaginaires. C'était sa manière de lui demander de ne pas révéler son indiscrétion à Amalos. Çeda passa devant lui sans un mot et remonta le couloir en direction du scriptorium. Elle quitta le bâtiment et s'enfonça dans la chaleur étouffante de la ville. Si Davud voulait espionner cette vieille mule, ce n'était pas elle qui l'en empêcherait.

Elle parvint dans la rue et les bruits de la cité l'enveloppèrent. Les échos d'une multitude de gens qui marchaient, parlaient, conduisaient des chariots, des charrettes, des chevaux et des chèvres. Elle entendit aussi le tintement d'un carillon éolien, un simple carillon éolien. Et soudain…

« Saliah », avait dit Amalos. « Va voir Saliah pour trouver ta vérité. »

La jeune fille eut l'impression qu'une bourrasque chassait les brumes de son esprit et elle se souvint.

Le carillon… Elle avait entendu ce bruit dans le désert quand elle était enfant. Elle était avec sa mère à bord d'un skiff et elles allaient voir une femme qui habitait seule, loin de la frénésie et de la cacophonie de Sharakhaï. Saliah. Elle l'avait rencontrée. Deux fois. Trois. Ou peut-être plus.

Comment avait-elle pu oublier ?

Un autre souvenir jaillit alors des profondeurs de sa mémoire. La lame d'acier noir. Les mains du Roi qui la lui tendaient. C'étaient ces images qu'elle avait essayé de se rappeler quand elle avait vu Sukru, juste après le baiser de l'asir à la couronne dorée.

Le carillon n'était plus un bruit parmi les autres.

C'était une convocation.

CHAPITRE 21

Le port occidental n'était qu'un pâle reflet des ports méridional et septentrional. Les quais, peu nombreux, ne pouvaient accueillir que des navires de petite taille et avaient été construits dans une crique hérissée de rochers peu adaptée à la navigation. On n'avait pas trouvé de meilleur site à l'ouest de la ville, et puis, une fois les écueils franchis, la route vers le Grand Shangazi était largement ouverte. Les anneaux d'amarrage étaient bon marché et de nombreux habitants du quartier possédaient une embarcation pour aller chasser le lièvre, le chacal et même l'impressionnant serpent des sables – une proie difficile à attraper, mais dont la chair blanche était riche et savoureuse une fois grillée.

Il n'y avait pas de phare, et quand des navires étaient égarés ou en retard, on allumait de grands braseros qu'on hissait sur de hauts poteaux. Lorsque Çeda arriva, plusieurs bâtiments avaient déjà mis le cap vers les dunes, et leurs voiles effilées semblaient trancher les rayons du soleil levant. La jeune fille se dirigea vers le navire amarré au bout du quai, un ketch que la prochaine tempête arracherait probablement à ses patins avant de le broyer et de l'éparpiller à travers le désert.

Çeda frappa contre la coque avant de faire quelques pas vers le premier des trois skiffs amarrés de l'autre côté de l'appontement.

— Djaga, je voudrais prendre un skiff.

Des bruits de bottes résonnèrent sur le pont du ketch. Une femme apparut et se pencha au-dessus du plat-bord. Elle avait des cheveux roux, une peau chocolat et une fine cicatrice le long de la mâchoire. Comme toujours, Çeda fut frappée par la beauté de son teint et de ses yeux gris-vert. Elle ressemblait à une reine, mais cette comparaison l'aurait fait ricaner. Elle avait été une chienne de poussière – « une *selhesh* », corrigeait-elle toujours, « une élue de Bakhi, pas une chienne » –, mais elle avait quitté les arènes depuis des années. Elle avait gravi les échelons de ce monde brutal, et lorsque sa cote avait été au plus haut, elle avait accepté un combat à mort dans les fosses funestes. En règle générale, douze guerriers participaient à ces affrontements, mais ce jour-là, ils n'étaient que deux. Son adversaire était Hathahn, une brute énorme, l'homme le plus dangereux et cruel que les arènes aient connu. Il avait remporté vingt-neuf combats à mort avant de prendre sa retraite, mais quelqu'un l'avait convaincu d'en faire un dernier. Hathahn n'avait pas résisté à la tentation d'affronter Djaga, une femme qui n'avait pas perdu un seul de ses trente combats.

Quand on avait sorti Hathahn de l'arène, il avait les yeux vitreux et un flot de sang coulait sur son visage. Djaga lui avait fendu le crâne avec sa hache de bronze. Malgré les supplications d'Osman, la guerrière avait mis un terme à sa carrière, et avec l'argent gagné, elle avait acheté un petit ketch fin comme un oiseau et investi son pécule avec sagesse. Elle possédait désormais deux navires et était devenue l'un des marchands les plus influents du port occidental.

Elle graissait une roue à vis en bois à l'aide d'un chiffon.

— Juste pour la journée ? demanda-t-elle avec son accent kundhanais roulant.

— Oui.

— Ne t'avise pas de me rayer les patins une fois de plus, ma grande.

— Promis.

Djaga leva les yeux au ciel, puis sourit et envoya un baiser à Çeda avant de disparaître.

— Djaga ?

L'ancienne guerrière réapparut et regarda Çeda avec ce froncement de sourcils qui n'appartenait qu'à elle : mi-amusé, mi-agacé.

— Quoi encore, ô Çeda la perpétuelle insatisfaite ?

Çeda observa le quai, puis le ketch, avant de répondre.

— Certaines rumeurs racontent que Macide utilise ce port.

Djaga cessa d'astiquer la roue à vis.

— Pourquoi faut-il toujours que tu te mêles de choses que les jeunes filles sensées évitent comme la peste ?

— Alors ?

Le visage de Djaga se ferma.

— Quand l'Al'afwa Khadar est concerné, je regarde ailleurs, dit-elle dans un murmure. Leur combat n'est pas le mien, Çeda.

— Je te demandais ça par simple curiosité, dit Çeda en reculant vers le skiff sur lequel elle avait l'intention d'embarquer. C'est juste une conversation que j'ai entendue dans les souks.

Djaga, qui s'était remise à graisser la roue à vis, se redressa et regarda la jeune fille dans les yeux.

— Fais attention à toi, ma grande.

— Je fais toujours attention à moi.

Djaga ricana.

— Sûrement pas. Écoute mon conseil.

Çeda hocha la tête et Djaga disparut.

La jeune fille défit les amarres, sauta au bas du quai et tira le navire. Avec ses patins soigneusement taillés dans du bois poli, le skiff glissait sur le sable comme du verre sur la soie. Çeda monta à bord et hissa la voile. Le vent était changeant, mais il poussa l'esquif vers l'embouchure du petit port. La jeune fille mit le cap vers le désert tandis que la chaleur commençait à se faire sentir. Au bout d'un moment, elle regarda derrière elle et s'aperçut que Sharakhaï avait presque disparu. Elle ne voyait plus que Tauriyat, et puis la colline disparut dans les sables à son tour.

Le vent soufflait par le travers et le skiff filait entre les dunes. La jeune fille était de plus en plus nerveuse. Après avoir entendu le carillon, plusieurs souvenirs lui étaient revenus en mémoire. Sa mère l'avait emmenée dans le désert à de nombreuses reprises quand elle était enfant. Elle se rappelait les pièces qu'Ahya faisait glisser dans la main d'un homme replet sur les quais. Elle se souvenait des voyages avant le lever du soleil. Elle se souvenait de la grande femme qu'elles rencontraient dans le désert.

Les images étaient si vagues que Çeda se demandait parfois si ce n'étaient pas les réminiscences d'un rêve.

Elle aperçut une silhouette irrégulière sur tribord. Le Doigt d'Irhüd. Il était moins grand que dans ses souvenirs, mais on l'apercevait quand même à des lieues à la ronde. Çeda tira sur la barre pour modifier le cap, et le skiff suivit l'ombre de sa voile. Quelques heures plus tard, une bande de terre surélevée se dessina sur l'horizon, un plateau rocailleux sur lequel poussaient quelques touffes d'herbe chétive. Le vent soufflait fort et Çeda arriva plus vite que prévu. Le skiff s'engagea sur le lit de pierres avant qu'elle ait le temps d'affaler la voile.

La jeune fille grimaça en entendant les patins racler les rochers.

Djaga allait la tuer.

Elle jeta l'ancre, débarqua et se dirigea vers la maison de Saliah. Elle crut entendre un tintement cristallin, et de nouveaux souvenirs remontèrent à la surface de sa mémoire. Elle gambadait autour de la bâtisse en briques d'argile pendant que sa mère parlait avec Saliah ; elle mangeait un bonbon au miel, et surtout, écoutait les tintements des carillons. Par le regard lumineux de Tulathan, comment avait-elle pu oublier les carillons ?

Elle se demanda si Saliah était chez elle, et puis elle l'aperçut dans l'encadrement de la porte. La vieille femme la regardait. Elle s'appuyait sur une houlette dont l'extrémité ressemblait à une coquille d'escargot incrustée de petites gemmes dorées et étincelantes – ou peut-être était-ce des morceaux de verre ? Ses épais cheveux bruns étaient rassemblés en une grosse natte qui pendait dans son dos. Sa mâchoire se dessinait avec netteté et ses yeux étaient aussi acérés que des pointes de flèche. Dans les souvenirs de Çeda, Saliah apparaissait toujours comme une géante. La jeune fille avait cru que c'était un écho de sa naïveté d'enfant, mais elle s'était trompée. Elle avait croisé des milliers de femmes à Sharakhaï, mais aucune ne ressemblait à Saliah. La sorcière du désert mesurait une tête de plus qu'elle, et Çeda était loin d'être petite. Le sang des premiers hommes devait couler dans ses veines, les hommes que les anciens dieux avaient créés avant de partir pour des rives lointaines.

—Que la lumière du soleil éclaire ton chemin, dit Çeda en approchant.

Saliah la regarda d'un air grave.

—Je n'ai aucun besoin d'un quelconque soleil. Qui va là ?

—Je suis Çeda. Çedamihn Ahyanesh'ala.

Saliah ouvrit la bouche pour dire quelque chose, puis se ravisa. Elle resta silencieuse un moment.

—Je… C'est un nom que je n'ai pas entendu depuis de nombreuses années.

Çeda se demanda comment elle devait réagir.

—Ma mère est morte quand j'avais huit ans, dit-elle d'un ton hésitant.

—Ah oui ?

Saliah avait parlé avec détachement, comme si elle évoquait des faits très anciens. Çeda remarqua alors qu'elle regardait *à travers* elle et comprit que Saliah était aveugle. Elle ne s'en était pas aperçue plus tôt parce que la sorcière du désert avait tourné la tête en l'entendant arriver… Voilà qui expliquait bien des choses. Enfant, Çeda avait été surprise par la fluidité de ses déplacements, même quand elle « regardait » ailleurs.

Encore un souvenir qu'elle aurait dû se rappeler.

Saliah porta la main à son front.

—Je pleure ta perte, mon enfant, mais pourquoi es-tu venue jusqu'ici ?

—Je suis venue à cause de ceci.

Çeda fit un pas en avant et glissa le livre d'Ahya dans les mains de Saliah.

La vieille femme fronça les sourcils, posa son bâton contre le mur de la maison et caressa la couverture avec tendresse. C'était un geste si intime que Çeda se sentit gênée. Elle s'était préparée à partager les secrets du livre, mais… elle ne s'attendait pas à cela. Elle eut soudain l'impression que la vieille femme violait la mémoire de sa mère, et dut faire un effort pour ne pas lui arracher l'ouvrage des mains.

—Je connais ce livre, dit Saliah.

—Vraiment ?

— Évidemment. C'est moi qui l'ai donné à ta mère.

Çeda n'aurait pas été plus choquée si Saliah l'avait giflée à toute volée. Elle savait qu'Ahya venait voir Saliah pour traiter de vagues affaires, mais elle n'avait jamais imaginé qu'il existait une telle complicité entre les deux femmes.

— Pourquoi ?

Elle n'avait rien trouvé d'autre à dire.

— C'est ce que tu veux savoir ? Pourquoi j'ai donné ce livre à ta mère ?

— C'est un commencement.

Saliah lui rendit l'ouvrage, puis reprit son bâton et se dirigea vers un mur en pierre à la droite de Çeda. Elle marchait avec assurance, sans la moindre hésitation. Çeda lui emboîta le pas et elles franchirent un passage voûté. Comme jadis, le jardin semblait bien différent une fois à l'intérieur. Un chemin pavé de pierres plates serpentait entre de hautes herbes – de la valériane et de l'annadouce. Des fruits jaune vif étaient accrochés aux branches de deux petits arbres, et trois grappes de dattes orangées se balançaient sous un palmier. Un peu plus loin, des oiseaux se désaltéraient dans un bassin rempli d'eau claire ou lissaient leurs plumes sur un buisson de laurier-rose. La plupart étaient des fauvettes des marais, ce qui était assez étonnant, car on en voyait rarement en dehors de la saison des pluies de printemps qui redonnaient vie à la Haddah. Il y avait également une alouette ambrée avec sa longue queue, son ventre tacheté et sa poitrine dorée. La plupart des oiseaux s'envolèrent à l'approche des deux femmes, mais ils ne quittèrent pas le jardin. Seule l'alouette ambrée fila vers le désert après avoir poussé un cri strident suivi d'un roucoulement triste.

Au centre du jardin, un acacia se dressait à plus de quinze mètres de haut. Ses branches se déployaient en une large canopée, mais les feuilles minuscules laissaient passer les rayons du soleil et d'étranges ombres se dessinaient sur le sol au gré de la brise du désert. Des éclats en cristal étaient accrochés aux branches avec du fil d'or. Il y en avait des centaines, peut-être même des milliers. Tous de couleurs différentes. Ils se balançaient en produisant des tintements aussi légers que le murmure d'un ruisseau de montagne.

Saliah approcha de l'arbre et fit glisser ses doigts sur le tronc, peut-être à la recherche d'un repère. Le son des carillons changea et gagna en intensité. Les tintements semblaient raconter une histoire qui n'était pas sans rappeler le poème d'Ahya. La vieille femme se tourna vers Çeda.

— J'ai donné le livre à ta mère parce qu'elle me l'avait demandé.

— Et où l'avais-tu trouvé ?

— Trouvé ? (Un large sourire éclaira le visage de la vieille femme.) C'est moi qui l'ai écrit.

Çeda laissa échapper un hoquet de surprise.

— Mais tu es…

Saliah fronça les sourcils.

— Je suis quoi ? Aveugle ? Crois-tu qu'il en a toujours été ainsi ?

— Je trouve que cela ne te gêne pas trop.

— Peut-être, mais nous apprenons et nous nous adaptons, n'est-ce pas ? Nous découvrons qu'on peut continuer nos vies malgré nos erreurs.

Les yeux de Saliah glissèrent au-dessus de l'épaule de Çeda comme si elle regardait au-delà du mur du jardin, au-delà du présent.

— Je me souviens d'être venue ici, dit Çeda tandis que les tintements des carillons s'atténuaient.

— Tu courais souvent dans ce jardin quand tu étais petite.

— Pourquoi ma mère venait-elle te voir ?

Saliah se renfrogna, comme Çeda quand ses élèves devenaient un peu trop hardis.

— Nos affaires ne concernaient que ta mère et moi. En revanche, j'aimerais bien que tu me dises pourquoi tu es venue me voir.

— Commençons par le livre. Il contient un poème que ma mère a écrit.

— Un poème…

— « Il reposera, en dessous de l'arbre tordu, jusqu'à la mort par son engeance portée. Par les larmes de Nalamae, et par la crainte divine, le sang du sang gagnera les sombres terres. »

Saliah fronça les sourcils en entendant le vers à propos des larmes de Nalamae, mais elle resta silencieuse. Çeda essaya de la faire parler.

— Je dois découvrir le sens de ce poème.

Un minuscule oiseau rouge passa entre les deux femmes, et le bruissement de ses ailes rompit la tension.

— Et qu'est-ce qui te fait penser que je le connais ?

— Quelque chose de cette importance ne peut pas t'avoir échappé.

— Tu crois cela ?

Çeda se redressa.

— Oui.

Saliah se raidit comme si elle venait d'entendre une insolence de la part d'un enfant qu'elle s'apprêtait à chasser, mais quand elle reprit la parole, il n'y avait pas la moindre trace d'agacement dans sa voix.

— Tu devrais renoncer à certaines choses.

— Je ne le peux pas.

— Tu n'as pas à te mêler des affaires des Rois.

— Ils ont tué ma mère. Ils l'ont pendue et exposée à la vue de tous avec ces horribles symboles gravés sur sa peau.

— Raison de plus pour les laisser tranquilles. Tu n'es pas ta mère, Çedamihn. Tu ne lui arrives même pas à la cheville.

La jeune fille sentit sa gorge se nouer. Pourquoi Saliah refusait-elle de répondre à ses questions ?

— Je vengerai sa mort, avec ou sans ton aide.

— C'est pour cela que tu es venue ici, pour obtenir vengeance ?

— Est-ce que ce n'est pas une raison suffisante ?

Saliah fit la moue.

— Comme tu es ignorante, mon enfant.

Çeda comprit qu'elle l'avait déçue, mais cela ne fit qu'attiser sa colère et son désespoir.

— Parle-moi du poème.

— Dis-moi ce que tu sais, répliqua Saliah.

— Pas grand-chose. Les arbres tordus font certainement référence aux adicharas. Je ne sais pas qui est celui qui est censé se reposer. Un asir, je suppose. Peut-être celui qui m'a embrassée.

Çeda avait dévoilé cette dernière information dans l'espoir de faire réagir la vieille femme, mais elle ne s'attendait pas à la voir frissonner.

— Qu'est-ce que tu as dit ? demanda Saliah à voix basse.

— Il y a un asir qui porte une couronne. Le Roi des asirim.

Le front de la vieille femme se plissa, et pendant un moment, elle parut aussi âgée que le désert.

— Sehid-Alaz…

— C'est son nom ? Il s'appelle Sehid-Alaz ?

Saliah secoua la tête.

— C'est sans importance.

Çeda eut soudain l'impression d'avoir de nouveau huit ans. Elle se ressaisit et ordonna ses pensées avec soin, comme les pièces d'un puzzle, avant de reprendre la parole.

— J'ai beaucoup songé à la dernière fois que je suis venue ici, dit-elle. Au jour où tu nous as chassées, ma mère et moi. J'avais eu une vision, une vision que tu as dû voir, toi aussi. (Elle n'attendit pas que Saliah réagisse.) Il y avait une aile-vibrante, une femme qui dansait dans les dunes et un Roi qui me tendait un sabre.

— Un sabre noir, souffla Saliah.

Oui.

Encore un mystère que Çeda devait élucider.

— Pourquoi ? Comment est-ce possible ? Je ne suis pas une Vierge du Sabre.

— Il y a tant de chemins qui s'offrent à nous…

Çeda eut l'impression que la vieille femme ne s'adressait plus à elle.

— Aide-moi à choisir le mien !

— Je ne peux pas.

— Pourquoi ?

—Je… Il y a bien des dangers différents, Çedamihn. Des dangers que, grâce aux dieux, tu n'imagines pas. Je ne peux pas te guider. Le prix à payer serait trop terrible.

—Étais-tu l'alliée ou l'ennemie de ma mère ?

—Tu connais déjà la réponse à cette question.

—Alors, aide-moi comme tu l'as aidée. Dans ma vision, on me donnait un sabre noir. Comment cela est-il possible ?

—Je ne suis pas certaine que tu sois prête. Ta mère t'aurait expliqué tout cela le moment venu.

Le cœur de Çeda accéléra. Elle ne comprit pas pourquoi.

—Ma mère est morte. C'est à toi de m'expliquer.

Une expression décidée se peignit alors sur les traits de Saliah. Ses lèvres se réduisirent à une mince ligne et elle hocha la tête.

—Mes explications n'auront aucun sens pour toi. (Elle fit un pas en direction de l'acacia.) Tu dois voir de tes yeux.

—Que dois-je faire ?

—Fais tinter les carillons.

—Comment ?

—C'est à toi de répondre à cette question.

Le cœur de la jeune fille martelait sa poitrine comme un cheval au galop. Elle leva la tête et examina les branches entrelacées et griffues, puis les éclats en cristal étincelants. Ceux-ci produisaient un son magnifique, mais vide de sens, un son sans lien avec Çeda et son destin. Elle devait faire réagir l'acacia, mais comment ?

Elle contempla le jardin. Il y avait de grosses pierres avec lesquelles elle pouvait frapper le tronc, mais la méthode manquait de subtilité et risquait de précipiter les prédictions de Saliah. Elle pouvait grimper entre les branches et les secouer comme elle l'avait fait quand elle était enfant, mais c'était un peu… puéril, voire désespéré. Elle pouvait prier Thaash pour qu'il envoie un souffle de vent, mais les dieux du désert n'écouteraient pas sa requête – et Thaash encore moins que les autres. Et puis, Çeda n'avait pas envie qu'un dieu influence son destin à ce point.

Et puis elle vit la houlette de Saliah. Les tintements avaient changé quand la vieille femme avait posé la main sur le tronc de l'acacia. Ils étaient devenus plus forts et plus complexes. Comme le brouhaha de Sharakhaï après la nuit silencieuse de Beht Zha'ir.

Çeda approcha de l'arbre et tendit la main pour prendre la houlette. Elle crut que la vieille femme allait protester, mais Saliah lâcha le bâton et recula d'un pas.

Où devait-elle frapper ? Et avec quelle force ? La jeune fille leva la houlette à hauteur de poitrine et pointa l'extrémité vers le centre du tronc.

Le cœur de l'acacia. Le coup fut léger. Elle voulait juste que l'arbre remarque sa présence.

Elle baissa le bâton et tendit l'oreille. Saliah fit de même. Elle avait les yeux fermés et la tête inclinée sur le côté.

D'abord, il ne se passa rien de particulier, et puis Çeda entendit les carillons des branches basses. Les tintements semblaient se rapprocher et s'éloigner comme les échos d'une tempête dans le désert. Le bruit s'insinua en elle. Elle le sentait dans sa poitrine, dans sa nuque et jusque dans son âme. Elle eut soudain l'impression d'être au centre d'une gigantesque toile d'araignée. Le moindre de ses mouvements enverrait des vibrations le long des fils, ou les déchirerait.

Le soleil faisait briller les éclats de cristal qui formaient une constellation hypnotique. Çeda se vit dans la lumière. Elle tenait la main de sa mère. Emre introduisait quelque chose dans la bouche émaciée d'un homme habillé comme un seigneur. Des centaines de vaisseaux glissaient sur le sable à la lueur des lunes.

Ahya portait de beaux vêtements qui mettaient son corps en valeur sans en dévoiler trop. On la tirait d'une voiture à cheval et on l'entraînait dans un grand palais. Elle marchait dans des couloirs tapissés de bannières portant l'emblème des Rois – un bouclier au milieu de douze sabres en éventail. Elle avançait d'un pas léger. Elle était seule. Elle savait où elle se rendait et qui elle allait rencontrer. Elle parvint devant une double porte gardée par deux soldats armés de lances. Les deux hommes ouvrirent et s'inclinèrent avec respect lorsqu'elle passa entre eux. Les battants se fermèrent avec un bruit sourd qui résonna dans le couloir.

Une autre vision. Sa mère était étendue sur un lit, couverte de sueur. Elle gémissait en agrippant son ventre. Elle attendait un enfant. Une sage-femme l'aida à se redresser et la supplia de pousser plus fort. Le bébé apparut et la sage-femme l'emmaillota avant de le tendre à sa mère. Allongée sur le dos, Ahya détourna les yeux pour ne pas voir l'enfant qu'elle venait de mettre au monde.

« Vous devez le prendre dans vos bras », dit la sage-femme.

Mais Ahya contemplait un mur. Elle pleurait en tremblant. Elle versait des larmes de tristesse, pas de joie.

— Non ! hurla Çeda. (Son cri rompit l'illusion.) Non ! C'est impossible !

Elle leva la houlette et frappa le tronc de toutes ses forces. Encore et encore. Jusqu'à ce qu'elle sente l'acacia frémir.

Une note claire et aiguë attira son attention. Elle leva la tête et vit un éclat de cristal tomber en tourbillonnant. Elle aurait pu l'attraper, mais elle le laissa s'écraser sur une pierre ronde. Le son cristallin l'arracha définitivement à ses visions. La jeune fille était de retour dans le jardin. Elle vit la tête de

Saliah partir en arrière, et la vieille femme porta une main à sa joue. Elle recula en titubant, mais son talon buta contre une racine et elle tomba sur un massif herbeux.

Çeda se précipita pour l'aider à s'asseoir. Saliah effleura la plaie, puis frotta ses doigts avec un air étonné. Elle tourna la tête et observa Çeda.

La jeune fille frissonna. Elle savait que Saliah était aveugle ; pourtant, elle avait l'impression que l'ermite regardait au plus profond de son âme.

Les carillons tintaient, mais Çeda n'y prêtait plus la moindre attention. Saliah accepta sa main et se leva. Le chaos reflua et les sons cristallins s'apaisèrent.

— Est-ce que tu vois, maintenant ? demanda la vieille femme.

Les paroles d'Ahya résonnèrent dans la tête de Çeda : *« Ton père te tuerait sur-le-champ s'il apprenait que tu es en vie. »*

— Oui, je vois.

Çeda observa le jardin fertile, hébétée.

— Je n'en sais pas plus que les carillons, dit Saliah.

— Oui, répéta Çeda en lui tournant le dos. Bien sûr.

Elle s'éloigna sans ajouter un mot.

— Çedamihn ? appela la vieille femme.

Çeda ne l'écoutait plus. Elle traversa le jardin et regagna le skiff. Elle hissa la voile et mit le cap sur Sharakhaï. Elle tenait la barre d'une main molle, les yeux fixés sur le désert infini. Puis elle se leva en écartant les bras et poussa un cri primal vers le ciel.

— Pourquoi ? (Folle de rage, elle se moquait que les dieux l'entendent.) Comment as-tu pu me cacher ça ? (Elle serra les poings et frissonna.) Je ne peux pas être la fille d'un Roi ! C'est impossible !

Et pourtant.

Elle faisait partie *des leurs*.

Elle se laissa tomber sur le barrot et regarda les dunes dorées défiler autour d'elle.

Pourquoi sa mère avait-elle fait cela ? Ahya avait été une femme prudente et la naissance de sa fille ne pouvait être le fruit du hasard. Alors pourquoi ? Çeda n'avait-elle été qu'un pion dont le seul rôle consistait à servir les desseins de sa mère ?

C'était la seule hypothèse crédible.

Ahya avait séduit un Roi et lui avait donné un enfant, non pas parce qu'elle aspirait à la maternité. Elle avait imaginé un plan, mais lequel ? Çeda n'en avait pas la moindre idée.

Le navire fila à travers le désert pendant des heures, et la jeune fille aurait été incapable de dire où il se dirigeait. Elle songeait au passé, aux moments qu'elle avait partagés avec sa mère, aux jours qui s'étaient écoulés depuis sa mort. Tout lui semblait différent, désormais. Ses souvenirs avaient été irrémédiablement souillés par la vérité. Elle se sentait perdue. Son monde s'était effondré.

Et alors? songea-t-elle. *Quelle importance?*

Le soleil se coucha sur l'horizon. Çeda lâcha la barre et s'allongea au fond du skiff pour contempler le ciel. Elle sentait les remous du désert, les courants du Grand Shangazi. Elle entendait le doux sifflement des patins. Elle observa les nuages qui suivaient une trajectoire perpendiculaire à celle du skiff.

— Qui suis-je? demanda-t-elle aux cieux.

Je suis la fille d'une femme dont le dernier geste a consisté à gifler son enfant – l'être qu'elle chérissait par-dessus tout, selon elle – avant de l'abandonner.

J'ai été conçue pour devenir un outil, mais rien ne m'a préparée à cela.

J'ai été conçue dans un but précis, un but absurde.

Personne ne m'aime.

Personne ne veut de moi.

— Je ne suis rien, dit Çeda en se demandant si les dieux l'écoutaient en se moquant d'elle. J'espère que je pourrai vous parler avant d'atteindre les rives lointaines. M'accorderez-vous cette requête, au moins? Une petite conversation avec le jouet que vous avez trompé tout au long de sa vie?

Le soleil disparut et la lueur rougeâtre du crépuscule se répandit sur l'horizon occidental. Le skiff s'échoua. Çeda resta immobile. Elle aurait voulu s'endormir, mais le sommeil ne vint pas. Elle se redressa et s'assit.

Un hoquet de surprise s'échappa de sa gorge.

Sharakhaï était invisible, mais Tauriyat se dressait devant elle comme un monolithe des premiers âges. Les douze Rois étaient là. Ils la regardaient et lui faisaient signe. Comme si elle était une amie. Ou une ennemie fatiguée de fuir.

Çeda sentit la vieille haine qui dormait en elle comme un fragment d'ambre dans le sable. Une partie d'elle se réveilla avec la ferme intention de raser la cité.

Tu parles, mais tes paroles sont creuses, songea-t-elle.

Tes amarres ont lâché et tu es à la dérive.

Elle avait pourtant obtenu des réponses à plusieurs de ses questions et cela la rendait plus forte, mais encore fallait-il employer cette force à quelque chose.

Elle descendit de l'esquif et saisit le plat-bord pour le tirer hors du champ de pierres. Elle remarqua alors la tache rouge sur son pouce. Une goutte de sang avait dû couler sur son doigt quand elle avait aidé Saliah à se lever.

Le sang de Saliah.

Le sang des premiers hommes.

Et le sang de Rois.

Çeda comprit ce qu'elle avait à faire. Ses pensées devinrent aussi limpides qu'un lac de montagne.

Elle tira le skiff sur le sable et orienta les patins dans la bonne direction. Elle le poussa de toutes ses forces, et quand il alla assez vite, elle sauta à bord.

Elle mit le cap vers Sharakhaï.

CHAPITRE 22

Emre était allongé sur le toit des *Quatre Flèches*, l'une des plus anciennes et des plus célèbres auberges de l'Abreuvoir. Aussi immobile qu'un serpent des sables, il observait une propriété ceinte d'un mur en s'efforçant d'ignorer les bruits qui montaient de la rue, derrière lui. La demeure n'était pas très grande, mais elle était agencée de manière curieuse et entourée de plusieurs terrasses et balcons. Il y avait même un belvédère en pierre calcaire au milieu d'un ravissant jardin.

Depuis qu'il avait commencé sa surveillance, trois jours plus tôt, Emre n'avait jamais vu personne se promener autour de la maison ou prendre le thé sur une terrasse. Le belvédère était sale et mal entretenu, comme s'il était à l'abandon depuis des années. Il y avait pourtant des visiteurs. Le premier jour, un jardinier avait arrosé et taillé les buissons et les massifs de fleurs le long des chemins. Le lendemain, un chariot-citerne était venu remplir le réservoir derrière le bâtiment. Mais aujourd'hui, Emre n'avait vu personne.

Le jeune homme leva sa lunette et examina toutes les fenêtres visibles. Les rideaux diaphanes ondulaient au gré de la brise étrangement fraîche qui venait de l'est. Apparemment, il n'y avait personne à l'intérieur. Emre tourna la lunette vers la droite et observa le vénérable château d'eau qui alimentait Ophir, la plus ancienne distillerie de Sharakhaï. Sur la petite passerelle qui entourait la base de la tour, une silhouette à peine visible était allongée dans l'ombre. Darius, un agent des Hôtes sans Lune.

Darius surveillait la propriété depuis trois jours. Comme Emre. Enfin presque, car Emre surveillait la propriété *et* Darius. Il ne savait pas ce que les Hôtes sans Lune cherchaient, mais il finirait bien par l'apprendre. Il suffisait d'être patient.

C'était savadi et la soirée allait être animée sur l'Abreuvoir. Quand le soleil descendit vers l'horizon et que l'heure du dîner approcha, Emre entendit la cité se réveiller autour de lui. Les gens entraient dans des salons de thé et de musique, des tavernes et des fumeries bondées… Certains s'asseyaient sur des chaises, d'autres préféraient les tabourets disposés sur les trottoirs afin de regarder les passants. Dans la cour des *Quatre Flèches*, des poètes se succédaient. Les gens sifflaient et tambourinaient sur les tables avec leurs verres d'arak – plus ou moins fort selon la qualité du spectacle. Les artistes disposaient de peu de temps pour impressionner leur public.

Emre ignorait toujours ce que Darius faisait là et il se demanda s'il ne venait pas de perdre une nouvelle journée. En distribuant quelques pièces et en posant des questions à des personnes qui lui étaient redevables, il avait appris que Hamid cherchait quelque chose dans le secteur des *Quatre Flèches*, mais c'était par hasard qu'il était tombé sur Darius. Il arpentait les rues depuis le lever du soleil pour se renseigner sur les habitants du quartier quand il avait aperçu Darius qui grimpait sur la passerelle du château d'eau. Il s'était caché dans une allée pour l'attendre, mais Darius n'était pas redescendu avant la tombée de la nuit. Le jeune homme l'avait suivi jusque dans les Bas-fonds et l'avait vu entrer à la *Queue du Chacal*, une fumerie louche fréquentée par Hamid.

Emre était sur la bonne piste et avait décidé d'espionner Darius. Or, ce ne serait pas ce soir qu'il découvrirait quelque chose, car Darius se leva pour partir. Emre s'apprêtait à faire de même quand il aperçut un araba tiré par deux grands chevaux noirs approcher du domaine. Le véhicule s'arrêta devant la grille et un valet sauta à terre pour l'ouvrir. Le chauffeur fit claquer son fouet et l'araba s'engagea sur le chemin circulaire qui conduisait au porche. Les grincements de la sellerie et des harnais se mêlèrent aux cris des fêtards.

Une jolie jeune femme était assise à l'arrière de la voiture. Ses cheveux noirs étaient tressés et une gemme bleue était accrochée à son front. La pierre brillait doucement à la lueur du crépuscule. Le valet plaça un marchepied en bronze contre le véhicule, puis il ouvrit la porte de la maison et entra sans perdre de temps. L'inconnue descendit et échangea quelques mots avec le chauffeur. Le valet réapparut avec un fauteuil roulant qu'il poussa jusqu'à l'araba.

Emre s'aperçut alors qu'il y avait un autre passager. C'était une vieillarde enveloppée dans des couvertures et assise si bas qu'il ne l'avait pas remarquée. La jeune femme la fit descendre avec l'aide du valet, puis l'installa dans le fauteuil.

Tandis que le petit groupe se dirigeait vers l'entrée de la maison, l'araba s'ébranla et repartit. Le chauffeur s'arrêta dans la rue et sauta à terre pour refermer la grille du domaine, puis remonta sur son siège et fit claquer son fouet.

Des lumières s'allumèrent à l'intérieur de la maison, mais Emre ne vit personne. Les nouveaux venus avaient dû s'installer dans une pièce au centre ou à l'est de la demeure. En toute logique, Darius aurait dû faire une petite reconnaissance, mais il se contenta d'observer la demeure pendant quelques minutes, puis descendit du château d'eau et s'en alla. Il s'éloigna par une rue au sud, de manière qu'on ne le voie pas depuis la propriété.

Emre attendit dans l'espoir qu'un indice lui permettrait d'en connaître un peu plus sur l'identité de la vieille femme ou sur les raisons de la surveillance mise en place par Hamid. En vain. Il devait en apprendre davantage avant que Darius décide de faire ce qu'il avait l'intention de faire, mais il ne fallait surtout pas que l'espion de Hamid le repère. Les clients rassemblés dans la cour des *Quatre Flèches* éclatèrent de rire et la poétesse attendit qu'un semblant de silence revienne avant de reprendre son histoire. Alors qu'elle entamait le vers suivant d'une voix qui évoquait l'argent liquide, l'accompagnatrice de la vieille femme approcha d'une fenêtre donnant au sud et sa silhouette se dessina à la lumière d'une lampe intérieure.

Emre la regarda jusqu'à ce qu'elle s'éloigne. Il réfléchit et comprit qu'il ne pourrait rien faire sans que Darius le voie.

Mais en réalité, n'était-ce pas le but de la manœuvre ? N'était-il pas là pour attirer l'attention des Hôtes sans Lune ?

Tandis qu'il se dirigeait vers le coin du bâtiment, de nouveaux sifflements montèrent dans la nuit. Un client de l'auberge lança une remarque et la poétesse le remit à sa place d'un ton mordant. Les spectateurs éclatèrent de rire.

Quatre jours plus tard, par un matin venteux, Emre remonta l'Abreuvoir, chargé d'une sacoche en cuir. Il s'était vêtu avec soin, mais dans ce quartier, les habitants les plus pauvres étaient mieux habillés que lui. C'était sans importance. Il n'avait pas besoin de ressembler à un seigneur. Un rôle de commis ferait l'affaire.

Darius doit déjà être sur la passerelle, songea le jeune homme en se dirigeant vers l'est. Il s'arrêta devant la grille du domaine et tira sur la cordelette qui se trouvait sur sa droite. Une cloche sonna de l'autre côté du mur, et quelques instants plus tard, le valet qui était arrivé avec les deux femmes approcha au petit trot.

— Bien le bonjour, dit-il en regardant Emre.

— Je souhaiterais voir la dame de cette maison, s'il vous plaît.

Une ombre glissa sur le visage du valet. Était-il soupçonneux, décontenancé, ou les deux ?

— Souhaitez-vous rencontrer Matrone Zohra ou Dame Enasia ?

Emre eut soudain l'impression d'avoir la gorge plus sèche qu'un tas de sable. *Enasia ?*

Quelques années plus tôt, le jeune homme avait travaillé pour Galadan le maçon. Il l'avait aidé à construire un mur autour d'une extension du temple de Tulathan, au nord de la Lance. Les travaux avaient duré plusieurs semaines et Emre avait rencontré une jeune fille – une *femme* – qui s'appelait Enasia. Il avait fait de son mieux pour l'impressionner, mais avait seulement réussi à se couvrir de ridicule. Et puis le chantier s'était achevé et il l'avait perdue de vue. Enasia était ravissante, mais Emre n'avait pas osé retourner la voir. Son travail était terminé et il n'avait aucune raison de se rendre au temple où elle était disciple. Et puis, il ne fallait pas se faire d'illusions : ses maladroites tentatives de séduction l'avaient sans doute amusée ; cependant, elle n'aurait jamais accepté de se promener au bras d'une alouette des rues. Le temps avait passé et il avait fini par l'oublier.

Et voilà qu'elle réapparaissait dans sa vie.

Il avait consacré les trois derniers jours – ainsi qu'une bonne partie des nuits – à interroger les gens du voisinage en prenant soin de ne pas attirer l'attention de Darius. Il avait appris que la propriété était habitée par Matrone Zohra et que celle-ci était malade depuis plusieurs mois. Emre avait alors imaginé un plan : il se présenterait à la porte du domaine et demanderait à parler à la jeune femme qu'il avait aperçue à une fenêtre – une infirmière, sans doute. Il n'avait pas songé un seul instant qu'il la connaissait, et les phrases qu'il avait préparées avec soin se mirent à tourbillonner dans sa tête. Le valet le regarda d'un air soupçonneux.

— Pardonnez-moi, dit Emre. Je suis venu voir Matrone Zohra, mais il vaut mieux que je m'adresse à Dame Enasia.

— C'est à quel sujet ?

— Mille excuses, mais la jeune Dame m'a demandé la plus grande discrétion.

— Dans ce cas, nous n'avons plus rien à nous dire.

Le valet pivota et s'éloigna vers la maison.

— S'il vous plaît ! Il s'agit d'une affaire secrète qui concerne la santé et la tranquillité de Matrone Zohra.

Le valet s'arrêta et se tourna vers lui.

Emre tapota sa sacoche.

— Dame Enasia a été disciple au temple de Tulathan. C'est là que j'ai fait sa connaissance. Je suis désormais caravanier sur la route de Malasan. Je suis allé à Samaril. Leurs apothicaires sont de véritables magiciens. Ils préparent un élixir capable de soulager et même de guérir les maux de l'esprit.

Les voisins ne savaient pas grand-chose sur l'affection de Matrone Zohra, mais Emre en avait appris assez pour comprendre qu'elle souffrait probablement d'une maladie mentale.

— Je ne suis pas autorisé à en dire davantage à propos du médicament, ni de son prix, mais… (Il tapota sa sacoche de nouveau.) Je peux vous assurer qu'il soulagerait grandement la Matrone.

Le valet jeta un coup d'œil en direction de la maison. Il ne savait pas quoi faire et Emre comprit qu'il suffirait d'un rien pour faire pencher la balance en sa faveur.

— Vous savez, personnellement, tout cela m'est bien égal. Je ne connais même pas la Matrone. Mais Enasia la connaît et je pense qu'elle se soucie de son sort.

Un curieux mélange de doute et de confusion passa dans les yeux du valet, puis il prit une décision.

— Votre nom ?

— Dites-lui qu'Emre souhaiterait la voir.

Emre avait imaginé un pseudonyme dont il était très fier, mais il n'avait pas d'autre choix que de se présenter sous sa véritable identité. Enasia risquait fort de le reconnaître.

— Attendez ici, dit le valet.

Il regagna la maison, et quelques instants plus tard, Enasia sortit à grands pas. Elle portait une abaya couleur pêche aux broderies orange, et le vent plaquait le tissu contre son corps. Elle se dirigea vers l'entrée du domaine en regardant Emre avec attention. De toute évidence, elle cherchait à se rappeler qui il était. Il avait quelque chose de familier, mais elle ne le reconnut pas avant qu'il sourie.

— Je te présente mes excuses pour ces retrouvailles inopinées.

— *Emre ?*

— En chair et en os, dit-il en souriant de plus belle.

— Tu… (Elle le regarda des pieds à la tête.) Tu as grandi !

La dernière fois qu'ils avaient parlé, il avait seize ans, il mesurait une tête de moins qu'aujourd'hui et était plutôt chétif. Les yeux d'Enasia s'illuminèrent. Emre connaissait ce regard, il l'avait vu chez de nombreuses femmes.

— Que fais-tu ici ? Et pourquoi as-tu dit à Rengin que je t'avais demandé d'être discret ?

— En vérité, c'est toi qui m'amènes ici. Je suis rentré à Sharakhaï il y a peu, et un soir, j'ai décidé de me promener dans la ville en souvenir du passé. Alors que je marchais, j'ai aperçu une jeune femme dans un araba. Quelle ne fut pas ma surprise de reconnaître la ravissante disciple que j'avais rencontrée des années plus tôt. (Il fit un geste en direction du sud.) L'araba m'a distancé, mais à la tombée de la nuit, je l'ai vu garé devant cette maison. Il était trop tard pour me présenter ; cependant, je me suis promis de passer te dire bonjour avant mon départ.

—Et tu as dit à Rengin que tu avais un médicament pour Matrone Zohra ?

—Ah… Euh, oui.

—Je ne comprends pas.

—Eh bien… (Il prit l'air gêné, comme s'il redevenait l'adolescent qu'Enasia avait connu.) C'est un peu embarrassant, mais… je ne voulais pas venir te voir sans savoir ce que tu faisais là. Alors j'ai posé quelques questions dans le quartier. Je voulais en apprendre un peu plus à ton sujet, mais peu de gens te connaissent par ici.

Elle hocha la tête tandis que le vent jouait avec sa frange.

—Je trouve que les voisins… ne sont pas très sympathiques.

—Quoi qu'il en soit, on m'a dit que ta Matrone était malade et j'ai appris deux ou trois choses sur son mal. J'ai eu l'impression que les dieux m'adressaient un signe. Je n'ai pas menti à Rengin. Je suis allé à Samaril, plusieurs fois. Mon maître de caravane fait le commerce d'élixirs qu'il achète là-bas – enfin, entre autres choses. Je lui en ai acheté quelques-uns dans l'espoir qu'ils soulageraient ta Matrone.

—Tu as acheté des élixirs pour une femme que tu ne connais pas ?

—Tu la connais, toi. Et moi, je te connais. Pour dire vrai, ça ne m'a pas coûté grand-chose. Burhan m'était redevable. Des arriérés de salaire, tu vois…

Un sourire entendu se peignit sur les lèvres d'Enasia, et Emre se sentit de plus en plus mal à l'aise, mais il ne baissa pas les yeux et sourit à son tour. Il tenait à lui montrer qu'il n'était plus le gamin de jadis.

—Voyager avec une caravane, dit la jeune fille d'un air mélancolique. Prendre la route de Malasan ! Je me suis toujours demandé comment c'était. Ça doit être merveilleux. N'est-ce pas ?

—Si tu aimes avoir les lèvres craquelées par le soleil, boire de l'eau qui a mille ans et manger des biscuits oubliés par les premiers dieux, eh bien ! oui, c'est merveilleux.

Le sourire de la jeune fille vacilla à peine.

—Cela ne peut pas être aussi terrible que tu le dis.

—Non, tu as raison. Ce n'est pas si terrible, mais quand même… (Il regarda les bâtiments en pierre qui se dressaient autour d'eux.) Il y a des jours où je regrette la vie à Sharakhaï.

—Pourquoi ne reviens-tu pas ?

Il gloussa.

—Ce n'est pas si simple.

Elle se pencha vers lui.

—Bien sûr que si. Il n'y a rien de plus simple.

Il se pencha à son tour.

—Va raconter ça au type à qui je dois cent rahls.

— Cent rahls ! Mais qu'est-ce que tu as fait ? Tu as tué son cheval préféré ?

— C'est à peu près ça.

— Emre, je veux savoir !

— Une autre fois, peut-être. (Il fit un signe de menton en direction de la propriété.) Tu as renoncé à servir Tulathan ?

Enasia haussa les épaules tandis qu'un coup de vent s'engouffrait dans ses cheveux. Elle leva la main pour écarter les mèches de son visage et tourna la tête jusqu'à ce que la bourrasque s'apaise.

— En vérité, je n'ai jamais été au service de Tulathan. Mon père m'avait confiée au temple, mais je ne voulais pas être disciple. (Elle jeta un coup d'œil derrière elle.) J'ai trouvé une bonne place. Matrone Zohra est une maîtresse merveilleuse et elle m'a fait découvrir des choses que je n'aurais jamais apprises au temple. Un jour, je mettrai peut-être des enfants au monde pour les nobles.

Emre fronça les sourcils.

— Tu mettras des enfants au monde ?

Enasia rit.

— Matrone Zohra est sage-femme. Enfin, elle l'était. Comme tu l'as appris, elle est malade.

— J'avais espéré qu'il s'agissait de rumeurs. Je suis désolé. Elle était sage-femme, dis-tu ?

— Oui. Pendant vingt ans. Elle a mis au monde les enfants des plus grands seigneurs et des plus grandes dames de la Colline dorée. Et avant cela, elle faisait partie des Vierges du Sabre.

Emre fit un effort pour résister à l'envie de lever la tête pour vérifier que la redoutable vieillarde n'était pas dans les environs.

— C'était une Vierge du Sabre ?

— Dans sa jeunesse, oui. Elle a eu une vie de rêve.

— J'aimerais beaucoup la rencontrer, un jour.

— Malheureusement, elle est trop malade pour recevoir des visiteurs. (La jeune femme fit signe à Emre de la suivre.) Mais entre donc. Elle dort. Montre-moi les remèdes que tu as apportés.

Elle le prit par la main et le conduit à la porte, puis dans la salle à manger et tira une chaise pour qu'il s'assoie. Une fois qu'ils furent installés, Emre sortit une sacoche en toile qu'il avait achetée la veille chez un apothicaire des quartiers ouest – un homme qui savait tenir sa langue. Il la posa sur la table et l'ouvrit. Elle contenait douze fioles rangées dans des poches.

— Il y en a trois types, expliqua-t-il, mais ce sont tous des élixirs efficaces. (Il montra les ampoules rouges et vertes.) Les deux premiers auront un effet bénéfique immédiat s'ils peuvent soigner la maladie de ta maîtresse.

Je te conseille de commencer par ceux-là. Une cuillerée le matin et le soir. Si tu ne constates aucune amélioration, utilise le troisième remède. D'après mon maître, son effet est plus long à se faire sentir – c'est pourquoi il est préférable de l'essayer en dernier –, mais il est plus puissant que les deux autres. Avec l'aide des dieux, l'une des potions soulagera la Matrone.

En vérité, il s'agissait de remèdes contre la toux, les démangeaisons et la goutte. Emre y avait ajouté quelques épices malasaniennes pour éviter que la Matrone et Enasia se doutent de quelque chose.

La jeune fille contempla les fioles, puis tendit la main et prit une ampoule bleue. Elle fit tourner le liquide à l'intérieur.

— C'est un cadeau des dieux, Emre. Que te doit Matrone Zohra pour ces remèdes ?

Le jeune homme leva les mains.

— Tu me paieras si l'un d'eux est efficace.

Enasia rangea la fiole dans sa poche.

— Et moi, qu'est-ce que je te dois ?

— Ha ! ça, c'est autre chose.

Emre se leva et se prépara à partir. Enasia resta assise quelques instants, puis se leva à son tour. Ils regagnèrent l'entrée de la demeure en marchant côte à côte.

— Tu ne me dois rien, Enasia, dit Emre. Mais je dois reconnaître que l'autre nuit, quand je t'ai aperçue dans l'araba, je me suis demandé pourquoi les dieux croisaient nos chemins une fois de plus.

Le sourire entendu de la jeune femme réapparut sur ses lèvres.

— Je n'ai donc rien que je puisse t'offrir ?

Ils atteignirent la grille du domaine. Emre tira sur un battant avant de se tourner vers Enasia.

— Eh bien, une promenade, peut-être. Une tasse de thé dans un salon de l'Abreuvoir ?

Elle tendit les bras et serra sa main.

— Rien ne me ferait plus plaisir.

— Dans ce cas, scellons notre accord avec un baiser.

Emre lui baisa la main, puis la lâcha et recula sans quitter des yeux la jeune femme.

Elle esquissa un sourire mille fois travaillé et poussa la grille. Celle-ci se referma et le loquet cliqueta.

— Bientôt ? demanda-t-elle.

— Bientôt.

La jeune femme regagna la maison en lui adressant un geste de la main. On aurait dit que le vent l'entraînait pour la protéger d'Emre et de ses machinations.

Il s'éloigna d'un pas lent et jeta un rapide coup d'œil en direction du château d'eau. Il ne vit personne tapi dans l'ombre, mais il était certain que Darius était là.

Il tourna à droite, remonta vers l'Abreuvoir et s'installa à la terrasse d'un salon de thé, à la vue de tous, malgré le vent. La grande avenue était presque déserte et les rares passants rentraient chez eux. Certains commerçants clouaient des planches pour protéger leurs devantures des vents violents. Emre se demandait si le propriétaire du salon de thé allait faire de même, quand il aperçut Darius. Celui-ci traversa la rue et approcha à grands pas. Il s'arrêta devant Emre et le regarda avec une expression indéchiffrable.

De l'agacement, peut-être. Ou de la jalousie.

— Suis-moi, lâcha-t-il.

— Pourquoi ? demanda Emre.

— Tu sais très bien pourquoi, répliqua Darius. (Il pivota sur les talons et s'éloigna d'un pas vif.) Hamid veut te parler.

CHAPITRE 23

Le clipper royal filait vers le sud-est en fendant les sables du Shangazi. Les dunes étaient juste assez hautes pour que le vaisseau roule et grince sans cesse. Le Roi Ihsan se tenait sur le pont, mais il aurait donné cher pour être ailleurs. Il aurait dû rester à Sharakhaï et demander à Yusam de faire le voyage seul. La veille, le Roi aux Yeux de Jade était venu le voir. Il avait le souffle court et son visage était crispé par la peur. Il avait parlé du bassin, le puits dans lequel il lisait l'avenir. Il avait raconté qu'il avait eu des visions puissantes et insondables.

Ihsan avait déjà vu Yusam dans cet état, mais cela n'arrivait pas souvent. Un événement majeur se préparait, un événement qui ne concernait pas seulement Ihsan ou Yusam, mais tous les Rois. Les visions du Roi aux Yeux de Jade n'étaient pas faciles à déchiffrer, mais une chose était sûre : elles annonçaient toujours un grand danger.

Le soleil implacable avait transformé le pont en fournaise. Le vent soulevait des grains de sable pour les disséminer à travers le Grand Shangazi. Quatre Vierges du Sabre se tenaient à la proue, trois au milieu et deux à la poupe. La dixième était installée dans le nid-de-pie. Le navire était escorté par cinq asirim. Deux galopaient de chaque côté de la coque et le dernier faisait office d'éclaireur. Ils s'arrêtaient parfois au sommet d'une dune pour pousser leur gémissement plaintif, mais les ordres lancés par les Vierges les rappelaient vite à leur devoir.

Ihsan admettait que ce déploiement de force était un peu exagéré pour un voyage si court, mais on n'était jamais trop prudent. Les Hôtes sans Lune se montraient de plus en plus téméraires, et il aurait été dommage que ses projets échouent à cause d'un malheureux manque de précautions.

Il était cependant peu probable que les rebelles osent les attaquer, même s'ils les repéraient. Le navire battait pavillon sharakhien – un bouclier entouré de douze shamshirs sur un fond écarlate – et le vent puissant qui soufflait de bâbord faisait claquer la longue flamme entre les voiles gonflées. Attaquer un tel vaisseau revenait à signer leur arrêt de mort, et les Hôtes sans Lune le savaient.

Yusam se tenait à la proue, encadré par ses Vierges. Il regardait droit devant lui, la ligne noire qui s'étendait sur l'horizon. Les champs funestes où poussaient les adicharas.

Ihsan s'approcha. Il s'arrêta près de Yusam et congédia les Vierges d'un geste.

— Je pense que la présence de vos lames n'est pas vraiment nécessaire, leur dit-il. Tenez-vous au centre du navire si vous le souhaitez, mais laissez-nous en paix.

Les Vierges s'inclinèrent et s'éloignèrent.

— Tu as senti quelque chose ? demanda Ihsan.

Yusam lui jeta un coup d'œil agacé avant de se reconcentrer sur l'horizon. Il n'aimait pas qu'on l'interrompe, mais Ihsan n'aimait pas qu'on esquive ses questions.

Et tu les esquives depuis cent ans, mon cher Yusam.

Celui-ci possédait un bassin dans lequel il pouvait contempler les différents chemins conduisant vers l'avenir. Son chemin, mais aussi celui d'Ihsan et des autres Rois. Il lui arrivait même d'entrapercevoir les destins possibles de Sharakhaï. Le bassin était tout à la fois une bénédiction et une malédiction, les deux côtés tranchants d'une épée ensorcelée. Il suffisait de regarder le Roi aux Yeux de Jade pour s'en convaincre. Avant Beht Ihman, Yusam avait été un homme sûr de lui qui n'hésitait pas à se lancer dans des déclarations audacieuses. Il était peu sensible à la logique et la plupart de ses décisions dépendaient de ses émotions. Ihsan reconnaissait cependant qu'il avait motivé sa tribu mieux que tout autre. Il avait réveillé la ferveur d'hommes et de femmes qui, en toute honnêteté, n'avaient pas beaucoup de raisons d'éprouver de la fierté.

Au cours des années qui avaient suivi Beht Ihman, le bassin de Yusam s'était révélé fort utile. Le Roi aux Yeux de Jade avait identifié les chemins les plus dangereux et expliqué comment les éviter, mais il avait aussi commis des erreurs. Un jour, il avait mal interprété les intentions d'une tribu rebelle, et trois de ses filles l'avaient payé de leurs vies. Les malheureuses avaient été tuées et leurs entrailles répandues sur le sable. Les coupables – et *leurs* filles – avaient été identifiés et exécutés, mais cela ne lui avait pas apporté le moindre réconfort. L'assurance de Yusam s'était effritée au fil des années et le doute avait commencé à le harceler. Les visions étaient-elles précises ? Pertinentes ? Et si tel était le cas, les avait-il interprétées correctement ? Avait-il tenu compte de toutes les subtilités et des marges d'erreur ?

Son pouvoir était extrêmement difficile à maîtriser et Ihsan était heureux que les dieux du désert lui aient épargné ce don.

Yusam peut garder ses satanées visions pour lui. Je n'ai aucune envie de connaître mon avenir au-delà de ce que je suis capable de prévoir. Ces prédictions vous retournent l'esprit et vous plongent dans la folie.

Alors que les champs en fleur se rapprochaient, le capitaine lança des ordres et l'équipage affala les voiles. Le navire ralentit afin de manœuvrer avec précision. Yusam, qui regardait toujours les adicharas, se raidit. *Sans doute une de ses visions*, songea Ihsan. Le Roi aux Yeux de Jade pointa le doigt à tribord et désigna deux endroits. Le capitaine mit le cap sur celui qui était le plus au sud, un affleurement rocheux en tout point identique à ceux qui parsemaient les champs d'adicharas à des lieues à la ronde. Le vaisseau le contourna de manière à faire face à Sharakhaï et s'immobilisa. Ihsan entendit les claquements des chaînes qui se déroulaient à l'avant et à l'arrière du navire, puis le choc sourd des deux ancres sur le sable.

Il se tourna vers Yusam et croisa son regard vert pâle.

— Combien de fois faut-il que je te le dise ? lâcha Yusam. Si j'avais trouvé quelque chose, je te l'aurais dit. Ce n'est pas en interrompant ma concentration que tu m'aideras.

— Je pensais que tu n'avais peut-être pas envie de me parler.

— En effet. Tu es peut-être le Roi Éloquent, mais il semblerait que les gens n'éprouvent guère l'envie de te parler.

Il se dirigea à tribord d'un pas hautain et emprunta la passerelle lorsque celle-ci fut en place.

Ihsan le suivit. Yusam n'avait pas tort et il le savait depuis longtemps. Il aimait parler, mais rares étaient les sujets qui l'intéressaient.

Les deux Rois descendirent par la passerelle et posèrent le pied sur le sable. Les Vierges les suivirent, mais en respectant une certaine distance afin de ne pas déranger leurs maîtres. Yusam s'avança avec précaution sur le plateau rocheux. Ses yeux brillaient comme si cet endroit lui rappelait quelque chose, comme s'il recélait des mystères qu'il était le seul à pouvoir élucider. Ihsan le suivit en silence. Le vent déposait des grains de sable dans les crevasses avant de les emporter quelques instants plus tard. Un peu plus loin, les branches des adicharas se tendaient comme si elles cherchaient à saisir un ennemi invisible. Les açals passaient en bourdonnant. Quelques-uns se posèrent sur l'épaule et sur la main d'Ihsan avant de reprendre leur vol. Aucun n'approcha de Yusam. On aurait dit qu'ils avaient peur de ses yeux de jade.

— C'est ici, déclara Yusam.

— Je ne l'aurais jamais deviné…

Yusam se renfrogna.

— Ne te moque pas. Tu es concerné, toi aussi.

—Dans ce cas, réglons cette histoire sans perdre de temps. J'ai du travail qui m'attend à Sharakhaï.

—Nous devons être prudents. Aujourd'hui plus que jamais.

—Je sais très bien que nous devons être prudents. Maintenant, dis-moi ce que tu as vu.

—D'abord, je veux savoir comment progressent les esquisses. Est-ce que les expériences de notre cher Azad sont satisfaisantes ?

Ihsan inclina la tête sur le côté – un geste qui pouvait être interprété de mille manières.

—Aussi bien qu'on pouvait l'espérer, répondit-il. Azad fait de son mieux et je pense qu'il a réussi à les rendre plus fortes. Cela dit, il faudra des années pour qu'elles redeviennent aussi efficaces que par le passé.

—J'ai toute confiance, dit Yusam.

—La tâche n'est pas facile. Par chance, nous disposons d'une réserve importante, alors rien ne presse. Pourquoi me parles-tu de cela ?

—Parce que j'ai vu Azad ici même, et un danger le menaçait.

—Dans ce cas, il suffit de l'empêcher de venir.

Onze ans après, Ihsan trouvait encore étrange de parler d'Azad de la sorte, mais que pouvait-il y faire ? Il était impossible de rompre le pacte qu'ils avaient tous scellé pour cacher sa véritable nature.

—Ce n'est pas si simple, dit Yusam. Si Azad vient ici, il va courir un grand danger, mais s'il ne vient pas, c'est nous tous qui devrons affronter ce danger.

—Tu as vu cela ?

—Oui.

—Tu peux me donner des détails ?

—Dans une vision, j'ai vu Azad habillé comme par le passé. Il croisait le fer avec une femme. Une roturière. Ici, parmi les arbres tordus. J'ai vu une Vierge recevoir une lame noire. Je l'ai vue alors qu'on la félicitait pour avoir protégé les Rois. J'ai vu du sang sur un homme portant une couronne.

—Lequel d'entre nous ?

—Tu sais bien que je ne vois jamais ce genre de chose.

C'était une particularité du don que les dieux du désert avaient accordé à Yusam. Une cruelle restriction. Yusam voyait beaucoup de choses, mais lorsque les visions concernaient le destin d'un Roi, il peinait à distinguer les détails. Et lorsqu'elles le concernaient lui, il ne voyait plus rien du tout.

—Et dans les autres ? demanda Ihsan.

Jadis, Yusam avait été un homme téméraire qui ne connaissait pas la peur, mais il avait changé. Quand il entendit la question d'Ihsan, ses yeux vert pâle brillèrent de terreur et il se lécha les lèvres. Il prit la parole, mais il s'interrompit à plusieurs reprises, comme s'il avait le plus grand mal à décrire ce qu'il avait vu. Peut-être craignait-il que ses mots se transforment en incantation et concrétisent ses visions.

—J'ai vu Goezhen au sommet de Tauriyat, dit-il enfin. Il était furieux et invectivait un ciel de tempête. Tulathan était à ses côtés et elle essayait de le calmer. Les autres dieux étaient derrière eux. Thaash, Rhia, Yerinde et Bakhi. Seule Nalamae était absente.

—Nous avons vu les dieux à de nombreuses reprises, toi, moi et les autres.

—Certes, mais dans cette vision, Sharakhaï avait disparu. Elle avait été détruite.

Ihsan fit la moue et hocha la tête comme s'il réfléchissait à ce qu'il venait d'entendre, mais la seconde prophétie de Yusam ne le surprenait pas. Il l'attendait même depuis un certain temps. Elle se manifestait à un moment où différents projets allaient se percuter, et il n'allait pas être facile de déterminer quel était le chemin à prendre ; cependant, Ihsan avait confiance.

—Nous enverrons Azad. Il pourra toujours utiliser quelques échantillons. Les esquisses semblent plus puissantes quand Tulathan est très brillante et que Rhia suit une courbe ascendante. Nous verrons bien. Et nous verrons comment il est possible d'interpréter la vision de cette femme qui se bat avec Azad.

Yusam ne l'écoutait pas. Il regardait les adicharas. Il les scrutait comme s'il observait un futur proche.

—Tu as entendu ?

Yusam se tourna, arraché à sa rêverie.

—Pardon ?

—J'ai dit que nous enverrons Azad.

Un mélange de contrariété et d'inquiétude se peignit sur les traits de Yusam, mais il finit par hocher la tête.

—Bien.

Ils firent demi-tour et se dirigèrent vers le navire.

—Nous trouverons une solution, dit Ihsan d'un ton rassurant. Avec ton aide, nous trouverons une solution.

—Si tu le dis, lâcha Yusam.

Ils embarquèrent et le navire mit le cap vers Sharakhaï.

CHAPITRE 24

Sept ans plus tôt…

Çeda et Emre avaient passé deux nuits éprouvantes dans les champs en fleur et leur retour à Sharakhaï leur parut presque irréel. Les rues, le brouhaha incessant et la foule qui les emportait vers l'est de la Lance avaient quelque chose de rassurant après le silence du désert. Ils se rendirent d'abord à l'appartement qu'Emre partageait avec son frère, Rafa. Ils restèrent devant la porte un moment, sans dire un mot, puis Emre serra la jeune fille contre lui et entra. Une fois seule, Çeda envisagea de marcher au hasard des rues, mais cela ne ferait que retarder l'inévitable et elle retourna donc chez Dardzada. Il était presque midi quand elle entra dans la boutique. L'apothicaire était dans son atelier. Il râpait du gingembre au-dessus d'un grand bol en bois.

La jeune fille avait l'intention de monter l'escalier sans bruit et de se réfugier dans sa chambre pour cacher les morsures des scarabées, et la fleur d'adichara qui pesait plus lourd qu'une massue dans sa sacoche. Elle renonça à ce projet et décida d'affronter Dardzada et la punition qu'il ne manquerait pas de lui infliger. Elle lui devait au moins cela : lui avouer qu'elle était allée dans les champs en fleur malgré son interdiction explicite. Quand elle se présenta devant lui, son estomac se contracta et sa détermination s'évapora comme de l'eau versée sur une pierre brûlante.

La main de l'apothicaire allait et venait au-dessus de la râpe et une odeur de gingembre frais flottait dans l'air. Il avait décidé d'ignorer l'adolescente, mais celle-ci ne battit pas en retraite. Elle resta devant lui, mains croisées, jusqu'à ce que ses gestes ralentissent et s'interrompent.

Il leva la tête vers elle. Son visage était indéchiffrable, mais ses yeux la jaugèrent comme si elle était une riche cliente en quête d'un remède. La jeune fille eut l'impression que pour la première fois de sa vie, l'apothicaire la regardait comme un être humain et non pas comme une émanation d'Ahya et de leur histoire commune. Ce n'était pas de très bon augure, mais Çeda éprouva un étrange sentiment de fierté.

— Prends deux cuillerées de nahcolite et mélange-les vigoureusement avec une de vinaigre et une demi-cuillerée de papaïne.

— Une demi-cuillerée de quoi ?

— De papaïne. (Il se remit à râper son morceau de gingembre avec énergie.) C'est une poudre blanche faite à partir de papaye séchée. Ça soulage les morsures d'insecte.

La jeune fille ouvrit un tiroir rempli de nahcolite et de bouteilles de vinaigre, puis elle en ouvrit une dizaine d'autres sans trouver ce qu'elle cherchait.

— Cinq tiroirs à droite de celui qui contient la nahcolite, dit Dardzada. Et trois en dessous.

Çeda trouva la papaïne et mélangea les ingrédients jusqu'à l'obtention d'une pâte dont elle enduisit ses plaies. Celles-ci avaient désenflé, mais elles étaient encore rouges et sensibles. La pommade qu'elle avait fabriquée atténua la douleur, qui se transforma en vague sensation de brûlure.

Lorsqu'elle eut terminé, elle but une grande rasade d'eau dans l'urne qui était posée dans un coin de l'atelier. Elle se sentait beaucoup mieux.

Mais Dardzada…

Dardzada broyait des coques de pistaches avec des mouvements lents et circulaires. *Il est en colère, mais il ne veut pas l'avouer.* C'était exaspérant. Çeda aurait préféré qu'il éclate et qu'on n'en parle plus.

— Va chercher de l'eau, lâcha Dardzada sans même la regarder. Et j'ai besoin de suc de charo. Vingt tiges. Pas dix-neuf, cette fois-ci. Ni vingt et une. Vingt. Compris ?

— Oui, dit la jeune fille.

Elle prit une urne vide et alla la remplir au puits. Quand elle revint, elle aligna vingt tiges de charo dont elle coupa les extrémités. Elle en écrasa une à l'aide d'un rouleau et un liquide épais se répandit sur le plan de travail en bois. Elle ramassa la tige broyée et la jeta dans la corbeille sous la table.

— Tu n'as pas extrait tout le suc, dit Dardzada sans cesser de racler le pilon contre la paroi du mortier. (Il s'essuya le front d'un revers de manche.) Il ne faut pas qu'il en reste une goutte. Fais comme je t'ai montré.

La jeune fille leva les yeux au plafond, puis récupéra la tige dans la corbeille. Elle attrapa le rouleau et le fit aller et venir jusqu'à ce qu'il ne reste plus le moindre soupçon de suc dans les fibres végétales. Ce n'était que du suc de charo, mais Dardzada semblait considérer que c'était plus précieux que de l'or.

Çeda continua à travailler. Elle crut que l'apothicaire finirait par lui demander où elle était allée, mais il ne fit pas. Eh bien ! puisque ça ne l'intéressait pas, elle n'en parlerait pas.

Ils préparèrent une importante commande qu'on devait venir chercher le lendemain matin. Il était tard et ils allèrent se coucher. La journée avait été bonne. Çeda avait le sentiment du devoir accompli.

Seule dans sa chambre, elle sortit la fleur d'adichara de son sac. Elle l'avait glissée entre deux morceaux de cuir de chèvre qu'elle avait emportés à cette intention. Emre lui en avait parlé sur le chemin du retour. Il était déçu qu'elle n'ait pas réussi à cueillir une fleur d'adichara.

« Ce n'est pas grave », avait-elle dit. « De toute manière, cette expédition était vouée à l'échec. »

C'était la vérité, mais elle avait honte d'avoir menti à son meilleur ami. Elle se rendit compte qu'elle l'avait exposé à de terribles dangers et décida qu'elle agirait désormais seule. Elle retournerait dans les champs d'adicharas, mais sans Emre. Jamais plus elle ne demanderait à quelqu'un de l'accompagner.

Elle vérifia que les pétales étaient intacts, puis cacha la fleur sous son lit. Enfin, elle se glissa sous sa couverture et essaya de dormir. Elle aurait dû être heureuse. Elle était allée dans les champs en fleur, elle avait suivi les pas de sa mère et avait survécu… mais le silence l'oppressait. Elle attendit un long moment en espérant que la fatigue la terrasserait… Elle aurait *dû* être fatiguée – elle avait à peine dormi au cours des nuits précédentes –, mais elle ne l'était pas.

Çeda comprit qu'elle ne trouverait pas le sommeil avant d'avoir parlé à Dardzada. Alors elle se leva et sortit en s'efforçant de ne pas faire grincer les lames du parquet. Elle remonta le couloir à pas de loup et s'arrêta devant la chambre de l'apothicaire. Elle frappa à la porte.

— Qu'est-ce que c'est ? demanda une voix.

— Est-ce que ma mère se souvient de moi ?

Cette question la tourmentait depuis la mort d'Ahya, mais elle n'avait pas mesuré son importance avant de la poser à Dardzada.

— Quoi ?

— Dans les champs lointains. Est-ce qu'elle se souvient de moi ?

— Pourquoi est-ce que tu me demandes cela ?

— Parce que tu lui as donné quelque chose. Du vin de pendu, je suppose.

— Où as-tu entendu parler du vin de pendu ?

— J'ai lu tes livres.

— Je t'avais dit de ne pas y toucher.

— Est-ce qu'elle se souvient de moi ?

Elle entendit un profond soupir de l'autre côté de la porte.

— Peut-être. Je ne sais pas.

— C'est important.

— Je ne sais *pas*, petite.

Çeda resta immobile le temps de rassembler son courage.

— Je suis allée dans les champs en fleur.

Le silence de Dardzada dura longtemps, assez longtemps pour que la jeune fille se demande à quoi il pensait. Allait-il la jeter à terre comme il l'avait fait la dernière fois qu'elle l'avait mis en colère ?

— Dardzada ?

— Va te coucher, Çeda.

— Tu ne veux pas savoir pourquoi ?

— Je sais pourquoi.

Vraiment ?

— Tu ne sais rien de moi.

— J'en sais suffisamment pour distinguer ta mère à travers toi, Çedamihn Ahyanesh'ala.

Ces paroles la brûlèrent comme un charbon ardent.

Elle n'avait jamais rien entendu de plus agréable.

« J'en sais suffisamment pour distinguer ta mère à travers toi. » Dans la bouche de Dardzada, cette phrase était un reproche, presque une insulte, mais pour Çeda, il n'existait pas de plus beau compliment.

— Un jour, souffla-t-elle, les Rois devront répondre à bien des questions.

Elle n'avait jamais parlé de ses projets à Dardzada. Elle n'y avait même pas fait allusion.

Mais l'apothicaire répéta son ordre :

— Va te coucher, Çeda.

Et la jeune fille comprit qu'il avait deviné depuis longtemps.

Elle regagna sa chambre en proie à un vague malaise et eut le plus grand mal à s'endormir.

Les jours se succédaient avec une lenteur affligeante, et Çeda sentait que Dardzada était prêt à exploser. Il semblait toujours sur le point de crier, de la houspiller, de la battre… de lui faire *quelque chose*.

Mais il ne fit rien et la vie finit par reprendre son cours normal.

Çeda travaillait dans la boutique pendant la journée. Elle accomplissait les tâches les plus simples : moudre, découper, bouillir, extraire ce maudit suc de charo, mélanger, aller chercher de l'eau, livrer les commandes… Dès que Dardzada avait besoin de quelque chose, la jeune fille s'en chargeait.

Grâce à la pommade, les morsures des ailes-vibrantes cicatrisèrent et disparurent. Les siennes comme celles d'Emre. Après sa journée de travail, la jeune fille courait les rues avec ses camarades : Emre, Tariq et Hamid.

Une nuit, elle revint à la boutique avec des amandes au miel qu'elle avait achetées aux souks. Elle en proposa à Dardzada.

—Qu'est-ce que c'est ? demanda l'apothicaire.

—Des amandes. Mange.

Dardzada hocha la tête d'un air grave et esquissa un demi-sourire, puis il prit le paquet et le rangea sous le comptoir avant de se remettre à nouer des sacs en lin contenant les commandes à livrer.

—Tu n'as pas faim ? demanda la jeune fille.

—Non.

Très bien, songea Çeda en retournant à ses tâches.

Les jours passèrent, et tandis que la nuit des lunes jumelles approchait, Dardzada devint de plus en plus nerveux. Il criait après la jeune fille pour un rien. Il lui ordonnait de nettoyer le plan de travail quatre ou cinq fois de suite. Il se mettait en colère à l'heure des repas, affirmant qu'elle mangeait avec l'élégance d'une vache. Il l'obligeait à se passer cent coups de brosse dans les cheveux avant de se coucher.

—Tulathan la brillante le fait, alors tu peux le faire aussi, grommelait-il.

Où diable était-il allé chercher cela ? La déesse n'avait sûrement pas besoin de se brosser les cheveux.

Deux nuits avant Beht Zha'ir, Dardzada demanda à Çeda de l'accompagner au fond du jardin, et la jeune fille comprit qu'il se passait quelque chose d'étrange. Le soleil se couchait et la brise du soir commençait à rafraîchir l'air. L'apothicaire tenait une bouteille de vin bleue dans laquelle il ne restait plus qu'un fond de liquide sombre. Une autre bouteille, vide, gisait entre les hautes herbes.

Au bout du jardin, un encensoir, une lampe et… quelque chose qui ressemblait à une fleur d'adichara étaient posés sur un banc en pierre.

La jeune fille sursauta. Où Dardzada avait-il trouvé cette fleur ? Et puis elle s'aperçut qu'il ne s'agissait pas de n'importe quelle fleur. C'était celle qu'elle avait rapportée de son expédition dans le désert.

C'était sa fleur.

Évidemment.

Dardzada s'était introduit dans sa chambre pour la prendre, mais quand ? Des jours plus tôt, peut-être.

—Les adicharas sont très rares, le sais-tu ?

Çeda jeta un coup d'œil aux murs mitoyens du jardin. Il n'était pas interdit de parler des champs en fleur et des adicharas – c'était le sanctuaire des asirim, les héros qui s'étaient sacrifiés pendant Beht Zha'ir –, mais le sujet risquait d'éveiller les soupçons des voisins. Et des Lances d'argent si quelqu'un leur rapportait la conversation. Et puis, il fallait toujours se méfier du Roi des Murmures.

—Ils ont toujours été rares, mais les nomades savaient où les trouver. (Il s'assit sur le banc et souleva la fleur aux blancs pétales.) Et quand ils les trouvaient, ils en cueillaient une pour la brûler.

Il approcha la fleur de la flamme de la lampe. Elle ne s'embrasa pas tout de suite, mais l'apothicaire était un homme patient. Lorsque les pétales commencèrent à grésiller, il la posa dans l'encensoir avec des gestes délicats.

—Ils récupéraient la cendre et s'en servaient pour leurs tatouages. As-tu déjà vu leurs tatouages, Çeda ?

—Ils ressemblent à ceux que les femmes dessinent sur la peau dans les souks ?

Dardzada secoua la tête avec langueur. Ses yeux trahissaient son ivresse.

—Non, non. Cela n'a rien à voir. Les nomades dessinaient d'anciens symboles. Des symboles qui avaient une signification.

Il contempla les flammes. Des reflets ambrés et dorés dansaient sur son visage.

—Des symboles qui te marquaient jusqu'au plus profond de ton âme.

—Dardzada, dit Çeda à voix basse. Qu'est-ce que tu fais ?

—On ne tatouait pas les enfants avant leur treizième année.

—Je n'ai pas treize ans.

—Ton anniversaire est proche, Çeda. De toute manière, il faut que tu sois marquée, et je pense que c'est le bon moment.

La jeune fille baissa la tête et vit l'aiguille de tatoueur posée sur le banc, près de l'encensoir. Elle luisait comme les yeux de Bakhi le Cruel.

—Je n'ai aucune envie d'être marquée.

—Tu ne comprends donc pas ?

Les flammes vacillèrent, puis s'éteignirent. Dardzada versa de l'eau sur la fleur brûlée, puis il prit un pilon et la broya pour former une pâte épaisse. Il rajouta un peu d'eau et la mixture se transforma en liquide aussi noir que la nuit.

—Les nomades ne marquent pas les enfants pour influencer leur avenir. Les tatouages expriment juste leur véritable nature. (Il leva les yeux et son ivresse sembla s'évanouir l'espace d'un instant.) Tu as déjà été marquée, Çeda. Par ta mère. Par ton père, qui qu'il soit. Par les dieux, et même par moi. (Il leva l'encensoir.) Tu es comme tu es et ceci racontera ton histoire.

—C'est hors de question ! lâcha Çeda en reculant d'un pas. Tu n'es pas ma mère. Nous ne sommes même pas du même sang. Tu ne peux pas m'obliger à faire ça.

Dardzada posa l'encensoir sur le banc avec délicatesse, puis se leva.

—Oh, mais si. Je peux. Tu n'as pas le choix, Çeda.

Il fit un pas vers elle. La jeune fille pivota et s'élança vers la maison. Elle saisit la poignée et s'aperçut que la porte était fermée à clé.

Dardzada approchait. Çeda se jeta contre le battant à plusieurs reprises et celui-ci finit par céder dans un craquement sourd. Des éclats de bois volèrent dans tous les sens.

Dardzada accéléra. Il ressemblait à un taureau furieux. Il saisit la jeune fille par le poignet. Çeda se débattit, mais l'apothicaire était trop fort. Elle voulut le frapper, mais il leva l'autre main et un bout de tissu se pressa contre ses lèvres et son nez. Une forte odeur envahit ses narines. Une odeur d'alcool aux relents de terre. Çeda sentit ses forces l'abandonner et cessa de lutter. Elle s'effondra dans les bras de Dardzada.

Son corps était vaincu, mais son esprit hurlait toujours.

Non! Non! Ne fais pas ça!

Dardzada la porta au fond du jardin, puis l'allongea sur l'herbe sèche et lui dénuda le dos.

Pitié! Dardzada, ne fais pas ça!

L'apothicaire prit l'encensoir et plongea l'aiguille dans l'encre qu'il avait préparée avec la fleur d'adichara. Le trésor de Çeda. En le voyant faire, la jeune fille comprit qu'il allait la souiller avec la seule chose qui la rattachait à sa mère.

Dieux miséricordieux, non!

L'aiguille pénétra entre ses omoplates et perça sa chair à d'innombrables reprises. La drogue qui la paralysait n'avait aucune vertu anesthésique et la douleur était terrible.

Espèce d'ordure! Je te tuerai! Je te planterai ma lame entre les côtes! Je t'ouvrirai le cœur et te regarderai crever!

L'apothicaire ne fit pas la moindre pause. Il procédait avec des gestes lents et précis. L'aiguille brûlait la chair de la jeune fille bien au-delà du dos. Dardzada la marquait comme les Rois avaient marqué sa mère, à la seule différence que les maîtres de Sharakhaï avaient travaillé avec des lames. Ils avaient tracé leurs maudits messages dans la chair d'Ahya de manière que tous les Sharakhiens les voient.

Dardzada le savait. Il le savait aussi bien que Çeda, alors comment pouvait-il lui infliger cela? Cette séance de torture ne l'aurait pas surprise de la part des Rois, mais de la part de Dardzada? De l'homme qui, selon sa mère, partageait le même sang qu'elle? Çeda n'aurait jamais imaginé qu'il soit capable d'une telle barbarie.

Elle lui hurla d'arrêter.

Chaque fibre de son être hurla avec elle.

Aucun son ne franchit la barrière de ses lèvres, mais elle sut que Dardzada l'avait entendue.

Il était conscient de la douleur qu'il lui infligeait.

Mais l'aiguille continua à mordre sa chair.

À la percer.

Lorsque Dardzada eut terminé le tatouage, il prit la jeune fille dans ses bras et la porta dans sa chambre. En dehors de la brûlure qui dévorait le haut de son dos, Çeda était comme anesthésiée. Elle aurait voulu se lever, mais son corps refusait d'obéir à ses ordres. Il lui fallait rassembler toute son énergie pour déplacer sa main de quelques centimètres.

La nuit fut interminable.

Ce fut la brûlure lancinante du tatouage qui lui permit de reprendre le contrôle de son corps. Lentement, mais sûrement. Elle se concentra sur la douleur et la trahison de Dardzada. Elle réussit d'abord à bouger ses épaules, puis ses bras, ses mains et ses pieds.

Par les dieux ! elle était incapable de coordonner ses mouvements.

Elle avait l'impression que ses jambes étaient deux morceaux de viande posés sur le billot d'un boucher. Ses bras ne valaient guère mieux. Elle réussit cependant à s'asseoir et à se lever tant bien que mal. Elle tenait à peine debout et tomba dès qu'elle voulut faire un pas. Elle rampa jusqu'à la porte et saisit la poignée pour se redresser.

Elle sortit dans le couloir et tituba jusqu'à l'atelier de Dardzada. Par la grâce de Rhia, elle réussit à atteindre le plan de travail sans se fracasser la tête par terre. Elle tendit la main vers les couteaux qui servaient à préparer les ingrédients que Dardzada utilisait dans la composition de ses remèdes, de ses élixirs et de ses potions – sans parler des hallucinogènes qu'il vendait aux riches habitants des quartiers est.

Elle prit un couteau et l'observa. Son fil brillait à la lueur d'un rayon de lune qui pénétrait par la fenêtre de la pièce voisine. La jeune fille éprouva un sentiment de gêne, comme si ses intentions souillaient la lame.

Mais cela ne suffirait pas à l'arrêter. Elle allait monter au premier étage et se venger. Elle ne pouvait pas pardonner la manière dont Dardzada l'avait marquée.

Elle se dirigea vers l'escalier en chancelant. Elle tenait le couteau d'une main rendue moite par la colère, le sentiment de trahison, la drogue et la perspective du crime qu'elle allait commettre. Son cœur martelait sa poitrine. Elle grimpa les marches avec lenteur et remonta le couloir vers la chambre de Dardzada. Elle eut l'impression qu'il s'était écoulé une éternité lorsqu'elle arriva devant la porte. Elle entra et vit l'apothicaire qui ronflait allongé sur le ventre – comme *elle* dans le jardin –, bras et jambes écartés. Sa respiration s'accéléra et des gouttes de sueur roulèrent sur son front. Elle déglutit pour chasser la boule qui lui obstruait la gorge.

Elle n'avait jamais envisagé de tuer quelqu'un. Enfin, pas un proche, en tout cas. Elle rêvait de tuer les Rois, mais c'était différent. Elle ne les connaissait pas, et en dehors de celui qu'elle avait aperçu dans le désert, elle ne les avait jamais vus de près.

Ses mains tremblaient de rage.

— Comment as-tu pu me faire une chose pareille ? gronda-t-elle.

Le ronflement de Dardzada accéléra avant de reprendre un rythme normal.

Çeda avança, le couteau levé. Elle claquait des dents.

Elle s'arrêta au pied du lit, incapable de faire un pas de plus.

Son ventre se contracta et elle se plia en deux avant de vomir par à-coups douloureux. La nausée ne reflua pas avant que son estomac fût vide. Elle s'essuya la bouche d'un revers de la main et regarda Dardzada en essayant de contenir ses larmes.

Ses doigts serraient toujours le couteau, et elle sentait la texture familière du manche dans sa paume. La colère l'envahit de nouveau.

Elle avança et brandit l'arme au-dessus de sa tête.

Puis elle l'abattit de toutes ses forces.

La lame déchira le matelas et la pointe s'enfonça dans une latte du sommier pour y graver un dernier message à l'intention de l'apothicaire.

Elle sortit aussitôt de la chambre de crainte de changer d'avis. Elle descendit l'escalier et se dirigea vers la porte d'entrée. L'air frais de la nuit remplaça l'atmosphère étouffante de la boutique. Elle devait partir. Elle devait fuir Sharakhaï.

Elle erra dans les rues en contemplant les imposantes murailles de la cité. Son dos la brûlait entre les omoplates. Elle avait peur des ombres plus noires que les ténèbres. Elle avait peur qu'on l'arrête et qu'on la ramène chez Dardzada. Ou pire encore : qu'on l'entraîne dans une ruelle abandonnée. Mais elle continua à avancer d'un pas mal assuré. Elle savait qu'elle devait éviter certains quartiers, mais son esprit était embrumé et elle était terrifiée. Alors elle se contentait de mettre un pied devant l'autre et d'avancer au hasard des rues. Elle atteignit le désert et s'y enfonça dans l'espoir de s'y perdre.

En découvrant le sable qui s'étendait à perte de vue, elle fut envahie par un profond soulagement. Un sentiment de libération.

Elle marcha.

Elle marcha sans s'arrêter.

Elle marcha jusqu'à ce qu'elle ne puisse plus faire un pas.

Et elle se laissa tomber sur le sable. Elle était épuisée et délirait, mais elle était heureuse d'être enfin seule.

CHAPITRE 25

Çeda était allongée sur son lit et la lumière du soleil filtrait à travers les minces rideaux suspendus devant la fenêtre. Il s'était écoulé quelques jours depuis qu'elle avait rendu visite à Saliah, et elle feuilletait le livre de sa mère avec lenteur. Le vent qui se glissait dans la pièce faisait frissonner les pages, et l'écriture élégante d'Ahya semblait s'animer d'une vie propre.

La jeune fille entendit trois sifflements brefs monter de la rue. Dans les quartiers pauvres, ce signal annonçait l'arrivée d'une patrouille de Lances d'argent. Il fut repris à plusieurs reprises et s'éloigna vers l'ouest. Les enfants arrêtèrent de faire s'entrechoquer leurs sabres en bois, les cris de deux femmes qui se querellaient s'interrompirent, le vieux Hefhi – le fabricant de tapis – cessa de chanter… Un lourd silence s'abattit et le monde s'arrêta. Et puis Çeda entendit des sabots en acier frapper les pavés. Des cavaliers approchèrent et ralentirent en arrivant dans la rue de Çeda. Un cheval s'ébroua.

— Ho ! Du calme ! dit une voix.

Les Lances d'argent poursuivirent leur chemin. Le martèlement de sabots s'éloigna et Crêterose se réveilla de nouveau. Çeda se remit à feuilleter le livre de sa mère.

Elle n'avait pas réussi à élucider les énigmes du poème. La prochaine Beht Zha'ir était dans plusieurs semaines, mais la jeune fille était déjà nerveuse. Pour que son plan fonctionne, elle devait impérativement comprendre ces vers. À la pensée qu'elle était la fille d'un Roi de Sharakhaï, elle sentait une flamme noire lui dévorer les entrailles. Une partie d'elle-même aurait voulu oublier cette filiation, la traiter comme la réminiscence d'un mauvais rêve, se convaincre qu'elle avait mal interprété le message de l'acacia dans le jardin de Saliah… Cela n'aurait rien eu d'étonnant, car Çeda n'était pas vraiment une experte en matière de prophéties.

Elle était pourtant assez sage pour ne pas se réfugier dans un déni obtus. Ce qu'elle avait vu n'était pas une simple hallucination.

Elle avait le plus grand mal à analyser ses sentiments envers sa mère, cette femme qui avait méprisé son propre enfant. Çeda avait hérité de son attitude pragmatique et n'avait pas l'intention de se voiler la face. Elle était bien décidée à tirer parti de la vérité.

La veille, après avoir amarré le skiff de Djaga au port occidental, elle était rentrée chez elle et avait relu le livre d'Ahya à la lueur d'une lampe avant de s'endormir. Elle avait cherché des indices cachés dans les différentes histoires : la capture de Tulathan, son évasion avec l'aide de sa sœur, la punition de Yerinde, bannie dans le désert pendant de longues années… Il n'y avait rien – ou plus exactement, elle n'avait rien trouvé.

Elle regarda le poème et sentit la présence de sa mère. Elle était là, de l'autre côté de la page. Elle lui disait quelque chose, mais Çeda ne l'entendait pas.

La jeune fille aurait tant voulu lui parler.

Est-ce que tu m'as aimée ? Ne serait-ce qu'un instant ?

Elle aurait tant voulu entendre sa voix une dernière fois, et pas seulement pour obtenir des réponses à ses questions. Juste pour l'entendre. Elle lui manquait, cette voix qui lui racontait des histoires tard dans la nuit.

Çeda continua à feuilleter le livre, mais des larmes brouillaient sa vue. La lumière du soleil glissait sur les pages. Les lettres brunes du poème étaient gravées dans sa mémoire. Elle observa les marques minuscules dans les marges intérieures, compara l'écriture déliée de Saliah au graphisme élégant de sa mère. Elle examina l'encre noire que la sorcière aveugle avait utilisée.

Un souffle de vent écarta les rideaux et un rayon de soleil se posa sur la page.

Çeda poussa un hoquet de surprise et cligna des yeux.

Un mot était apparu sur le papier, un mot qui était invisible tant qu'il n'était pas exposé en pleine lumière. « Roi ». Écrit à l'encre brune. Les lettres se superposaient aux marques à la jointure des pages.

Çeda se redressa et ouvrit les rideaux pour faire entrer la lumière. La page suivante ne comportait ni mot, ni marque, mais la jeune fille poursuivit son examen et ne tarda pas à faire de nouvelles découvertes. « Libéré », avec trois petites marques dans la marge ; « force » ; « pétales » ; « danger », « tirer », « dunes », « épines »…

Çeda trouva quarante-cinq mots et quarante-cinq groupes de signes sur quarante-cinq pages. Il existait forcément un lien entre les deux, mais lequel ? Dans quel ordre fallait-il les agencer ?

On frappa doucement à la porte d'entrée.

Ce n'est pas le moment !

Mais il valait mieux être prudente.

Elle ferma le livre et le rangea dans sa cachette avant de se pencher par la fenêtre. Davud attendait dans la rue. Il ne portait pas sa robe d'érudit du collegium, mais un pantalon corsaire en lin, une chemise ample et une paire de sandales. Il ressemblait à un gamin.

Non, rectifia Çeda. Il ressemblait à un adolescent de son âge. C'était la robe du collegium qui le vieillissait.

— Monte, dit-elle.

Le garçon vérifia que personne ne l'observait depuis l'une des fenêtres ombragées de la rue, puis entra dans le bâtiment. Çeda lui ouvrit la porte et lui proposa un siège qu'il refusa d'un mouvement de tête. Il se lécha les lèvres, puis se décida à prendre la parole.

— Tu es venue au scriptorium pour chercher de l'aide…

— En effet, dit Çeda, un peu inquiète.

— Et Amalos te l'a refusée.

— Oui, mais…

— Est-ce que c'est important ? Ce que tu cherches ?

— C'est sans doute très important, Davud. Et pas seulement pour moi. Pour la ville tout entière.

Le jeune homme dut rassembler son courage avant de poser la question suivante.

— Que cherches-tu ?

Et voilà. Davud voulait connaître ses secrets – un certain nombre d'entre eux, du moins. Çeda n'avait aucune envie de les partager, mais elle savait que le garçon ne dirait rien tant qu'elle ne lui aurait pas fourni quelques explications.

— Je veux en apprendre davantage sur la nuit de Beht Ihman, dit-elle. J'ai besoin de savoir ce qui s'est vraiment passé.

Davud hocha la tête.

— C'est ce que j'avais cru comprendre d'après les bribes de conversation que j'ai entendues. Mais pourquoi ?

— Parce que je crois que l'histoire que nous connaissons n'est qu'une fable rédigée par les Rois à notre intention. J'ai lu plusieurs textes et trouvé des dizaines de petites différences. Et je suis sûre qu'il y en a d'autres dans les documents auxquels tu as accès. On nous cache quelque chose, Davud. Des secrets qui expliquent peut-être la mort de ma mère.

— Comment peux-tu en être sûre ?

Que pouvait-elle lui dire ? Les informations qu'elle avait rassemblées étaient vagues ; pourtant, elles avaient quelque chose en commun. Çeda en était convaincue, mais c'était un sentiment irrationnel et elle était incapable de l'expliquer à Davud.

Pas ici et pas maintenant, en tout cas. De toute manière, elle n'avait pas l'intention de confier ses secrets au garçon. C'était sans doute cruel de sa part, mais moins il en saurait et mieux ce serait.

— Il faut que tu me fasses confiance, dit-elle enfin.

Davud resta silencieux. Il n'était pas convaincu, mais il finit par acquiescer.

— Est-ce qu'on peut marcher un peu ?

Çeda sourit.

— Tu es venu pour me faire la cour, Davud Mahzun'ava ?

Il s'agissait d'une boutade pour détendre l'atmosphère, mais les joues de Davud devinrent écarlates et Çeda se reprocha son manque de tact. L'adolescent regarda autour de lui pour se donner une contenance, puis fit un geste en direction de la porte. Il semblait regretter d'être venu.

— Allons-y, dit la jeune fille en lui serrant le bras. Marchons un peu.

Ils se promenèrent dans Crêterose, et Çeda se mit à boitiller comme elle le faisait depuis des années. La force de l'habitude. Davud ne la conduisit pas vers les souks ni vers le centre de la ville, mais au sud, en direction des arènes. Elle ne tarda pas à comprendre pourquoi. À une dizaine de pâtés de maisons de son appartement, se trouvait un vieux puits qui était à l'origine du nom du quartier, le Puits. Il était à sec depuis des années, mais c'était une curiosité, car il était très large et un escalier en colimaçon permettait de descendre au fond, comme s'il s'agissait d'une tour enfoncée dans le sol. Ahya avait raconté à sa fille que jadis, les enfants s'y baignaient pendant la canicule estivale. L'endroit avait été très populaire, mais quand la nappe phréatique s'était tarie, les gens avaient pensé qu'il s'agissait d'une malédiction divine et avaient cessé de fréquenter le quartier.

— Davud, qu'est-ce que…

Il leva une main et entreprit de descendre l'escalier du puits.

Quelque part, un âne poussa un braiment et un homme cria : « *yahed* ». Çeda suivit l'adolescent. Les rayons du soleil éclairaient la plus grande partie du mur ouest, mais au bout d'un moment, Çeda et Davud furent avalés par l'obscurité. Le jeune érudit se tourna vers sa compagne.

— Je veux te montrer quelque chose. (Il jeta un coup d'œil inquiet vers le sommet du puits, une dizaine de mètres plus haut, puis s'accroupit et appuya sur une pierre.) Il y a de nombreux tunnels qui sillonnent la ville, tu sais.

Le mur bougea et Çeda comprit qu'il s'agissait d'une sorte de porte montée sur des gonds. Le battant de pierre pivota et révéla une ouverture sombre qui ressemblait à la gueule d'un gigantesque monstre édenté.

— Il y en a même un qui conduit au scriptorium, poursuivit Davud.

Le cœur de Çeda bondit dans sa poitrine. C'était donc pour cette raison que l'adolescent lui avait proposé d'aller marcher : pour lui montrer comment pénétrer dans le collegium sans se faire remarquer. Elle éclata de rire, puis porta la main à sa bouche.

— Tu risques d'être exclu, fouetté et peut-être même pire si on nous découvre.

— Tu as dit que c'était important.

— Oui.

— Dans ce cas, allons-y.

Il voulut se pencher pour se glisser dans le tunnel, mais il n'en eut pas le temps. Çeda l'attrapa par le bras, le fit pivoter et planta un baiser sur ses lèvres.

L'adolescent s'empourpra, mais ne se déroba pas. Il soutint le regard de la jeune fille et hocha la tête, comme un allié et un égal. Puis il lui rendit son baiser – un baiser rapide, mais hardi – avant d'entrer dans le tunnel.

Çeda le suivit et referma le lourd battant. Celui-ci s'encastra dans le mur en pierre et la faible lumière de l'extérieur cessa d'éclairer le tunnel. Ses yeux s'habituèrent à l'obscurité et elle distingua des pierres incrustées dans les parois du souterrain. Elles étaient taillées comme les éclats de cristal accrochés aux branches de l'acacia de Saliah et émettaient une lueur bleutée identique à celle du croissant de Rhia.

Ils avancèrent dans le tunnel et Çeda perdit tout repère. Elle essaya de visualiser le chemin parcouru, y renonça très vite. Elle ne pouvait compter que sur Davud pour la guider. En chemin, elle aperçut des taches de pures ténèbres, mais aussi des cavernes constellées de pierres lumineuses. Le sol était bosselé, irrégulier ; cependant, à certains endroits, il avait été nivelé par la main de l'homme.

Peut-être que ce souterrain a été creusé par Thaash avant l'arrivée des tribus nomades. Après tout, Sharakhaï n'est-elle pas protégée par les dieux ?

Quand Çeda aperçut le petit escalier étroit, elle estima qu'elle avait parcouru un quart de lieue dans la galerie. Au sommet des marches se trouvait une lourde porte bardée de fer. Davud sortit une clé et la glissa dans la serrure. Après le long voyage silencieux, le cliquetis métallique sembla tonner comme un coup de bélier contre les portes d'une citadelle. Néanmoins, le battant s'ouvrit sans plus de bruit qu'une lame qui glisse hors de son fourreau.

Davud alluma une lampe à l'aide d'un briquet à silex et Çeda découvrit une pièce circulaire, avec des étagères vides et des patères métalliques près de la porte.

— On t'a donné les clés du scriptorium ? demanda-t-elle.

— On a donné les clés à Amalos. Et Amalos me les donne chaque fois que j'en ai besoin. Ses yeux ne sont plus ce qu'ils étaient et il vient rarement ici.

— Pas d'autres visiteurs ?

— Ils sont peu nombreux. Nous ne risquons rien tant que nous respectons un horaire précis. (Il se dirigea vers une porte située à l'autre bout de la pièce et Çeda lui emboîta le pas.) Maintenant, il ne faut plus faire de bruit.

Ils traversèrent une salle et entrèrent dans une sorte de bibliothèque. Le sol était couvert par un épais tapis noir et rouge, et au centre de la pièce, il y avait une table sur laquelle on avait posé des tablettes en argile rangées dans des casiers en bois.

— J'ai trouvé ces tablettes. Elles devraient te fournir des pistes, mais si tu éclairais ma lanterne, je pourrais cibler mes recherches.

Çeda secoua la tête.

— Davud, où sommes-nous ?

L'adolescent fit un signe de menton en direction de l'endroit par lequel ils étaient arrivés.

— Amalos est le gardien de la porte qui conduit aux tunnels. Jadis, cette pièce lui servait de bureau, mais il n'y met plus les pieds depuis qu'il m'a pris comme apprenti. Il m'envoie ici une fois par semaine pour ranger quelques vieux livres. En dehors de moi, les visiteurs sont plutôt rares. Deux ou trois fois par an, la Maison des Rois conduit une inspection. La dernière a eu lieu il y a quelques semaines, alors je peux laisser des documents ici pour que tu les lises. (Il montra la table et Çeda aperçut une plume et un encrier posés sur une pile de bouts de papier de tailles différentes.) Écris ce que tu veux savoir et quand tu penses revenir. J'apporterai autant de documents que possible et tu pourras les consulter. (Il désigna un petit vase posé sur une étagère.) Glisse le papier là-dedans, et veille à tout laisser comme tu l'as trouvé.

— Pourquoi veux-tu que je l'écrive ? Je pourrais te le dire, tout simplement.

— Non ! Il ne faut pas en parler en dehors de ces murs.

— Qui le saurait ?

— Çeda, il ne faut pas. Nous pourrons nous parler de temps en temps – j'en serais même ravi –, mais je ne veux pas que nous abordions ce sujet. Je ne veux pas qu'Amalos découvre ce que je fais.

Çeda savait que l'adolescent prenait de terribles risques pour elle.

— Je comprends.

Davud se calma, et pendant un instant, Çeda reconnut le jeune vaurien qui courait entre les étals des souks, sa mère hurlant derrière lui.

— Merci, Davud.

— Tu as dit que c'était important.

Il avait déjà prononcé ces paroles, mais pas avec une telle gravité.

— Ça l'est.

Il hocha la tête.

— Dans ce cas, fais en sorte que le jeu en vaille la chandelle.

Sur ces mots, il sortit en laissant la porte entrouverte.

Çeda s'assit à la table et prit la première tablette. Le langage était archaïque. Quel âge avait cet objet ? Cent ans ? Davantage ? Pas plus de quatre siècles, l'époque à laquelle la première Beht Ihman avait eu lieu. La jeune fille songea qu'elle était plus récente, car elle évoquait le marché entre les dieux et les Rois comme si l'événement était déjà ancien.

Les documents rassemblés par Davud ne lui apprirent pas grand-chose, à l'exception du quatrième compte-rendu de Beht Ihman qui précisait que Nalamae – la benjamine des dieux – n'avait pas participé à la réunion entre les dieux et les Rois. « Nalamae refusa de venir, au grand mécontentement de Kiral, chef suprême des Douze Rois. Mais le reste des dieux n'y prêta pas attention et le sombre rituel commença. » Il faudrait approfondir cette histoire. Çeda avait lu de nombreux récits à propos de Beht Ihman. La plupart faisaient référence aux dieux en tant que groupe anonyme, et ceux qui citaient Nalamae ne mentionnaient pas son absence à la réunion.

Lorsque Çeda eut terminé la lecture des tablettes, elle griffonna quelques mots sur un bout de papier. « Liste des dieux présents à Tauriyat. Miracles accomplis par Nalamae. » Elle songea au sang de Saliah qui avait éclaboussé son pouce et ajouta : « traditions des Vierges du Sabre » et, en dessous, « savadi ». Nous étions hundi. Puis viendraient lasdi et savadi. Davud aurait deux jours pour rassembler les documents demandés.

Çeda espéra que ce serait suffisant. Elle avait beaucoup à apprendre et le temps lui était compté.

CHAPITRE 26

Emre suivit Darius dans les rues balayées par des vents violents, et les deux hommes arrivèrent à la *Queue du Chacal*, une fumerie. Dans les Bas-fonds, le chemin du Barreur était l'un des rares endroits où l'on pouvait trouver quelques commerces – ou ce qui y ressemblait le plus. Les bourrasques étaient si fortes qu'on ne voyait pas à plus de dix pas. Tous les habitants de la cité avaient fermé leurs fenêtres. Une rafale souleva l'écharpe d'Emre et un mélange de sable et de poussière en profita pour s'engouffrer dans ses narines. Le jeune homme toussa et cracha. Il agrippa son keffieh en ne laissant qu'une fente étroite à hauteur des yeux.

Alors que les deux hommes atteignaient le porche de la *Queue du Chacal*, deux jeunes voyous sortirent de l'établissement, le visage dissimulé par leurs turbans. Ils s'arrêtèrent et regardèrent Darius entrer dans le bar. Emre saisit la porte pour éviter qu'elle se referme, puis se tourna vers les inconnus qui l'observaient avec ostentation. Un mois plus tôt, il se serait mis à trembler, mais une grande partie de la peur qui l'habitait depuis la mort de Rafa s'était consumée. Cela n'avait aucun rapport avec Beht Zha'ir ou le fait qu'il avait failli être emporté par un asir. Non, Emre avait juste compris qu'il fuyait son passé depuis trop longtemps et que cela ne pouvait plus durer. Il n'avait plus le courage de continuer.

Cette décision n'avait pas été une libération – la douleur était trop forte –, mais le jeune homme avait acquis la conviction que personne ne pouvait le faire souffrir comme il s'était fait souffrir lui-même. Il s'était également découvert un étrange besoin de confrontation, lui qui avait gardé profil bas si longtemps. Des années de rancœur et de frustration bouillonnaient au fond de lui.

Les deux hommes le dévisagèrent. Le premier fit un pas dans sa direction, mais Darius revint en arrière et posa la main sur l'épaule d'Emre pour l'entraîner à l'intérieur du bar. Les deux voyous s'éloignèrent et disparurent dans la tempête. Dans le calme du hall d'entrée, Emre sentit son cœur s'apaiser. Il n'avait pas remarqué qu'il battait à tout rompre. Darius défit son turban, puis épousseta ses vêtements. Emre l'imita. Les grains de sable tombèrent sur l'épais tapis en poil de cheval comme autant de gouttes de pluie. Assis sur de vieux coussins posés devant des tables basses, les clients fumaient le narguilé. Certains jetèrent un coup d'œil aux deux hommes, mais la plupart continuèrent à cracher de lourds nuages odorants sans leur prêter attention.

Darius et Emre se dirigèrent vers un groupe de jeunes gens installés autour d'une table ovale au fond de la salle. Une belle femme aux yeux perçants, trois anneaux d'or dans le nez, tenait une grande bouteille verte à col-de-cygne. Au moment où elle se pencha pour remplir le verre d'un homme qui riait, son bras trembla et quelques gouttes d'arak tombèrent sur la table.

La jeune femme s'assit et Emre aperçut l'homme qui tenait le verre. C'était Hamid, un ami d'enfance. Il avait grandi, il s'était étoffé et endurci. Le garçon timide et souriant avait laissé place à un homme au regard d'acier, un homme qui en avait déjà trop vu malgré son jeune âge. Il portait des vêtements vert sombre de bonne qualité, mais pas assez luxueux pour attirer l'attention dans les Bas-fonds. Les tatouages qui ornaient son visage et le dos de ses mains n'avaient rien d'extraordinaire non plus dans ce quartier malfamé, mais il était difficile de ne pas remarquer les bracelets et les anneaux en or qu'il portait aux doigts et aux oreilles. Ces bijoux l'identifiaient comme une personne aisée, et ces personnes s'aventuraient rarement dans les rues des Bas-fonds.

Emre pressentit que son ancien camarade n'avait pas changé qu'en surface. Ils étaient du même âge, mais Hamid semblait avoir dix ans de plus que lui.

Emre reconnut sans mal les traces de fatigue et d'usure prématurée sur son visage. Hamid était un amateur de lotus noir, il n'y avait aucun doute possible à ce sujet. Le frère aîné d'Emre, Brahim – que les dieux l'aient en leur sainte garde –, avait consommé cette saleté pendant des années. Et il y avait de fortes chances qu'il en consomme encore si le lotus ne l'avait pas tué. Hamid ne semblait pas avoir atteint le point de non-retour. Sa peau était un peu tendue, mais il fallait avoir grandi avec lui pour le remarquer. Ses yeux étaient rouges ; pas plus, néanmoins, que ceux d'un homme qui avait bu toute la nuit.

Hamid observa Emre, les paupières mi-closes, sans un mot. Ses camarades perçurent qu'il se passait quelque chose et se turent aussitôt.

— Salut, Hamid.

— Emre.

Les deux hommes se regardèrent un moment et Emre se demanda ce qu'il faisait là. Un silence lourd s'installa. Certains camarades de Hamid souriaient, mais d'autres affichaient une expression inquiète.

—Ça faisait longtemps, dit enfin Emre.

Hamid acquiesça à contrecœur.

Emre se demanda ce qu'il pouvait bien ajouter.

—Peut-être qu'on pourrait prendre un verre ensemble, un de ces jours.

Hamid fit craquer l'articulation d'un de ses doigts.

—Un verre…

—Si tu es d'accord…

Hamid réfléchit un moment, puis acquiesça sans se départir de son air réticent. Ses camarades se levèrent rapidement et prirent congé.

—Darius…

Celui-ci s'apprêtait à suivre le mouvement, mais Hamid secoua la tête et désigna la table.

Emre s'installa en face de son vieil ami et Darius s'assit à bonne distance des deux hommes. Hamid appela un jeune serveur et leva deux doigts. Le garçon arriva avec deux verres propres, et Hamid attrapa la grande bouteille verte pour les remplir. Emre ouvrit la bouche, mais son ancien camarade secoua la tête et fit un geste en direction de la table voisine. Les cinq ou six personnes installées autour entamèrent alors un chant grave et rauque dont les échos firent vibrer la poitrine d'Emre.

—Ça embrouille le Roi des Murmures, expliqua Hamid pour répondre à la question qu'Emre n'avait pas posée. On devrait pouvoir discuter tranquilles.

—C'est donc vrai ? demanda Emre. Il peut entendre ceux qui parlent de lui ?

Hamid but une gorgée d'arak.

—Darius m'a dit que tu t'étais dégotté un joli petit lot.

—Non, dit Emre. Je *t'ai* dégotté un joli petit lot.

—Tu es allé voir cette fille pour m'aider ?

—Toi et ceux pour qui tu travailles.

Les yeux mi-clos de Hamid observèrent Emre. Celui-ci eut l'impression qu'ils ne débordaient pas de reconnaissance.

—De qui parles-tu donc, Emre ? Qui sont ces personnes pour qui je travaille ?

Emre regarda autour de lui en se demandant pourquoi Hamid se montrait si prudent.

—Macide ?

—Non.

—Pour son père, Ishaq ?

—Non plus.

—Pour qui, alors ? demanda Emre en essayant de contenir son agacement.

—Pour le peuple, Emre. Pour toi, pour Çeda et pour Tariq. Pour les enfants qui se promènent dans les Bas-fonds sans savoir ce que nous préparons. Pour ta jolie alouette qui vit dans son petit palais comme s'il lui appartenait. Nous nous battons aussi pour elle alors qu'elle vit de la misère de milliers de personnes. (Il porta le verre à ses lèvres, prit une gorgée d'arak et fit tourner l'alcool dans sa bouche avant de l'avaler.) Est-ce que tu as envie de travailler pour ces gens, Emre ? Est-ce pour cette raison que tu as perturbé la mission de Darius ?

—Je peux trouver ce que tu cherches dans cette maison. Je peux faire parler la vieille femme.

—Nous allons y venir. Je t'ai demandé si tu voulais travailler pour ces gens.

—Je veux me battre pour le peuple.

Pendant un bref instant, le visage de Hamid sortit de sa léthargie et s'anima.

—Vraiment ? Parce que j'ai eu l'impression que ton petit numéro ne servait que *tes* intérêts.

—Il fallait bien que j'attire ton attention.

—On se connaît depuis l'âge de trois ans, Emre. Tu n'as nul besoin d'attirer mon attention.

—Et si j'étais venu te voir pour te dire que je voulais me battre pour la cause, qu'est-ce que tu aurais fait ?

Hamid réfléchit en faisant tourner son verre sur la table.

—Je t'aurais demandé de partir.

Darius écoutait en silence. Il semblait mal à l'aise et son regard passait sans cesse d'un interlocuteur à l'autre.

—Je peux t'être d'une grande aide, reprit Emre. Tout le monde me connaît à Sharakhaï, et j'ai plutôt bonne réputation. J'ai fait pas mal de trucs dans ma jeunesse. Je suis un vrai touche-à-tout, comme disait Rafa.

Hamid secoua la tête, les yeux perdus dans le vague.

—Maudit caravanier ! Mon cœur saigne encore quand je pense à Rafa.

Emre effleura son front du bout du doigt.

—Merci, mais ces blessures sont cicatrisées depuis longtemps.

—Je ne mens pas. Je pense souvent à lui.

—Merci.

—Mais je ne travaillerai pas avec un homme qui cherche seulement à honorer la mémoire de son frère.

Cette remarque ébranla Emre.

—Ce n'est pas le cas, dit-il. Je t'assure.

Hamid poursuivit comme s'il n'avait rien entendu.

—Tu dois agir pour les vivants, pour ceux qui n'ont pas encore rejoint nos rangs.

— Mais c'est ce que je veux faire.

Hamid scruta les yeux d'Emre tandis que les clients installés à la table voisine continuaient à chanter d'une voix grave et primitive.

— Tu es un oiseau-mouche. Tu passes sans cesse d'une chose à l'autre.

— Parce que je n'ai pas encore trouvé de cause dans laquelle m'investir.

— Tu connais l'existence des Hôtes depuis longtemps, Emre. Tu la connaissais avant ce qui est arrivé à Rafa. Pourquoi veux-tu les rejoindre sept ans après sa mort ?

Parce que je suis un lâche.

— Je ne savais pas trop ce que je voulais après la mort de Rafa. Ça a été une période… difficile.

— Mais tu as changé.

— Oui.

— Donne-m'en la preuve.

Emre inspira profondément. Comment pouvait-il convaincre Hamid sans avoir l'air désespéré ?

Il jeta un coup d'œil à Darius. Que pouvait-il leur révéler ? Et puis il songea qu'il n'avait pas vraiment le choix.

— Il y a peu de temps, je suis sorti pendant Beht Zha'ir. (Hamid et Darius échangèrent un regard, silencieux.) J'ai été attaqué, et je n'ai pas eu le temps de voir mes agresseurs. J'aurais dû y rester, mais Çeda est venue à mon secours. Elle m'a aidé et ramené à la maison, comme un gosse.

Hamid haussa les épaules.

— Aucun homme n'est assez fort pour affronter le monde tout seul, Emre.

— J'étais incapable de bouger. J'étais allongé par terre et je me vidais de mon sang. Et puis j'ai entendu les cris des asirim dans les rues de la ville. Je me suis demandé s'ils allaient venir me chercher, et me suis rendu compte que c'était exactement ce que je voulais. J'en avais tellement envie que j'ai pleuré quand Çeda est arrivée. J'étais sur le point de me transformer, de devenir fort, et elle venait tout gâcher.

Emre joua avec son verre avant de le vider d'un trait. L'alcool anisé lui réchauffa la gorge et l'estomac.

— Quand j'ai retrouvé ma lucidité, je me suis demandé quelle folie m'était passée par la tête. Comment avais-je pu avoir des idées aussi… grotesques ?

— Tu étais blessé.

— Oui, mais ces pensées me hantent toujours. J'ai soif de pouvoir.

— Pour attaquer ceux qui t'ont attaqué ?

— Non, répondit Emre sans hésitation. Pour purger cette ville des Douze Rois. Des Malasaniens, des Qaimiriens, des Kundhanais et des Miréens.

Les asirim m'ont laissé entrevoir la cité telle qu'elle était jadis, avant l'avènement des Rois. J'ai vu le désert avant Sharakhaï. J'ai vu ce qu'il est devenu. Et j'ai pleuré de nouveau. (Emre regarda Hamid dans les yeux.) C'est pour cette raison que je veux être à tes côtés, Hamid. Que je suis allé au domaine et que j'ai surveillé Darius pendant qu'il espionnait Zohra. Séparément, nous ne pouvons pas faire grand-chose, mais ensemble, nous serons plus forts. Nous pourrons lutter contre les Rois et mettre un terme à leur pouvoir corrompu.

— Tu veux détruire la cité, si j'ai bien compris, la raser ?

— Je n'ai pas dit ça. Je veux la faire renaître.

— Sous quelle forme ?

Emre réussit à sourire.

— À mon image ? À la tienne ? Je l'ignore. Je ne sais qu'une chose : avant que les dieux tournent la dernière page de l'histoire de Sharakhaï, le sang et les larmes couleront à flots. Mais le Shangazi a toujours soif et boira tout ça sans sourciller. Il l'a fait à maintes reprises.

Hamid resta silencieux un moment. Il remplit son verre, puis celui d'Emre avant de tourner la tête vers Darius. Un message silencieux passa entre les deux hommes, mais Emre fut incapable d'en deviner sa nature. Hamid leva son verre et fit signe à Emre de l'imiter.

Ils trinquèrent et burent d'un trait.

Hamid grimaça sous la morsure de l'alcool, puis posa son verre d'un geste brusque.

— Bien, dit-il. Parle-moi un peu de cette jolie alouette.

CHAPITRE 27

Çeda retourna au scriptorium à de nombreuses reprises au cours des semaines qui suivirent sa première visite. Davud laissait les tablettes, les parchemins et les livres sur la table. Il n'y en avait jamais plus d'une dizaine à la fois, sans doute pour éviter qu'on remarque leur absence. L'adolescent faisait du bon travail. Il n'apportait que des documents pertinents, et Çeda apprit beaucoup en les consultant.

Elle apprit que Tulathan, déesse de la loi et de l'ordre, avait parlé aux Rois au cours de la nuit de Beht Ihman. Elle apprit que Goezhen, dieu du changement et de la création, avait voulu imiter les premiers dieux – ses parents et ceux des jeunes dieux – en façonnant des créatures immondes. Elle apprit que Bakhi apparaissait au moment du fauchage, de la moisson et de la mort.

Elle lut l'histoire de Thebi, un soldat qui s'était battu dans les lointaines montagnes orientales et avait été mortellement blessé par une lance. Thebi était à l'article de la mort et avait prié les vents brûlants du désert en compagnie d'un camarade, un archer qui avait eu la chance de ne pas être blessé. Bakhi était apparu devant eux et avait écouté les deux hommes l'implorer de sauver Thebi. À la fin de leur supplique, le dieu versatile avait arraché la lance du corps de Thebi pour la planter dans le ventre de l'archer. La blessure de Thebi s'était transformée en une cicatrice pâle et l'archer était mort sur le coup.

Çeda apprit que Thaash, dieu de la haine et de la vengeance, avait un faible pour le sang. La femme d'un cheikh racontait que Thaash avait sauvé sa tribu des sauvages des terres arides du Nord. Les nomades avaient fait halte pour la nuit et des dizaines de guerriers avaient surgi autour des navires comme des touffes d'herbe après une averse printanière. Les hommes et les femmes de la tribu s'étaient rassemblés pour protéger leurs enfants, mais leurs ennemis étaient trop nombreux. La moitié des nomades étaient déjà morts et les autres sur le point de succomber quand une haute silhouette armée d'un sabre doré était apparue dans l'obscurité. Les sauvages étaient soudain devenus fous. Ils s'étaient précipités vers le mystérieux inconnu en brandissant leurs lames et en poussant des ululements qui résonnaient dans la nuit. Thaash – car cela ne pouvait être que lui – les avait fauchés les uns après les autres en ricanant. Lorsque le combat avait pris fin, le dieu était couvert de sang et il haletait, mais il se dressait au sommet d'une montagne de corps. Les nomades auraient voulu le remercier, mais n'osèrent pas approcher. Ils n'osèrent même pas parler. Puis Thaash s'était retourné et avait disparu dans les ténèbres.

Çeda consacra plusieurs nuits à lire des documents à propos de Nalamae, la benjamine des dieux. Elle essaya de comprendre ce qui s'était passé pendant Beht Ihman, mais elle ne trouva rien corroborant l'absence de la déesse. Plusieurs comptes-rendus affirmaient même qu'elle était présente, mais ils ne donnaient guère de détails. La jeune fille finit par découvrir un curieux récit décrivant la destruction de son temple. Le texte avait été écrit à une époque où le culte de la déesse était presque tombé dans l'oubli. Un prêtre racontait l'histoire d'une jeune aveugle de douze ans qui s'était présentée au temple en affirmant être Nalamae. Elle avait expliqué qu'on la pourchassait et qu'elle avait besoin de se réfugier dans le sanctuaire sacré. Le prêtre avait d'abord envisagé de l'expulser, mais il avait été ému par la voix et la dignité de la jeune fille qui se prétendait traquée. Il l'avait fait entrer en songeant qu'il chercherait une famille pour l'accueillir dès le lendemain.

Quelques heures plus tard, le temple avait tremblé et des voix avaient tonné dans la rue.

Viens, Nalamae.
Viens, ma sœur.

Le prêtre était sorti. Il s'était arrêté au sommet de l'escalier menant aux portes du temple, avec un juron. C'était impossible… Une femme à la peau blanche et lumineuse se tenait dans la rue. Une autre avait émergé de derrière le tronc d'un olivier. Elle était plus petite que la première et aussi pâle que les lunes dans le ciel. Les deux femmes étaient d'une beauté irréelle. Un nouveau tremblement avait secoué le temple et le prêtre avait levé la tête. Au sommet d'un dôme, il avait aperçu une silhouette à la peau noire, coiffée d'une couronne d'épines. *Goezhen*, avait-il songé. Goezhen était là. Le prêtre s'était tourné vers l'entrée du temple pour se précipiter à l'intérieur et conduire Nalamae à l'abri, mais il n'en avait pas eu le temps. Un éclair avait déchiré le ciel nocturne et frappé le dôme qui s'était effondré.

Le prêtre n'expliquait pas sa survie à cette nuit, mais au petit matin, le temple était en ruine et Nalamae avait disparu.

Comme Çeda l'avait demandé, Davud avait également apporté des documents à propos des Vierges du Sabre et de leurs traditions. La jeune fille n'avait pas précisé ce qu'elle cherchait et l'adolescent avait choisi des ouvrages sur leur vie quotidienne, les rituels de la naissance et de la mort, leurs activités pendant Beht Zha'ir, Beht Revahl et Beht Tahlell. Tout cela n'offrait aucun intérêt. Çeda prit un bout de papier et écrivit : « Vierges du Sabre, rituels d'initiation ». Elle espéra que Davud ne ferait pas le lien entre les différents sujets et ne lui demanderait pas d'explications. Son souhait fut exaucé, car lors de la visite suivante, elle découvrit des dizaines d'ouvrages sur les rites de passage des aspirantes – les filles des Rois entre quatorze et dix-huit ans – et leur acceptation dans la Maison des Vierges. Les récits couvraient plusieurs siècles, mais tous décrivaient une formation très codifiée qui durait plusieurs années. L'initiation était cependant plus rapide en cas de crise ou de guerre. Un document relatait l'histoire d'une jeune fille qui avait succombé à la peste blanche une semaine avant son baptême officiel. On avait trouvé une remplaçante, mais la cérémonie avait été repoussée de trois mois, le temps que l'épidémie prenne fin. Un autre récit racontait qu'une jeune élue avait cédé sa place à sa sœur jumelle, car elle estimait que celle-ci était meilleure guerrière qu'elle. Touchés par cet acte de générosité, les Rois avaient accordé une lame noire à chacune des sœurs.

Çeda commença la lecture d'un autre document et se raidit sur sa chaise.

Un siècle plus tôt, la reine de Miréa était venue à Sharakhaï en affirmant qu'elle avait eu une fille avec Kiral, le Roi des Rois. Elle avait cité les termes d'un vague traité et exigé que l'enfant intègre le corps des Vierges du Sabre. Husamettín, le Roi des Lames, avait tempêté, mais Kiral avait reconnu qu'il était le père. La jeune fille avait été conduite dans les champs en fleur et on lui avait piqué le doigt avec une épine d'adichara pour confirmer la filiation. Elle avait servi dans le corps des Vierges du Sabre pendant vingt ans avant de regagner son pays, où elle avait été accueillie par une foule en liesse.

Çeda lut le parchemin à trois reprises avant de le poser sur le côté. Elle inspira un grand coup, et l'air frais lui redonna courage. C'était la première fois qu'elle éprouvait un véritable sentiment d'espoir depuis qu'elle était venue ici avec Davud.

Elle aurait voulu parler de ses projets à Emre, lui dire ce qu'elle avait appris sur le poème, mais elle le voyait de plus en plus rarement. Elle passait la plupart de ses journées à enseigner l'escrime et la majorité de ses nuits à lire les documents que Davud laissait dans le scriptorium. Quand elle rentrait chez elle, peu avant l'aube, elle entendait parfois Emre ronfler, mais elle n'avait jamais eu le courage de le secouer. Et lorsqu'elle se réveillait, le jeune homme avait disparu. Un soir, elle resta à l'appartement au lieu de se rendre au collegium, mais Emre ne rentra pas. Pas plus que la nuit suivante. La jeune fille n'eut pas la force d'attendre plus longtemps et retourna au scriptorium, impatiente de reprendre ses recherches.

« Où es-tu ? » écrivit-elle un matin. Elle posa la note sur l'oreiller d'Emre, mais se sentit idiote et la déchira en mille morceaux.

Elle passait parfois voir Seyhan au marché aux épices, mais le marchand était très occupé. C'était la saison pendant laquelle les navires arrivaient des quatre coins du désert. Les capitaines faisaient des affaires avec les commerçants sharakhiens ou entre eux. Il fallait faire vite, car Beht Zha'ir était proche. Un jour, Çeda aperçut Emre derrière l'étal du vieux marchand. Le jeune homme sourit et lui fit signe.

— Je suis heureuse que tu aies repris ton travail, dit Çeda d'une voix assez forte pour couvrir le brouhaha des souks.

— Ça nous fait un point commun, dit Emre. Tu as besoin de quelque chose ?

— Non. De quoi pourrais-je avoir besoin ?

Le jeune homme montra les rangées d'épices qui s'étalaient devant lui.

— Un peu de galanga. Des pignons de Qaimir. (Il brandit un sac contenant des tubercules bruns et esquissa un sourire niais.) Du taro qui arrive de Miréa.

— Garde tes saletés pour toi, Emre.

Il posa le sac et leva les mains.

— Oh ! ho ! Je n'avais pas l'intention d'offenser ma reine en lui offrant un cadeau.

La jeune fille ferma les yeux et inspira un grand coup avant de les rouvrir.

— Tu me manques.

Emre haussa les épaules et écarta les mains comme pour lui dire que c'était réciproque, mais qu'il n'y pouvait rien, que le monde s'acharnait à les tenir à l'écart l'un de l'autre.

— Où est-ce que tu traînes ces derniers temps ? demanda Çeda.

— Non !

C'était la voix de Seyhan.

Il foudroya Emre du regard et chassa Çeda d'un geste. Cinq clients potentiels s'étaient penchés sur l'étal pour humer les épices.

— Non, non et non ! lança le marchand. Tu discuteras avec ta femme quand tu auras fini de travailler.

Emre et Çeda levèrent les yeux au ciel.

— Nous parlerons bientôt, dit le jeune homme.

Çeda hocha la tête, frustrée d'avoir été interrompue pendant ce moment d'intimité. Elle se tourna et se fraya un chemin à travers la foule avant de quitter les souks.

Les jours passèrent comme des secondes, et Çeda commença à entendre des rumeurs à propos d'Emre. Deux fois aux arènes, après ses leçons d'escrime, et une fois dans les souks, alors qu'elle bavardait avec Tehla. On avait vu le jeune homme se promener avec Darius et l'on racontait qu'il fréquentait Hamid. On disait aussi qu'il avait pris du galon chez les Hôtes sans Lune après avoir accompli une mission difficile à l'est de l'Abreuvoir.

Ces histoires étaient sans doute exagérées, mais elles devaient avoir un fond de vérité et firent bouillir le sang de Çeda. Voilà qui expliquait les absences d'Emre, mais pourquoi s'impliquait-il avec les Hôtes sans Lune, maintenant ? Probablement à cause de ce qui s'était passé la nuit de Beht Zha'ir. Il avait failli y laisser la vie et avait besoin de se prouver quelque chose. Mais c'était tout de même étrange : Emre savait fort bien que Çeda lui administrerait une solide raclée quand elle apprendrait qu'il fréquentait les rebelles. Il savait ce qu'elle pensait de l'Al'afwa Khadar.

Çeda aurait voulu attendre son ami à l'appartement pour lui demander des explications, mais ses recherches étaient trop importantes et Beht Zha'ir approchait. De toute manière, elle était à peu près certaine qu'Emre ne réapparaîtrait pas avant la sainte nuit – ce qui ne la rassurait pas vraiment compte tenu de ce qu'elle avait l'intention de faire.

Elle se trompait. Une semaine avant Beht Zha'ir, elle se retrouva en seule compagnie d'Emre à l'appartement.

Il faisait une chaleur étouffante et Emre arriva à l'improviste avec un petit pot d'olives et une bouteille de vin rouge. Il n'avait pas fermé la porte que Çeda sortait déjà une lanterne, deux verres et le reste du pain acheté le matin même. Elle le rejoignit dans le salon et posa la lampe entre eux, sur le tapis. C'était un rituel puéril qu'ils observaient depuis des années : ils imaginaient qu'ils étaient autour d'un feu de camp, au cœur du Shangazi, et se racontaient des histoires à la manière des nomades.

Emre était assis en tailleur. Il portait un pantalon ample et une large ceinture, la tenue qu'il affectionnait quand il travaillait aux souks. Elle lui permettait d'attirer les dames et de leur vendre des épices au prix fort. Il était plutôt séduisant habillé ainsi, mais Çeda l'avait toujours trouvé séduisant. Elle adorait ses yeux et sa petite barbiche noirs.

— Ne commence pas, dit-il en passant la main sur les cicatrices laissées par le sabre du nomade la nuit de Beht Zha'ir. (Sa peau cuivrée brillait de sueur après sa journée de travail.) Elles vont très bien.

Ce ne sont pas tes cicatrices que j'admirais.

Que s'était-il passé après leur première nuit ensemble ? Pourquoi n'avait-il jamais cherché à renouveler l'expérience ? Çeda avait parfois envie de lui – en ce moment même, elle se retenait à deux mains pour ne pas lui sauter dessus –, mais… mais ce n'était pas le moment de penser à tout cela.

— Est-ce que tu appliques les pommades que je t'ai données ?

Il haussa les épaules et avala une olive au romarin.

— Pas besoin.

— Les cicatrices se verront.

Il sourit et mâcha l'olive sans discrétion.

— Eh bien, ce n'est peut-être pas si mal. Tu n'as pas idée du nombre de gens qui me demandent ce qui m'est arrivé.

— Toutes les morues des environs, je suppose.

Il sourit et lui adressa un clin d'œil.

— Bien cuisinée, ce n'est pas mauvais, la morue.

Çeda arracha un morceau de pain et le lui jeta à la figure.

— Tu es dégoûtant.

Il inclina la tête pour indiquer qu'il partageait ce point de vue.

— Qu'est-ce que tu fabriques en ce moment, Çedamihn ? demanda-t-il en attrapant la bouteille de vin.

Il remplit les verres qui étaient de forme… curieuse. Ils semblaient avoir été modelés par un souffleur le lendemain d'une beuverie particulièrement sauvage.

— Tu t'es regardée dans une glace récemment ? Tu ressembles à une goule. Tu as les yeux noirs et bouffis, tu marches tout doucement. Je ne t'ai jamais vue dans cet état.

— Ce n'est rien.

— Tu as aussi manqué des leçons d'escrime. Et j'ai entendu dire que la Louve Blanche ne participerait pas au prochain tournoi.

— Qui t'a raconté tout ça ?

Emre haussa les épaules et avala une gorgée de vin.

— J'ai posé quelques questions ici et là.

La jeune fille cacha sa surprise en buvant à son tour. Ces derniers temps, Emre était fort occupé et elle n'aurait jamais imaginé qu'il prenne le temps de penser à elle. Ni de se renseigner sur son compte.

— On garde ses secrets ? demanda-t-il.

— On découvre des secrets, rectifia-t-elle.

Emre se figea, son verre à mi-chemin entre la table et ses lèvres.

— Ah.

Il se redressa sur le tapis usé et son visage devint sérieux, comme s'il se préparait à dire quelque chose d'important. Il voulait sans doute mettre Çeda en garde contre des dangers qu'elle connaissait déjà. La jeune fille ne lui en laissa pas le temps.

— J'ai trouvé quelque chose, dit-elle.

Emre la regarda. De toute évidence, ce n'était pas ce qu'il avait espéré entendre.

— Je vais te montrer.

Elle alla chercher le livre d'Ahya, puis se rassit et souleva la lanterne au-dessus des pages. Elle montra à Emre les mots écrits de la main de sa mère et les signes dans les marges intérieures.

— Tu vois ? dit-elle en pointant le doigt vers les marques. Certaines sont inclinées, d'autres pas.

— Pourquoi ?

— C'est une excellente question, mon cher Emre.

Elle se laissa aller en arrière tandis que son ami approchait la lampe-tempête pour observer les mots écrits à l'encre brune. Elle but une gorgée de vin et grignota un morceau de pain en se demandant par où commencer. Elle voulait lui parler de sa rencontre avec Saliah dans le désert. Elle voulait lui parler de ce qu'elle avait appris et de ce qu'elle avait l'intention de faire.

Elle avait les mots au bout de la langue...

Je suis la fille d'un Roi, Emre, et je vais aller dans les champs en fleur pour en avoir la preuve.

Mais elle ne trouva pas le courage de les prononcer.

— Je n'aime pas trop que tu traînes avec les Hôtes, se contenta-t-elle de dire.

Elle comprit aussitôt qu'elle n'aurait pas dû formuler sa phrase ainsi, mais il était trop tard. Les mots flottaient déjà entre eux comme une nuée de mouches au-dessus d'une pile de fumier.

— Ils vont t'attirer des ennuis.

Emre baissa le livre, mais pas la lampe.

— Je ne suis pas sûr de bien comprendre... *Tu* me fais la morale parce que je fréquente les ennemis des Rois ?

— Ne change pas de sujet.

Emre leva le livre et inspecta une nouvelle page.

— Je porte des paquets pour eux, comme je le faisais pour Osman.

— Mais Osman n'attire pas l'attention. C'est un homme prudent.

— *Je* suis prudent. Je sais ce que je fais, Çeda.

— Ils se servent de toi, Emre.

— Je sais bien qu'ils se servent de moi. Ils ont besoin de quelqu'un qui n'a aucun lien avec les Hôtes sans Lune, quelqu'un que les gardes de la cité ne soupçonneront pas.

— Mais ils finiront par te soupçonner. Ils finiront par comprendre. Ou bien un mouchard les renseignera. C'est toujours comme ça que ça se passe. Il y en a beaucoup qui détestent les rebelles et leurs idées.

— Parce qu'ils ont une once de bon sens ? Parce qu'ils affirment que les Rois ne sont pas invincibles ? Parce qu'ils pensent qu'on finira par les renverser ?

— Peut-être, mais qu'est-ce que ça changera si tu es arrêté pendant que tu fais le coursier pour eux ?

— Je peux te poser la même question à propos de ce que tu fais.

Çeda sentit la colère monter en elle.

— J'essaie de découvrir ce qui est arrivé à ma mère. Toi, tu risques ta vie pour des hommes qui t'utiliseront avec le même mépris et la même indifférence que les Rois.

Emre resta silencieux. Il était aussi immobile qu'une statue.

— Écoute, dit Çeda. Je sais que…

Emre leva la main pour la faire taire.

— Tu as vu le mot qui n'est pas accompagné de marques ?

— Quoi ?

— Là. (Le jeune homme déplaça la lampe.) « Tombe ».

Çeda sentit l'extrémité de ses doigts la démanger tandis qu'elle prenait le livre. Il avait raison. Elle avait passé les pages en revue des centaines de fois, mais n'avait rien remarqué. Elle n'avait rien remarqué parce qu'il n'y avait aucune marque le long de la jointure des pages. Le mot « tombe » avait été écrit de la main de sa mère.

Cela faisait donc quarante-six mots. Quarante-cinq accompagnés des signes et un sans.

Pourquoi ? Pourquoi celui-ci était-il différent ? Qu'avait-il de particulier ?

Elle s'aperçut alors que ce mot était le dernier. Il n'y avait pas de marques parce que c'était la fin du message.

Et soudain, les pièces du puzzle se mirent en place.

La jeune fille se leva d'un bond et se précipita dans sa chambre pour prendre une feuille, une plume et un encrier. Sa réserve était presque épuisée et elle se promit de la remplir dès que possible.

— Qu'est-ce qui se passe ? demanda Emre.

— Chut !

Les marques indiquaient le nombre de pages à tourner dans un sens ou dans l'autre. Emre avait trouvé le dernier mot et il lui suffisait désormais de remonter la piste.

Là ! Trois pages en arrière ! « Sa », accompagné de trois marques dans la marge intérieure. « À », cinq pages plus loin, avec cinq marques…

Çeda continua jusqu'au premier mot.

Il s'agissait d'un autre poème écrit dans le même style que celui de sa mère.

Des dunes dorées,
Des runes passées,
Le Roi de pierre étincelante,

Par l'épine inversée,
Eut la peau déchirée,
Mais devint plus puissant.

Sur une terre éloignée,
Son amour libéré,
Sous la sombre Tulathan ;
La poussière des pétales,
Comme l'ardeur des amants,
Le guidera à sa tombe.

Çeda le lut trois fois. Ses mains tremblaient et son cerveau était en ébullition. L'épine faisait sans doute référence aux épines empoisonnées des adicharas. La poussière des pétales était une métaphore pour le pollen des fleurs. Mais l'élément le plus important était le Roi de pierre étincelante... De qui pouvait-il s'agir ? Azad ne dormait jamais. Cahil se rendait souvent dans les champs en fleur pour s'occuper des arbres. Beşir observait les gens tapis dans l'ombre. Husamettín était capable de fendre un rocher avec son grand sabre. Ihsan était cruel. Mesut était généreux. Kiral était le Roi des Rois. Mais tout cela n'était que des contes pour enfants. En vérité, Çeda ne savait rien sur les maîtres de Sharakhaï. Rien d'important, en tout cas.

— Çeda, qu'est-ce qui se passe ? demanda Emre.

La jeune fille ne l'avait jamais vu si inquiet.

Elle fit un effort pour s'arracher à la contemplation du papier sur lequel elle avait recopié les mots dans l'ordre.

— Ma mère a découvert quelque chose, Emre. Elle a découvert des secrets et les a cachés dans ce livre. (Elle posa le poème sur ses cuisses.) Je suis sûre qu'il y a un lien avec l'asir qui m'a parlé. Il y a un lien avec les Rois et la mort de ma mère.

— Comment peux-tu en être sûre ?

— Quand elle m'a emmenée voir Saliah, la veille de son exécution, ma mère a dit qu'elle avait quatre de leurs poèmes, et Saliah a répliqué : « Quatre sur douze. » Je pense qu'il y en a un pour chaque Roi... et qu'ils exposent leurs faiblesses.

— C'est ridicule.

— Vraiment ? (Elle montra la feuille.) Lis-le.

Emre obéit et son visage s'assombrit.

— On dirait une devinette.

— En effet...

— Mais qui en serait l'auteur ?

— Je n'en ai aucune idée. Nalamae, peut-être. Certaines histoires racontent qu'elle n'était pas présente lors de Beht Ihman. Peut-être qu'elle n'approuvait pas le marché que ses pairs ont passé avec les Rois. Peut-être qu'elle a laissé des indices pour que nous puissions annuler ce pacte.

— Pourquoi le faire sous forme d'énigmes ?

En effet, pourquoi ?

— C'est pour cette raison qu'ils l'ont traquée, souffla Çeda.

— Quoi ?

— Les dieux ont pourchassé Nalamae. Il existe au moins cinq récits sur sa résurrection supposée.

— Le désert est riche de ce genre d'histoires.

— Et ce n'est peut-être pas sans raison, Emre. Peut-être que les Rois ne veulent pas qu'on révèle leurs secrets.

Emre leva la feuille et l'examina.

— Tu crois que ce poème révèle un de leurs secrets ? Lequel ?

— Je l'ignore. (Çeda prit le papier et le relut.) Mais par le sang des dieux, je t'assure que je vais le découvrir.

CHAPITRE 28

Çeda n'osa pas révéler ses plans à son ami. Ils avaient bu un peu plus que de raison et le désir de la jeune fille s'était réveillé. Pendant un moment, elle avait cru qu'il en allait de même pour lui, mais quand elle avait laissé ses cheveux cascader sur ses épaules, il l'avait regardée d'un air curieux avant de déclarer qu'il était fatigué. Elle avait envisagé de le rejoindre dans son lit, mais son expression avait refroidi ses ardeurs. Il n'aurait pas toisé une prostituée avec plus de mépris.

Les jours suivants, Çeda se surprit à espérer qu'il ne rentrerait pas et qu'ils n'auraient pas à parler de ce moment gênant. Elle s'était inquiétée pour rien : le seul matin où ils se croisèrent, le jeune homme n'aborda pas le sujet.

Çeda passa la plus grande partie de la semaine suivante dans le bureau d'Amalos, dans les sous-sols du collegium. Elle tenait absolument à résoudre l'énigme avant Beht Zha'ir et demanda à Djaga de s'occuper de ses élèves aux arènes. L'ancienne guerrière l'aimait bien et elle accepta de la remplacer pendant un certain temps. Çeda emporta de l'eau et de la nourriture afin de prolonger ses séances de lecture. Un jour, elle resta au scriptorium jusqu'à midi, mais elle entendit des voix et se dépêcha de partir. Elle prit cependant le temps de rédiger sa petite liste de sujets à l'intention de Davud.

Elle voulait étudier les éléments du nouveau poème qu'elle ne comprenait pas. Il y avait cette histoire de pierre étincelante. De quoi s'agissait-il ? Et quel Roi y était associé ? Et puis, il y avait aussi les dunes dorées et les runes passées… La jeune fille ne savait par où commencer, alors elle lut des documents à propos des anciennes tribus dans l'espoir de trouver un indice. Elle étudia l'histoire des Salmük, des Voiles noirs, des Ebros, des Pierres levées, des Masals, des Lances brillantes, des Kadris, des Mains de Feu, des Kenans, des Halarijans, des Rafiks et de tous les autres. Elle chercha des signes et des symboles qui pouvaient ressembler à celui qui avait été gravé sur le front de sa mère. Lorsqu'elle quittait le scriptorium, mille histoires tournaient dans sa tête. Les noms des cheikhs, les territoires traversés par les tribus nomades, les races de chevaux qu'elles élevaient, les premiers navires qu'elles avaient utilisés, les forêts de bois de glisse qui fournissaient la précieuse matière première pour les patins...

Elle apprit même les motifs des tatouages spécifiques à chaque tribu et les subtiles différences qui existaient entre eux. Elle découvrit que le nomade emporté par l'asir la nuit de Beht Zha'ir était un Kadri, une Main de Feu. C'était le seul peuple qui se tatouait les paumes et la plante des pieds. Çeda pressentit que c'était une information importante, mais elle était incapable de dire pourquoi.

Les nuits se succédèrent et le découragement gagna la jeune fille. Quand elle survolait les documents, elle avait l'impression de laisser passer un indice, alors elle revenait en arrière pour les relire – parfois deux ou trois fois de suite. Cela ralentissait considérablement ses recherches et sapait son moral.

Rien ne presse, songeait-elle. *Je pourrais prendre mon temps et attendre la prochaine Beht Zha'ir, dans six semaines.*

Mais elle savait que ces arguments n'étaient que des excuses pour échapper à la promesse qu'elle s'était faite. Non. Elle continuerait comme prévu, quoi qu'il arrive.

La dernière nuit avant Beht Zha'ir, elle étudia un recensement de Sharakhaï dans l'espoir de découvrir des noms établissant un lien entre les Rois et une tribu du désert. Elle avait pensé que le Roi de pierre étincelante était peut-être une référence à une région du Shangazi, mais elle ne trouva rien. Rien du tout. Il n'y avait pas la moindre information intéressante sur cette fichue tablette, pas plus que dans ces maudits parchemins et dans les dizaines d'ouvrages qu'elle avait lus au cours des dernières semaines.

Elle perdait son temps. Elle eut envie de jeter la plaque d'argile contre un mur, mais sa mère lui avait enseigné le respect des mots et elle retint son geste. Elle se leva, souleva la chaise par le dossier et l'abattit jusqu'à ce qu'elle vole en éclats.

Pendant un long moment, elle resta debout, le souffle court, les doigts crispés sur les restes du dossier. Et elle sentit qu'on l'observait.

Elle se retourna. Un homme portant la robe des érudits du collegium se tenait dans l'encadrement de la porte. La jeune fille resta pétrifiée un instant, puis elle reconnut Davud. L'adolescent la regardait avec des yeux écarquillés.

—Je... je suis désolée, Davud.

—Il est hors de question que tu transformes ce bureau en champ de ruines, Çeda!

—Je sais. Je suis désolée.

— Tu veux qu'ils découvrent tout ? Tu veux qu'ils me chassent du collegium ? Tu veux qu'ils obligent ma famille à rembourser l'argent qu'Amalos a investi dans mon éducation ?

— Je… je vais remplacer la chaise. J'emporterai les débris et j'en ramènerai une autre.

— Non ! (Davud approcha d'un pas rapide et rassembla les morceaux de bois.) *Je* vais m'en occuper.

— Pardon, Davud.

L'adolescent ramassa jusqu'au plus petit éclat de bois, puis se figea.

— Tu ne dois plus venir ici, Çeda.

— Je sais. C'est sans importance. Mes recherches étaient vouées à l'échec. Les Rois sont trop prudents pour laisser traîner des indices.

— Ça devient trop dangereux, dit Davud comme s'il ne l'avait pas entendue.

— Je sais. De toute manière, je n'avais pas l'intention de revenir après la nuit prochaine.

À ces mots, il se redressa et se tourna vers elle.

— Qu'est-ce que tu veux dire ? Pourquoi tu n'avais pas l'intention de revenir ?

La jeune fille croisa son regard et fut étonnée par la maturité qu'elle y lut.

— Peu importe, Davud. Tu en as fait plus qu'assez pour moi.

Je ne veux pas t'impliquer dans ces plans insensés.

Elle le serra contre elle et se retourna vers la sortie. Davud la saisit par le poignet, mais la lâcha devant son expression.

— Demain, c'est la nuit de Beht Zha'ir, dit-il.

— Oui.

— Qu'est-ce que tu as l'intention de faire ?

— Je ne te le dirai pas, Davud. Inutile d'insister. (Elle l'étreignit une fois de plus.) Que les dieux te gardent.

Tandis qu'elle remontait le souterrain, Çeda éprouva une étrange sensation de liberté. Les Rois avaient eu quatre siècles pour réécrire l'histoire à leur guise, alors comment aurait-elle pu trouver un indice en lisant des textes choisis au hasard ? Cet échec la conforta dans l'idée que ses projets pour la nuit prochaine étaient bons.

Elle rentra chez elle. Elle avait envie de manger un morceau de pain avec Emre et de boire un peu de vin, juste assez pour trouver le courage de lui dire la vérité.

Il fallait qu'elle lui dise la vérité.

Elle n'avait pas le choix.

Je suis la fille d'un Roi.

Elle l'attendit toute la nuit, jusqu'aux premières lueurs de l'aube, mais il ne rentra pas. Elle alla se coucher en espérant qu'elle serait réveillée par le bruit de la porte d'entrée et le grincement du plancher, mais ce ne fut pas le cas. Quand elle ouvrit les yeux, l'après-midi touchait à sa fin. Il était temps de commencer les préparatifs.

Elle vérifia ses vêtements avant de remplir une sacoche d'eau et de nourriture. Elle affûta et graissa son shamshir et son kenshar, puis frotta son zilij avec un chiffon huilé. Le zilij était une planche longue comme une jambe et large d'une main. Il était taillé dans du bois de glisse, à l'image des patins des navires. Ses bords avaient été arrondis et polis par l'artisan qui l'avait fabriqué, puis par le sable du désert. Il était enduit de paraffine afin de le protéger des frottements.

Le soleil se coucha bientôt derrière de lointains nuages. Et si Emre ne rentrait pas ? Au cours des dernières semaines, un certain froid s'était installé entre eux. Peut-être était-ce un message des dieux? Peut-être devait-elle renoncer à lui une fois pour toutes ?

L'obscurité envahit le désert et les bruits de la cité s'estompèrent à l'approche de la sainte nuit. *Il est l'heure*, songea Çeda. *Je ne peux plus attendre.* Elle enfila sa tenue de combat noire et moulante, puis écarta la tenture qui dissimulait la niche dans le mur. Elle prit la boîte à bijoux qui contenait quelques bagues et bracelets qu'elle ne portait jamais, et la posa sur son lit. Elle l'ouvrit, écarta le tissu en velours qui recouvrait le fond et appuya. Le socle se souleva et un compartiment secret apparut.

Il contenait trois pétales d'adichara. L'un d'eux ressemblait à une pointe de flèche, et la jeune fille songea que c'était de circonstance. Elle le saisit avec des gestes prudents et marmonna deux prières. Elle demanda à Rhia de guider ses pas et à Tulathan d'avoir patience. Elle glissa le pétale sous sa langue et un goût d'épice se répandit dans sa bouche. Puis elle inspira profondément et vida ses poumons avec lenteur, comme si elle venait d'aspirer un tabac savoureux par la pipe d'un narguilé.

Dépêche-toi, Emre. S'il te plaît.

Ses mains se mirent à trembler. Elle rangea la boîte à bijoux dans la niche et attrapa le fourreau de son arme posé sur son lit. Elle fit passer la sangle autour de ses épaules et la serra sur sa poitrine. Enfin, elle glissa son shamshir sur son omoplate gauche et boucla la ceinture à laquelle étaient accrochés un kenshar, une outre remplie d'eau et le pochon en cuir dans lequel elle rangerait le fruit de sa cueillette. Si tout se déroulait comme prévu, elle n'en aurait pas besoin, mais il valait mieux être prudente.

Elle ramassa son zilij et le glissa dans son dos – à côté du shamshir – en le tenant par une cordelette en cuir longue comme la planche.

Elle était sur le point de partir quand elle entendit des voix dans la rue. Elle jeta un coup d'œil entre les rideaux de la fenêtre. À la lueur cuivrée du crépuscule, elle aperçut deux hommes qui bavardaient un peu plus loin. L'un d'entre eux était Emre. Que Rhia soit louée ! Il portait un sarouel, des sandales à lacets, une large ceinture et des bracelets en cuir ouvragé. Son compagnon était un homme trapu enveloppé dans une dishdasha brune. Un turban de même couleur dissimulait son visage.

Sa voix… sa voix était familière, mais Çeda ne parvint pas à l'identifier.

Elle ne pouvait pas sortir sans les croiser, alors elle attendit. Les deux hommes s'étreignirent et se séparèrent après avoir échangé quelques claques sur les épaules. L'inconnu s'éloigna en direction des souks, Emre se dirigea vers la porte de l'immeuble.

— À qui tu parlais ? demanda Çeda quand il entra dans le salon.

Emre regarda sa tenue de combat, puis s'accroupit devant le petit fourneau et remua les braises à l'aide du tisonnier.

— Moi aussi, j'espère que tu as passé une bonne journée.

— Réponds à ma question.

— Je ne parlais avec personne…

Il remua les braises mourantes quelques instants, puis lâcha le tisonnier qui tomba au sol avec un bruit sourd. Il se leva brusquement et se tourna vers la jeune fille.

— Ne sors pas, Çeda. Pas ce soir !

Et la jeune fille identifia enfin la voix de l'inconnu.

— Hamid, souffla-t-elle. C'était Hamid, pas vrai ?

— Hamid est notre ami.

— C'est une brute et un assassin. Tu le sais aussi bien que moi. (Emre eut la décence de paraître gêné.) Et c'est à *lui* que tu obéis ?

— Je n'obéis à personne.

— Bien sûr. Et qu'est-ce qu'il t'a demandé de faire, Emre ?

— Reste et je te le dirai.

Emre était désespéré. Çeda le comprit en avisant ses épaules contractées. Était-il au courant ? Avait-il deviné ce qu'elle avait l'intention de faire ?

Non, c'était impossible. Elle n'en avait parlé à personne. Il était juste hanté par ses vieilles terreurs. Une fois de plus, elle n'eut pas le courage de lui révéler ses plans.

Emre, je vais sortir et tu ne me reverras peut-être plus jamais.

Elle se contenta d'une demi-vérité.

— J'ai déjà pris un pétale…

Il leva les mains pour l'interrompre.

— Davud est venu me voir aujourd'hui.

Çeda sentit son visage s'empourprer. L'espace d'un instant, elle redevint une petite fille surprise en train de voler des figues.

— Il est inquiet. Il pense que tu vas faire une bêtise ce soir. Est-ce qu'il a raison ?

Çeda eut l'impression d'avoir un noyau de pêche coincé dans la gorge. Elle avait beau déglutir, elle ne parvenait pas à s'en débarrasser. Pourquoi était-ce si difficile de lui dire la vérité ?

Parce qu'il essaierait de m'arrêter. Parce qu'il ferait une bêtise.

Non, ce n'étaient que des mensonges.

En vérité, elle ne supportait pas l'idée de lui dire adieu. Elle aurait pu quitter n'importe qui, mais pas lui. C'était pour cette raison qu'elle ne lui avait pas parlé de sa visite à Saliah. Qu'elle n'avait pas eu le courage de lui avouer la vérité pendant la soirée qu'ils avaient passée ensemble. Qu'elle avait tant de mal à trouver ses mots en ce moment même.

— Je vais dans les champs en fleur pour me piquer avec une épine empoisonnée, bafouilla-t-elle enfin. (Emre la regarda, bouche bée.) C'est le seul moyen de le prouver, Emre.

— De prouver quoi ?

— Que je suis la fille d'un Roi !

Là ! Elle l'avait dit. Enfin. Et à quoi s'attendait-elle ? Qu'Emre la croie ? Comme ça ? Qu'il applaudisse son projet ridicule ?

— Que tu es… (Il ne termina pas sa phrase.) C'est de la folie, Çeda ! Tu n'es pas…

Il s'interrompit en contemplant le visage grave de son amie.

— Je l'ai vu dans les carillons de Saliah, dit la jeune fille comme s'il s'agissait là d'un argument irréfutable.

— Tu es retournée voir Saliah ?

Elle hocha la tête.

— Oui. Et j'ai eu une vision en écoutant les carillons. Je sais que c'est vrai. Ma mère m'a mise au monde pour accomplir une tâche, et je vais l'accomplir. Enfin, je vais essayer.

— En faisant quoi ? En te suicidant avec du poison ?

— Je peux faire beaucoup de choses si je suis la fille d'un Roi, Emre.

— Et qu'est-ce que tu vas faire ? (Il baissa la voix et poursuivit dans un murmure.) Tuer tous les Rois ? C'est ça que tu veux ? Quand vas-tu te décider à oublier cette idée stupide, Çeda ? Tu n'y parviendras jamais ! Ta mère était folle et tu deviendras aussi folle qu'elle si tu suis son exemple…

Çeda eut l'impression de recevoir un coup de massue sur la tête.

— Ma mère n'était pas folle !

— Tu ne peux rien faire contre eux. Pas toute seule. Viens avec moi. Allons parler à Hamid. Seuls les rebelles peuvent lutter contre les Rois, et tu peux les aider. Hamid serait heureux de t'accepter dans leurs rangs. Et Macide aussi.

— Par tous les dieux, Emre, tu n'étais donc pas avec moi au marché aux parfums ? Tu n'as donc pas vu les Hôtes massacrer ces innocents ? Ces *enfants* ?

— J'étais là. Et toi, tu n'as pas vu les malheureuses gamines que les Rois ont pendues aux murailles de la Porte sanctifiée le lendemain matin ?

— Je n'ai pas besoin qu'on me rappelle que les Rois sont aussi violents que cruels !

— Dans ce cas, il faut peut-être te rappeler ce qui est arrivé à ta mère. Ils l'ont pendue pour que tous les habitants de la ville la voient, Çeda, et ils feront la même chose avec toi. Tu ne changeras pas le monde en mourant inutilement.

La colère et le pétale faisaient battre le cœur de la jeune fille avec une telle violence qu'il lui fallut un certain temps pour remarquer le bruit. Elle tendit l'oreille et entendit la plainte solitaire monter dans le désert. L'asir était loin, mais la peau de Çeda se hérissa. Le hurlement n'était pas sans rappeler celui d'un chacal, mais il était plus long, plus douloureux et… plus humain. Çeda frissonna en songeant à ce qui l'attendait.

— Il ne se passe pas un jour sans que je pense à elle, Emre. Et je n'ai pas l'intention de mourir inutilement. (*Dieux tout-puissants, faites que je ne meure pas inutilement !*) Je dois partir.

Elle se dirigea vers la porte, mais Emre bondit en avant et la saisit par le poignet.

— Ne fais pas ça, dit-il.

Elle baissa les yeux et regarda sa main.

— Lâche-moi, Emre.

— Ils sont trop nombreux, Çeda. Ce n'est pas le bon moment. Attends la prochaine nuit sainte. Une meilleure occasion se présentera.

Elle ne l'avait jamais vu si inquiet. Dans sa tête, une petite voix – une voix faible et craintive – la supplia de l'écouter. Mais c'était impossible. Si elle attendait, elle risquait de renoncer.

— On ne peut pas imaginer meilleure occasion que ce soir, dit-elle. Pas pour ce que j'ai l'intention de faire.

Elle se libéra d'un geste brusque.

Il voulut la saisir de nouveau, mais elle écarta sa main d'un coup sec.

— Emre, arrête !

Il essaya encore et elle le repoussa avec de plus en plus de violence. Emre n'était pas un guerrier, mais il était fort et rapide. Elle aurait pu gagner la porte en un instant, mais avec les effets du pétale, elle n'avait aucun mal à écarter les mains tendues d'Emre et à reculer chaque fois qu'il bondissait vers elle.

— Je t'ai dit d'arrêter !

Emre comprit qu'il n'arriverait à rien ainsi, alors il se plaça devant la porte pour l'empêcher de sortir.

Çeda se baissa en pivotant jambe tendue et le jeune homme s'effondra lourdement. Elle sauta au-dessus de lui et ouvrit la porte.

Emre se redressa à genoux. Il avait les yeux écarquillés.

— Je t'en supplie, Çeda.

— Je suis désolée. (Un autre cri résonna au-dessus de la ville, plus puissant que le premier.) Ne t'inquiète pas pour moi. Tout ira bien.

Le jeune homme ouvrit la bouche pour protester, mais elle sortit et ferma la porte derrière elle. Elle descendit l'escalier et s'éloigna au petit trot en direction des souks.

Elle l'entendit crier dans la nuit.

— Çeda, je t'en prie !

C'était idiot. Et dangereux.

Emre se tut au bout de quelques secondes et Çeda en fut soulagée.

CHAPITRE 29

Çeda essuya ses larmes d'un revers de main. Elle tira la capuche étroite sur sa tête et y accrocha un voile noir pour cacher son visage. Les étals des souks avaient été démontés et les auvents pliés pour la nuit. Tulathan survolait déjà l'horizon oriental. Sa face argentée contemplait les dunes du désert et les asirim qui marchaient vers Sharakhaï. Sa sœur dorée, Rhia, brillait à l'ouest.

Çeda tendit l'oreille avant de choisir son chemin. Les cris semblaient venir du nord, et elle décida donc de remonter la Serpentine vers le sud, puis de se diriger vers le port méridional en empruntant l'Abreuvoir. Tandis qu'elle courait à petites foulées, les boutiques et maisons de bois qui encadraient la rue cédèrent la place à des demeures en pierre. Les bâtiments redevinrent plus modestes dans la grande courbe de l'Abreuvoir, mais il s'agissait de constructions très anciennes. La jeune fille approchait des limites de la cité et devait se montrer prudente. Les asirim pouvaient entrer dans la ville de n'importe quel côté, et s'ils approchaient par le sud, ils ne devaient plus être loin des murailles. Il était même possible qu'ils écument déjà les rues de Sharakhaï à la recherche des élus marqués par Sukru.

Çeda perçut un bruit sourd sur sa gauche. Un bruit qu'elle n'avait jamais entendu auparavant. Elle s'arrêta net et ses bottes glissèrent sur la terre poussiéreuse. Le vent lui apporta l'odeur des asirim. L'odeur écœurante et sucrée qui l'avait enveloppée lorsque le Roi de ces créatures l'avait embrassée. Çeda se dirigea vers la boutique d'un charron et se cacha dans un renfoncement du mur. Elle avait du mal à respirer. Elle ne pensait qu'aux chaudes lèvres de l'asir sur son front.

Le bruit sourd retentit de nouveau. On aurait dit qu'on cognait un crâne contre le battant d'une porte. Çeda n'osait plus bouger, mais elle dut faire un effort pour empêcher sa main droite de saisir la poignée de son shamshir. C'était un réflexe de chien de poussière ; cependant, une lame ne lui serait d'aucune utilité contre les asirim.

Un autre craquement sourd s'éleva dans la nuit. Une porte vola en éclats et Çeda entendit des pas lourds sur un plancher.

La jeune fille respirait par à-coups. Elle tenta de reprendre le contrôle de son souffle, en fut incapable. Elle tremblait de peur en songeant qu'un asir venait d'entrer dans une maison voisine. Elle se lécha les lèvres et s'efforça de rester calme, mais quelques instants plus tard, un hurlement déchira le silence de la nuit.

— Non ! cria une femme. Pas mon fils ! Prenez-moi à sa place ! Prenez-moi !

Ses supplications furent interrompues par un bruit sourd évoquant un hachoir de boucher fendant le crâne d'un bœuf dans un abattoir. Çeda se retourna contre le mur pour ne rien voir. Elle ne voulait pas croiser le regard de la créature. Elle n'aurait peut-être pas autant de chance que la fois précédente. Qu'il s'agisse du Roi des asirim ou pas.

Elle se précipita dans une ruelle étroite et s'engagea dans une rue plus large. Elle tendit l'oreille en quête de bruit de pas derrière elle, mais n'entendit rien d'autre que les battements de son cœur et sa respiration hachée. L'énergie du pétale coulait en elle. La jeune fille se dirigea vers le vieux silo qui sentait toujours le crottin de mule et le foin, puis tourna en direction de la bijouterie de Kavi.

Elle aperçut des mâts au-dessus d'une rangée d'entrepôts et le port apparut. Elle descendit un escalier en pierre et récupéra le zilij accroché dans son dos. Elle le jeta sur le sable et sauta dessus avec adresse. Son pied droit se cala entre les lanières en cuir clouées sur la surface légèrement incurvée tandis que le gauche poussait pour prendre de la vitesse. La planche se mit à glisser sur le sable avec l'aisance des vipères qui nichaient le long de la Haddah. La jeune fille se pencha pour manœuvrer et sortit du port avant de s'engager dans un long chenal bordé de hauts rochers. Le passage était assez large pour que trois navires s'y croisent.

Au bout de quelques minutes, elle atteignit le désert, le Grand Shangazi, et ses champs infinis. Les dunes étaient en perpétuelle transformation, et quand elles étaient hautes – comme ce soir –, on les appelait des hauts sables. Les marins s'en méfiaient comme de la peste, car elles obstruaient les ports et cachaient les plateaux pierreux. Il arrivait même qu'elles submergent des navires.

En revanche, elles ne représentaient pas de danger pour une femme sur un zilij. Çeda profita de son élan pour franchir la dune suivante. Dès qu'elle ralentissait, elle sautait à terre et tirait la planche au sommet d'une pente avant de glisser de nouveau. Elle se penchait pour conserver son équilibre et, à l'occasion, éviter les affleurements rocheux.

Elle devait se dépêcher. Tulathan était déjà à son zénith.

Çeda glissa, courut et tira le zilij pendant près d'une heure. Quand le sable céda la place à la roche, elle accrocha la planche dans son dos et poursuivit son chemin au petit trot. Au-dessus de l'horizon occidental, Rhia ressemblait à un œil qui clignait dans la nuit. Au sommet des cieux, Tulathan brillait au milieu de sa cour d'étoiles.

Les champs en fleur apparurent dans le lointain. Ce ne fut d'abord qu'une masse sombre et compacte, mais tandis qu'elle approchait, Çeda distingua les silhouettes tordues des adicharas. Elle aperçut les branches qui se dressaient vers le ciel ou qui s'entortillaient les unes autour des autres. Les fleurs brillaient dans la lumière pâle des deux lunes, et lorsque le vent se levait, des nuages de pollen bleu glissaient au-dessus du sable. Un parfum rappelant l'ambre et le vin rouge flottait dans l'air, une fragrance riche et subtile. En la humant, Çeda eut l'étrange impression que les arbres se nourrissaient des histoires des hommes depuis des temps immémoriaux.

Elle approcha plus près et entendit un bourdonnement. Les ailes-vibrantes voletaient à proximité des adicharas, mais elles ne prêtèrent aucune attention à la jeune fille. Celle-ci se dirigea vers un arbre dont le tronc évoquait deux amants entrelacés. Elle se tapit dans son ombre et dégaina son kenshar effilé avant de lever la tête vers une fleur. Les pétales étaient nimbés d'une lumière bleu pâle assez proche de celle de Tulathan, et les cinq étamines dorées semblaient frissonner – mais ce n'était peut-être qu'un effet du vent. Elle tendit le bras et glissa la lame sous la fleur pour trancher la tige. Elle en coupa deux autres et les rangea dans la sacoche en cuir accrochée à sa ceinture.

Elle rengaina son arme et contempla les fleurs ainsi que les branches hérissées d'épines. C'était avant tout pour assister à ce spectacle qu'elle était venue jusqu'ici.

Après avoir quitté Saliah, alors que le skiff filait vers Sharakhaï, elle avait aperçu la tache de sang séché sur son pouce. Elle avait alors compris qu'il lui faudrait un jour affronter le poison des arbres tordus. Comme les Vierges du Sabre qui, au terme de leur initiation, se rendaient dans les champs en fleur pour se piquer avec une épine. Cette épreuve permettait de prouver leur bravoure et leur filiation, car seuls les membres des familles royales pouvaient survivre au poison des adicharas.

Çeda allait faire de même. Il n'y avait pas d'autre moyen si elle voulait que sa vision s'accomplisse. Elle devait prouver aux Vierges qu'elle était de sang royal. C'était de la folie, mais elle n'avait pas le choix. Elle avait été saisie par un profond sentiment d'urgence et de désespoir quand elle avait vu le Roi dans l'ancien fort des marchands de parfum. Elle savait depuis longtemps qu'elle devait suivre un autre chemin, mais ne l'avait jamais trouvé. Jusqu'à sa rencontre avec Saliah. Ce jour-là, tout était devenu limpide.

— Qu'est-ce que tu en penses ? souffla-t-elle à l'adichara.

Elle leva le bras et vit que sa main tremblait comme celle d'un vieillard souffrant d'une maladie dégénérative. Les branches ondulèrent, mais ne se tendirent pas vers elle. Le vent souffla plus fort et elles s'entrechoquèrent. Çeda attendit dans l'espoir que les arbres l'accepteraient.

Et puis elle aperçut quelque chose du coin de l'œil. Une silhouette noire, sur sa gauche. Au même moment, quelque chose la piqua dans la partie charnue du pouce. Sa respiration s'accéléra et son cœur s'emballa. Et pas seulement à cause de la douleur et de la peur du poison. Lorsqu'elle prenait un pétale d'adichara, elle avait souvent l'impression de sentir la présence des arbres autour de Sharakhaï, mais ce soir, son champ de conscience se démultiplia et une faim insatiable lui tordit le ventre. Elle se demanda si cette sensation n'émanait pas des asirim, si le poison qui la dévorait comme un acide n'avait pas établi un lien entre elle et les créatures difformes.

Un souffle puissant résonna dans l'air froid du désert. Celui d'un cheval. Çeda entendit ses sabots frapper le sable, mais l'animal s'arrêta avant d'atteindre le plateau rocailleux qui entourait les adicharas – un choix judicieux pour un cavalier craignant la présence d'un éventuel importun.

Le poison se répandait et la jeune fille ne sentait déjà plus son pouce. Par la miséricorde de Bakhi, allait-il la terrasser avant qu'elle regagne Sharakhaï ?

Çeda tendit l'oreille, mais n'entendit ni le cheval, ni son cavalier. Elle entrevit une silhouette entre les branches : une femme qui se déplaçait avec la fluidité d'un ange de la mort. Sa robe ressemblait à celle des Vierges du Sabre, mais elle était d'une autre couleur. Mauve, apparemment. C'était difficile à dire à la lumière des lunes. Ce devait pourtant être une Vierge, car elle était armée d'une lame noire. Son visage était caché par un voile et Çeda ne voyait que ses yeux et le dos de ses mains tatouées. Un rubis étincelant ornait son front, juste au-dessus de l'arête du nez, et un collier de fines et longues épines était accroché autour de son cou.

Cette maudite Vierge allait tout gâcher.

Elle allait peut-être tuer Çeda. Ou bien elle l'emmènerait à la Maison des Rois et la jeune fille serait interrogée avant d'être pendue ou écartelée en place publique.

Qu'est-ce que cette Vierge faisait là ? Çeda l'ignorait, mais elle savait qu'elle devait partir au plus vite si elle voulait rester en vie.

La Vierge avança entre les adicharas d'un pas lent et décidé. Elle tenait son arme avec l'assurance d'une guerrière. La lame noire ne brillait pas à la lumière des lunes, elle luisait d'un sombre reflet et soufflait son désir de bataille.

La paralysie avait gagné la plus grande partie de la main de Çeda. Par le souffle du désert, c'était trop rapide !

Tandis que la Vierge avançait dans le bosquet, Çeda fut envahie par une ardente colère qui émanait des adicharas. Elle eut soudain envie de se ruer sur l'inconnue et de la tuer pour boire son sang. C'était un sentiment si intense que la jeune fille eut le plus grand mal à reprendre le contrôle de ses pensées.

La Vierge approchait. Elle ressemblait à un prédateur traquant une proie. Avec un peu de chance, elle allait se diriger vers le bosquet principal, et Çeda en profiterait pour courir vers les premières dunes et rejoindre Sharakhaï.

Mais la Vierge du Sabre ne changea pas de direction. Elle marchait droit vers la cachette de Çeda et ne scrutait plus les arbres comme si elle cherchait quelqu'un.

Elle avait repéré sa proie. Elle savait exactement où elle se terrait. Çeda le sentit.

Cette dernière surgit de derrière le tronc et courut vers les dunes.

Elle entendit la Vierge crier : « *Lai ! Lai ! Lai !* » Un avertissement et l'ordre de s'arrêter.

Çeda ne l'écouta pas. Elle accéléra et récupéra le zilij accroché dans son dos, mais elle était encore sur le plateau rocailleux. Elle jeta un coup d'œil par-dessus son épaule et vit que la Vierge gagnait du terrain. Dieux ! elle courait aussi vite que le vent ! Comment cela était-il possible ? La jeune fille était sous l'influence du pétale qui lui conférait une force surhumaine, mais la Vierge était juste derrière elle. Elle la dépassa même afin de lui barrer le chemin et de l'empêcher de rejoindre les dunes.

Çeda s'arrêta aussitôt. Elle saisit les lanières du zilij pour s'en servir comme d'un bouclier et tira le shamshir accroché dans son dos. La Vierge se baissa pour se mettre en position de combat, puis avança en levant son sabre noir, prête à frapper.

Çeda s'élança et sa lame décrivit un arc de cercle vertical. La Vierge para, mais Çeda enchaîna avec un puissant coup de pied au ventre. Il s'agissait d'un simple avertissement, et le message passa. La Vierge écarquilla ses yeux enduits de khôl. Elle ne s'attendait pas à affronter un adversaire aussi redoutable. Elle avança avec prudence et Çeda recula de quelques pas. Si elle atteignait les dunes, elle n'aurait aucun mal à s'enfuir, car son zilij était plus rapide qu'un cheval. La Vierge sembla deviner ses intentions et pressa le pas. Les deux femmes échangèrent une violente série de coups qui résonnèrent dans la nuit froide. Çeda bloqua une attaque avec son zilij, et la lame noire laissa une profonde entaille dans le bois. La Vierge se baissa pour éviter un coup de taille et tourbillonna avant de frapper de nouveau.

Çeda eut à peine le temps de lever son sabre pour parer. La violence du choc lui engourdit le bras jusqu'à l'épaule et elle crut qu'elle allait lâcher son arme. Alors que la Vierge lançait une nouvelle attaque, la jeune fille comprit qu'elle ne gagnerait pas ce combat. Elle n'arrivait pas à la cheville de son adversaire et avait le plus grand mal à tenir son shamshir.

Elle prit l'air épuisé et laissa la Vierge gagner du terrain. Celle-ci mordit à l'hameçon, mais sans précipitation. C'était une guerrière posée et prudente, exactement ce que Çeda espérait.

Sachant que son adversaire se méfierait si elle reculait trop vite, la jeune fille s'arrêta en arrivant près des premières dunes et enchaîna une série de redoutables attaques qui lui avaient assuré de nombreuses victoires dans les arènes. Mais cette nuit, elle avait le bras engourdi, et la Vierge les para sans difficulté avant de contre-attaquer. Elle frappa du pied et visa la main comme si elle savait que Çeda avait été piquée par une épine.

Le shamshir de la jeune fille s'envola et tourbillonna dans la nuit en lançant des éclairs. Çeda bondit et pivota en tenant le zilij par une lanière. L'extrémité de la planche frappa le sommet d'une petite dune et projeta une gerbe de sable vers la Vierge.

Celle-ci se tourna sur le côté et leva un bras pour se protéger, mais elle fut touchée en plein visage. Elle ne poussa pas un cri. Elle recula de plusieurs pas, prête à frapper, puis secoua la tête et cligna des yeux pour chasser les grains de sable.

Çeda profita de ce répit.

Elle courut vers les dunes, lança son zilij devant elle et sauta dessus. Elle écarta les bras pour ne pas perdre l'équilibre, et tandis qu'elle filait vers une vallée de sable, jeta un rapide coup d'œil par-dessus son épaule. La Vierge s'était lancée à sa poursuite, mais elle comprit vite qu'elle n'avait aucune chance de rattraper son adversaire à pied. Elle fit demi-tour et courut vers l'endroit où elle avait laissé son cheval.

Alors que Çeda franchissait la crête de la dune voisine, elle aperçut la Vierge qui galopait vers elle. C'était sans importance. L'animal était trop lourd pour les courses dans le désert. Il s'épuiserait en vain tandis que Çeda glisserait sans effort sur les pentes sableuses.

La jeune fille sauta à terre, ramassa son zilij de sa main valide et regarda derrière elle.

La Vierge s'était arrêtée au sommet d'une dune, au nord des champs en fleur. Elle observait la fuyarde du haut de sa selle.

Çeda lui adressa un signe de la main, puis posa sa planche sur le sable et disparut dans la nuit.

Lorsqu'elle arriva au port méridional, Çeda se reposa quelques minutes avant de gravir les marches de l'escalier en pierre qui menait au quai. Sa gorge et ses poumons la brûlaient. Ses jambes étaient lourdes et douloureuses.

Elle avait l'impression qu'on les avait frappées à coups de gourdin. C'était à cause de sa course dans le sable, mais aussi parce que les effets du pétale faiblissaient. Cette douleur était familière, presque agréable, mais elle n'avait pas le temps de la savourer. Le poison courait dans ses veines et elle devait se dépêcher de rentrer.

Tulathan était basse dans le ciel et sa lumière tapissait les rues et les allées de rideaux d'ombre. Çeda remonta l'Abreuvoir aussi vite que possible, mais elle titubait et haletait. Au lieu d'aller vers l'ouest pour rejoindre Crêterose, elle tourna vers l'est et parvint au quartier des marchands. Elle s'arrêta et tendit l'oreille pour s'assurer qu'il n'y avait pas d'asirim dans les environs. D'habitude, ils avaient déjà quitté la ville à cette heure-là, mais il arrivait que certains restent jusqu'à l'aube. Elle n'entendit rien. Elle s'engagea dans une rue bordée de maisons en pierre et s'arrêta devant la troisième. Des étagères chargées de fioles et de bouteilles semblaient onduler derrière la grande devanture en verre épais.

Çeda ne frappa pas à la porte, de crainte d'alerter un voisin. Personne ne devait savoir qu'elle venait voir Dardzada.

Elle posa le bout du pied sur le rebord de la devanture, inspira deux fois et se projeta vers une grande fenêtre du premier étage. Ses deux mains agrippèrent le montant, mais celle qui était blessée lâcha prise. Çeda se balança dans le vide pendant quelques secondes, puis essaya de nouveau. Elle réussit à s'accrocher au soleil et aux lunes en bronze cloués sur la façade. Ces décorations étaient là depuis la naissance des premiers dieux, et la jeune fille se demanda si elles allaient soutenir son poids. Elles tinrent bon, et Çeda se plaqua contre la fenêtre.

Ses jambes tremblaient de fatigue et la force abandonnait ses bras, mais elle résista assez longtemps pour glisser la pointe de son kenshar sous le battant.

Alors qu'elle déplaçait la lame pour faire sauter le loquet, la fenêtre s'ouvrit brusquement vers l'intérieur. Une grande main jaillit de nulle part et tira la jeune fille dans les ténèbres.

Çeda tomba lourdement sur le plancher et la fenêtre se referma.

Une voix résonna dans l'obscurité.

— Par les tétons de Nalamae ! Mais qu'est-ce que tu fiches ici à cette heure ? souffla Dardzada d'un ton courroucé.

Un trait de lumière glissa entre les rideaux, et la silhouette massive de l'apothicaire se dessina devant Çeda.

— J'ai besoin d'aide.

Dardzada lui donna un coup de pied dans les jambes pour l'obliger à se tourner sur le dos.

— Ce n'est pas mon problème, Çeda !

— J'ai été empoisonnée.

Il la frappa de nouveau.

— C'est toi qui as envoyé ce message, n'est-ce pas ?

La jeune fille avait demandé à un courrier de l'apporter la veille au matin. Il était censé émaner d'un maître de caravane qui annonçait qu'il se présenterait à l'aube pour acheter une grande quantité de baiser de Yerinde – un aphrodisiaque très cher qui avait fait la renommée de Dardzada – pour la revendre à Qaimir. L'apothicaire avait répondu qu'il n'y avait aucun problème et qu'il attendrait son client aux premières heures du jour. Çeda avait employé ce stratagème pour s'assurer que Dardzada resterait chez lui pendant Beht Zha'ir, mais elle savait qu'il serait furieux en apprenant la vérité. Furieux d'apprendre qu'il n'y avait pas d'affaire juteuse et que quelqu'un – Çeda, qui plus est – s'était moqué de lui.

— Si les Lances d'argent te voient entrer chez moi, nous sommes morts tous les deux. Et laisse-moi te dire que tu ne vaux pas la peine qu'on prenne un tel risque. Loin de là. Comment peux-tu être aussi idiote ?

Il voulut la frapper une troisième fois, mais elle roula sur le côté et réussit à se lever.

— Ce n'est pas un accident, Dardzada. Je me suis empoisonnée toute seule.

— Pour l'amour des dieux, mais pourquoi ?

— Pour entrer dans la Maison des Vierges.

Voilà. Elle l'avait dit. L'apothicaire allait exploser de colère, se mettre à bafouiller ou lui dire qu'elle était folle…

Mais Dardzada se contenta de la regarder dans un silence qui en disait long.

— Tu savais que j'étais de sang royal ! s'exclama Çeda. (Elle eut l'impression que mille réponses passaient dans les yeux de l'apothicaire.) Tu le savais et tu ne m'as jamais rien dit ! Qui est-ce ?

Dardzada ferma les paupières.

— Ahya n'a jamais voulu me le dire.

Çeda fit un effort pour ne pas cracher par terre.

— Mensonge !

Dardzada secoua la tête.

— Même le dernier jour, Çeda. Elle ne m'a jamais rien dit.

— Elle savait qu'elle allait mourir ! Pourquoi aurait-elle gardé ce secret ?

— Parce qu'elle était terrifiée à l'idée qu'on puisse te trouver. Elle craignait que je te le dise, que je le dise à d'autres. Elle craignait que cela attire l'attention du Roi des Murmures.

Dardzada n'était pas toujours sincère avec la jeune fille, mais cette nuit, il l'était. Çeda était convaincue qu'Ahya avait raisonné ainsi. À ses yeux, l'identité du père de l'enfant n'avait guère d'importance. Elle n'influait en rien sur le plan qu'elle préparait depuis la naissance de sa fille. À moins qu'Ahya ait eu peur que Çeda développe de l'affection pour les Rois ? Pour son père ?

Ça ne risque pas d'arriver, songea-t-elle.

— J'ai besoin de trouver le moyen de venger ma mère. Et pour ça, il faut que j'entre dans la Maison des Vierges.

— Elles ne t'accepteront jamais parmi elles…

— Bien sûr que si, et tu vas m'aider.

— Je n'ai aucune influence sur les Vierges, Çeda.

— C'est faux. Je sais que tu connais quelqu'un dans leur Maison. Une alliée. Je t'ai entendu le dire à ma mère.

— Je ne peux pas la contacter en sifflant.

Çeda plia sa main droite. La chair était engourdie autour de la piqûre, mais la douleur se répandait jusque dans l'épaule.

— Dans ce cas, je ne vais pas faire de vieux os, Dardzada.

— *Pourquoi ?* Pourquoi est-ce que tu n'es pas venue me parler de tout ça avant ?

— Et qu'est-ce que tu aurais fait ? (Elle attendit assez longtemps pour qu'il ouvre la bouche.) Je vais te dire ce que tu aurais fait. Tu m'aurais jetée à la rue en me traitant de folle. Et si par miracle tu avais compris que j'étais sérieuse, tu aurais tout fait pour me mettre des bâtons dans les roues. Parce que mon plan te mettait en danger, toi et tes amis.

— Et nous sommes bel et bien en danger, maintenant.

— Je m'en fiche, Dardzada. Ma mère avait un plan. Elle est morte avant de m'expliquer lequel et tu as toujours refusé d'aborder ce sujet avec moi, alors j'ai conçu mon propre plan. Maintenant, soit tu me conduis chez les Vierges, soit je meurs. À toi de choisir.

— Tu n'as pas le droit d'agir comme ça !

— Mais si. Ma mère t'a supplié de t'occuper de moi comme d'une parente. On ne peut pas dire que tu te sois donné beaucoup de mal.

— Que voulais-tu que je fasse ? Tu étais plus têtue qu'une mule !

— Je n'étais qu'une *enfant* ! Mais aujourd'hui, je suis une femme, et je viens te demander des comptes. Rends-moi ce service et tu ne me devras plus rien.

L'apothicaire la regarda fixement. On n'entendait que sa respiration irrégulière dans le grand silence qui planait sur la ville.

— Dardzada, je ne sens plus mes doigts et la douleur est en train de se répandre dans ma poitrine.

Elle leva la main droite. Il faisait sombre, mais l'apothicaire vit qu'elle était enflée. Il vit même la marque bleue à l'endroit où l'épine avait percé la peau.

— Tu peux croire ce que tu veux, dit-il enfin, mais je ne peux pas contacter cette personne quand bon me semble. Il faut du temps.

— Dans ce cas, utilise les dons que les dieux t'ont accordés. Ralentis la progression du poison et contacte-la. Et je te conseille de ne pas perdre de temps.

L'apothicaire jeta un coup d'œil en direction de la fenêtre, puis désigna son lit d'un hochement de tête.

— Allonge-toi. (Il disparut dans l'obscurité et l'escalier grinça tandis qu'il descendait à la boutique.) Et par le sourire radieux de Tulathan, Çeda, tiens-toi tranquille ! Moins tu bougeras, mieux ce sera.

Un tintement monta du rez-de-chaussée et Çeda s'allongea sur le lit de Dardzada. Cela lui était arrivé deux ou trois fois, et seulement quand l'apothicaire partait pour plusieurs jours. En sentant cette odeur – son odeur à lui –, la jeune fille eut l'impression de redevenir une enfant. Elle aurait voulu retourner à cette époque et suivre un autre chemin, mais la vie ne fonctionnait pas ainsi. La vie décidait à votre place et il fallait faire avec.

Çeda n'avait pas envie de mourir. Elle voulait venger sa mère et ne regrettait rien.

Sinon…

Elle aurait voulu dire à Emre qu'elle l'aimait. Elle montrait rarement à quel point elle tenait à lui. Cette retenue était une sorte d'accord tacite entre eux. Ils étaient comme frère et sœur, ils étaient prêts à tous les sacrifices pour aider l'autre, mais s'il avait été là… Çeda lui aurait avoué combien elle l'aimait.

Quand les premières lueurs de l'aube se glissèrent entre les épais rideaux, Çeda regarda la petite plaie sur son pouce droit. La chair était horriblement enflée, et sous sa peau, la tache bleue s'étendait désormais aux doigts, au dos de la main et à l'avant-bras.

— Que les dieux me protègent, souffla-t-elle.

CHAPITRE 30

Sept ans plus tôt…

— Çeda…

Elle tira la couverture sur ses épaules. Elle avait froid, si froid.

— Çeda, réveille-toi. La pluie bleue va commencer.

Elle ouvrit les yeux et se redressa brusquement à l'intérieur de la petite tente. Elle enfila ses bottes sans se soucier de l'air glacé et rejoignit sa mère. Le soleil était déjà haut dans le ciel. Elles s'étaient arrêtées tard dans la nuit, et malgré le froid, la fillette s'était endormie dès que la tente avait été dressée et les couvertures déroulées.

Un grand lac s'étendait devant elle. L'eau était si calme qu'elle reflétait à la perfection les minces nuages au-dessus des sombres montagnes.

Sa mère souffla dans ses mains avant de les frotter avec énergie.

— Tu es prête ?

Çeda hocha la tête, étourdie de plaisir. Pour la première fois depuis bien longtemps, Ahya prit la main de sa fille. Ses paumes étaient calleuses et chaudes – enfin, plus chaudes que celles de Çeda en tout cas. Elles se dirigèrent vers le bord du lac et leurs bottes firent craquer le sol. Sa mère appelait cet endroit un désert de sel. C'était une vaste plaine couverte de cristaux blancs et lumineux qui ressemblaient à des grains de sable. La fillette se pencha et en ramassa une pincée. Elle la déposa sur sa langue et la recracha aussitôt. Sa mère la regarda et esquissa un sourire en coin.

— Tu ne me croyais pas ?

Çeda haussa les épaules.

— Je voulais juste goûter.

À l'extrémité ouest du lac, un nuage d'ailes bleu clair s'éleva des petits buissons de sel et des maigres touffes d'herbe sèche qui s'étendaient à perte de vue. D'autres oiseaux s'envolèrent et se joignirent aux premiers, puis d'autres encore. La fillette eut l'impression que des pans entiers de terre se soulevaient dans les airs. On aurait dit qu'un ancien dieu récupérait la couverture turquoise qu'il avait déroulée sur le sol.

L'immense nuage bleu se dirigea vers le centre du lac impassible et cristallin. Des groupes d'oiseaux s'éloignaient et se rapprochaient sans cesse, si bien que la masse tourbillonnante semblait toujours sur le point de se disloquer.

— Ce sont des bleus étincelants, dit Ahya.

— Ou des yeux lapis, ajouta Çeda, très fière de se rappeler la conversation qu'elles avaient eue quelques mois plus tôt, quand Ahya avait proposé d'aller au bord du lac au cœur de l'hiver.

— C'est ça. Parce que leurs ailes battent comme des paupières sur leur poitrine.

— Je sais, memma.

Ahya caressa les longs cheveux de sa fille.

— Tu sais beaucoup de choses, n'est-ce pas ?

Çeda regarda les oiseaux. Les bleus descendaient, remontaient, virevoltaient et se séparaient en dessinant des fleurs aux pétales ultramarins. La fillette n'avait jamais vu un spectacle aussi fascinant. Elle en croyait à peine ses yeux.

— On dirait qu'ils sont vivants.

— Ils le sont.

— Non, je veux dire… quand ils sont ensemble. On dirait que c'est un seul animal.

— Je comprends, mais ils forment un seul animal, Çeda. C'est une tribu. Ils sont différents, mais ils forment un tout.

Elles avancèrent dans le lac. À deux cents pas de la berge, l'eau leur arrivait à peine aux chevilles. De petites créatures nageaient autour de leurs pieds, des créatures roses de la taille d'un minuscule scarabée. Des crevettes de sel, avait expliqué Ahya. À chacun des pas de Çeda et sa mère, des nuages de sel blanc se soulevaient et se dissolvaient dans l'eau. Dans le ciel, les bleus tournoyaient en projetant des ombres noires à la surface du lac. Les crevettes semblaient de plus en plus agitées.

Puis les oiseaux piquèrent.

Par centaines, par milliers, ils rasèrent la surface de l'eau pour saisir leurs proies d'un coup de bec. D'infimes rides parcoururent le lac, et le reflet des montagnes ondula à peine. Çeda éclata de rire. Les bleus filaient de tous côtés. Elle était entourée, cernée par des éclairs outremer. Le bruit des becs à la surface de l'eau lui rappela le crépitement de la pluie.

« Une pluie bleue », avait expliqué Ahya quelques jours plus tôt. « C'est une sorte de pèlerinage. Ma mère m'a emmenée ici quand j'étais petite et je vais t'y emmener à mon tour. »

Çeda ne savait presque rien de sa grand-mère – Ahya en parlait peu –, mais elle était heureuse de se promener main dans la main avec sa mère dans ce lieu magique.

— Maintenant, fais comme moi, dit Ahya.

La jeune femme se pencha et prit un peu d'eau au creux de sa main.

Elle leva le bras et les oiseaux se rapprochèrent. Ils passèrent comme des flèches en attrapant les crevettes de sel qui sautillaient dans la paume d'Ahya.

Çeda imita sa mère avec un mélange de crainte et d'excitation. Les crevettes se tortillaient et la chatouillaient, mais elle leva la main et attendit. Elle éclata de rire quand les bleus l'enveloppèrent. Leurs coups de bec ne picotaient que sa paume, mais le vent produit par les battements d'ailes caressait tout le reste de son corps. La fillette esquissa pourtant un mouvement de recul. Elle avait peur qu'ils lui fassent mal, mais elle était fascinée par leur ballet.

Ahya souriait. Elle se pencha et captura de nouvelles crevettes en riant. Les chevilles dans l'eau, la mère et la fille débordaient d'énergie. Elles avaient l'impression que ce monde avait été créé pour elles.

Çeda lâcha la main d'Ahya et se mit à courir à travers le lac. Elle pourchassa les oiseaux comme les faucons qui tournoyaient haut dans le ciel, mais comme eux, elle était trop lente. Elle ne réussit même pas à en toucher.

Le nuage ultramarin s'épaissit soudain et la fillette perdit Ahya de vue. Elle pivota sur elle-même en la cherchant des yeux et son enthousiasme céda le pas à une sourde angoisse. Elle resta immobile de crainte de s'égarer et appela sa mère.

Les oiseaux s'écartèrent et Ahya surgit du nuage bleu comme Nalamae en personne.

— Viens, Çeda, dit-elle en tendant la main. Il est temps de rentrer.

— Je veux rester, répliqua la fillette.

— Mais nous devons partir.

Çeda hésita tandis que ses yeux suivaient les tourbillons des oiseaux. Leurs plumes outremer tranchaient sur le ciel bleu pâle. *On dirait la mer*, songea l'enfant. *Des vagues dans la mer.*

Elle se tourna à contrecœur vers sa mère qui attendait.

Elle hésita pendant un instant, puis fit un pas en avant et prit la main tendue.

Quand Çeda se réveilla, le soleil était haut dans le ciel et la chaleur était écrasante.

— Je ne veux pas partir, marmonna-t-elle dans l'air aride du désert.

Elle se redressa et s'assit. Ses lèvres craquelées saignaient. Les échos de son rêve étaient si prégnants qu'il lui fallut plusieurs secondes pour se rappeler qui elle était. Quand avait-elle bu pour la dernière fois ? *La veille au matin*, songea-t-elle. Ce n'était pas bon du tout. D'autant plus que c'était l'été et que l'air sec était chargé de poussière.

Petit à petit, elle se souvint des détails de sa nuit de cauchemar. Dardzada lui avait montré la fleur d'adichara, puis il l'avait droguée et lui avait tatoué quelque chose dans le dos. Elle ne savait même pas quoi.

Elle leva la tête et observa le soleil pendant un instant avant de regarder les pierres et le sable qui l'entouraient. Le panorama ne lui était pas familier. Elle essaya d'évaluer sa position, mais sans succès. Elle était incapable de dire par où elle était arrivée. Elle ne se rappelait même pas la direction qu'elle avait prise en quittant Sharakhaï. Le sud-est, probablement.

De toute manière, elle ne devait pas être très loin de la ville, hein ?

Elle chercha des traces de pas, mais n'en trouva pas. Une partie du sol était couverte de pierres et le vent avait lissé le sable un bon millier de fois pendant qu'elle était évanouie.

Elle n'avait pas d'autre choix que d'attendre. Une fois la nuit tombée, elle pourrait se guider sur les étoiles. Les croûtes du tatouage tiraillaient douloureusement la peau de son dos, mais il fallait qu'elle se protège du soleil. Elle s'assit en tailleur et ramena sa chemise sur sa tête comme un auvent de fortune au-dessus d'un étal.

Au bout d'une heure, elle se leva et se mit en chemin. Elle aurait dû attendre plus longtemps, attendre que la température baisse, mais elle était déshydratée et risquait d'attraper la fièvre du désert.

Et puis… elle venait de se rappeler que Beht Zha'ir allait commencer.

Par le regard lumineux de Tulathan ! dans quelques heures, les asirim allaient sortir de leurs tanières pour sillonner le désert.

Cette idée lui fit oublier la douleur et la soif. Elle pressa le pas en espérant qu'elle se dirigeait bien vers l'ouest. La poitrine nue, sa chemise enveloppée tant bien que mal autour de la tête, un tatouage sanguinolent dans le dos, une démarche de mort-vivant… elle avait fière allure.

Tandis qu'elle avançait, elle scrutait l'horizon dans l'espoir d'apercevoir Tauriyat, la colline qui se dressait au cœur de Sharakhaï. En théorie, elle était visible à des lieues à la ronde, mais le désert était parsemé de creux – de « dépressions », comme disait Dardzada –, et quand on ne faisait pas attention, on pouvait passer tout près de la cité sans l'apercevoir.

Sharakhaï était là, derrière cette petite crête, derrière cette petite dune. Çeda en était certaine.

Un gloussement sinistre résonna dans son dos. Un rire animal.

Un frisson secoua la jeune fille.

Le cri des briseurs d'os. Des pitres funestes. D'énormes hyènes qui parcouraient le désert en bandes.

La jeune fille glissa la main vers sa ceinture.

Son poignard… Pourquoi n'avait-elle pas emporté son poignard ?

Ce n'est pas le moment, Çeda. Réfléchis !

Il n'était peut-être pas trop tard pour se cacher ! Il y avait une crête rocheuse un peu plus loin. Elle n'était pas très haute, mais la jeune fille pourrait s'accroupir derrière. Dans le pire des cas, elle y trouverait des pierres pour se défendre.

Elle s'élança à l'assaut d'une pente sableuse, mais fut prise de vertige quand elle voulut accélérer. Elle réussit à faire une cinquantaine de pas avant que les rires des pitres funestes résonnent de nouveau. Plus fort. Plus près. Elle jeta un coup d'œil par-dessus son épaule et aperçut une hyène au sommet d'une dune. C'était un animal lourd et trapu. Sa tête et son dos étaient noirs, ses flancs bruns et tachetés. Il avait de grandes oreilles arrondies et ses yeux mauvais étaient rivés sur Çeda.

Il laissa échapper un ricanement ravi et sa tête se balança de haut en bas. Deux autres bêtes apparurent. Par le sourire mauvais de Goezhen ! elles étaient encore plus impressionnantes que la première. Elles étaient aussi grandes que des poneys.

La jeune fille s'élança vers la crête et courut à perdre haleine.

Les hyènes se précipitèrent vers elle en riant. La chasse avait commencé.

Çeda scruta le sol à la recherche de pierres. Elle s'engagea dans un *wadi* bosselé qui menait à la crête rocheuse. Elle glissa et se tordit la cheville. Les rires retentirent, toujours plus près. Elle prit un gros caillou dans chaque main, puis se leva et se remit à courir. Un ricanement était plus proche que les autres. La jeune fille se retourna brusquement et lança une pierre. Touché à l'épaule, l'animal glapit, mais ne s'arrêta pas pour autant. Le second projectile le frappa entre les deux yeux, et il s'effondra.

La jeune fille reprit sa course, mais elle songea que c'était sans espoir. Les pitres funestes n'auraient aucun mal à la rattraper. Ils la mordraient aux chevilles et elle tomberait sur le sable. Ils la prendraient en étau, puis passeraient à l'attaque, et leurs puissantes mâchoires se refermeraient sur ses mollets ou sur sa gorge.

Le soleil était haut dans le ciel et l'ombre de la crête dessinait une bande sombre à l'abri du vent. Çeda crut apercevoir quelque chose dans cette pénombre. Des formes allongées.

L'une d'elles se leva. C'était un loup avec une fourrure blanche.

Un de ses congénères l'imita. Puis un autre, et un autre… Combien étaient-ils ?

Çeda continua à courir, mais une masse imposante la frappa dans le dos et elle perdit l'équilibre. Elle roula dans le sable et donna un coup de pied au hasard. Son talon s'écrasa sur le museau noir de la hyène. La bête poussa un gémissement qui se transforma vite en grondement sourd. Elle se campa sur ses pattes écartées et baissa son énorme tête tandis que ses yeux perçants allaient et venaient entre la jeune fille et la meute de loups.

Çeda recula avec lenteur. Les deux autres hyènes arrivèrent. L'une d'elles était blessée. Le pelage de sa tête avait pris une teinte rougeâtre et un filet de sang coulait sur son œil gauche.

Le loup blanc approcha. Il ne s'était écoulé que quelques semaines depuis leur première rencontre, mais Çeda s'aperçut qu'il était désormais aussi grand qu'elle. Il n'était cependant pas de taille à affronter trois briseurs d'os. Ni même un seul. Mais la meute lui emboîta le pas et se rassembla derrière lui en grondant, les babines retroussées. Ses frères et sœurs étaient de la même taille que lui – y compris l'animal dont la tête et la poitrine étaient zébrées de cicatrices–, mais ses oncles et tantes étaient plus grands encore.

Pendant que Çeda observait la meute, la hyène blessée approcha avec lenteur pour revendiquer la proie. Le loup blanc continua à avancer et le briseur d'os accéléra soudain. Le loup bondit en grondant et ses mâchoires claquèrent tout près de la gorge du charognard.

Le pitre funeste recula, puis chargea à son tour. Il percuta le loup et celui-ci roula dans le sable. Les deux animaux luttèrent pendant quelques instants, puis la meute passa à l'attaque. Les loups mordirent la hyène aux pattes, à la tête, aux flancs… Le balafré était le plus acharné. Il grognait et se jetait sur le pitre funeste sans se soucier de sa propre sécurité. Il était si rapide qu'on le voyait à peine.

Les briseurs d'os étaient des créatures brutales, mais pas très courageuses. Elles préféraient se battre lorsqu'elles avaient l'avantage du nombre. Les deux hyènes en retrait se précipitèrent sur les loups en claquant des mâchoires, mais ce n'était qu'une diversion pour laisser à leur congénère le temps de se lever et de battre en retraite. Dès qu'elle fut en sécurité, elles abandonnèrent le combat et la rejoignirent. Les trois hyènes s'enfuirent dans le *wadi* et s'éloignèrent dans le désert.

Les loups à crinière les observèrent jusqu'à ce qu'elles disparaissent entre les dunes, puis les adultes retournèrent vers la crête et se couchèrent à l'ombre en poussant des soupirs de satisfaction.

Le loup blanc se tourna et regarda Çeda avec attention. Ses frères et sœurs l'imitèrent, mais la petite humaine ne les intéressa pas longtemps et ils rejoignirent les adultes les uns après les autres.

Il ne resta plus que le loup blanc et la jeune fille.

—Merci, dit Çeda.

Le loup continua à la regarder en se tenant très droit. Ses yeux bleus croisèrent ceux de la jeune fille, puis il se tourna et s'éloigna en trottant. Mais au lieu de rejoindre les siens, il s'engagea sur une vague piste qui menait au sommet de la crête.

Çeda le suivit et se demandant où l'animal la conduisait.

Elle arriva en haut de la formation rocheuse et aperçut une ligne sombre qui serpentait à travers les dunes.

La Haddah, songea-t-elle. C'était le lit de la Haddah. Il suffisait de le suivre pour regagner Sharakhaï.

Le loup lui mordilla les chevilles jusqu'à ce qu'elle se mette en marche, puis il fit demi-tour et rejoignit ses congénères.

Le soleil se couchait quand Çeda frappa à la porte. Son cœur battait fort et ses jambes tremblaient de fatigue après sa longue marche dans le désert. Depuis qu'elle avait franchi les portes de la ville, elle ne s'était arrêtée qu'une seule fois, pour boire. Elle avait hâte d'arriver à l'appartement qu'Emre partageait avec son frère, Rafa.

Elle frappa de nouveau.

Jamais plus elle ne retournerait chez Dardzada. Elle le savait. Mais ce n'était pas la seule raison qui la poussait vers Emre.

Elle allait frapper une troisième fois lorsque Rafa ouvrit la porte. Les yeux du jeune homme s'écarquillèrent quand il reconnut la jeune fille. Il se pencha et regarda des deux côtés de la rue, peut-être pour vérifier si quelqu'un l'avait suivie. Il n'y avait personne à l'exception d'une vieille femme en jalabiya qui arrosait les fleurs à sa fenêtre quelques maisons plus loin.

Rafa vérifia une nouvelle fois que la rue était déserte, puis s'écarta.

— Dieux tout-puissants ! Entre donc, Çeda.

Le jeune homme aux cheveux bouclés disparut pendant un instant et revint avec un verre d'eau. Une lueur inquiète brillait dans ses yeux.

— Mais *qu'est-ce* qui t'est arrivé ?

— Emre est là ?

— Il dort.

— Je suis réveillé, dit Emre en émergeant d'un sombre couloir à l'autre bout de la pièce.

— Comment peux-tu dormir à une heure pareille, misérable larve ? demanda Çeda.

Ses efforts pour détendre l'atmosphère tombèrent à plat.

— J'ai aidé Rafa à décharger un navire, cette nuit, répondit Emre. (Il bâilla et se frotta les yeux.) Je me suis fait quelques sylvals. Tout le monde n'a pas la chance de loger gratuitement chez un gros apothicaire. (À peine avait-il prononcé ces paroles que ses yeux s'écarquillèrent.) Çeda, qu'est-ce qui se passe ?

L'affolement se peignit sur son visage, et il fit un pas vers elle. Çeda aurait éclaté en sanglots si elle en avait eu la force.

— On peut parler ? demanda-t-elle.

Rafa les regarda, puis hocha la tête et se dirigea vers la porte.

— Je vais partir un peu plus tôt, Emre. Viens me rejoindre quand tu en auras terminé.

Emre hocha la tête et Rafa sortit.

— Maintenant, dis-moi ce qui t'est arrivé, souffla le jeune homme. (Il remarqua les taches de sang qui maculaient la chemise de son amie.) C'est *Dardzada* qui a fait ça ? Je vais le crever !

La jeune fille n'éprouvait plus aucune colère à l'encontre de l'apothicaire. Son ressentiment s'était évanoui. Il s'était consumé dans la fournaise du désert.

— C'est *toi* qui vas me dire ce qu'il a fait.

La jeune fille voulait savoir, mais elle était partagée entre la curiosité et la peur.

Elle se tourna et remonta sa chemise. Quelques endroits étaient encore douloureux, mais elle n'y prêta pas attention. Elle fit passer le vêtement pardessus ses épaules et attendit.

— Je ne vois rien. C'est couvert de sang, dit Emre.

Il prit un linge et le trempa dans l'eau avant de nettoyer le dos de son amie avec des gestes rapides et efficaces. Il grimaça quand il se rendit compte qu'il lui faisait mal.

— Je… je ne…

Çeda secoua sa chemise et une pluie de grains de sable se déposa sur le sol.

— Dessine ce que tu vois là-dedans, dit-elle.

Emre contempla le dos de son amie, puis traça une série de lignes dans la fine couche de sable. Il regarda de nouveau et affina son esquisse. Il s'agissait d'un ancien symbole qui pouvait être interprété de mille manières tant qu'il n'était pas achevé, mais Çeda comprit très vite ce qu'il signifiait. Elle attendit cependant qu'Emre termine son dessin.

— Qu'est-ce que ça veut dire ? demanda Emre.

Çeda tendit le bras et traça une ligne à côté du signe. Jamais elle ne s'était sentie si seule.

— C'est le symbole que les tribus du désert emploient pour désigner un bâtard. L'immonde salaud !

Voilà qui montrait clairement ce que Dardzada pensait d'elle. C'était sa manière de la renier, de lui faire comprendre qu'elle n'était pas sa fille. Çeda se rappela les conversations entre sa mère et l'apothicaire. Ils se querellaient souvent, mais ils riaient également. Elle se rappela que Dardzada avait pleuré à la mort d'Ahya. Elle se rappela mille choses, mais tous ces souvenirs ne parvinrent pas à lui faire oublier son sentiment de solitude. L'apothicaire était le dernier lien qui la rattachait à sa mère, et il avait été rompu. Car il était hors de question qu'elle retourne chez lui, hors de question qu'elle lui pardonne cette humiliation.

Elle se rendit compte qu'elle s'était recroquevillée en position fœtale et qu'elle sanglotait entre ses bras croisés.

Emre – que les dieux le bénissent – la tenait contre lui en la berçant doucement. Elle sentit les larmes du jeune homme couler sur son épaule et comprit qu'elle s'était trompée. Elle n'était pas seule. Elle n'avait plus de famille. Elle avait perdu sa mère. Et Dardzada. Sans doute.

Mais Emre était son sang.

Et elle était le sien.

CHAPITRE 31

Emre s'arrêta devant la grille de la propriété de Matrone Zohra. Il ne sonna pas. Il attendit qu'Enasia sorte de la maison et se précipite vers lui. Sa robe orange flottait derrière elle comme une oriflamme.

Elle ouvrit la grille, le tira par le poignet et le plaqua contre le mur d'enceinte avec une force qui ne le surprenait plus. Elle se jeta contre lui et embrassa son cou avec voracité tandis que ses doigts glissaient dans ses cheveux. Elle pressa ses lèvres brûlantes comme les sables du Grand Shangazi contre les siennes et les mordit. Son corps était doux et attirant. Son parfum évoquait la rose, le jasmin et la clarté du désert pendant l'été.

Tout cela dégoûtait Emre au plus haut point. Enasia le dégoûtait au plus haut point, mais il l'embrassa avec une ferveur égale à la sienne. Il haleta tout comme elle. Il caressa ses hanches et la douce vallée de son ventre. Ses doigts se refermèrent sur un sein ferme tandis qu'il projetait son bassin contre celui de la jeune fille.

Enasia s'arracha à lui et l'entraîna sur le chemin carrossable avant de le faire entrer dans la maison. Dès qu'elle eut fermé la porte, Emre la fit pivoter et la plaqua contre le battant. Il se pencha pour l'embrasser dans le cou.

— Tu te laisses tenter ? souffla-t-elle d'une voix pantelante.

— J'aime récompenser les personnes méritantes…

Ils s'embrassèrent pendant un long moment. Emre glissa une main entre les cuisses de la jeune fille tandis qu'elle caressait son sexe raidi à travers son pantalon. Il la saisit par les cheveux et lui tira la tête en arrière pour lui mordre le cou. Elle hoqueta de plaisir et voulut défaire son pantalon, mais il l'attrapa par les poignets et recula.

— Est-ce que tu t'es débarrassée de lui ? demanda-t-il.

— Mieux que ça !

Elle voulut se rapprocher, mais il l'en empêcha. Cela sembla l'exciter et elle retenta sa chance avec plus d'insistance.

— J'ai convaincu ma maîtresse de l'envoyer en voyage pendant une semaine.

— Non ?

— Je t'assure ! J'ai dit à Matrone Zohra qu'on vendait sûrement ta potion à Ishmantep et elle a demandé à Rengin d'aller vérifier.

D'après Enasia, les deux premiers élixirs n'avaient pas soulagé les maux de sa maîtresse, mais Matrone Zohra espérait que le troisième finirait par faire effet. Emre avait raconté qu'il ne pouvait plus s'en procurer, mais qu'il était sans doute possible d'en acheter à Ishmantep. Enasia s'était chargée du reste.

— La Matrone ne risque pas de nous surprendre ? demanda le jeune homme.

Enasia grimaça un sourire et une lueur malicieuse brilla dans ses yeux.

— Je l'ai enfermée dans sa chambre. Elle ne nous dérangera pas.

Emre sentit son estomac se nouer, mais fit de son mieux pour ne pas le montrer.

— Tu es une méchante fille.

— Ce n'est pas pour ça que tu m'aimes ?

Elle poussa un petit cri quand il la souleva et se dirigea vers l'escalier.

— Je ne le nierai pas.

Emre s'arrêta sur le demi-palier. Il fronça les sourcils et posa la jeune fille.

— Mais à quoi pensé-je donc ? dit-il. Que dirais-tu d'un peu de vin ?

Il descendit une marche pour lui faire comprendre qu'il s'en occupait.

— Est-ce que je pourrais avoir autre chose après ? dit-elle en montant au premier étage. (Elle se pencha par-dessus la rambarde.) Il y a toute une collection d'amphores dans la cave. Tu prendras celle que tu veux, mais ne touche pas à celles qui sont accrochées au mur du fond.

Sur ces mots, elle se tourna et se dirigea vers le petit salon. Sa robe orange caressait le sol avec la légèreté d'un pinceau sur une toile.

Emre se rendit à la cuisine et descendit un escalier étroit. Enasia n'avait pas menti : la cave était remplie de bouteilles et de petites amphores de vin. Il s'agissait de grandes cuvées venant des quatre coins du monde : de Miréa, de Malasan et même des terres de la mer Australe. Le jeune homme choisit une amphore au hasard et remonta à la cuisine. Il transvasa le vin dans une carafe et ouvrit son escarcelle. Il en tira une petite enveloppe qu'il déplia avec soin. Il versa la poudre blanche dans un des deux verres délicats qu'il avait posés sur la table, puis les remplit de vin. Il prit la carafe dans une main, les verres dans l'autre, et monta au deuxième étage.

Enasia l'attendait dans le petit salon. Elle était nue, allongée sur une peau de tigre. Elle semblait hypnotisée par les flammes qui crépitaient dans l'âtre. Emre posa la carafe et les verres sur la table en marbre qui se trouvait devant le canapé bas et regarda les lueurs orangées qui dansaient sur le corps de la jeune fille. Enasia était une véritable beauté, il ne pouvait pas le nier, mais il n'avait pas menti en lui disant qu'elle était méchante.

Matrone Zohra passait la plus grande partie de ses journées assise dans sa chambre à contempler les murs. Sa famille n'avait jamais été très nombreuse, et la plupart de ses parents étaient morts. Elle ne pouvait plus compter que sur Enasia et la générosité de la Maison des Rois. Malheureusement pour elle, la première s'intéressait avant tout à son argent et au train de vie luxueux dont elle bénéficiait en tant que Dame. C'était un monstre d'égoïsme dévoré par l'ambition.

Il avait sans doute été un temps où Enasia avait éprouvé une certaine affection pour sa maîtresse, mais c'était terminé. Elle abandonnait la malheureuse pendant des heures, et il arrivait même qu'elle ne lui rende pas visite de la journée. Surtout quand Rengin était en déplacement. Enasia dérobait donc tout ce qui pouvait passer inaperçu. Elle gérait les biens de la vieille femme, mais savait que cela ne durerait pas. Matrone Zohra mourrait tôt ou tard, avait-elle confié à Emre, et les Rois rapaces hériteraient de tout. La jeune fille se retrouverait à la rue après des années de bons et loyaux services… Ce n'était pas juste, lui répétait-elle à l'envi.

Si on apprenait comment tu traites la pauvre femme, les juges se chargeraient de te montrer ce qui est juste et ce qui ne l'est pas, songeait Emre.

Le jeune homme s'efforçait d'imaginer Enasia sous les traits d'une autre femme pour ne pas qu'elle sente son mépris et se mette en quête d'un nouvel amant. Il avait d'abord essayé de se convaincre qu'il était en compagnie de Çeda, mais cela l'avait plongé dans un profond malaise. Il préférait invoquer d'autres visages, des visages de femmes qu'il trouvait sympathiques.

S'il voulait se servir de Zohra pour arriver à ses fins, il fallait qu'il mente à Enasia et qu'il se mente à lui-même. Sa mission consistait à trouver des documents qui, selon Hamid, étaient cachés quelque part dans la maison. Emre répugnait à fouiller la demeure d'une femme qu'on exploitait sans pitié, mais que pouvait-il y faire ? Il devait trouver les documents coûte que coûte. Le destin de la Matrone était entre les mains des dieux, pas entre les siennes.

— Qu'est-ce que tu attends, Emre ? demanda Enasia sans quitter les flammes des yeux.

Elle croisa les jambes avec lascivité et fit onduler ses fesses d'avant en arrière.

— Le vin. J'espère que tu l'aimes doux.

Sachant que l'alcool faisait partie des innombrables vices d'Enasia, Emre avait prévu de boire un verre ou deux avant d'utiliser le somnifère, mais il ne se sentait pas le courage de la supporter plus longtemps. Il la fréquentait depuis trois semaines, et la perspective de passer une nouvelle nuit – aussi courte soit-elle – avec elle lui donnait la nausée.

La jeune fille roula sur le côté et révéla sa nudité sans la moindre gêne.

— J'ai plutôt envie de quelque chose de salé… (Elle baissa les yeux vers l'entrejambe d'Emre.) Mais un verre de vin fera l'affaire en attendant.

Emre approcha avec la carafe dans une main et les verres dans l'autre.

— Eh bien, buvons.

Il posa la carafe par terre, et lui tendit le verre dans lequel il avait versé la poudre.

Il avait cru qu'elle protesterait, qu'elle insisterait pour qu'ils fassent l'amour tout de suite, mais elle prit le verre et en but la moitié d'un trait. Elle grimaça d'un air dégoûté.

— Il est un peu aigre, tu ne trouves pas ? (Elle vida le verre et prit la carafe pour se resservir.) Mais il reste buvable.

Emre jeta un coup d'œil en direction de la porte.

— Tu es sûre que Zohra ne nous entendra pas ?

— Mais qu'est-ce que tu as, aujourd'hui ? Je te l'ai dit : elle est enfermée dans sa chambre.

— Quand même… je ne voudrais pas qu'elle se doute de quelque chose.

— Et quand bien même ? J'ai le droit de recevoir des messieurs, non ?

— Tu as dit qu'elle était un peu bizarre.

— Oh que oui ! Enfin, elle l'était…

Elle vida son verre et le tendit pour qu'Emre le remplisse de nouveau. Le jeune homme s'exécuta et Enasia haussa les épaules.

— De toute manière, on pourrait livrer bataille dans cette pièce sans qu'un bruit parvienne au rez-de-chaussée. Et *même* si elle entendait quelque chose, elle ne ferait rien. Elle n'en est plus capable.

— Tu crois ?

— C'était une femme remplie de haine, mais ce n'est plus qu'une ombre. Je suis sûre qu'elle entend déjà le bruissement de l'herbe dans les vertes prairies des champs lointains.

— Il y a des jours, j'aimerais bien les entendre, moi aussi.

— Et pourquoi voudrais-tu quitter ce bas monde, mon cher Emre ?

Pour supplier Rafa de me pardonner.

— C'est vrai qu'on finit tous par mourir un jour ou l'autre. C'est juste que… je voudrais bien voir à quoi ça ressemble. Je me demande si les anciens dieux sont là-bas.

— Bien sûr qu'ils sont là-bas. Où veux-tu qu'ils soient ?

— Ils ont franchi les rives de ce monde… Qui sait s'ils n'ont pas franchi les rives du monde suivant ?

Enasia fronça les sourcils.

— Je n'avais jamais pensé à ça.

Bien sûr que tu n'avais jamais pensé à ça. Tu es trop occupée à dépouiller une malheureuse à l'article de la mort.

Les paupières de la jeune fille commencèrent à se fermer. Elle s'en rendit compte et inspira un grand coup, puis elle se pencha vers Emre et l'embrassa dans le cou.

— Pourquoi est-ce que tu es encore habillé ?

Elle ouvrit sa chemise et la remonta sur sa poitrine tandis qu'elle plaquait ses lèvres contre les siennes. Elle glissa une main sur son torse et le griffa tandis qu'elle lui ôtait son pantalon. Elle commença à le caresser en se caressant elle-même. Emre se demanda avec angoisse si le désir de la jeune fille n'avait pas retardé, voire neutralisé, les effets du somnifère. Mais Hamid avait affirmé qu'après avoir compté jusqu'à deux cents, Enasia fermerait les yeux qu'elle le veuille ou non.

Emre allongea la jeune fille sur la dépouille de tigre et embrassa ses lèvres, le creux entre le cou et l'épaule, ses seins et son ventre. Il n'eut pas à descendre plus bas. La tête d'Enasia roula sur le côté et la main qui caressait les cheveux d'Emre tomba sur le plancher avec un bruit sourd.

— Enasia ? appela Emre à voix basse.

Elle ne répondit pas et un doux ronflement se mêla au crépitement des flammes.

Emre se leva et glissa une couverture sur la jeune fille. Il versa le contenu de la carafe dans le pot d'une fougère, près de la fenêtre, en ne gardant qu'un fond. En se réveillant, Enasia penserait qu'ils avaient tout bu et ne se poserait pas trop de questions à propos de son brusque coup de fatigue.

Le jeune homme se rhabilla, trouva une lanterne et se dirigea vers le hall d'entrée. Il n'avait jamais visité la demeure, mais il avait écouté Enasia avec attention pendant trois semaines et connaissait à peu près la disposition des pièces. Il savait où Matrone Zohra restait pendant la plus grande partie de la journée, où elle prenait ses repas, où elle écrivait des lettres à l'intention des Matrones, des Rois ou de certains habitants de la Colline dorée… Il avait donc une idée assez précise des endroits où il devait concentrer ses recherches. Il entra dans le bureau où la vieille femme rédigeait sa correspondance. Elle ne devait pas y venir très souvent, car la pièce était poussiéreuse et sentait le renfermé. Il ouvrit néanmoins les tiroirs pour examiner les papiers qui s'y trouvaient. Cela lui prit plus de temps que prévu. Il lut les lettres et passa un long moment à déchiffrer l'une d'elles. Il compulsa les carnets et examina quelques feuilles volantes avant de comprendre qu'il ne trouverait pas le document qu'il cherchait dans cette pièce.

Il avait besoin de noms. Les noms des bébés que Matrone Zohra avait mis au monde. C'était le seul moyen d'obtenir le renseignement que Hamid voulait.

Il découvrit un coffre-fort dans une niche cachée derrière un tableau représentant un oryx sur une montagne blanche. L'image lui rappela son expédition avec Çeda dans les champs en fleur. Il revit le cadavre d'oryx prisonnier des branches d'adicharas et le nuage vrombissant d'ailes-vibrantes qui tournait autour de lui et de son amie. Il eut l'impression qu'il s'était écoulé des siècles depuis ce jour. Çeda et lui étaient si proches à l'époque, alors qu'aujourd'hui… aujourd'hui, ils étaient presque devenus des étrangers. La jeune fille lui manquait. Il aurait dû le lui dire, et il le savait, mais elle passait le plus clair de son temps aux arènes à s'entraîner en vue de son prochain combat. Et puis, ces derniers temps, elle évitait de parler de ses journées. Peut-être avait-elle trouvé un amant et n'osait-elle pas le lui dire ?

Le coffre, bizarrement, n'était pas fermé. Emre comprit pourquoi quand il l'ouvrit : il était vide.

Il fouilla le salon qui jouxtait le solarium au rez-de-chaussée, en vain. Il passa à la pièce suivante tandis qu'une sourde angoisse montait en lui. Et s'il ne trouvait rien ? Et si les documents avaient été détruits ? Après tout, personne ne les avait vus depuis une éternité.

Une agente des Hôtes sans Lune avait été l'assistante de Matrone Zohra et avait rapporté que la sage-femme conservait un registre très précis des enfants qu'elle avait mis au monde – une fantaisie que les Rois n'auraient pas approuvée. Elle notait tous les détails de l'accouchement une fois son travail terminé. L'assistante l'avait découvert par hasard. Un jour, elle était entrée dans le bureau à l'improviste et avait surpris maîtresse Zohra une plume à la main. La Matrone avait aussitôt fermé son livre et sa réaction avait éveillé la curiosité de l'espionne des Hôtes sans Lune.

Elle était retournée dans le bureau et avait cherché le livre. Elle l'avait trouvé et avait été stupéfaite de voir qu'il contenait le nom, la date de naissance, le bilan de santé et la description de chaque bébé. Elle avait recopié quelques pages et s'était dépêchée de les apporter aux Hôtes sans Lune.

Les rebelles avaient tout de suite compris que ce livre contenait des informations de la plus haute importance, mais leur joie avait été de courte durée : le soir même, trois Vierges du Sabre avaient rendu visite à l'assistante.

Elle avait été décapitée le lendemain matin.

Hamid – tout comme Emre – était convaincu que cet incident n'avait pas dissuadé Zohra de tenir son registre, mais rien n'était moins sûr. Il n'était pas impossible que la Matrone ait cessé de le tenir, ou qu'elle l'ait détruit quand elle était tombée malade. À moins que les Rois aient découvert son existence et qu'ils l'aient confisqué.

Emre chercha toute la nuit. Il fouilla chaque pièce à l'exception de celles qui étaient réservées à Matrone Zohra, et quand la douce lumière de l'aube chassa les ténèbres, il comprit que le temps lui était compté. Les effets du somnifère n'allaient pas tarder à se dissiper.

Il pouvait attendre et retenter sa chance un autre jour, mais il craignait que la jeune fille devienne suspicieuse, et Rengin devait rentrer à la fin de la semaine. L'homme à tout faire se méfiait d'Emre et son voyage inutile à Ishmantep n'allait pas améliorer la situation.

Emre retourna au petit salon et ramassa la ceinture d'Enasia. Il ouvrit la sacoche qui y était accrochée, récupéra une minuscule clé en laiton et se dirigea vers les quartiers de Matrone Zohra. Il écouta à la porte pendant un long moment, puis il déverrouilla la serrure et entra. Une odeur aigre flottait dans le vestibule garni de tables poussiéreuses. Emre avança sur le tapis maculé de taches et regarda dans la pièce suivante. Les relents d'urine et d'excréments le frappèrent comme un coup de massue.

Matrone Zohra était assise sur une chaise. Elle était toute tordue et contemplait un mur d'un air absent. Son visage était caché et Emre ne voyait que ses cheveux gris rassemblés en un chignon maintenu en place par des épingles en or finement ouvragées. Quelques boucles emmêlées cascadaient sur ses joues et ses épaules.

Le jeune homme avança de quelques pas.

— Matrone ? appela-t-il.

La vieille femme ne bougea pas, et pendant un instant, Emre craignit qu'elle soit morte. Puis il la vit trembler.

— Matrone ?

Silence.

Emre approcha un peu plus, mais pas trop près, car la vieille femme dégageait une odeur pestilentielle.

Le soleil se levait. Enasia allait se réveiller d'un instant à l'autre.

Cette histoire ne le concernait pas.

Il n'avait aucune raison de se soucier du sort de cette noble. En quoi cela le regardait-il si elle était maltraitée par ses domestiques ?

Ce n'était pas son problème. Il devait trouver le registre et partir aussi vite que possible.

— Je suis envoyé par la Maison des Rois, Matrone.

Il n'aurait jamais osé proférer un tel mensonge devant une personne saine d'esprit, mais il fallait que la Matrone lui parle de Külaşan et de ses enfants. Des enfants qu'elle avait mis au monde.

— Je viens pour une affaire de la plus haute importance. Le Roi Errant est mort ce matin et nous devons trouver un héritier, quelqu'un de *son sang*.

Jamais il ne s'était senti aussi misérable. Cette pauvre femme… Pourquoi diable avait-il pitié d'elle ? Des larmes perlèrent à ses yeux et coulèrent sur ses joues quand il serra une de ses mains frêles.

— Grand-mère, est-ce que vous allez bien ?

La tête de la vieille femme fut secouée par un mouvement sec, et elle battit des paupières. Emre songea qu'elle était sans doute surprise qu'on la touche et qu'on lui parle comme si elle était un être humain.

Il avait envisagé de la cajoler et de la flatter pour obtenir les informations dont il avait besoin, mais il s'aperçut qu'il en était incapable.

Il retourna dans le vestibule et attrapa un grand broc. Il remplit une bassine, puis ouvrit une armoire. Il en tira deux chemises de nuit propres et les déchira en lambeaux qu'il posa au centre de la pièce.

Il versa de l'eau dessus, puis retourna près de Zohra. Il la souleva avec précaution et l'allongea sur le tapis avant de remonter sa robe sur son corps squelettique. La tâche ne fut pas facile, car les cuisses, les fesses et les hanches de la vieille femme étaient couvertes d'excréments.

Dieux tout-puissants ! Comment peut-on laisser quelqu'un vivre dans de telles conditions ?

Il prit un bout de tissu et commença à laver la malheureuse. Il partit des cuisses et remonta doucement en enlevant le plus gros. Il découvrit alors que la peau était constellée de rougeurs et d'escarres. Il redoubla d'attention. Il changea l'eau de la bassine et recommença.

La vieille femme laissa échapper un gémissement, mais ne fit rien pour l'arrêter. Elle ne lui adressa pas un mot. Elle se contenta de le regarder d'un air étonné. Elle se demandait sans doute qui il était, mais aussi qui *elle* était et ce qui se passait.

Emre changea l'eau une seconde fois avant de déchirer d'autres vêtements. Quand la toilette fut terminée, il habilla la Matrone avec une robe de chambre propre et la porta vers le lit. Tandis qu'il l'allongeait, elle parla pour la première fois.

— Qui êtes-vous ?

— Emre.

Les yeux de la Matrone se voilèrent, puis se concentrèrent sur le jeune homme. Elle esquissa un faible sourire et lui tapota le poignet.

— Où est Enasia ?

— Je suis là.

Emre se redressa et se tourna. Enasia était dans l'encadrement de la porte. Elle portait sa robe orange, ses yeux étaient troubles et la haine déformait son visage.

— Qu'est-ce que tu fais ici ? (Elle avança comme un capitaine des Lances d'argent, bouffie d'autorité et de morgue.) Je veux que tu quittes cette maison sur-le-champ ! Et si jamais tu reviens, j'appellerai les Vierges pour qu'elles s'occupent de toi !

Emre approcha et s'arrêta devant elle. Son visage exprimait une détermination glacée.

— Et dis-moi un peu, que feront les Vierges quand elles découvriront comment tu traites une des leurs ?

— Et tu penses qu'elles te croiront ?

Emre sourit.

— Moi ? Non, je ne le pense pas. Mais elles croiront *la Matrone.* (Il approcha un peu plus près.) Voilà ce qui va se passer : tu vas rassembler tes affaires et tu vas foutre le camp. Et j'ai bien dit *tes* affaires ; je vérifierai avant que tu partes. Tu vas les rassembler tout de suite. Et tu ne reviendras jamais.

Enasia haussa le menton.

— Et si je refuse ?

— Je vais à l'auberge des *Quatre Flèches* et je raconte que j'ai entendu d'horribles gémissements en passant devant la propriété. Les clients sont des gens charitables. Ils viendront vérifier ce qui se passe, et quand ils découvriront Matrone Zohra, ils veilleront à ce qu'on s'occupe d'elle. Moi, je viendrai ici tous les jours, et si je t'y trouve, les Vierges recevront une lettre expliquant dans les moindres détails comment tu as traité la Matrone. Et quand *elles* viendront voir ce qui se passe, elles ne se contenteront pas de poser quelques questions, à toi et à Rengin. Elles parleront à Matrone Zohra. À ton avis, qu'est-ce qu'elle leur racontera ?

Enasia tourna la tête vers la vieille femme.

— Elle ne se rappelle même pas qui elle est.

Zohra la regarda d'un air de défi, mais resta silencieuse.

— Tu es prête à parier ta vie là-dessus ? demanda Emre. Il suffirait qu'elle se souvienne d'une seule fois où tu l'as maltraitée. Faut-il que je te rappelle le sort que les Vierges réservent à ceux qui ont fait du mal à une des leurs ?

Enasia se lécha les lèvres. L'inquiétude qui brillait dans ses yeux se transforma en terreur. Elle regarda la pièce et le sol couvert de morceaux de tissu maculés d'excréments, puis elle recula, pivota sur les talons et sortit en courant.

Les marches de l'escalier grincèrent tandis qu'elle descendait. Emre retourna au chevet de la vieille femme.

— Tout ira bien, dit-il en remontant la couverture.

Zohra ne sembla pas l'entendre. Son visage était concentré comme celui d'un enfant qui cherche à s'exprimer, mais qui ne possède pas les mots et les concepts pour le faire.

— Je me rappelle qui je suis, dit-elle.

— Bien sûr.

Au moment où Emre se tournait vers la porte, Matrone Zohra prononça un nom.

— Veşdi.

Le jeune homme la regarda.

— Je vous demande pardon ?

— Veşdi, répéta Matrone Zohra. (Ses yeux brillaient de fierté.) Veşdi est le fils aîné de Külaşan.

— Le seigneur Veşdi ? Le Maître des Pièces ? (La vieille femme hocha la tête d'un air triomphant.) Vous… en êtes sûre ?

— Évidemment que j'en suis sûre.

— Que les dieux vous bénissent, grand-mère. (Emre se pencha et déposa un baiser sur son front.) Vous êtes la sagesse même. Vous êtes la fierté de Sharakhaï.

Emre avait prononcé ces mots pour réconforter la Matrone, pour lui offrir un moment de joie après le calvaire qu'elle avait enduré, mais le sourire de Zohra s'effaçait déjà. Les yeux de la vieille femme se perdirent dans le vague et ses lèvres se mirent à trembler.

Emre la regarda en espérant qu'elle avait rejoint un monde paisible. Il lui serra la main une dernière fois, puis il rassembla les morceaux de tissu sales et quitta la pièce.

CHAPITRE 32

Çeda ouvrit les yeux et vit le plafond en pierre au-dessus de sa tête. Une lampe accrochée à un piquet en fer produisait une faible lumière. Cinq autres étaient posées à côté, mais elles étaient éteintes. Un curieux mélange d'odeurs flottait dans l'air froid et humide. Antiseptique et relents de pourriture. De l'eau tombait goutte à goutte dans un coin de la pièce. Les murs de pierre étaient couverts de moisissures noires.

La tête de la jeune fille roula sur le côté. Elle était allongée sur une table en bois étroite. Ses bras attachés en croix sur des planches transversales. Ses jambes étaient ligotées. Elle était si faible qu'elle ne pouvait même pas redresser la tête. Son bras droit était bandé. Elle essaya de le bouger et une violente douleur lui coupa le souffle. Tandis que les élancements s'espaçaient avec lenteur, Çeda aperçut deux lanières le long de son bras gauche. La première était à hauteur du biceps, la deuxième au niveau du coude, mais elles n'étaient pas serrées. Seul le poignet était entravé.

La jeune fille attendit de retrouver un peu de force, puis elle bougea le bras gauche d'avant en arrière. Au bout d'un moment, elle réussit à libérer son poignet. Son bras droit, en revanche, était immobilisé par les trois lanières, mais elle parvint à défaire la plus proche avec sa main gauche.

Elle remarqua alors les outils posés sur une table appuyée contre un mur. Des couteaux et des scies étincelantes, des pinces, des tenailles et des ustensiles bizarres munis de crochets – à quoi pouvaient-ils bien servir ? Une étagère garnie de fioles bleues, de bouts de tissu brun et de récipients en étain surplombait la panoplie d'instruments de chirurgien. La panique envahit la jeune fille lorsqu'elle se rappela ce qui s'était passé. Elle s'était piquée avec une épine d'adichara et était venue demander l'aide de Dardzada. Et elle se réveillait dans ce cachot humide.

L'apothicaire avait l'intention de lui couper le bras.

Il ne voulait pas courir le risque de la conduire chez les Vierges. Ou bien il n'avait pas réussi à contacter sa mystérieuse alliée. Peut-être était-elle morte. Peut-être avait-elle refusé de l'aider. Quoi qu'il en soit, l'apothicaire n'avait pas eu le cœur d'abandonner Çeda à son sort. Il l'avait emmenée dans cet… endroit et allait lui trancher le bras pour empêcher la propagation du poison.

Non, non, non.

Dardzada ne ferait pas une chose pareille. Pas à moi.

Elle ne réussit pas à s'en convaincre. L'apothicaire s'était occupé d'elle quand elle était enfant, certes, mais ce souvenir ne la rassurait guère. Il ne la rassurait même *pas du tout*. Dardzada allait *bel et bien* lui couper le bras. Après tout, c'était un homme pragmatique, et compte tenu de la situation, l'amputation était la solution la plus logique.

Les doigts tremblants, la jeune fille s'attaqua aux deux lanières restantes. Elle procéda d'abord avec patience et minutie, puis elle paniqua et ses mouvements devinrent frénétiques et maladroits. Elle devait se détacher et s'enfuir avant le retour de l'apothicaire.

Quand elle toucha le lien qui lui immobilisait le poignet, une terrible douleur irradia sa main et remonta jusqu'à la base du cou. Elle gémit comme une enfant, mais n'abandonna pas pour autant.

Je ne vais pas rester ici en attendant qu'il me coupe le bras !

Quand elle parvint à ouvrir la dernière boucle, elle se redressa et se massa le bras, puis s'attaqua aux liens qui entravaient ses jambes. Seules ses chevilles étaient attachées et les lanières n'étaient pas très serrées. Elle les défit sans difficulté, mais quand elle eut terminé, elle était en sueur et ses oreilles bourdonnaient sous le coup de l'effort.

Elle était vêtue d'une dishdasha blanche avec des manchettes et un ourlet jaunes. La manche droite était remontée jusqu'à l'épaule. Çeda la descendit avec précaution pour couvrir les bandages. La peau de son bras était d'un bleu répugnant.

Un claquement métallique résonna. Çeda se tourna et aperçut un escalier.

Quelqu'un descendait les marches de pierre.

Une lueur jaune dansa sur les murs et la jeune fille crut qu'elle allait avoir la nausée.

— Il y a quelqu'un ? appela une voix d'homme.

Çeda ne la reconnut pas, mais une chose était sûre : ce n'était pas celle de Dardzada. Il fallait qu'elle quitte cet endroit le plus vite possible.

Elle jeta un coup d'œil vers la table appuyée contre le mur et prit l'instrument le plus long et le plus tranchant qu'elle trouva. Ce n'était pas un poignard de combat, mais elle ferait avec. Elle se leva, fit quelques pas chancelants et se plaqua contre le mur.

— Ohé ? Vous êtes réveillée ?

Une lumière brillante se répandit sur le sol. Çeda sentit ses jambes flageoler et crut qu'elle allait tomber. Elle avait la nausée et la pièce tanguait. Un vieil homme bossu entra dans la pièce en tenant une lanterne. Il portait une barbe broussailleuse et des lunettes rondes.

Çeda avança en agitant son couteau devant elle.

— Reculez !

Elle frappa dans le vide une fois, puis une autre.

Le vieil homme écarquilla les yeux et recula avec une expression terrifiée.

— Arrêtez ! Arrêtez !

— Je…

La pièce tourbillonnait autour de la jeune fille. Le tintement résonnait de plus en plus fort dans ses oreilles. Elle agita son couteau de nouveau.

— Ne vous approchez pas !

Le vieillard recula contre l'étrange table en croix. Derrière ses lunettes, ses yeux semblaient sur le point d'exploser.

— Vous ne devez pas partir.

Çeda monta une marche à reculons.

L'inconnu posa sa lampe sur la table garnie d'instruments étincelants, puis il fit un pas en direction de Çeda.

— Vous ne devez pas partir, jeune fille. Dardzada est allé parler à la Matrone…

Il ajouta quelque chose, mais Çeda ne l'entendit pas. Elle n'entendait que les coups de tonnerre qui résonnaient dans sa tête, son cœur qui martelait sa poitrine et le bruit humide des déglutitions incapables de chasser la boule qui lui obstruait la gorge.

De toute manière, c'était sans doute des mensonges. « Dardzada est allé parler à la Matrone. » L'apothicaire n'aurait jamais fait une chose pareille. Et puis l'inconnu se précipita sur elle et Çeda comprit qu'elle ne s'était pas trompée.

Elle frappa à hauteur des mains tendues. Elle ne sentit aucune résistance, mais une gerbe écarlate éclaboussa le vieil homme. Celui-ci recula, se prit le poignet et contempla sa paume blessée. Çeda crut apercevoir un os entre les chairs ensanglantées. Elle se concentra sur les mouvements de ses jambes et gravit les marches à reculons.

La lumière de la lanterne faiblit au fur et à mesure qu'elle montait. Çeda craignit que le vieil homme se lance à sa poursuite, mais il ne le fit pas.

Elle entrevit des ombres trembler et se précipiter vers elle. Elle crut entendre des cris de douleur à travers les bourdonnements de ses oreilles. Les cris de sa mère ? Elle n'en était pas sûre.

Elle faillit tomber plusieurs fois, mais réussit à atteindre le sommet de l'escalier. Elle déboucha dans une petite boutique remplie de bouteilles. Il y en avait des milliers. Des vertes, des bleues, des rouges… Certaines contenaient un liquide, d'autres des poudres… Il y avait aussi un énorme récipient en verre rempli de sangsues bleues.

La jeune fille gagna la porte en titubant et sortit dans la rue. Plusieurs personnes la regardèrent avec une expression inquiète. Elle se dépêcha de glisser le couteau dans sa manche et s'éloigna sans savoir où elle allait. Elle devait être à l'est de l'Abreuvoir, car les bâtiments étaient cossus, mais elle était incapable de dire où exactement.

Elle ne tarda pas à atteindre l'Abreuvoir. L'avenue était envahie par des chariots grinçants tirés par des chevaux dont les sabots frappaient les pavés avec un bruit sourd. Des carrioles transportaient des tonneaux et des amphores vers les souks. Des files d'animaux cheminaient vers les abattoirs et les fondouks réservés aux bouchers. Des colonnes de barbares à la peau ivoire se dirigeaient vers le marché aux esclaves. Les passants se croisaient en un ballet mêlant caftans et dishdashas. On apercevait même quelques lourds manteaux et de longs pantalons typiques du royaume méridional. Certaines personnes ne portaient qu'un pagne en tissu, des sandales, des colliers et des bracelets brillants autour des poignets et des chevilles.

Çeda s'arrêta et regarda ces gens qui étaient le sang de Sharakhaï. Où devait-elle aller ? Comment était-elle arrivée là ? Elle ne se souvenait de rien. Elle baissa les yeux et vit le scalpel ensanglanté qu'elle tenait dans la main gauche. S'était-elle coupée ? Cet instrument ne lui appartenait pas. Elle le lâcha et il tomba par terre avec un bruit étouffé.

Elle remonta l'Abreuvoir et arriva à une intersection avec une autre avenue. Elle reconnut la Lance.

Les Vierges, songea-t-elle. Elle devait parler aux Vierges. C'était son but depuis des semaines… non ?

Elle emprunta la Lance et se dirigea vers l'est d'un pas régulier. Elle marchait en tenant son bras bandé et surveillait les passants afin d'éviter un choc douloureux. Il avait plu – fait exceptionnel au printemps – et l'air humide lui rappela une espèce de cachot. Il devait s'agir d'un fragment de rêve récent, car elle ne se souvenait d'aucun détail.

Je dois rencontrer les Vierges. Je dois rencontrer les Vierges.

Cette pensée lui donnait la force de marcher malgré la chaleur insupportable.

Elle tourbillonnait dans sa tête – *Je dois rencontrer les Vierges* – quand un étrange silence s'abattit sur la rue. Çeda leva les yeux et aperçut les Vierges à cheval qui descendaient la Lance.

Pendant un instant, elle éprouva un profond soulagement, et puis le sang reflua de son visage. Le bourdonnement de ses oreilles faiblit et un sentiment de vide l'aspira comme la gueule du désert. Elle s'était trompée. Elle ne voulait pas rencontrer les Vierges. Pas comme ça, du moins. Si elle les abordait maintenant, elles découvriraient ce qu'elle avait fait et la tueraient.

Elle avait dû imaginer un meilleur plan, non ? Oui, bien sûr, mais elle était incapable de se rappeler en quoi il consistait.

Les dix chevaux avançaient d'un pas tranquille en colonne deux par deux. Le trafic s'était interrompu. Les chariots s'étaient rangés sur les côtés. Les gens se serraient contre les murs. Deux gardes de la cité portant des casques coniques et des cottes de mailles s'écartèrent et s'inclinèrent comme tout le monde en tenant leurs lances bien droites.

La jeune fille aurait voulu s'enfuir, mais ne céda pas à la panique. Elle domina sa peur comme elle le faisait dans les arènes.

Elle se rangea à son tour… et marcha dans une bouse de vache. Elle se glissa derrière un chariot et se mêla à un groupe de femmes, puis elle s'inclina et croisa les bras malgré sa main gauche enflée et sa manche droite tachée de sang.

Les cavalières approchèrent.

Les deux premières passèrent devant elle. Puis les deux suivantes.

Çeda avait peur de regarder, mais sa curiosité était trop forte. Elle leva les yeux et aperçut les sabots des chevaux. Elle n'osa pas aller plus haut.

Quand elles avaient un peu trop bu, certaines personnes murmuraient que les Vierges se déplaçaient lentement de manière à lire les pensées des gens qu'elles croisaient, mais Çeda n'y croyait guère. Si elles avaient eu ce pouvoir, elles auraient découvert que Çeda se rendait dans les champs en fleur et transportait des messages pour le compte d'Osman. D'un autre côté, la jeune fille avait toujours évité de croiser leur chemin, alors il n'était pas impossible qu'elle ait échappé à leur vigilance. Çeda se rappela soudain qu'elle avait affronté une des leurs dans le désert. Ce combat ne l'avait-il pas marquée d'une manière ou d'une autre ? Par le souffle brûlant du désert, un mystérieux instinct n'allait-il pas les *guider* vers elle ?

Son vertige empira et elle leva sa main valide pour s'accrocher à la femme qui était devant elle. Elle se ressaisit et inspira un grand coup.

La colonne avança. Huit cavalières passèrent.

Les deux dernières ralentirent.

Puis s'arrêtèrent.

Leurs camarades les imitèrent sans même se retourner. Elles avaient peut-être été averties par un signal invisible.

Un lourd silence régnait sur la Lance. Un destrier tira sur sa bride et les pièces d'argent de son harnachement tintèrent. L'animal frappa les pavés de ses sabots et se dirigea vers l'endroit où était Çeda.

Sa cavalière était-elle la Vierge avec qui Çeda avait croisé le fer ?

— Toi !

Çeda frissonna. Elle n'osait pas lever la tête. Elle ne voulait pas lever la tête.

— Toi, là !

Elle n'avait plus le choix... Le refus d'obéissance était puni de mort.

Elle se redressa.

La Vierge était droite comme une lance sur son destrier. Son sabre était accroché à sa ceinture et elle tenait les rênes avec assurance. Le dos de ses mains était tatoué au henné et ses yeux maquillés de khôl. Le reste de son corps était caché par ses vêtements.

Çeda éprouva un profond soulagement en voyant que la Vierge ne s'adressait pas à elle, mais au conducteur du chariot derrière lequel elle s'était réfugiée.

— Suis-moi ! dit la cavalière.

— Pour l'honneur des Rois, dit l'homme en inclinant la tête.

Que pouvait-il faire d'autre ?

La Vierge rebroussa chemin et se dirigea vers la Maison des Rois. Le conducteur résigné saisit ses rênes, fit demi-tour en roulant dans une grande flaque et suivit la cavalière.

Çeda respira de nouveau. Les gens et les véhicules se remirent en route. Le silence fut remplacé par le brouhaha de la ville. Comme si rien ne s'était passé.

Çeda avançait avec lenteur, car chacun de ses pas était une véritable torture. Elle traversa la cité en contournant Tauriyat par la droite. Elle heurta quelqu'un et eut l'impression que son bras droit plongeait dans du métal en fusion. Les élancements refluèrent presque totalement et la jeune fille songea que cette étrange rémission était plus inquiétante que la douleur elle-même.

Les bruits de la cité se fondirent dans le néant. Çeda s'aperçut que quelqu'un lui parlait, mais ne comprit pas ce qu'on lui disait. Le ciel s'assombrit et la pluie se mit à tomber, mais une lumière aveuglante envahit la rue. Les gens et les chariots se transformèrent en silhouettes sur une toile d'albâtre et Çeda eut l'impression de contempler sa vie avant de franchir la porte qui menait à la suivante.

Elle sentit une main dans son dos. Quelqu'un la conduisait quelque part. Où donc ? Elle éprouva une vague sensation de danger. Elle songea qu'on l'attendait ailleurs et qu'elle était peut-être en retard. Mais qui était-elle censée rencontrer ? Elle n'en avait pas la moindre idée.

Elle crut apercevoir Ahya parmi la foule. Son visage brillait avec une telle intensité qu'il était aveuglant.

— Memma ? appela-t-elle.

Mais sa mère la regarda passer avec une expression horrifiée.

On la guida vers un endroit plus sombre et l'assit sur une chaise. Elle distingua des étagères en bois autour d'elle, et des meubles avec des centaines de petits tiroirs. Qui avait besoin de tant de tiroirs ? Cette question l'amusa et elle gloussa tandis qu'on posait son bras sur une table. Une sourde douleur envahit le membre.

Elle sentit que quelqu'un découpait les bandages. Son avant-bras était tellement enflé qu'il ressemblait à un étrange fruit difforme. Et cette couleur ! Un bleu très sombre. Presque noir. Il lui rappela le cœur des fleurs d'adichara.

Un homme replet avec de grosses bajoues s'installa en face d'elle et observa sa main. Il n'avait pas lâché sa paire de ciseaux. Il était bouche bée et ses yeux écarquillés débordaient de larmes.

Pendant un bref instant de lucidité, Çeda comprit ce qu'il voyait.

Le poison avait eu le temps de faire son effet et il ne restait plus aucun espoir.

Elle allait mourir.

L'idée était si drôle qu'elle éclata de rire. Son corps se mit à trembler et l'homme la regarda. Un flot de larmes coulait de ses yeux rougis. Il secoua la tête avec énergie et essuya ses joues d'un revers de manche, puis d'un autre. Il semblait effondré.

Il se leva brusquement et ouvrit un des innombrables tiroirs. Il en tira une fiole et versa son contenu dans un linge blanc qu'il glissa sous le nez de la jeune fille.

Çeda se débattit en sentant l'odeur âcre, puis ses yeux roulèrent dans leurs orbites.

Lorsqu'elle se réveilla, elle était allongée sur une surface dure et inconfortable. Le fond d'un chariot qui remontait une rue de la ville. Le conducteur portait la robe bronze et argentée des moines d'un lointain pays. Çeda la reconnut parce que des membres de cet ordre venaient parfois à Sharakhaï pour prêcher la parole de leur dieu. De temps en temps, l'homme marmonnait quelque chose d'incompréhensible, lui touchait l'épaule ou lui caressait les joues et les cheveux. Çeda ne comprenait pas ce qu'il disait. La cité avait perdu son éclat aveuglant, mais elle était encore brillante. La jeune fille pouvait regarder autour d'elle sans plisser les yeux.

Le chariot cahotait et la lumière enveloppa Çeda.

Quand elle s'éveilla de nouveau, elle comprit qu'elle était au cœur de la cité, car Tauriyat se dressait devant elle. L'avait-elle approchée de si près depuis la mort de sa mère ?

La conduisait-on à la Maison des Rois ? Les maîtres de Sharakhaï voulaient-ils lui parler ?

La lumière l'enveloppa de nouveau.

Quand elle se réveilla pour la troisième fois, le chariot était immobile. La mule était toujours attelée, mais le prêtre avait disparu.

À droite, Çeda aperçut une muraille. De grandes portes s'ouvrirent en grinçant et des femmes sortirent dans la rue. De plus en plus de femmes. L'une d'elles était beaucoup plus âgée que les autres. Elle avait un visage noble et des yeux tristes. Son menton, ses joues et son front étaient couverts de tatouages. Elle approcha, examina le bras de la jeune fille et parla pendant un moment.

Çeda songea qu'elle lui posait sans doute des questions, mais elle ne comprit pas un mot de ce qu'elle disait. La vieillarde la regarda droit dans les yeux, et pendant une fraction de seconde, Çeda eut l'impression de partager un mystérieux lien de sang avec cette femme.

L'inconnue se tourna vers ses camarades à plusieurs reprises, comme si elle hésitait sur la marche à suivre. Puis elle hocha la tête et pointa le doigt vers les grandes portes.

Le chariot s'ébranla et Çeda reconnut enfin les femmes aux robes sombres et au regard d'acier. Des Vierges du Sabre.

C'étaient des Vierges du Sabre et elle pénétrait dans leur domaine.

CHAPITRE 33

Une odeur déplaisante flottait dans l'infirmerie, une odeur qu'Ihsan sentait toujours, même quand il s'agissait d'un endroit qui n'avait pas accueilli de blessés et de malades depuis des années. Peut-être était-ce l'empreinte des morts, un écho de leur passage vers le prochain monde. Ou bien des relents de sang et d'épidémies. Peut-être les deux.

Les liens entre les univers sont si étranges qu'ils échappent même aux dieux.

L'infirmerie était déserte, à l'exception d'un lit au milieu de la longue salle. La femme empoisonnée par une épine d'adichara reposait dessus. Elle dormait profondément.

Quelqu'un approcha d'un pas lourd.

Zeheb, le Roi des Murmures, s'arrêta à côté d'Ihsan. Zeheb avait été mince, jadis. Trop mince, même. Mais c'était difficile à imaginer quand on le voyait aujourd'hui. Comme les autres Rois, il avait beaucoup changé depuis Beht Ihman. Il avait l'air fatigué, le regard fuyant et les paupières à moitié baissées, comme s'il écoutait les murmures qui refusaient de le laisser en paix.

— Tu veux bien revenir parmi nous ? demanda Ihsan en claquant des doigts devant le nez de Zeheb.

Zeheb déglutit et s'arracha à son monde intérieur pour regagner la *réalité*, l'infirmerie de la Maison des Vierges. Il ne fit pas la moindre réflexion, comme s'il était embarrassé par ses absences.

— Voilà donc notre petite colombe perdue ? demanda-t-il en avançant.

Ihsan le suivit.

— Il semblerait.

Ils longèrent les rangées de lits et s'arrêtèrent devant celui de la jeune fille. Une forte odeur de cataplasme se dégageait des bandages qui enveloppaient son bras droit. On avait expliqué à Ihsan que l'emplâtre désenflerait les chairs en attendant que les Matrones puissent traiter le poison.

À condition que les Rois donnent leur accord.

Zeheb avait convoqué Ihsan pour lui raconter une étrange histoire, une histoire que le Roi Éloquent avait découverte quelques minutes plus tôt en recevant un message de la Maison des Vierges. Une jeune fille, apparemment empoisonnée par une épine d'adichara, avait été abandonnée dans un chariot au pied de Tauriyat. On avait interrogé les passants le long de la Lance, mais personne n'avait pu fournir d'informations précises sur le conducteur, sinon qu'il était habillé comme un prêtre. En temps normal, cette histoire n'aurait suscité que quelques rires amusés. On aurait soumis la jeune fille à la question, puis on se serait dépêché de l'exécuter. Mais les événements ne s'étaient pas déroulés ainsi. Une Matrone avait senti quelque chose d'inhabituel chez l'inconnue et avait sollicité l'avis d'Ihsan.

La jeune fille s'agita sur son lit. Elle avait le visage écarlate et ses doigts semblaient rongés par une pourriture intérieure.

Elle était jolie, dans le genre guerrière. Propre et bien habillée, elle devait même être ravissante. Les deux Rois avaient d'abord été surpris d'apprendre qu'on avait découvert une inconnue à la porte de Tauriyat, mais ils avaient vite compris que c'était la conséquence logique de la vision du Roi aux Yeux de Jade et de la décision qu'ils avaient prise dans le désert. Avec l'accord d'Ihsan, Yusam avait envoyé Azad dans les champs en fleur, et Azad – qui avait enfilé son ancienne peau – avait croisé le fer avec la femme qui était allongée devant eux. Au cœur du domaine des Rois.

Ihsan la regarda et lui trouva quelque chose de terriblement familier. Il lui fallut un moment pour se rappeler pourquoi.

— Le peuple raconte que le Roi des Murmures n'oublie jamais les paroles qu'il entend et les visages qu'il voit, dit-il d'un ton songeur. C'est vrai ?

— Tu sais bien que non. Si tu as quelque chose à me demander, cesse de tourner autour du pot.

— Je lui trouve quelque chose de familier.

— Moi aussi. L'assassin avait donc un enfant…

Ihsan se rappela le jour où, onze ans plus tôt, on avait arrêté une femme qui avait le sang des Rois sur les mains. Elle avait été confiée aux bons soins du cruel confesseur de Tauriyat, le Roi Cahil, mais elle n'avait pas parlé. Elle n'avait pas livré la moindre information. Elle n'avait pas prononcé le moindre mot. Son esprit était vide, sans doute parce qu'elle avait bu une décoction d'acacia blanc ou du vin de pendu.

Cette jeune fille ressemblait étrangement à l'assassin.

C'était son enfant.

L'enfant d'une tribu disparue.

Et c'était aussi l'enfant d'un Roi – à condition que la Matrone ait bien interprété les lignes de sa main, mais Ihsan doutait fort qu'elle se soit trompée. Et puis il y avait le poison : une roturière n'aurait pas survécu si longtemps. Non, de toute évidence, il s'agissait d'une première fille – le sang des Rois se répandait sans limites, disait l'adage –, mais Ihsan ignorait qui était le père. Celui-ci n'avait sans doute jamais su qu'il avait engendré cette fille. La mère avait agi avec prudence et avait protégé ses secrets. Ils n'avaient découvert que quelques informations sans importance à son sujet, alors elle avait dû prendre d'infinies précautions pour cacher l'existence de l'enfant.

— Penses-tu que nous devrions la garder ? demanda le Roi des Murmures.

— Je le pense.

— Cela présente certains risques.

C'était la vérité.

Si les autres s'apercevaient que la jeune fille avait un air de famille avec l'assassin – Cahil n'avait même pas réussi à lui arracher son nom –, le Roi Éloquent devrait s'expliquer. Mais la ressemblance n'était pas frappante, et si un Roi la remarquait, Ihsan n'aurait qu'à dire qu'il ne s'était rendu compte de rien. Et puis, il serait amusant de chercher l'identité du père et de *lui* demander des explications. D'autant plus amusant qu'Ihsan était certain que ce n'était pas lui. Quoi qu'il arrive, le Roi Éloquent saurait tirer parti de la situation.

Il faudrait cependant se méfier, car personne ne pouvait prédire quel genre d'instrument la jeune fille allait devenir. Si on la rééduquait convenablement, elle deviendrait fort utile, et si elle se montrait décevante, ou si les risques devenaient trop importants… eh bien, il serait facile de s'en débarrasser, même si elle était sous la protection des Vierges du Sabre.

— Laisse-moi m'occuper des problèmes, dit Ihsan. Contente-toi de me dire ce que tu as trouvé.

Les paupières de Zeheb se firent lourdes, puis il secoua la tête et inspira un grand coup avant de regarder la jeune fille allongée devant lui.

— Pas grand-chose pour le moment. Elle vient des quartiers ouest. Elle se bat aux arènes. Elle se fait appeler la Louve Blanche.

Ihsan haussa les sourcils malgré lui.

— Cette fille est la Louve Blanche ?

Zeheb rit doucement.

— Je ne savais pas que tu aimais les combats de chiens de poussière, Ihsan. Je te croyais au-dessus de ce triste spectacle.

Ihsan sourit.

— Il est de notoriété publique que je me rends aux arènes de temps en temps. Et *tout le monde* a entendu parler de la Louve Blanche.

Il regarda la jeune fille. Comment avait-elle pu accomplir tant de choses en si peu de temps ?

— C'est une véritable légende, poursuivit-il. Elle est aussi connue que la Lionne de Kundhun, non ?

— En effet, dit Zeheb en souriant à son tour. Je suis impressionné par ton savoir. Il faudra que nous allions aux arènes ensemble, un jour.

Ihsan secoua la tête.

— Les fosses funestes ne m'intéressent pas, Zeheb.

Le sourire du Roi des Murmures s'élargit.

— Tiens donc ? Tu ne supportes pas la vue du sang ?

Ihsan n'eut pas le temps de retenir un éclat de rire rauque.

— Je la supporte très bien. Mais je n'aime pas qu'on gaspille des vies inutilement. Et c'est exactement ce qui se passe dans les fosses funestes. Si je dois assister à un spectacle sans intérêt, je préfère regarder le vent balayer les dunes.

— Les dunes sont de bien piètres adversaires, Ihsan.

Vraiment ? Et les Hôtes sans Lune ? Et la tribu oubliée ?

Un bruit se fit entendre à l'extérieur de la salle et Ihsan leva les yeux.

— Bien, si tu n'y vois pas d'inconvénient, nous ferions mieux de laisser les Matrones s'occuper d'elle, ou le destin prendra une décision à notre place.

— Tu as raison.

Ihsan se dirigea vers la porte, mais Zeheb ne bougea pas. Ihsan le remarqua et s'arrêta.

— Es-tu certain que c'est le bon moment ? demanda le Roi des Murmures avec une sincérité inhabituelle.

En entendant ces mots, Ihsan se tourna vers Zeheb et bomba le torse.

— Non, mon cher, dit-il d'une voix grave et déterminée. Il y a bien longtemps que le bon moment est passé.

Zeheb cligna des yeux d'un air égaré, puis hocha la tête.

Les deux Rois quittèrent l'infirmerie.

CHAPITRE 34

Çeda se réveilla et s'aperçut qu'elle flottait dans une eau fraîche et claire. Le courant l'entraînait vers une destination inconnue et la jeune fille se sentait bien.

Je dois être dans la Haddah, mais comment se fait-il qu'elle soit si calme ?

De petits poissons mordillaient ses doigts et ses orteils tandis que le fleuve la berçait. Elle voulut bouger, mais elle s'aperçut qu'elle en était incapable. Son corps ne l'écoutait pas. Il savourait le doux voyage. Le courant accéléra et les ballottements se firent plus violents. Çeda essaya de tendre les bras et de lever la tête au-dessus de l'eau pour pouvoir *respirer*, en vain.

De puissants remous l'entraînèrent vers le fond et elle heurta quelque chose. Un rocher ou le lit du fleuve.

Jusque-là, le fait de ne pas respirer ne l'avait pas préoccupée outre mesure, mais elle comprit soudain la gravité de la situation. Elle essaya de remonter, mais la surface était trop loin. Si elle ne réagissait pas rapidement, elle allait se noyer.

Et alors ? C'était peut-être mieux ainsi. Pourquoi ne pas s'abandonner au fleuve et franchir les portes du prochain monde comme sa mère l'avait fait des années plus tôt ?

Non !

C'était hors de question.

Elle allait lutter. Quels que soient les obstacles que les dieux jetteraient devant elle.

Elle rassembla toute son énergie pour résister au courant. Son corps accepta enfin de lui obéir, d'abord avec réticence, puis sans protester. Elle nagea vers la rive en agitant les bras comme un héron prenant son envol et en battant des jambes avec frénésie.

Elle s'aperçut alors que le lit du fleuve était jonché d'ossements. Des crânes souriants, des fémurs et des tibias se mêlaient en une danse sinistre, mais non dépourvue de charme. Le courant la poussait vers eux, et chaque fois qu'elle les effleurait, elle était secouée par un terrible frisson. Elle craignait de réveiller les noyés. Elle craignait qu'ils remarquent sa présence. Elle essayait de les éviter, mais c'était impossible, car l'eau n'était pas très profonde.

Un bras squelettique se tendit et la saisit au poignet. Une phalange se pressa contre la chair de son avant-bras et appuya de plus en plus fort. Le sang ne coula pas, mais la douleur devint insoutenable. La peau noircit et enfla.

Une maladie ?

Du poison ?

D'autres bras la saisirent et l'entraînèrent vers le fond tandis que les crânes grimaçaient des sourires lugubres dans l'attente d'un dernier baiser.

Et soudain, elle fut arrachée aux flots, aux orbites vides et aux mains squelettiques.

On la tira sur la berge et elle s'effondra sur l'herbe. Elle éprouva un soulagement intense en sentant quelque chose de solide sous elle, et la terrible douleur devint presque agréable, car elle était la preuve qu'elle était en vie.

Çeda ne demandait rien de plus.

Elle toussa pour cracher l'eau qui avait envahi ses poumons, puis elle s'assit et leva la tête pour regarder son sauveur.

Ahya était agenouillée sur l'herbe. Elle caressait les longs brins secs. Les insultes des Rois étaient toujours gravées sur sa peau : « Catin » sur le dos des mains, « Parjure » sur les pieds. Son front était marqué du symbole dont Çeda ignorait toujours la signification. La jeune fille aurait voulu détourner les yeux pour ne pas voir ces horreurs, mais elle s'obligea à la regarder.

Par le souffle des dieux, comme elle était belle ! Malgré les symboles gravés dans sa chair. Ou peut-être à cause des symboles gravés dans sa chair.

La jeune fille se demanda comment entamer la conversation.

— Tu es morte, dit-elle enfin.

— Est-ce que tu les as trouvés, Çedamihn ?

— Qui donc ?

Ahya caressa une marque sanglante du bout du doigt.

— Ceux qui m'ont fait ça.

Le doigt suivit les traits d'un symbole avec une tendresse morbide. Comme si elle l'écrivait, comme si *elle* était l'auteure de ces injures cruelles.

— Ce sont les Rois qui t'ont tuée.

— Ah, mais lesquels ? Quels Rois, Çeda ? Voilà la question importante.

— Je l'ignore. Qui est mon père ?

Ahya se leva et s'éloigna.

Çeda la suivit en tremblant. Ses jambes étaient aussi faibles que celles de l'agneau qui vient de naître, mais elles ne tardèrent pas à retrouver une certaine vigueur, et la jeune fille rattrapa sa mère.

Les brins d'herbe devinrent plus petits et disparurent. La terre dure fut remplacée par du sable balayé par le vent. Des vagues de dunes s'étendaient d'un horizon à l'autre. Çeda se tourna vers le fleuve et découvrit qu'il avait été avalé par la gueule brûlante du désert.

Un bruissement d'ailes attira son attention. Des oiseaux tournaient autour de sa mère. Des bleus étincelants identiques à ceux qu'elle avait observés au-dessus du lac quand elle était enfant. Ils formèrent un nuage si dense que Çeda perdit sa mère de vue. Ils virevoltaient comme les tourbillons de poussière qui annoncent l'arrivée d'une tempête.

Ils s'égaillèrent brusquement. Ahya avait disparu, et à sa place, il y avait une grande femme qui tenait un bâton d'une main.

— Te rappelles-tu être venue me voir quand tu étais enfant ?

Saliah portait les mêmes marques que la mère de Çeda.

Sur Ahya, ces marques inspiraient un profond sentiment de dégoût. Sur Saliah, elles évoquaient une certaine forme de perversion, un détournement de la réalité.

— Je me rappelle avoir couru dans ton jardin, répondit Çeda.

— Et avoir grimpé à l'arbre ?

— Aussi.

— Peu de gens l'ont fait, Çedamihn Ahyanesh'ala. Le savais-tu ?

— Parce que tu ne les as pas laissés faire.

— Parce qu'ils n'étaient pas assez courageux. Rares sont ceux qui osent affronter leur destin, mais toi… toi, tu l'as fait à de nombreuses reprises.

— Je ne comprenais pas ce que je faisais.

— Non, dit Saliah.

Ses yeux morts se posèrent sur l'horizon, puis la vieille femme leva la main. Elle effleura le front de Çeda pour y tracer l'étrange marque que les Rois avaient gravée sur celui d'Ahya.

— Le corps comprend. Et l'esprit suit.

Çeda se toucha le front, puis observa ses doigts. Ils étaient couverts de sang.

Qu'avait vu Ahya avant de mourir de la main des Rois ?

— Je suis perdue, dit Çeda, plus pour elle-même que pour Saliah.

— Tu retrouveras ton chemin, Çeda. Tu n'as pas d'autre choix.

— Aide-moi. Je viendrai te voir.

— Peut-être, dit Saliah avec un sourire.

Çeda remarqua qu'il y avait une coupure sur sa joue, à l'endroit où l'éclat de carillon l'avait blessée dans le jardin. La jeune fille regarda le pouce qui avait été éclaboussé par le sang de l'aveugle. C'était là que l'épine d'adichara l'avait piquée.

Saliah était pâle et semblait au bord de l'épuisement. Son corps tremblait. Elle effleura sa joue, puis tomba à genoux. Elle voulut s'appuyer sur son bâton, mais sa main glissa et elle s'effondra sur le sable.

Çeda se précipita pour l'aider, mais la peau de la vieille femme se dessécha et se désagrégea comme une statue de sable dans le vent.

— S'il te plaît, dit Çeda. Il faut que tu me dises ce que je dois faire.

Saliah ne pouvait plus l'entendre. Elle n'était plus qu'un tas d'ossements blanchis par le soleil. Une violente douleur monta du pouce de Çeda et se répandit comme le feu sur une plaine trop sèche. Elle envahit la main, le poignet, l'avant-bras et le reste du corps.

Une tornade brûlante dévora la jeune fille.

Elle ouvrit les yeux.

Un rêve.

Tout cela n'était qu'un rêve.

Par tous les dieux, memma, tu ne sais pas combien tu me manques...

Une dizaine de Vierges du Sabre l'entouraient. Une femme plus âgée était assise près d'elle et piquait sa peau à l'aide d'une aiguille, encore et encore.

Çeda était incapable de bouger. Qu'est-ce qui l'immobilisait ? Ces femmes ? Des lanières ? Elle l'ignorait.

Elle était incapable de bouger, mais elle pouvait crier, alors elle cria. Elle cria jusqu'à ce que sa gorge soit à vif. Elle cria jusqu'à ce qu'elle n'entende rien d'autre que ses hurlements.

On ne la piquait pas toujours au même endroit, contrairement à ce qu'elle avait d'abord cru. L'aiguille suivait un trajet qui se répétait sans cesse : la paume, le dos de sa main puis le poignet. Çeda se concentra sur la douleur particulière de la piqûre. Cela l'aida. Cela l'empêcha de sombrer dans la folie. Cela lui permit d'ignorer l'horrible brûlure qui consumait ses bras, ses épaules et sa poitrine. Une brûlure qui aurait submergé les autres douleurs si elle l'avait laissée faire. La jeune fille essaya de sentir l'endroit où l'aiguille allait s'enfoncer, et au bout d'un moment, elle réussit à suivre son rythme et son cheminement. La pointe de métal disait quelque chose.

Çeda comprit qu'on la marquait.

Un tatouage. C'était ainsi que les peuples du désert racontaient leurs vies.

Les Vierges du Sabre faisaient-elles de même ? Peut-être l'avaient-elles prise pour une nomade, une femme dont il fallait narrer l'histoire avant de la tuer ?

Çeda essaya de se débattre. Elle ne voulait pas que la Vierge la touche. Elle le lui interdisait.

La jeune fille réussit à déplacer sa main de quelques millimètres. La tatoueuse interrompit son ouvrage et fronça les sourcils avant de regarder Çeda d'un air désapprobateur.

Puis elle appuya plus fort sur son poignet et la jeune fille fut submergée par la douleur.

Elle ouvrit les paupières.

La femme âgée était penchée sur elle, celle avec le noble visage et les yeux tristes. Des tatouages primitifs couvraient son front, ses joues, son menton et son cou. Au-dessus des sourcils, un croissant de lune la faisait ressembler à un messager de Tulathan. Elle enfonçait une aiguille dans la main de Çeda en la tapotant avec un bâtonnet plat, tout près de la plaie laissée par l'épine d'adichara. La jeune fille n'avait ressenti jusque-là qu'une vague gêne, mais la douleur s'amplifia et elle se mit à hurler.

Une odeur de miel brûlé flottait dans l'air. Çeda se rappela le jour où Dardzada l'avait tatouée avec des cendres d'une fleur d'adichara – *sa* fleur. Le souvenir devint si vivace que pendant un instant, la jeune fille se demanda si ce n'était pas l'apothicaire qui la marquait de nouveau.

Mais non…

Elle chassa le passé et se concentra sur le présent.

Non, elle n'était pas dans la boutique de l'apothicaire et la femme qui la tatouait n'était *certainement pas* Dardzada.

C'était étrange que les Vierges aient adopté la même technique que les anciennes tribus du désert. Ou peut-être pas. Çeda ne savait plus.

— Sümeya, cesse de regarder et donne-lui la sangle.

Çeda leva les yeux et distingua plusieurs femmes autour d'elle. Six, ou sept, ou davantage. C'était difficile à dire, car le monde était plongé dans le brouillard. Elles portaient les dishdashas noires des Vierges du Sabre, mais pas de keffieh. L'une d'entre elles, qui avait d'étranges yeux marron et une solide mâchoire, présenta une lanière de cuir devant la bouche de Çeda.

— Mords, dit-elle.

Çeda s'exécuta. Cela lui permettrait au moins de ne pas se trancher la langue d'un coup de dents. Un filet de sueur coula sur son front. Elle transpirait par tous les pores de la peau. Elle ne s'en était pas aperçue auparavant. Ses sens se réveillèrent peu à peu. Elle sentit la chaleur de son corps ; les épaisses lanières de cuir sur sa poitrine, son ventre et ses cuisses ; une odeur d'urine – probablement la sienne –, et surtout, la brûlure lancinante qui montait de la piqûre de l'épine empoisonnée. Lorsqu'elle s'était réveillée dans l'étrange cachot rempli d'instruments de chirurgie, elle avait craint qu'on lui coupe le bras, mais à cet instant précis, elle se serait mutilée avec joie pour que la douleur cesse enfin. Elle laissa échapper un gémissement entre ses dents serrées sur la lanière de cuir, puis regarda les femmes qui l'entouraient. Certaines l'observaient avec pitié ou compassion, les autres affichaient une expression impénétrable.

La Vierge qui lui avait offert de mordre dans la lanière de cuir lui jeta un rapide coup d'œil en entendant ses sanglots désespérés. La tatoueuse travaillait désormais autour de la blessure et la souffrance était insoutenable. Son visage n'exprimait aucune compassion, mais il n'était pas impassible pour autant.

On y lisait du dépit, du dégoût.

À tel point que ses yeux marron semblaient presque rouges.

Çeda se demanda si la tatoueuse la méprisait à cause de sa faiblesse, et puis elle comprit. Ces femmes savaient qu'elle était allée dans les champs en fleur et qu'elle s'était piquée avec une épine d'adichara. Il était même possible que l'une d'elles soit la guerrière que Çeda avait affrontée dans le désert. Et une des leurs s'efforçait désormais de lui sauver la vie, de sauver la vie d'une voleuse qu'on aurait dû exécuter dès son arrivée.

Pourquoi la vieille femme l'avait-elle épargnée ? Çeda l'ignorait, mais elle savait que les plus jeunes regrettaient cette décision.

La jeune fille aurait été incapable de dire combien de temps la séance de tatouage dura. Les piqûres de l'aiguille se succédaient par vagues. Piqûres, pause. Piqûres, pause. La tatoueuse était une artiste, une guérisseuse et une conteuse qui écrivait l'histoire de Çeda – une petite partie, du moins – sur sa peau.

Lorsqu'elle s'arrêta enfin, elle contempla son œuvre et fit la moue. Elle tourna et retourna la main de Çeda, puis elle hocha la tête. Çeda éprouva un immense soulagement lorsqu'elle comprit que la séance de torture était terminée. Elle avait encore mal, certes, mais ce n'était rien en comparaison de ce qu'elle venait d'endurer. Ses muscles se détendirent et elle eut l'impression de s'enfoncer dans le matelas.

Elle était épuisée et sombra dans les ténèbres.

Lorsqu'elle se réveilla, la douleur avait pratiquement disparu. Pour une raison étrange, elle fut incapable d'ouvrir les yeux. Le monde était distant, irréel.

— Il ne faut pas y toucher, dit une voix. Il faut attendre que le poison cesse de faire effet.

— Très bien.

Çeda eut l'impression de quitter un rêve pour plonger dans la réalité. La seconde voix était celle d'un homme. Une voix aussi grave et aussi ancienne que celle du désert.

— Vous la conduirez à moi lorsqu'elle se réveillera.

— Elle risque une rechute. Il serait préférable d'attendre qu'elle soit guérie.

— Combien de temps cela prendra-t-il ?

Çeda contracta les muscles de ses paupières et celles-ci se soulevèrent de quelques millimètres. Elle distingua la femme âgée qui l'avait tatouée, mais l'homme était hors de son champ de vision. Il émanait de lui une odeur de myrrhe, d'ambre et de bois de santal. Les parfums qu'on offrait traditionnellement à Bakhi pour s'attirer ses bonnes grâces. Le choix de ces *trois* fragrances n'était pas une marque de piété, mais d'orgueil. L'inconnu ne se comparait pas seulement au dieu : il s'estimait supérieur.

Il devait s'agir d'un Roi. Un Roi de Sharakhaï était dans la même pièce qu'elle. Si elle avait eu un poignard, elle se serait levée d'un bond et le lui aurait planté dans la poitrine. Par chance, elle n'en avait pas. Ce geste ne l'aurait menée nulle part. Elle avait juré de se venger de *tous* les Rois et ne se contenterait pas d'une misérable attaque que tout le monde oublierait au bout de quelques jours. Et elle ne voulait pas que son exécution serve d'avertissement à ceux qui seraient tentés de l'imiter.

La tatoueuse remonta le drap – elle avait dû le baisser pour que le Roi examine la blessure – et sa main effleura les paupières de Çeda. La jeune fille fut certaine qu'elle l'avait fait à dessein. C'était une manière de lui faire comprendre qu'elle devait faire semblant de dormir.

— De telles blessures ne guérissent pas en une nuit, Éminence. Je dirais une semaine, voire deux.

Un bref silence s'installa.

— Sept jours, dit le Roi. (Des articulations craquèrent et des sandales glissèrent sur le sol.) Si on ne l'a pas conduite à moi avant savadi, j'enverrai quelqu'un la chercher.

— Il en sera fait ainsi.

Des bruits de pas s'éloignèrent et la vieille femme se tourna pour prendre quelque chose près de la tête du lit. Çeda entendit du verre tinter et un liquide couler.

— Qui… qui était-ce ? demanda Çeda d'une voix rauque.

— C'est sans importance.

— Dites-moi.

La femme glissa un verre entre ses lèvres. Quand Çeda identifia le goût du lys de nuit, une fleur utilisée dans la composition des somnifères, elle avait déjà bu plusieurs gorgées de la préparation. Elle essaya de résister au sommeil, mais il était trop tard.

— Que Thaash vous maudisse, marmonna-t-elle tandis que l'obscurité l'enveloppait.

— Garde tes malédictions pour toi, ma fille. Pour le moment, tu as besoin de dormir, pas de poser des questions sur le Roi aux Yeux de Jade.

Par les tétons de Nalamae, comment s'appelle le Roi aux Yeux de Jade déjà ?

Elle n'eut pas le temps de trouver la réponse.

CHAPITRE 35

Six ans plus tôt…

Çeda marchait le long du lit asséché de la Haddah. Elle entendait les gens chanter et danser sur les ponts qui enjambaient le fleuve.

C'était Beht Revahl, la nuit où les Rois avaient repoussé l'invasion des nomades et refoulé les survivants dans le désert, un jour saint que toute la ville fêtait. Des courses de navires avaient lieu dans le port méridional, des spectacles de chevaux étaient présentés dans les quartiers nord et une bacchanale se déroulait au port occidental. Autour du lit sinueux de la Haddah, on n'entendait que chansons, tambûr et tambanas qui tintaient au son des tambours.

Et les lumières !

Quatre cents ans plus tôt, les survivants sharakhiens avaient parcouru la cité avec des chandelles de suif et des lanternes pour secourir les blessés et trouver les corps des êtres chers afin de les enterrer dans le désert, comme le voulait la tradition. Les bougies honoraient les morts, mais elles célébraient aussi la vie.

Ce soir, les fêtards – Sharakhiens et étrangers confondus – se promenaient avec de petites bougies à la main, souvent achetées pour l'occasion. Les fabricants de chandelles travaillaient toute l'année pour préparer l'événement. Des lumières dansaient le long du fleuve, des rues et des allées. Elles se déplaçaient comme des âmes perdues et projetaient des reflets ambrés tandis que la demi-lune de Rhia resplendissait dans le ciel.

— Petite Çeda !

L'interpellée se retourna et aperçut un beau jeune homme. Rafa, le frère d'Emre, se tenait sous l'arche d'un vénérable pont en pierre. Hamid et Tariq se tenaient un peu plus loin. Rafa travaillait comme débardeur et c'était lui qui payait le loyer de l'appartement. Il n'y avait pas beaucoup de place, surtout depuis que Brahim, leur frère aîné, était venu s'y installer pour quelques jours. Mais c'était sans importance, se répétaient Çeda et Emre. Quand ils auraient rassemblé assez d'argent, ils emménageraient tous les deux, dans une maison rien qu'à eux.

Emre était appuyé contre une pile en pierre, sur la berge. Il portait un sac en toile à l'épaule. Ses yeux s'illuminèrent quand il aperçut la jeune fille, mais il n'eut pas le temps de prononcer un mot.

— Viens donc, petite Çeda ! dit Rafa en rejetant la tête en arrière pour chasser les boucles brunes de son visage.

Çeda détestait que Rafa l'appelle ainsi, mais elle se força à sourire. Elle se fraya un chemin jusqu'au petit groupe et salua le jeune homme.

— Bien le bonsoir, Rafa.

Elle se mordit les lèvres. Elle avait parlé comme une enfant s'adressant à un adulte.

Mais Rafa ne sembla pas le remarquer. Il esquissa un petit sourire réprobateur avant de la pousser gentiment du genou.

— Où vas-tu donc comme ça ?

— Je cherchais ces cervelles d'oiseau, répondit-elle en regardant Emre, Hamid et Tariq.

Emre sourit d'un air entendu, comme s'il se préparait à dévoiler un secret.

— Tu perds ton temps, dit Rafa. Tu es trop bien pour eux. Trop *propre*.

Il tendit le bras et ébouriffa les cheveux sombres d'Emre sans tourner la tête.

Emre se baissa pour lui échapper. Il se repeigna de la main et regarda autour de lui pour vérifier si quelqu'un avait été témoin de son humiliation. Il attachait beaucoup d'importance à sa coiffure.

— Bon, je vais au port, petit frère. Le vin ne va pas se boire tout seul.

Il attrapa Emre par la peau du cou et lui planta un baiser sur le front. Puis il lui ébouriffa les cheveux de nouveau et s'enfuit en évitant sans mal les coups de poing maladroits de son frère.

— Il a raison, vous savez, dit Çeda en contemplant ses trois camarades.

Emre se repeigna, puis s'adossa à la pile du pont en serrant son sac comme s'il craignait qu'il s'envole. On voyait au premier coup d'œil que les trois garçons étaient des alouettes des rues. Ils ne s'étaient pas lavés depuis des jours et leurs sarouels usés jusqu'à la trame étaient noirs de crasse.

— Vous êtes franchement répugnants. Il n'y en a pas un pour rattraper l'autre.

Tariq bomba le torse.

— Si on est répugnants, tu es quoi, *toi* ?

Hamid sourit. Hamid le discret. Hamid le timide. Il se faisait rarement remarquer lorsque Çeda était présente, mais il l'observait toujours du coin de l'œil. Surtout quand il croyait qu'elle ne le voyait pas.

— Moi ? dit Çeda. Je suis tout le contraire de *toi*, Tariq Esad'ava.

— Tout le contraire de moi ? répéta Tariq.

Il grimaça un sourire et frotta sa sandale par terre pour envoyer de la poussière sur le pantalon de garçon presque propre de la jeune fille.

— En êtes-vous bien sûre, Dame Çeda ?

Il l'appelait ainsi parce qu'elle avait habité chez Dardzada, à l'est de l'Abreuvoir. Çeda n'y était pas retournée depuis que l'apothicaire l'avait tatouée, mais Tariq n'avait pas renoncé à son petit plaisir pour autant.

Elle recula précipitamment, mais une fine couche de poussière se déposa sur ses pieds et ses mollets.

— Arrête !

Tariq n'arrêta pas.

La jeune fille recula un peu plus, mais il la suivit ; alors, elle avança d'un bond et le gifla.

Le garçon écarquilla les yeux sous le coup de la surprise. Emre sourit et Hamid éclata de rire en montrant Tariq du doigt. Une telle exubérance ne lui ressemblait pourtant pas. Çeda n'avait pas voulu frapper si fort, mais le mal était fait.

Autour d'eux, les passants reculèrent et une vieille femme cria :

— Aujourd'hui est un jour *saint* !

Tariq se jeta sur Çeda pour se venger. La jeune fille bloqua ses attaques maladroites.

— Trop lent, Tariq. Comme d'habitude.

Le visage du garçon se tordit sous le coup de la rage et il chargea dans l'espoir de faire tomber la jeune fille et de poursuivre la lutte au sol, ce qui lui aurait conféré un avantage certain. Çeda ne se laissa pas faire. Elle saisit sa chemise à deux mains, roula en arrière et projeta le garçon avec ses jambes.

Les fêtards se tournèrent vers les adolescents, y compris ceux qui se trouvaient en haut des berges. La vieille femme leur cria d'arrêter, mais la plupart des gens sourirent – ce qui n'améliora pas l'humeur de Tariq.

Çeda se prépara à une nouvelle attaque qui serait sans doute plus brutale que la précédente.

— Pour l'amour des dieux, lança Emre. Vous allez arrêter tous les deux.

Il s'interposa entre les deux combattants et tendit les bras. Puis il tourna le dos à Çeda et regarda Tariq.

— J'ai apporté quelque chose, souffla-t-il. J'attendais que tout le monde soit là.

Il fit un geste en direction de l'endroit où ils se tenaient quelques instants plus tôt.

Tariq contempla Çeda avec une haine d'adolescent, mais ses yeux s'adoucirent quand Emre ouvrit son sac. Il regarda autour de lui en esquissant un sourire malicieux, mais plus personne ne lui prêtait attention. Les gens passaient et trinquaient avec des cornes de bœuf polies.

— Venez, les amis, dit Emre. (Il recula avec prudence, sans quitter Tariq des yeux.) Venez. Ce soir, nous ferons la fête, nous aussi. Emre, votre serviteur, y a veillé.

Ils retournèrent sous l'arche du pont et le garçon sortit une flasque en argent gravée de son sac.

— De l'arak ! Parfumé ! Emre n'a pas regardé à la dépense.

— La dépense..., grommela Tariq. Comme si une alouette des rues pouvait acheter de l'arak.

Il arracha la flasque des mains d'Emre, ôta le bouchon écarlate et but une longue gorgée avant de la rendre à son propriétaire. Emre la tendit à Çeda et Tariq se mit à tousser en se tapotant les lèvres. Hamid rit de nouveau, les yeux écarquillés d'impatience.

Çeda essuya le goulot avec ostentation. Tariq sourit et lui donna une claque sur le bras. La jeune fille but une gorgée d'alcool. Le goût anisé était puissant, mais il y avait aussi des arômes de citron, de romarin et de miel. Elle toussa à son tour quand l'alcool lui brûla la gorge, puis tendit la flasque à Hamid.

Hamid but une petite gorgée, puis une deuxième, puis une troisième avant de donner le flacon à Emre. Celui-ci avait regardé ses amis profiter de sa générosité avec la fierté d'un roi. Sur le pont, quatre jeunes femmes entamèrent une nouvelle chanson gaie et entraînante. Les quatre camarades se détendirent et savourèrent la sainte nuit. Ils burent et dansèrent, invitant parfois des garçons et des filles qui passaient par là, des adolescents qu'ils connaissaient ou qu'ils ne reverraient plus de leur vie. Tariq ne s'éloignait pas d'une Kundhanaise à la peau sombre. On aurait pu croire qu'il cherchait à embarrasser ses camarades, mais Çeda savait qu'il rêvait de quitter Sharakhaï et de visiter les royaumes voisins – qu'il dénigrait souvent pour cacher la fascination qu'ils exerçaient sur lui.

Hamid passa une grande partie de la nuit adossé à la pile du pont, à regarder les autres. Une Qaimirienne vint le chercher et il accepta de danser avec elle. À la grande surprise de Çeda, le timide garçon rit et plaisanta avec sa partenaire, mais lorsque la danse prit fin, il retourna près de la pile. Ses joues étaient si rouges qu'elles brillaient presque dans l'obscurité.

Çeda dansa avec Emre. Ils tourbillonnaient, levaient leurs mains jointes et ondulaient dos à dos avant de recommencer. C'était merveilleux.

Çeda était heureuse de ne plus être sous le joug de Dardzada. Elle volait sa nourriture, devait parfois courir pour échapper aux Lances d'argent, mais cette vie lui convenait.

Lorsqu'ils décidèrent de se reposer, Emre sortit la flasque et la fit circuler. Les quatre amis étaient un peu ivres et riaient pour un rien : un vieil homme qui s'était arrêté pour battre des mains en rythme avec les tambanas ; deux chèvres avec une cloche au collier qui trottaient derrière une femme et ses trois enfants ; un homme soûl qui bascula par-dessus la rambarde du pont et s'écrasa dans le lit du fleuve tandis que les promeneurs poussaient des cris d'horreur.

Sur la berge, au-dessus du petit groupe, une dizaine de caravaniers malasaniens parlaient dans leur langue désagréable. Ils portaient des vêtements brillants et des couvre-chefs en cuir. De lourds sabres à deux mains se balançaient à leurs larges ceintures.

— Maudits caravaniers ! cracha Tariq en les montrant du menton. Ils croient qu'ils peuvent faire tout ce qu'ils veulent, puis mettre les voiles et quitter la ville comme si de rien n'était.

Çeda partageait cet avis. Elle observa les étrangers s'installer le long de la bordure en pierre, au-dessus d'elle. Ils chassèrent un couple de personnes âgées en le regardant d'un air mauvais afin de pouvoir s'asseoir les uns à côté des autres, puis ils se mirent à boire et à héler les femmes qui passaient dans la rue.

— On devrait les enfermer à fond de cale quand leurs navires font escale, gronda Çeda.

— On devrait plutôt les refiler aux archers pour servir de cibles.

Çeda, Emre et Tariq se tournèrent vers Hamid. Celui-ci regarda ses camarades avec des yeux froids et déterminés.

— On devrait surtout veiller à ce qu'ils repartent avec des bourses vides, dit Tariq.

— Tout à fait, renchérit Emre.

Il tourna la tête vers les Malasaniens et les observa avec attention, puis il regarda Çeda comme s'il sollicitait sa permission. Il était ivre, elle le lut dans ses yeux, mais pas assez pour éradiquer toute trace de peur.

— Tu as raison, dit Çeda en pointant le doigt vers le Malasanien le plus impressionnant.

Il était chauve et solidement bâti. Une longue cicatrice verticale descendait du sommet du crâne jusqu'à sa nuque, comme si on lui avait fendu la tête d'un coup de hache, mais que cela n'avait pas suffi à le tuer.

— Celui-là ? demanda Emre en déglutissant avec peine.

— Celui-là ! confirma Çeda d'un ton de défi.

Tariq et Hamid hochèrent la tête. Emre lâcha son sac et attendit. Ses trois camarades s'éloignèrent en cherchant un passage pour monter sur la berge. Ils gagnèrent la rue et s'arrêtèrent à mi-chemin entre le groupe de Malasaniens et un grand lavoir en pierre.

Tariq approcha de Çeda et lui tira les cheveux – beaucoup plus fort que d'habitude, soit dit en passant. La jeune fille se tourna vers lui.

—Je t'ai dit de ne pas me toucher ! cracha-t-elle.

—Oh ! ho ! lança un marin.

Il assena une grande claque dans le dos de son voisin et désigna les adolescents. Le chauve les observa un instant, puis reprit sa conversation avec une jeune fille vêtue d'une ample chemise et d'une longue robe retroussée jusqu'aux genoux.

—C'est juste pour rigoler, dit Tariq.

—Tu as assez rigolé pour la journée. Rigole une fois de plus et je te colle mon pied entre les jambes et mon poing dans la figure. Et quand les gens verront tes ratiches et tes bijoux de famille par terre, ils comprendront que tu n'es qu'une lopette !

La plupart des marins s'esclaffèrent et leurs dents étincelèrent à la lumière des grandes lanternes à huile qui éclairaient les avenues du centre de Sharakhaï.

En général, ce petit numéro n'avait aucun mal à distraire l'assistance, mais il ne semblait pas au goût du colosse chauve. Tariq tira les cheveux de Çeda une fois de plus. Cette dernière lui tordit le poignet dans le dos et le garçon dut poser un genou à terre. Elle le relâcha avant de lui faire mal. Tariq se redressa et se rua vers elle. Il l'attrapa à la taille et ils roulèrent sur les pavés en criant, en jurant et en se griffant le visage. Ils s'efforçaient de retenir leurs coups, mais il fallait attirer l'attention des caravaniers. De tous les caravaniers.

Pendant ce temps, Emre grimpa sur la berge et tira son couteau pour trancher les cordons de la bourse du Malasanien chauve.

Tout se serait déroulé à merveille s'il n'avait pas bu d'arak. Emre était un maître dans l'art de soustraire les escarcelles à leurs propriétaires, mais l'alcool avait émoussé la précision de ses gestes.

Il récupéra la bourse, mais le Malasanien le sentit. Son visage se déforma sous le coup de la rage et Çeda comprit qu'ils venaient de faire une grosse erreur. Le caravanier se leva, repoussa la jeune fille avec qui il bavardait et s'élança à la poursuite du voleur. Emre s'enfuit le long de la berge tandis que les passants s'écartaient devant lui.

Çeda et Tariq se levèrent d'un bond. Hamid filait déjà vers le coin de la rue. Ils connaissaient une allée au fond de laquelle il y avait une palissade avec un trou assez large pour se faufiler de l'autre côté.

—Oh, que non ! cria un Malasanien en se précipitant vers les deux adolescents.

Il réussit à attraper Tariq par sa chemise, mais il n'imaginait pas que Çeda était si rapide. La jeune fille glissa sous son bras tendu et frappa au ventre de toutes ses forces.

Le caravanier se plia en deux en gémissant de douleur et Tariq en profita pour se libérer.

Les deux adolescents filèrent dans des directions opposées.

Deux Malasaniens complètement ivres se levèrent en riant. L'un d'eux pointa le doigt vers le chauve qui pourchassait Emre, l'autre vers l'homme agenouillé qui se tenait le ventre à deux mains. Leurs camarades s'élancèrent à la poursuite de Çeda et de Tariq en leur promettant des châtiments aussi terribles qu'originaux. De toute évidence, ils avaient une solide expérience dans ce domaine.

Çeda aperçut Emre bondir et agripper le tablier d'une passerelle étroite. Profitant de son élan, le garçon se hissa sur le rebord et sauta par-dessus la rambarde en évitant de justesse les mains tendues de son poursuivant.

La jeune fille remonta une grande rue entrecoupée de nombreuses allées depuis lesquelles il était facile d'accéder aux toits.

Plusieurs caravaniers la pourchassaient, mais ils étaient lents. Elle ne risquait rien. Tariq et Hamid non plus.

Emre, en revanche…

Dieux, l'expression du chauve quand il s'était aperçu qu'Emre le soulageait de sa bourse… ce mélange de rage et de détermination glacée. La jeune fille n'arrivait pas à chasser l'horrible image de sa tête. Elle n'avait pas remarqué la moindre hésitation dans les mouvements du caravanier et avait compris qu'il n'était pas aussi soûl que ses camarades. Il semblait même tout à fait sobre. Peut-être ne cherchait-il que l'ivresse de la violence et peut-être était-il prêt à tout pour l'obtenir.

Je t'en prie, Emre. Fais attention.

Elle avait semé les hommes qui la poursuivaient. Elle fit demi-tour dans l'espoir de retrouver ses deux camarades et de partir ensemble à la rechercher d'Emre. Elle ne trouva personne.

Elle aurait dû rentrer à l'appartement et y attendre Emre au lieu de perdre son temps à courir dans les rues, mais c'était le dernier endroit où le garçon irait se réfugier. Elle longea les berges, traversa les souks, sillonna Crêterose… en vain. Elle était de plus en plus inquiète et elle redoubla d'efforts.

Quand elle se décida enfin à rentrer, le soleil se levait au-dessus de l'horizon. Elle trouva Tariq et Hamid devant la porte de l'appartement.

Tandis qu'elle approchait, un frisson glacé remonta le long de sa colonne vertébrale.

Leur expression… On aurait dit que quelqu'un était mort.

— Emre !

Tariq lui barra le chemin.

—Çeda, il vaut mieux que tu restes dehors.

Hamid voulait-il la protéger de quelque chose ? Elle le bouscula et entra sans perdre un instant.

Par tous les dieux de la terre, qu'est-ce qui…

C'était Rafa. Il était allongé sur le sol et il y avait du sang partout.

Emre était agenouillé près de lui. Il ne pleurait pas. Il ne sanglotait pas. Il contemplait le beau visage serein de son frère.

—Emre ?

Il ne répondit pas. La jeune fille avança en veillant à ne pas marcher dans le sang.

—Emre ?

Elle s'agenouilla en face de lui, de l'autre côté du corps. Emre ne réagit pas. Il contemplait le visage de Rafa avec des yeux vides. Ses mains étaient jointes comme s'il suppliait les dieux du désert de lui rendre son frère.

La jeune fille sentit des larmes couler sur ses joues. Si Emre ne voulait pas pleurer, elle le ferait à sa place.

—Emre, qu'est-ce qui s'est passé ?

—Je… je suis rentré à la maison et… il était comme ça…

Çeda frissonna en regardant le visage de son camarade. Il était terrifié.

—Mais pourquoi ? Qui aurait pu…

Elle ne termina pas sa question. Elle connaissait la réponse. Le caravanier malasanien.

—Comment pouvait-il savoir ?

Emre leva les yeux vers elle.

—Quelle importance, Çeda ? Si je n'avais pas volé son argent…

Il desserra les poings et Çeda aperçut la bourse du caravanier. Emre la secoua et des pièces tombèrent sur le plancher poussiéreux en tintant les unes contre les autres. Des pièces malasaniennes et des pièces sharakhiennes. Elles roulèrent dans le sang de Rafa.

—Ce n'était pas ta faute, Emre.

—Non ? demanda le garçon, les yeux pleins de larmes. Et c'était la faute à qui, alors ?

La mienne, songea la jeune fille. *C'est la mienne.*

Elle se leva et ses poings se serrèrent. Emre ne dit pas un mot quand elle sortit. Tandis qu'elle passait devant Tariq, elle s'aperçut que ses joues étaient zébrées de lignes rouges et que ses mains étaient égratignées. Elle ne l'avait pas remarqué en arrivant. Elle comprit alors que les caravaniers l'avaient attrapé et battu jusqu'à ce qu'il leur donne l'adresse de l'appartement. En arrivant, les Malasaniens avaient trouvé Rafa et l'avaient tué à la place d'Emre.

Çeda le regarda et Tariq s'agita, mal à l'aise.

— Pourquoi a-t-il fallu que tu choisisses le plus méchant de la cité ? demanda-t-il.

Çeda ne répondit pas, car il venait de poser la question qui lui tournait dans la tête depuis un moment. Pourquoi avait-elle choisi cet homme ?

Elle regarda la rue déserte. Le soleil se levait et bientôt, de nombreux navires appareilleraient pour des terres lointaines. Elle se mit en marche vers l'est, vers l'Abreuvoir, mais Tariq la saisit par la manche et la fit pivoter vers lui.

— Ne t'amuse pas à les chercher, dit-il, les yeux écarquillés par la peur.

Elle se libéra d'un geste brusque et reprit son chemin. Elle accéléra le pas, puis se mit à courir. Elle ne s'arrêta pas avant d'avoir atteint le grand port méridional. En règle générale, c'était là que les navires malasaniens s'amarraient.

Elle posa des questions. Elle remonta les quais en observant les vaisseaux, la main posée sur le manche de son couteau. Quelqu'un lui donna enfin l'information qu'elle cherchait et elle s'élança à travers la rade au moment où cinq caravelles et trois boutres s'engageaient dans la passe étroite. Tous battaient pavillon malasanien.

Elle courut jusqu'à ce que ses muscles brûlants n'en puissent plus. Elle ralentit et pointa son kenshar vers chaque navire. La lame se contenta de renvoyer les rayons du soleil et de projeter des éclairs sur le sable doré.

— Que Goezhen vous emporte ! hurla la jeune fille en tombant à genoux. (Ses poings frappèrent le sol jusqu'à ce qu'ils soient écorchés.) Que Thaash boive votre sang !

Mais les navires poursuivirent leur route et franchirent la barrière de rochers menant au phare qui se dressait à gauche de l'entrée du port.

Çeda resta agenouillée pendant un long moment, maudissant les caravaniers et leurs vaisseaux.

Se maudissant elle-même.

Sans elle, rien de tout cela ne serait arrivé.

CHAPITRE 36

Çeda ne rêvait pas et avait conscience du temps qui s'écoulait. Elle entendit des bruits : des pas sur les dalles en céramique, des tintements de verre, du liquide qu'on versait dans un récipient, des bribes de conversation entre les Vierges et les Matrones.

On lui fit boire de nouvelles potions pour dormir. Elle aurait été incapable de dire combien. Elle sentait d'abord le verre glacé qu'on pressait contre ses lèvres, puis le goût amer et fleuri du lys de nuit. Un soir pourtant, elle se réveilla complètement. Depuis combien de temps était-elle là ? Une semaine ? Un mois ?

À droite du lit, une femme était assise dans un siège à bascule. La faible lumière argentée de Rhia pénétrait par une fenêtre, à l'autre bout de la pièce. Çeda s'aperçut qu'elle était dans une infirmerie. Une infirmerie qu'on ne semblait pas utiliser souvent. Pour le moment, du moins.

Combien de personnes sont mortes ici ?

Elle voulut s'asseoir, mais une terrible douleur traversa son bras droit et elle renonça. Elle se tourna sur le côté gauche et se redressa avec lenteur. La femme dans le fauteuil à bascule la regardait, aussi silencieuse que le Grand Shangazi.

— Qui êtes-vous ? demanda Çeda quand la douleur reflua.

— Je m'appelle Sümeya, et c'est la dernière réponse que je te donnerai en ces lieux. Tu n'es pas en droit de me poser des questions, petite alouette, mais moi je suis curieuse de savoir qui *tu* es.

Elle se balança d'avant en arrière en observant Çeda. Dans le lointain, des coyotes rirent à une plaisanterie cruelle.

— Alors, petit oiseau, qui es-tu ? Qui es-tu pour te présenter aux portes du Hall des Lames en demandant de l'aide ? Qui es-tu pour te rendre dans les champs funestes et retourner en ville comme si rien ne s'était passé ?

Les champs funestes… Çeda n'avait jamais entendu ce terme, mais elle supposa qu'il désignait les champs en fleur. Elle disposait peut-être d'une alliée dans la place, mais les Vierges avaient vite deviné la source du poison qui courait dans ses veines. Si tel n'avait pas été le cas, elle serait morte. Cependant, rien ne prouvait qu'elle était allée dans les champs en fleur – elle aurait pu se piquer sur une épine que quelqu'un avait rapportée à Sharakhaï –, mais les Vierges n'étaient pas stupides.

C'étaient des êtres cruels, Çeda ne devait surtout pas l'oublier.

— Je ne savais pas où aller, dit-elle enfin.

La femme gloussa.

— Et tu es donc venue ici ? Seule ?

Les Vierges savaient qu'elle avait un complice. Elles avaient dû voir la personne qui conduisait le chariot, mais elles ignoraient son identité. Çeda se rappela que Dardzada portait une robe de prêtre étranger. Il avait dû la brûler dès son retour à la boutique pour effacer toute trace de son implication.

— Une personne m'a conduite ici parce que je l'ai suppliée de m'aider. Je me souviens d'un chariot, c'est tout. (Elle se tut pendant un instant.) Je ne savais pas où aller.

— C'est ce que tu as dit.

La Vierge la regarda d'un air songeur, comme si elle choisissait avec soin les paroles qu'elle allait prononcer. Elle se pencha en avant et la chaise grinça. Çeda vit son visage et le reconnut aussitôt. C'était la femme avec les yeux presque rouges, la femme qui l'avait toisée avec dégoût pendant qu'on lui tatouait la main.

— Je sais ce que tu as fait, dit-elle. Je sais que tu es allée dans les champs pour cueillir des fleurs d'adichara. Ce que je ne sais pas encore, c'est pourquoi.

Çeda se rappela soudain le signe gravé sur le front de sa mère.

— Les Vierges doivent pourtant savoir que les pétales se négocient fort cher, dit-elle.

Sümeya laissa échapper un ricanement vaguement amusé, comme si elle avait espéré mieux que cela.

— C'est donc pour l'argent ? Tu cueilles des pétales pour *l'argent* ?

— Ce n'est pas votre cas ? demanda Çeda.

— Les Vierges ne se *servent* pas des adicharas. Ils nous aident simplement à protéger la gloire de nos Rois.

— La gloire est une denrée rare dans les quartiers ouest. Presque autant que les Rois.

La Vierge ricana de nouveau.

— Pour quelle raison les Rois visiteraient-ils Crêterose, les Bas-fonds ou la Porte sanctifiée ?

— Pour quelle raison, en effet ! Ils préfèrent ne pas s'éloigner de la Colline.

Sukru, le Roi Moissonneur, choisissait la plupart des victimes des asirim dans les environs de la Colline dorée – qu'on appelait simplement la Colline –, à l'ouest de l'Abreuvoir. C'était un quartier cossu où habitaient les personnes de sang royal qui n'étaient pas destinées à monter sur le trône. Elles se contentaient d'espérer que leurs filles seraient choisies par les Vierges et leurs fils par les asirim pour honorer leurs familles, les Rois et la cité.

Sümeya se laissa aller contre le dossier du fauteuil et Çeda remarqua que c'était une très belle femme. Elle avait de fins sourcils, des lèvres bien proportionnées et un menton pointu. La beauté, le talent et une assurance tranquille rassemblés en une arme aussi parfaite que les sabres d'ébène.

— Être choisi, c'est recevoir la bénédiction des dieux.

C'était la formule que tout le monde répétait. Les personnes enlevées par les asirim étaient choisies par les dieux. La plupart des habitants de la cité étaient convaincus que c'était la vérité, mais cela ne les empêchait pas de trembler dans leurs maisons pendant Beht Zha'ir. Les Vierges ne considéraient pas la protection des Rois et de leurs intérêts comme un simple devoir, mais comme une mission sacrée. Çeda avait été soignée parce qu'on voulait lui poser certaines questions, mais si Sümeya jugeait ses propos blasphématoires, elle la tuerait sur-le-champ. Quels que soient les ordres qu'elle avait reçus.

— Quand va-t-on me présenter au Roi ? demanda Çeda.

Sümeya cessa de se balancer et prit un air pensif, comme si elle triait les informations qu'elle pouvait révéler et celles qu'elle devait garder secrètes.

— On te conduira à lui au coucher du soleil. Mais je dois d'abord te poser une question.

— Ah ?

— Qui est Emre ?

Çeda eut l'impression qu'une lame glacée glissait entre ses côtes et perçait son cœur.

— Qui ça ?

Sümeya éclata d'un rire mordant.

— Après ce que j'ai appris sur ton compte, je n'ai pas été surprise qu'on te laisse dans un chariot devant nos portes, mais je me suis dit que quelqu'un chercherait sans doute à savoir ce qui t'était arrivé. Je ne m'attendais pas à ce qu'on vienne nous demander de tes nouvelles, bien sûr, mais on pouvait interroger les gens qui ont vu le chariot traverser la ville et ceux qui t'ont vue devant notre Maison avant que Zaïde t'accorde asile. (Sümeya se laissa aller en arrière et se balança dans le fauteuil tandis que la lumière argentée jouait avec sa silhouette.) Cinq jours après ton arrivée, un dénommé Emre a commencé à poser des questions sur toi le long de la Lance. Il s'y rend chaque jour dans l'espoir d'apprendre quelque chose. Il y était encore ce matin. C'est un homme prudent, comme tu le sais sans doute. Il fait de son mieux pour ne pas éveiller l'attention de Tauriyat, mais je l'ai remarqué.

Sümeya s'interrompit et attendit que son interlocutrice mesure la portée de ses propos.

Çeda la mesura parfaitement et une sourde angoisse s'insinua en elle. Qu'allait-il arriver à Emre ? Qu'allait-il arriver à ses amis des quartiers ouest et des souks ? À Davud et Tehla ? À Djaga ? À Osman ? Et même à Tariq ? Tariq lui semblait presque sympathique comparé à Sümeya.

— Qu'est-ce que tu veux ? demanda Çeda.

Sümeya se leva et le fauteuil glissa contre le lit voisin.

— Zaïde pense que tu pourrais devenir une Vierge. C'est pour cette raison qu'elle t'a soignée alors que tu avais violé la loi de Sharakhaï et touché une épine sacrée.

Elle se pencha et appuya sur la main bandée de Çeda. Fort. Çeda se raidit et inspira entre ses dents serrées tandis que la douleur envahissait ses doigts et remontait jusqu'à son coude. Elle réussit à retenir un cri – ce qui prouvait que son état s'était grandement amélioré – et ne supplia pas sa tortionnaire d'arrêter. Il était hors de question de faire ce plaisir à Sümeya. Elle leva la tête et observa le visage impitoyable de la Vierge.

— Zaïde voit loin, dit Sümeya. C'est une femme qui possède de nombreux dons, mais en ce qui te concerne, elle fait fausse route. Quand tu seras capable de tenir debout, on te conduira devant Yusam, le Roi aux Yeux de Jade, pour qu'il te juge. Il verra qui tu es vraiment et te punira comme tu le mérites, mais si, pour une raison incompréhensible, il te demande de rester à la Maison des Vierges, tu refuseras. Tu l'offenseras grandement, mais tu refuseras. (Elle serra la main blessée un peu plus fort.) Pour Emre.

Çeda s'était souvent battue au cours de sa vie. Elle avait été la plus jeune guerrière à entrer dans une arène, la plus jeune novice – hommes et femmes confondus – à remporter une victoire. Elle avait livré cent combats, avait été blessée, avait eu des os cassés, mais tout cela n'était rien en comparaison de ce qu'elle endurait maintenant. Elle avait l'impression que sa main était plongée dans du métal en fusion. Elle sentait son sang battre dans son poignet, dans sa chair empoisonnée. Elle n'était plus qu'une douleur sans fin.

Sümeya serra encore plus fort. Çeda laissa échapper un cri et se reprocha aussitôt ce moment de faiblesse.

— D'accord ! Je refuserai !

Elle s'était rarement sentie si fragile, si impuissante. Elle aurait voulu envoyer Sümeya au diable, ne serait-ce que par le mépris que la Vierge lui inspirait, mais elle ne pouvait pas risquer la vie d'Emre. Elle devait se montrer patiente. Après tout, son plan avait fonctionné jusque-là. Elle avait découvert le nom du Roi aux Yeux de Jade et découvrirait ceux des autres. Elle devait trouver le moyen de contrer Sümeya. Attendre, observer et apprendre. Montrer à l'ennemi ce qu'il souhaite voir. N'étaient-ce pas les règles que Djaga lui avait enseignées dans l'arène ?

Sümeya lâcha la main de Çeda, puis recula d'un pas et toisa la jeune fille comme une marâtre autoritaire.

— Parfait. Selon toute probabilité, tu n'auras pas à te donner cette peine, petit oiseau. Les Rois décideront sans doute de te soulager d'une main, ou des deux, avant de te renvoyer à ta vie de pouilleuse. Et dire que Zaïde a cru sentir le sang des Rois en toi… (Elle renifla avec mépris et regarda Çeda comme s'il s'agissait d'une figue pourrie.) C'est la bienveillance de Bakhi et le talent de Zaïde qui t'ont sauvée du poison, sûrement pas ton sang… (Elle se pencha vers Çeda jusqu'à ce que leurs visages ne soient plus qu'à quelques centimètres l'un de l'autre.) Mais même si je me trompe, même si un Roi a eu la triste idée d'arpenter les rues infectes des quartiers ouest pour engrosser ta catin de mère, tu ferais bien de ne pas oublier ce qui risque d'arriver au joli minois d'Emre. C'est compris ?

Çeda avait du mal à penser, mais elle parvint à hocher la tête.

— C'est compris, dit-elle d'une voix atone.

Sümeya sembla satisfaite, ne serait-ce que par la souffrance qu'elle avait infligée à Çeda. Elle haussa le menton, puis se tourna et partit. Elle marchait sans faire le moindre bruit et sa silhouette n'était qu'une ombre furtive.

Çeda se retrouva seule avec ses pensées dans la grande salle éclairée par la lune.

CHAPITRE 37

La porte de l'infirmerie s'ouvrit avec un claquement sec et un groupe de Vierges entra en parlant à voix basse. Elles étaient accompagnées de trois blessées. Les deux premières boitaient et marchaient en s'appuyant sur l'épaule d'une camarade. On les guida vers des lits sur lesquels elles s'allongèrent en grimaçant. La troisième était étendue sur une civière, inconsciente, et on la fit glisser sur un matelas avec des gestes précautionneux.

Zaïde arriva quelques instants plus tard. La capuche de sa robe était tirée en arrière, révélant ainsi ses longs cheveux gris et les tatouages qui ornaient son front et son cou. Elle ausculta les blessées et posa de nombreuses questions. Çeda ne les entendit pas toutes, mais les mots « embuscade » et « Macide Ishaq'ava » furent répétés à plusieurs reprises. Les Vierges avaient été attaquées dans les quartiers sud alors qu'elles escortaient *quelque chose* ou *quelqu'un* entre le port et Tauriyat. De quoi ou de qui pouvait-il s'agir ? Le soleil n'était pas levé et un navire avait donc accosté en pleine nuit. C'était une manœuvre très dangereuse. Pourquoi ne pas avoir attendu le petit matin ?

Une Vierge s'aperçut que Çeda les regardait. Elle aboya un ordre et ses camarades se turent.

Avec l'assistance des guerrières, Zaïde soigna la femme inconsciente. Elle s'occupa d'abord de sa jambe droite qui avait été amputée sous le genou. Elle vérifia la ceinture qui faisait office de garrot, puis elle nettoya le moignon et s'efforça de suturer l'horrible plaie. Çeda ne voyait pas bien, mais eut l'impression que le sang coulait à flots. Il était peu probable que la malheureuse survive à une telle blessure, mais elle n'avait pas encore franchi la porte des champs lointains. Lorsque Zaïde eut terminé, elle défit les bandages qui enveloppaient le ventre de la guerrière et nettoya les plaies avant de les panser de nouveau. Elle travaillait avec une efficacité et une rapidité qui trahissaient une longue expérience.

Tandis qu'elle regardait la Matrone, Çeda se rappela sa conversation nocturne avec Sümeya.

Emre…

Sümeya n'hésiterait pas une seconde à mettre ses menaces à exécution. Çeda songea qu'elle aurait dû parler à Emre avant de partir. Elle aurait dû l'avertir qu'il s'attirerait des ennuis s'il posait des questions à son sujet.

Il a agi comme un imbécile, et je n'ai pas fait mieux.

Elle mesura soudain l'étendue de sa lâcheté. Elle pouvait bien se chercher toutes les excuses du monde : Emre aurait protesté à grands cris, il aurait fait quelque chose de stupide ou de désespéré pour l'arrêter… En vérité, elle avait eu peur que cette séparation les éloigne un peu plus, définitivement peut-être. Elle voulait encore croire que leur relation pouvait redevenir comme avant, quand ils couraient dans les rues de Sharakhaï, pauvres, mais heureux. Quand le fantôme d'Ahya savait se faire oublier.

Les choses avaient beaucoup changé au cours de l'année passée, mais Çeda n'avait pas voulu se l'avouer de crainte de sceller cette nouvelle réalité dans le sang.

Pourquoi Sümeya tenait-elle tant à la chasser de Tauriyat ? Avait-elle senti que Çeda détestait les Vierges ? On racontait que celles-ci étaient capables de lire les pensées et le cœur de leurs ennemis. Sümeya était restée assise près de Çeda pendant un long moment. En avait-elle profité pour observer ses songes ?

La jeune fille déglutit avec peine.

Emre était en grand danger, mais il l'ignorait. Elle aurait dû se douter que les Vierges chercheraient à découvrir d'où elle venait. Elle aurait dû avertir le jeune homme de ne pas poser de questions à son sujet. Elle avait commis une grave erreur, mais il n'était pas trop tard pour y remédier. Si elle réussissait à contacter Emre et à le convaincre de disparaître pour quelque temps, rien ne l'empêcherait de retourner à Tauriyat pour voir comment la situation évoluait.

Zaïde avait terminé de soigner les blessées depuis un moment. Il était encore tôt, mais la plupart des Vierges avaient dû quitter Tauriyat pour partir en patrouille. Après l'attaque dont elles avaient été victimes, elles allaient chercher des informations et préparer des représailles.

À travers la fenêtre qui était en face d'elle, Çeda aperçut la lueur de l'aube éclairer le ciel d'un bleu crayeux. Les trois blessées étaient allongées dans leurs lits, silencieuses. On avait dû leur faire boire une potion – peut-être à base de lys de nuit – pour soulager leur douleur et les aider à dormir.

Çeda repoussa la couverture, posa les pieds sur les dalles en céramique et berça son bras droit avec sa main gauche. Elle était incapable de le bouger efficacement, mais il allait beaucoup mieux. Elle se leva et remonta l'allée centrale d'un pas prudent. Elle avait mal partout, mais c'était supportable. Le simple fait de marcher et de sentir la brise fraîche qui pénétrait par une fenêtre lui rappela qui elle était et de quoi elle était capable. Elle sentit qu'à l'exception de son bras droit, elle pouvait de nouveau faire confiance à son corps.

Elle aperçut de grands miroirs à l'extrémité de l'allée. Elle approcha d'un pas maladroit et ses yeux s'écarquillèrent d'effroi quand elle découvrit l'affreuse image qui s'y reflétait. Elle était décharnée. Ses mâchoires et ses pommettes saillaient comme celles d'un mendiant des Bas-fonds. Ses yeux s'étaient transformés en puits de ténèbres. Ses lèvres étaient craquelées. Ses cheveux étaient emmêlés. Par les dieux, elle ne ressemblait pas à une guerrière des Rois, mais à une messagère de la mort.

Elle frissonna et se détourna. Elle se dirigea vers la fenêtre la plus proche et observa la cour qui s'étendait en contrebas. Elle chercha un moyen de s'échapper et le trouva sous la forme d'un rebord en pierre entre le rez-de-chaussée et le premier étage. Il était étroit, mais le mur offrait de nombreuses prises. En le suivant, elle atteindrait le coin du bâtiment et pourrait sauter sur la muraille qui entourait Tauriyat et la Maison des Vierges. Ce ne serait pas facile, mais elle s'en sentait capable. Par chance, elle était vêtue d'une robe de chambre très ample qui ne gênerait pas ses mouvements. En revanche, elle ne passerait guère inaperçue quand elle arpenterait les rues de la ville dans cette tenue.

La cour était vide – que Yerinde soit louée. Çeda observa les fenêtres et les portes des bâtiments voisins. Personne en vue. Elle se glissa sur le rebord en pierre, mais un brusque étourdissement la saisit et elle dut agripper le montant de la fenêtre pour ne pas tomber. Elle réussit à faire quelques pas de côté, puis son vertige empira et elle se plaqua contre le mur.

Elle haletait. Son cœur battait comme un tambour. Elle était pétrifiée.

Elle leva la tête vers le mur d'enceinte. En temps normal, elle aurait pu l'atteindre d'un bond, mais dans cet état… Elle avait toutes les chances de perdre l'équilibre et de se briser la nuque sur les pavés de la cour.

Que les dieux la maudissent ! elle ne pouvait rien faire. Pas maintenant. Si elle insistait, elle tomberait, et qu'elle survive ou non, Sümeya enverrait quelqu'un pour s'occuper d'Emre. C'était hors de question. Elle se hérissait à l'idée d'être à la merci de la Vierge, mais elle ne pourrait rien faire tant qu'elle n'aurait pas récupéré ses forces.

Elle se tourna vers les palais des Rois tandis que la brise jouait avec l'ourlet de sa robe de chambre. Ils étaient si près qu'elle eut l'impression de pouvoir les toucher en levant le bras. Elle songea aux événements qui l'avaient conduite là où elle en était. Elle avait été guidée par les choix, par la vie et par la mort d'innombrables personnes. Ces ruisseaux se rassemblaient en un fleuve qui portait Çeda depuis le jour de sa naissance. N'était-ce pas ce qu'Ahya racontait ? Il existait plusieurs fleuves : celui de sa mère, celui d'Emre, de Saliah, de Dardzada et de bien des gens que Çeda ne connaissait pas. Ahya lui avait expliqué qu'il fallait avoir confiance en son propre fleuve, qu'il fallait sentir les courants pour éviter les rapides parsemés de rochers.

Il semblerait qu'il m'emporte de plus en plus vite.

La jeune fille était furieuse, mais fit demi-tour et regagna l'infirmerie. À peine eut-elle enjambé la fenêtre qu'une voix résonna dans la salle.

— Je suis heureuse que tu sois revenue.

Zaïde était assise sur une chaise, les mains posées sur les cuisses. Elle se leva et se dirigea vers le lit de Çeda.

— Suis-moi. J'ai quelque chose à te montrer.

Çeda se tourna vers la porte en s'attendant à voir surgir une escouade de Vierges qui la forcerait à obéir si elle ne s'exécutait pas, mais personne n'entra. Il n'y avait que Zaïde, elle et les trois blessées.

Zaïde alluma une lanterne qu'elle posa sur la table de chevet, puis s'assit sur le lit et tapota le matelas à côté d'elle. Çeda approcha et s'installa près de la Matrone. Celle-ci lui prit le bras droit et défit les bandages couverts de taches sombres. Le pouce et la paume étaient maculés d'encre et de sang.

Lorsque le bras fut nu, la Matrone regarda la main comme si elle mourait d'envie de l'examiner en détail. Une étrange lueur de respect – voire de vénération – brillait dans ses yeux. Elle leva la tête vers Çeda, puis observa son œuvre d'un air satisfait. Le tatouage couvrait la paume, le pouce et le dos de la main.

Çeda le regarda à la lumière de la lanterne. Il s'était passé tant de choses qu'elle n'avait pas eu le temps de se demander ce qu'il représentait. Les tatouages des nomades du désert racontaient leur histoire. On ajoutait de nouveaux motifs, d'abord à la demande des parents, puis à la puberté et à chaque événement marquant de l'existence d'un individu. C'était exactement ce que Zaïde avait fait avec Çeda. Elle lui avait sauvé la vie grâce à un mélange d'encre, de magie et de savoir-faire. Et à l'histoire qu'elle avait choisi de dessiner sur sa peau. Çeda s'attendait à découvrir un symbole la décrivant comme une voleuse ou une mendiante des taudis de Sharakhaï, une marque infamante semblable à celle qu'on avait jadis gravée sur le front de sa mère.

Elle se trompait.

Elle tourna et retourna sa main pour contempler les mots anciens et les images que Zaïde avait emprisonnés sur sa peau. Elle était au bord des larmes.

Le tatouage ne remontait pas au-delà du poignet et ne couvrait pas d'autres doigts que le pouce, mais des motifs complexes tracés avec une encre d'un bleu profond avaient été dessinés sur le reste de la main. Le dos racontait la vie d'une enfant du désert, d'une femme partie de rien qui avait survécu au poison des adicharas. La paume narrait l'histoire d'une guerrière qui excellait dans le maniement du sabre et du bouclier, d'un être dont le cœur brûlait comme un brasier ardent et qui avait triomphé d'innombrables épreuves.

Le pouce évoquait une vengeance. Une femme se dressait contre ceux qui lui avaient fait du mal. Près de l'ongle, certains mots écrits dans l'ancienne langue du désert étaient enluminés de feuilles, d'épines et de rameaux minuscules. Les branches sinueuses convergeaient vers la base du pouce. Un arbre, évidemment. Un adichara. Deux messages se cachaient entre les ramifications : « Ce qui a été perdu est retrouvé » et « Fléau des Injustes ».

— Quel est ton nom, mon enfant ?

— Çeda.

La bouche de Zaïde se rida comme une vieille bourse en cuir.

— Je t'ai demandé ton nom.

— Çedamihn Ahyanesh'ala.

— Dis-moi, Çedamihn fille d'Ahyanesh, est-ce que je me suis trompée ?

Çeda secoua la tête.

— Non. Mais comment se fait-il que vous en sachiez autant sur moi ?

Zaïde prit la main de la jeune fille et effleura les cals et les lignes de sa paume.

— Contrairement à ce que tu crois, les vies ne sont pas si difficiles à lire. (Elle toucha l'adichara et Çeda eut l'impression qu'on lui plantait une aiguille dans le pouce.) Le poison ne partira jamais. C'est une bataille que tu devras livrer jusqu'à ton dernier souffle. Certains jours, il sera aussi diffus que la lumière des lunes et tu l'oublieras peut-être. Mais à d'autres moments, il se réveillera, et ceci… (Elle tapota les lignes grasses autour de la plaie.) … ne te protégera plus. (Elle posa la main sur la poitrine de Çeda.) Il te faudra te battre avec ton cœur. Est-ce que tu comprends ?

— Oui, répondit Çeda.

— Non, je ne crois pas, dit Zaïde en riant. (C'était un gloussement de vieille femme, un son rappelant la lourde meule d'un moulin broyant des grains de blé.) Mais ça viendra. N'emploie aucun remède pour soulager la douleur, comme tu l'as fait avant de venir ici. Ni cataplasme, ni baume, ni élixir. Tu ne ferais qu'empirer les choses. (Elle tapota la poitrine de Çeda une fois de plus.) Souviens-toi : tu ne peux te battre qu'avec ceci.

Çeda hocha la tête. Elle se sentait un peu perdue et cette impression était aussi détestable que le fait d'être à la merci des Rois et des Vierges.

À l'extrémité de la salle, une blessée gémit doucement et se tourna sur le côté.

Çeda regarda Zaïde. Une partie d'elle avait envie de lui demander si elle connaissait Dardzada. L'apothicaire avait refusé de révéler quoi que ce soit à propos de son alliée au sein de la Maison des Vierges. Il avait prononcé son nom alors qu'elle était allongée dans le chariot, mais la jeune fille avait déjà perdu contact avec la réalité et elle était incapable de s'en souvenir. Çeda se ressaisit. Elle ne pouvait pas poser une telle question à Zaïde. Cela aurait été de la folie pure. Il était préférable d'attendre, de lui laisser l'initiative.

— On va bientôt me conduire devant le Roi, n'est-ce pas ?

Zaïde haussa les sourcils tandis qu'elle enveloppait le pouce et le poignet de Çeda dans des bandages propres.

— Un petit oiseau s'est montré trop bavard.

— C'est donc vrai.

— Oui, c'est vrai, mais nous allons attendre que tu sois un peu plus forte. Ensuite, il décidera si tu es digne de rester dans cette Maison.

— Je pensais que vous aviez déjà pris cette décision.

Zaïde laissa échapper un grognement évasif en nouant les bandages.

— De nombreuses personnes – y compris les Rois – peuvent choisir des candidates, mais c'est Yusam qui les juge et qui prend la décision finale.

— On m'a dit autre chose.

— Je t'écoute.

— Le sang des Rois coule dans mes veines, n'est-ce pas ?

Zaïde hocha la tête.

— Je l'ai lu dans tes paumes, oui.

Cette déclaration soulagea Çeda. Elle n'était pas particulièrement fière d'être la fille d'un Roi, mais elle avait parié sa vie sur cette hypothèse.

— S'il vous plaît, dit la jeune fille, savez-vous lequel est mon père ?

Zaïde haussa les sourcils de nouveau.

— Comment pourrais-je le savoir si tu l'ignores toi-même ?

Çeda présenta ses paumes.

— Je pensais que…

— Je peux apprendre beaucoup de choses en les lisant, mais pas cela.

Jusque-là, la conversation avait été calme et plaisante, mais le visage de la vieille femme se durcit soudain. Une lueur inquiétante brilla dans ses beaux yeux noisette comme la pointe d'une lance dans les hautes herbes.

— Dis-moi, Çedamihn, qui était ta mère ? Pourquoi ne t'a-t-elle pas dit que tu étais la fille d'un Roi ?

— Vous voulez la vérité ? Ma mère m'aimait, à sa manière, mais c'était une alouette des rues. Elle était née dans le désert, et quand elle est venue à Sharakhaï, elle s'est installée dans les quartiers ouest. Je ne sais pas pourquoi elle ne m'a rien dit. Peut-être à cause de ses origines. Peut-être qu'elle voulait me protéger de ce fardeau parce que nous vivions dans la misère.

— Les Rois vous auraient versé une pension. Ils auraient pris soin de vous.

Çeda haussa les épaules.

— Ma mère était une personne fière.

Zaïde esquissa un sourire ironique.

— La fierté est un sentiment que je connais bien, jeune colombe. (Un rire amer s'échappa de ses lèvres.) Nous sommes devenues de vieilles amies au fil du temps.

Elle se leva, prit la lanterne posée sur la table de chevet et regarda autour d'elle.

— Je suis née ici, Çedamihn. J'ai servi les Rois pendant des années avec ma lame, puis avec mes talents de guérisseuse et mon don. J'ai appris à reconnaître les filles de Tauriyat avant même de regarder leurs mains. Tu es de sang royal, il n'y a pas le moindre doute à ce sujet. Les lignes du destin que les dieux ont dessiné sur tes paumes n'ont fait que confirmer ce que je savais déjà. Et je peux t'assurer que le Roi Yusam verra la même chose que moi. Son don est bien plus puissant que le mien. Tu n'as pas à t'inquiéter. Le Roi aux Yeux de Jade te reconnaîtra. La Maison des Vierges t'acceptera en son sein et tu serviras les Rois. Je pense que c'est une existence plus enviable que celle que tu as connue jusqu'ici ?

— Oui, dit Çeda. Il n'y a pas de plus grand honneur que de servir les Rois.

— Bien sûr.

Zaïde fit quelques pas et s'arrêta au pied du lit. La lumière de sa lanterne faisait danser les ombres sur les murs de l'infirmerie.

— Maintenant, il faut que tu dormes. Il faut que ton corps et ton âme se reposent. Le Roi Yusam te convoquera dans son palais d'ici quelques jours. Tu as intérêt à rassembler tes forces avant de le rencontrer.

CHAPITRE 38

Le *Héron Bleu* filait à travers le Grand Shangazi. Le vent soufflait de manière inhabituelle et il y avait bien longtemps que Ramahd n'avait pas vu de dunes si imposantes et si changeantes. Ce n'était pas de bon augure à l'approche de la nuit. Il l'avait dit à Meryam avant de quitter le port de Sharakhaï, mais elle s'était moquée de lui.

— Les dunes sont les moindres de nos soucis.

Elle lui avait assuré qu'ils atteindraient leur destination avant la fin de la journée, mais au-dessus des montagnes occidentales, le soleil luisait déjà comme une vieille pièce de cuivre et Ramahd avait des doutes. Il confia la barre à Dana'il et se dirigea vers la proue pour s'entretenir avec Meryam. Il entendit alors un bruit sourd monter du pont inférieur, comme si quelqu'un tapait du pied ou cognait sur une paroi. Il n'y prêta pas attention. Les membres d'équipage se préparaient à la bataille. Ils armaient les balistes de proue et de poupe, bandaient les arcs et remplissaient des carquois de flèches avant de les accrocher le long des rambardes. Meryam affirmait que ces préparatifs étaient indispensables et avait donné des ordres précis à Ramahd au lever du soleil.

— Vas-tu enfin te décider à me dire où nous allons ? demanda le Qaimirien. Et pourquoi avons-nous emmené notre prisonnier ?

Meryam serrait le plat-bord avec ses mains squelettiques pour ne pas être déséquilibrée lorsque le vaisseau franchissait une dune. Elle portait une robe jaune vif et une écharpe couleur ivoire protégeait sa bouche et son nez des grains de sable soulevés par le vent. Elle se tourna alors que le navire s'inclinait pour descendre une dune. La question de son beau-frère semblait l'agacer, mais sans plus. Pendant un instant, Ramahd crut voir Yasmine à travers elle. Des larmes lui montèrent aux yeux et le chagrin lui noua le ventre. Meryam n'aimait plus beaucoup qu'on la compare à sa sœur.

« Elle est partie », répétait-elle. « Tout ce que nous pouvons faire, c'est venger sa mort et celle de Rehann. »

— Tu comprendras bientôt, dit-elle.

Elle jeta un coup d'œil en arrière, puis se concentra sur l'horizon qui s'étendait devant le navire. Au loin, les formes hachées d'une chaîne de montagnes se dressaient derrière un immense champ de dunes.

Ramahd fit quelques pas et s'arrêta près de Meryam.

— Je te fais confiance, Meryam, mais j'ai le droit de savoir. Tout comme l'équipage.

Le navire franchit de nouvelles dunes. La coque grinça et les patins sifflèrent.

— Quand mon père s'est retiré de mon esprit, après votre conversation, j'ai murmuré un nom. Tu t'en souviens ?

Bien sûr qu'il s'en souvenait.

— Hamzakiir.

— Tu m'as demandé qui c'était.

— Et tu as refusé de me répondre.

— J'avais de bonnes raisons. Il fallait d'abord que je réfléchisse à nos options.

— Et quelles sont-elles, nos *options* ?

Meryam baissa son écharpe. Elle avait les joues creuses et les lèvres crispées.

— Puis-je commencer par te raconter une histoire ?

— Est-ce que j'ai le choix ?

— Nous avons toujours le choix, Ramahd.

Ramahd ferma les yeux. Certains jours, il devait faire des efforts surhumains pour ne pas étrangler sa belle-sœur.

— Raconte-moi ta maudite histoire. Et épargne-moi les détails.

— Combien de fois t'ai-je dit de cultiver la patience ? La patience est un luxe que même les dieux recherchent. Il faut la savourer quand on le peut, car personne ne sait de quoi est fait demain.

Ramahd la regarda en priant pour qu'elle raconte son histoire. S'il faisait la moindre remarque, elle se lancerait probablement dans un de ses interminables sermons.

— Il y a environ un siècle, Külaşan, le Roi Errant, eut un fils, Hamzakiir. Hamzakiir fut un enfant brillant, puis un jeune homme curieux. Comme la plupart des premiers-nés, il eut les autres Rois comme précepteurs. Ihsan l'envoya dans les nations voisines pour découvrir leurs coutumes. Hamzakiir visita Qaimir – à plusieurs reprises, d'ailleurs –, et le roi Beyaz apprit qu'il étudiait ce qui était alors notre spécialité.

— La magie de sang, dit Ramahd.

— Exactement. Hamzakiir était l'élève de magiciens médiocres et ne connaissait que les formes les plus crues et les plus viles de cet art. Le roi Beyaz l'invita à dîner sans se douter qu'il tombait dans un piège. Hamzakiir avait choisi de mauvais maîtres pour attirer l'attention du monarque et se rapprocher de lui. Beyaz, de son côté, espérait se faire un allié au sein de la Maison des Rois de Sharakhaï. Il devint le professeur de Hamzakiir et celui-ci se révéla bon élève. Un peu trop bon, même, mais personne ne s'en rendit compte, car il dissimula une partie de ses nouveaux pouvoirs. Il devint meilleur que ses maîtres, meilleur que Beyaz qui, à cette époque, était le magicien le plus puissant de Qaimir.

» Le fils du Roi Errant regagna Sharakhaï quelques années plus tard. Il y poursuivit ses recherches dans le plus grand secret, mais son père finit par le découvrir. Les expériences de Hamzakiir avaient sombré dans le grotesque. Il avait assassiné des dizaines de personnes et transporté les corps dans sa demeure pour leur faire des choses abominables. Külaşan lui interdit de poursuivre ses horribles expériences, mais il ne l'écouta pas. Kiral, le Roi des Rois, lui donna le même ordre, mais il ne l'écouta pas davantage. Alors les Rois se réunirent en conseil et décidèrent de faire respecter leur volonté par la force. Ils envahirent le domaine de Hamzakiir, mais le jeune mage leur échappa après avoir tué trois Vierges et blessé les Rois qui participaient à l'attaque. Ces crimes étaient impardonnables et Hamzakiir s'enfuit à Qaimir.

» Les relations entre Qaimir et Sharakhaï étaient tendues depuis des années et le roi Beyaz accueillit le fuyard en espérant que cela lui permettrait de mettre la main sur Sharakhaï, la perle du désert. Pour arriver à ses fins, il lui suffisait de convaincre Hamzakiir de se rebeller, et de lui fournir une armée. Quand les Douze Rois seraient vaincus, il placerait le jeune mage de sang à la tête de la cité, et il régnerait sur le désert par son intermédiaire. Hamzakiir accepta le marché, mais personne ne sait s'il aurait accepté de se soumettre à la tutelle de Beyaz.

» Il leva des troupes en négociant une alliance avec le chef d'Al'afwa Khadar, Kirhan, le grand-père de Macide, puis son armée et celle de Qaimir prirent la route de Sharakhaï. Mais les Rois n'étaient pas restés au pouvoir pendant quatre siècles sans raison. Ils étaient très puissants et pouvaient compter sur les asirim, les Vierges du Sabre et les Lances d'argent. Ils écrasèrent les armées de Qaimir et de l'Al'afwa Khadar avant que Hamzakiir puisse lancer une attaque. Puis ils franchirent nos frontières et marchèrent sur Almadan. Ils auraient sans doute réussi à la prendre si nos alliés malasaniens n'avaient pas envoyé leurs troupes dans le désert pour menacer Sharakhaï.

Ramahd avait l'impression d'être retombé en enfance et d'écouter une leçon particulièrement ennuyeuse.

—Je ne me rappelle pas avoir lu le nom de Hamzakiir dans les livres d'histoire, dit-il.

Meryam tourna la tête pour se protéger d'une bourrasque chargée de sable, puis pointa le doigt en direction d'une étendue sombre qui se dessinait sur tribord.

—Un degré sur tribord ! lança-t-elle à Dana'il.

Elle se tourna vers Ramahd et le regarda avec une expression indéchiffrable.

—Je n'en suis pas surprise. On ne cherche pas vraiment à cacher son existence, mais les historiens n'aiment guère le mentionner. Qaimir et Sharakhaï sont en paix depuis plusieurs générations et personne n'a envie que le souvenir de Hamzakiir envenime nos relations avec les Douze Rois. Et imagine ce qui se passerait si les Rois de Sharakhaï venaient à apprendre que c'est nous qui avons convaincu Hamzakiir de les attaquer. Tu comprends maintenant pourquoi mon père agit avec la plus grande prudence.

—Comprendre est une chose, accepter en est une autre.

—C'est vrai.

—Qu'est-il arrivé à Hamzakiir ?

Meryam haussa les épaules.

—Nous avons d'abord pensé qu'il était mort, qu'il avait été tué pendant les combats ou qu'il s'était perdu dans le désert. Mais aujourd'hui, nous avons acquis la certitude que les Douze Rois l'ont fait disparaître pour le protéger. Je serais bien en peine d'expliquer pourquoi. Il semblerait que les Hôtes sans Lune soient parvenus à localiser son corps. Ils se sont sans doute procuré une pierre de vie pour la faire parler.

Le navire s'inclina lorsque Dana'il mit le cap vers la zone sombre que Meryam lui avait indiquée. Des bruits sourds montaient toujours du pont inférieur. Ramahd s'agrippa à la rambarde tandis que le *Héron Bleu* abordait le flanc d'une dune irrégulière.

—Que cherche Macide ? demanda-t-il.

—C'est ce que je veux que tu découvres. (Meryam adressa un signe à Dana'il.) Tu es responsable du navire maintenant !

—Bien !

Le soleil était bas dans le ciel. Il effleurait les sommets des montagnes qui se dessinaient au loin. Devant le navire, la zone sombre se transforma en vaste plaine rocailleuse. D'énormes rochers noirs rendaient la navigation périlleuse, mais Dana'il manœuvrait avec une habileté stupéfiante. Le *Héron Bleu* ralentit en approchant de la frontière entre le sable et la pierre. Dana'il ordonna qu'on affale les voiles et qu'on jette l'ancre.

—Le prisonnier va nous accompagner, dit Meryam en se dirigeant vers la passerelle.

Elle n'eut pas le temps de faire deux pas. Ramahd la saisit par le poignet et la fit se tourner vers lui. Elle regarda la main qui la retenait prisonnière et ses yeux brillèrent de colère.

— Lâche-moi ! Je ne suis pas ta femme !

Ramahd obéit et les marins s'efforcèrent de cacher leur embarras.

Les yeux de Meryam étincelaient toujours, mais son expression avait changé. Elle n'était plus avec Ramahd. Plus vraiment. Elle était ailleurs, comme c'était souvent le cas quand elle pratiquait la magie.

— Dis-moi ce que nous faisons ici, souffla Ramahd. Dis-moi pourquoi nous avons conduit notre prisonnier ici. (Il fit un geste en direction de la sombre plaine.) Dans cet endroit cauchemardesque.

— Tu te soucies du sort d'un Hôte sans Lune ?

— Je me fiche des Hôtes sans Lune, mais je me soucie de mon équipage. Et de toi.

Meryam cligna des yeux.

— Nous sommes venus pour trouver des réponses, Ramahd.

— Certes, mais à *qui* vas-tu poser tes questions ?

— Tu le verras bientôt.

— Tu vas me le dire maintenant ou je donne l'ordre de regagner Sharakhaï.

— Fais-le monter sur le pont et je te le dirai, lâcha Meryam.

Elle se tourna et se dirigea vers la coupée à grands pas. Elle passa devant un râtelier garni de javelots et en prit un sans s'arrêter. Elle le lança par-dessus bord et l'arme se planta dans le sable quelques mètres plus bas. On déroula l'échelle de coupée et la jeune femme descendit.

Ramahd se tourna vers Dana'il. Le second était un homme dévoué et il n'hésiterait pas une seule seconde si son maître lui ordonnait d'aller chercher Meryam et de la ramener à bord de force. Mais Ramahd se contenta de hausser les épaules d'un air impuissant.

— Eh bien, va le chercher, alors, gronda-t-il d'une voix frustrée.

Il se dirigea vers la coupée et sauta dans le sable. Il rejoignit Meryam et ils gagnèrent la zone rocailleuse. Le sol ressemblait à du verre et produisait un bruit creux chaque fois que les bottes de Ramahd se posaient dessus. Des tourbillons de sable dansaient au rythme du vent du désert. Une plainte étrange se faisait parfois entendre, le gémissement d'un dieu oublié depuis des siècles.

Quelques instants plus tard, des marins montèrent sur le pont avec un Sharakhien qui avait un bâillon sur la bouche et les mains attachées devant lui. Ils le tirèrent jusqu'à la coupée et l'obligèrent à descendre par l'échelle de corde. Ils rejoignirent Meryam et Ramahd, l'arme au poing et le visage farouche, prêts à affronter n'importe quel danger. Le prisonnier marchait devant eux. Il regardait de tous les côtés et ses narines frémissaient comme s'il avait compris ce qui l'attendait.

— Il existe des créatures qui vivent depuis bien plus longtemps que toi et moi, dit Meryam. Il existe des créatures capables de voir les mondes qui côtoient le nôtre. C'est à ces créatures que nous allons parler.

— Je suppose qu'elles exigent un tribut en échange de leur coopération ? demanda Ramahd.

— Un tribut, oui, répondit Meryam avec un petit rire inquiétant.

Ramahd savait ce qu'elle avait l'intention de faire avec le prisonnier, le propriétaire de la tannerie qui avait servi de repaire à Macide pendant quelques jours. Le chef d'Al'afwa Khadar n'y était pas resté longtemps, comme toujours. Ils auraient pu le capturer, mais le roi Aldouan le leur avait interdit. Ramahd avait du mal à croire qu'il avait laissé Macide s'enfuir, et sur ordre du père de sa malheureuse épouse. Mais Aldouan n'avait rien dit à propos de ses complices et quand Meryam avait demandé une victime sacrificielle, il avait choisi le tanneur.

Ramahd leva les yeux et aperçut l'endroit où Meryam les menait. Des lignes gravées sur l'étrange plateau convergeaient vers un point central, comme si une terrible explosion avait eu lieu dans des temps anciens. Le sol était parfaitement plat, à l'exception de la petite dépression au bord de laquelle Meryam s'arrêta.

— Nous y sommes, dit-elle en pointant sa lance devant elle.

Dana'il obligea le prisonnier à s'allonger dans le creux. L'homme était terrifié, mais n'implora pas pitié. Il resta étendu, tremblant, les poings sur le front et les yeux fermés. Il marmonnait une prière à l'intention de Bakhi.

Meryam approcha en tenant sa lance à deux mains. Elle la brandit au-dessus de sa tête et murmura une incantation dans la langue des magiciens. Ramahd fut heureux de ne pas comprendre ce qu'elle psalmodiait. Les mains de Meryam se mirent à trembler et ses paroles gagnèrent en intensité. Elle tourna autour du tanneur trois fois, puis elle leva la tête vers le ciel et cria :

— *Guhldrathen !*

La lance s'abattit et transperça la poitrine du prisonnier.

L'homme poussa un hurlement et se tordit de douleur tandis que ses jambes étaient secouées de spasmes. Il leva ses mains liées et saisit la hampe pour l'arracher, mais le fer s'était planté dans le sol rocheux. Au bout de quelques instants, sa tête retomba et ses muscles se détendirent.

Ramahd était stupéfait. Meryam avait abattu la lance avec tant de force que la moitié du fer s'était enfoncée dans la roche. Il aurait été incapable d'un tel exploit, même en s'entraînant pendant cent ans, même poussé par le désespoir le plus profond. *Aucun* de ses hommes n'en aurait été capable.

Mais Meryam l'avait fait sans effort apparent, grâce à la magie qu'elle avait invoquée avec son propre sang.

La jeune femme se pencha sur le corps avec respect. Elle se lava les mains dans le sang et traça des symboles sur son front, des signes que Ramahd avait vus dans d'anciens documents conservés dans des bibliothèques d'Almadan. Meryam approcha de lui et il sentit l'odeur cuivrée du sang. Ses yeux étaient perdus dans le vague et elle semblait regarder au-delà de la réalité. Ses doigts glissèrent sur le front de Ramahd et tracèrent de mystérieux symboles comme s'il n'était qu'une toile tendue sur un châssis.

Elle dessina des marques sur le front de tous les marins et le Qaimirien s'aperçut que les signes se ressemblaient, mais qu'ils avaient tous quelque chose de particulier.

Quand elle eut terminé, elle se tourna vers la montagne et le soleil qui disparaissait derrière.

— *Guhldrathen ! Viens ! Je te l'ordonne !*

Ses mots n'étaient que des murmures à l'échelle du Grand Shangazi, mais ils étaient empreints d'une force décuplée par le ciel sombre, les gémissements du vent et l'étrange sol de pierre.

— Par trois fois, je t'appelle, *Guhldrathen ! Viens ! Viens satisfaire les besoins de ta servante !*

Ramahd aperçut un mouvement dans les ombres du désert. Quelque chose approchait. Le Qaimirien plissa les yeux, mais la chose était encore loin et il faisait sombre.

Mais il entendit le bruit. Il le ressentit jusque dans ses os.

Un battement régulier. Un grattement évoquant une lame de poignard rayant une plaque de marbre.

Une sorte de gargouillis – le grondement atavique d'une bête cruelle – résonna à ses oreilles, et son estomac se contracta. Puis la créature apparut. Elle était deux fois plus grande que le Qaimirien et était enveloppée dans une cape de ténèbres qui attirait les ombres autour d'elle. Ses yeux étaient deux points jaune ivoire.

Les ehrekhs avaient été créés par Goezhen, le dieu des bêtes cruelles et des noires ambitions. C'étaient des êtres changeants, capricieux et prompts à la colère quand ils se sentaient manipulés.

Ramahd fit un effort surhumain pour résister à l'envie d'essuyer les horribles symboles que Meryam avait tracés sur son front et sur le front de ses hommes. C'était une réaction étrange, car il n'éprouvait aucune répugnance envers la magie de sang. Avant de quitter ce monde, les dieux avaient insufflé la vie aux hommes en leur donnant leur sang – un cadeau dont les jeunes dieux n'avaient pas bénéficié, à en croire les légendes – et il était donc naturel de l'utiliser au mieux.

Mais Meryam avait employé le sien pour invoquer une abomination créée par Goezhen qui se considérait comme l'égal des premiers dieux. Les ehrekhs étaient des êtres affamés de vie *naturelle.* C'était pour cette raison qu'ils se mêlaient si souvent des affaires des hommes. C'était pour cette raison qu'ils aimaient tant leur sang.

Les marchés passés avec ces créatures se terminaient toujours mal et Ramahd n'aurait jamais accepté d'invoquer un ehrekh. Meryam le savait et lui avait donc caché ses intentions.

Le Qaimirien songea qu'il avait été idiot de lui faire confiance. Il s'était laissé manipuler parce qu'il était impatient de satisfaire les exigences de son roi, parce qu'il était impatient de reprendre sa traque et de planter la tête de Macide Ishaq'ava au bout d'une pique.

L'ehrekh approcha. Sa peau était noire et luisante. Sa large poitrine et ses bras musclés ressemblaient à ceux d'un homme, mais ses hanches et ses jambes étaient couvertes d'une fourrure rêche. Sa longue queue fourchue et garnie de piquants ondulait derrière lui. Son crâne était hérissé de pointes noires formant une couronne qu'on distinguait à peine dans la pénombre. Une couronne identique à celle de son créateur, le terrible Goezhen. Il marchait penché en avant, les bras écartés. Ses doigts se pliaient et se dépliaient comme s'il se préparait à fondre sur une proie. Il approcha de Meryam et se voûta un peu plus.

Ramahd était prêt à tirer son épée et à protéger la jeune femme si la créature faisait mine d'attaquer, mais il savait que cela ne servirait pas à grand-chose si la situation dégénérait. Il était impossible de vaincre un tel monstre, même à dix contre un. Tant que l'ehrekh ne serait pas apaisé, Meryam était leur seule protection.

La créature allait et venait. Elle regardait devant elle, mais ne semblait pas voir Meryam. Elle renifla et se baissa un peu plus, jusqu'à ce que son visage soit à hauteur de celui de la jeune femme. Ramahd et ses hommes étaient rassemblés derrière Meryam, mais l'ehrekh ne leur prêtait aucune attention. Il cherchait la personne qui l'avait invoqué.

— Qui est là ? demanda-t-il d'une voix grave.

— Mon nom n'est pas fait pour tes oreilles, répondit Meryam. Mais je connais le tien.

Guhldrathen sourit et Ramahd aperçut des crocs jaunis qui ressemblaient à ceux d'un lion.

— Nombreux sont venus en croyant que je ne trouverai pas leur nom.

— Je t'ai apporté une offrande, ô ancien.

— Tu crois que j'ai envie de *sang*?

— Je le crois, Guhldrathen. Accepte mon présent. Bois le sang humain et réjouis-toi de ma présence.

L'ehrekh s'immobilisa.

— Est-ce lui ?

Il renifla, fit deux pas de géant et s'arrêta devant Ramahd. Il se pencha vers lui et son menton pointu effleura le visage du Qaimirien. Ses lèvres noires se retroussèrent en révélant des dents tranchantes et des gencives écarlates. Il renifla de nouveau et ses narines se dilatèrent. Ramahd ne put retenir un mouvement de recul face à ce monstre qui empestait le feu, la pourriture et la maladie.

— Est-ce lui, ton offrande ?

Ramahd mobilisa toute sa volonté pour ne pas s'enfuir en courant. Il se concentra sur le symbole qui palpitait de plus en plus fort sur son front et comprit soudain que cette marque n'offrait aucune protection contre Guhldrathen. Elle lui accordait seulement le courage de supporter sa présence. C'était une voix chaude et rassurante qui lui soufflait qu'il n'était pas seul et que Meryam saurait se débarrasser de l'ehrekh le moment venu.

La jeune femme se dirigea vers Ramahd d'un pas calme et se glissa entre lui et l'ehrekh.

— Non, dit-elle. Ce n'est pas lui. Ton offrande gît sur le sol du désert, marquée par le frêne.

Les yeux de la créature se tournèrent aussitôt vers la lance dont la hampe était en frêne. Il fit un pas vers le cadavre, s'accroupit et ouvrit la bouche en balançant sa tête hérissée d'épines de haut en bas. Il renifla la hampe et le corps, puis écarta les jambes et se baissa jusqu'à ce que son menton effleure le sol. Une langue fourchue glissa entre deux rangées de crocs et il se mit à laper le sang.

Ses lèvres se tordirent en un sinistre sourire qui n'était pas sans rappeler celui des pitres funestes quand ils se préparaient à bondir sur leur proie.

— Quelle est ta demande ?

— Je souhaite en apprendre davantage sur Hamzakiir.

L'ehrekh tourna la tête vers Meryam.

— Que veux-tu à Hamzakiir ?

— Il est venu te voir, jadis, n'est-ce pas ? Il s'est servi de toi.

— Comme tu souhaiterais te servir de moi.

— Non. Pas comme je souhaite me servir de toi. Je suis venue avec une offrande qui ne t'engage à rien. Je te demande seulement une faveur qu'il t'est facile d'accorder.

— Sache une chose… (La créature se redressa comme un dieu furieux.) Je ne peux trouver Hamzakiir.

— Peut-être, mais tu peux trouver ceux qui l'ont approché. Hamzakiir est parmi nous. Il est lié à *moi* et à ceux qui sont venus en ce lieu… Nos histoires s'entrecroisent comme les fils d'une trame. Suis un de ces fils, et quand tu arriveras au centre de l'écheveau, tu trouveras Hamzakiir.

L'ehrekh regarda Ramahd et ses hommes comme s'il venait de s'apercevoir de leur présence. Il tourna autour d'eux, bras écartés, tandis que ses doigts griffus se pliaient et se dépliaient.

— Tu viens. Tu négocies avec du sang qui n'a nulle valeur à tes yeux. Penses-tu me satisfaire ainsi ?

— Non, répondit Meryam sans un instant d'hésitation. Ce n'était qu'une offrande. D'autres suivront.

— Explique.

— Ne devines-tu pas, Guhldrathen ? Penses-tu que je suis venue ici sans me renseigner ?

Les muscles de l'ehrekh se contractèrent comme s'il avait le plus grand mal à contenir sa rage.

— Je souhaite l'entendre de ta bouche !

— Donne-moi ce que je cherche, seigneur des ténèbres, et je t'offrirai la vengeance. Je te donnerai Hamzakiir.

Les narines de l'ehrekh se dilatèrent. Il se pencha en arrière, leva les bras vers le ciel sans lune et poussa un long cri. Puis il abattit ses poings de chaque côté de Meryam et des éclats de pierre volèrent dans toutes les directions. L'un d'eux atteignit la jeune femme au menton et un filet de sang chaud coula dans son cou. Elle n'y prêta aucune attention. Elle regardait l'ehrekh droit dans les yeux.

— Hamzakiir ? dit Guhldrathen.

— Je te le donnerai. Je le jure, sur ma vie.

L'ehrekh se pencha et souffla si fort que la robe de Meryam se gonfla. Il lécha le filet de sang au creux de sa gorge, puis il hocha la tête.

— Qu'il en soit ainsi…

Il se redressa et contempla les Qaimiriens les uns après les autres. Son regard ressemblait à celui de Meryam quand elle était absorbée par sa magie. Ses yeux s'arrêtèrent deux fois sur Ramahd et un grondement sourd jaillit de sa gorge. Ramahd le ressentit dans sa poitrine et dans son ventre.

— Hamzakiir est celui que tu cherches ?

— Oui, répondit Meryam.

— Hamzakiir tu trouveras.

— Comment, Guhldrathen, comment ?

La créature se pencha vers Ramahd jusqu'à ce que son visage soit à hauteur du sien.

— *Lui.* Il le trouvera. Il le trouvera en suivant la Louve Blanche.

CHAPITRE 39

Emre entra dans la boutique de l'apothicaire sans frapper. Il examina les bols remplis de sachets de poudre et les étagères où s'alignaient élixirs revigorants et charmes en forme de croissant de lune qu'on accrochait au-dessus des lits des enfants pour les protéger des maladies.

— Dardzada ? (Il jeta un coup d'œil dans l'atelier aux mille tiroirs, puis il s'arrêta au pied de l'escalier.) Dardzada ?

Personne ne répondit. Le jeune homme ouvrit la porte de derrière et sortit dans le jardin.

Dardzada se déplaçait entre les rangées d'herbes médicinales en portant un énorme arrosoir. Il se redressa et se tourna. Ses yeux exprimaient une telle sérénité qu'Emre eut envie de lui trancher la gorge.

— Qu'est-ce que tu as fait ? demanda le jeune homme.

Dardzada posa l'arrosoir et essuya sa main couverte de terre.

— Il faudrait que tu sois un peu plus précis, dit-il.

— Tu as conduit Çeda chez les Vierges ! Comment as-tu pu faire ça ?

— Es-tu certain de ne pas me confondre avec les gardes de la cité ? Je suppose qu'elle a plongé la main dans la poche d'un seigneur une fois de trop et qu'ils l'ont prise sur le fait.

Emre pointa le doigt vers le nord, vers Tauriyat.

— *Tu* l'as *conduite* à la Maison des Vierges.

— Pourquoi diable aurais-je fait cela ?

Emre baissa la voix, au cas où il y aurait quelqu'un derrière les murs du jardin.

— Parce qu'elle était *empoisonnée*. Parce que tu étais incapable de la soigner et parce que tu ne savais pas quoi faire d'autre.

L'expression de Dardzada changea imperceptiblement. Quelque part, une chèvre bêla et sa cloche tinta.

—N'essaie même pas de le nier! cria Emre. J'ai posé des questions le long de la Lance. Plusieurs personnes ont vu un gros homme vêtu d'une robe de moine qaimirien qui conduisait un chariot transportant une femme inanimée. Il a abandonné le véhicule devant les portes de la Maison des Vierges. La femme a été auscultée par une Matrone, puis on l'a emmenée à l'infirmerie. On est sans nouvelles d'elle depuis. Ils l'ont tuée, Dardzada. Ils l'ont tuée et c'est ta faute!

Dardzada resta silencieux. C'était plus qu'Emre pouvait en supporter. Il saisit l'apothicaire par le col et le secoua sans ménagement.

—*Pourquoi?*

Le visage de Dardzada s'empourpra. Il se dégagea d'un mouvement sec et sa dishdasha se déchira. Il voulut repousser Emre, mais celui-ci s'accrocha à lui et ils roulèrent par terre en se battant. Dardzada essaya d'enfourcher son adversaire, mais Emre était trop rapide et trop fort. Le jeune homme s'assit à califourchon sur l'apothicaire et le frappa au visage.

Dardzada se battit comme un lion acculé. Il griffa et assena de solides coups de poing, mais Emre était si furieux qu'il ne sentait rien. Le jeune homme frappa au ventre, puis dans les côtes. L'apothicaire réussit à le déséquilibrer et ils roulèrent de nouveau au milieu des plantations. Dardzada essaya de repousser son adversaire, mais Emre ne se laissa pas faire. Les deux hommes s'empoignèrent et luttèrent jusqu'à ce qu'ils n'en puissent plus.

Emre redressa Dardzada pour lui assener un coup de poing digne des meilleurs pugilistes de la cité, mais sa colère s'était évanouie et il n'éprouvait plus qu'un profond mépris envers lui-même. Il poussa l'apothicaire de toutes ses forces et celui-ci recula avant de trébucher sur son arrosoir. Il perdit l'équilibre et s'affala au milieu des plantes écrasées.

Les deux hommes étaient couverts d'hématomes et de petites plaies. Ils se regardèrent pendant un long moment, immobiles et silencieux.

Puis Emre prit la parole.

—Tu l'as insultée, tu l'as frappée, tu lui as tatoué ce maudit signe dans le dos, la marque des bâtards, mais elle t'aimait quand même. Elle te faisait confiance. Et tu l'as livrée aux Vierges.

Dardzada avait le visage en sang et une lueur de honte brillait dans ses yeux. De la *honte*? Dardzada?

—Dis-moi au moins pourquoi tu as fait ça! aboya Emre.

—Je ne te dois rien. À toi moins qu'à *n'importe qui*. C'est toi qui l'as empêchée de mener une vie normale.

La rage submergea Emre et il eut soudain envie de frapper l'apothicaire pour lui faire sentir la douleur qui le dévorait. Puis sa colère se dissipa de nouveau et il tendit la main.

Dardzada hésita un instant, puis la saisit et Emre l'aida à se lever.

— Dis-moi ce qui s'est passé avec Çeda.

Dardzada le regarda, mais il semblait à court de répliques acerbes. Ses lèvres se mirent à trembler et il cligna des yeux pour refouler ses larmes.

— Elle est venue me voir. Elle s'était piquée avec une épine d'adichara. Elle avait l'intention de se rendre à la Maison des Vierges. J'étais incapable de la soigner et elle le savait. Seules les Matrones peuvent neutraliser ce poison. C'était son unique chance de survie.

Emre s'éloigna et s'arrêta devant la porte.

— Dans ce cas, elle n'a jamais eu la moindre chance. (Il se tourna vers Dardzada.) Tu aurais mieux fait de m'appeler. Elle serait morte en paix, entourée de ses amis. Même ta maison aurait été préférable à celle de ses ennemis.

Dardzada resta silencieux. Son cher jardin était dévasté. Il se baissa et entreprit de redresser les plantes et de trier les feuilles piétinées. Emre s'en alla en espérant qu'il s'étoufferait avec.

Il sortit de la boutique et aperçut une dizaine de filles et quelques garçons qui couraient dans la rue en faisant rouler des cercles de tonneau avec des bâtons. Les enfants s'éloignèrent et le jeune homme sentit que quelqu'un l'observait depuis un sombre recoin de l'autre côté de la rue. Il traversa et se dirigea vers l'entrée voûtée d'une allée.

— Bonjour, Hamid.

Hamid ne sourit pas et ne fronça pas les sourcils. Les yeux mi-clos, il observa les hématomes qui marbraient le visage, le cou et les bras du jeune homme.

— Une divergence d'opinions ? demanda-t-il.

— Si on veut.

Hamid hocha la tête comme s'il connaissait bien ce genre de problème.

— Nous avons du travail qui nous attend, dit-il. Est-ce que tu es prêt ?

— Bien sûr ! répliqua Emre d'un ton sec.

— Du calme. Tu n'as pas à prouver ta valeur à chaque instant. Tu as fait du bon travail la dernière fois. Zohra ne t'a pas menti. Nous avons eu la preuve que Veşdi est le fils de Külaşan.

Emre espéra que Matrone Zohra était entre de bonnes mains. Il l'avait conduite aux *Quatre Flèches* pour qu'on s'occupe d'elle. Il éprouvait un curieux sentiment à l'idée d'avoir aidé une femme qui avait servi les Rois, mais quel crime avait-elle commis ? Elle n'avait fait que mettre des enfants au monde.

Hamid avait laissé éclater sa colère quand Emre lui avait fait son rapport. Il était convaincu que la vieille femme avait menti, qu'Emre n'avait pas fait son travail et que les documents étaient toujours cachés dans la maison. Il avait cependant envoyé des hommes surveiller Veşdi, par acquit de conscience.

— Tu en es sûr ? demanda Emre.

Hamid sortit de l'ombre.

— Suis-moi.

Les deux hommes se dirigèrent vers le nord et s'enfoncèrent dans les quartiers aisés de la ville. Le sol devint légèrement pentu quand ils atteignirent la Colline dorée. Les vieux bâtiments serrés cédèrent la place à des demeures récentes avec des jardins entourés de hauts murs. Des gardes privés patrouillaient dans les rues. Certains d'entre eux portaient des cuirasses et des casques en acier. Des sabres rutilants étaient accrochés à leurs ceintures. Hamid leur adressait un signe de tête sans s'arrêter. Emre l'imitait en essayant de paraître aussi calme que son camarade, mais il sentait qu'il n'était pas très convaincant. Ce monde n'était pas le sien. Il avait toujours l'impression d'être un étranger quand il traversait un quartier aisé.

— Qu'est-ce qu'on fait ici ?

— Chaque chose en son temps, dit Hamid. (Il regarda Emre avec un petit sourire en coin.) Tu étais toujours inquiet quand on était gamins.

— Et toi tu étais toujours timide.

— Je ne le suis plus.

— J'ai remarqué.

C'était la vérité. Hamid avait changé. Il restait discret, mais pas parce qu'il avait peur de prendre la parole. Il dégageait un profond sentiment d'assurance, comme une pierre qui, la nuit, restitue la chaleur emmagasinée pendant la journée.

Les deux hommes arrivèrent sur une place. Un puits en pierre était couvert par les branches d'un vénérable figuier dont les racines noueuses avaient soulevé les pavés à la base du tronc. On entendait des coups de marteaux, des ronronnements de scies, des hommes qui s'interpellaient. Hamid cueillit une figue sur une branche basse et s'assit sur le bord du puits. Il mordit dans le fruit et pointa le doigt vers un domaine.

— Là, dit-il.

Emre tourna la tête. Il connaissait cette propriété, mais ne savait pas à qui elle appartenait. C'était une des plus grandes de Sharakhaï, presque un palais.

— C'est à lui ? demanda-t-il.

Hamid hocha la tête sans quitter la demeure des yeux.

— Ses hommes ne sont pas des débutants. Ils sont sérieux et bien entraînés. Ils ont tous été choisis par le capitaine de sa garde. Veşdi se méfie de tout. Ce ne sera pas facile de s'occuper de lui.

— Qu'est-ce que tu lui veux, à ce Veşdi ?

Hamid mordit dans la figue, regarda Emre pendant quelques secondes et tourna la tête vers le domaine.

—Les Rois protègent l'identité de leurs enfants, tu le sais. Ils leur offrent aussi des cadeaux. C'est ce que nous cherchons.

—Et qu'est-ce qu'on lui a offert, à Veşdi ?

—Il y a deux nuits, nous avons envoyé une femme chez lui. Une véritable merveille, cette Irem. Je te jure, Emre, elle pourrait voler les sabots d'un bœuf sans qu'il s'en aperçoive. Elle a réussi à entrer dans le bureau, au dernier étage, et a trouvé un coffre encastré dans un mur.

Il plongea une main dans sa dishdasha et en tira un médaillon en or.

—Qu'est-ce que c'est ?

—Un sceau. (Il le lança à Emre.) Un sceau que très peu de gens connaissent. Il n'en existe que douze. On les donne au premier-né de chaque Roi, et quand le Roi meurt, le possesseur de ce sceau le remplace.

—Et si le possesseur est une femme, elle devient reine ?

Hamid haussa les épaules.

—Le Kannan stipule qu'hommes et femmes sont égaux, alors, je suppose que oui. La question ne s'est jamais posée puisque aucun Roi n'est jamais mort.

Emre examina le sceau ouvragé. Il était magnifique, avec de minuscules gemmes incrustées à la surface.

—On ne peut pas en faire une copie ?

Hamid haussa les épaules de nouveau.

—J'en doute. Macide pense qu'on peut vérifier son authenticité. Le sceau est orné de gemmes disposées de manière curieuse, peut-être pour refléter la lumière et dessiner une forme connue seulement de l'orfèvre et des Rois. Si quelqu'un présentait une copie, cela se remarquerait tout de suite.

Emre glissa les doigts sur le motif qui ressemblait à un ancien tatouage des tribus du désert, puis rendit le sceau à Hamid qui le rangea dans sa dishdasha.

—Veşdi ne va pas s'apercevoir qu'il a disparu ?

—Je ne crois pas, répondit Hamid. (Il jeta le reste de la figue au pied du tronc.) Il a dû le recevoir le jour de sa naissance. Je ne pense pas qu'il l'ait regardé plus de deux ou trois fois dans sa vie.

Des claquements de sabots se mêlèrent au bruit des marteaux et des scies. Deux gardes à cheval arrivèrent sur la place. Ils montaient des Akhal-Teke à la robe ivoire, presque métallique, et portaient des casques surmontés d'une queue qui se balançait de droite à gauche. Chacun avait la main posée sur la poignée du shamshir accroché à leur ceinture.

Le premier s'arrêta devant Emre et Hamid pendant que son camarade allait se placer dans leur dos.

—Qu'est-ce que vous faites ici ?

—Ça ne vous regarde pas, répondit Hamid.

—Oh, que si! Ça me regarde à partir du moment où vous vous promenez dans les rues de la Colline dorée. (Le garde dégaina son sabre.) J'exige une réponse ou nous n'échangerons pas que des mots.

—C'est un dur à cuire, dit Hamid en se penchant vers Emre. Il se croit plus fort que nous parce qu'il a un cheval et un sabre.

Le cavalier fit approcher sa monture, puis enfonça les talons dans ses flancs et tira sur les rênes.

—Allez!

L'animal se cabra et ses sabots fendirent l'air comme les griffes d'un chat furieux.

Hamid recula, mais l'autre cavalier lui bloquait toute retraite.

—Fichez le camp! Les pouilleux du fleuve n'ont rien à faire par ici!

Hamid regarda les deux hommes avec un sourire mauvais.

—Très bien, dit-il.

Il se dirigea vers la rue par laquelle il était arrivé et Emre lui emboîta le pas.

Les deux gardes les escortèrent jusqu'au centre de la ville, puis firent demi-tour et regagnèrent la Colline dorée.

—Nous aurons besoin d'une diversion, dit Hamid comme si rien ne s'était passé.

Les deux hommes arrivèrent sur l'Abreuvoir et tournèrent à droite pour remonter en direction du nord. Les bruits de la cité avaient quelque chose de joyeux après le calme étrange de la Colline dorée.

—Quel genre de diversion? demanda Emre.

—Quelque chose de si bruyant que même les dieux viendront voir ce qui se passe.

—Je peux t'aider?

Hamid ne répondit pas.

Ils arrivèrent à la Roue. La grande place où se rejoignaient l'Abreuvoir, la Lance, la rue du Café et la rue Hazghad était noire de monde. D'innombrables chevaux, chariots, carrioles, abayas et véhicules de toutes sortes se rendaient au port ou en revenaient. Les deux hommes furent assaillis par mille bruits simultanés: des braiments, des cris, des éclats de rire... Hamid se dirigea vers l'est et s'engagea dans la Lance. Il s'arrêta lorsqu'il arriva en vue des remparts qui protégeaient Tauriyat et la Maison des Vierges. Il saisit Emre par le bras et le tira près de lui, puis il regarda les murs comme s'il voulait les raser par la seule force de sa volonté. Il se pencha vers Emre et murmura:

—Je ne sais pas, Emre. Peux-tu m'aider?

La diversion... Hamid avait l'intention de s'en prendre à la Maison des Vierges.

Emre songea aussitôt à Çeda. Elle était peut-être derrière ces murs. Si on lançait une attaque contre la Maison des Vierges, elle risquait d'être blessée, ou tuée…

Mais il savait bien qu'il se leurrait. Çeda était morte. Soit les Vierges l'avaient exécutée parce qu'elle avait violé un domaine sacré, soit elle avait succombé au poison. Elle ne pouvait avoir survécu aux deux.

Tandis qu'il contemplait les murailles, il éprouva un profond désir de faire souffrir les Vierges.

— Dis-moi ce que je dois faire.

Hamid se tourna vers lui et le regarda droit dans les yeux. Une expression de fierté éclaira son visage grave.

— Je vais te présenter un homme, Emre. Ce sera la première étape.

— Un homme ?

— Un alchimiste.

— Que veux-tu que nous fassions d'un alchimiste ?

— As-tu déjà entendu parler du feu du démon ?

— Non, mais si tu comptes utiliser ce truc contre la Maison des Vierges, je suis ton homme.

Hamid éclata de rire comme quand il était enfant. Ce rire spontané avait jadis été communicatif, mais aujourd'hui, Emre eut l'impression d'entendre un vieillard ricanant dans une tasse vide.

— Très bien, Emre. (Il lui assena une claque sur l'épaule et se tourna vers la Roue.) Très bien.

CHAPITRE 40

Cinq ans plus tôt…

Pour le quatorzième anniversaire de Çeda, Emre emmena la jeune fille aux arènes. Djaga, la Lionne de Kundhun, affrontait une guerrière qui, à en croire les rumeurs, faisait partie de la famille royale qaimirienne. On la présenta comme Dame Kialiss d'Almadan et les spectateurs rugirent d'impatience. Les deux femmes formaient un étrange duo. Djaga était grande, ses cheveux roux étaient coupés court et sa peau sombre était zébrée de cicatrices. Kialiss était trapue, avait des cheveux couleur miel, et sa peau blanche était aussi lisse que celle d'un nouveau-né.

— Quatre sylvals sur Kialiss, dit Emre tandis que les parieurs se déchaînaient autour de lui.

— Comment une misérable alouette des rues comme *toi* pourrait-elle avoir quatre pièces d'argent au fond de sa poche ?

Emre haussa les épaules.

— Elles étaient dans la rue, abandonnées par leur mère. Je les ai adoptées.

— Eh bien, je ne te conseille pas de les miser sur la Qaimirienne. Djaga est bien trop bonne.

— Peut-être, mais si je parie sur Djaga, je ne gagnerai qu'un sylval alors que si je parie sur la Qaimirienne, j'en gagnerai dix.

— Il faut être le roi des imbéciles pour raisonner ainsi.

— Tu es plus maline que tout le monde, hein ? Ta sacrée Djaga ne perd donc jamais ?

— Elle n'a jamais perdu jusqu'à présent, rétorqua Çeda. Et ce n'est pas aujourd'hui qu'elle va commencer.

— Oh ! ho ! Que dirais-tu d'un petit pari ? Toi et moi ? La même somme. La Dame contre la Lionne.

— D'accord, je sais désormais que tu es *effectivement* le roi des imbéciles. Mais ne t'inquiète pas, je serai heureuse d'accueillir tes petites orphelines au fond de ma bourse. Elles se sentiront moins seules en compagnie de leurs sœurs.

Emre esquissa un vague sourire et fit signe à un garçon qui vendait des boîtes en papier brillant remplies d'amandes sucrées.

— Deux ! dit-il en lançant un khet de cuivre.

Le garçon attrapa la pièce avec adresse et la glissa dans une lourde escarcelle accrochée à sa ceinture. Deux boîtes atterrirent dans les mains d'Emre.

Çeda en accepta une et croqua quelques amandes au miel de lavande pendant que Kialiss et Djaga se faisaient face dans l'arène. Comme toujours, Djaga toisait son adversaire d'un air féroce. Elle avait les mains sur les hanches, les narines dilatées et les lèvres retroussées comme un animal prêt à défendre sa vie. Ce n'était pas une mise en scène. Çeda l'avait vue se battre assez souvent pour savoir que dans la tête de la guerrière, le combat avait déjà commencé. La Kundhanaise avivait sa pugnacité et sa soif de victoire. Cela faisait partie de la préparation méthodique qui lui permettait de combattre avec une telle sauvagerie et un tel abandon.

Kialiss l'ignorait, peut-être dans l'espoir de la déstabiliser. Elle observait la foule et balançait les bras pour détendre ses muscles. Sa tresse blonde ondulait dans son dos en lançant des reflets scintillants.

Çeda tapota la main d'Emre et pointa le doigt vers la Qaimirienne.

— Regarde, dit-elle. Elle a accroché des bouts de métal dans ses cheveux.

Emre écarquilla les yeux.

— C'est carrément *brillant* !

— On verra si tu penses la même chose quand elle léchera la poussière sur les sandales de Djaga.

Pelam avança entre les deux femmes et frappa sur son gong. Le combat commença et tout le monde comprit très vite que Kialiss était une guerrière rapide et précise. Elle savait tirer parti de son corps trapu, et quand elle frappait, elle n'utilisait pas seulement les muscles de ses bras, elle mobilisait toute la puissance de ses hanches et de ses épaules. Elle porta plusieurs coups de lance à hauteur de la poitrine de Djaga qui n'eut pas d'autre choix que de reculer.

Emre sourit tandis que les spectateurs serraient les poings et hurlaient pour que la Kundhanaise reprenne l'initiative. Mais Djaga n'était pas en mesure de répondre à leur attente. Pas encore, du moins. Et sa situation ne fit qu'empirer. Avec une rapidité étonnante, Kialiss avança et réussit à arracher le bouclier de son adversaire. Djaga contre-attaqua et toucha la Qaimirienne à hauteur des côtes, mais le coup n'était pas assez appuyé.

Les guerrières reculèrent. Un filet de sang coulait sur la peau pâle de Kialiss, mais les spectateurs déchaînés en voulaient davantage. Ils exhortaient Djaga à massacrer son adversaire.

Çeda participait rarement aux mouvements de foule. Elle s'était levée, comme tout le monde, mais elle n'encourageait pas Djaga. Elle était silencieuse. Elle avait l'habitude d'observer les techniques de combat et de mémoriser les mouvements pour les reproduire quand elle s'entraînait avec Emre ou Tariq.

—Je suis le roi des imbéciles, hein ? demanda Emre en croquant une amande près de l'oreille de la jeune fille.

—Arrière, vile créature !

Elle le repoussa d'un coup d'épaule sans quitter les guerrières des yeux.

La fatigue gagnait les combattantes, mais on sentait la force et la volonté des deux femmes dans chaque attaque, dans chaque parade et dans chaque déplacement. Çeda était impressionnée par la prestation de la Qaimirienne. Djaga enchaîna une série de mouvements pour obliger son adversaire à frapper d'estoc, mais Kialiss résista tant bien que mal à la tentation. La Kundhanaise essaya alors de briser la hampe de sa lance, mais ce faisant, elle dévoila sa stratégie. La Qaimirienne avait un avantage décisif en matière d'allonge, et pour remporter la victoire, Djaga devait neutraliser cet avantage.

Çeda se demanda si Kialiss était une véritable dame. De nombreux nobles fréquentaient les arènes, surtout les nobles qaimiriens qui se considéraient comme de redoutables combattants. Ce n'était pas de la forfanterie. Ils l'avaient prouvé à maintes reprises.

Kialiss avança et frappa d'estoc avant de pivoter et d'attaquer avec l'extrémité de la hampe. Djaga para et recula contre la paroi de l'arène. Les deux femmes haletaient. Elles étaient en sueur et couvertes de sang. Tous les spectateurs étaient debout. Ils hurlaient des encouragements en agitant les poings.

L'homme qui se tenait devant Çeda leva les bras et la jeune fille sauta sur son siège pour ne pas perdre les deux combattantes de vue.

Djaga recula en titubant et Kialiss profita de son avantage. Elle s'élança et frappa à la poitrine. Djaga évita le fer d'un cheveu et contre-attaqua en visant la hampe de la lance.

Il se passa alors quelque chose d'extraordinaire, une chose qui resterait gravée dans la mémoire de Çeda jusqu'à la fin de ses jours.

La Dame s'attendait à la contre-attaque et elle frappa de côté en espérant toucher Djaga à l'avant-bras. Mais la Lionne s'arrêta brusquement et le fer siffla dans le vide. La Kundhanaise baissa le bras et se rua sur son adversaire. Kialiss essaya de se remettre en garde, mais Djaga écarta la lance d'un coup de sabre avant de lâcher son arme. Elle se précipita sur la Qaimirienne et la saisit aux hanches sans ralentir. Elle la souleva, la projeta à terre et se jeta sur elle pour lui assener un coup de coude dans le ventre.

Kialiss essaya de se dégager, mais Djaga était sur elle. Une pluie de coups violents s'abattit sur son visage.

Pelam, le maître des jeux, s'aperçut que Kialiss ne réagissait plus et il se dépêcha de faire sonner son gong en bronze. Djaga ne s'arrêta pas pour autant. Elle continua à frapper jusqu'à ce que les gardes de l'arène la saisissent par les bras et la tirent en arrière.

Les spectateurs rugirent comme des fauves en brandissant les poings vers le ciel. Djaga n'était pas sharakhienne, mais elle vivait dans la cité depuis de nombreuses années. Les habitants l'avaient adoptée et admiraient ses talents de guerrière. La foule se mit à scander son nom.

— Djaga ! Djaga ! Djaga !

Çeda observa la Kundhanaise qui se tenait au centre de l'arène. Elle respirait par à-coups et son visage était déformé par la rage. Elle avait réussi à pousser Kialiss à l'erreur. Dans l'arène, les affrontements ne se limitaient pas à un échange de coups. Pas tout à fait. Il fallait aussi manœuvrer son adversaire en évitant qu'il vous manœuvre. Les guerriers étaient comme des joueurs d'aban : quand ils étaient habiles, leurs mouvements en cachaient toujours un autre.

Voilà comment il faut procéder, songea Çeda. Elle devrait employer la même tactique si elle voulait s'en prendre aux Rois. Elle devrait dissimuler ses véritables intentions et planifier ses coups à l'avance, mais ses adversaires feraient sans doute de même quand ils découvriraient son existence. Elle avait la chance d'être une enfant anonyme au cœur de la foule, mais cela ne durerait pas. Elle devait se préparer.

Le lendemain, Çeda apprendrait que Kialiss avait succombé à ses blessures. Cela n'avait rien d'exceptionnel. Il se passait rarement un mois sans qu'un chien de poussière soit tué dans l'arène ou meure des suites d'une hémorragie, d'une plaie interne ou d'une infection.

Çeda se tourna vers Emre et tendit la main.

— Quatre sylvals, je te prie.

— Mais, tu as triché !

Çeda éclata de rire.

— Oh ! Explique-moi comment j'ai accompli ce prodige.

— Je ne sais pas, maugréa le garçon en plaquant quatre pièces dans la main de la jeune fille. Mais quand j'aurai trouvé, tu me devras huit sylvals.

— Je suis impatiente d'entendre les explications que ton puissant cerveau ne manquera pas d'imaginer, dit Çeda. (Elle pointa le doigt vers la sortie.) En attendant, allons retrouver Tariq.

Ils se préparaient à quitter les arènes pour s'enfoncer dans les rues ombragées. Le prochain combat n'allait pas tarder à commencer et ils voulaient regagner l'Abreuvoir pour chaparder quelques bourses avec Tariq avant que les passants se fassent rares.

Ils s'apprêtaient à sortir quand Çeda remarqua un homme puissamment bâti entouré de chiens de poussière qu'elle avait déjà aperçus dans l'arène. Le colosse ne lui était pas inconnu non plus, mais elle ne se rappelait pas dans quelles circonstances elle l'avait vu. Il était peu probable qu'elle ait assisté à l'un de ses combats, car en règle générale, elle n'oubliait pas le visage des guerriers.

La mémoire lui revint quelques instants plus tard. Elle revit un homme qui courait le long du lit asséché de la Haddah.

Dieux ! Est-ce possible ?

Elle tourna aussitôt la tête et scruta les spectateurs en se demandant si elle ne s'était pas trompée. En espérant qu'elle s'était trompée.

Emre s'arrêta quelques pas plus loin.

— Qu'est-ce que tu fais ? Dépêche-toi.

Et Çeda l'aperçut.

Le crâne chauve séparé par une longue cicatrice verticale.

— Qu'est-ce qui se passe ? demanda Emre. On dirait que tu viens de voir un hurleur.

— Ce n'est rien.

— Tu es blanche comme un linge.

— Je t'ai dit que ce n'était rien.

Emre n'insista pas, mais il avait senti que quelque chose clochait. Çeda n'avait pas envie de lui mentir, mais elle ne voulait pas rouvrir de vieilles blessures non plus. Surtout cette blessure-là. Pas avant d'en savoir davantage. L'homme qu'elle avait aperçu était l'assassin de Rafa, le caravanier malasanien qui s'était introduit dans l'appartement d'Emre et qui avait tué son frère à cause d'une malheureuse bourse volée.

Emre avait mis des mois à surmonter ce drame. Il avait sombré dans une telle dépression que Çeda s'était demandé avec effroi s'il n'allait pas mourir de chagrin. Il restait dans l'appartement. Il ne sortait jamais. La jeune fille avait contacté son frère aîné, Brahim, mais Brahim n'était pas très proche d'Emre et c'était un consommateur de lotus noir. Il n'était venu qu'une seule fois et en voyant qu'il n'arrivait pas à tirer Emre de ses ténèbres, il était retourné à la fumerie où Çeda l'avait trouvé.

La jeune fille s'était occupée d'Emre pendant de longs mois. Elle lui avait parlé, l'avait nourri et l'avait même lavé en quelques occasions. Emre avait guéri, mais parfois, ses yeux se perdaient dans le vague lorsque la mort de Rafa venait le hanter. Cela arrivait encore trop souvent au goût de Çeda.

Non, non, non. Elle ne dirait rien à Emre, mais par tous les dieux du désert ! le Malasanien allait regretter d'être revenu à Sharakhaï.

— Entre.

Çeda se tenait dans un hall froid, devant le bureau de Pelam, à l'extrémité sud des arènes. Elle écarta le rideau de perles et entra. Le soleil venait de se lever et ses rayons se glissaient entre les lames des volets pour éclairer un coin de la pièce.

Pelam était un homme maigre. Assis derrière son bureau, il était penché sur un livre de comptes, une plume à la main. Son écriture était si petite et si concentrée qu'il était presque impossible de la déchiffrer. Pelam était le maître des jeux. C'était la personne qu'on venait voir quand on souhaitait combattre dans l'arène. Il choisissait les adversaires, les types d'affrontement et l'ordre dans lequel ils se dérouleraient. Son seul but était de faire gagner autant d'argent que possible au propriétaire des lieux, Osman, un ancien chien de poussière qui s'était lancé dans les affaires.

Pelam continua à écrire et Çeda resta immobile devant le bureau, les mains croisées dans le dos. C'était la position qu'adoptaient les guerriers quand ils se tenaient face à la foule avant les combats. Pelam était absorbé par son travail, et l'attention de la jeune fille fut attirée par la délicate sculpture en verre posée sur le bureau. C'était une œuvre de toute beauté qui représentait des fleurs et des colibris aux ailes déployées. Çeda avait déjà vu des colibris, mais jamais de cette couleur, et elle ne connaissait pas ces fleurs aux pétales agencés en forme de cloche. Existaient-elles vraiment ou l'artiste avait-il donné libre cours à son imagination ? Les oiseaux avaient été réalisés avec un souci du détail extrême et la jeune fille songea qu'il en allait sans doute de même pour les fleurs.

— Ce sont des orchidées.

Çeda sursauta.

— Je vous demande pardon, maître Pelam ?

— Ces fleurs, ce sont des orchidées. Elles poussent dans les marais de Miréa. (Il se laissa aller contre le dossier de sa chaise et ôta ses fines lunettes.) Bien, que puis-je faire pour toi ?

— Je veux combattre dans l'arène.

Pelam ne sourit pas, ne fronça pas les sourcils, mais il suffisait de regarder son visage pour lire ses pensées. Il estimait que la jeune fille lui faisait perdre son temps.

Çeda se dépêcha de reprendre la parole.

— Et je voudrais me battre contre un homme en particulier.

Pelam haussa les sourcils. Il se redressa et observa la jeune fille.

— Tiens donc…

— Il s'appelle Saadet ibn Sim. Il se bat aux arènes depuis trois mois.

Pelam posa les mains sur son ventre, doigts croisés.

— Et comment se fait-il que tu t'intéresses tant à Saadet ibn Sim ?

— Raisons personnelles.

— Dans ce cas, tu n'as rien à faire ici. Les arènes ne sont pas faites pour régler des querelles ou se venger.

— Je sais. C'est un commerce, n'est-ce pas ?

Çeda détacha la petite bourse en cuir accrochée à sa ceinture et la lança sur le bureau. Elle était pleine. Elle contenait tout ce qu'elle avait économisé au cours des dernières années. Elle atterrit avec un tintement prometteur.

— Alors, parlons affaires, dit-elle.

Pelam regarda la bourse et haussa un sourcil. Puis il repoussa l'escarcelle du bout du doigt.

— Aurais-tu l'amabilité de m'expliquer ce que c'est que ça ? demanda-t-il.

— Assez d'argent pour acheter un combat contre Saadet, je suppose.

— Est-ce que tu as déjà *vu* Saadet ?

— Oui.

— Tourne-toi, je te prie.

Çeda obéit. Elle portait de lourds vêtements, mais ses bras étaient nus. Elle savait qu'elle n'impressionnerait pas Pelam avec son physique – il voyait des guerriers à longueur de journée, après tout –, et elle s'efforça donc d'imiter l'expression haineuse de Djaga quand elle se battait dans l'arène.

— Comment t'appelles-tu, déjà ?

— Çedamihn Ahyanesh'ala.

— Quel âge as-tu ?

— Quatorze ans.

Les yeux de Pelam s'écarquillèrent.

— Tu… (Il l'engloba d'un geste de la main.) Tu n'as que quatorze ans ?

— D'après ce que m'a dit ma mère.

— Et où est ta mère, Çedamihn ?

— Elle est morte.

— Ah…

Le visage de Pelam redevint impassible, mais la jeune fille eut la nette impression qu'il était déçu.

— Tu es bien bâtie pour tes quatorze ans. Tu feras peut-être une bonne guerrière d'ici quelques années, mais pas maintenant. Et pas contre Saadet.

— Les spectateurs seraient ravis, je peux vous l'assurer.

— En ce qui concerne ceux qui aiment la boucherie, je n'en doute pas un seul instant. Mais je crains que les autres n'apprécient pas le spectacle. Pas plus que toi quand on t'emportera sur une civière.

— Je sais me battre. Mettez-moi à l'épreuve.

Pelam soupira.

— Je fais ce travail depuis de longues années et j'aime à croire que je suis capable de reconnaître un *selhesh* prometteur au bout de quelques minutes. Mes vieux yeux me jouent parfois des tours, mais c'est plutôt rare. Un adversaire comme Saadet te balaierait aussi facilement que le vent du désert balaie les dunes, Çedamihn Ahyanesh'ala.

— Saadet doit être puni, maître Pelam. Vous n'imaginez pas à quel point. Je me battrai contre lui et je le vaincrai.

Pelam se leva.

— Pas dans *mes* arènes, lâcha-t-il.

— Demandez à Osman ce qu'il en pense. C'était un guerrier, avant. Il comprendra.

— Qu'est-ce qu'il comprendra ? Ton désir de vengeance ? Ne te méprends pas, jeune fille. Je comprends le désir de vengeance. Si tel est ton but, va voir Saadet et tue-le après le tournoi. Si tu es assez futée pour l'avoir retrouvé ici, tu n'auras aucun mal à obtenir son adresse.

— Je ne veux pas le tuer comme ça. Je veux qu'il sache qui je suis. Je veux qu'il goûte à la terreur qu'il a semée.

— C'est donc ça. Tu veux le tuer devant tout le monde. Y compris les dieux.

— C'est à peu près ça. Vous ne savez pas ce qu'il a fait.

— Et qu'a-t-il donc fait ?

— Ce n'est pas à moi de le raconter.

Pelam laissa échapper un bruit de gorge méprisant et la jeune fille sentit ses joues s'empourprer de honte.

— Tu me fais perdre mon temps.

— Je vous en prie ! Si vous...

— Assez !

Pelam prit la bourse et la jeta vers Çeda qui se baissa pour l'éviter. Des pièces volèrent à travers le rideau de perles de l'entrée et s'écrasèrent contre le mur du couloir avec un tintement sourd.

— Reprends ton argent et va-t'en. Et que je ne te vois pas rôder dans les environs sinon, j'enverrai quelqu'un te rosser et jeter ton corps dans le lit de la Haddah pour qu'il y pourrisse. Est-ce que tu as bien compris ?

Çeda était pétrifiée.

J'ai tout gâché, songea-t-elle. *J'ai tout gâché.*

— J'ai dit : *Est-ce que tu as bien compris ?*

— Oui.

— Alors, va-t'en !

Çeda ramassa les pièces et quitta les arènes. Elle se sentait ridicule, mais surtout, elle avait l'impression d'avoir failli à Emre, et cela, elle n'était pas prête à l'accepter.

Que pouvait-elle faire ? Elle ne se sentait pas le courage de regagner l'appartement.

Elle erra au hasard des rues et au bout d'un moment, elle remarqua qu'elle se dirigeait vers l'ouest. Puis elle comprit pourquoi elle se dirigeait vers l'ouest.

Elle pressa le pas sans s'en rendre compte, puis s'élança vers le port.

CHAPITRE 41

Le superbe araba à quatre roues montait la route sinueuse et escarpée qui menait au palais de Yusam. Le soleil était caché par le dais et le tissu était nimbé de lumière. Le chariot avançait en cahotant et Çeda était au bord de la nausée. Elle se cramponna à son siège avec sa main valide. Elle n'était pas sensible au vertige, mais la route pavée était étroite et le parapet en pierre, minuscule. Elle avait l'impression que l'araba allait basculer dans le vide d'un instant à l'autre.

Zaïde et Sümeya étaient assises en face d'elle. Elles n'avaient pas prononcé un mot depuis le début du voyage. Elles portaient de magnifiques robes crème avec des ourlets brodés, des vêtements peu orthodoxes qui mettaient Çeda mal à l'aise. La jeune fille se sentait mise à l'écart et méprisée. On ne pouvait pas imaginer deux personnes plus différentes que la Vierge et la Matrone. Zaïde était confortablement installée sur la banquette rembourrée, Sümeya était droite comme un I. Zaïde respirait avec calme, Sümeya par à-coups. Zaïde semblait admirer le paysage, Sümeya contemplait ses pieds ou regardait Çeda d'un air vaguement écœuré. Les yeux et les mains de la Vierge étaient sans cesse en mouvement.

Çeda ne portait pas de robe de combat et de sandales cloutées, mais une tunique en soie d'un bleu très pâle et des chaussons de qualité. Elle portait également une tiare constellée de gemmes et de médailles en or. Après tout, elle allait rencontrer le Roi Yusam. Cette idée lui noua le ventre et elle songea au mince couteau qu'elle avait attaché le long de sa cuisse. Sümeya avait observé sa tunique avec insistance à deux ou trois reprises et la jeune fille s'était rappelé leur conversation nocturne. Elle devait refuser de rejoindre le corps des Vierges du Sabre et quitter Tauriyat ou Emre en paierait le prix.

Sümeya la regarda une fois de plus.

— On dirait que c'est toi qui vas être présentée à Yusam pour être jugée, remarqua Çeda.

À sa grande surprise, la Vierge fronça les sourcils, détourna la tête et ne lui accorda plus un seul regard.

Le chariot continua à grimper au-dessus de la cité tentaculaire et s'engagea sur une boucle au centre de laquelle se trouvait une statue en bronze représentant deux léopards aux babines retroussées. Une odeur fraîche et piquante flottait dans l'air, une odeur très différente de celles de la cité. L'araba contourna la statue et s'arrêta en grinçant. Un jeune valet en ouvrit aussitôt la porte, et un autre, un peu plus âgé, approcha pour aider Zaïde à descendre. La Matrone le chassa d'un geste et Sümeya l'ignora. Le malheureux semblait tellement enthousiaste que Çeda le laissa prendre sa main.

Au moment où son pied toucha le sol, deux autres serviteurs ouvrirent les grandes portes du palais et un coup de gong résonna à l'intérieur. Un son grave et interminable. Zaïde entra dans le hall et un vieil homme approcha. Il s'agissait sans doute de l'intendant, car il portait un turban noir et un caftan taillé dans un superbe tissu terre et ivoire.

Il observa Çeda avec une telle attention que la jeune fille crut qu'il allait la fouiller et découvrir le couteau qu'elle cachait. Mais l'homme se contenta de s'incliner.

— Je serais très honoré que vous daigniez m'accompagner, dit-il à la jeune fille.

Çeda adressa un ultime signe de tête à Zaïde, puis suivit l'intendant. Elle savait que les palais des Rois étaient immenses, mais n'avait pas imaginé à quel point. Elle entra dans un hall encadré de hautes colonnes de marbre, monta un grand escalier jusqu'au troisième étage et traversa un jardin extraordinaire. Elle emprunta tant de galeries et de couloirs qu'elle se demanda si elle serait capable de retrouver son chemin sans l'aide de l'intendant. Au fil des minutes, elle sentait les muscles de ses épaules se contracter. Des images tourbillonnaient dans sa tête : Ahya dans le jardin de Saliah, Ahya marchant dans un palais… Sa mère était-elle venue ici ? Le Roi aux Yeux de Jade était-il son père ? Était-ce lui qui avait ordonné l'exécution d'Ahya ?

Une rage sourde monta en elle, mais elle réussit à la contenir. Elle devait chasser la colère de son cœur si elle ne voulait pas éveiller les soupçons du Roi aux Yeux de Jade. Elle étouffa ses noires pensées dans l'œuf. Elle se calma comme elle le faisait dans les sous-sols glacés des arènes avant un combat. Elle laissa les muscles de ses épaules et de sa poitrine se détendre et desserra ses mâchoires contractées. Elle essaya de mémoriser les lieux et d'identifier d'éventuelles menaces. Quand l'intendant la fit entrer dans un nouveau jardin – encore plus grand que le premier –, elle était parfaitement calme. Elle se composa une expression de circonstance : une pointe d'angoisse – elle allait quand même être présentée à un Roi – et un mélange d'attente, d'enthousiasme et de fierté. Elle espéra que cela suffirait à tromper Yusam.

Un ruisseau clair et joyeux longeait une paroi en pierre taillée dans le flanc de la colline et se jetait dans un bassin entouré par un muret en marbre émeraude. Çeda regarda autour d'elle et vit des arbres qu'elle ne connaissait pas. Leurs branches épaisses et noueuses formaient une canopée vert sombre à travers laquelle on apercevait des taches de ciel indigo. La jeune fille sursauta en remarquant deux grands yeux cachés dans le feuillage et se baissa en se préparant au pire. Un félin élancé était allongé sur une branche basse. Un léopard des montagnes, si elle ne se trompait pas. La présence de cet animal dans le palais semblait aussi naturelle que celle des vases et des tapisseries. Un second fauve était couché un peu plus haut, et ses yeux dorés clignaient de temps en temps.

— Ils sont magnifiques, ne trouves-tu pas ?

Çeda se tourna brusquement et s'aperçut que l'intendant avait pris congé.

De l'autre côté du bassin, un homme se tenait sous une branche. Il était grand et aussi élégant que les félins allongés dans les arbres. Il baissa la tête et quitta l'ombre du bosquet pour entrer dans la douce lumière du jardin. Il portait une robe à manches longues, un khalat noir en soie de Miréa, et était coiffé d'un turban carré sur lequel était épinglée une émeraude d'un vert profond. Il avait un nez aquilin, un petit menton et des yeux d'une couleur… Ses iris vert clair étaient presque blancs autour de la pupille, et son regard évoquait celui d'un rapace. Aucun doute possible, c'était bien le Roi aux Yeux de Jade.

— En effet, Excellence, dit Çeda d'une voix chaude.

Yusam approcha à pas lents, comme si la jeune fille était une biche qu'il ne fallait pas effrayer. La peau lisse de ses mains et de son visage laissait deviner les os et les articulations de son corps. Ses ongles étaient longs, jaunes et épais comme les griffes d'un chat et leurs extrémités étaient rouge sombre, comme s'ils avaient trempé trop souvent dans une étrange teinture indélébile.

Du sang, songea Çeda. Ses ongles avaient été colorés par du sang.

Le sang de quoi ? Le sang de qui ? Quelle chair ces griffes avaient-elles déchirée ?

L'angoisse qu'elle était parvenue à maîtriser la submergea de nouveau. Yusam était un homme imposant, et pas seulement à cause de sa stature ou de ses yeux. Il y avait quelque chose d'inquiétant tapi au fond de son âme, un danger palpable.

Le Roi dut sentir sa peur, car il fit un signe en direction de sa main bandée.

— Le baiser de l'adichara est brûlant, n'est-ce pas ?

—Oui, répondit Çeda. Mais je vais mieux, grâce à Zaïde.

Il avança encore d'un pas et un sourire se dessina sur ses lèvres.

—Et que faisais-tu dans les champs d'adichara, mon enfant ? Que faisais-tu parmi les arbres aux troncs tordus ?

Par Rhia ! Ce visage lumineux, ces yeux…

—Je voulais cueillir des pétales.

Sa volonté s'effilochait. Elle le sentait.

Elle était sur le point de tout lui raconter.

—Et que comptais-tu faire de ces pétales ?

Çeda déglutit avec peine. Elle était heureuse qu'une semaine se soit écoulée depuis sa conversation avec Sümeya. Elle avait suivi les conseils de Zaïde : elle s'était reposée ; elle avait bu des potions qui avaient le même goût que celles de Dardzada ; elle avait mangé du pain, du houmous et même un peu de viande.

Elle avait l'impression d'être une autre femme, mais face à Yusam, elle se sentait aussi vulnérable qu'un enfant.

Ahya avait-elle vraiment affronté ces hommes ?

Çeda avait longtemps reproché à Ahya de l'avoir abandonnée et d'être morte pour rien, mais en présence de ce Roi, elle devina une partie de ce que sa mère avait enduré et comprit qu'elle n'avait pas agi à la légère. Comment pouvait-elle la juger alors qu'elle ignorait les raisons qui l'avaient poussée à se rendre à Tauriyat et ce qui se serait passé si elle avait fait le choix de rester ? Çeda eut soudain l'impression de mieux comprendre sa mère. Elle se ressaisit et retrouva une certaine assurance.

—On se sert des pétales pour fabriquer une potion qu'on vend dans des endroits secrets, en ville.

—Et à qui avais-tu l'intention de vendre les pétales ?

—Pourquoi voulez-vous le savoir ?

La voix de Yusam se fit plus cassante.

—Parce qu'il est interdit de voler des pétales d'adichara. Et de vendre le produit de leur distillation.

—Des dizaines de personnes le font. Si vous en arrêtez une, quelqu'un d'autre prendra sa place et cela n'aura servi à rien.

—Je veux son nom.

—Pardonnez-moi, mon Roi, mais vous m'avez convoquée pour une raison précise, il me semble. Vous souhaitez savoir si je suis digne de rejoindre les rangs des Vierges du Sabre.

—Et ? aboya Yusam.

—J'ai cru comprendre que chaque Vierge reçoit un cadeau de son choix le jour de son baptême. Si vous m'acceptez parmi vous, accordez-moi le droit de taire le nom de celui à qui je vendais des pétales. Cela ne représente rien pour vous, et beaucoup pour moi.

Le Roi la regarda avec de plus en plus d'intensité. Çeda sentit sa volonté vaciller, mais elle tint bon et les yeux de Yusam semblèrent s'apaiser. Il fit un pas en avant et tendit la main vers la jeune fille.

— Très bien, Çedamihn. Mais s'il s'avère que tu n'es pas digne de faire partie des Vierges… (Il montra le bassin.) Je t'arracherai ce nom et ta vie par la même occasion.

Elle avança et prit sa main. Sa paume était aussi rêche qu'un coussinet de chat.

— Qui était ta mère ? demanda Yusam en la guidant vers le bassin.

Çeda envisagea de mentir, mais c'était trop risqué. De nombreuses personnes connaissaient le nom d'Ahya.

— Ahyanesh.

— Et sa tribu ?

— Masal, mentit Çeda.

C'était la réponse habituelle d'Ahya, mais Çeda savait qu'elle venait d'une autre partie du désert. Sa mère l'avait reconnu, un jour, mais elle ne lui avait jamais révélé le nom de sa tribu.

« Tu es trop jeune », répétait-elle. « On verra quand tu seras plus grande, fillette. »

— Ah, lâcha Yusam d'un ton déçu. J'avais pourtant bon espoir, enfant.

Espoir ? Mais qu'espérait-il donc ? Et puis elle comprit : il regrettait qu'elle ne soit pas de sa tribu, qu'elle ne soit pas une lointaine parente. Elle eut soudain envie de vomir.

— Je suis désolée de vous décevoir, Excellence.

Il haussa les épaules.

— Les dieux jouent sans se soucier des hommes.

— Puis-je vous demander quelle est *votre* tribu ?

Personne ne connaissait les tribus d'origine des Rois, mais Çeda espéra que Yusam se montrerait d'humeur bavarde.

— Ce n'est pas Masal, répondit-il avec un petit sourire. Et ton père ?

— Je ne sais rien de lui, Excellence. Mais vous le savez déjà.

— Ta langue est aiguisée comme une lame de shamshir, dit Yusam avec un rictus méchant. Veille à ce qu'elle ne te tranche pas la gorge.

Ils arrivèrent au bord du bassin. L'eau était aussi claire que du cristal. Çeda baissa la tête pour regarder le fond, mais ses yeux se perdirent dans un abîme qui semblait prêt à l'avaler. Un vertige la saisit et elle se pencha en avant, comme hypnotisée.

Yusam l'attrapa par les épaules et la redressa.

— L'appel du bassin est puissant, surtout pour les jeunes. (Il lui donna un petit coup sur le poignet.) Agenouille-toi, enfant.

Çeda obéit, les yeux fixés sur le gouffre sans fond. Elle entendit les vêtements de Yusam bruisser tandis qu'il contournait la pièce d'eau et s'agenouillait en face d'elle. Elle le voyait à peine, car elle était incapable de s'arracher à la contemplation du bassin. Yusam agrippa le muret et se pencha jusqu'à ce que son front effleure la surface de l'eau. Puis il regarda au fond.

Il murmura des paroles d'une voix caverneuse. Çeda ne les comprit pas. Yusam parlait sur un rythme qui montait et descendait sans cesse, comme une succession de montagnes et de vallées. La jeune fille eut alors l'impression qu'il ne regardait pas au fond du bassin, mais au fond de son âme. Qu'il lisait son passé et son avenir. Qu'il plongeait en elle et l'ouvrait pour voir de quoi elle était faite, pour voir si elle était digne de faire partie des Vierges.

Un terrible sentiment de peur la submergea. Il allait découvrir ce que sa mère avait fait : les visites à Saliah, les récoltes de pétales les nuits de Beht Zha'ir…

Et il allait découvrir tout ce que *Çeda* avait fait. Ses propres expéditions dans les champs en fleur, ses recherches sur l'histoire des Rois.

Elle était perdue.

Elle resta immobile pendant de longues minutes, pétrifiée par la magie du bassin, ou par celle du Roi. Plus le temps passait, plus son ventre se nouait et plus elle avait hâte que ce supplice prenne fin. La sensation devint insupportable et elle faillit avouer la vérité spontanément pour que Yusam cesse de la manipuler ainsi.

Un hurlement l'arracha à sa transe.

Elle crut que le cri sortait de sa gorge. Elle crut que c'était l'expression de sa peur et que cette peur allait la condamner définitivement aux yeux de Yusam.

Elle se trompait.

C'était le Roi qui avait hurlé.

Il était toujours penché au-dessus du bassin et agrippait le muret si fort que les articulations de ses doigts étaient blanches. Quand il se redressa, il était livide et semblait à bout de force. Ses bras tremblaient et il contemplait Çeda sans la voir. Il s'écoula un long moment avant que ses yeux se concentrent sur elle.

La jeune fille éprouva une curieuse satisfaction à l'idée que les Rois puissent ressentir une peur si intense, quelle qu'en soit la cause.

Yusam se ressaisit et son regard se durcit.

Et voilà ! Il va décider de mon sort.

— Va-t'en, dit-il.

— Mon Roi ?

— Va-t'en tout de suite !

Çeda se leva. Elle tremblait de tout son corps. Yusam ne lui prêtait déjà plus attention. Il n'imaginait sans doute pas qu'on ose lui désobéir.

Je devrais le tuer maintenant, pensa la jeune fille.

Elle pouvait tirer son poignard et le lui planter dans le dos. Assassiner un Roi dans son propre palais… Cette pensée l'électrisa. De toute manière, il avait sans doute l'intention de la faire exécuter, alors pourquoi ne pas en profiter ? Elle paierait ce crime de sa vie, mais cela suffirait peut-être à honorer la mémoire d'Ahya, à racheter ses erreurs et celles de sa fille aux yeux des dieux.

Elle s'apprêtait à glisser la main vers son couteau quand elle songea au poème. Elle se figea.

Sur une terre éloignée,
Son amour libéré,
Sous la sombre Tulathan ;
La poussière des pétales,
Comme l'ardeur des amants,
Le guidera à sa tombe.

Ce poème était gravé dans sa mémoire. Çeda était convaincue qu'il révélait le point faible d'un des Douze Rois, mais quel point faible et quel Roi ? La patience était la clé. Le temps lui apporterait les réponses qu'elle cherchait. La jeune fille était certaine qu'il y avait plusieurs énigmes à résoudre. « J'ai trouvé quatre de leurs poèmes », avait dit sa mère. « Quatre sur douze », avait répliqué Saliah. Ahya en avait donc découvert trois autres. Et huit lui avaient échappé. Où étaient-ils ? Si Çeda était acceptée parmi les Vierges du Sabre, elle aurait une petite chance de les trouver. Sa mère avait consacré sa vie à chercher ces poèmes parce qu'elle pensait qu'on pouvait les utiliser contre les Rois. Si Çeda gardait son sang-froid, elle pourrait préparer un nouveau plan et protéger les personnes qui lui étaient chères – ou, du moins, les avertir du danger qui les menaçait. Mais si elle tuait Yusam maintenant, elle les condamnait à mort.

Le Roi aux Yeux de Jade leva la tête et frissonna. Des flammes de colère brûlaient dans ses yeux, mais Çeda ne lui laissa pas le temps de prendre la parole.

— Mon Roi, dit-elle. J'ignore ce que vous avez vu, mais je ne demande qu'à vous servir. Vous et la Maison des Rois. Je ne sais pas qui est mon père, je n'ai pas été élevée à la Maison des Vierges, à Tauriyat, ni même à la Colline dorée, mais je sais que le sang ne ment pas. (Elle inclina la tête et joignit les mains avant de les tendre vers lui – un geste d'offrande empreint de simplicité et de sincérité.) Je ne peux que vous donner le peu que les dieux m'ont accordé.

Elle se redressa. Les yeux de Yusam ne brillaient plus de colère. Le Roi semblait réfléchir, évaluer la proposition de la jeune fille – et la jeune fille elle-même – à l'aune de la vision qu'il avait eue quelques instants plus tôt. De toute évidence, il avait le plus grand mal à se décider.

Dans les arènes, Çeda avait appris quand insister et quand battre en retraite.

Elle se leva et s'éloigna avant que le Roi aux Yeux de Jade ait le temps de dire un mot.

Alors qu'elle quittait le jardin pour entrer dans le palais, elle entendit un félin pousser un feulement interminable.

On aurait dit une supplique.

Ou une lamentation.

Çeda remonta d'innombrables couloirs sans trop savoir où elle allait. Par chance, l'intendant finit par la retrouver et la conduisit à l'entrée. Le soleil était déjà couché, mais de grands braseros avaient été allumés devant le palais. Ils éclairaient le chemin en boucle et projetaient des ombres inquiétantes sur les léopards en bronze. Les portes monumentales se fermèrent avec un bruit sourd. Le chauffeur fit claquer son fouet au-dessus des deux chevaux et l'araba s'ébranla. Çeda avait pensé que Zaïde lui demanderait comment s'était passé l'entretien, ou que Sümeya ferait une remarque désagréable, mais personne ne parla. Les rencontres avec les Rois étaient sacrées. Ce n'était pas une expérience qu'on partageait et Çeda en fut soulagée.

L'araba s'apprêtait à s'engager sur la route sinueuse qui longeait les flancs de Tauriyat quand les portes du palais s'ouvrirent. Yusam apparut.

L'air hagard, il descendit les marches et se dirigea vers l'araba. Le chauffeur tira aussitôt sur les rênes. Sümeya tourna la tête vers le Roi, puis vers Çeda, puis vers le Roi de nouveau.

Zaïde descendit du véhicule. Sümeya et Çeda la suivirent. Les trois femmes s'inclinèrent lorsque le Roi approcha.

—Redressez-vous, dit Yusam. (Il regarda Zaïde dans les yeux tandis que les reflets des braseros faisaient briller sa couronne en or.) Je peux vous donner ma réponse tout de suite si vous le souhaitez, Matrone.

—Bien sûr, ô mon Roi, dit Zaïde.

—J'ai décidé qu'elle convenait. Vous accepterez la jeune Çedamihn Ahyanesh'ala et lui enseignerez la voie du sabre. (Les yeux de jade glissèrent le long du bras droit de Çeda.) Mais peut-être que l'élève est-elle *déjà* meilleure que le maître. (Il se tourna vers Sümeya.) Sümeya, tu prendras Çedamihn dans ta main.

Sümeya hoqueta en entendant ces mots. Elle *hoqueta* en entendant l'ordre d'un Roi.

C'était une réaction inimaginable de la part d'une femme comme Sümeya, une réaction qui montrait qu'elle était déterminée à se débarrasser de Çeda coûte que coûte. Cette vagabonde n'avait rien à faire à la Maison des Vierges. Pourquoi ne la renvoyait-on pas à son taudis ?

La main était l'unité de base des Vierges : cinq guerrières aussi proches que des sœurs. Elles s'entraînaient ensemble et n'avaient aucun secret les unes pour les autres. Elles connaissaient les forces, les faiblesses et les goûts de chacune. En donnant cet ordre, Yusam chargeait Sümeya de former Çeda, de la protéger et de lui apporter toute l'aide dont elle aurait besoin pour remplir sa tâche.

Un lourd silence s'installa et Sümeya foudroya Çeda du regard. De toute évidence, elle attendait que la jeune fille refuse l'honneur que Yusam lui accordait, mais Çeda resta silencieuse. Elle mettait Emre en danger, mais cette occasion était l'aboutissement de tous ses efforts et il était hors de question qu'elle la laisse passer. Les yeux verts de Yusam se durcirent et Sümeya se décida enfin à prendre la parole. Les mots se bousculèrent dans sa bouche.

— Pardonnez-moi, ô Roi, mais seul Husamettín est en droit de me donner des ordres.

Yusam esquissa un sourire qui n'avait rien d'amusé.

— Je ne pense pas qu'il me refuse cette faveur. Il y a trop longtemps que ta main est incomplète et qu'elle ne remplit plus ses devoirs. Il est grand temps que tu reprennes ta place parmi nous.

Il fit un pas en avant et déposa un baiser sur le front de Sümeya. Çeda songea aussitôt à la nuit de Beht Zha'ir et aux lèvres étrangement chaudes de l'asir. La triste créature portait une couronne, elle aussi.

Saliah l'avait appelé Sehid-Alaz. S'agissait-il d'un Roi ?

Non, c'était ridicule.

— Nous nous reparlerons bientôt, dit Yusam.

Il se tourna et s'éloigna à grands pas. Le bruit de ses bottes sur les pavés résonna dans l'air frais de la nuit. On aurait dit des craquements d'os brisés.

CHAPITRE 42

L'araba transportant Çeda, Zaïde et Sümeya retourna à la Maison des Vierges. Sümeya sauta à terre sans attendre qu'il s'arrête et s'éloigna à grands pas, la tête haute. Zaïde descendit avec prudence et raccompagna Çeda à l'infirmerie. La jeune fille y resterait jusqu'à la fin de sa convalescence, puis on lui allouerait un lit dans les quartiers de la main de Sümeya.

Il n'y avait plus qu'une seule blessée dans la grande salle, celle qui avait perdu une partie de la jambe droite. Elle gémissait et ses paupières battaient comme des ailes de papillon à cause des sédatifs qu'on lui avait administrés.

Sur le chemin du retour, Çeda avait essayé de comprendre les motivations de Yusam. Pourquoi l'avait-il assignée à la main de Sümeya ? Sûrement à cause de ce qu'il avait vu au fond du bassin. Yusam protégeait ses pairs grâce à son don de prescience, et s'il avait senti que Çeda représentait un danger, il aurait dû la tuer sur-le-champ.

Quelle étrange vision était apparue au fond du bassin ?

Peut-être qu'elle n'avait aucun lien avec Çeda ? Peut-être concernait-elle quelqu'un d'autre ?

Peut-être avait-il vu un souvenir qui le hantait ?

La jeune fille s'assit au bord de son lit.

— Est-ce que je pourrais sortir en ville ?

Zaïde grimaça en s'asseyant sur le lit voisin.

— Pas avant un certain temps. Mais cela viendra. À condition que Sümeya soit satisfaite de toi.

Çeda secoua la tête.

— Sümeya ne sera jamais satisfaite de moi.

Les lèvres de Zaïde se contractèrent pour ne former qu'une mince ligne.

—Je ne te mentirai pas. Sümeya est une femme dure et une chef qui n'a rien de plaisant. Elle est en colère depuis que sa sœur, l'ancienne capitaine de sa main, a disparu il y a quelques années de cela. Elle est en colère parce que Yusam t'a nommée à la place qu'occupait Nayyan. Et elle a peut-être raison d'être en colère. Les prochaines semaines ne seront pas faciles pour toi, mais sache que Sümeya a le sens de l'honneur. Elle respecte l'effort. J'ignore comment tu vivais avant de venir ici, mais une page a été tournée. Tu ne peux pas revenir en arrière et si tu essaies de quitter la Maison des Vierges sans autorisation… (Zaïde jeta un coup d'œil en direction de la fenêtre la plus proche.) … tu seras fouettée dans la cour. Et si tu recommences, on te lapidera. Est-ce que tu comprends ?

Çeda hocha la tête.

—Oui.

—Vraiment ?

—Oui.

—Non, je ne crois pas. Tu n'es pas des nôtres. Pas encore. Que sais-tu de nous ? Des rumeurs que tu as entendues dans les rues de la cité ? Je peux t'assurer qu'elles sont bien loin de la vérité. Je le savais quand je t'ai fait entrer dans la Maison des Vierges, mais maintenant que Yusam a pris sa décision, je me demande si tu survivras jusqu'à la fin du mois. Sümeya est la Première Gardienne, la commandante des Vierges. Elle a choisi les trois autres membres de sa main. La décision de Yusam a été influencée par la vision du bassin et par le souci de protéger les intérêts des Rois, mais Sümeya ne voit pas les choses ainsi. À ses yeux, tu usurpes la place de la sœur qu'elle a perdue. À ses yeux, on remplace l'honorable Nayyan par une voleuse qui a profané les champs sacrés. Elle utilisera la moindre excuse pour te punir. Je te vois, Çeda. Je sens ta volonté. Je sens ton désir de partir. Tu veux parler à ceux qui t'ont conduite ici, rencontrer des proches, ou peut-être régler des comptes avec des ennemis, mais prends garde. Je ne pourrai pas te protéger si tu quittes la Maison des Vierges sans permission.

—Pourquoi me protégeriez-vous ? demanda Çeda.

Zaïde haussa les sourcils, puis se leva et regarda la jeune fille d'un air presque triste.

—Parce que tu es le sang de mon sang, même si tu n'es pas encore capable de le sentir.

Jamais de la vie !

Çeda avait du mal à croire qu'elle était la fille d'un Roi, mais même si c'était la vérité, elle refusait qu'on la considère comme une Vierge. Zaïde l'avait sauvée et c'était peut-être la mystérieuse alliée de Dardzada, mais elle n'était pas sa sœur pour autant. La jeune fille ne devait surtout pas l'oublier. Jamais.

— Dors un peu, dit Zaïde en s'éloignant. Nous commençons nos journées de bonne heure.

— Comment était-elle ? demanda Çeda avant que la Matrone ait fait trois pas.

— Qui donc ?

— La Vierge. Nayyan. Comment était-elle ?

Zaïde réfléchit un moment, puis se tourna juste assez pour que Çeda entrevoie son expression pensive.

— C'était une femme hors du commun. Intelligente. Belle, à sa manière. Elle aimait raconter des histoires tirées des textes anciens, des histoires qui dataient d'avant Beht Ihman. C'était une conteuse extraordinaire et on avait l'impression d'assister aux scènes qu'elle décrivait. Elle avait un rire merveilleux, mais c'était une redoutable combattante. C'était elle qui occupait le poste de Première Gardienne avant Sümeya. Elle manque à chacune d'entre nous.

— Que lui est-il arrivé ?

— Personne ne le sait. Elle était dans notre Maison. Elle devait embarquer à bord d'un clipper royal pour rendre visite à sa famille, mais elle n'est jamais arrivée au port. Nous avons fouillé la ville et le désert pendant des jours, mais nous n'avons rien trouvé. Plusieurs semaines ont passé, mais personne n'a jamais parlé de la remplacer au sein de la main de Sümeya.

Curieux, songea Çeda.

La veille, Zaïde avait affirmé qu'un poste inoccupé ne le restait pas longtemps. En règle générale, la période de vacance n'excédait pas les sept jours de deuil traditionnels.

— Nayyan était respectée de toutes et après la nomination de Sümeya au rang de Première Gardienne, nous avons décidé d'honorer sa mémoire en ne la remplaçant pas tout de suite. Et puis les choses sont restées ainsi. Pendant onze ans…

Onze ans… Nayyan avait donc disparu à l'époque où Ahya était morte.

— Pourquoi la remplacer aujourd'hui ? demanda Çeda. Pourquoi Yusam a-t-il décidé de me nommer dans la main de Sümeya alors que personne ne s'est plaint pendant onze ans ?

Zaïde se tourna vers Çeda pour la regarder en face.

— Peut-être qu'il a vu notre salut en toi.

Ces paroles firent frissonner la jeune fille.

« Notre salut »…

Zaïde quitta l'infirmerie. Çeda s'allongea en se demandant ce que la Matrone entendait par « notre salut ». Parlait-elle des Rois ? Des Vierges ? De Sharakhaï ?

Elle eut le sentiment que Zaïde ne lui avait pas tout dit.

Çeda s'endormait facilement et avait le pouvoir de programmer son réveil. Trois nuits plus tard, elle se réveilla à une heure où la plupart des Vierges étaient couchées.

Elle était de plus en plus inquiète à propos d'Emre. Le lendemain, elle devait participer à une fête de bienvenue au cours de laquelle on la présenterait aux Rois qui daigneraient venir. Sümeya ne mettrait pas ses menaces à exécution avant cette cérémonie, car il était encore possible qu'un Roi refuse que Çeda intègre le corps des Vierges, mais ensuite… Elle devait agir cette nuit si elle voulait avertir le jeune homme du danger qui planait au-dessus de sa tête.

Elle s'assit sur le lit. Une odeur de jusquiame noire parvenait de la blessée qui dormait à l'autre bout de la salle. Dans le plus grand silence, la jeune fille enfila une robe blanche et une paire de chaussons avant de se diriger vers la fenêtre par laquelle elle était passée une semaine plus tôt. La nuit était noire, mais elle aperçut deux sentinelles sur les remparts de la Maison des Vierges. Elles patrouillaient sur la portion de mur qui rejoignait la haute muraille isolant Tauriyat du reste de Sharakhaï.

Çeda n'avait pas oublié la punition qui sanctionnait une sortie non autorisée – des coups de fouet dans la cour, devant tout le monde –, mais il ne fallait pas prendre les menaces de Sümeya à la légère. Elle devait rassurer Emre et lui dire de ne plus poser de questions le long de la Lance. Il fallait qu'il se cache. N'importe où. Même chez les Hôtes sans Lune. C'était toujours mieux que de finir égorgé par Sümeya.

Une troisième sentinelle rejoignit les deux autres au milieu du chemin de ronde et les trois femmes se mirent à bavarder. C'était le moment idéal pour bondir sur la muraille et se laisser glisser de l'autre côté. Çeda se prépara à enjamber la fenêtre, mais les trois guerrières se séparèrent. Les deux premières s'éloignèrent sur le chemin de ronde, la troisième resta immobile.

Pendant de longues minutes, Çeda s'efforça de comprendre la logique qui régissait les déplacements des sentinelles – y compris des deux qui patrouillaient dans la cour. En vain. Et celle qui était plantée sur les remparts ne semblait pas décidée à bouger.

Çeda songea à Emre. L'angoisse la torturait comme les dernières paroles de sa mère l'avaient torturée. Une petite voix apeurée lui soufflait de retourner se coucher, d'attendre une autre nuit. Elle broya ses doutes sans la moindre pitié. Elle devait agir ce soir. Emre avait besoin d'elle.

Elle enjamba la fenêtre et se glissa sur la corniche.

Elle avança en faisant des pas de côté, le dos plaqué contre le mur. Sa robe blanche se confondait avec les pierres claires du bâtiment, mais elle n'était plus qu'à une dizaine de pas de la sentinelle immobile. Si celle-ci se retournait, il ne lui faudrait qu'un instant pour repérer la jeune fille.

Deux Vierges à cheval sortirent des écuries et traversèrent la cour. Les claquements des sabots résonnèrent comme des battements de tambour tandis que les deux cavalières se dirigeaient vers la porte principale. Elles allaient passer tout près de Çeda.

La jeune fille se figea et retint son souffle. Elle était fichue. Les deux Vierges allaient la voir et…

Une boule de feu monta dans le ciel en décrivant un grand arc de cercle, puis elle amorça sa descente et Çeda fut enveloppée par une puissante vague de chaleur quand elle passa au-dessus des remparts en tournoyant comme un fragment de soleil. Elle s'écrasa à l'autre bout de la cour et des coulées de feu se propagèrent comme des pointes de flèche. Des flammes léchèrent les murs des écuries tandis que les deux cavalières faisaient demi-tour. Un deuxième, puis un troisième projectile montèrent dans la nuit. L'un d'eux tomba au centre de la cour et les chevaux hennirent de terreur. L'autre s'écrasa sur le toit du plus haut des sept bâtiments de la Maison des Vierges, un édifice couvert de tuiles en argile rouge avec des vitraux en guise de fenêtres.

Le feu du démon. C'était la première fois que Çeda le voyait à l'œuvre, mais elle en avait entendu parler. Jadis, les alchimistes de Kundhun l'avaient employé dans l'espoir de s'emparer de Sharakhaï avant que les Rois puissent invoquer les asirim. L'attaque avait échoué quand le Roi Beşir avait surgi au milieu du camp ennemi et avait tué les alchimistes les uns après les autres. Azad, le Roi des Épines, avait traversé les lignes de l'armée kundhanaise et massacré son général avant de se volatiliser. Il se déplaçait si vite que l'œil arrivait à peine à le suivre.

Une cloche retentit, puis une deuxième, et une troisième. La muraille qui se dressait en face de Çeda s'enflamma lorsqu'un quatrième projectile s'écrasa sur le chemin de ronde et les créneaux. La sentinelle qui montait la garde eut à peine le temps de bondir et de rouler sur le côté. Les flammes coulèrent le long du mur et se rassemblèrent à sa base. Elles étaient aussi brillantes que des petits soleils.

Les attaques contre les Rois étaient rares, mais au cours des dernières années, elles étaient devenues presque régulières. Çeda ignorait pourquoi on avait lancé ces projectiles et pourquoi on avait visé la Maison des Vierges – une cible qui entraînerait des représailles terribles et immédiates–, mais elle comprit que c'était le moment idéal pour s'enfuir.

Elle inspira un grand coup, puis elle prit son élan et bondit vers la muraille. Elle atterrit sur le chemin de ronde, se redressa et tourna la tête vers la sentinelle qui la regardait d'un air soupçonneux de l'autre côté du rideau de flammes. La jeune fille haussa les épaules en guise d'excuses, puis enjamba le parapet et sauta.

Une dernière boule de feu s'abattit sur la Maison des Vierges, mais Çeda était incapable de dire où. Elle entendit un grand fracas et des cavaliers qui sortaient au galop. Des ordres secs couvrirent les claquements des sabots, mais Çeda s'éloignait déjà entre les bâtiments de la vieille ville pour se fondre dans la nuit.

Un lourd silence planait sur Crêterose et le reste de la cité. Les Sharakhiens avaient dû apprendre ce qui venait de se passer. Lorsqu'un attentat visait les Rois ou les Vierges, les habitants des quartiers ouest prenaient leurs précautions et seuls les plus hardis osaient sortir dans les rues. Les Vierges allaient envahir les Bas-fonds et n'hésiteraient pas à verser le sang et à briser des crânes pour trouver les responsables de l'attaque.

Tandis que Çeda remontait la rue sinueuse dans laquelle elle habitait, elle entendit un bébé pleurer, mais les cris furent vite étouffés. Elle arriva en vue de l'appartement et constata qu'il n'y avait pas de lumière dans le salon, ni derrière les rideaux des deux chambres. Elle approcha, s'arrêta devant la porte et observa le loquet. Il était baissé. Elle était partie depuis bientôt trois semaines, mais Emre n'aurait jamais cessé d'appliquer leur code secret, d'autant qu'il ne savait pas quand elle rentrerait.

Quelqu'un était entré dans l'appartement.

Et y était peut-être encore.

Çeda ouvrit le battant et monta l'escalier sans faire de bruit. Emre avait arrangé les marches de manière qu'elles grincent le moins possible. Un trait de lumière se dessinait sous la porte d'entrée. On avait dû allumer une chandelle, mais celle-ci ne devait pas éclairer grand-chose. Une odeur âcre flottait dans l'air, comme si l'on avait brûlé des feuilles et retourné la terre d'une forêt d'un pays lointain.

Quelqu'un l'attendait et elle voulait savoir qui. Il était donc inutile de perdre du temps. Est-ce que Sümeya l'avait devancée ? La Vierge l'attendait peut-être de l'autre côté de la porte, prête à la transpercer avec sa lame noire. Elle la tuerait sans l'ombre d'une hésitation et cracherait sans doute sur son cadavre avant de partir, heureuse d'être débarrassée de la pouilleuse de Crêterose une bonne fois pour toutes.

Çeda contracta ses muscles et ouvrit la porte. Un homme était assis contre un mur, une pipe à la bouche. Il la regarda avec une lueur de surprise dans les yeux.

— Qui es-tu ? demanda Çeda d'un ton prudent.

— Comme ils sont prompts à oublier…

La voix était familière. L'homme se pencha en avant et ses traits, jusque-là cachés par la pénombre, apparurent à la lumière de la bougie posée sur le tapis. Çeda reconnut ses traits. C'était Ramahd, le noble qaimirien dont la femme et la fille avaient été tuées par Macide.

La jeune fille avança et ferma la porte derrière elle.

— Qu'est-ce que tu fais ici ? demanda-t-elle.

L'homme regarda le poignet bandé de Çeda, puis la robe blanche avec la taille cintrée et le col carré. C'était un vêtement que les Sharakhiens – et les personnes qui fréquentaient la cité depuis un certain temps – connaissaient bien.

— Il semblerait que les Vierges ont eu droit à un beau spectacle, ce soir, dit Ramahd.

— Les Vierges ne manquent pas d'ennemis.

Le Qaimirien esquissa un sourire entendu, puis tira une longue bouffée sur sa pipe. Il cracha un grand rond de fumée, suivi d'un plus petit qui traversa le premier. Les deux anneaux se dissipèrent avant de se mêler au brouillard qui flottait au plafond.

— Elles ne manquent pas d'alliés non plus, d'après ce que je vois.

— Je t'ai demandé ce que tu faisais ici, lâcha Çeda.

Et puis la jeune fille comprit pourquoi il avait été surpris en la voyant entrer. Ce n'était pas *elle* qu'il attendait, mais Emre. Elle garda sa conclusion pour elle. Elle n'avait pas l'intention de dévoiler ses cartes avant d'en savoir un peu plus.

— Je te le dirai si tu réponds à une question.

— Je ne marchande pas avec les hommes qui s'introduisent chez moi sans y être invités.

Il fit la moue et hocha la tête.

— C'est donc chez toi. Je n'en étais pas sûr. Et Emre est… quoi ? Ton époux ? Ton frère ?

— C'est pour ça que tu es venu ici ? se moqua Çeda. Tu t'es donné beaucoup de mal pour rien. Il t'aurait suffi de poser quelques questions dans le quartier pour le découvrir.

Ramahd observa la robe, puis pointa l'embout de sa pipe vers la jeune fille.

— Est-ce que tu as participé à l'attaque de ce soir ? demanda-t-il en insistant sur chaque mot.

— J'y ai *assisté*…

Ramahd se leva. Il semblait très à l'aise et Çeda se méfia aussitôt. Elle fit un pas vers la table qui se trouvait à l'autre bout de la pièce. C'était là qu'elle posait le couteau de cuisine.

— Ce n'est pas ce que j'ai demandé, dit Ramahd.

— Mes affaires ne regardent que moi, répliqua Çeda.

Il tira une autre bouffée sur sa pipe et cracha la fumée.

— J'ai l'impression que je me fais mal comprendre. Faut-il que j'épelle la question ?

Çeda avança d'un autre pas.

— Oui, je préférerais.

— Tu sais pourquoi je suis venu à Sharakhaï. Tu sais – enfin, tu te doutes – que Macide est responsable de l'attaque contre la Maison des Vierges. J'aimerais donc savoir si tu travailles pour lui, car si tel était le cas, je serais amené à te poser des questions plus… pointues.

— Je n'ai pas participé à cette attaque, Ramahd. Maintenant, va donc poser tes questions aux dieux, car moi, je n'y répondrai pas. Surtout sous la menace.

Elle fit un autre pas, mais Ramahd combla le vide qu'elle venait de creuser.

Elle fit mine de se précipiter vers le couteau de cuisine et tira le petit poignard attaché contre sa cuisse. Le Qaimirien approcha et elle visa le bras en espérant qu'une estafilade le ferait reculer. Mais Ramahd était rapide comme l'éclair et il évita la lame sans difficulté. Çeda essaya de lui donner un coup de poing au menton, mais au lieu de parer le coup, il saisit son poignet bandé.

Une onde de douleur partit de la main, remonta le long du bras et traversa l'épaule de la jeune fille avant d'envahir sa poitrine. Elle eut l'impression que le poison se réveillait et la dévorait de l'intérieur. La souffrance, déjà insupportable, gagna en intensité et l'univers de la jeune fille disparut dans une lueur aveuglante.

Çeda se tient dans le jardin de Saliah, mais la vieille femme aveugle est invisible. Les carillons tintent et brillent entre les branches de l'acacia. On dirait des fragments d'une lune d'automne.

Le son… Dieux tout-puissants, pourquoi ne l'a-t-elle pas entendu auparavant ?

Elle distingue des *voix* entre les accords mélodieux. Peut-être les voix des morts qui racontent leur vie dans un souffle à peine audible. Ou les échos de l'avenir traversant les portes du temps. De toute évidence, les carillons ne sont pas en harmonie qu'avec le jardin, mais avec le Grand Shangazi tout entier, depuis les hautes montagnes qui l'entourent aux caravansérails qui assurent la cohésion du désert. Ils sont les cordes à travers lesquelles Saliah effleure la conscience de chaque homme, femme et enfant qui arpente les sables ambrés.

Voilà ce que la vieille femme a fait quand Çeda a frappé le tronc avec la houlette. Voilà ce qu'elle a fait quand la petite Çeda a grimpé dans l'acacia. Elle a écouté l'arbre lui raconter une histoire qui ne s'était pas encore déroulée.

Çeda regarde et une enfant entre dans le jardin.

C'est moi, songe la jeune fille. *C'est moi, petite.*

La jeune Çedamihn approche du grand acacia. Elle fait le tour du tronc à pas lents. Elle regarde souvent en direction de la porte du jardin. Elle tend l'oreille, car sa mère veut passer un marché avec la sorcière du désert. Çeda le sait. La jeune Çedamihn lève la tête et regarde les carillons, comme Çeda l'a fait quelques instants plus tôt. Puis elle prend son élan et bondit en l'air. Elle grimpe entre les branches avec un sourire aussi lumineux que le ciel d'azur.

Çeda voudrait tant être à sa place.

L'enfant ne sait pas encore que sa mère va mourir. Ses craintes sont diffuses et tapies au fond de son esprit, assez lointaines pour se convaincre qu'elles ne se réaliseront pas.

Dans quelques heures, elle découvrira pourtant Ahya pendue à un gibet, avec de terribles mots gravés sur sa peau.

« Catin. » « Parjure. »

Et d'étranges symboles qui hantent toujours Çeda.

Les tintements des carillons changent. Les notes deviennent plus graves et les voix plus claires.

Çeda essaie de les comprendre, mais elles sont confuses. C'est un écheveau qu'elle n'a aucune chance de démêler.

Mais Saliah, elle, les comprend parfaitement. Çeda en est convaincue.

La vieille femme se tient à l'entrée du jardin, le port toujours altier. Elle regarde la jeune Çedamihn sans la voir, mais surtout, elle écoute. Elle entend. Elle comprend ce que les carillons racontent. C'est pour cette raison qu'elle a autorisé Çedamihn à jouer près de l'arbre. Elle aurait pu faire semblant d'écouter Ahya. Elle aurait pu feindre la pitié et accepter de garder l'enfant, mais elle n'attendait qu'une chose : que les carillons lui disent ce qu'elle devait faire.

A-t-elle *besoin* que quelqu'un d'autre les fasse tinter ? se demande Çeda. Ou bien n'est-ce que la première étape pour découvrir l'avenir d'une personne ?

Saliah se redresse. Elle a les yeux fermés. Elle écoute les carillons. Elle écoute les voix.

Et puis elle tourne le dos à Ahya.

Çeda est spectatrice. La scène est à la fois très similaire et très différente de ses souvenirs. Tandis que la sorcière du désert retourne vers la maison, la jeune fille aperçoit le visage de sa mère. Ahya voulait que Saliah s'occupe de sa fille. Elle voulait que *quelqu'un* s'occupe de sa fille. L'instinct maternel avait balayé les règles sévères qu'elle avait inculquées à sa fille. Çeda ne s'en était pas rendu compte à l'époque. Elle découvre soudain ce que ressent une mère. L'amour au milieu de la douleur, de la confusion et de l'angoisse.

Çeda s'en veut de ne pas avoir compris et de ne pas l'avoir montré à Ahya d'une manière ou d'une autre. Elle se demande aussi pourquoi sa mère s'efforçait de cacher cet aspect de sa personnalité.

Elle ne pensait qu'à ses voyages, qu'à sa guerre secrète contre les Rois. Nul doute qu'elle voyait le visage de mon père à travers moi, le visage d'un de ces Rois qu'elle détestait tant. Ça ne devait pas être facile de concilier l'amour qu'elle portait à sa fille et la haine qu'elle éprouvait pour son père.

Ahya se ressaisit. Elle prend Çedamihn par la main et l'entraîne vers le skiff. Quelques instants plus tard, le navire s'élance à travers le désert.

Çeda ne distingue bientôt plus qu'une tache sombre surmontée d'une petite voile blanche qui file sur l'horizon.

Elles sont parties.

La jeune fille a la terrible impression d'être seule au monde.

CHAPITRE 43

Çeda cligna des yeux et s'aperçut que le Qaimirien se tenait au-dessus d'elle.

Par les dieux, comment s'appelait-il déjà ?

L'esprit de la jeune fille était plongé dans un brouillard épais.

Ramahd.

Il s'appelait Ramahd.

Il était à califourchon sur elle et il plaquait son poignet droit contre le sol. Il avait lâché le gauche, celui qui était bandé. L'inquiétude se lisait sur son visage. Il lui administra une gifle et Çeda eut l'impression que ce n'était pas la première.

— Réveille-toi ! siffla-t-il.

Elle le regarda tandis qu'un filet de sueur coulait sur son front. La douleur était encore vive, mais elle était supportable. Les souvenirs qui venaient de lui traverser l'esprit étaient d'une netteté saisissante. Le jardin, l'acacia, les carillons… Dieux tout-puissants, leurs tintements étaient magnifiques…

Ramahd la regarda comme si elle était devenue folle.

Non.

Il n'était pas *inquiet*, il était furieux. C'était une lueur d'intérêt qui brillait au fond de ses prunelles. Comment avait-elle pu se tromper alors que ses yeux étaient rivés sur elle ? Leur première conversation remontait à plusieurs semaines et la jeune fille avait presque oublié l'existence du Qaimirien. Ses mâchoires carrées, ses sourcils arrondis, ses joues mal rasées qui lui donnaient un petit air de mauvais garçon… et son odeur… Ce parfum qui évoquait des pays lointains. Çeda avait Sharakhaï dans le sang, mais elle aurait aimé voyager au-delà des sables arides du Grand Shangazi.

— Ça va mieux ? demanda Ramahd.

La jeune fille hocha la tête, incapable de parler.

Le Qaimirien la redressa et l'aida à se lever avant de lui lâcher le poignet. Il la regardait comme s'il craignait qu'elle le frappe. Çeda comprit qu'il l'avait plaquée au sol pour l'empêcher d'attaquer, mais aussi pour éviter qu'elle *se fasse* du mal. Il recula en se massant la mâchoire inférieure et ouvrit la bouche comme une hyène qui bâille. Il ne quittait pas la jeune fille des yeux.

— Tu parlais à quelqu'un, dit-il. Tu la suppliais.

— Je rêvais d'une femme que j'ai rencontrée dans le désert.

— Ahyanesh ?

Un frisson secoua Çeda.

Elle regrettait d'avoir prononcé le nom de sa mère devant un étranger, mais en même temps, elle était heureuse de pouvoir parler d'Ahyanesh Allad'ava à quelqu'un d'autre qu'Emre.

— C'était ma mère, dit-elle. Les gens qui l'aimaient l'appelaient Ahya.

Ramahd s'assit en tailleur dans un mouvement souple et élégant. C'était dans cette position que les Qaimiriens priaient. Il regarda la jeune fille en réfléchissant aux mots qu'il allait employer.

— Tu la suppliais de ne pas te laisser.

Une image traversa l'esprit de Çeda. Sa mère pendue par les chevilles.

Elle déglutit avec peine. Elle était heureuse que les dieux lui aient permis de revoir Ahya, même si ce n'était qu'en rêve, mais cela l'avait obligée à revivre la tragédie de sa mort, et cette expérience était bien plus douloureuse qu'elle l'aurait imaginé.

— Elle est morte quand j'étais enfant.

— Je comprends, dit Ramahd.

— Non, tu ne comprends rien du tout, répliqua Çeda avec une hargne qui la surprit.

— C'est vrai. Tu as raison.

La jeune fille aurait voulu lui présenter ses excuses, mais quelque chose l'en empêchait.

Ramahd rompit le silence embarrassé qui s'installait dans la pièce.

— Que s'est-il passé ? demanda-t-il en montrant son poignet bandé.

Çeda s'aperçut que la douleur avait reflué. Elle ne s'était jamais sentie aussi bien depuis qu'elle s'était piquée avec l'épine d'adichara. La curiosité la poussa à dénouer le bandage pour regarder la plaie et les tatouages qui l'entouraient.

Elle observa le petit trou blanc.

— Un baiser d'adichara, dit-elle en tendant la main vers Ramahd.

Les tatouages entouraient la plaie sans la toucher, puis remontaient vers le pouce pour s'arrêter tout près de l'ongle. Ils étaient d'une beauté presque hypnotique à la faible lumière de la chandelle.

Çeda lut les mots que Zaïde avait cachés entre les branches d'adichara. « Ce qui a été perdu est retrouvé » et « Fléau des Injustes ». Ces termes pouvaient être interprétés de différentes manières, tout dépendait de l'état d'esprit de celui qui les lisait. Zaïde avait dit qu'ils étaient importants. Çeda songea qu'il lui faudrait interroger la Matrone à ce sujet. Avec la plus grande prudence, bien entendu.

Ramahd haussa les sourcils en observant le poignet et la robe de la jeune fille. Il comprit ce qui s'était passé et ses yeux perçants plongèrent dans ceux de Çeda.

— Les Vierges t'ont *guérie* ? (La jeune fille acquiesça.) Et elles t'ont laissée partir ?

Çeda secoua la tête.

— Ce n'est pas ainsi que je décrirais la situation.

— Et *comment* la décrirais-tu ?

— Je suis censée devenir l'une d'elles. Elles m'ont accepté dans leurs rangs.

Ramahd regarda le poignet de la jeune fille en fronçant les sourcils.

— À cause de cette plaie ?

— Malgré cette plaie.

— Par tous les dieux, mais pourquoi ? Que peuvent-elles bien vouloir de toi ?

— Elles ont estimé que...

Çeda réfléchit aux mots qu'elle allait employer. Elle devait être prudente, car Ramahd avait l'esprit vif.

— Elles ont estimé que j'avais les qualités requises.

— Mais...

— Assez avec ça ! l'interrompit Çeda. J'ai répondu à de nombreuses questions. Il me semble que dans le désert, la coutume veut qu'on partage, non ?

Ramahd était encore abasourdi par ce qu'il venait d'apprendre, mais il hocha la tête. Il essaya de dissimuler sa confusion derrière un petit sourire, mais échoua lamentablement.

— Tu as raison, dit-il.

— Que fais-tu ici ? demanda Çeda.

— J'attends Emre.

— Pourquoi ?

— Parce qu'il connaît Macide. Il travaille pour lui.

— Comment le sais-tu ?

— Mes hommes l'ont suivi. Au cours des deux dernières semaines, il a été vu à trois reprises en compagnie de Hamid Malahin'ava, et il n'est pas impossible qu'il y ait eu d'autres rencontres. (Ramahd s'interrompit un instant.) Te souviens-tu de l'albinos ? L'ambassadeur Juvaan de Miréa ?

— Tu crois que j'aurais pu l'oublier ?

Ramahd ignora la pique.

— Un demi-Sharakhien du nom de Ruan travaille pour lui. Ce Ruan rend visite à une femme des quartiers sud de temps en temps.

— *Il rend visite à une femme ?* Tu ne peux pas dire qu'il va voir une catin ?

Ramahd secoua la tête.

— C'en est une, mais son commerce ne se limite pas à celui de la chair. Elle fournit des lieux de rencontre aux personnes qui souhaitent se rencontrer discrètement. Elle assure le transport de sommes d'argent et de marchandises. Un peu comme Osman, mais pour une autre clientèle.

— Et ?

— Et on a vu Ruan quitter sa maison une heure avant qu'Emre s'y présente.

Çeda essaya de cacher son malaise.

— Emre connaît beaucoup de monde à Sharakhaï. Ce que tu me dis ne prouve pas qu'il travaille pour Macide.

— Lorsqu'il a quitté le domicile de cette femme, il est allé voir un certain Samael. Tu le connais ?

— Je croyais que Samael avait fui Sharakhaï depuis des années.

— Nous le croyions également. Il semblerait qu'il y soit revenu. Il y a trois semaines, un alchimiste capable de préparer le feu du démon est arrivé en ville. Emre l'a rencontré il y a trois jours, et cette nuit, le feu du démon s'est abattu sur la Maison des Vierges.

— Va au fait, Ramahd.

— Patience. Le puzzle comporte une dernière pièce. As-tu déjà entendu le nom de Hamzakiir ?

Çeda eut l'impression que son cœur se transformait en bloc de glace.

— Tous les Sharakhiens ont entendu parler de Hamzakiir, répondit-elle. Mais la plupart pensent que ce n'est qu'une légende.

— Et *toi* ?

— Je crois qu'il a existé.

— Et qu'est-ce que les habitants de Sharakhaï pensent de lui ?

Çeda déglutit. Elle n'avait guère envie d'échanger des rumeurs avec Ramahd.

— C'était un mage de sang. Il est mort il y a bien longtemps.

Ramahd hocha la tête.

— Nous pensons que les Rois l'ont tué il y a quatre-vingts ans. On ignore où est sa tombe, et nous n'avons pourtant pas ménagé nos efforts pour la trouver. Mais nous sommes convaincus que Juvaan connaît son emplacement et qu'il l'a indiqué aux rebelles.

Çeda réfléchit à toute vitesse.

— Le message que j'ai apporté… Macide en était le destinataire final.

— Tout comme la pierre de vie qu'Emre transportait.

— Les pierres de vie permettent de communiquer avec les morts… (*Par la lame scintillante de Thaash, dans quel guêpier t'es-tu fourré, Emre ?*) Tu crois qu'ils veulent faire parler Hamzakiir pour découvrir un secret qu'il aurait emporté dans sa tombe ?

Le visage de Ramahd s'assombrit.

— Je le crois.

Çeda regretta de ne pas avoir gardé la pierre de vie. Elle aurait pu chercher le corps de sa mère et lui poser des questions.

Qui est mon père ?

Où sont les autres poèmes ?

Pourquoi m'as-tu abandonnée ?

— Mais pourquoi ? demanda la jeune fille. En quoi Hamzakiir peut-il les aider ?

— C'est la grande question, répondit Ramahd. C'est pour cela que je suis venu parler à Emre. Il a joué un rôle important dans l'attaque de cette nuit. Un rôle aussi important que celui de Macide ou de Hamid. Un rôle aussi important que celui de Juvaan qui rassemble des fonds et des informations pour les Hôtes sans Lune.

Çeda vit la colère briller dans les yeux du Qaimirien. Pour Ramahd, Emre était aussi mauvais que Macide.

— Mais pourquoi ont-ils lancé cette attaque inutile contre la Maison des Vierges ? demanda la jeune fille. Quelques murs se sont enflammés, les chevaux ont eu peur, mais il n'y a pas eu de véritables dégâts. Ils ont donné un coup de pied dans un nid de frelons, et maintenant, la ville va être en état d'alerte pendant des mois.

— Tel était peut-être leur intention.

— Qu'est-ce que ça pourrait bien leur apporter ?

— C'est la question que je voudrais poser à Emre. Sais-tu où il est ?

Si je le savais, tu pourrais courir pour que je te le dise.

— Je viens juste de rentrer, répondit Çeda tandis que Ramahd la regardait avec attention.

Le Qaimirien la dévisagea et observa ses mains dans l'espoir de surprendre un léger tremblement. Il surveillait la moindre de ses réactions pour savoir si elle mentait. Il *lisait* en elle, comprit Çeda. Il faudrait qu'elle fasse attention, à l'avenir.

— Je dis la vérité, dit la jeune fille. (Elle montra sa main blessée.) Ça ne te suffit pas comme preuve ?

Ramahd soupira et la lueur suspicieuse s'évanouit de ses yeux.

—Certains jours, je ne sais plus ce que je dois croire. Ma vie n'est que méfiance, Çeda.

—Attends un peu, dit la jeune fille en se rappelant quelque chose. Si tu surveilles Emre depuis des semaines, comment se fait-il que tu ne saches pas où il est ?

—Il a dû remarquer quelque chose. Nous l'avons perdu il y a deux jours.

—Et tu crois qu'il va venir ici ce soir ?

Ramahd haussa les épaules.

—Qui sait ? J'ai pensé qu'après l'attaque contre la Maison des Vierges, il reprendrait peut-être un semblant de vie normale. Ne serait-ce que pour ne pas éveiller les soupçons. Les Vierges vont fouiller toute la ville et interroger tout le monde.

Çeda hocha la tête.

—C'est vrai, mais il préfère peut-être se cacher. Il a déjà eu des ennuis avec les gardes de la cité.

—On l'a surpris en train de voler ?

—Non. (Elle haussa les épaules.) Enfin, si. C'est arrivé – il a chapardé pas mal de choses au cours de sa vie. Mais je pensais à autre chose. Quand il était jeune, son frère a été tué par une brute de caravanier. (Çeda revit Saadet poursuivre le garçon le long de la Haddah.) Emre est allé signaler sa mort, mais les Lances d'argent lui ont ri au nez. *Ils lui ont ri au nez !* Ils lui ont dit qu'ils ne pouvaient rien faire. Le coupable travaillait pour un des hommes les plus riches de Malasan. On avait graissé la patte des gardes pour qu'ils fichent la paix aux caravaniers. C'est peut-être pour cette raison qu'ils étaient tellement furieux qu'on vole la bourse d'un des leurs. Ils avaient l'impression que la ville était à eux et se sentaient le droit de faire justice eux-mêmes.

Ramahd resta silencieux un moment.

—Je comprends et partage sa douleur.

—Tu sais ce qu'on ressent en perdant un être cher, concéda la jeune fille, mais tu n'imagines pas la vie dans les rues de Sharakhaï. Surtout quand on est enfant. Emre m'a sauvé la vie quand j'étais petite. Quand ma mère a été exécutée, il m'a empêchée de me jeter contre les portes de Tauriyat et de mourir inutilement. Il m'a donné à manger. Il m'a fait rire alors que mon cœur était un désert de sel. Je lui dois beaucoup et je peux t'assurer une chose : c'est un homme bon. Il ne mérite pas qu'un seigneur de Qaimir s'introduise chez lui et doute de son honneur.

—Et que veux-tu que je fasse ?

—Laisse Emre en paix. Laisse-moi parler avec lui. Je découvrirai ce qui se passe et je te le dirai.

Elle n'avait pas imaginé d'autre solution pour éviter que Ramahd inflige une solide correction – ou pire encore – à son ami.

— Et s'il s'est mis au service de Macide ?

Çeda déglutit avec peine.

— Je te le dirai aussi. Je te le jure, Ramahd.

Le Qaimirien la regarda dans les yeux, puis tourna la tête vers la porte et la fenêtre aux volets clos. Des bruits de sabots résonnèrent quelque part dans la cité. Çeda entendit une femme crier, puis un homme. Les Vierges étaient encore loin, mais elles se dirigeaient peut-être vers Crêterose.

— Très bien, dit enfin Ramahd. J'attendrai, mais à une condition.

— Laquelle ?

— On te présentera bientôt aux Douze Rois, n'est-ce pas ?

— En effet.

— Ce sera une cérémonie officielle, pour qu'ils puissent te jauger et décider si tu es digne de les servir.

— J'ai *déjà* été choisie.

Ramahd tourna brusquement la tête vers elle. Il avait les yeux écarquillés.

— Par qui ?

— Le Roi aux Yeux de Jade.

Ramahd la regarda comme s'il était surpris par son manque de réaction.

— Tu ne sais donc pas ?

— Quoi ?

— Il est rare que le Roi Yusam choisisse une Vierge. Ce n'est pas arrivé depuis que mon seigneur Roi m'a chargé d'être son émissaire à Sharakhaï.

— Et tu es ici depuis combien de temps ?

— Sept ans. Mais d'après ce que j'ai entendu, il y avait déjà des années que Yusam n'avait pas choisi de Vierge. Il semblerait qu'il n'aime pas avoir des gens trop près de lui. Alors pourquoi aujourd'hui ? Et pourquoi toi ?

Çeda ne savait presque rien sur ce qui se passait à Tauriyat et ce qu'elle venait d'apprendre en était la preuve. Elle n'était pas préparée à ce qui l'attendait à la Maison des Vierges.

— Je n'en ai aucune idée, dit-elle après un moment de silence.

Le visage de Ramahd redevint grave, mais une étincelle de curiosité brillait au fond de ses yeux. Il regardait Çeda comme les pièces éparpillées d'un puzzle kundhanais.

— C'est sans importance, dit-il. (Il dut prendre une décision, car il inspira un grand coup et sourit à Çeda.) Il y a de fortes chances pour que Juvaan soit invité à la cérémonie. Et moi aussi. Si c'est le cas, accepterais-tu de bavarder avec lui et moi ?

— C'est tout ce que tu veux ? Une conversation entre nous trois ?

— Tu n'as pas envie d'en apprendre davantage à son sujet ?

— Si.

— Eh bien, moi aussi. Nous avons été présentés et il nous arrive d'échanger quelques banalités, mais je n'ai jamais parlé sérieusement avec lui. C'est une lacune que je souhaiterais combler.

— Alors pourquoi ne vas-tu pas le voir tout seul ? Tu sais, il arrive que les gens parlent entre eux en ce bas monde. Pendant les fêtes, par exemple.

— C'est une possibilité, mais c'est un homme étrange. Sans compter que Miréa et Qaimir n'ont jamais été en très bons termes. Juvaan se rend souvent aux arènes. C'est un véritable passionné. S'il apprenait que c'est toi que j'ai affrontée…

Çeda écarquilla les yeux.

— Tu veux lui révéler que je suis la Louve Blanche ?

Ramahd haussa les épaules.

— Ce n'est pas grand-chose et tu pourrais en apprendre beaucoup.

— Je n'en suis pas si sûre. Et puis, tu en apprendrais autant que moi, sinon plus.

— C'est vrai, mais ose me dire que tu n'es pas curieuse. Et puis, la Louve Blanche a-t-elle l'intention de retourner se battre dans l'arène ? Son identité attise la curiosité, mais cela ne durera pas si elle interrompt sa carrière. On l'oubliera et tu auras manqué une belle occasion.

C'était la vérité. Çeda mourait d'envie d'en apprendre davantage sur Juvaan, mais était-elle prête à sacrifier l'identité qu'elle s'était efforcée de garder secrète pendant des années ?

— Je vais réfléchir à la question, dit-elle.

— C'est une sage décision. (Ramahd se leva dans un mouvement fluide.) Porte-toi bien, Çedamihn Ahyanesh'ala.

— Salut, dit Çeda en regrettant de le voir partir.

Ramahd le sentit peut-être, car il se dirigea vers la porte d'un pas hésitant. Il tendit la main vers la poignée, mais se figea juste avant de la toucher et tourna la tête vers la jeune fille. Il semblait sur le point de lui dire quelque chose, mais ses yeux se posèrent sur l'entrée de la chambre d'Emre et son visage se ferma brusquement. Il sortit sans un mot.

Çeda se retrouva seule. Le martèlement des sabots et les cris des accusés résonnaient dans la nuit.

CHAPITRE 44

— Debout.

Emre ouvrit les paupières.

— Quoi ?

— Debout.

Le jeune homme s'assit sur la paillasse étroite et frotta ses yeux gonflés de sommeil. Qui était la personne qui venait de s'adresser à lui ? S'agissait-il de Çeda ? Il regarda la femme qui se tenait à l'entrée de la pièce remplie de dormeurs.

Non, ce n'était pas Çeda. Bien sûr. Çeda était morte, tuée par les Vierges, ou par Dardzada. Ou peut-être était-ce sa faute. Après tout, il avait été incapable de la retenir. Il aurait dû se battre avec plus d'ardeur pour l'empêcher de quitter l'appartement.

— C'est l'heure de manger, dit la femme.

Elle s'appelait Nirendra, se souvint Emre. C'était la propriétaire de ce dortoir infâme qui se trouvait au bout d'une allée pourrie des Bas-fonds. Autour de lui, une dizaine d'hommes et de femmes ronflaient sur des paillasses et des tapis en roseau. Une odeur désagréable flottait dans l'air. Des relents de corps sales, de pisse et de merde. La journée touchait à sa fin. Une lumière orangée entrait par la fenêtre fermée par une couverture et par la porte disjointe. Le brouhaha habituel des Bas-fonds se glissait dans la pièce comme un visiteur inopportun. Les habitants des taudis prenaient leur dernier repas de la journée, chantaient ou bavardaient un peu avant d'aller se coucher, mais les voisins d'Emre travaillaient la nuit, à la lumière des lunes.

Nirendra était une vieillarde maigre, mais elle avait dû être bien en chair dans sa jeunesse, car sa peau pendait le long de ses bras et formait des bourrelets sur son cou. Elle était penchée sur une marmite en fer posée sur des braises. Elle ne ressemblait pas à Çeda. Comment avait-il pu croire un seul instant qu'il s'agissait de son amie ? La vieille femme remplit de riz et de pois une écuelle en bois, puis se dirigea vers le jeune homme en boitillant. Elle lui tendit l'assiette creuse d'une main tremblante.

Emre avait faim – il mourait de faim, même–, mais il refusa.

—Mange, toi, dit-il.

Nirendra secoua la tête en le regardant avec des yeux hagards.

—J'ai déjà mangé ma part.

—Je n'ai pas faim.

Le visage de la vieille femme se durcit.

—Que les démons emportent ta putain de mère et ta pitié ! lâcha-t-elle en posant l'écuelle sur les genoux du jeune homme. (Des grains de riz, de pois et des brins de persil tombèrent sur la paillasse.) Tu as une longue nuit devant toi. Mange !

Emre ramassa ce qui était tombé et le remit dans l'assiette, puis il commença à manger avec les doigts.

—Quand doivent-ils venir ? demanda-t-il.

La vieille femme regarda la fenêtre comme si elle évaluait la quantité de lumière qui pénétrait dans la pièce.

—Bientôt, je pense.

Elle ne se trompait pas. Emre avait à peine vidé son écuelle – le riz était tout simplement divin – que Darius entra sans frapper. Il attendit que ses yeux s'habituent à la pénombre et tourna la tête vers Emre.

—Tu es prêt ?

—Plus que jamais.

Le jeune homme se leva et se dirigea vers la porte. Il tendit l'écuelle à Nirendra en passant devant elle.

—Merci, dit-il.

La vieille femme laissa échapper un grognement et posa l'assiette sur la pile qui se dressait près de la marmite.

Dehors, l'obscurité avait envahi les ruelles. Darius entraîna Emre vers l'est et ils s'enfoncèrent dans les Bas-fonds. Ils changèrent de direction à plusieurs reprises avant d'arriver à un carrefour où se rejoignaient six rues. Darius siffla et Hamid apparut quelques instants plus tard. Il salua ses camarades d'un hochement de tête, et les trois hommes se dirigèrent vers le centre de Sharakhaï.

Ils marchèrent en silence et arrivèrent derrière un petit salon de thé de l'Abreuvoir. Ils ouvrirent la porte sans frapper et entrèrent dans une minuscule cuisine. Un Miréen remplissait de thé des tasses alignées sur une table. Il leva les yeux et hocha la tête. Il était replet et arborait une moustache qui ressemblait à une tache de moisissure. Emre lui rendit son salut, mais l'homme s'était déjà remis au travail. Darius entraîna ses deux camarades. Ils descendirent un escalier étroit, et les bruits de la surface – des battements de tambour, des vieilles femmes qui gloussaient, des tasses qui s'entrechoquaient – s'estompèrent peu à peu.

Hamid et Darius déplacèrent des tonneaux remplis de feuilles de thé pour dégager le mur qui se trouvait en face de l'escalier. Hamid appuya sur une pierre et une porte camouflée s'ouvrit vers l'intérieur de la cave. Les trois hommes entrèrent et remontèrent un passage encore plus étroit que l'escalier. Leurs bottes glissaient sur le sol en produisant un étrange concert de chuintements et leurs ombres dansaient à la lumière de la lanterne de Hamid. Des scarabées se déplaçaient sans bruit sur les parties humides des murs, mais l'air était sec et frais. Ils cheminèrent au sein d'un véritable labyrinthe souterrain, descendirent de nouveaux escaliers et remontèrent des sols en pente douce.

—Tu crois qu'on peut lui dire, maintenant? demanda Hamid en tournant la tête vers Darius.

—Mieux vaut attendre que ce soit fini, répondit Darius. Il ne faudrait pas qu'il ait les yeux comme des soucoupes avant de rencontrer Macide.

—Ça serait peut-être mieux, répliqua Hamid.

Emre les regarda.

—Qu'est-ce que vous voulez me dire?

—Il y a trois nuits, on a vu une certaine jeune fille entrer chez toi, un demi-cadran après le début de l'attaque contre la Maison des Vierges.

Une certaine jeune fille? Mille pensées tourbillonnèrent dans la tête d'Emre, mais seuls trois mots franchirent ses lèvres.

—Çeda est *vivante*?

—Il semblerait, dit Hamid. Mais elle est retournée à la Maison des Vierges le lendemain matin.

Emre l'entendit à peine. Il crut que son cœur allait exploser de joie. Il ne parvenait pas à croire que Çeda était en vie. Puis la joie fit place à un mélange de honte et d'angoisse. Il avait participé à l'attaque contre la Maison des Vierges. Et si Çeda avait été blessée? Mais un profond soulagement chassa ses sombres pensées.

Puis il se rappela les dernières paroles de Hamid.

—Pourquoi est-elle retournée à la Maison des Vierges?

—C'est un des mystères de la nuit. (Hamid lui jeta un coup d'œil avant de se concentrer sur le tunnel.) On aimerait beaucoup savoir pourquoi elle a passé plusieurs heures en compagnie du petit seigneur qaimirien qui t'attendait chez toi. Et ce qu'ils se sont dit.

« Un petit seigneur qaimirien »?

—De qui tu parles?

— Ramahd Amansir. Ce n'était qu'un nobliau avant qu'il épouse la princesse Yasmine. Depuis que Macide a tué sa femme et sa fille, il est l'émissaire du roi Aldouan à Sharakhaï et il traque les Hôtes sans Lune pour se venger. (Hamid s'interrompit et se baissa pour passer sous un surplomb en pierre.) Elle ne t'a jamais parlé de lui ?

— Non. Jamais.

Un seigneur qaimirien ? Pourquoi Çeda ne lui en avait-elle pas parlé ? La réponse était évidente, bien sûr. Elle lui avait conseillé de ne pas se mêler des affaires des Hôtes sans Lune et il s'était presque moqué d'elle. Pourquoi lui aurait-elle parlé d'un homme qui traquait Macide afin de se venger ? Surtout si cet homme était un ami.

— Tu en es sûr, Emre ? C'est très important.

— J'en suis sûr et certain, Hamid. Tu crois que je protégerais un laquais du roi Aldouan ?

— Non, mais tu protégerais Çeda.

— Elle ne m'en a jamais parlé, Hamid.

Hamid resta silencieux un moment.

— Je te crois, Emre, dit-il enfin.

Ils poursuivirent leur chemin, et quelques instants plus tard, ils entendirent des voix lointaines. Tandis qu'ils approchaient, des ombres se dressèrent soudain devant eux. Hamid leva sa lanterne et deux femmes en armure de cuir apparurent. De longs poignards à lame fine – des armes très efficaces dans les combats au corps à corps – étaient accrochés à leurs ceintures.

— Qui va là ? demanda la femme qui se tenait en retrait.

— Tu le sais très bien, répliqua Hamid.

— Dans ce cas, tu as intérêt à te dépêcher, dit l'autre femme. Macide est là depuis une heure.

— Je sais ce que je fais, lâcha Hamid. (Il se pencha et embrassa la guerrière qui venait de parler.) Tu préférerais que j'arrive avec une légion de Lances d'argent aux fesses ?

La femme appuya la pointe de sa lame entre les côtes du jeune homme.

— Qu'ils viennent. Je leur réserve une surprise ou deux.

Ils s'embrassèrent de nouveau et Emre remarqua que Darius regardait Hamid d'une étrange manière, mais cela ne dura qu'un instant. Le petit groupe se remit en chemin et le tunnel devint si étroit qu'il leur fallut avancer de côté. Ils débouchèrent dans une caverne hérissée de stalagmites et de stalactites brillantes. Un peu plus loin, un brasero projetait une faible lumière orangée qui glissait sur les parois lisses, les colonnes de pierre et la forêt de pointes minérales. Le « flic-flac » des gouttes d'eau se mêlait aux échos d'une conversation feutrée.

Emre traversa la caverne et aperçut plusieurs dizaines de personnes rassemblées un peu plus loin. La plupart portaient les dishdashas de nomades, mais certaines étaient vêtues de manière plus élégante : khalat pour les hommes et jalabiya pour les femmes.

Emre se pencha vers Hamid tandis qu'ils se frayaient un chemin entre les stalagmites.

— Tu m'as dit que c'était une petite réunion, lui souffla-t-il à l'oreille.

— Ce n'est pas une petite réunion ? répliqua Hamid avec un sourire en coin.

— Non, ce n'est pas une petite réunion, pauvre imbécile. Tant s'en faut.

Plusieurs personnes tournèrent la tête vers Emre et échangèrent quelques mots en le regardant du coin de l'œil. Puis un homme émergea de la foule et se dirigea vers lui. Il était grand et large d'épaules. Il avait une barbe tressée en deux longues nattes et était le seul à avoir des vipères tatouées sur les avant-bras. Mais Macide n'avait pas besoin de cela pour qu'on le remarque. Son aura suffisait. Il y avait des années qu'Emre rêvait – et craignait – de le rencontrer.

Macide étreignit Hamid et Darius avant de regarder Emre avec une lueur malicieuse dans les yeux.

— Voici donc Emre Aykan'ava.

Ce n'était pas une question, mais une constatation. Emre hocha cependant la tête avant de tendre la main. Les deux hommes se serrèrent les avant-bras.

— Tu as fait du bon travail chez Matrone Zohra.

Un son étouffé monta d'un endroit caché par un repli rocheux, à l'autre bout de la caverne. Emre tourna la tête, mais il ne vit pas de qui, ou de quoi il s'agissait.

— Ce n'était pas une mission très difficile, dit-il.

— Pardonne-moi, mais je ne partage pas ton avis. Nous avions grand besoin de cette information et nous te sommes désormais redevables. (Macide glissa les mains dans son dos comme un maître du collegium.) Aussi, je te le dis une fois encore : tu as fait du bon travail. Mais tu devras accomplir d'autres missions si tu souhaites te joindre à nous.

— J'en suis conscient.

— Vraiment ? Il semblerait que ce ne soit pas l'avis de Hamid, et de nos camarades de Crêterose.

Macide avait parlé sur un ton désinvolte, mais Emre comprit qu'il jouait sa vie. Il devait se montrer prudent.

— C'est un choix que j'ai mûrement réfléchi.

— Tiens ?

Tandis que le brasero projetait des ombres dansantes sur les parois de la caverne, Macide regarda Emre droit dans les yeux. Il le jaugea un moment et sembla prendre une décision.

— Tu as raison. Tu as mûrement réfléchi. Mais je me demande combien de temps tu resteras parmi nous quand la situation deviendra difficile. Et elle le deviendra, Emre. Tôt ou tard.

— Je sais me débrouiller. J'ai de nombreux talents.

— Nous avons *tous* de nombreux talents. Ce qu'il nous faut, ce sont des hommes et des femmes fidèles.

Il fit un pas en avant et sa poitrine effleura celle d'Emre. Le jeune homme résista à l'envie de tourner la tête pour échapper à ses yeux perçants.

— Pourquoi ne veux-tu pas que les Rois continuent à régner du haut de leurs trônes ? Pourquoi veux-tu aider les Hôtes à les chasser ?

— Tant que les Rois sont au pouvoir, nous ne sommes rien que des proies. Nous sommes des proies chaque nuit de Beht Zha'ir. Nous sommes des proies chaque fois que les Vierges du Sabre patrouillent dans les rues de la cité. Nous sommes des proies quand les Lances d'argent se contentent de protéger la Colline dorée, les quartiers est et leurs précieux ports. Combien de gens ont-ils tués ? Combien de gens sont morts à cause de leur mépris ?

— Beaucoup, répondit Macide.

— Trop. C'est pour eux que j'ai décidé de rejoindre les Hôtes sans Lune.

Le chef des rebelles tourna la tête vers Hamid, puis vers Darius. Emre aurait été incapable de dire ce qu'il lut sur leurs visages, mais au bout d'un moment, Macide acquiesça et entraîna Emre vers le fond de la caverne.

Les gens s'écartèrent pour les laisser passer et Emre aperçut un homme pendu par les pieds. Ses chevilles étaient attachées avec une corde nouée à un crochet fixé au plafond. Il était vêtu d'un simple pagne et était étrangement propre. Sa peau ne portait aucune trace de coups, aucune marque à l'exception des écorchures provoquées par le frottement des liens. Emre comprit tout de suite qu'il s'agissait du seigneur Veşdi, l'homme qu'il avait identifié comme le fils du Roi Külaşan. Les Hôtes l'avaient enlevé trois jours plus tôt. L'attaque contre la Maison des Vierges avait servi de diversion.

Tandis que les Hôtes formaient un large cercle, Emre remarqua une pierre blanche et opaque posée juste en dessous du prisonnier. *La pierre de vie*, songea-t-il. La pierre que Çeda avait découverte dans le cylindre qu'elle avait transporté pour le compte d'Osman.

Les gens se rapprochèrent et se rassemblèrent derrière Emre. Macide tira un couteau à lame courbe de sa ceinture et le tendit au jeune homme, le manche en avant. Emre contempla l'arme, puis Veşdi qui le regardait avec des yeux terrifiés. Macide posa la main sur l'épaule du jeune homme et hocha la tête pour l'encourager. Emre comprit qu'il s'apprêtait à devenir quelqu'un d'autre.

Un assassin.

Il avait toujours su que ce moment viendrait, car pour faire partie de l'Al'afwa Khadar, il fallait franchir un point de non-retour. Il avait toujours su que ce moment viendrait, mais cela ne lui rendait pas la tâche plus facile.

Il prit le couteau.

Il trouva ce geste obscène, mais libérateur. Il ne s'était jamais senti aussi fort depuis la mort de Rafa. Quand son frère était vivant, Emre croyait naïvement que rien n'était impossible. Aujourd'hui, il comprenait la *véritable* nature du monde. Celui qui se contentait de se défendre était broyé et condamné à disparaître. Non, il fallait aller de l'avant si l'on ne voulait pas que le monde s'écroule autour de soi.

Le jeune homme fit un pas vers Veşdi, le seigneur de la Colline dorée, le prince qui se tortillait comme un ver. Il avait compris que son heure était venue.

Emre eut l'impression que le manche du couteau devenait moite.

Calme-toi, songea-t-il en se passant la langue sur les lèvres. *Calme-toi. Pour tous les dieux, je me prépare à tuer un homme de sang-froid.*

Il s'efforça d'ignorer les regards posés sur lui. Il s'efforça d'ignorer ce que ces gens pensaient de lui. Était-il capable de tuer cet homme ?

Oui. Il n'y avait aucun doute là-dessus.

Il n'était pas un lâche.

Il ne l'était plus.

La douleur de la mort de son frère avait failli le tuer, mais il avait changé. Il s'était trouvé. Il lui avait suffi de se camper devant un miroir pour découvrir sa véritable nature. Cela n'avait pas été une renaissance pour autant. Il s'était contenté de se dénuder, de se débarrasser des oripeaux de faiblesse qu'il portait depuis si longtemps. Il avait eu l'impression d'être un prisonnier émergeant d'une oubliette après des années de captivité. Il avait redécouvert le monde et la lumière avait consumé la peur, les angoisses et l'autoapitoiement qui le dévoraient.

Il ne voulait pas redevenir celui qu'il avait été. Il ne voulait pas retourner dans ce cachot. Jamais.

Il regarda le prisonnier, mais ne vit pas le visage d'un prince de Sharakhaï.

Il vit le visage d'un caravanier malasanien qui méritait la mort.

Il leva le couteau et croisa le regard de Rafa.

Il vit Rafa agonisant.

Il vit Rafa mourir.

Il entendit des gouttes tomber sur le sol.

Emre leva les yeux. La lame était couverte de sang. Ses mains et ses bras étaient couverts de sang. Des gouttes chaudes et épaisses coulaient sur son visage en refroidissant déjà. Il essuya ses yeux, sa bouche et ses joues, puis remarqua l'encensoir sous le corps qui se tortillait encore. Il débordait de sang, et sur le sol, des rigoles coulaient vers un bassin dont l'eau claire se veinait déjà de rouge.

Des cris de joie et de colère résonnèrent dans la caverne. Des pas approchèrent. Emre se demanda de qui il s'agissait. Une main se posa sur son épaule et il se tourna. Macide le regardait. Il ne souriait pas, mais son visage exprimait de la fierté.

— Ramasse-la, dit-il.

Le jeune homme s'accroupit et prit la pierre étrangement lourde au milieu d'une flaque tiède et écarlate. Elle était désormais aussi rouge que la mort. Il l'essuya avec le pouce et s'aperçut qu'elle avait *bu* le sang de Veşdi. Elle avait absorbé sa vie comme un morceau de pain sec absorbe du bouillon.

— Je suis content de toi, dit Macide. La prochaine nuit sainte, nous nous rendrons au palais de Külaşan, dans le désert. Nous verrons alors qui est le chasseur et qui est la proie, mon ami.

CHAPITRE 45

Cinq ans plus tôt...

Lorsque Çeda arriva au port occidental, ses muscles étaient comme du métal sortant de la forge. Elle remonta le quai en examinant les navires amarrés et les entrepôts qui s'étendaient le long des appontements. Quelques personnes la regardèrent en se demandant ce qu'elle faisait là, mais la plupart des gens l'ignorèrent. Une alouette des rues n'attirait guère l'attention dans ce quartier surpeuplé.

— Je peux t'aider, petite ?

Çeda tourna la tête et poussa un soupir de soulagement. C'était Ibrahim et Ibrahim connaissait tout le monde. Il portait un sarouel, des sandales en cuir et son éternel chapeau à large bord. Un petit homme trapu déchargeait un chariot rempli de tapis et le conteur se tenait près de la mule attelée au véhicule.

— Où est-ce que je peux trouver Djaga ?

— Oh, dit-il en riant. C'est Djaga que tu cherches... la Lionne Noire... Qu'est-ce que tu lui veux ?

— Ce sont mes affaires, Ibrahim.

Celui-ci poussa un grognement laissant entendre qu'elle avait raison. Derrière le chariot, le petit homme leur lança un regard noir. Peut-être la conversation l'agaçait-elle.

— Et qu'est-ce que tu me proposes en *échange*, chère Çedamihn ? Est-ce que tu possèdes quelque chose susceptible de l'intéresser ?

— Je cherche l'appontement où elle travaille, Ibrahim. N'importe qui pourrait me dire où il est.

— Une information sans grande importance... alors, donne-moi quelque chose sans grande importance.

Çeda envisagea de tourner les talons, mais elle était pressée et en vérité, elle ne détestait pas ce genre de négociation.

—Dans le désert, on voit parfois des nuées d'oiseaux. On dirait des nuages auxquels Bakhi aurait donné vie.

—Des bleus étincelants. Des yeux lapis. Dis-moi quelque chose que je ne sais pas encore.

—Ils mangent de minuscules crevettes dans les lacs de sel au cœur de l'hiver.

Ibrahim haussa les sourcils.

—Et?

—Si tu prends des crevettes au creux de ta main, ils viennent les attraper, mais leurs ailes ne te touchent pas et leurs becs affamés ne font qu'effleurer ta peau.

Ibrahim la regarda, puis cligna des yeux et éclata de rire en levant la tête vers le ciel.

—Vraiment?

—Je ne te mentirais pas, Ibrahim.

—C'est *merveilleux*. Je ne le savais pas. En toute honnêteté – et Ibrahim est toujours honnête–, j'estime que je te suis désormais *redevable*. Tu reviendras marchander avec moi, j'espère?

—Pour le moment, j'aimerais surtout que tu répondes à deux questions.

Ibrahim gratta son menton mal rasé et lissa sa moustache.

—Nous passons d'une à deux questions?

—Un érudit tel que toi y répondra sans difficulté.

—C'est à *moi* d'en décider, Çedamihn.

La jeune fille hocha la tête en retenant un sourire.

—Voici la première: se souvient-on de sa vie lorsqu'on passe à la suivante?

—Bien sûr!

—Et si on a oublié qui on était au moment de franchir le seuil de ce monde?

Ibrahim fronça les sourcils.

—Que veux-tu dire par là?

Çeda haussa les épaules.

—Imagine qu'au moment de ta mort, tu es ivre au point de ne plus reconnaître ta femme.

Ibrahim éclata de rire.

—J'espère bien que ce sera le cas!

—Alors? Est-ce que tu te souviendrais d'elle dans ta vie suivante?

Ibrahim redevint sérieux. Il leva la tête et son visage se plissa tandis qu'il réfléchissait.

—Lorsque les dieux nous accordent une nouvelle vie, ils nous laissent les souvenirs de la précédente. Certains estiment que c'est une bénédiction, d'autres une malédiction, mais c'est ainsi. Je ne pense pas que cette règle puisse être brisée par un simple abus d'alcool.

Et s'il s'agit d'une drogue? se demanda Çeda. *Du vin de pendu, par exemple?* Mais elle n'osa pas insister. Ibrahim était assez intelligent pour faire le lien entre ces questions et Ahya, et c'était un homme qui gagnait sa vie en racontant des histoires.

—Ma réponse te satisfait-elle? (Çeda hocha la tête.) Bien. Passons à la suite.

Il leva un bras tordu comme un cep de vigne vers un cotre amarré le long d'un appontement.

—En règle générale, Djaga travaille sur le *Vent du Saule.*

—Le *Vent du Saule*?

—Tu poses déjà de nouvelles questions?

—Non, non.

La jeune fille s'éloigna en direction de l'appontement.

Ibrahim ricana.

—Le propriétaire est un Miréen et les saules sont sacrés à Miréa. Cette information-là ne te coûtera rien! (Çeda se mit à courir.) Reviens me voir bientôt, petite! Tes histoires me plaisent!

Djaga polissait les patins en bois de glisse du cotre qui reposait sur deux énormes montants. Elle plongeait une brosse en crin de cheval dans un grand seau rempli d'un liquide visqueux et doré avant de frotter les lames.

—Djaga Akoyo?

Djaga leva la tête vers l'appontement et porta une main à son front pour se protéger du soleil qui brillait au-dessus de l'épaule de Çeda.

—Qui es-tu? demanda-t-elle avant de se remettre au travail.

Elle frottait le patin en remontant lentement vers son extrémité. Elle n'épargnait ni la surface inférieure, ni les bords arrondis. Le liquide doré dégageait une odeur âcre qui rappelait celle du bitume et de l'ambre.

Çeda sauta sur le sable et se redressa. Elle était mal à l'aise. Elle ne savait pas par où commencer.

—Je reviens des arènes.

Djaga continua à frotter le patin.

—Vraiment?

—Je t'ai déjà vue combattre. Tu es bonne.

—Ah bon?

—Je voudrais combattre, moi aussi.

Djaga se leva et Çeda se rendit compte soudain combien elle était grande et musclée. La guerrière pointa la brosse dégoulinante de produit doré vers la jeune fille.

— *Toi ?* Tu voudrais combattre *dans l'arène* ?

— Oui. Et j'espérais que tu accepterais de m'entraîner.

Djaga éclata d'un rire bref.

— À ta place, je choisirais une autre carrière. Chien de poussière est un sale métier. Il n'est pas fait pour les gens comme toi.

— Je suis faite pour combattre dans les arènes.

— Je ne crois pas.

— Si, et je le prouverai. Avec ou sans ton aide.

— Dans ce cas, tu feras sans. J'ai du pain sur la planche.

Elle cira le patin de bâbord, puis se dirigea vers la proue pour s'occuper de la semelle de direction, le petit ski qui permettait de changer de cap.

Çeda la suivit.

— Je veux tuer un homme, dit-elle.

Les Kundhanais prenaient ce genre d'argument très au sérieux, mais Djaga doutait de la détermination de Çeda. Après tout, ce n'était qu'une gamine, sharakhienne de surcroît.

— Eh bien, tue-le. Tu n'as pas besoin d'entrer dans une arène pour ça.

— Il participe au tournoi. Je ne pourrais pas l'approcher avant la fin des combats.

— Eh bien, attends la fin des combats.

— Il risque d'embarquer sur un navire et de quitter la ville. Comme il l'a fait après avoir tué le frère de mon *alangual.*

Djaga se redressa.

— *Alangual*...

— Oui. Il s'appelle Emre et c'est mon meilleur ami depuis que je suis toute petite.

— Connais-tu le sens du mot que tu viens d'employer ?

— Je le connais. Je suis prête à mourir pour Emre. Et il est prêt à mourir pour moi.

— Tu en es sûre ?

— Évidemment que j'en suis sûre !

— Le mot implique autre chose...

— Je crois que nous sommes les deux moitiés d'une même entité et que nous nous tiendrons la main dans les champs lointains.

C'était un mensonge, mais à l'instant où elle prononça ces paroles, elle comprit alors qu'il n'y avait rien de plus vrai et fut heureuse que les dieux l'aient conduite vers Djaga.

Djaga la regarda d'un air dubitatif, mais il était clair qu'elle éprouvait une certaine admiration pour cette jeune inconnue.

— Tu es amoureuse de lui ?

Pouvait-on imaginer idée plus ridicule ?

Çeda éclata de rire.

— Amoureuse ? Bien sûr que non !

Djaga la regarda un moment, puis termina de cirer la semelle de direction. Elle hissa le seau sur le pont et s'installa à l'ombre du quai. Elle prit deux chiffons tachés dans un petit tonneau et en lança un à Çeda. La jeune fille l'attrapa au vol.

— Viens, dit Djaga.

Elle se dirigea vers le patin de tribord et commença à le polir avec le morceau de tissu. D'un signe de tête, elle invita la jeune fille à faire de même et Çeda se mit à frotter. Le soleil brillait dans le ciel et ses rayons se reflétaient sur le sable.

— Pas trop fort, dit Djaga. Il faut travailler doucement, mais bien appuyer. Tu comprends ?

Les muscles de ses bras et de ses épaules ondulaient sous sa peau sombre.

Çeda fit comme on le lui demandait. À travers le chiffon, elle sentit la douceur du bois et les rainures creusées par le sable et les rochers. Le Grand Shangazi ne se laissait pas traverser sans exiger un droit de passage.

Elles frottèrent le patin de tribord jusqu'à ce qu'il soit rutilant, puis elles firent de même avec celui de bâbord.

— Cet homme, dit Djaga, qu'est-ce qu'il a fait au frère de ton Emre ?

Elle interrompit le récit de Çeda pour poser quelques questions. Elle voulut savoir la nationalité de l'assassin, comment la jeune fille avait découvert qu'il était malasanien. La Kundhanaise travaillait toujours avec régularité, mais son expression changea. Le doute laissa place à la curiosité, à l'inquiétude, puis à une colère contenue. Çeda eut l'impression que Djaga l'examinait. À plusieurs reprises, elle surprit les yeux de la guerrière glisser sur les muscles de ses bras et de ses épaules.

— Ce Saadet ibn Sim a tué un homme qu'il n'avait jamais rencontré parce qu'un gamin lui avait volé sa bourse un soir de fête ?

— C'est la vérité. Je le jure sur Rhia et Tulathan.

Djaga se tourna et cracha par terre. La salive fut absorbée par le sable et il ne resta plus qu'une tache sombre.

— Et que veux-tu de moi ? Que je t'entraîne pour que tu puisses vaincre ce bâtard ?

— Juste pour que je puisse participer au tournoi.

— C'est trop tard. Le tournoi commence dans trois jours.

— Ma mère m'a appris à danser et c'était un bon professeur.

— Danser avec les lames et combattre un chien de poussière sont deux choses différentes.

— Je peux te payer.

Djaga laissa échapper un bruit de gorge méprisant.

— Je ne veux pas de ton argent.

Çeda ouvrit la bouche pour protester, mais la Kundhanaise leva la main pour lui interdire de parler.

— Tu auras besoin de ton argent, Çeda, car je vais faire trois choses pour toi. Trois choses pour punir le crime qui a été commis dans notre cité. (Djaga n'était pas née à Sharakhaï, mais il n'y avait pas plus Sharakhienne qu'elle.) D'abord, tu vas rassembler la somme volée à ce chien malasanien et tu vas la lui rendre.

— *Quoi ?*

— Emre a volé cet argent et tu as ta part de responsabilité. Tu vas donc le rendre afin que ta dette soit réglée.

— Je ne peux pas faire ça ! Il a tué Rafa !

— Tu le feras si tu veux que je t'aide, petite.

La simple idée de rendre l'argent au caravanier fit bouillir le sang de la jeune fille – et ce n'était qu'un début.

— D'accord. Je le ferai si c'est ce que tu veux.

— Ce n'est pas ce que je veux, Çedamihn. C'est ce que veulent les *dieux*. Il faut rétablir l'équilibre de la balance avant de passer à la deuxième étape.

— Qui est ?

— Lorsque tu auras rendu l'argent, je t'inscrirai au tournoi.

— Pelam refusera ! Il m'a fichue dehors dès qu'il m'a vue. Et même s'il acceptait, il ne me restera pas assez d'argent pour payer mon inscription.

— Tu te présenteras comme une étrangère de haute lignée, une noble qaimirienne qui exige la plus grande discrétion et qui est prête à payer pour l'obtenir.

— Une Qaimirienne ?

Djaga haussa les épaules.

— Ça arrive souvent, et Pelam ne verra pas ton visage.

— D'accord, mais je ne veux pas être qaimirienne. Je serai une noble sharakhienne qui ne souhaite pas être reconnue.

— C'est plus rare.

— Il n'y a que les nobles qaimiriens qui viennent se battre dans les arènes ? Ça serait si curieux qu'une patricienne sharakhienne veuille mettre ses talents à l'épreuve ?

Djaga soupira.

— D'accord, d'accord. Je vais me débrouiller pour qu'on t'inscrive. *Je* me porterai garante de toi et *je* paierai les frais.

Çeda eut un mouvement de recul.

— Pourquoi ferais-tu tout ça ?

Un sourire sauvage se dessina sur les lèvres de Djaga, un sourire qui n'était pas sans rappeler celui qu'elle avait esquissé dans l'arène quelques jours plus tôt.

— Je ne le fais pas par pure bonté.

— Alors pourquoi ?

— Considère qu'il s'agit d'un investissement. Si tu bats ce Malasanien, si tu obtiens vengeance, tu viendras me voir et je t'entraînerai. Et quand tu battras tes adversaires suivants – et tu les battras, je le jure devant les dieux –, tu me donneras trois fois ce que j'ai versé pour toi. C'est d'accord ?

— *Tu* vas m'entraîner ?

Djaga plia son chiffon pour trouver un bout de tissu propre.

— Sauf si tu trouves que je demande trop cher, ou que l'idée te répugne…

— Non, je… surtout pas !

— Dans ce cas, l'affaire est réglée. Reviens me voir quand tu auras rendu l'argent au Malasanien.

— Mon cœur est à toi, dit Çeda.

Elle laissa tomber son chiffon sur la semelle de direction et se tourna.

— Garde ton cœur, dit Djaga en se remettant au travail. Et trouve-toi un déguisement. (Çeda se dirigea vers l'échelle qui permettait de monter sur l'appontement.) Un déguisement qui a une signification pour toi, de préférence !

La jeune fille traversa l'ouest de la ville en éprouvant un sentiment d'euphorie teinté d'angoisse. Elle n'était pas idiote et savait que le colosse malasanien ne se laisserait pas abattre facilement, mais elle avait enfin trouvé le chemin qu'elle cherchait pendant si longtemps.

« Un déguisement », avait dit Djaga. « Un déguisement qui a une signification pour toi, de préférence. »

Çeda y réfléchit jusque tard dans la nuit. Quelle tenue allait-elle choisir ? Elle n'en avait pas la moindre idée. Le soleil se leva et elle entendit les lointains hurlements d'une meute de loups à crinière.

Et elle trouva la réponse à sa question.

Çeda attendait dans les sous-sols des arènes en compagnie des autres chiens de poussière. Son cœur battait à tout rompre. Elle avait l'impression qu'il allait jaillir par sa gorge et tomber sur le sol dallé. Saadet était assis en face d'elle, le dos contre le mur, silencieux. Il jetait parfois un coup d'œil en direction d'un guerrier, mais en général, ses yeux étaient perdus dans le vague. Quatorze autres chiens de poussière faisaient les cent pas dans la longue salle étroite. Ils étaient donc seize à participer aux combats de la matinée, les premiers du tournoi – que Nalamae en soit remerciée, car Çeda serait devenue folle si elle avait dû attendre un jour de plus.

La jeune fille portait une armure de cuir rapiécée : une cuirasse sans prétention, des spalières, une jupe de combat, des grèves et des brassards de protection. Elle l'avait trouvée dans les souks après une journée de recherche.

Il lui faudrait prendre quelques formes avant de la remplir convenablement, mais elle ne gênait pas ses mouvements. C'était une vieille armure, mais le cuir bouilli était en bon état et Djaga avait hoché la tête d'un air satisfait en l'examinant.

Çeda l'avait teinte en blanc et y avait accroché une peau de loup en hommage à l'animal qui l'avait sauvée dans le désert. Le casque venait des souks, lui aussi, et il lui avait coûté jusqu'à son dernier khet de cuivre. La face montée sur charnières représentait un visage de femme et il avait été modelé par un artisan qui connaissait son métier. L'acier était bosselé, mais il avait été bien entretenu et ne présentait pas la moindre trace de rouille.

— C'est Nalamae, avait dit la vieille femme édentée qui le lui avait vendu.

— Pardon ? avait demandé Çeda.

— Le visage sur le ventail, c'est celui de Nalamae.

Cela n'avait pas rassuré la jeune fille, car Nalamae n'avait jamais écouté ses prières, mais elle avait quand même acheté le casque.

Çeda avait également remboursé Saadet. Avec les intérêts. Elle avait demandé à Hamid de rendre l'argent au Malasanien quand il sortirait des arènes. Le jeune homme s'était avancé d'un pas hésitant et avait posé une bourse devant le chien de poussière avant de s'enfuir à travers la foule. Saadet avait froncé les sourcils et ramassé le petit sac en cuir. Il l'avait ouvert, puis avait fait glisser les pièces dans son escarcelle avec un flegme déconcertant.

La jeune fille l'avait regardé faire, cachée dans l'ombre d'une ruelle, un niqab sur le visage. Une vague d'énergie avait déferlé dans ses veines et elle s'était sentie presque invincible, mais maintenant qu'elle était assise avec les autres *selhesh*, elle était moins sûre d'elle. Le moment tant attendu approchait et elle comprit qu'elle devait réagir. Elle se leva, se dirigea vers Saadet qui la regarda d'un air amusé et s'arrêta devant lui. Son cœur battait si fort qu'elle se demanda si le Malasanien ne l'entendait pas. L'homme était toujours impressionnant, mais il s'était empâté depuis cette funeste nuit de Beht Tevahl.

— Tu es Saadet ibn Sim, lâcha la jeune fille d'une voix neutre.

Saadet plissa les yeux et observa Çeda avec un peu plus d'attention.

— Tu ne parles pas comme une de ces putains de la Colline dorée, dit-il.

— Tu es venu à Sharakhaï il y a deux ans, poursuivit Çeda en parlant assez fort pour que tout le monde entende.

— Je suis souvent venu à Sharakhaï. En quoi mes voyages intéressent une gamine qui n'a pas encore eu ses premiers sangs ?

— Lors de ton séjour, on t'a volé ta bourse.

Toute trace d'amusement disparut du visage du Malasanien. Ses traits se durcirent et il se redressa.

— Qui es-tu ?

— Tu as découvert où habitait le voleur. Tu es allé chez lui et tu as tué son frère de sang-froid.

Dans la salle, les chiens de poussière avaient cessé de bavarder, de siffloter ou de chantonner. Ils écoutaient Çeda.

Saadet se leva et toisa la jeune fille. Elle était grande pour une adolescente de quatorze ans, mais elle arrivait à peine au nez du colosse et pesait quarante kilos de moins.

Elle avait parlé sans savoir comment Saadet allait réagir. Elle avait imaginé des dénégations, des esquives, des excuses, des aveux… tout sauf un sourire. Elle fit un effort surhumain pour ne pas lui sauter à la gorge.

— Et alors ? demanda-t-il.

— Je suis venue pour rétablir l'équilibre de la balance.

Saadet éclata de rire et fit un pas en avant. On n'aurait pas pu glisser une main entre sa cuirasse et celle de la jeune fille.

— Vraiment ?

Elle leva la tête pour le regarder.

— Vraiment. Tu as laissé une dette de sang.

— Et c'est toi qui vas l'effacer ?

— Tu me supplieras à genoux quand le moment sera venu.

Les chiens de poussière les observaient dans un lourd silence. Et puis Saadet tendit le bras pour arracher le casque de la jeune fille. Il était rapide, mais Çeda était sur ses gardes. Elle se pencha en arrière et écarta sa main d'un geste. Il essaya de nouveau, mais Çeda esquiva et frappa à la gorge avec la base du poignet. Le Malasanien toussa et cracha. Son visage devint écarlate et il se rua en avant. Çeda roula sur le côté, se leva et se mit en garde avant qu'il ait le temps de porter un coup.

Deux gardes des arènes firent irruption dans la salle en brandissant de lourds gourdins cloutés. Le premier frappa trois fois sur un banc.

— Ça suffit, maintenant ! Vous connaissez les règles ! Pas de sang avant que le gong retentisse !

Saadet fronça les sourcils, puis regarda les chiens de poussière les uns après les autres.

— Que personne ne s'avise de la toucher, gronda-t-il. (Il tourna la tête vers Çeda.) Personne.

Les guerriers ricanèrent avec mépris, mais quand la vipère de Pelam désigna ceux qui choisiraient leurs adversaires, personne ne défia Çeda. Les combats se succédèrent et il ne resta bientôt plus que six chiens de poussière.

Çeda attendit que Pelam pose son serpent par terre. Osman en personne était venu assister au tournoi. Il était assis dans sa loge privée qui surplombait l'arène centrale. Il haussa les sourcils avec intérêt lorsque la vipère se dirigea vers les pieds de Saadet et il se redressa quand le Malasanien choisit Çeda comme adversaire. Les spectateurs marmonnèrent en se demandant à quel genre de combat ils allaient assister.

La curiosité d'Osman était tout à fait normale, mais Çeda était mal à l'aise. Elle aurait aimé savoir si Pelam lui avait rapporté leur conversation. S'il l'avait fait, Osman avait sans doute deviné que cette mince guerrière était la jeune fille qui avait supplié le maître des arènes de la laisser combattre Saadet.

Çeda secoua la tête. Si elle ne se concentrait pas, elle perdrait la lutte, et si elle perdait la lutte, tous ses efforts auraient été vains. Sans compter que Saadet était furieux et qu'il allait probablement essayer de la tuer.

C'est normal, songea-t-elle. *Après tout, je vais m'efforcer de faire de même.*

Les quatre chiens de poussière restants se retirèrent, et Pelam salua Saadet avec grandiloquence.

— Saadet ibn Sim de Malasan…, dit-il d'une voix tonnante. (Il se tourna vers Çeda et salua de nouveau.) … choisit la Louve Blanche de Sharakhaï comme adversaire !

Les spectateurs n'avaient jamais entendu parler de la Louve Blanche ; toutefois, ils l'acclamèrent en comprenant que le combat allait opposer une Sharakhienne à un Malasanien. Le chauvinisme stimulait l'ardeur des parieurs, mais il était rare d'assister à un combat aussi inégal. En temps normal, Pelam aurait refusé le choix de Saadet, mais il s'agissait d'un tournoi et les soixante-quatre guerriers inscrits savaient qu'ils pouvaient être amenés à affronter n'importe quel adversaire. Les preneurs de paris annoncèrent les cotes qui étaient très largement en faveur de Saadet, et Çeda sentit une sourde colère monter en elle.

Elle avait hâte que la lutte commence.

Avant d'entrer dans l'arène, elle avait glissé deux pétales d'adichara dans sa bouche. Elle aurait préféré attendre d'être sûre d'affronter Saadet, mais elle ne pouvait pas courir le risque qu'on la voie faire. Des garçons d'arène arrivèrent en portant des armes et des boucliers. Çeda avait été défiée et c'était à elle de choisir en premier. Elle fit glisser le premier pétale sous sa langue.

Puis le second.

Elle n'en avait jamais pris deux d'un coup et elle sentit une puissante vague d'énergie la submerger. Elle s'y attendait, mais n'avait pas imaginé que la réaction serait si rapide. Elle fit un pas vers les garçons d'arène et examina les épées, les sabres, les filets et les chaînes. Ses doigts la picotaient et ses lèvres tremblaient. Elle déglutit sans parvenir à endiguer un flot de salive. Un parfum fleuri envahit ses narines et couvrit les relents de sueur, de sang et de pourriture qui flottaient dans l'arène.

Elle songea aux champs en fleur où elle avait cueilli les pétales le mois précédent. Les deux lunes étaient si brillantes et si pleines qu'elles semblaient prêtes à avaler la jeune fille.

Elle entendit une voix calme par-dessus le brouhaha de la foule

— Si tu ne choisis pas, dit le maître des arènes, ton adversaire choisira pour toi. Et je doute que ce soit une bonne idée.

Osman s'était levé et observait Çeda avec attention. Et puis la jeune fille s'aperçut que ce n'était pas elle, mais ses mains qu'il regardait. Elles tremblaient comme des feuilles dans le vent d'automne. Elle serra les dents et cligna des yeux pour chasser les souvenirs qui tournaient dans sa tête. Elle examina les armes sans hâte pour que l'énergie des pétales puisse se réguler – et pour agacer Saadet.

Elle finit par choisir une paire de bâtons de combat aussi longs que ses avant-bras. Djaga lui avait montré comment s'en servir au cours des derniers jours. Les coups portés avec cette arme étaient moins puissants que ceux d'une épée ou d'un sabre, et par conséquent, les combats duraient plus longtemps. Cela avantageait les guerriers rapides et Çeda devait mettre toutes les chances de son côté.

Elle se dirigea vers sa position de départ. Quelques spectateurs l'acclamèrent, mais la plupart la regardaient d'un air amusé. Une poignée de personnes – des Malasaniens, pour la plupart – la sifflèrent et se moquèrent de son armure et de son nom de guerre.

Saadet prit également des bâtons de combat, puis alla se placer en face de Çeda. Les deux adversaires se toisèrent. Çeda frissonnait. Le Malasanien souriait. Il n'y avait pas la moindre lueur de rage, ni même de colère, dans ses yeux. Il était calme et sûr de lui. Il savourait déjà l'affrontement et la douleur qu'il allait infliger.

Pelam se glissa entre eux et frappa sur son gong avant de se retirer. Çeda avança avec prudence, prête à battre en retraite. Elle savait ce qui l'attendait.

Saadet enchaîna une série de coups puissants. Çeda recula et porta plusieurs contre-attaques qui ralentirent le colosse. Le Malasanien attaquait sans relâche, mais la jeune fille refusait l'affrontement. Elle reculait, et dès qu'elle approchait trop près d'un mur, se précipitait au centre de l'arène avant de se remettre en garde.

Saadet accéléra le rythme et réussit à porter quelques coups sur les spalières et le casque de la jeune fille.

Çeda avait le plus grand mal à contrôler l'énergie des pétales. Elle avait l'impression d'être ballottée comme un bouchon pendant une tempête. Ses mouvements étaient puissants, mais sans la moindre finesse. Comme ceux de Saadet.

Le combat s'éternisa et l'énergie reflua assez pour qu'elle puisse la contrôler.

Comme elle s'y attendait, le Malasanien finit par céder à la rage. Il grimaça un rictus haineux et se précipita sur son adversaire. Çeda bloqua plusieurs coups de taille et frappa à la cheville avant de rouler sur le côté. L'épaisse sandale en cuir absorba une partie du choc, mais Saadet se mit à boiter. Çeda revit Emre agenouillé devant le corps de Rafa, revit son visage dévoré par la culpabilité et ces souvenirs attisèrent la haine que l'incertitude des derniers jours avait tempérée. Elle se remit en garde et souffla sur les braises de sa colère.

Elle aurait dû patienter.

Saadet se fatiguait. Ses coups d'estoc étaient trop longs, ses coups de taille trop larges, sa respiration trop hachée.

Mais le souvenir d'Emre aveuglait Çeda et elle ne pouvait plus attendre.

Saadet chargea de nouveau et la jeune fille ne se déroba pas. Elle n'était pas aussi forte que lui, même sous l'influence des pétales, mais elle était plus forte qu'il le pensait. Et en profita.

Elle para plusieurs coups sans reculer d'un pas et l'empêcha d'approcher trop près en l'attaquant à la tête et aux genoux. Puis elle enchaîna des esquives en frappant les doigts et sur les poignets du Malasanien. Elle ne pouvait pas se permettre de taper trop fort de crainte de perdre l'équilibre, mais Saadet grimaçait chaque fois qu'il recevait un coup. Il laissait échapper des grondements et sa respiration était de plus en plus hachée. Ses halètements trahissaient sa fatigue, sa douleur et peut-être même sa peur.

Il était tenu en échec par une gamine. Cette idée devait le miner.

Toutefois, lorsque Çeda passa à l'offensive, il l'attendait de pied ferme. Il para la première attaque à la perfection, et quand la jeune fille voulut enchaîner, il lâcha un de ses bâtons et la saisit au poignet. Çeda se libéra d'un geste sec. Saadet fit mine d'attraper l'autre poignet et elle ramena le bras en arrière. Il lui écrasa alors le pied pour l'empêcher de reculer et la saisit au col. Çeda essaya de se dégager, mais Saadet lâcha l'autre bâton et ses deux mains se refermèrent autour de sa gorge. La jeune fille frappa de toutes ses forces, or elle était dans une position difficile. Le Malasanien n'essaya même pas de parer le bâton qui s'abattit sur son casque. Il ignora la douleur et serra plus fort.

Les spectateurs se levèrent, crièrent, sifflèrent et tapèrent du pied, mais Çeda n'entendit qu'une note aiguë qui résonnait à ses oreilles. Saadet la souleva en la tenant par la gorge et la plaqua contre la paroi de l'arène.

Des points blancs scintillèrent et dansèrent devant les yeux de la jeune fille.

Pendant un instant, elle sentit la présence d'une entité qui n'avait rien d'humain. Elle n'était pas dans l'arène, dans le quartier, ni même à Sharakhaï. Elle enveloppait la cité tout entière.

Les adicharas, songea-t-elle. *Et les asirim.*

Elle les sentait.

Pourquoi ?

Sa colère contre Saadet était grande, mais ce n'était qu'un grain de sable dans le désert en comparaison de celle qui tourmentait les âmes des malheureux qui avaient été sacrifiés quatre cents ans plus tôt.

La jeune fille s'empara de cette colère – à moins que ce ne fût la colère qui s'empara d'elle, elle aurait été incapable de le dire. Elle lâcha un de ses bâtons et plia les doigts de Saadet en arrière. Quelque chose se brisa dans un craquement sourd.

Saadet hurla de douleur. Il essaya de repousser la jeune fille et de libérer sa main, mais Çeda contrôla sa prise et obligea le Malasanien à se coucher face contre terre.

Elle songea alors qu'il risquait de frapper le sol pour lui concéder la victoire et elle le lâcha aussitôt. Elle passa derrière lui, saisit son bâton à deux mains et le glissa en travers de la gorge de Saadet. Elle appuya un genou contre son dos et tira en arrière de toutes ses forces. L'arme broya la trachée-artère avec un bruit sourd.

Le gong sonnait et sonnait encore.

Elle ne savait pas depuis combien de temps.

Des mains la saisirent.

Mais elle tirait toujours en écoutant les gargouillis qui s'échappaient de la gorge de Saadet. Quelque chose la frappa à la nuque avec un bruit de pierre qui éclate. Le ciel, le sol et la foule rugissante se mirent à tourbillonner.

On la releva et on l'entraîna. Quelques pas plus loin, le Malasanien se griffait la gorge, se tortillait par terre et agitait les jambes dans le vain espoir d'insuffler un souffle d'air dans ses poumons.

C'était terminé. Personne ne pouvait plus le sauver. Ni Pelam, ni Osman, ni le plus habile des médecins.

Çeda haletait. Elle leva les yeux. Les spectateurs hurlaient. Ce n'étaient pas des Malasaniens, mais des Sharakhiens qui louaient son habileté et sa cruauté. Mais parmi la foule, au bord de l'arène, un garçon ne criait pas en levant les bras. Il était silencieux et observait Çeda, les yeux écarquillés et la bouche béante.

Emre.

C'était Emre.

Il regardait Çeda qui se dressait au centre de l'arène comme Bakhi en personne.

Par tous les dieux, il n'aurait pas eu l'air plus horrifié si c'était elle qui avait assassiné Rafa.

Elle aurait dû lui dire ce qu'elle avait l'intention de faire. Elle aurait dû lui dire qu'elle avait décidé de tuer Saadet. Mais elle ne l'avait pas fait. Elle était incapable d'expliquer pourquoi.

Non, c'était un mensonge.

Si elle avait parlé à Emre, il aurait essayé de tuer Saadet et il serait mort.

Elle avait fait tout cela pour le protéger, et pourtant… Devant cette foule hurlante, elle avait du mal à s'en convaincre.

Elle avait l'impression de l'avoir trahi.

Et Emre devait ressentir la même chose, car il se retourna et disparut entre les spectateurs alors qu'un ultime spasme secouait Saadet. Çeda s'aperçut alors que Tariq et Hamid étaient là, eux aussi. Hamid lui lança un regard désolé avant de suivre Emre. Tariq la toisa d'un air furieux, comme si elle les avait trahis eux aussi, puis se dirigea vers la sortie.

Çeda se retrouva seule au milieu de l'arène, au milieu de la foule qui l'acclamait.

CHAPITRE 46

Çeda était assise sur le toit du bâtiment en terre où elle habitait. Elle attendait Emre comme elle l'avait attendu la nuit de Beht Zha'ir, quand il n'était pas rentré. Et une fois encore, elle serait partie à sa recherche si elle avait eu la moindre idée de l'endroit où il se trouvait.

Alors, elle attendait.

Rhia traversa le ciel et les ténèbres envahirent la ville. Çeda pria pour qu'Emre revienne, mais les dieux ne l'écoutèrent pas. Quand les premières lueurs de l'aube apparurent au-dessus de l'horizon oriental, elle écrivit un message qu'elle glissa sous l'oreiller du jeune homme.

« Pars et ne reviens pas. Je te trouverai dès que je le pourrai. »

Puis elle était entrée dans sa chambre et avait écarté le rideau de la niche secrète pour prendre la boîte dans laquelle elle cachait ses pétales d'adichara. Elle avait récupéré les deux derniers et les avait broyés avant de jeter les fragments par la fenêtre. Puis elle avait ouvert le livre de sa mère, et avec beaucoup de soin, avait déchiré la page sur laquelle était écrit le poème qui était à l'origine de tout.

Il reposera,
En dessous de l'arbre tordu,
Jusqu'à la mort par son engeance portée.
Par les larmes de Nalamae,
Et par la crainte divine,
Le sang du sang gagnera les sombres terres.

Elle glissa la page au-dessus d'un moignon de chandelle. Ce geste fut douloureux, car elle eut l'impression de brûler les souvenirs de sa mère, mais elle imagina qu'Ahya observait la flamme lécher la feuille. Les deux femmes se tenaient de part et d'autre du néant, et à la lumière de l'autodafé, Ahya redécouvrait les mots et se rappelait son ancienne vie. Sa fille. La flamme illumina la pièce qui n'était déjà plus celle de l'appartement. C'était un endroit qui appartenait au passé, un endroit paisible que Çeda avait partagé avec Emre pendant des années. La flamme rapetissa et les fragments de page tombèrent dans la flaque de cire qui avait coulé de la chandelle. Les ténèbres des jours à venir enveloppèrent la jeune fille, et la pièce reprit son aspect normal : un fragment du passé que Çeda avait eu tort de revisiter.

— Je suis désolée, memma, souffla la jeune fille.

Elle glissa le livre dans la sacoche accrochée à sa ceinture, puis sortit et s'élança vers Tauriyat. Les rues étaient désertes. Les Vierges devaient sillonner la cité, mais la jeune fille n'entendait pas les sabots de leurs montures. Les Portes de la Maison des Vierges étaient incroyablement hautes. Le feu du démon avait laissé trois grandes taches noires sur les créneaux et une quatrième s'étendait du pied de la muraille jusqu'au sommet. Une dizaine de Vierges montaient la garde sur le chemin de ronde. Çeda les observa un moment. Elles étaient plus vigilantes que jamais.

Pas moyen de se faufiler à l'intérieur. Il y a des sentinelles partout.

Elle décida qu'il était préférable de signaler son approche. Elle franchit le coin du bâtiment derrière lequel elle se cachait et se dirigea vers l'entrée d'un pas assuré. Les Vierges se tournèrent et la regardèrent. Elle frappa à la porte avec la base de la main et réussit à produire un son étouffé aussi pathétique que les suppliques d'un mendiant.

— Qui va là ? demanda la sentinelle la plus proche.

Çeda leva la tête pour la regarder.

— C'est moi, Çedamihn Ahyanesh'ala.

— Où étais-tu passée, petite colombe ?

— Je suis rentrée chez moi, pour voir si ma famille allait bien.

— Ne sommes-nous pas ta famille ? lança une autre Vierge.

— Je ne vous connais pas, répliqua Çeda.

Le silence retomba et la jeune fille eut l'impression que toute la ville retenait son souffle.

Un battant s'ouvrit en grinçant.

Sümeya apparut. Elle avait ôté son voile, mais elle portait sa robe noire et son sabre d'ébène était accroché à sa ceinture. Ses yeux lançaient des éclairs. Elle saisit Çeda par les cheveux et l'entraîna sans ménagement dans la cour de la Maison des Vierges. La jeune fille essaya de se dégager, mais elle était dans une position inconfortable et Sümeya était forte. Elle trébucha à plusieurs reprises, mais la Vierge la retint en lui tirant les cheveux et en lui attrapant le bras.

Le battant se ferma avec un claquement sec et Sümeya jeta Çeda à terre.

— Tu ne prononceras pas ton nom devant nos portes comme une vulgaire alouette des rues, car il est sacro-saint. Il ne doit pas être entendu en dehors de ces murs tant que tu porteras notre uniforme.

Çeda leva les yeux vers les remparts en comprenant que la sentinelle lui avait tendu un piège.

— Je l'ignorais.

— Bien sûr que tu l'ignorais. Tu n'es qu'une sale petite voleuse qui a la chance d'avoir une goutte de sang des Rois dans les veines. Si ce n'était pas le cas, il y a longtemps que je me serais occupée de toi.

Çeda voulut se lever, mais Sümeya la faucha. Çeda essaya de nouveau, plus vite, mais la Vierge était trop rapide.

Elle bloqua la troisième attaque et pivota en tendant la jambe. Son pied frappa la cheville de Sümeya et la Vierge s'effondra.

Elle roula pour amortir sa chute et se leva en tirant son sabre d'ébène. Elle en serra la poignée et avança vers Çeda.

Le sabre… Çeda n'en avait jamais vu à la lumière du jour. La lame ressemblait à un croissant de nuit, une sombre lunule qui n'était pas faite pour les yeux du soleil.

Çeda se prépara à esquiver un coup et à reculer, mais elle comprit qu'elle ne résisterait pas longtemps. Elle savait jauger un adversaire et avait cultivé ce talent au cours de dizaines de combats et de milliers d'heures d'entraînement. Sümeya était au sommet de sa forme et c'était une sabreuse émérite.

Çeda recula jusqu'à ce que son dos heurte la muraille.

Sümeya sourit. Çeda se déplaça vers la gauche, mais la Vierge fit de même.

— Où as-tu passé la nuit, petite voleuse ?

Çeda avait cherché une excuse crédible en regagnant la Maison des Vierges, mais elle était arrivée à la conclusion qu'il valait mieux dire la vérité.

— Je suis allée dire à Emre qu'il devait se méfier de toi.

Sümeya écarquilla les yeux et son amusement céda la place à la colère.

— Et tu crois qu'il est en sécurité maintenant ?

— Tu ne le trouveras pas. Pas avant qu'il décide de se montrer.

— Tu me sous-estimes, petite. Tu n'en sais pas plus sur moi que tu n'en sais sur ton père. Je ne renonce pas facilement. Si je veux trouver ton petit Emre, je le trouverai. Je le trouverai et je le…

— Abaisse ton arme !

À la grande surprise de Çeda, Sümeya obéit sans un instant d'hésitation avant de se tourner. La jeune fille eut le temps d'apercevoir une expression de honte passer sur le visage de la Vierge. De la *honte*? Qui pouvait bien susciter un tel sentiment dans l'esprit de la Première Gardienne? Çeda leva la tête et resta bouche bée en découvrant un personnage qui semblait sortir d'un tableau héroïque. L'homme approcha. Il était grand et large d'épaules. Son turban et sa dishdasha noirs enveloppaient un corps harmonieux. Il ne portait aucun bijou, mais il était tatoué. L'encre recouvrait le dos de ses mains et il était impossible de distinguer un quelconque motif, mais au coin de ses yeux, on pouvait voir six pointes représentant les douze tribus. Les marques étaient délavées par le temps, mais le regard était toujours vif. Il portait un épais maquillage à base de khôl, à la mode du temps jadis. Ses iris étaient d'un bleu très pâle, presque blanc. Ils se posèrent sur Çeda, et la jeune fille eut l'impression d'être transpercée de part en part. Elle dut faire un effort de volonté considérable pour ne pas reculer, s'enfuir en courant et se cacher.

Il devait s'agir de Husamettín, le Roi des Lames, le commandant des Vierges du Sabre. On racontait qu'il se chargeait parfois de leur entraînement.

—Mon Roi, dit Sümeya en abaissant son sabre et en inclinant la tête.

Husamettín s'arrêta devant elle.

—Tu as tiré ton arme contre une de tes sœurs, Sümeya.

Sa voix grave faisait songer au feulement d'un chat sentant la présence d'un prédateur.

—*Siyaf*, dit Sümeya en employant le titre réservé aux maîtres du sabre. Je voulais juste lui donner une leçon.

—Et quelle leçon?

—Je voulais qu'elle comprenne qu'elle n'a pas le droit de quitter la Maison. Elle ne peut pas sortir à sa guise et revenir comme si de rien n'était.

—Elle a été choisie, répliqua Husamettín.

—*Siyaf!* Elle est sortie! La veille de son baptême! Elle a renié les règles de cette Maison. Elle ne mérite pas de faire partie des nôtres.

Sümeya était devenue le centre de l'attention générale. De nombreuses Vierges s'étaient rassemblées dans la cour et formaient un cercle autour du Roi des Lames et de la Première Gardienne. Il y avait également quelques Matrones – dont Zaïde – reconnaissables à leurs robes blanches et à la capuche qu'elles rabattaient sur leur tête ou serraient autour de leur cou comme un châle. Personne ne semblait savoir quoi faire et quoi dire.

Le Roi se tourna vers Çeda, mais continua de parler à Sümeya.

—A-t-elle dit la vérité? As-tu menacé un membre de sa famille?

Çeda voulut prendre la parole, mais la Vierge ne lui en laissa pas le temps.

—Le garçon dont elle a parlé ne fait pas partie de sa famille.

—C'est faux! s'exclama Çeda.

—Absolument pas, répliqua Sümeya. Ce n'est qu'une autre alouette des rues.

Husamettín haussa le menton vers Çeda sans la quitter des yeux.

— S'agit-il de ton frère ?

— Plus que n'importe qui. Emre est mon frère et il est la seule famille qui me reste.

Husamettín se tourna vers Sümeya et Çeda eut l'impression qu'on lui ôtait un énorme poids des épaules.

— Nous ne nous en prenons pas au sang de notre sang, Sümeya. Pas sans une bonne raison. Et elle reconnaît ce garçon comme son frère.

La Vierge ricana et pointa son sabre vers le cou de Çeda.

— Nous ne nous en prenons pas à la famille de nos *sœurs*. Et *elle* n'est pas des nôtres.

— Vraiment ? (Il fit un geste vers la droite.) Zaïde le pense pourtant… et Yusam l'a confirmé…

— Seigneur Roi, ce misérable étron ne mérite pas qu'on l'accueille parmi nous. Elle ne mérite que de pourrir au fond d'une ruelle ! Je préfère mourir plutôt que de l'accepter !

— Tu te chargeras de son enseignement, Sümeya, dit Husamettín d'un ton calme. Et tu l'accueilleras au sein de ta main, ainsi que Yusam te l'a ordonné.

— Non ! s'écria Sümeya. Jamais !

La Vierge brandit son sabre et l'abattit vers le cou de Çeda.

La jeune fille distingua un vague mouvement.

Un claquement métallique retentit et la lame de Sümeya s'arrêta à quelques centimètres de sa gorge.

Bloquée par celle de Husamettín.

La Vierge écarquilla les yeux. Le Roi fit un pas en avant et la frappa du pied. Sümeya fut projetée en arrière et heurta le sol avec violence. Elle se leva d'un bond et se tourna vers Husamettín. Puis elle avança, le sabre à la main. Il n'y avait pas la moindre trace de colère dans ses yeux. Elle affichait une expression fataliste que Çeda interpréta comme une profonde résignation.

Elle ne plaisantait pas en affirmant qu'elle préférait mourir plutôt que d'accepter Çeda. Et elle voulait que son Roi se charge de l'exécution.

Husamettín était immobile, une main dans le dos, prêt à frapper. Sa garde était surprenante, mais il parvenait à la rendre élégante et menaçante.

— Lorsque le désert était jeune, il existait une tribu de nomades qui vivaient dans les montagnes de Vandraama.

La lame de Sümeya ressemblait à un croissant de nuit, mais celle de Husamettín était plus sombre encore. Elle n'était pas seulement noire, elle semblait absorber la lumière qui l'entourait. Tous les habitants du Shangazi avaient entendu parler du Baiser de la Nuit, la lame que le terrible Goezhen avait offerte à Husamettín pendant Beht Ihman, quatre cents ans plus tôt. On racontait qu'elle se régalait des victimes du Roi et le poussait à tuer pour assouvir sa soif inextinguible de sang.

L'attitude désinvolte du Roi sembla faire enrager Sümeya. La Vierge avança et frappa. Husamettín para, puis recula de trois pas tandis que son adversaire enchaînait une série de coups. Çeda était hypnotisée. Elle avait l'impression que les claquements des sabres étaient les échos d'un duel ayant eu lieu des siècles plus tôt.

Husamettín reprit son histoire en parant les coups.

— La tribu erra à travers les montagnes en quête de nourriture. Il y avait eu une terrible sécheresse et tout le monde mourait de faim.

Sümeya cherchait une ouverture. Il était clair que le Roi n'avait pas l'intention de la tuer comme elle l'espérait. Il parait et reculait sans jamais attaquer. Çeda comprit qu'il voulait épuiser son adversaire, la pousser au bout de ses forces, mais pas au-delà.

— Un jour, un garçon de la tribu fut battu par deux garçons plus âgés parce qu'il avait essayé de leur voler de l'eau. Tard dans la nuit, il pria Goezhen pour qu'il emporte les deux brutes dans le désert et les transforme en lunules, ces pâles et cruelles caricatures d'humains qui s'emparent des âmes quand les deux lunes sont sombres.

Le visage de Sümeya était écarlate, mais elle frappait sans relâche. Le sabre de Husamettín siffla et un voile noir passa entre les deux combattants. Les lames s'entrechoquèrent avec de plus en plus de force. Dans la cour, les spectatrices étaient envoûtées. Zaïde, d'ordinaire si calme, semblait se préparer au pire.

— Un dieu se présenta devant le garçon au cours de la nuit, mais il ne s'agissait pas de Goezhen. C'était Thaash. Il regarda l'enfant en fronçant les sourcils et lui demanda pourquoi il voulait faire du mal à ses frères. (Le Roi fit un pas de côté pour éviter une charge et para une série de coups avec une grâce qui laissa Çeda bouche bée.) Parce qu'ils m'ont battu, répondit le garçon. Et parce qu'ils cachent de l'eau au reste de la tribu. Vraiment ? demanda Thaash. Eh bien, si tu le souhaites, je les tuerai.

Sümeya avait du mal à retrouver son souffle. Ses coups de taille et ses déplacements étaient moins rapides. La lame de Husamettín traversa sa garde et la frappa au bras. Un filet de sang coula d'une mince estafilade. La Vierge laissa échapper un grognement et repartit à l'attaque.

— Le garçon accepta l'offre de Thaash, et le lendemain matin, on découvrit quatre cadavres. Les deux brutes et leurs deux sœurs. Le garçon aimait les deux sœurs et ne détestait pas vraiment leurs frères. Il comprit qu'il avait fait une erreur et se mit à pleurer. Il appela Thaash pour lui expliquer que ce n'était pas ce qu'il voulait, mais le dieu ne revint jamais.

Husamettín bloqua une succession de coups d'une rapidité foudroyante, puis sa lame pénétra la garde de Sümeya une fois de plus. Une nouvelle estafilade apparut à côté de la première. Le Roi avança d'un pas et amorça un mouvement de rotation. Son pied s'écrasa sur la poitrine de la Vierge et celle-ci fut projetée en arrière.

Il rengaina son sabre d'un mouvement fluide avant qu'elle ait le temps de se relever. Il approcha sans quitter Sümeya des yeux, les mains croisées dans le dos. La Vierge le regarda avec un mélange de crainte et de profond respect.

— On ne connaît jamais les conséquences de nos actions, dit-il. Veille à réfléchir la prochaine fois qu'il te prendra l'envie de verser le sang. (Il se tourna vers Çeda avec un soin mesuré.) Tu as un tatouage dans le dos, n'est-ce pas ?

Çeda déglutit. Zaïde l'avait vu, bien entendu. Le tatouage de Dardzada. La marque qui l'identifiait comme une bâtarde. Elle sentit son visage s'empourprer de honte.

— Oui, mon Roi.

— Montre-le à Sümeya.

— Mon Roi ?

— Ton tatouage. Montre-le à ta sœur Sümeya.

Çeda contempla Husamettín, puis la Vierge qui semblait perdue. Elle ne pouvait pas refuser la requête du Roi, et de toute manière, les Vierges finiraient par voir cette maudite marque un jour ou l'autre. Elle se tourna et fit descendre sa robe jusqu'à la taille. Elle entendit Sümeya hoqueter.

La voix du Roi résonna dans la cour.

— Qui t'a tatouée, Çedamihn ?

— Ma mère, mentit la jeune fille.

— Sais-tu ce que cette marque signifie ?

Çeda hocha la tête avec lenteur.

— Elle signifie que je suis une bâtarde.

— Non. Jamais ta mère ne t'aurait tatoué une chose pareille. Bâtarde est le sens que le mot a fini par prendre, mais jadis, il voulait dire « une parmi toutes » et « toutes parmi une ». Il signifie que tu n'es pas seule, Çeda. Ta mère le savait. C'est une leçon qu'il te faut retenir, Sümeya Husamettín'ava.

Çeda remonta sa robe et regarda Husamettín avec des yeux écarquillés. Dardzada connaissait-il la signification du tatouage ? Oui, bien sûr. C'était un homme savant, et prudent. Mais pourquoi ne lui avait-il rien dit ?

Et le nom que le Roi venait de prononcer résonna à ses oreilles.

Husamettín'ava.

Par le doux souffle des dieux ! Sümeya était la *fille* de Husamettín. Elle comprenait mieux pourquoi le Roi ne lui avait pas fait de mal quand la Vierge avait voulu l'obliger à la tuer.

Husamettín se dirigea vers Çeda et s'arrêta devant elle. Sa main partit comme une flèche et saisit la peau entre la joue et la gorge. La première réaction de la jeune fille fut d'essayer de se libérer, mais le Roi la tenait fermement. Et puis elle songea qu'il s'agissait sans doute d'une épreuve. Elle cessa de se débattre et regarda Husamettín avec toute la détermination dont elle était capable.

Les yeux bleu-gris du Roi plongèrent dans les siens, et la jeune fille eut l'impression qu'il fouillait sa mémoire, qu'il aspirait ses souvenirs comme un vortex. Ce n'était pas le moment de montrer sa peur et elle ne se détourna pas. Pendant une fraction de seconde, elle eut l'impression qu'il était l'enfant qui avait demandé à Thaash de tuer deux garçons de sa tribu. Elle s'arracha à son étrange transe et contempla le Roi terrible et majestueux.

—Çedamihn est désormais une Vierge, dit Husamettín d'une voix assez forte pour que tout le monde l'entende.

Il repoussa Çeda d'un geste sec et la jeune fille recula en titubant. Elle s'appuya contre un mur et vit le Roi qui s'éloignait d'un pas tranquille.

Sümeya était agenouillée par terre. Ses blessures saignaient et elle avait les yeux écarquillés. Çeda s'attendait à ce qu'elle soit furieuse, mais elle semblait perdue. Husamettín s'arrêta près d'elle. Il regardait droit devant lui, comme si sa fille l'avait déçu, mais il lui parla d'un ton calme et bienveillant.

—Ce n'est qu'une enfant, une malheureuse qui n'a pas eu la chance de grandir dans le cadre privilégié de Tauriyat. Elle n'est pas Nayyan et ne prétend pas l'être, alors ne lui impose pas ce carcan. Aie confiance dans le jugement de Yusam, et sois son professeur. (Il s'éloigna vers le hall de prière.) Nous aurons bientôt besoin de tout le monde.

CHAPITRE 47

Sümeya regarda Husamettín s'éloigner, les yeux toujours écarquillés et la bouche béante.

Lorsque le Roi disparut à l'intérieur du hall de prière, elle se leva et ramassa son sabre avant de l'essuyer d'un revers de manche. Elle le glissa dans son fourreau avec adresse, puis contempla la cour sans la voir.

— Melis, occupe-toi d'elle. Les autres, nettoyez les murs du réfectoire.

Elle s'éloigna sans prêter attention à ses blessures et se fondit dans l'ombre d'un bâtiment.

Pendant un long moment, personne ne bougea dans la cour. Quelques personnes regardaient le hall de prière ou l'endroit où la Première Gardienne avait disparu, mais la plupart observaient Çeda. La jeune fille sentait leurs yeux inquisiteurs la jauger. Certaines Vierges rêvaient de la voir sur une potence, la corde autour du cou, pendant qu'un accusateur égrenait la liste de ses crimes. Quelques-unes la toisaient avec détachement, comme si elles ne savaient pas quoi penser d'elle. D'autres semblaient regretter que cette étrangère soit venue troubler l'ordre de Tauriyat. Puis les Vierges et les Matrones se ressaisirent et se remirent au travail pour effacer les traces de l'attaque nocturne. Une Vierge qui avait au moins trente printemps – il était difficile d'évaluer son âge, car elle n'avait pas une once de graisse superflue – approcha de Çeda.

— Viens avec moi, dit-elle en se dirigeant vers l'autre extrémité de la cour.

Çeda était épuisée et avait l'impression d'être dans une nappe de brouillard. Elle aurait voulu se coucher et dormir, mais la Vierge lui donna une brosse, un seau et une bouteille de produit dégraissant pour nettoyer les murs couverts de suie. Melis avait des cheveux châtains et bouclés rassemblés en chignon au-dessus de sa nuque. Ses joues et son front étaient constellés de taches de rousseur et de petites imperfections. Ce n'était pas une belle femme, mais elle avait du charme et on la sentait animée par une volonté inébranlable. Elle était prête à tout pour atteindre les objectifs qu'elle se fixait.

Les deux femmes se dirigèrent vers le réfectoire, un long bâtiment accolé à la muraille qui entourait la Maison des Vierges. Deux projectiles l'avaient frappé au cours de l'attaque, et tout autour, la terre était brûlée et parsemée d'éclats de poterie. Un liquide visqueux enduisait certaines pierres.

—Commence par les murs, dit Melis.

Elle montra une tache noire et commença à en nettoyer une autre.

Çeda s'exécuta, mal à l'aise. Elle ne savait rien de cette femme et on lui demandait de laver des murs après une nuit particulièrement riche en émotions.

—Sümeya est sévère et elle est prête à tout pour protéger ce qui lui est cher, dit Melis au bout d'un certain temps. Les Rois, notre Maison, son honneur. Elle est dure comme l'acier, mais elle t'acceptera si tu lui ouvres ton cœur.

Si je lui ouvre mon cœur, elle y plantera une dague, songea la jeune fille.

—Est-ce qu'il y a eu des blessés pendant l'attaque ? demanda-t-elle pour changer de sujet.

—Trois, mais rien de grave. Ce n'était pas le but recherché.

—Qu'est-ce que tu veux dire ?

—C'était une diversion. C'est pour cette raison que Sümeya est furieuse.

—Une diversion pour faire quoi ?

—Ce matin, nous avons appris qu'une autre attaque avait eu lieu juste avant le début du bombardement. (Melis cracha par terre.) Trente rebelles ont envahi une demeure près de la Porte du feu noir.

La Porte du feu noir était une des plus importantes portes de Sharakhaï. Elle se trouvait tout près des anciens remparts de la cité qui entouraient la Colline dorée. C'était dans ce quartier que vivaient les familles nobles, les enfants des Rois et ceux qui avaient survécu à Beht Ihman.

—Il y a eu huit morts et une bonne vingtaine de blessés, mais surtout, ils ont enlevé le seigneur Veşdi, un premier fils.

—Un premier fils ?

Melis leva les yeux au ciel.

—Tu ne sais rien de rien, hein ? Cela veut dire qu'il est le premier sang des Rois. C'est un de leurs fils, pas un petit-fils ou quelque vague neveu.

—Pourquoi les rebelles l'ont-ils enlevé ? Pour obtenir une rançon ?

—J'en doute. L'Al'afwa Khadar n'a pas l'habitude d'échanger ses prisonniers contre de l'argent. Ce n'est jamais arrivé depuis qu'Ishaq s'est retiré dans le désert en confiant la tête de la rébellion à son fils, Macide.

— Alors pourquoi ? Pourquoi attaquer cette demeure et enlever le fils d'un Roi ?

— C'est la question qui ronge Sümeya. Et qui ronge probablement les Rois, même si aucun d'entre eux ne l'admettra jamais.

— C'est une terrible nouvelle, dit Çeda.

Mais la jeune fille ne pensait qu'à Emre. Ramahd avait-il raison ? Emre était-il responsable de tout ce qui venait d'arriver ? Et même s'il n'avait joué qu'un rôle mineur, il ne pouvait ignorer dans quoi il s'engageait. Le jeune homme qu'elle connaissait n'éprouvait pas la moindre affection envers la Maison des Rois, mais pas de ressentiment non plus. Il n'avait aucune raison de soutenir la cause des rebelles.

Alors pourquoi ?

Et pourquoi maintenant ?

La jeune fille l'ignorait. Si elle voulait des réponses, il lui faudrait d'abord trouver Emre.

— Ne frotte pas si fort, dit Melis en montrant une portion de mur. Laisse les poils de la brosse travailler.

Çeda obéit et s'aperçut que la suie partait plus facilement.

— On ne pourra jamais tout nettoyer, dit-elle. Il restera toujours des traces.

Melis fit la moue.

— Les cicatrices ne nous font pas peur, mais on ne laisse pas une blessure sans soin. (Elle remonta sa robe afin de travailler sans être gênée, puis elle la parole sans lever les yeux.) Tu as une jolie collection de cicatrices, d'ailleurs. (Elle tourna la tête et examina les mains, le visage et le cou de la jeune fille comme un érudit qui déchiffre une tablette ancienne.) Qui t'a infligé ces blessures ?

— Des hommes qui ne partageaient pas mon point de vue, pour la plupart.

Melis frotta une pierre avec énergie et un sourire réticent se peignit sur ses lèvres. Puis elle éclata de rire.

— Que les hommes tremblent devant Çedamihn aux Mille Cicatrices.

Elle rit de nouveau et Çeda l'imita.

À partir de ce moment, Melis se montra plutôt amicale. Elle raconta des histoires à propos de son enfance à Tauriyat. Elle y était née. Son père était Kiral, le Roi des Rois.

— Tu as des frères et des sœurs ? demanda Çeda.

— J'avais deux sœurs, mais elles sont mortes quand j'étais enfant. Cependant, j'ai des dizaines de demi-frères et de demi-sœurs. Il est rare que les Rois restent très longtemps avec la même femme – ou le même homme.

— Ils ont donc tant de mal à trouver l'amour ?

Melis secoua la tête en se déplaçant vers la droite.

— Ils fuient l'amour *comme la peste*. Tu ne ferais pas de même si tu avais vécu aussi longtemps qu'eux ?

Çeda avait déjà réfléchi à la question, comme la plupart des habitants de Sharakhaï. L'immortalité était une malédiction qui vous condamnait à assister à la mort des êtres chers.

La jeune fille interrogea Melis à propos de son père. Kiral n'avait aucun pouvoir sur ses pairs, mais il était respecté pour sa sagesse. On l'écoutait avec attention lorsqu'il faisait une proposition. Çeda fut étonnée d'apprendre que Melis ne lui avait adressé la parole que trois fois en tout et pour tout. La première quand elle était devenue une femme, la deuxième quand elle était devenue une Vierge et la troisième quand elle avait tué le chef d'un groupe de nomades au cours d'un violent accrochage dans un col à l'est de la ville.

— Et comment l'as-tu trouvé ? demanda Çeda.

Melis cessa de frotter une tache de suie particulièrement rebelle.

— Qu'est-ce que tu veux dire ?

— Il s'est montré attentionné ?

La Vierge haussa les épaules et se remit au travail.

— C'est à peine s'il a daigné remarquer ma présence. Il a de nombreuses filles parmi les Vierges, et en a encore plus à Sharakhaï. Sans compter celles qui vivent au-delà des frontières de la cité. En vérité, je ne le vois pas souvent. Ma famille, ce sont les sœurs de la Maison des Vierges, maintenant. Un jour, il en sera de même pour toi.

Çeda éprouva un sentiment étrange en songeant que les Vierges allaient devenir ses sœurs. Elle n'était pas sûre de s'y habituer, mais il fallait essayer.

— Je doute que Sümeya me considère un jour comme sa sœur, dit-elle.

— Tu finiras par lui pardonner ce qu'elle a fait. Et elle finira par te respecter. Et peut-être même par t'aimer. Tu trouves que c'est une personne dure, mais un jour, tu la remercieras d'avoir agi ainsi.

— Et toi ? Pourquoi est-ce que tu ne me méprises pas comme elle ?

Un nouveau sourire se dessina sur les lèvres de la Vierge et Çeda comprit qu'elle s'était trompée. Melis était une femme d'une grande beauté et cette beauté s'épanouissait chaque fois que son visage s'éclairait.

— Tu préférerais qu'il en soit ainsi ?

— Les dieux n'ont pas l'habitude de se soucier de mes préférences, Melis.

La Vierge cessa de frotter le mur et regarda Çeda avec une expression malicieuse.

— Les dieux se soucient de nous, mais ils se soucient d'abord d'eux-mêmes. (Elle haussa les épaules et se remit au travail.) Le père de ma mère vivait dans les Bas-fonds, et son père était un nomade. Nous sommes tous liés au Shangazi, tu ne crois pas ?

Melis parlait des peuples du désert, pas des étrangers qui envahissaient les rues de Sharakhaï.

— Je suppose que tu as raison, dit la jeune fille.

— Sümeya l'oublie parfois. Il lui arrive un peu trop souvent de te regarder et de regarder les innocents comme des ennemis. Elle oublie notre histoire. Elle oublie que nous avons rompu avec les tribus du désert pour nous protéger. Elle oublie que les dieux ont aidé les Rois de Sharakhaï et ceux qu'ils avaient juré de protéger. (Elle s'arrêta de nouveau et tourna la tête vers Çeda.) Elle oublie également que Yusam lit l'avenir. Quand j'étais enfant, des années avant mon baptême, Yusam m'a dit que je reviendrais le voir.

— Tu appelles ça une prophétie ? demanda Çeda. Tu n'étais donc pas destinée à devenir une Vierge ?

Melis secoua la tête.

— J'étais la troisième fille. C'était ma sœur aînée, Hajesh, qui devait suivre la voie du sabre. Elle est morte quand j'avais sept ans. Elle est tombée d'un chariot et sa tête a heurté une pierre près du pont du Bossu. Moins d'un an plus tard, Phelia a été emportée par la Haddah au cours d'une tempête. Il ne restait plus que moi. Et le jour de mon treizième anniversaire, Yusam m'a fait de nouvelles révélations. Toutes se sont vérifiées, à une exception près.

— Laquelle ?

— Il m'a dit qu'un jour, je servirai une reine et la protégerai au péril de ma vie.

— Une *reine* ? La reine Alansal de Miréa ?

À en juger par son expression, Melis n'en savait pas davantage.

— Peut-être. Yusam voit loin et s'il a dit que cela arriverait, cela arrivera. Je ne sais pas quand, mais cela arrivera, un jour. Je suis certaine qu'il a vu ce qu'il y avait au fond de ton cœur et s'il souhaite que tu fasses partie des Vierges, c'est pour une bonne raison. Sümeya ferait bien de le reconnaître.

— Sümeya ne peut pas influer sur sa décision ?

Melis sourit.

— Tu le regrettes ?

— Non. C'est juste que…

— Je comprends ce que tu veux dire. Si tu avais grandi dans le quartier de la Colline dorée, elle aurait sans doute eu son mot à dire. Mais ce n'est pas le cas et elle ne peut pas influer sur la décision finale. Pas plus que les Douze Rois, d'ailleurs.

— Mais Yusam m'a déjà choisie. Et Husamettín a dit qu'il m'acceptait parmi les Vierges.

—Mais c'est ce soir que la décision sera prise. Quand tu seras présentée aux autres Rois. Et cela n'est qu'une étape avant l'épreuve qui fera de toi un membre de notre famille.

—Une épreuve ?

—Si tout se passe bien, on t'emmènera dans le désert dans deux semaines afin que tu sois jugée par les asirim. C'est cela, la véritable épreuve. Alors, profite de la soirée. Sois fière. C'est pour cette raison qu'on va te conduire au palais du soleil.

Çeda avait trouvé quelques informations sur la veillée des aspirants dans les ouvrages apportés par Davud, mais tout cela semblait bien lointain. La jeune fille frissonna de terreur à l'idée de se retrouver seule au milieu des asirim.

Melis remarqua son expression et laissa échapper un rire triste.

—Ne crains rien, petite. Les saintes créatures ne te feront aucun mal si ton cœur est sincère.

Çeda pensa à l'asir qui l'avait embrassée, à ses lèvres chaudes. Elle essaya d'en apprendre davantage, mais malgré tous ses efforts, Melis n'en dit pas plus. Elle décida donc de changer de sujet.

—Combien de Vierges vivent ici ?

Melis fronça les sourcils en faisant un pas vers la droite. Les muscles de ses bras se tendaient comme les cordes d'un arc tandis qu'elle frottait le mur.

—Tu ne connais donc pas la chanson ?

—Quelle chanson ?

—« Les Douze Tribus et les Douze Filles » ?

—C'est une comptine.

—Écrite par les Vierges il y a cent cinquante ans. Mais qu'apprend-on donc aux enfants de l'autre côté de ces murs ?

Elle parlait des murs de l'ancienne cité. Elle parlait de Crêterose, des Bas-fonds et du Puits, les quartiers pauvres de Sharakhaï.

—Tu ne connais donc pas notre nombre, ô Çedamihn à la tête plus dure qu'un rocher ? Cent quarante-quatre lames de ténèbres, cent quarante-quatre vierges vêtues de noir, et Husamettín, le Roi des Lames, pour nous guider.

—Mais j'ai vu d'immenses dortoirs. Je suis sûre qu'ils peuvent abriter plus de cent quarante-quatre personnes.

—En effet. Il y a des lits pour les Matrones et pour les Vierges qui souhaitent rester parmi nous quand elles rendent leur sabre à cause de l'âge ou d'une infirmité. Une main peut rassembler huit ou neuf guerrières lorsqu'elle est affectée à la surveillance des caravansérails. D'autres n'en comptent que trois ou quatre. Certaines Vierges sont placées au service d'un Roi et travaillent seules. Elles n'intègrent jamais une main.

Çeda avait entendu des rumeurs à propos de ces femmes. On racontait qu'il existait des espionnes et des assassins qui ne rendaient compte qu'à Zeheb, le Roi des Murmures.

— Notre nombre fluctue, poursuivit Melis. Surtout par temps de guerre. Il est parfois descendu à soixante-dix individus et il est monté à plus de trois cents. Certaines novices ne sont pas encore de véritables Vierges. Il y a des blessées qui sont incapables de se battre. Il y a des guerrières qui meurent en laissant des lames d'ébène orphelines.

— Et il y a celles qui disparaissent, ajouta Çeda.

Ces paroles flottèrent entre les deux femmes pendant de longues secondes, puis Melis se tourna et regarda la jeune fille d'un air dur.

— Si tu veux poser une question, va droit au but.

Çeda apprécia ce franc-parler. Et elle n'avait aucune raison de tourner autour du pot.

— Zaïde m'a parlé de Nayyan. Si Sümeya me déteste, c'est avant tout parce que j'ai pris sa place. Si je dois la remplacer, j'aimerais savoir qui elle était.

Le visage de Melis se ferma.

— Tu ne la remplaceras *jamais.*

— Ce n'est pas ce que je voulais dire. Sümeya est persuadée que je veux m'emparer de la dishdasha, du turban et du sabre de Nayyan.

Melis se concentra sur son travail pour ne pas croiser le regard de Çeda. Elle frotta le mur avec de grands gestes circulaires pendant un moment, puis ses mouvements ralentirent et elle inspira profondément.

— Nayyan était la cinquième Vierge de la main de Sümeya. Avec Jalize, Kameyl et moi. Nous étions très proches ; toutefois, Sümeya et Nayyan partageaient un lien encore plus fort. Elles étaient entrées dans les rangs la même année, mais Nayyan excellait dans tous les domaines et Sümeya l'admirait beaucoup. Nayyan gravit les échelons et atteignit le sommet de la hiérarchie le jour où elle essaya de sauver la Première Gardienne d'un ehrekh dans un défilé, au sud du Shangazi. Elle tua la sombre créature et trancha les épines qui hérissaient sa tête pour s'en faire un collier.

Çeda songea aussitôt à la Vierge qu'elle avait rencontrée dans le désert. Elle portait un collier d'épines. S'agissait-il de Nayyan ? Non, c'était impossible puisque les Vierges affirmaient qu'elle était morte. Nayyan avait-elle organisé sa disparition ? Se cachait-elle ? Après tout, elle était seule lorsqu'elle était arrivée dans les champs en fleur.

— Nous l'avons élue Première Gardienne dès notre retour à Sharakhaï, reprit Melis. Elle est restée à ce poste pendant plusieurs années, jusqu'à ce soir fatidique, il y a onze ans. C'était le lendemain de Beht Zha'ir. Elle a quitté le palais du Roi Azad aux petites heures de la matinée pour aller rendre visite à sa famille. Mais le jour suivant, le capitaine du navire qu'elle devait emprunter nous a fait savoir qu'il ne l'avait pas vue.

Çeda était convaincue que cette histoire était liée à la mort de sa mère et mille questions tourbillonnaient dans sa tête. Elle réussit à les contenir et réfléchit aussi calmement que possible.

— Qu'a dit le Roi ? demanda-t-elle. Il n'avait pas de nouvelles, lui non plus ?

— Il savait qu'elle avait quitté le palais de joyeuse humeur, rien de plus.

— Et les recherches n'ont rien donné ?

— Rien. (Melis se pencha en avant et rinça sa brosse avant d'attaquer un nouveau pan de mur.) C'est le Roi Ihsan en personne qui a mené l'enquête. On aurait dit que les dieux avaient enlevé la malheureuse pour la précipiter dans sa prochaine vie.

— Et personne n'a imaginé que le Roi Ihsan pouvait mentir ?

Les mouvements de Melis ralentirent.

— Si Ihsan veut cacher ce qui s'est passé ce jour-là et si les autres Rois ont décidé de ne pas en parler, que pouvons-nous faire ?

— L'interroger.

Melis la regarda d'un air furieux.

— Notre rôle n'est pas d'interroger les Rois ! (Elle appuya sa brosse noire de suie contre la poitrine de Çeda.) Et ce n'est pas le tien non plus ! Tu ne connais pas encore nos règles, alors je vais considérer que tes paroles sont celles d'une petite sotte ignorante. Mais je ne le ferai pas deux fois. Les Rois sont nos maîtres et tu les traiteras comme tels. Ne t'avise pas de les critiquer une fois de plus. Tu as bien compris ?

Çeda hocha la tête, abasourdie. Elle n'avait pas imaginé que sa question susciterait une telle colère, mais au fond, c'était plutôt une bonne chose. Cela lui rappelait que ces femmes – toutes ces femmes – étaient ses ennemies.

Melis jeta sa brosse dans le seau et des gouttes d'eau sale volèrent dans tous les sens.

— Va vider les seaux. Il est temps de te préparer pour la cérémonie de ce soir.

CHAPITRE 48

Çeda attendait dans un hall décoré de mosaïques magnifiques. Elle se trouvait sous une arche festonnée et fermée par de lourdes tentures écarlates. À travers le tissu, elle entendait des bruits de pas et des conversations ponctuées d'éclats de rire.

Zaïde et plusieurs jeunes serviteurs du palais l'avaient conduite ici, sous l'arche, et lui avaient demandé d'attendre que les rideaux s'ouvrent. Çeda mourait d'envie de les écarter pour voir ce qui se trouvait derrière, mais elle résista à la tentation. Ce n'était pas le moment de faire des bêtises.

Quelques heures plus tôt, Melis avait confié la jeune fille aux bons soins de Zaïde. La Vierge était devenue distante et la traitait désormais avec un agacement contenu. Çeda s'était demandé combien de temps s'écoulerait avant que ces femmes la démasquent, car elles finiraient par la démasquer, tôt ou tard. Zaïde l'avait aidée à se laver, puis avait peigné ses longs cheveux noirs. Elle les avait tressés et avait rassemblé les nattes au sommet du crâne. Elle avait ensuite apporté une robe décorée de superbes empiècements devant et derrière. Le vêtement était fendu jusqu'aux genoux.

— C'est pour te permettre de danser avec une lame.

— Je n'ai pas de lame.

Zaïde avait souri.

— Tu recevras ton sabre d'ébène avant que le soleil soit couché. (Elle avait lissé le tissu sur l'épaule de Çeda.) Elle te sera remise par le Roi des Lames en personne.

Çeda en était restée sans voix. Elle allait recevoir un sabre d'ébène, le symbole de l'oppression des Rois… Elle avait craché par terre bien des fois en imaginant les Vierges manier les lames noires qui terrorisaient les habitants de Sharakhaï. Et aujourd'hui, on allait lui en donner une.

Les dieux nous guident sur de bien étranges chemins.

Les tentures rouges frémirent. Le flot des conversations s'intensifia, puis se tarit. Certaines personnes approchèrent, mais pas trop près.

— Plusieurs Rois devraient venir, avait dit Zaïde en nouant et dénouant les nœuds de la robe pour qu'ils soient parfaits.

Çeda s'était rendu compte que la Matrone était inquiète à propos de la soirée. Elle se comportait comme une mère alors qu'elles se connaissaient à peine.

— Mais ne t'affole pas s'il n'y en a qu'un ou deux. Ils n'aiment guère se rassembler aujourd'hui.

Un ou deux… Çeda avait appréhendé sa rencontre avec Yusam. Husamettín était arrivé à l'improviste, mais c'était un homme impressionnant, lui aussi. Comment allait-elle réagir en présence de trois, quatre ou cinq maîtres de Sharakhaï ?

— Ils me parleront ? avait demandé Çeda.

— Les Rois ? Ils ne te diront pas grand-chose. Il est même possible qu'ils ne t'adressent pas la parole. Les invités, eux, voudront sans doute savoir d'où tu viens, qui étaient ton père et ta mère, si tu es amoureuse de quelqu'un. De quoi pourraient-ils parler d'autre ?

De trahison. De meurtre. De guerre et de pendaison.

— Cesse de t'inquiéter, avait dit Zaïde. Cette cérémonie n'est qu'une formalité. Rien de plus. La véritable épreuve sera dans deux semaines, quand tu te rendras dans le désert en compagnie des sœurs de ta main.

Çeda avait hoché la tête d'un air absent. Tout allait trop vite. Une partie d'elle aurait voulu que le temps ralentisse, mais elle n'avait pas d'autre choix que de se laisser emporter par le courant.

Lorsque Zaïde avait été satisfaite, on avait conduit la jeune fille au pied de la colline, dans un vaste palais qui se trouvait à peu près à égale distance des douze maisons royales.

— Le palais du soleil n'appartient à aucun Roi, avait expliqué la Matrone en pointant le doigt vers les minarets et le bâtiment surmonté d'un dôme. C'est le treizième de Tauriyat, celui où se réunissent les Rois quand ils ont des affaires à régler. C'est aussi là que logent les diplomates étrangers. On y organise des fêtes pour distraire les personnages influents de la cité et pour accueillir les nouvelles Vierges.

— Il y aura beaucoup de monde en dehors des Rois ?

Zaïde avait haussé les épaules.

— Je n'en ai pas la moindre idée. L'affluence dépend de la notoriété de la famille de la Vierge et du rayonnement du Roi qui l'a enfantée. Tu es un cas particulier, mais je pense que tu intrigues beaucoup de gens à Tauriyat.

Çeda en avait douté, mais à en juger par le brouhaha qui montait de la salle, Zaïde ne s'était pas trompée. La jeune fille ne se sentait absolument pas préparée à ce qui l'attendait.

Les tentures furent écartées par deux jeunes garçons et Çeda découvrit une grande salle magnifique. Elle était surmontée d'un large dôme percé de dizaines de fenêtres à travers lesquelles le soleil éclairait le sol couleur émeraude. Les murs étaient ornés de filigranes et les colonnes peintes. Des centaines de personnes étaient présentes. La plupart bavardaient, mais de nombreux invités se promenaient une tasse à la main ou étaient assis sur des coussins disposés autour de narguilés dont les tuyaux s'enroulaient comme des serpents.

Çeda se tenait au sommet d'un petit escalier. Elle descendit la première marche et les conversations s'interrompirent. Tout le monde se tourna vers elle. Les hommes étaient vêtus de superbes caftans, abayas ou burnous. Ceux qui avaient la peau claire – les Qaimiriens – portaient des chemises avec des manches et un col bouffants, des pantalons et de courts manteaux. Les Miréens préféraient les habits aux tons sobres, près du corps et avec des demi-cols. Quant aux femmes… elles représentaient plus de la moitié des invités. Leurs tenues étaient tout aussi distinctives que celles des hommes, mais plus variées. Des robes en soie lisse, des djellabas avec de hauts turbans et des jalabiyas ornées de broderies.

Les invités observèrent Çeda dans un tel silence qu'on aurait pu entendre une sandale glisser sur le sol ou une robe bruisser. La jeune fille descendit les marches et posa le pied sur les dalles fraîches de la grande salle. Les gens s'inclinèrent comme un seul homme et lorsqu'ils se redressèrent, les invitées sharakhiennes lancèrent des «*lai, lai, lai*» mélodiques. Les Sharakhiens sifflèrent et les étrangers applaudirent, ululèrent et esquissèrent des saluts accompagnés de grands gestes de la main.

Çeda reconnut une poignée de personnes, mais deux invités attirèrent tout de suite son attention. Le premier était un homme grand et pâle dont les cheveux blancs étaient attachés en queue-de-cheval. Juvaan Xin-Lei de Miréa. Le second se tenait quelques pas plus loin et Çeda faillit ne pas le reconnaître. Ramahd était rasé de près. Ses cheveux qui descendaient jusqu'aux épaules étaient propres et peignés de manière à encadrer son visage de vagues harmonieuses. Il portait une tenue verte et noire qui lui allait à la perfection. Le chien de poussière que Çeda avait combattu dans l'arène avait disparu, tout comme l'homme à qui elle avait parlé la veille. Il ne restait plus que le seigneur qaimirien. Le seigneur qui s'intéressait un peu trop à ce qui se passait à Sharakhaï. Le seigneur qui voulait que Çeda devienne son espionne.

La jeune fille avança sur les dalles en travertin et la foule s'écarta comme les flots à la proue d'un navire. Çeda aperçut plusieurs hommes qui se tenaient à l'autre bout de la salle. Ils portaient de beaux vêtements et des couronnes en or.

Les Rois, songea la jeune fille. Les Rois de Sharakhaï l'attendaient. Çeda eut l'impression de se présenter devant un tribunal qui allait la condamner à la pendaison, comme sa mère onze ans plus tôt.

Ahya avait-elle rencontré tous ces Rois ? Les avait-elle rencontrés avant d'être jugée pour ses méfaits ?

C'était peu probable. Ahya n'avait été qu'une simple criminelle, alors pourquoi les maîtres de Sharakhaï se seraient-ils rassemblés pour la punir ? Pourquoi auraient-ils pris leurs vilains couteaux pour entailler sa chair ? Ils ne pouvaient pas être si cruels, n'est-ce pas ?

La jeune fille les compta.

Elle les compta tandis qu'elle marchait vers eux en s'efforçant de ne pas trembler.

Un hoquet s'échappa de sa gorge.

Ils étaient douze.

Les Douze Rois étaient venus pour la rencontrer.

Par le sombre regard de Yerinde, comment cela était-il *possible* ? Pourquoi s'intéressaient-ils tant à elle ? Zaïde s'était certainement trompée. La tradition voulait sans doute qu'ils se rassemblent pour accueillir les nouvelles Vierges.

Non.

Sûrement pas.

Cela n'avait pas dû arriver plus de deux ou trois fois au cours de leur règne. Yusam avait dû leur parler de l'étrange vision qui lui avait arraché un hurlement et ils avaient envie de voir cette mystérieuse jeune fille de plus près.

Çeda avait lu d'innombrables ouvrages à leur propos et aujourd'hui, elle était devant eux. Elle contemplait leurs beaux habits, leurs couronnes en or et leurs yeux glacés.

Fais attention, Çeda.

Si tu commets la moindre erreur...

Elle s'arrêta devant l'estrade en pierre taillée en forme de croissant de lune. Husamettín, le Roi des Lames, était au centre. Il ne portait pas le Baiser de la Nuit, mais une arme à lame incurvée dans un fourreau en bois laqué dont la patine était mate, mais superbe. Yusam aux yeux de jade était à côté de lui. Il souriait. Çeda reconnut également Sukru, le Roi Moissonneur. C'était un homme rabougri, maigre et tout en angles qui ressemblait à une araignée. Il affichait une expression douloureuse. Était-ce parce qu'il se rappelait lui avoir parlé dans les Bas-fonds, des années plus tôt ?

On racontait qu'Azad, le Roi des Épines, était le plus petit des monarques. Il était à droite de Çeda et l'observait, le visage dissimulé par sa capuche. À sa gauche se tenait le Roi qui avait échappé de justesse à l'attentat du marché aux épices, celui qui avait été sauvé par les deux Vierges qui l'escortaient. S'il avait été touché par des projections d'huile enflammée, cela ne se voyait pas. Il n'y avait aucune brûlure sur son visage et sur ses mains. Il semblait avoir vingt ou trente ans de plus que Çeda. Il était robuste et affichait une expression chaleureuse.

La jeune fille avait consulté des dizaines de documents dans le bureau souterrain d'Amalos, sous le collegium, et elle reconnut Külaşan, le Roi Errant. Il existait de nombreuses descriptions de sa couronne – un bijou en or rouge très rare, avec des motifs en ailes de faucon au-dessus des tempes –, mais aucune ne mentionnait le médaillon en or blanc frappé d'un symbole ancien qui en ornait le centre. Çeda connaissait cette marque, mais était incapable de se rappeler dans quelles circonstances elle l'avait vue.

Kiral, le Roi des Rois, se tenait près de Husamettín comme s'ils étaient égaux, mais Kiral attirait davantage l'attention. Il avait des yeux brûlants et un visage grêlé. Sa posture et ses traits sombres étaient empreints de solennité. On avait l'impression que le sang des dieux coulait dans ses veines.

Il ressemble à Saliah, songea la jeune fille.

Elle observa les autres Rois.

Le mince était Ihsan, le Roi Éloquent.

Le trapu, Zeheb, le Roi des Murmures.

Et puis il y avait Cahil, le Confesseur des Rois, le Roi de la Vérité. Il était vieux de plusieurs siècles, mais ne semblait pas plus âgé que Çeda. Son visage était étrangement innocent pour un homme qui avait assassiné et torturé tant de personnes pour leur arracher leurs secrets.

Est-ce que tu as posé tes sales pattes sur ma mère, maudit chien ? Est-ce toi qui as gravé les marques sur sa peau ?

Le grand était Beşir, Le Roi des Pièces, ou le Roi doré.

Onur était jadis connu comme le Roi des Lances, mais dans les quartiers ouest de la ville, on l'appelait le Roi festif ou le Roi paresseux. Zeheb était trapu, mais Onur était une véritable montagne. Il portait une robe noire et des bagues ornées d'énormes joyaux brillaient à ses doigts boudinés. Il observait Çeda avec un froncement de sourcils inquiétant.

La jeune fille reconnut le dernier Roi. Il faisait partie des trois – avec Külaşan et Sukru – dont elle avait croisé le chemin avant d'entrer dans la Maison des Vierges. Elle ne connaissait pas son nom quand elle l'avait aperçu dans les Bas-fonds, des années plus tôt, mais elle l'avait découvert plus tard grâce aux innombrables parchemins et livres qu'elle avait étudiés. C'était Mesut, le Roi Chacal, le Seigneur des asirim. Son regard était toujours aussi pénétrant que dans les souvenirs de Çeda et il portait encore son bracelet en or incrusté de jais. Si Mesut la reconnut, il n'en laissa rien paraître. Jadis, il rendait visite à la mère de la jeune Mala, Sirina. Ils avaient été amants pendant un temps. Çeda l'avait croisé par hasard, et quelques jours plus tard, Sukru avait marqué la demeure de Sirina à l'intention des asirim. Mesut avait peut-être décidé de se débarrasser d'elle, ou bien c'était un acte de pure méchanceté de la part de Sukru. Quoi qu'il en soit, cet événement avait rappelé à Çeda que les Rois aimaient s'amuser avec les malheureux qu'ils étaient censés protéger. À leurs yeux, Sharakhaï était un plateau d'aban et ses habitants des pièces qu'ils déplaçaient à leur guise.

Çeda s'inclina de manière à saluer les Douze Rois en même temps. Elle ne prononça pas un mot de crainte de commettre un impair. Les monarques l'observèrent en silence pendant un long moment, comme si elle n'était qu'un petit animal indigne du moindre commentaire.

Et puis une voix se fit entendre.

—Nous sommes bien nombreux, ce soir.

Çeda se tourna vers le Roi qui était à gauche, au plus près des invités qui s'étaient rassemblés. Les dieux avaient été généreux avec les maîtres de Sharakhaï. Ils avaient accordé à Ihsan une peau soyeuse, des dents éclatantes et une voix mélodieuse.

—Je suis Ihsan. Je te prie de bien vouloir pardonner notre réaction. Il nous arrive encore d'être surpris.

—Surpris, Votre Éminence ? demanda Çeda en espérant que la peur ne faisait pas trembler sa voix.

—Surpris par ta beauté, par ta grâce, par le calme dont tu fais preuve devant cette indigne cour.

En entendant ces mots, plusieurs Rois esquissèrent une grimace irritée. Le jeune Cahil et le gros Onur en particulier. Onur avait les yeux brillants de haine et un sombre rictus laissait entrevoir ses dents de prédateur.

—Zaïde nous a dit qu'elle a senti quelque chose en toi, poursuivit Ihsan. Et Yusam a eu une vision. Il y a bien longtemps qu'une enfant telle que toi ne s'est pas présentée devant nous. Une enfant née au-delà des murailles de Tauriyat qui arrive à un moment crucial.

À ces mots, certains Rois manifestèrent leur agacement de nouveau. L'un d'eux laissa même échapper un grognement méprisant, comme si les paroles d'Ihsan relevaient du blasphème. Mais Çeda y prêta à peine attention tant elle fut surprise par le profond silence qui s'ensuivit. Les invités semblaient en transe. Ils étaient impatients de voir ce que les Rois allaient faire de cette petite vagabonde. Ihsan descendit de l'estrade en pierre et ses yeux calmes et aimables glissèrent sur la main droite de Çeda qui n'était plus bandée.

—Tu es venue à nous avec un pétale sous la langue et le baiser d'un adichara sur la peau. (Ses yeux plongèrent dans ceux de Çeda et un sourire rusé et malicieux se dessina sur ses lèvres.) Est-ce que je me trompe ?

— Non, reconnut la jeune fille.

— Comme si les dieux en personne t'avaient préparée pour ce moment.

— Ce ne sont pas les dieux, mais ma mère qui m'a préparée pour ce moment, Votre Éminence.

Ihsan eut l'air intrigué.

— Oh ! Raconte donc, mon enfant…

— C'était une femme courageuse. Elle m'a appris à me battre pour obtenir ce que je veux, car personne d'autre ne le fera à ma place.

— Tout le monde peut se battre, mais on finit toujours par trouver un bras plus fort que le sien, une lame mieux affûtée…

— C'est vrai, dit Çeda. Il faut aussi savoir *quand* se battre.

— Et ta mère ? Où est-elle ?

— Elle est morte quand j'avais dix ans.

Ce mensonge était nécessaire. Si Çeda n'avait pas été arrêtée et exécutée, c'était parce qu'Ahya n'avait pas révélé son identité à ses tortionnaires. Mais les Rois – et l'assassin de sa mère en particulier – pouvaient faire le rapprochement entre la jeune fille et l'exécution qui avait eu lieu huit ans plus tôt. Mieux valait se montrer prudente.

— C'est fort dommage, dit Ihsan avec une expression de douce tristesse. (Il était si bon acteur que Çeda faillit y croire.) Comment est-elle morte ?

— Un nomade l'a tuée d'un jet de lance, répondit Çeda en jetant un coup d'œil embarrassé en direction des invités. Des nomades ont attaqué la ville un hiver. Nous étions en train de laver nos vêtements dans la Haddah.

L'attaque avait vraiment eu lieu et Çeda répétait ce mensonge chaque fois qu'on évoquait la disparition d'Ahya.

— Un jet de lance ? Ils sont arrivés, ils ont vu ta mère et ils l'ont tuée d'un jet de lance ?

— Pas tout à fait, mon Roi. C'était des pirates du désert qui harcelaient depuis des semaines une caravane transportant du grain et de l'alcool. La caravane s'est réfugiée dans le port occidental et ils l'ont suivie. Ils ont continué en ville le massacre qu'ils avaient commencé dans le désert. Deux guerriers nous ont vues et se sont arrêtés. Le premier a lancé son arme, mais nous a ratées. Le second a été plus habile et le sang de ma mère a coloré les eaux de la Haddah jusqu'à ce que Bakhi le Miséricordieux daigne la conduire vers les champs lointains.

Ihsan secoua la tête d'un air affligé.

— Pourquoi ont-ils fait une chose pareille ?

— Je l'ignore. Les Vierges et les gardes de la ville sont arrivés peu après et les ont tués tous les deux.

Un autre élément de vérité pour rendre le mensonge plus crédible.

— Tu dois bien avoir une idée.

Çeda hocha la tête.

— Oui. Je pense que ces hommes appartenaient à la même tribu que ma mère, la tribu qu'elle avait quittée pour que je puisse vivre à Sharakhaï. Je pense qu'ils l'ont tuée pour une question d'honneur.

De telles réactions n'étaient pas courantes, mais pas exceptionnelles non plus. Les nomades qui abandonnaient leur tribu pour la cité d'ambre étaient parfois traqués par leurs anciens camarades – voire les membres de leur famille – et assassinés pour laver l'affront qu'ils avaient commis. Cela servait également d'avertissement à l'intention de ceux qui étaient tentés de les imiter : « Honorez nos traditions, ne trahissez pas votre tribu ou préparez-vous au pire. »

— Et de quelle tribu étaient ces hommes ?

— De Masal, je suppose. La tribu de ma mère.

— Tu ne te souviens pas de leurs tatouages ?

— Non. Tout s'est passé très vite. Je me souviens seulement des bruits de sabots et du soleil qui se reflétait sur les fers de leurs lances.

Çeda avait construit ce mensonge avec soin et n'avait jamais fréquenté les anciens membres de Masal qui vivaient à Sharakhaï. Si les Rois posaient des questions dans les arènes et dans les souks, ils ne découvriraient rien de suspect.

— Ah, c'est vrai que tu étais jeune, dit Ihsan avec un sourire réconfortant. (Il fit un geste en direction de la foule.) Nous pouvons comprendre. (Il se tut et observa les yeux, les lèvres et le menton de Çeda.) Et ta mère, t'a-t-elle dit qui était ton père ?

— Si tel avait été le cas, je n'aurais pas attendu si longtemps avant de me rendre à la Maison des Vierges, seigneur Roi.

Les yeux d'Ihsan étincelèrent lorsque les invités gloussèrent.

— Et comment expliques-tu cela ? Car je suppose que tu lui as posé des questions ?

Comment expliquer cela, en effet ? Pourquoi Ahya ne lui avait-elle pas révélé l'identité de son père ? Peut-être avait-elle eu l'intention de le faire, mais que les événements de Beht Zha'ir ne lui en avaient pas laissé le temps.

— Je lui ai posé la question, seigneur Roi, mais elle n'a jamais voulu y répondre. Et elle me battait chaque fois que j'insistais.

— Et je suis sûr que tu étais une enfant particulièrement têtue.

Quelques rires montèrent de la foule.

— Vous avez raison, seigneur Roi. Et le temps n'a rien arrangé à l'affaire.

De nouveaux éclats de rire résonnèrent et un sourire se dessina sur le beau visage d'Ihsan. Les autres Rois, en revanche, restèrent impassibles.

— Bien, reprit le Roi Éloquent en jetant un rapide coup d'œil à ses pairs. Il est possible que nous ne découvrions jamais qui était ton père. Il est des histoires que seul le désert peut raconter, n'est-ce pas ?

— En effet, Votre Majesté.

— Nous aurons l'occasion de reparler de ton passé, mais pour le moment, fêtons le retour d'une des nôtres dans notre giron. (Il se tourna vers ses pairs avec emphase et les regarda les uns après les autres avant de s'arrêter sur Kiral.) N'est-ce pas ?

Pendant un instant, Çeda se demanda ce qui se passerait si un Roi repoussait l'offre d'Ihsan. Mais personne ne protesta et Kiral finit par hocher la tête.

Les Rois demeurèrent impassibles. Ihsan prit la jeune fille par la main et l'entraîna à travers la foule qui se referma sur eux. Les invités souriaient et hochaient la tête avec amabilité. La plupart se déplaçaient en couple et décrivaient des cercles réguliers et précis autour de Çeda et d'Ihsan.

Ihsan fit pivoter la jeune fille vers lui, puis lui prit la main et l'attira contre lui. Il la regardait comme s'il la connaissait depuis des années et comme s'il n'avait pas seulement l'intention de danser avec elle. Il avait la peau douce et ses cheveux dégageaient un parfum de myrrhe chaud et boisé.

— Zaïde t'a-t-elle préparée ? murmura-t-il pour que personne d'autre ne l'entende. Sais-tu que tu devras danser lorsque le jour finira ?

— Zaïde m'en a parlé, oui.

Çeda regardait les yeux d'Ihsan, son visage… Dieux tout-puissants ! Comment pouvait-il être si beau ?

Un rabab, une flûte et un duduk entamèrent un air lent qui émut la jeune fille jusqu'au plus profond de son âme.

— On va te donner ta lame, poursuivit Ihsan. Zaïde te l'a-t-elle dit ? T'a-t-elle dit que tu danseras avec un membre de ta main ?

— Elle me l'a dit.

— Si tu le souhaites, je demanderai à Kameyl de te ménager. (Çeda ne savait pas grand-chose à propos de Kameyl, sinon qu'elle faisait partie de la main de Sümeya et que Zaïde la considérait comme une des meilleures sabreuses de la Maison des Vierges.) Personne ne te fera de reproche. Certaines candidates ont été gravement blessées la nuit des remises de sabre. Il y a même eu quelques décès.

— Je ne suis pas novice en matière de danse des lames, Éminence. Je ne vous décevrai pas. Ni vous, ni Kameyl.

Ihsan éclata de rire. Çeda avait rarement entendu un son si harmonieux.

— Ce n'est pas moi que tu dois impressionner. Ni Kameyl. On m'a dit que la Haute Lame ne te portait pas dans son cœur. Il serait judicieux de *lui* montrer de quoi tu es capable, plutôt que d'alimenter son ressentiment.

— Je crois que vous sous-estimez ses sentiments envers moi. Elle me méprise.

— Je ne voulais pas être méchant.

Çeda éclata de rire. Elle *éclata de rire*! Mais que se passait-il donc entre elle et ce Roi ?

—Tu es quelqu'un de bien étrange, poursuivit Ihsan. De nombreuses personnes ont été exécutées et pendues aux portes de la Maison des Rois pour le crime que tu as commis.

À ces mots – « pendues aux portes de la Maison des Rois » –, Çeda redevint la fille d'Ahya.

Elle écouta Ihsan avec attention. Il ne fallait surtout pas qu'il remarque quoi que ce soit.

—Je me demande ce que Zaïde a vu en toi, dit Ihsan.

—Je serais bien incapable de répondre à cette question, seigneur Roi.

Les sourcils d'Ihsan se froncèrent. Il prit la main droite de Çeda et la leva pour examiner les tatouages et la plaie blanche au centre de la paume. La jeune fille ne ressentait plus la moindre douleur et se laissa faire. Sa dernière remarque semblait avoir amusé le Roi. Ou peut-être étaient-ce les dessins qui ornaient sa peau. Ou peut-être les deux.

—Il faudra que je lui pose la question, un jour, reprit Ihsan. À elle *et* à Yusam. Je m'attendais à ce qu'il voie tout autre chose en toi. Il semblerait que je me sois trompé, n'est-ce pas ?

—Nous ne serions pas là si tel n'était pas le cas.

Ihsan se pencha vers elle avec des airs de conspirateur.

—C'est bien possible, souffla-t-il. (Il la serra un peu plus contre lui tandis que la musique accélérait.) Tu es une merveille que personne n'attendait, Çedamihn Ahyanesh'ala. Tu es comme ces gemmes éclatantes qu'on trouve au cœur des pierres mornes des champs étincelants.

Les gemmes éclatantes, les champs étincelants… Ces mots présentaient une curieuse similitude avec le poème du livre d'Ahya.

Des dunes dorées,
Des runes passées,
Le Roi de pierre étincelante,
Par l'épine inversée,
Eut la peau déchirée,
Mais devint plus puissant.

Sur une terre éloignée,
Son amour libéré,
Sous la sombre Tulathan ;
La poussière des pétales,
Comme l'ardeur des amants,
Le guidera à sa tombe.

Suffisait-il de trouver le Roi qui venait de cette région ? Mais comment obtenir cette information ? Les maîtres de Sharakhaï cachaient soigneusement les noms de leurs tribus d'origine.

La musique ralentit et cessa. Çeda s'inclina vers Ihsan.

— J'espère que cela est de bon augure, dit-elle.

Il sourit et baisa sa main.

— Nous verrons.

Il se tourna et s'éloigna.

De nombreuses personnes attendaient de danser avec Çeda et la jeune fille leur adressa un sourire. Elle aperçut Ramahd, mais le Qaimirien se tenait à l'écart. Il l'évitait, de toute évidence. Peut-être craignait-il que Juvaan soupçonne quelque chose s'il les voyait parler ensemble.

Les cavaliers se succédèrent – du riche Sharakhien au marchand miréen, en passant par un imposant joaillier kundhanais –, mais la jeune fille ne pouvait pas s'empêcher de penser à Emre. Elle n'éprouvait aucune joie à se trouver parmi ces gens. Elle aurait préféré être chez elle, à manger des piments marinés et du pain frotté d'huile d'olive, à raconter sa journée et à écouter le jeune homme raconter la sienne avec sa verve et son emphase habituelles. Parfois, ces précieux souvenirs semblaient dater de la veille, parfois, ce n'était que de lointains échos d'un passé révolu.

Ils avaient changé, tous les deux. Ils s'étaient engagés sur des chemins étranges et différents qui ne se croiseraient peut-être plus jamais. Y avait-il encore une place pour Emre dans sa nouvelle vie ? Emre avait-il envie d'en faire partie ?

Elle songea que tout cela n'avait plus d'importance. Elle ne pouvait rien y faire, et n'avait pas l'intention de renoncer à ses projets.

Elle mangea avec parcimonie. Elle goûta le pain au cumin et une pâte de haricots épicés qui lui rappela ses longues journées dans le désert. Elle but un mélange de miel, de jus de citron et d'eau de rose. La boisson était délicieuse et la jeune fille saliva alors même qu'elle coulait dans sa gorge. Çeda était ébahie devant la variété des plats et par leur quantité. Quel gaspillage ! Dans les rues, les gens n'avaient presque rien à manger. Dans les souks, on trouvait des friandises et des mets délicats venant d'autres pays, mais ils valaient une petite fortune et les habitants des quartiers ouest n'avaient pas les moyens de les goûter – à l'exception de ceux qui parvenaient à en glisser un dans une poche. Mais ici… Il y avait de l'antilope, du lézard et de la tortue des lointaines régions du Shangazi ; du sanglier rôti et du chevreuil des forêts humides de Qaimir ; des cailles, des faisans et d'énormes oiseaux des plaines de Miréa qui, à en croire les rumeurs, étaient incapables de voler. Des dizaines de viandes et de légumes se déclinaient sous des centaines de formes différentes. Les invités étaient nombreux, mais ils ne pourraient jamais manger tout cela.

Çeda éprouva un sentiment de dégoût.

La lumière qui entrait par les fenêtres vira à l'orange sombre. Le crépuscule approchait. Bientôt, la jeune fille recevrait son sabre et danserait avec Kameyl. Elle leva la tête et chercha Ramahd des yeux. Que faisait-il donc ? S'il ne se décidait pas à venir à elle, ce serait elle qui irait à lui. Çeda explora les quatre patios qui entouraient le grand hall en échangeant quelques mots avec les personnes qui l'abordaient. Le Qaimirien avait disparu.

S'était-il passé quelque chose d'imprévu ?

Quoi donc ?

Cela allait-il avoir des répercussions sur Emre ?

La jeune fille regagna le grand hall et chercha Juvaan Xin-Lei en espérant que celui-ci se déciderait à l'aborder. Leurs regards se croisèrent à deux ou trois reprises, mais l'émissaire de la reine Alansal garda ses distances. Une fois le soleil couché, il serait trop tard pour l'aborder. Que faire ? Ramahd ne semblait pas décidé à revenir et Juvaan ne lui parlerait pas sans l'intervention d'un intermédiaire. La jeune fille devait se débrouiller seule. Elle se dirigea droit vers le Miréen qui bavardait avec quelques compatriotes richement vêtus. La conversation s'interrompit et tout le monde tourna la tête vers elle. Juvaan et ses compagnons avaient des traits délicats, mais la peau neigeuse du Miréen attirait inexorablement l'attention. Il était mince sans être frêle et sa posture trahissait une grande assurance. Çeda perçut le chien féroce sous les habits luxueux.

Elle s'inclina devant lui.

— L'émissaire de la reine Alansal aurait-il le temps de m'accorder une danse ?

Les yeux de Juvaan étaient d'un bleu très pâle, comme la glace enveloppée dans la paille qu'on voyait parfois dans les souks. Il la regarda avec amusement, et une certaine irritation. Peut-être était-il agacé qu'on l'ait interrompu, ou peut-être trouvait-il la jeune fille trop présomptueuse. C'était un homme qui avait l'habitude de prendre l'initiative et d'être obéi.

Çeda sentit qu'il était sur le point de refuser. Elle ne lui en laissa pas le temps.

— Savez-vous, seigneur, que nous nous sommes déjà rencontrés à plusieurs reprises ?

Juvaan inclina la tête d'un air aimable, mais perplexe.

— J'ai le regret de vous dire que vous vous trompez.

— Pas du tout, dit Çeda avec un sourire mystérieux. Mais je vous pardonne votre oubli.

Juvaan semblait décontenancé. La jeune fille avait éveillé sa curiosité.

— Soyez assurée que je n'aurais pas oublié une personne telle que *vous*.

— Je plaisantais, seigneur. (Le sourire de Çeda exprimait un parfait mélange d'humour et de respect.) Je suis sûre que vous vous souviendriez de moi… (Elle montra sa robe avec un grand geste.) … si vous m'aviez vue habillée ainsi. (Elle se pencha vers lui et poursuivit dans un murmure.) Mais lorsque nous nous sommes croisés, je portais une jupe de combat blanche et un masque en fer dissimulait mon visage.

Juvaan plissa les yeux, puis jeta un rapide coup d'œil à ses compagnons. Sans un mot, il attrapa Çeda par le bras et l'entraîna assez loin pour que le brouhaha couvre leur conversation. Il la lâcha et se tourna vers elle.

— Vous êtes la *Louve Blanche* ?

Çeda recula d'un pas et s'inclina sans le quitter des yeux, comme si elle se tenait en face d'un adversaire avant le début d'un combat. Elle éprouvait une curieuse impression après avoir révélé le secret qu'elle protégeait depuis si longtemps, mais elle avait bien réfléchi et était arrivée à la conclusion que Ramahd avait raison. Elle ne se battrait plus *jamais* au fond d'une arène, alors pourquoi ne pas profiter de l'occasion et s'attirer les bonnes grâces de Juvaan ?

Le Miréen secoua la tête d'un air triste.

— Une guerrière des arènes qui devient une Vierge. Cela n'est jamais arrivé dans toute l'histoire de Sharakhaï.

— Je pense que je suis la première.

— Je le pense également. Ce qui m'amène à me demander ce que vous faisiez aux arènes. Et pour quelle raison vous m'avez abordé.

L'instant était crucial. Le Miréen possédait des informations qui intéressaient Ramahd, et d'autres qui intéressaient la jeune fille. Çeda ne pouvait pas recourir à la violence pour obtenir ce qu'elle voulait et elle devait donc mettre Juvaan en confiance.

— Je vous ai cherché, quand j'étais aux arènes.

— Et pourquoi donc ?

— L'homme qui devait livrer votre colis pendant Beht Zha'ir a été attaqué et n'a pas pu le porter à Macide. Je l'ai trouvé et j'ai récupéré votre précieux cylindre.

Toute trace d'amusement disparut des yeux de Juvaan. Le regard du Miréen devint si dur qu'instinctivement, la jeune fille se prépara à parer un coup. À ce moment, deux hommes avec qui Juvaan bavardait quelques instants plus tôt approchèrent. Ils avaient l'air embarrassé – la jeune fille songea qu'elle avait peut-être interrompu une conversation importante –, mais s'arrêtèrent net en voyant l'expression de l'albinos. L'émissaire leur fit signe de s'éloigner et ils obéirent sans protester. Juvaan tourna la tête vers Çeda et son regard passa sur l'estrade où étaient assis sept Rois, à l'autre bout de la salle.

Il était inquiet.

Très inquiet.

— Personne n'est au courant à part moi, dit Çeda. Pas même le messager. Vous êtes un homme très prudent, mais j'ai compris que vous étiez derrière certains événements récents. Comme l'attaque contre la Maison des Vierges.

— J'ignore d'où vous viennent de telles idées, mais laissez-moi vous dire que vous feriez mieux de les oublier. Tout comme cette conversation.

Juvaan voulut se tourner et s'éloigner, mais Çeda l'attrapa par la main.

— Je suis venue vous voir pour vous aider.

Le Miréen contempla la main qui lui serrait le poignet.

— Je ne comprends rien à ces fadaises.

— Dans ce cas, je dois faire erreur. Mais dites-moi un peu, mon bon seigneur : si j'avais raison, ne penseriez-vous pas que je suis une alliée de choix ?

Un murmure parcourut la foule avant que Juvaan ait le temps de répondre. De nombreuses personnes tournèrent la tête vers la jeune fille et reculèrent pour sortir de la colonne de lumière qui se dessinait au centre de la salle. Le soleil se couchait et au sommet du dôme, un système de miroirs capturait la lumière pour la concentrer sur le sol.

Çeda comprit que c'était l'heure de danser.

— Réfléchissez, souffla-t-elle en lâchant le poignet de Juvaan.

Le Roi des Lames se tenait déjà au centre de l'arène de lumière.

CHAPITRE 49

Les invités proches de Çeda applaudirent, certains sifflèrent, mais tous reculèrent pour lui permettre de rejoindre le Roi des Lames au centre de la colonne de lumière. La jeune fille remarqua alors que la mosaïque qui couvrait le sol représentait deux lunes fendues par un fer de lance.

Tandis qu'elle approchait, Husamettín tira un sabre d'ébène et son fourreau de sa ceinture. Lorsque la jeune fille ne fut plus qu'à quelques pas de lui, il lui adressa un hochement de tête.

— Es-tu prête à entrer au service des Rois ?

— Oui, seigneur Roi.

— Alors, viens et prends ta lame.

Çeda avança d'un pas et Husamettín dégaina le sabre avant de le brandir vers le sommet du dôme. Juste au-dessus de la garde, une scène représentant des roseaux sur la berge d'un fleuve était gravée dans l'acier sombre. Le métal était une véritable merveille. Il était presque noir et une vague ondulante courait le long de la lame dont l'éclat ternissait à hauteur de la pointe effilée. La poignée était enveloppée dans un cuir de la meilleure qualité sur lequel on avait dessiné une liane hérissée d'épines. Le pommeau avait la forme d'un bouton de fleur d'adichara.

— Elle s'appelle Fille du Fleuve, dit Husamettín. Elle a été portée par sept Vierges, dont Rasel, le Fléau des Voiles Noirs, et Gelasira, la Salvatrice d'Ishmantep. Puisse-t-elle t'apporter le calme avant la bataille.

Le Roi rengaina le sabre avec une rapidité et une aisance qui en disaient long sur son habileté à l'escrime, puis il le tendit à Çeda.

La jeune fille le prit et sentit une pulsation au niveau du pouce, à l'endroit où il restait encore un soupçon de poison d'adichara. Elle vit les veines du cou de Husamettín palpiter et s'aperçut que les rythmes étaient parfaitement identiques, comme si les dieux avaient décidé de lier leurs destins. Le Roi des Lames posa les mains sur les joues de Çeda et ses lèvres chaudes se pressèrent sur son front. La jeune fille trouva ce baiser mille fois plus répugnant que celui de l'asir. Elle sentit le sang couler dans les veines de Husamettín. Elle sentit la chaleur qui palpitait en lui. Elle fit un effort surhumain pour ne pas dégainer son sabre et lui trancher la gorge. Elle aurait voulu que son sang coule comme le sang de sa mère avait coulé des années plus tôt.

Sa main droite serra les bandes de cuir qui enveloppaient la poignée et les muscles de son bras se contractèrent. Elle pouvait le faire. Elle pouvait le tuer. Lui et un autre si elle était assez rapide.

Husamettín la regarda avec attention et remarqua l'étrange lueur qui brillait dans ses yeux.

— Du calme, ma fille. (Ses mains glissèrent sur ses épaules.) La danse ne durera pas longtemps.

Il lui parlait comme si elle était une enfant inquiète à l'idée de croiser le fer.

Une Vierge du Sabre en robe noire s'arrêta près de Çeda. Son visage était dissimulé par un voile, mais Çeda savait que c'était Kameyl. Husamettín recula et fit signe à Kameyl de prendre sa place, puis il retourna sur l'estrade et s'assit sur son trône en compagnie de ses pairs. Les Douze Rois observèrent les deux femmes avec attention.

Kameyl se plaça devant Çeda, à trois pas de distance. Sa tête était enveloppée dans une écharpe et son voile ne laissait voir que ses yeux. Elle ne portait pas de robe de combat. Sa tenue ressemblait à celle de Çeda : noire et parsemée de décorations simples et brillantes, à l'ancienne mode de la cité d'ambre.

Çeda ne portait pas de voile, car elle n'était pas encore une Vierge. Elle était une étrangère qui participait à cette danse pour obtenir le droit de faire partie de leur Maison, de leur cercle. Kameyl jouait le rôle d'examinatrice. Elle devait vérifier que la candidate était prête. Et l'épreuve consistait en un duel.

Çeda saisit le fourreau de la main gauche et présenta Fille du Fleuve la garde vers le haut. C'était un élément du rituel. Kameyl, elle, tendit son sabre à l'horizontale, comme pour barrer le chemin de Çeda. Des grains de poussière dansèrent dans la colonne de lumière.

Çeda fit un pas en avant et tira la poignée de son arme de manière à faire apparaître trois centimètres d'acier sombre – un geste pour indiquer à l'adversaire qu'il n'y avait pas la moindre peur dans son cœur.

D'un mouvement rapide et élégant, Kameyl leva son fourreau au-dessus de sa tête et dégaina avant de se déplacer de quelques pas. Elle était prête à parer une attaque avec le sabre ou le fourreau, mais ne se mit pas en garde. Elle semblait estimer qu'elle n'avait rien à craindre de son adversaire.

Çeda fit un pas en arrière et dégaina à son tour.

Cette danse, la danse des lames, s'appelait *tahl selheshal*. Elle datait d'une époque bien antérieure à l'avènement des Douze Rois, bien antérieure à la naissance de Sharakhaï au milieu des sables du Shangazi. Les femmes, les gardiennes de la tribu, l'avaient imaginée afin de parfaire leurs techniques et d'enseigner l'art du sabre aux enfants. En temps de guerre, c'était généralement les hommes qui partaient se battre, et en leur absence, c'était aux femmes de protéger la tribu en cas d'attaque-surprise.

Les enfants faisaient l'apprentissage du *tahl selheshal* avec des bâtons, puis, quand ils étaient assez grands et assez habiles, ils dansaient avec de véritables armes. Comme Çeda et Kameyl allaient le faire.

Les premiers mouvements étaient codifiés. Kameyl avança d'un pas et attendit que Çeda fasse de même. Pendant un instant, les deux femmes devinrent le reflet l'une de l'autre, puis Kameyl leva son sabre et son fourreau vers le dôme avant de pivoter et de porter un coup de taille à gauche.

Çeda le bloqua avec son fourreau et un bruit sec résonna dans la salle. Elle croisa sa lame et son fourreau et pivota à son tour pour frapper à hauteur des côtes.

Kameyl para et se baissa pour effectuer un balayage. Çeda sauta en amorçant un mouvement de rotation et son sabre siffla au-dessus de la tête de son adversaire.

Les coups échangés étaient puissants et rapides. Les étrangers invités à la cérémonie laissèrent échapper des hoquets de surprise. Les Sharakhiens étaient silencieux, mais leurs yeux brillaient. Ils avaient senti qu'ils allaient assister à un combat comme il n'y en avait pas eu depuis des générations. Les Rois s'étaient redressés sur leurs trônes et certains d'entre d'eux s'étaient penchés en avant.

La danse était codifiée jusqu'au trente-neuvième mouvement. Lorsqu'un fourreau parait un enchaînement rapide, le bois dur produisait un *staccato* sourd et puissant. Quand les lames s'entrechoquaient, le tintement de l'acier résonnait dans la grande salle. Les invités poussèrent des cris de surprise lorsque les deux combattantes entamèrent la seconde partie de la chorégraphie – une succession de tournoiements et de coups de taille silencieux qui frôlaient l'adversaire. Çeda et Kameyl dansaient en traversant la colonne de lumière et les derniers rayons de soleil glissaient sur les lames et les vêtements noirs.

Kameyl était une redoutable combattante, mais Çeda n'avait rien à lui envier. Il était rare de trouver un adversaire qu'on pouvait affronter sans retenir ses coups et sans craindre un accident. C'était le cas entre les deux femmes. Et elles en profitaient. Leurs lames étincelaient tandis qu'elles frappaient et se déplaçaient en un magnifique ballet. Le poison se réveilla et une vague lancinante envahit la main droite de Çeda. Peut-être à cause des efforts qu'elle produisait. C'était sans importance. La douleur était une vieille connaissance. La jeune fille remarqua qu'en dépit de cette gêne, son bras et sa main étaient plus rapides que jamais. Elle sentait les coups de son adversaire avant qu'ils soient portés. Elle les sentait même quand elle était incapable de les voir.

Les derniers échanges du prélude s'achevèrent. Les deux lames se croisèrent et restèrent l'une contre l'autre pendant que les deux guerrières décrivaient un cercle. La chorégraphie était terminée et elles allaient maintenant montrer leur véritable talent. En règle générale, la combattante la plus jeune prenait l'initiative, mais Kameyl n'avait pas l'intention d'accorder le moindre répit à son adversaire. Elle se fendit en visant la poitrine.

Çeda para et recula. Kameyl avança et frappa aux jambes avec son fourreau. Çeda bloqua de justesse, mais la Vierge enchaîna et toucha Çeda à la tempe.

Les visages des invités exprimaient une profonde horreur ou une fascination intense. Rien d'autre. Les coups s'enchaînaient à une vitesse stupéfiante et Çeda avait le plus grand mal à garder le rythme. Le fourreau de Kameyl la frappa de nouveau. Elle essaya de trouver des failles et de contre-attaquer, mais son adversaire était trop habile et trop rapide.

Elle reçut un autre coup et la violence du choc la fit reculer en titubant. Des invités la retinrent avant de la pousser vers Kameyl. Çeda se prépara à bloquer une nouvelle attaque, mais la Vierge avait pris ses distances. Elle se tenait très droite, le sabre le long de sa jambe.

Un murmure monta de la foule. Les Rois – Husamettín en particulier – semblaient inquiets.

À ce moment du duel, la Vierge aurait dû saluer Çeda pour sa bravoure et son habileté. Elle ne le fit pas. Le fait de tenir son sabre la pointe vers le sol était une insulte et l'absence de garde un signe de mépris.

Çeda pointa son sabre vers le dôme en gardant la poignée à hauteur de poitrine pour exprimer son admiration et son respect. Son geste était sincère, mais elle voulait également provoquer la Vierge. Kameyl jouait avec elle et il fallait donc la surprendre, être imprévisible.

Le soleil était sur le point de se coucher et la colonne de lumière était à peine visible, mais une lueur sombre et orangée éclairait encore le sol. Les Sharakhiens savaient que le combat touchait à sa fin. Ils lancèrent des ululements joyeux qui se mêlèrent en une puissante vague sonore.

Kameyl avança en virevoltant et les derniers rayons de lumière se reflétèrent sur sa robe et son sabre. Elle s'arrêta après avoir franchi la moitié de la distance qui la séparait de son adversaire.

Çeda l'imita en tourbillonnant aussi vite que possible et les spectateurs poussèrent des cris enthousiastes lorsqu'elle s'immobilisa. La jeune fille frappa dans le vide et la pointe de sa lame passa à quelques centimètres de la poitrine de Kameyl. Puis elle leva son arme au-dessus de sa tête tandis que le sabre de la Vierge fendait l'air à son tour.

C'était le dernier acte. Chacune des deux femmes savait que l'autre ne céderait pas et qu'elles étaient sur un pied d'égalité, alors elles allaient s'infliger une blessure superficielle d'un coup précis. Ce geste était avant tout symbolique. C'était un moyen de ne pas perdre la face et de conserver un souvenir de leur superbe duel. Çeda se prépara à tendre la main pour que Kameyl entaille la paume ou l'avant-bras, mais la Vierge porta un nouveau coup dans le vide. Elle avait décidé de conclure à la mode d'antan, quand les guerrières frappaient à tour de rôle en se rapprochant de plus en plus, jusqu'à ce que le sang coule.

C'était un défi silencieux. La Vierge pensait que son adversaire allait reculer.

Mais Çeda ne bougea pas. Elle était prête à accepter la morsure du sabre pour faire partie du corps des Vierges.

Elle frappa à son tour et la pointe de son arme passa à moins de deux centimètres des cuisses de Kameyl.

La Vierge pivota et frappa. Çeda sentit le souffle de la lame sur sa gorge.

Elle frappa de nouveau. Son sabre fendit la robe de Kameyl et laissa une fine ligne écarlate sur sa chair. C'était parfait. Elle n'aurait pas pu faire mieux. La cicatrice resterait visible, mais elle n'était pas profonde. Ce serait un témoignage de son habileté.

Kameyl resta immobile. Ses yeux étaient calmes. Curieusement, elle s'était positionnée de manière que Husamettín ne voie plus Çeda. Elle croisa le regard de son adversaire, puis avança de quelques centimètres avant de se mettre en garde et de lever son sabre.

Elle frappa et sa lame fila vers la gorge de Çeda.

Trop près. Elle était trop près. Elle allait trancher la carotide et le sang de Çeda allait se répandre sur le sol du palais du soleil. Devant cette foule compacte.

La jeune fille aurait pu reculer, mais une vague de colère l'en empêcha. Elle leva son sabre et bloqua l'attaque. Une terrible douleur monta de sa main empoisonnée, mais la parade fut si rapide et si violente que la lame de Kameyl vola en éclats. La pointe tourbillonna au-dessus de son épaule droite et se planta dans l'avant-bras d'une spectatrice à la peau sombre.

Kameyl resta pétrifiée. Elle contempla son sabre brisé, puis la malheureuse qui avait été blessée. Elle n'en croyait pas ses yeux. Comment cela était-il possible ? Elle avait prévu de tuer Çeda. Elle avait prévu de lui trancher la gorge et de la regarder se vider de son sang. Elle aurait ensuite affirmé que la jeune fille avait bougé au dernier moment et que tout cela n'était qu'un regrettable accident. Sa réputation en aurait souffert, mais c'était sans importance. Les Vierges étaient prêtes à tous les sacrifices pour protéger l'honneur de leur maison et se débarrasser de cette étrangère. Elles emploieraient toutes les ruses et toutes les perfidies. Çeda en était consciente.

La femme à la peau sombre poussa un hurlement de douleur en contemplant la plaie et le sang qui coulait sur sa robe bleue et sur le sol. Plusieurs personnes se précipitèrent à son secours, et la pointe du sabre, jusque-là coincée dans un pli, tomba par terre avec un claquement métallique qui couvrit le cri de la blessée. Un homme défit sa ceinture de tissu pour en faire un garrot, pendant que le reste des invités contemplait Çeda avec des yeux écarquillés. Surtout les Sharakhiens qui mesuraient pleinement la gravité du geste de la jeune fille.

La danse était un prélude à la blessure symbolique qui marquait la fin du duel. Les jeunes enfants échangeaient des coups de bâton maladroits pour obliger l'autre à reculer, mais en grandissant, ils apprenaient à effleurer leur adversaire. Leurs professeurs les corrigeaient sans relâche pour les préparer à se battre avec une lame et à recevoir la blessure symbolique. En bloquant le coup de Kameyl, Çeda avait montré qu'elle n'était pas prête à faire partie des Vierges ; qu'elle ne pouvait, ou ne voulait pas faire confiance à sa sœur guerrière ; qu'elle n'était pas assez brave. De la part d'une adolescente, un tel geste était sévèrement critiqué, mais de la part d'une adulte, il était honteux et impardonnable.

Çeda croisa le regard de Husamettín. La déception se lisait dans ses yeux.

Le Roi des Lames se leva, aussitôt imité par ses pairs. Il se dirigea vers les deux combattantes.

— Que tout le monde sorte ! aboya-t-il.

Les domestiques entraînèrent les invités vers la sortie et les cris de douleur de la Kundhanaise s'évanouirent. Husamettín regarda Kameyl en fronçant les sourcils.

— Dis-moi ce qui s'est passé.

— Vous l'avez vu, mon Roi. C'est une lâche et elle a agi en lâche.

Mais le Roi n'avait rien vu, car Kameyl s'était placée entre lui et Çeda avant de porter le dernier coup.

— C'est faux ! s'exclama Çeda sans attendre que le Roi lui donne la parole. Par tous les dieux, si je n'avais pas bloqué sa lame, elle aurait dessiné un sourire écarlate sur ma gorge. Je le jure.

— Un mensonge pour occulter la vérité, répliqua aussitôt Kameyl. Une vérité qui se lit sur son visage.

Çeda ne se faisait aucune illusion : Husamettín croirait Kameyl sans se poser de question. Aussi fut-elle surprise quand elle vit le Roi des Lames hésiter.

— Est-ce la vérité ? demanda-t-il à Çeda.

— Kameyl voulait me tuer. Elle n'imaginait pas que je parerais son attaque. Elle ne pensait pas que je sentirais que le coup était mortel.

Husamettín fit un geste en direction du sabre brisé de la Vierge.

— As-tu la preuve de ce que tu affirmes ?

— Je n'ai que ce que j'ai vu dans le feu de l'action. Elle n'avait aucune intention de m'infliger une blessure symbolique. Elle voulait me tuer.

Husamettín pointa le doigt vers la lame de Çeda. La jeune fille la rengaina et tendit le fourreau. Le Roi le prit.

— Peux-tu me donner une bonne raison de te confier ce sabre ? demanda-t-il.

— Ce n'est pas mon rôle, seigneur. Ce n'est pas moi qui ai demandé à faire partie du corps des Vierges.

La lumière des braseros disposés dans la salle se reflétait dans les yeux sombres de Husamettín. La colère déformait les traits de son visage.

— Je peux simplement dire que ce sont les dieux qui m'ont conduite ici, se dépêcha d'ajouter Çeda. Ils m'ont menée à vous et j'ai accepté leur décision avec le plus grand respect, seigneur Roi. Je vous suis reconnaissante de l'honneur que vous et les autres Rois m'avez accordé.

— Qu'on lui trouve une place à la Maison des Vierges.

Onur, le Roi Paresseux, avança en se dandinant. Il grimaçait à chaque pas.

— Mais il n'est pas question qu'on lui donne une lame, ajouta-t-il. Elle n'a pas sa place parmi les Vierges.

Le visage de Husamettín se radoucit.

Les autres Rois approchèrent à leur tour.

— Cette décision ne t'appartient pas, Onur, dit Yusam en observant le Roi Paresseux avec attention. C'est *moi* qui l'ai choisie et elle *restera* à mon service.

— Dans ce cas, fais-en une soubrette, lâcha Onur avec un sombre sourire.

Il s'arrêta à quelques pas de Çeda et la toisa en faisant la moue. Il haletait comme s'il venait de courir une lieue.

— Cette décision ne t'appartient pas, répéta Yusam.

Husamettín se redressa.

— Elle ne t'appartient pas non plus en ce qui concerne son admission au sein des Vierges, dit-il.

—Elle a déjà reçu son sabre, intervint Ihsan d'un ton prudent, comme s'il ne voulait pas rompre l'équilibre précaire de la conversation. Seule la mort peut le lui reprendre.

Husamettín se raidit. De toute évidence, il n'aimait pas qu'on se mêle de ce qu'il considérait comme sa chasse gardée. Il baissa cependant les yeux et regarda Fille du Fleuve comme si Ihsan venait de prononcer une vérité sacrée. Il dégaina le sabre et en examina la lame. Il semblait chercher une réponse dans les minuscules ébréchures qui avaient marqué l'acier pendant le duel entre les deux femmes.

—Nous allons voir si elle est prête, dit-il au bout d'un moment. (Il pointa le doigt vers le sol, à bonne distance des Rois.) Viens là.

Çeda obéit et inspira un grand coup avant de vider ses poumons avec lenteur. Elle savait ce que le Roi des Lames se préparait à faire.

Husamettín tenait le sabre d'une main, le fourreau de l'autre. Il donna quelques coups dans le vide, puis se tourna et ramena la lame au-dessus de sa tête dans un geste plein d'élégance. Il regarda Çeda dans les yeux, et à cet instant, la jeune fille sentit sa souffrance intérieure, une souffrance aussi ancienne que des os blanchis au cœur du désert, une souffrance que Husamettín avait envie de partager. Mais il ne le pouvait pas.

Le visage du Roi se ferma.

La lame siffla dans l'air, une fois, deux fois, trois fois… Elle décrivait de grands arcs et la pointe se rapprochait toujours plus de la gorge de Çeda.

Husamettín allait refaire ce que Kameyl avait fait quelques minutes plus tôt. Il procédait sans hâte pour que Çeda sente la peur s'insinuer en elle. Si la jeune fille avait le moindre doute sur les intentions du Roi, elle reculerait au moment du coup final. Husamettín allait savoir la vérité. Tout le monde allait savoir la vérité. Si Çeda ne passait pas l'épreuve, plus personne ne croirait en elle.

Mais la jeune fille contrôla sa peur.

Elle n'avait pas le moindre doute quant aux intentions et à l'habileté de Husamettín.

Lorsque la lame traversa son champ de vision et lui entailla le cou, elle ne tressaillit même pas.

Husamettín continua à frapper dans le vide avant de reprendre sa position de départ : sabre brandi. Il toisa la jeune fille avec intensité et rengaina la lame sans la quitter des yeux. Il fit un pas vers elle et leva la main vers son cou. Il effleura la plaie que la jeune fille commençait à peine à sentir et lui montra son pouce : une traînée rouge s'étalait sur le doigt tanné par le soleil. Il se tourna ensuite vers Kameyl, puis vers ses pairs pour que tout le monde voie la tache de sang.

— Elle fera partie des Vierges. Kameyl, tu te chargeras de son enseignement. Le sujet est clos. Définitivement.

Kameyl portait toujours son voile, mais Çeda vit ses joues s'empourprer. Elle s'inclina en silence et quitta la salle.

Husamettín leva le fourreau et l'appuya sur son avant-bras avant de le présenter à Çeda, la poignée du sabre en avant.

— Va avec elle, dit-il. Elle ne tentera plus rien contre toi. Je peux te l'assurer.

La jeune fille prit l'arme et hocha la tête avant de s'éloigner. Elle ne se faisait aucune illusion : il faudrait qu'elle reste sur ses gardes. Kameyl obéirait peut-être à Husamettín. Il était même possible qu'elle – et quelques autres – accepte de lui enseigner deux ou trois choses, mais la plupart des Vierges ne renonceraient pas à se débarrasser de l'étrangère. Malgré les ordres du Roi des Lames.

Cependant, Ahya avait laissé des indices qui pouvaient conduire à la chute des Rois, et Çeda avait la ferme intention d'élucider l'énigme du poème. Elle resterait à la Maison des Vierges et identifierait le Roi de pierre étincelante.

Puis elle le tuerait.

CHAPITRE 50

Cinq ans plus tôt...

Çeda était assise dans une grande pièce richement décorée. Des cruches en marbre veinées d'or blanc étaient disposées sur des piédestaux en pierre. De belles assiettes en bronze étaient accrochées aux murs. Une odeur de bois de santal et de lavande flottait dans l'air alors que la jeune fille empestait la sueur et le sang. Elle venait de vaincre Saadet dans l'arène toute proche.

Elle portait encore son armure, mais plus son casque. Les hommes d'Osman l'avaient récupéré quand ils l'avaient conduite là. Le combat avait pris fin et il ne s'était rien passé de particulier. Enfin presque. Quand Pelam l'avait déclarée victorieuse, un tonnerre d'acclamations avait retenti dans l'arène. Le maître des jeux aurait dû annoncer la date et le lieu de son prochain combat, mais il n'en avait rien fait. Il s'était contenté de lancer un ordre et deux colosses avaient entraîné la jeune fille qui s'acharnait sur son adversaire agonisant. Ils l'avaient conduite dans ce qui devait être les appartements privés d'Osman, au sommet du bâtiment. Depuis les fenêtres, on pouvait observer quatre des sept arènes.

La jeune fille aurait préféré parler à Emre – elle n'arrivait pas à oublier la terrible expression sur son visage –, mais on ne lui avait pas laissé le choix. Et puis, elle devait finir ce qu'elle avait commencé. Lorsque ce serait chose faite, elle irait voir son ami et lui présenterait ses excuses.

Des voix résonnèrent dans la pièce voisine. Elles gagnèrent en intensité et Çeda reconnut celle d'Osman. Le maître des arènes parlait avec quelqu'un, Pelam, peut-être. Par malheur, la conversation n'était pas assez forte pour qu'elle puisse l'entendre. Quelques instants plus tard, des bruits de pas s'éloignèrent. Osman entra et se glissa derrière un magnifique bureau en noyer.

Il portait un caftan en soie verte. Sa barbe noire reposait sur sa poitrine et ses cheveux étaient attachés en queue-de-cheval, mais quelques mèches bouclées cascadaient sur ses épaules. Il resta debout et observa Çeda un moment. La jeune fille s'était préparée à affronter sa colère, mais ses yeux brillants exprimaient plutôt de l'amusement. De l'amusement et – oserait-elle le dire – de la fierté. Il fit un geste en direction d'une porte ogivale.

— Par là, dit-il d'une voix grave.

Il s'éloigna sans lui accorder un regard de plus et Çeda lui emboîta le pas. Ils arrivèrent sur une loge fermée par une balustrade dont les barreaux ouvragés étaient en fer forgé. Osman ne se tourna pas vers la jeune fille. Il contempla les arènes et Çeda fit de même. Ils regardèrent une joute du tournoi qui se déroulait sous les acclamations des spectateurs et la jeune fille éprouva une sensation curieuse. Elle était en compagnie du maître des arènes, dans sa loge privée, comme si elle était son égale. Ce n'était pas le cas, mais Osman avait dû l'inviter ici parce qu'il avait été impressionné par son combat contre Saadet.

— Pelam est hors de lui, dit-il comme s'il s'agissait d'un événement anodin.

— Je veux bien vous croire.

— Je ne te laisserai pas redescendre dans l'arène.

La jeune fille ressentit une étrange déception en entendant ces mots. Elle venait de tuer un homme et ne s'était pas sentie aussi vulnérable depuis la mort de sa mère, mais elle devait reconnaître que pendant le combat, face à l'assassin de Rafa, elle avait éprouvé un intense sentiment de liberté.

— Mais… je l'ai battu. Ni vous ni Pelam ne pouvez le nier.

— Oui, oui, nous allons y venir. En attendant, pourrais-tu me dire pourquoi je t'ai fait conduire ici ?

— J'ai quelques idées sur la question.

— Je t'écoute.

— Pourquoi vous le dirais-je ?

— Parce que j'aimerais savoir comment tu envisages la situation et, du même coup, savoir si tu es perspicace ou non.

— Vous êtes ennuyé parce que j'ai réussi à tromper Pelam et à m'inscrire au tournoi.

— C'est vrai, même si je ne suis pas sûr qu'*ennuyé* est le terme qui convient. Continue.

— Vous avez l'impression que Djaga vous a trahi parce qu'elle a accepté de m'aider.

— En effet.

— Vous êtes furieux parce que j'ai tué ce bâtard malasanien.

— Tout à fait. Autre chose ?

— Ça ne vous suffit pas ?

— Si, mais cela ne signifie pas que tu as fait le tour de la question.

Çeda se tut dans l'espoir de le décontenancer, car elle avait plus ou moins deviné pourquoi il l'interrogeait.

— Je suis trop jeune pour participer au tournoi.

Elle observa Osman du coin de l'œil, mais le maître des arènes continua à regarder le combat qui se déroulait en contrebas. La foule était debout. Les deux guerriers armés de lourds fléaux étaient bouclier contre bouclier. Chacun s'efforçait de prendre l'avantage en poussant ou en contournant son adversaire afin de lui porter un coup. Les spectateurs poussèrent un grognement collectif lorsque les deux hommes se séparèrent et se remirent à tourner prudemment l'un autour de l'autre.

— Sais-tu que des personnes de sang royal viennent se battre aux arènes ?

— J'en vois régulièrement.

— La plupart ne sont pas aussi douées que toi, mais elles se débrouillent et suivent de très près la carrière des chiens de poussière. Et quand on parle de nobles, tu peux être sûre d'une chose. Tu sais laquelle ?

— Ils mangent de l'antilope alors qu'on doit se contenter de chèvre ? Ils boivent du vin glacé alors qu'on doit s'étriper pour un verre d'eau ?

Osman laissa échapper un petit ricanement et se tourna vers Çeda. La jeune fille fit de même en s'efforçant de calmer sa nervosité et les battements de son cœur. Elle n'y parvint pas, bien au contraire. C'était en partie parce que les effets des pétales d'adichara s'estompaient, mais le sourire malicieux d'Osman et l'éclat sauvage qui brillait dans ses yeux n'y étaient pas étrangers non plus. Le maître des arènes ressemblait à un chien de poussière avant un combat.

— Tu as raison, dit-il. Les règles ne sont pas les mêmes pour les nobles et les roturiers comme toi et moi.

Çeda n'en crut pas ses oreilles. À ses yeux, Osman faisait partie de l'aristocratie de Sharakhaï, même s'il avait combattu dans l'arène au cours de sa jeunesse.

— Ils boivent peut-être du vin, mais cela ne les empêchera pas de convoiter ton verre. Ils mangent du gibier, mais ils n'hésiteront pas à voler ta maigre pitance. Ils t'accorderont une aumône et te traiteront comme s'ils t'avaient offert tout l'or du monde. Cependant, il y a des choses, des règles sur lesquelles ils ne transigent pas. Ni toi ni moi ne comprenons les subtilités des versets du Kannan, mais *eux*, ils les comprennent toutes, car ils sont les yeux et les oreilles des Rois de Sharakhaï. Ils surveillent ceux qui se promènent dans les rues pendant la nuit sainte. Ils surveillent ceux qui cueillent les fruits interdits dans leurs jardins.

Çeda déglutit à grand-peine.

— Quel rapport avec moi ? demanda-t-elle d'une voix calme.

Un peu trop calme.

— Ils connaissent les symptômes provoqués par les feuilles d'adichara, Çedamihn Ahyanesh'ala. Certains les connaissent même fort bien. Tu ne pourras pas toujours faire la différence entre un noble et un roturier, et encore moins identifier tous les agents qui sillonnent la ville pour rapporter les crimes tels que celui que tu viens de commettre. Fais-moi confiance : si j'ai reconnu ces symptômes, ils les reconnaîtront également.

Çeda déglutit une fois de plus en espérant qu'Osman n'avait pas remarqué son inquiétude.

— Pourquoi me dites-vous tout ça ?

— Si tu veux combattre dans les arènes, tu dois me promettre de ne plus utiliser de pétales. Tu dois me le promettre maintenant.

Çeda cligna des yeux.

— Vous m'autorisez à combattre de nouveau ?

— Cela ne fait-il pas partie de ton petit arrangement avec Djaga ?

— Si, mais…

En contrebas, la foule rugit et Çeda tourna la tête vers l'arène. Un chien de poussière assena un puissant coup de fléau à son adversaire qui s'effondra. La jeune fille regarda Osman.

— Je ne pensais pas que…

— Non. Mais tu as déjà dû comprendre que tu vas devenir une légende. La Louve Blanche de Sharakhaï ? La guerrière qui a vaincu un colosse malasanien qui faisait deux fois sa taille ? Je serais le dernier des imbéciles si je t'interdisais de combattre.

Osman était beaucoup plus âgé qu'elle, mais Çeda n'avait pas l'impression qu'il était vieux. Les marques de l'arène – de petites cicatrices, un nez brisé, une dent ébréchée – lui conféraient une étrange aura. Il ressemblait à un bélier qui avait traversé le désert et survécu aux pitres funestes et aux chacals. Ses blessures l'avaient rendu plus sage et plus fort.

— Je suis sérieux, Çeda. Je ne vais pas prendre le risque de perdre tout ce que je possède, les arènes et le reste, pour une gamine écervelée. (Çeda hocha la tête.) Je veux l'entendre de ta bouche.

— Je n'en prendrai plus.

— Qu'est-ce que tu ne prendras plus ?

Çeda inspira un grand coup. Elle avait l'impression de commettre une trahison en avouant son crime à haute voix, mais quelle importance maintenant ?

— Je ne prendrai plus de pétales quand je combattrai dans l'arène.

— Plus jamais.

— Plus jamais.

L'expression d'Osman changea et le fier bélier se transforma en pitre funeste. Il esquissa un sourire cruel et adressa un clin d'œil à la jeune fille.

— Ce serait quand même dommage que tes amis te retrouvent en train de flotter dans la Haddah, le visage dans l'eau, n'est-ce pas ?

Il prononça ces mots sur un ton nonchalant, mais ses yeux brillaient d'un éclat dur et sauvage.

— Oui, dit Çeda après un moment de silence. Ce serait dommage.

— Parfait.

Il lui assena une claque dans le dos et se concentra sur l'arène. Un guerrier martelait impitoyablement le bouclier de son adversaire avec son fléau à double battoir.

— Djaga est sérieuse, tu sais. Elle empochera tes gains jusqu'à ce que tu ne lui doives plus un khet.

— Et ?

— Sauf erreur de ma part, tu auras besoin de manger et de te loger en attendant.

— Djaga me donnera bien quelque chose, quand même ?

Osman se pencha en arrière et éclata de rire. Un rire sincère qui montait du ventre, comme s'il n'arrivait pas à croire ce qu'il venait d'entendre.

— Laisse-moi te dire quelque chose à propos de Djaga. Elle est tellement radine qu'elle préférerait se faire arracher toutes les dents plutôt que de dépenser un sylval. Elle marcherait de Sharakhaï à Kundhun pour économiser le prix de la traversée. Les cordons de sa bourse sont encore plus serrés que les miens, et je te prie de croire que je n'ai jamais mené grand train. Si elle a dit qu'elle empocherait tes gains jusqu'à ce que tu l'aies remboursée trois fois, elle empochera tes gains jusqu'à ce que tu l'aies remboursée trois fois.

— Et alors ? Vous comptez m'offrir un travail aux arènes ?

— Rien d'aussi banal.

Il s'interrompit et observa le combat qui était sur le point de s'achever. Un guerrier avait perdu son bouclier et n'avait plus vraiment le choix : soit il concédait la victoire, soit il se faisait fendre le crâne.

— Sais-tu ce que c'est qu'un furtif, Çeda ?

Elle le savait.

Elle le savait trop bien.

Osman avait respecté ses engagements – tout comme Djaga – et au cours des semaines suivantes, Çeda avait commencé à convoyer des paquets. Elle avait récupéré une boîte à Crêterose pour la livrer au pied de la Porte du Feu noir. Elle avait porté le message d'une vieille momie à un maître de caravane malasanien qui avait la fâcheuse manie de dénigrer les gens et de pincer les fesses de la jeune fille. Elle avait rencontré un capitaine des Lances d'argent pour lui remettre un anneau – très banal – que lui avait confié une femme plus mince qu'un roseau. Elle gagnait quelques khets à chaque livraison et le travail n'était pas déplaisant, mais elle avait la vague impression que le maître des arènes la mettait à l'épreuve. Il lui confiait des missions simples avant de lui proposer quelque chose de plus dangereux.

Elle apprit que Tariq faisait lui aussi des furtifs pour le compte d'Osman. Le jeune homme l'avait laissé entendre un jour qu'ils se promenaient le long de l'Abreuvoir en compagnie de Hamid. Çeda le voyait de plus en plus souvent autour des arènes. Il traînait encore avec le reste de la bande, mais se comportait de manière étrange. Il voulait toujours savoir ce que Çeda avait transporté, à qui elle l'avait apporté et combien Osman l'avait payée, mais lorsque la jeune fille lui posait les mêmes questions, il restait évasif et se dépêchait de changer de sujet. Çeda avait donc cessé de lui répondre.

Djaga lui apprenait le maniement des armes au port occidental, là où elle vivait et travaillait. Les deux femmes s'entraînaient sous les pontons, en partie pour se protéger du soleil, en partie pour éviter les regards indiscrets. Çeda n'avait jamais vu une guerrière aussi habile que la Kundhanaise et c'était une excellente professeure. Excellente et sévère. Elle ne poussait jamais son élève au-delà de ses limites, mais il lui arrivait d'être pressante. Elle était impatiente de développer les talents de la jeune fille et de découvrir ses faiblesses. Elle ne se contenta pas d'apprendre à Çeda le maniement des armes ; elle lui montra comment fatiguer et ralentir son adversaire, lui faire croire qu'elle n'était pas très adroite avec une arme alors qu'elle se préparait à donner le coup de grâce.

— Ton principal avantage, c'est ta taille, lui dit-elle un jour. Les gens pensent que tu n'aurais jamais dû battre Saadet. Nous allons jouer là-dessus. Tu veilleras à ne pas remporter tes combats trop facilement, petite, même si tu en es capable. Tu montreras que tu es habile, mais pas trop. Tu te battras au niveau de ton adversaire et tu attendras le moment propice.

— Pourquoi ne pas s'en débarrasser au plus vite ?

Djaga pointa son shinai – un sabre d'entraînement en bambou – vers l'est, vers le centre de Sharakhaï.

— Tu peux le faire si tes ambitions se limitent à remporter la victoire. Mais si tu veux grimper dans la hiérarchie des chiens de poussière, il faudra apprendre des jeux autrement plus subtils que taper sur son adversaire.

Elle brandit son shinai et enchaîna de puissantes attaques que Çeda eut le plus grand mal à parer.

Lorsque le tournoi prit fin, la jeune fille participa à son premier combat officiel. Pelam l'avait programmé de bon matin et c'était le premier affrontement de la journée. Son adversaire était une vénérable guerrière, et la jeune fille n'eut aucun mal à la vaincre. C'était une petite vengeance du maître des jeux qui ne lui avait pas encore pardonné sa tromperie. Quelques mois plus tard, elle affronta un adversaire autrement plus redoutable. C'était un célèbre guerrier miréen de passage à Sharakhaï. Il avait demandé à combattre avant de rentrer dans son pays. Çeda remporta le tirage au sort et opta pour un tri-bâton. C'était une arme peu utilisée à Miréa et elle n'avait aucun secret pour Djaga. Çeda s'était entraînée avec pendant de longues heures et elle aurait pu remporter la victoire en quelques minutes, mais elle respecta les instructions de sa professeure. Elle attendit que la Kundhanaise lui adresse un signe de tête depuis les gradins.

Les spectateurs venaient de plus en plus nombreux à ses combats et criaient de plus en plus fort en apercevant l'armure blanche et le casque orné d'une peau de loup. Çeda s'était étoffée grâce à l'entraînement impitoyable de Djaga : course, puis maniement du sabre jusqu'à midi, exercices de musculation avec des pierres après un bref repas, entraînement avec des armes diverses en plein soleil jusqu'à la tombée de la nuit.

Elle avait le savadi de libre – parfois un peu plus quand Osman n'avait pas besoin de ses services – et elle consacrait ces journées à marcher à travers la ville pour mieux la connaître. Nul ne pouvait prédire où elle prendrait son prochain colis et où elle devrait l'apporter. Elle passait peu de temps à l'appartement et ne voyait pas Emre très souvent.

Elle veillait cependant à ce que cela arrive de temps en temps.

Elle avait pensé qu'il serait en colère après la mort de Saadet. Elle avait voulu s'excuser – elle s'était même entraînée pendant plusieurs jours –, mais chaque fois qu'elle était en sa présence, que ce soit chez eux, dans les souks ou dans la rue, elle oubliait le discours qu'elle avait préparé avec tant de soin. Elle écoutait le garçon raconter les dernières facéties de Seyhan ou faire la liste des objets que Hamid était parvenu à chaparder dans le chariot d'une caravane. Emre parlait de tout, sauf du plus important : ce qui s'était passé dans l'arène.

Cette histoire était un abcès qu'il était urgent de vider, mais Çeda ne trouvait pas les mots, et apparemment, Emre n'avait aucune envie d'aborder le sujet.

Osman recruta la plupart des camarades de la jeune fille pour ses courses clandestines. Il donna un bon couteau à Hamid et le chargea de faire le guet pour Brama, un cambrioleur que le maître des arènes employait parfois. Çeda ne se souciait guère de Tariq et de Hamid, mais elle éprouva une sourde angoisse quand Emre commença à livrer des colis.

Par chance, le garçon abandonna rapidement cette activité. Il préférait faire de petits travaux quand il avait besoin d'argent : briseur de cailloux dans une carrière au nord-ouest de la cité, débardeur dans le port septentrional, ouvrier d'un charron près de l'Abreuvoir… Il acceptait tous les emplois qui lui occupaient les mains, avait-il coutume de dire. Il en avait besoin.

Un matin, Çeda décida de l'accompagner. Emre et un artisan du nom de Halond se rendaient dans le désert pour chercher des impacts de foudre. Lorsque celle-ci frappait le sol, le sable se liquéfiait et formait des structures en forme de racines. Emre les ramassait et Halond les vendait comme œuvres d'art. Il les baptisait « arbres de Rhia », un nom assez curieux dans la mesure où la petite déesse lunaire n'avait aucun lien avec le sable et les éclairs. Ces coulées minérales avaient quelque chose d'inquiétant et il aurait été plus logique de les appeler « arbres de Goezhen », mais ce nom aurait probablement rebuté la clientèle. Personne n'avait envie de faire entrer une sculpture du dieu des créatures difformes dans sa maison, alors qu'une œuvre de la déesse des rêves et de l'ambition…

— Tu vas bien ? demanda Çeda.

Ils partageaient une poire – un mets de luxe – que la jeune fille avait achetée aux souks la veille.

Emre mordit dans le fruit juteux et mâcha à grand bruit. Sa respiration produisait des nuages de brume dans l'air frais du matin.

— Bien sûr que je vais bien. Pourquoi tu me poses cette question ?

Elle regrettait de ne pas la lui avoir posée quelques mois plus tôt. Leurs relations étaient de plus en plus distantes. Elle le sentait et savait pourquoi.

— Je voudrais te parler de Saadet.

Emre lui tendit la poire.

— De Saadet ?

La jeune fille fit un effort pour ne pas envoyer le fruit voler à l'autre bout de la rue, mais elle ne voulait pas montrer qu'elle était en colère. Elle prit la poire et mordit dedans avant de la rendre au jeune homme.

— Je… j'aurais dû t'avertir.

Il haussa les épaules.

— Tu ne l'as pas fait. Cette histoire est terminée maintenant. À quoi bon revenir là-dessus ?

— C'est juste que… c'est l'expression que tu avais dans l'arène, Emre.

— Quoi ? J'étais en colère ? Tu ne l'aurais pas été si tu avais été à ma place ?

— Ce n'était pas seulement de la colère. Tu avais l'impression que je t'avais trahi.

Emre s'arrêta et obligea Çeda à faire de même.

— Qu'est-ce que tu veux que je te dise ? Que le monde est bien meilleur depuis que Saadet ibn Sim l'a quitté ? Que tu as rendu un fier service à

Sharakhaï et à moi ? Que j'aurais dû te remercier depuis longtemps ? (Il s'inclina avec déférence.) Merci à toi, Çedamihn, Louve Blanche de Sharakhaï. Tu m'as sauvé. C'est ça que tu veux entendre ?

— Non, je...

— Alors pour l'amour des dieux, cesse de me casser les pieds avec cette histoire.

Il repartit en abandonnant la jeune fille dans la rue.

Elle ne le suivit pas. Il était en colère et si elle insistait, il s'enfoncerait un peu plus dans son silence. Elle devait attendre qu'il accepte de lui parler. Apprendrait-elle un jour ce qu'il avait ressenti en la voyant dans l'arène ?

Emre avait continué sa vie de bohème. L'année suivante, il avait été apprenti cordonnier, livreur pour un tonnelier des quartiers ouest et boucher dans un abattoir à ciel ouvert – une *écorcherie*, avait-il corrigé lorsqu'elle lui avait demandé s'il comptait exercer ce métier longtemps. Il rapportait souvent de la viande fraîche, mais quand il rentrait à la tombée de la nuit, une lueur répugnante brillait dans ses yeux. Il garda cet emploi plus longtemps que les autres, pendant presque un an, puis il travailla pour un fleuriste qui l'envoyait cueillir des fleurs sauvages sur les berges de la Haddah.

Ses revenus étaient irréguliers, mais lorsque Çeda eut enfin remboursé Djaga, elle commença à gagner des sommes honorables. Elle participait à des tournois, effectuait des furtifs et enseignait l'escrime à des enfants – une idée d'Osman pour expliquer sa présence aux arènes et protéger son identité secrète. Çeda et Emre emménagèrent à Crêterose, un quartier proche des souks et du marché aux épices.

Emre avait d'abord refusé de déménager, affirmant qu'ils n'en avaient pas les moyens et qu'il préférait rester où il était, mais Çeda n'était pas dupe : le garçon ne voulait pas s'éloigner de l'endroit où il avait vécu avec son frère. Après la mort de Rafa, ils avaient dû quitter leur logement, car ils ne pouvaient pas payer le loyer, mais ils n'étaient pas allés bien loin.

Çeda avait insisté et Emre avait cédé. Il lui en avait voulu et elle se demandait parfois s'il ne lui en voulait pas encore. La colère et le ressentiment ne le minaient-ils pas de l'intérieur ? Si tel était le cas, Emre serait capable de le cacher pendant un certain temps, mais finirait par exploser.

Un jour qu'elle livrait une petite boîte en ivoire pour le compte d'Osman, Çeda décida de couper à travers les Bas-fonds. Elle remarqua alors que trois, puis quatre adolescents la suivaient. Elle se mit à courir et les garçons s'élancèrent à sa poursuite. Çeda ignorait s'ils en avaient après elle ou après la boîte – la première hypothèse était cependant la plus vraisemblable – et n'avait aucune intention de le découvrir. Elle fila à travers les ruelles et sauta par-dessus des palissades.

Elle ne sut jamais ce que ses poursuivants lui voulaient. Ils s'arrêtèrent brusquement et filèrent sans demander leur reste. Çeda ne tarda pas à comprendre pourquoi. Devant elle, deux femmes attendaient près d'une porte.

La jeune fille s'aperçut qu'elle était dans le Nœud, un véritable labyrinthe fait de passages étroits bordés de parois en briques d'argile. Les maisons empiétaient sur les rues, les transformant ainsi en ruelles misérables. Certains murs penchés ressemblaient à des ivrognes ayant abusé de l'arak et cherchant à s'appuyer sur leurs voisins. Les habitants du quartier avaient l'habitude de s'installer à leurs fenêtres pour bavarder ou regarder les passants, mais ce jour-là, ils s'étaient barricadés chez eux.

Çeda savait pourquoi.

La présence de ces deux femmes dans le Nœud était aussi insolite qu'un rahl en or au milieu de la rue, mais elles n'affichaient pas la moindre crainte et leurs regards étaient aussi durs que l'acier. Des fourreaux en bois fin et laqué se balançaient à leurs ceintures. Des fourreaux de sabres d'ébène.

Des Vierges.

Par le soleil implacable du désert, que faisaient-elles dans ce quartier ?

Les deux guerrières toisèrent Çeda sans un mot et la plus proche avança vers la jeune fille. Elle n'avait pas fait deux pas que la porte gardée par sa camarade s'ouvrit et qu'un homme sortit dans la rue. Il portait un khalat émeraude orné de motifs représentant des branches parsemées de bourgeons minuscules. Ses bottes en cuir souple étaient à peine salies par la poussière. Son turban ambré – la couleur du désert – était décoré de fils rouges. Un bracelet doré avec une pierre d'un noir surnaturel était glissé à son poignet.

Si cet homme n'était pas un Roi de Sharakhaï, Çeda était un scarabée des dunes. Le monarque remarqua que la jeune fille contemplait son bracelet et l'étrange gemme qui y était incrustée. Il aurait pu cacher le bijou sous la manche de son khalat, mais il ne le fit pas. Il observa Çeda comme s'il se demandait ce qu'il allait faire d'elle.

Çeda détourna les yeux, s'inclina et se rangea sur le côté de la rue avant de s'agenouiller. C'était ainsi qu'il fallait se comporter en présence d'un Roi ou d'une Vierge – et, à plus forte raison, en présence des deux !

La jeune fille respirait avec peine. Elle sentait déjà le sabre qui allait s'abattre et lui trancher la tête. Un silence pesant avait envahi la rue. On entendait à peine les bruits de la cité. Sharakhaï retenait son souffle en attendant de voir ce qui allait arriver à Çedamihn, fille d'Ahyanesh.

Je t'en supplie, Nalamae, accorde-moi ta protection.

La jeune fille entendit les Vierges approcher. Elle entendit le sable et la poussière crisser sous les semelles de leurs bottes.

Elles s'arrêtèrent à quelques pas d'elle et le silence retomba.

Un silence de mort.

Je ne suis pas prête. Je ne suis pas encore prête à les affronter.

Quelque part, un bébé se mit à pleurer. Ses cris résonnèrent dans la rue tandis que les deux Vierges tiraient peut-être leurs lames pour se débarrasser de l'importune.

Des bruits de pas s'éloignèrent de la porte. Le Roi remonta la rue et les deux Vierges le rejoignirent aussitôt. Çeda se retrouva seule. Des gouttes de sueur coulaient sur son front. Une vague de soulagement sapa ses dernières forces et elle crut qu'elle allait s'effondrer.

CHAPITRE 51

Après le rituel initiatique, Çeda fut conduite aux quartiers de la Maison des Vierges. C'était un bâtiment imposant de trois étages avec une cour centrale dans laquelle les guerrières s'entraînaient au maniement du sabre. Les membres d'une main habitaient dans des logements composés de cinq chambres et d'une salle commune. Un peu comme celui que Çeda partageait avec Emre.

Zaïde frappa à la porte et fit entrer la jeune fille dans la salle commune. Sümeya, Melis et Jalize étaient assises. Elles buvaient du vin coupé d'eau dans des tasses en terre.

Si Sümeya était furieuse de voir Çeda revenir du palais du soleil, elle ne le montra pas. Jalize était une femme d'une beauté exceptionnelle, avec des cils délicats et des cheveux châtains bouclés. Elle ignora complètement sa nouvelle camarade, mais Melis esquissa un sourire. Ce n'était pas grand-chose, mais Çeda lui en fut reconnaissante.

— Où est Kameyl ? demanda Çeda.

Ce fut Zaïde qui répondit.

— Elle est allée au palais de Husamettín pour qu'on lui choisisse une nouvelle lame.

Les trois Vierges se raidirent en entendant ces paroles.

— Son sabre a été brisé, expliqua la Matrone. Par celui de Çeda. (Sümeya ouvrit la bouche pour dire quelque chose, mais Zaïde poursuivit.) Ce n'est pas le moment de raconter cette histoire. Accueillez votre nouvelle sœur et laissez-la dormir.

Sümeya regarda Çeda, puis Zaïde, avant de se lever et de gagner sa chambre. Le rideau de perles tinta sur son passage. Jalize, elle, approcha et s'arrêta devant Çeda.

— Sois la bienvenue, dit-elle avant de la prendre dans ses bras.

Elle l'embrassa sur les joues et recula.

Melis approcha à son tour, mais contrairement à Jalize, elle étreignit Çeda avec une certaine raideur.

— Assieds-toi, dit Zaïde en se dirigeant vers la porte. Bois un peu de vin. Nous parlerons demain matin. Tu me diras à qui tu souhaites rendre visite la nuit de Beht Zha'ir.

Çeda écarquilla les yeux.

— À qui je souhaite rendre visite ?

Elle avait lu de nombreux ouvrages à propos des règles et des coutumes des Vierges, mais rien à ce sujet.

Zaïde sourit comme un chat devant une souris bien grasse. À cet instant, elle sembla rajeunir de dix ans et Çeda eut du mal à reconnaître la Matrone aux cheveux grisonnants.

— On va t'accorder une nuit de liberté. Tu pourras aller voir qui tu voudras. Il faudra seulement que tu me donnes son nom et son adresse pour que nous puissions le prévenir.

Emre. Je veux voir Emre.

Mais c'était impossible. Emre fréquentait les Hôtes sans Lune, et puis elle ne savait pas comment le joindre. Tant pis. Elle avait également envie de revoir un certain seigneur qaimirien, surtout si cette nuit de liberté était sa dernière.

— Je peux vous le dire tout de suite, dit-elle.

— Comme tu veux.

— Je souhaite rencontrer le seigneur Amansir de Qaimir.

Jalize et Melis échangèrent un regard étonné. Zaïde esquissa un sourire entendu.

— Je trouve que c'est un bon choix, dit la Matrone avant de sortir.

— Un *seigneur*, dit Jalize. (Elle entraîna Çeda et la fit asseoir sur un coussin confortable.) Raconte un peu.

Çeda fit un geste désinvolte de la main.

— Je l'ai rencontré ce soir. C'est un homme… séduisant.

Les yeux de Jalize se mirent à briller.

— C'est important, dit-elle. Et les Qaimiriens sont fort habiles une fois débarrassés de leurs vêtements. (Elle jeta un coup d'œil en direction de Melis.) Enfin, c'est ce qu'on m'a rapporté.

Melis leva les yeux au plafond comme si elle entendait cette remarque pour la millième fois, puis elle tourna la tête vers Çeda.

— Fais comme on t'a dit. Amuse-toi avec ton seigneur et oublie-le. La nuit que tu dois passer dans les champs funestes sera éprouvante et tu dois l'aborder le cœur et l'esprit purs. Pense à tes Rois. Pense à Sharakhaï et à ceux que tu veux protéger. Ne rêve pas à quelque noble qaimirien et tout se passera bien.

« Pense à tes Rois »...

Avait-elle le choix ?

Çeda se demanda ce que les asirim sentiraient et comment ils réagiraient en sa présence. Lui arracheraient-ils les membres s'ils découvraient que son cœur n'était pas pur ? Sehid-Alaz, leur Roi, l'avait embrassée, certes, mais il était le seul à comprendre le sens de ce baiser. Si les asirim se disputaient, à l'image des hommes, ce témoignage de tendresse ne représentait pas grand-chose. Et le Roi des asirim ayant des ennemis au sein de son peuple, ceux-ci seraient ravis de se débarrasser d'une femme marquée par leur seigneur et maître.

Il arrivera ce qu'il doit arriver, songea Çeda.

Elle était épuisée. Elle remplit une tasse de vin à ras bord et la but avec avidité.

Les trois femmes bavardèrent jusque tard dans la nuit. Melis et Jalize lui parlèrent de leur enfance, de leurs parents et de leur vie confortable à la Colline dorée avant d'intégrer le corps des Vierges. Çeda gagna sa chambre avec un sentiment de honte et de dégoût qu'elle n'avait pas ressenti depuis longtemps. Elle trouvait Melis sympathique, et Jalize l'était tout autant malgré sa vulgarité et sa perversité.

Elle posa délicatement le sabre d'ébène dans un coin de la pièce, puis elle se déshabilla et se coucha sans le quitter des yeux. Elle songea à tout ce qui venait d'arriver.

Prépare-toi, se dit-elle. *Prépare-toi et les dieux se chargeront du reste.*

Lorsqu'elle s'endormit, elle rêva de sables mouvants, d'immondes créatures et d'arbres tordus. Quelqu'un se tenait à ses côtés. Un homme, mais elle aurait été incapable de dire s'il s'agissait d'Emre, de Ramahd ou de quelqu'un d'autre.

Çeda se réveilla bien avant l'aube. Elle se leva aussitôt et s'habilla en silence. Elle enfila une des robes noires qu'on lui avait données, puis elle accrocha Fille du Fleuve à sa ceinture et se dirigea vers la chambre de Kameyl. La Vierge était rentrée au milieu de la nuit et dormait à poings fermés, mais elle ouvrit les yeux dès que Çeda lui tapota l'épaule. Elle observa la jeune fille pendant un instant et son regard glissa vers Fille du Fleuve. Çeda lui fit signe de s'habiller et de la suivre. Kameyl obéit, les sourcils froncés. Quelques minutes plus tard, les deux femmes se faisaient face dans la cour d'entraînement.

Kameyl posa la main gauche sur la poignée du sabre que Husamettín lui avait donné la veille. Çeda ne toucha pas à son arme.

— Tu veux travailler les positions ? demanda Kameyl. Non ? Ce qui s'est passé hier n'était qu'une démonstration d'escrime, roturière. Si cela choque ton pauvre petit cœur, tu n'as qu'à retourner dans les quartiers ouest.

Çeda resta immobile. Elle regarda Kameyl, puis elle avança et s'arrêta juste devant la Vierge qui mesurait une demi-tête de plus qu'elle. Kameyl était impressionnante, et pas seulement par sa taille. C'était une redoutable sabreuse et un éclat de folie brillait dans ses yeux. Elle était prête à tous les sacrifices pour protéger ses sœurs et les Rois.

Mais Çeda ne pouvait pas vivre dans la crainte de la voir surgir à chaque coin de rue pour lui trancher la gorge.

— Là où j'ai grandi, ce que tu as fait hier se conclut par un duel à mort.

Toute trace d'amusement disparut du visage de Kameyl. Ses traits s'assombrirent et ses muscles se contractèrent.

— C'est ce que tu veux ? Un duel ?

— Non, mais si tu t'avises de recommencer, nous nous battrons jusqu'à la mort. Et cette fois-ci, il n'y aura pas de Roi pour te sauver.

Kameyl la dévisagea pour savoir jusqu'à quel point la menace était sérieuse. Elle sentit que Çeda ne plaisantait pas. La jeune fille ne se laisserait plus intimider, ni par Kameyl, ni par aucune Vierge. Même si elle devait le payer de sa vie. Kameyl éclata d'un rire rauque. Elle rit pendant un long moment, étonnée par l'audace de la jeune fille.

Elle sourit et dégaina son sabre à la vitesse de l'éclair. Mais elle n'attaqua pas. Elle pointa l'arme vers le ciel pour montrer la gravure qui ornait la lame.

— Elle s'appelle Aile Bruissante. Husamettín l'a choisie pour moi.

La gravure représentait une alouette ambrée.

Un symbole de paix.

Çeda sentit la tension nerveuse refluer d'un coup et éclata d'un rire qui résonna jusque dans les moindres recoins de la cour.

— La lame de mon premier sabre, celui que tu as brisé, était ornée d'une vipère. (Elle leva son arme un peu plus haut.) L'alouette est un signe de paix, mais la vipère rôde toujours. Est-ce que tu comprends ?

— Je comprends, répondit Çeda.

Elle détestait les Vierges du fond du cœur, mais ne pouvait s'empêcher d'admirer la loyauté de Kameyl.

La Vierge hocha la tête et rengaina son sabre avant d'assener une claque dans le dos de Çeda – assez forte pour la faire trébucher.

— Là où *j'ai* grandi, on dirait que cette conversation a été riche et équilibrée. (Elle tendit la main à Çeda.) Un peu *tendue*, certes, mais productive.

Çeda se demanda si elle était sérieuse ou non, mais l'attitude de Kameyl ne laissait pas vraiment de place au doute. Elle saisit l'avant-bras tendu et le serra.

Les deux femmes reculèrent d'un pas et commencèrent à enchaîner des positions d'escrime pour s'échauffer.

Et quand elles se sentirent prêtes, elles croisèrent le fer. Elles répétèrent la danse de la veille, mais sans être oppressées par l'atmosphère solennelle du palais du soleil et par la présence des spectateurs. Lorsqu'elles arrivèrent à la fin des figures codifiées, elles s'affrontèrent avec violence, mais Çeda sentit que Kameyl retenait certains coups pour éviter de la blesser. Elle eut une ou deux occasions de lui rendre la politesse.

Des Vierges sortirent en entendant les claquements de l'acier. Une poignée, tout d'abord, puis plusieurs dizaines. Certaines avaient l'âge de Çeda, mais la plupart étaient des femmes mûres. Elles regardèrent les deux guerrières porter des coups si rapides qu'ils étaient à peine visibles, et des sifflements admiratifs saluèrent quelques échanges.

Kameyl et Çeda firent une courte pause et plusieurs Vierges claquèrent des doigts.

— Arrête de ménager notre petite colombe, Kameyl. Tu ne lui rends pas service.

Kameyl ignora les remarques. Elle regarda Çeda, puis le sabre que la jeune fille tenait sans problème d'une seule main.

— C'est un bon début, petite alouette.

— Kameyl !

La voix de Sümeya résonna dans la cour comme un coup de tonnerre. La Vierge se tenait sur un balcon et observait les deux combattantes avec des yeux durs.

— Rejoins-moi tout de suite.

Kameyl hocha la tête et se tourna vers Çeda.

— Regarde où tu poses les pieds, Çedamihn Ahyanesh'ala, et nous verrons ce que nous verrons.

Elle s'éloigna et monta un escalier pour rejoindre Sümeya. Jalize et Melis avaient assisté à l'affrontement. La première partit sans un mot, mais la seconde adressa un signe de tête approbateur à Çeda.

Les semaines suivantes s'enchaînèrent à toute allure. Le matin, Çeda s'agenouillait avec les autres Vierges pour prier. Elle remerciait les dieux qui avaient aidé les Douze Rois à sauver la cité pendant Beht Ihman. Husamettín les faisait ensuite chanter. Il avait une belle voix de baryton qui couvrait celles des cent Vierges rassemblées devant lui. Les autres guerrières patrouillaient, gardaient des caravansérails ou étaient en missions spéciales dans les rues de Sharakhaï.

Et il y avait les blessées. Çeda songeait souvent à la Vierge qu'elle avait vue à l'infirmerie, celle qu'on avait amputée sous le genou.

Après les prières, la jeune fille travaillait les positions d'escrime avec ses sœurs dans la cour intérieure. Elle était émerveillée par leur grâce et leur discipline. Plusieurs dizaines d'enfants – la majorité était des filles, mais il y avait aussi quelques garçons – participaient aux exercices avec des shinais en bois. Les Matrones s'entraînaient également, y compris Zaïde et une vieillarde qui répondait au nom de Sayabim. C'était une femme de quatre-vingt-trois ans, mais ses mouvements étaient aussi fluides que ceux des Vierges. Les Matrones portaient des robes blanches et hijabs, les Vierges des tenues et keffiehs noirs.

Une fois les exercices terminés, Sayabim s'entraînait avec Çeda pendant une heure. Elle corrigeait les positions en tapotant les poignets, les genoux et les chevilles de la jeune fille avec la pointe de son shinai.

— Je me demande bien comment je vais pouvoir te désapprendre ces habitudes ridicules, répétait-elle.

Çeda avait été l'élève de professeurs émérites – dont sa mère et Djaga –, mais Sayabim était extraordinaire. Elle n'était plus aussi rapide que par le passé, mais sa grâce et sa précision – les deux qualités qu'elle exigeait de Çeda – étaient stupéfiantes.

Après le repas du matin, Çeda faisait le tour des différents bâtiments de la Maison des Vierges : les quartiers militaires, le réfectoire, les écuries et les archives. La plupart des Matrones vivaient aux archives. C'était là qu'elles géraient les besoins des Vierges et des Rois. Un jour, on chargea la jeune fille de faire le ménage et de laver le sol de l'infirmerie. Elle entra et vit la guerrière qui avait perdu sa jambe droite dans une embuscade tendue par les Hôtes sans Lune. La blessée semblait fatiguée, mais elle était assise sur son lit et lisait un livre avec une couverture en bois. Elle le tenait d'une main tandis que de l'autre, elle grattait les bandages blancs enveloppant son moignon.

Elle sentit la présence de Çeda et cessa aussitôt de se gratter. Elle ferma son livre et leva la tête.

— Que fais-tu ici ? demanda-t-elle.

— Je viens laver le sol, répondit Çeda, mal à l'aise.

— Eh bien ! qu'attends-tu ?

Çeda se mit au travail sans perdre un instant. Chaque fois qu'elle tournait la tête, elle croisait le regard de la Vierge qui l'observait.

Les jours se succédèrent et une routine s'installa. Prières, exercices, travaux de nettoyage aux écuries ou ailleurs. Jusqu'au jour où Zaïde lui annonça que le moment était venu.

— Le moment de quoi ? demanda Çeda.

— Le moment de rendre visite à ton seigneur qaimirien.

Les jours étaient passés si vite que la jeune fille eut du mal à y croire.

Zaïde la conduisit dans ses appartements et ouvrit une armoire située près d'une fenêtre. Des dizaines de robes somptueuses étaient accrochées à l'intérieur.

— J'ai pensé que tu n'en avais peut-être pas.

Les yeux écarquillés et la bouche béante, Çeda regarda Zaïde passer les robes en revue. La Matrone en prit une et la plaqua sur le corps de la jeune fille pour vérifier si elle lui allait.

— Je crois que la taille est bonne, dit-elle.

Elle attrapa une robe ivoire aux touches carmin, une deuxième violet pâle et cintrée à la taille, puis une troisième, longue, brune et ornée de minuscules perles dorées qui semblaient avoir été cousues par Tulathan en personne.

— Tu vois quelque chose qui te plaît ?

Çeda montra la robe brune.

— Je peux ?

Zaïde sourit et la lui tendit. Çeda la plaqua sur ses épaules et baissa les yeux. C'était un vêtement somptueux, presque une œuvre d'art. Elle n'avait jamais rien porté de tel.

— Viens, dit Zaïde. Tu vas prendre un bain, puis nous nous efforcerons de démêler l'écheveau que tu as sur le crâne.

Çeda ignora la pique. Elle se demandait ce que Ramahd penserait d'elle en la voyant dans cette robe.

Après un bain brûlant au hammam, Zaïde et Sayabim s'attaquèrent aux cheveux de la jeune fille. Elles les tressèrent avec soin et y glissèrent des perles rouges très rares. Quand elles eurent terminé, elles tendirent un miroir à Çeda. Celle-ci laissa échapper un hoquet de surprise. Elle se reconnaissait à peine. Elle ne savait pas quel miracle avait permis une telle transformation, mais elle était ravie. Elle devait profiter de la nuit prochaine, car le lendemain, il lui faudrait se rendre dans les champs en fleur pour affronter le jugement des asirim.

Le soir venu, un araba couvert la conduisit dans le quartier réservé aux dignitaires et aux émissaires étrangers. Il s'arrêta devant l'ambassade de Qaimir.

Un serviteur lui demanda de patienter dans un salon du rez-de-chaussée. La pièce était richement décorée, avec des piédestaux en granit et des fleurs fraîches dans des vases en étain. Par terre, un foyer circulaire était bordé de marbre et entouré de coussins agencés avec soin. La jeune fille ne s'assit pas. Elle était trop nerveuse.

Elle avait envie de revoir Ramahd, mais elle n'avait pas la moindre idée de ce qu'elle allait lui dire.

Elle entendit des pas derrière elle. Une porte s'ouvrit et Ramahd entra. Il portait un manteau de brocart couleur bronze sur une chemise blanche, un pantalon noir et des bottes assorties. C'était l'incarnation du seigneur qaimirien tel que Jalize et Melis l'imaginaient, à la seule exception qu'il semblait mal à l'aise.

Il n'était pas seul.

Un inconnu se tenait derrière lui.

Il portait de beaux vêtements qaimiriens, mais son visage était couvert de plaies et d'hématomes. Son œil gauche était tuméfié et les articulations de ses doigts étaient écorchées.

Il leva la tête et Çeda le reconnut enfin.

Emre.

CHAPITRE 52

Ramahd était assis sur le balcon du deuxième étage de l'ambassade qaimirienne. Tauriyat se dressait, menaçante, au cœur de Sharakhaï. Tauriyat et ses treize palais, douze pour les Rois, et le dernier, au pied de la colline, pour le soleil. Le spectacle était impressionnant. Tauriyat était l'incarnation du pouvoir : les Rois, les Vierges, les asirim et même les dieux qui semblaient les protéger.

Ramahd but une gorgée de vin sucré malasanien en se demandant si Meryam et lui ne jouaient pas avec le feu. Il savait qu'ils risquaient de se brûler et de brûler des innocents par la même occasion. Il n'était pas impossible que tout le royaume de Qaimir paie les conséquences de ce qu'ils s'apprêtaient à faire. Une partie de Ramahd le poussait à demander audience aux Rois et à leur présenter les informations qu'il avait rassemblées : Macide cherchait Hamzakiir, le mage de sang mort depuis bien longtemps, le fils de Külaşan, le Roi Errant ; les rebelles avaient mis la main sur une pierre de vie afin de lui soutirer des informations ; Juvaan Xin-Lei leur fournissait des renseignements, de l'argent et du matériel. Mais tout cela serait bien difficile à prouver et Ramahd n'avait aucune envie de parler de Hamzakiir avec les Douze Rois. Les liens entre le mage de sang et Qaimir étaient trop forts – ce qui devait ravir Juvaan. D'ailleurs, il n'était pas impossible que ce soit l'émissaire de Miréa et sa reine qui aient soufflé le nom de Hamzakiir aux rebelles, et non l'inverse. La participation du mage de sang à ce sombre complot permettrait à la reine Alansal de nier toute implication. Elle soulignerait que Miréa n'avait rien à gagner dans cette histoire.

Et puis il y avait Macide.

La soif de vengeance de Ramahd était aussi intense que le jour où Yasmine avait été assassinée, et aujourd'hui, cette vengeance était à portée de main.

L'ehrekh avait dit de suivre la Louve Blanche.

Ramahd s'était donc mis à la recherche de la guerrière. Une curieuse rumeur circulait à Sharakhaï. On racontait qu'une femme avait été conduite aux portes de la Maison des Vierges par un prêtre étranger qui l'avait abandonnée là. Le Qaimirien avait interrogé plusieurs personnes qui avaient assisté à la scène et il était arrivé à la conclusion que cette histoire était vraie. S'il fallait en croire les descriptions, la mystérieuse inconnue n'était autre que Çeda. Il avait attendu la jeune fille chez elle plusieurs nuits d'affilée dans l'espoir de les voir rentrer, elle, ou son amant, Emre. Et elle était rentrée, comme Meryam l'avait prédit.

La même nuit, Dana'il avait obtenu des renseignements à propos d'Emre, et Ramahd s'était demandé s'il n'avait pas commis une erreur en laissant Çeda repartir. En tout cas, il avait bel et bien commis une erreur en lui promettant de ne pas toucher à Emre avant qu'elle lui parle. Mais les paroles de l'ehrekh… Meryam avait été claire : il ne fallait pas intervenir.

Alors il avait attendu.

Et s'était inquiété.

Il allait arriver quelque chose, bientôt. Les espions que le roi Aldouan rémunérait à prix d'or l'avaient informé que les Hôtes sans Lune avaient prévu de passer à l'action pendant Beht Zha'ir, dans deux jours.

Ramahd écouta le vent siffler entre les palmiers en pots du balcon et but une nouvelle gorgée de vin. Il n'était pas mauvais, mais si sucré qu'il en devenait écœurant.

On frappa à la porte.

—Entrez.

On frappa de nouveau.

—J'ai dit : entrez !

Mykal, son neveu et page, ouvrit la porte et entra. Il portait un plateau d'argent sur lequel se trouvait un message. Il approcha d'un pas si brusque qu'il semblait avoir un charbon ardent coincé entre les fesses.

—Pour l'amour des dieux, *du calme*, Mykal. (Ramahd prit le message.) On peut être diligent sans donner l'impression que la maison est en feu.

Mykal s'empourpra. Il regarda le message, puis Ramahd, puis le plateau, puis le message de nouveau.

—Tu comprends ce que je te dis ? demanda Ramahd.

—Oui, seigneur.

—Non, tu n'as rien compris du tout, mais réfléchis un peu à mes paroles. Ça finira peut-être par rentrer dans un jour ou deux. En attendant, fiche le camp.

—Bien, seigneur.

Le garçon repartit deux fois plus vite qu'il était arrivé, ce qui n'améliora en rien sa démarche empruntée.

Ramahd gloussa en songeant que son neveu avait encore la chance d'être trop jeune pour comprendre les règles de ce monde, puis il remarqua le sceau du message. C'était celui de la Maison des Vierges : douze shamshirs disposés en cercle autour d'un bouclier, les pointes vers l'extérieur. Il le brisa et ouvrit la lettre avant de la lire avec la plus grande attention. Il la replia et quitta ses appartements pour traverser le hall. Il frappa à une porte avec force et entra sans attendre de réponse. Meryam était assise avec une jeune servante sur le balcon sud. Elles étaient installées devant des chevalets et peignaient la cité d'ambre sur des toiles.

— Et si j'avais été nue ? demanda Meryam sans se tourner.

— Tu ne l'es pas.

— J'aurais pu l'être.

Ramahd lui tendit la lettre, puis l'agita lorsque Meryam ne fit aucun geste pour la prendre.

— Ce message ne m'intéresse pas. Je suis en train de peindre.

— Il vient de la Maison des Vierges.

Le pinceau de Meryam se figea. Elle se tourna et le posa sur la table voisine avant d'arracher le message des mains de Ramahd. Elle le lut et claqua des doigts pour donner congé à la servante.

La jeune fille voulut ranger les pinceaux, mais Meryam claqua des doigts une fois de plus.

— Laisse-les.

La servante aux cheveux blonds s'inclina avec respect et sortit.

Meryam relut le message.

— Je vois que tu as fait forte impression.

La lettre avait été écrite par une Matrone du nom de Zaïde. Une aspirante, Çedamihn Ahyanesh'ala, allait affronter la dernière épreuve avant d'intégrer le corps des Vierges et elle bénéficiait d'une nuit de liberté. La jeune fille demandait à passer cette nuit en compagnie d'un certain Ramahd Amansir d'Almadan.

Ramahd songea à tout ce qui était arrivé depuis sa rencontre avec Çeda aux arènes : la traque de Macide, les ordres de son Roi, l'ehrekh et la soirée passée avec la jeune fille, chez elle. Ces événements s'étaient enchaînés à une vitesse étourdissante et le Qaimirien se demandait parfois si les dieux ne s'amusaient pas avec lui. Avec le monde entier. On aurait pu croire qu'ils avaient programmé sa rencontre avec Çeda pour des motifs connus d'eux seuls.

— Tu vas accepter de la voir, bien entendu, dit Meryam.

Ramahd fut heureux qu'elle ne parle pas de l'ehrekh. Contrairement à elle, il se méfiait de cette créature. Même si ses prédictions se révélaient exactes, même s'ils trouvaient Hamzakiir et Macide, même s'ils parvenaient à les capturer, le Qaimirien avait le sombre pressentiment que le marché qu'ils avaient passé dans le désert n'était pas à leur avantage. Ce n'était jamais une bonne idée de pactiser avec les enfants de Goezhen. Cela se terminait toujours mal.

Ramahd reprit le message.

— Elle viendra peut-être, mais elle ne savait pas grand-chose lors de notre dernière conversation, et d'après mes informateurs, elle n'a pas quitté la Maison des Vierges depuis.

— Tu crois encore qu'elle a dit la vérité ? Qu'elle ne sait rien des projets des Hôtes sans Lune ?

— Ce n'est pas tout à fait ce qu'elle a dit, mais je pense que oui. C'est l'impression qu'elle m'a donnée. Elle ne croit pas à leurs méthodes. Elle les trouve trop brutales.

— Quand on veut le changement, il faut être prêt à affronter la dure réalité et à se salir les mains, remarqua Meryam d'un ton proche de celui que Ramahd avait employé avec son neveu quelques minutes plus tôt. (Elle prit un chiffon taché et essuya la peinture céruléenne qui maculait ses doigts.) Elle essaie peut-être de protéger son cher Emre.

— C'est possible, mais je ne le pense pas. Elle a semblé vraiment surprise quand je lui ai dit qu'il fréquentait Macide et qu'il avait participé à l'attaque contre la Maison des Vierges.

Les yeux de Meryam le toisèrent du fond de leurs orbites.

— Tu lui as fait une promesse.

— Je lui ai promis qu'elle pourrait parler à Emre avant moi, mais rien ne m'empêche d'organiser leur rencontre.

— Je me demande parfois si ton jugement est juste.

— Je n'ai pas l'intention d'aborder ce sujet une fois de plus, Meryam.

— Elle a demandé à *te* voir. Toi et personne d'autre. La nuit précédant l'épreuve au cours de laquelle elle devra affronter ces répugnants asirim. Elle ne connaît donc personne dans cette ville ?

— Je ne comprends pas ta surprise. L'ehrekh avait prévu tout cela.

— Les ehrekhs sont comme les dieux : ils lisent dans le cœur des humains. Je suis étonnée qu'il se soit arrêté devant *toi* et qu'il ait suggéré de suivre la trace de la Louve Blanche.

— Elle aurait peut-être préféré passer cette nuit avec Emre, mais il a disparu, non ?

— Elle a cet Emre, certes… (Elle n'ajouta rien d'autre ; cependant, le message était clair.) Mais tu fais désormais partie de ses proches. Et depuis un *certain temps*.

— Qu'est-ce que tu veux dire, Meryam ?

— Tu aurais pu jouer un peu avec ses sentiments. Pour la rallier à notre cause.

— Elle se sert de moi et je me sers d'elle. Il n'y a rien de plus.

Meryam inclina la tête sur le côté comme si toute cette histoire n'avait aucune importance.

— Si tu le dis.

Ramahd poussa un soupir.

— Je le dis. Tu as autre chose à ajouter ? J'ai beaucoup à faire avant de la rencontrer.

Meryam s'était déjà tournée vers la cité.

— Va, je t'en prie.

Ramahd envisagea d'ajouter quelque chose pour plaider sa bonne foi, mais en vérité, il en avait plus qu'assez des reproches de Meryam. Au diable ses jugements !

Il avait du travail.

Le lendemain, il s'arrêta devant un miroir afin d'ajuster sa chemise et son manteau. Par tous les dieux, il vérifia même qu'il était bien peigné !

C'est seulement pour faire bonne impression. Elle sera accompagnée par des serviteurs et peut-être par cette Matrone, Zaïde. Je dois les convaincre que je prends cette affaire au sérieux.

Mais Ramahd avait le plus grand mal à ne pas penser à la nuit qu'il avait passée avec Çeda, chez elle. La jeune fille était tellement sûre d'elle, et tellement furieuse, quand elle était arrivée. Il ne pouvait pas nier qu'il éprouvait une certaine attirance pour ce genre de femmes. Yasmine avait été ainsi, à sa manière. Indomptable. Ramahd songea à la cérémonie qui s'était déroulée au palais du soleil. Il avait prévu de présenter la jeune fille à Juvaan, mais ne l'avait pas fait. Lorsqu'il avait évoqué ce projet, dans l'appartement de Çeda, il espérait en apprendre un peu plus sur l'émissaire de la reine Alansal. Toutefois, au cours de la soirée, il avait vu Juvaan bavarder avec une noble de la Colline dorée, une femme qui avait la réputation d'être une proche confidente du Roi Ihsan. Ihsan était le Roi dont Ramahd se méfiait le plus – il n'était pas surnommé le Roi Éloquent sans raison – et il avait préféré ne pas se mêler à la conversation, et ne pas être vu en compagnie de Çeda tant qu'il n'en savait pas davantage.

Çeda l'avait cherché et quand elle ne l'avait pas trouvé, il avait lu de la déception sur son visage, mais il fallait se montrer prudent quand on évoluait dans les hautes sphères de la société sharakhienne. La moindre erreur se payait très cher.

Alors qu'il s'apprêtait à quitter le palais, Ramahd avait vu la jeune fille aborder Juvaan. Elle ne manquait pas d'audace et le Qaimirien devait avouer qu'il était impatient de la revoir. Il faudrait cependant se méfier à l'avenir. Cette impétuosité pouvait se révéler dangereuse si on ne la contrôlait pas.

Il secoua la tête et lissa son manteau. Il s'était juré de ne pas fréquenter une autre femme et de ne pas avoir d'aventures avant d'avoir payé sa dette à Yasmine et à Rehann, mais force lui était d'avouer qu'il avait eu le plus grand mal à résister à la tentation au cours de la nuit passée chez Çeda. Il se ressaisit. Ce n'était pas le moment de songer à ce genre de frivolités. Et puis il y avait Emre, l'homme avec qui elle vivait et qu'elle semblait aimer. Et les autres acteurs de cette pièce : les Hôtes sans Lune, les Rois, Miréa…

Ramahd entendit une voiture attelée s'arrêter sur les gravillons de la cour. Il descendit au rez-de-chaussée et sortit. Dana'il sauta du siège du conducteur et leva les mains pour l'empêcher d'approcher. Ramahd l'ignora et Dana'il lui barra le chemin.

— Que se passe-t-il ? demanda Ramahd. (Il plissa les yeux pour regarder à l'intérieur du chariot, mais il faisait trop sombre.) Est-ce que vous l'avez eu ?

— Nous l'avons, seigneur, mais il… il a refusé de nous accompagner gentiment.

— Qu'est-ce que cela signifie ?

Il écarta Dana'il.

— Seigneur !

Ramahd ouvrit la porte du véhicule. Alamante, le second de Dana'il, était assis en face d'une silhouette avachie sur la banquette arrière. Le malheureux avait les poignets attachés. Son sarouel et sa chemise déchirée étaient maculés de taches sombres. Son visage ensanglanté était couvert de plaies et d'hématomes. Emre.

Ramahd pivota vers Dana'il.

— Est-ce que tu connais le sens de l'expression « sans lui faire de mal » ?

Dana'il haussa les épaules.

— Il a refusé de nous suivre.

— Et il ne t'est pas venu à l'idée de le neutraliser *en douceur* ?

— On a essayé ! Mais c'est un sacré cogneur.

— Il ressemble à un quartier de bœuf sur l'étal d'un boucher !

Ramahd ferma les yeux en essayant d'imaginer de quelle façon il allait présenter ledit quartier de bœuf à Çeda. Comment allait-elle réagir ? Qu'allait-elle penser ? Mais le mal était fait.

— Conduis le chariot derrière le bâtiment et fais-le entrer discrètement. Et essaie de ne pas le lâcher quand tu lui feras monter l'escalier. Tu crois que c'est dans tes compétences ?

Dana'il s'inclina.

— Bien sûr, seigneur.

— Fais-lui faire un brin de toilette et donne-lui des vêtements propres. Cherche dans ma garde-robe, il doit bien y avoir quelque chose qui lui va. Débrouille-toi pour qu'il soit présentable. Et par tous les dieux, essaie de faire disparaître toutes ces plaies !

— Bien, seigneur.

Dana'il remonta sur le siège du conducteur et le chariot s'éloigna.

Ramahd ne se faisait aucune illusion : il faudrait un miracle pour cacher ces blessures et ces hématomes. Et un autre pour les justifier auprès de Çeda.

Il envisagea d'interroger Emre, de lui parler de ses liens avec les Hôtes sans Lune, de sa participation à l'attaque contre la Maison des Vierges et dans l'enlèvement du seigneur Veşdi, mais il y renonça. Il n'avait pas ménagé ses efforts pour trouver le jeune homme et organiser une rencontre afin que Çeda puisse lui parler. Il était trop tard pour renoncer à la promesse qu'il avait faite à la jeune fille.

Elle ne pourrait rien lui reprocher de ce côté-là.

Et puis, il n'apprendrait rien d'elle *sans* Emre. Il n'avait pas menti à Meryam : il était convaincu que Çeda ne savait rien des plans des Hôtes sans Lune et qu'il était inutile de l'interroger à ce sujet une fois de plus. Il devait la laisser parler avec le jeune homme. C'était le seul moyen d'obtenir ce que Meryam et lui cherchaient.

En début d'après-midi, il fit conduire Emre dans ses appartements. Le jeune homme n'avait plus les mains liées. On lui avait donné des vêtements de Ramahd, mais il ressemblait à une chèvre avec un harnachement de cheval. Il était plutôt bel homme. C'était un authentique Sharakhien avec une longue barbe, une peau sombre et des yeux plus sombres encore. On avait nettoyé ses plaies, mais son visage était toujours aussi effrayant.

— Sais-tu pourquoi tu es ici ? demanda Ramahd.

Emre resta immobile, très droit. Il s'efforça de toiser son interlocuteur.

— Ton sbire m'a dit de le suivre si je voulais parler à Çeda.

— Et tu ne voulais pas lui parler ?

Emre le foudroya du regard et cracha un mélange de salive et de sang sur le tapis qui le séparait de Ramahd.

— Je lui parlerai où et quand je voudrai. Je n'ai pas besoin qu'une ordure qaimirienne se charge d'organiser nos rencontres !

— C'était peut-être vrai avant, mais elle vit désormais à la Maison des Vierges. Tu dois le savoir maintenant.

Le silence d'Emre confirma les hypothèses de Ramahd.

— Tu te crois capable d'y pénétrer sans te faire remarquer ? poursuivit le Qaimirien. Est-ce que les Vierges se plient à ta volonté ? Est-ce qu'elles te laissent lui parler quand et où tu veux ?

Emre resta silencieux. Il observait Ramahd en clignant des yeux avec lenteur. Dehors, un chariot – plus léger que le précédent – s'engagea sur le chemin circulaire qui menait à l'entrée de la maison. Emre jeta un coup d'œil en direction de la fenêtre.

— Elle va bientôt se rendre dans les champs en fleur, n'est-ce pas ? dit-il enfin. Pour la dernière épreuve de son initiation ? (Le visage du jeune homme s'adoucit un peu.) Tu crois que les asirim vont regarder au fond de ses yeux et la déclarer digne de faire partie des Vierges ?

Ramahd attendit plusieurs secondes avant de répondre.

— Je ne peux plus rien y faire.

Le chariot s'immobilisa. Une porte s'ouvrit et se ferma. Une voix polie accueillit un visiteur.

Ramahd fit un geste du menton en direction de la fenêtre.

— C'est sûrement elle. Parle-lui, Emre. Je ne te demande rien de plus.

— Lui parler ?

— Oui.

— Et de quoi ?

— Dis-lui ce qu'elle veut t'entendre dire.

Les yeux d'Emre se plissèrent.

— Tes hommes m'ont battu, enlevé et conduit ici pour que je *parle* avec Çeda ?

— En effet.

Emre regarda le Qaimirien d'un air soupçonneux, puis ses traits se détendirent.

— Tu cherches les Hôtes sans Lune, pas vrai ?

Le jeune homme était plus intelligent qu'il en avait l'air.

— Je cherche bien des choses.

— Tu ne les auras pas. Je ne te dirai rien sur eux. Je préfère encore mourir.

Une flamme farouche brûlait dans ses yeux. Ramahd hocha la tête.

— Je te crois.

La porte d'entrée s'ouvrit et se ferma. Le Qaimirien se leva.

— Mais je ne pense pas qu'il soit nécessaire de te tuer.

Il fit un pas en avant et serra l'épaule d'Emre. Le jeune homme grimaça et chassa la main de Ramahd d'un geste sec.

— Contente-toi de lui parler.

Emre regarda le Qaimirien. Il comprit qu'il n'avait pas vraiment le choix et il acquiesça.

Ramahd hocha la tête et les deux hommes descendirent au rez-de-chaussée.

CHAPITRE 53

Çeda contempla le visage tuméfié d'Emre et ses beaux habits. Par tous les dieux de l'univers étincelant, mais que lui était-il arrivé ?

Elle connaissait déjà la réponse à cette question. Ramahd. Ses hommes avaient *veillé* à ce qu'Emre soit présent ce soir.

Elle se tourna vers le Qaimirien pour lui expliquer ce qu'elle pensait de ses méthodes, mais Ramahd recula et sortit en évitant de croiser son regard. Il ferma la porte derrière lui et le bruit de ses pas s'éloigna.

Le départ du Qaimirien sembla ôter un lourd fardeau des épaules d'Emre. Le jeune homme fit un pas vers Çeda, Çeda fit un pas vers lui, et ils tombèrent dans les bras l'un de l'autre. Emre la serra contre lui avec tant de force qu'elle sentit sa colère s'évanouir. Elle oublia le reste du monde en priant pour que ce moment ne finisse jamais.

— J'ai cru que tu étais morte, souffla Emre à son oreille.

— J'ai cru la même chose de toi…

Ils se séparèrent au bout d'un long moment et Çeda eut l'impression de le perdre de nouveau, d'être arrachée à lui pour retourner à la Maison des Vierges. C'était idiot, mais c'était ainsi.

— Tu as une sale tête, dit-elle.

Elle examina les plaies de son visage et de ses mains – qu'elle tenait dans les siennes – en grimaçant.

Il haussa les épaules et la douleur déforma aussitôt ses traits.

— Un escalier m'a cherché querelle, dit-il. (Il sourit et imita l'expression de Çeda quand elle lançait cette plaisanterie.) Il était plus fort que je le pensais.

Elle sourit à son tour et lui donna un coup de poing amical à la mâchoire. Emre accompagna le coup au ralenti et contre-attaqua en faisant semblant de la frapper au ventre. La jeune fille ne put retenir un éclat de rire.

Il avait l'air d'un idiot, mais c'était toujours ainsi qu'elle l'imaginait. Les moments où ils riaient ensemble… Par les douces larmes de Nalamae, comme cela lui manquait !

Emre prit la main droite de Çeda et la leva pour examiner le tatouage qui en couvrait le dos et la paume. Il glissa un doigt sur la petite plaie blanche qu'avait laissée l'épine. Elle n'était pas tout à fait cicatrisée. Elle ne le serait jamais à en croire Zaïde.

— Par tous les dieux, Çeda, mais que s'est-il passé ?

Elle bafouilla pendant quelques instants.

— C'est une longue histoire.

Emre regarda autour de lui en plissant les yeux et scruta les recoins à la recherche d'un éventuel espion.

— Il semblerait que nous soyons seuls.

Il se dirigea vers un chariot sur lequel était posée une grande carafe de vin rouge. Il n'y avait rien d'autre à boire et il remplit deux verres.

— Et que rien ne presse.

Çeda prit un verre et fit un geste en direction des coussins qui entouraient l'âtre circulaire au milieu de la pièce. Ils s'assirent l'un près de l'autre et burent une gorgée de vin. Celui-ci avait un puissant goût de raisin et de poivre, et de quelque chose que Çeda ne réussit pas à identifier. Un arôme presque métallique. Elle prit la main blessée d'Emre et l'embrassa, puis elle commença son histoire. Elle raconta sa nuit dans les champs en fleur, sa visite chez l'apothicaire, son réveil dans la sinistre cave et son évasion. Elle avait eu le temps de réfléchir et était arrivée à la conclusion qu'on l'avait emmenée dans cette cave pour la guérir et la cacher, pas pour lui couper le bras avant que le poison fasse son œuvre. Elle avait un peu honte d'avoir attaqué et blessé le vieillard, mais à ce moment, elle était incapable de faire la différence entre ses craintes et la réalité.

Elle raconta qu'elle avait erré dans la ville, que le poison avait failli la tuer et que Dardzada s'était déguisé en prêtre pour la conduire à la Maison des Vierges. Elle lui parla des jours de souffrance qu'elle avait endurés ; de Zaïde qui l'avait soignée et tatouée ; de sa rencontre avec le Roi aux Yeux de Jade et de son palais ; de Nayyan, la femme qu'elle avait remplacée au sein de la main de Sümeya.

Elle lui parla de la pluie de feu sur la Maison des Vierges et observa son visage avec attention. Elle vit ce qu'elle s'était préparée à voir : un soupçon d'embarras et de regret. Il avait participé à l'attaque d'une manière ou d'une autre. Elle s'en doutait un peu et ne fit pas le moindre commentaire. Elle enchaîna sur le combat qui avait opposé Husamettín et Sümeya, sur la cérémonie au palais du soleil et sur sa danse malheureuse avec Kameyl.

Par les dieux, comment est-il possible qu'il se soit déroulé tant de choses en si peu de temps ? J'ai l'impression d'avoir vécu une vie entière en l'espace de quelques semaines.

Emre avait terminé son vin. Il remplit son verre et celui de Çeda pendant que la jeune fille lui parlait de son sabre, Fille du Fleuve. Emre écarquilla les yeux et ouvrit la bouche.

— On t'a donné une lame d'ébène ? Les dieux jouent à des jeux bien étranges, Çeda.

— En effet. Et demain, je dois me rendre dans les champs en fleur pour affronter le jugement des asirim.

— Mais tu n'as pas l'intention de rester chez les Vierges, quand même ? Pourquoi ne pas partir maintenant ? Nous pourrions nous cacher. La cité nous protégerait.

— Elle ne nous protégerait pas, Emre. Elles me chercheraient. Et elles me trouveraient.

— Eh bien, nous pourrions fuir dans le désert. On a souvent parlé d'embarquer et de naviguer sur le sable.

— Non, Emre. Le destin m'a tendu la main et je n'ai pas l'intention de refuser la chance qui m'est offerte.

— Mais… les asirim… ils risquent de te tuer.

— C'est possible, concéda la jeune fille. Mais l'un d'eux m'a embrassée et je veux le retrouver.

— Est-ce que tu entends ce que tu racontes ? Tu crois que Sehid-Alaz te protégera ? Il est peu probable que tu recroises son chemin, même si tu vis cent ans et plus. Imagine un peu ce que ses sujets pourraient te faire.

— Je sais. Je peux t'assurer que je n'ai pas pensé à grand-chose d'autre ces derniers temps, mais il faut bien mourir un jour. Demain, les Lances d'argent peuvent t'arrêter et te *tuer*, Emre.

— C'est différent.

— En quoi ?

Emre se renfrogna comme s'il n'avait pas envie de répondre à cette question.

— Et à quoi espères-tu arriver, *même* si les asirim te jugent digne de faire partie des Vierges du Sabre ? Tu en profiteras pour tuer les Rois ? Tu crois que personne ne remarquera rien ? Tu crois qu'ils se laisseront faire ?

— « Connais tes ennemis. » N'est-ce pas ce que conseille l'Al'Ambra ?

— *Connais* tes ennemis, en effet. Mais il ne préconise pas de s'inviter chez eux et de boire à leur santé. Ce que tu fais est trop dangereux, Çeda.

La jeune fille éclata de rire.

— Ne me parle pas de danger, Emre. Tu crois que j'ignore ce que tu fabriques ?

— Quoi ? Qu'est-ce que je fabrique ?

Elle baissa la voix.

— Tu n'aurais pas participé à l'attaque contre la Maison des Vierges, par hasard ? Ou à l'enlèvement du seigneur Veşdi ? Ou aux deux ?

Emre resta silencieux. Il cherchait ses mots.

— Je n'étais pas là, si c'est ce que tu veux savoir. Et je croyais que tu étais morte. Tu n'as pas été blessée que je sache.

— Non, mais d'autres n'ont pas eu autant de chance que moi.

— Depuis quand te soucies-tu du sort des Vierges ?

— Je ne m'en soucie pas, mais je ne t'aurais pas cru capable de ce genre de chose. (Elle plongea son regard dans le sien et se demanda où était passé l'homme qu'elle connaissait si bien.) Tu as changé, Emre.

— On m'a ouvert les yeux. Ce n'est pas pareil.

— Non, il n'y a pas que cela. Il y a un an, tu n'aurais jamais trempé dans ces histoires.

— J'ai honte de l'homme que j'étais et cet homme-là n'existe plus.

Çeda savait comment tout cela avait commencé. Elle se rappela la nuit de Beht Zha'ir.

— Que s'est-il passé avant que je te trouve dans le lit de la Haddah ?

— J'ai ouvert les yeux, voilà ce qui s'est passé.

Il contemplait les cendres dans l'âtre froid, les traits durs et crispés. Çeda lui prit la main.

— Raconte-moi.

— Tu n'as pas envie de savoir.

— Bien au contraire.

Les yeux d'Emre s'adoucirent et une vague d'angoisse assombrit son visage. Çeda connaissait bien cette expression : elle l'avait vue à de nombreuses reprises après la mort de Rafa. Le jeune homme resta silencieux pendant un long moment, puis il reprit la parole d'une voix aussi froide que le vent d'hiver.

— Ce qui s'est passé dans le lit de la Haddah… c'est ce qui s'est passé avec Saadet.

Çeda lui serra la main de nouveau.

— Tu ne pouvais rien faire pour ton frère. Tu n'étais même pas présent.

Emre se libéra d'un geste brusque.

— J'étais présent ! s'exclama-t-il. (Des larmes embuèrent ses yeux.) Je t'ai menti, Çeda ! Je vous ai menti à tous ! Depuis le début !

Un frisson secoua la jeune fille et soudain, elle comprit de quoi il parlait.

— Le caravanier. Tu l'as vu tuer Rafa.

— Je n'étais pas aussi futé que je le croyais et ce bâtard malasanien était moins bête qu'il en avait l'air. J'ai regagné l'appartement, et tout d'un coup, il a surgi et il est entré en force. Rafa a entendu du bruit et est arrivé en courant pour voir ce qui se passait, mais le Malasanien…

Emre secoua la tête. Ses mâchoires étaient contractées comme s'il revivait les événements de cette funeste nuit.

— Il était trop grand, trop fort. Il m'a donné une gifle et je suis tombé. Ma tête a heurté le sol et je me suis recroquevillé comme un chiot. Il a repoussé Rafa et a tiré son long couteau. Tu te souviens de son couteau ? La lame était droite et affûtée. La poignée en ivoire était parsemée d'encoches. « Tu vois ça, petit ? » a-t-il dit avec son maudit accent. Il tenait Rafa à la gorge et m'a montré les encoches sur sa saloperie de couteau. Les unes après les autres, comme s'il en était *fier*. « C'est les hommes que j'ai tués. Des hommes qui n'avaient pas fait la moitié de ce que tu m'as fait. Mais tu n'es qu'un gamin, je le reconnais. Tu es peut-être trop jeune pour comprendre qu'on ne vole pas un Malasanien. Que c'est une terrible erreur ! » Et il souriait. Il *souriait*. Et puis il a pointé le doigt vers Rafa : « Tu vas choisir qui va mourir, toi, ou lui. »

Emre renifla comme un enfant. Des larmes roulaient sur ses joues et tombaient sur les grands coussins en étincelant comme des diamants au-dessus d'un champ de gerbes d'or.

Çeda ne l'avait jamais vu si malheureux. Elle aurait voulu le prendre dans ses bras, mais elle savait que cela aurait été une terrible erreur.

— Tu avais quatorze ans, Emre. Ce type était une force de la nature. Qu'est-ce que tu pouvais faire ?

Il se pinça les yeux et secoua la tête avec violence.

— Ce que j'aurais pu faire ? J'avais mon couteau, Çeda. Ce bâtard a souri quand je l'ai sorti et collé contre ma poitrine comme un talisman inutile. Il m'a tourné le dos. Il m'a tourné *le dos*, Çeda ! « Si tu ne veux pas choisir », a-t-il dit, « je fais le faire à ta place. » Et Rafa est mort devant moi. Il avait les yeux exorbités, le visage écarlate.

Ses doigts se plièrent comme s'il serrait le petit couteau de pêcheur qu'il avait trouvé sur les berges du fleuve un an avant la mort de son frère.

— J'aurais pu le faire. J'aurais dû le faire. Il m'a mis au défi et je suis resté assis par terre pendant qu'il tenait mon frère et lui plantait sa lame entre les côtes. Je suis resté près de Rafa toute la nuit. Je pressais sa main en espérant qu'il allait se réveiller. Je l'ai serrée jusqu'au lever du soleil. (Il cligna des yeux pour chasser ses larmes et inspira en frissonnant de chagrin.) Et puis j'ai raconté à tout le monde que je venais de rentrer et que j'avais trouvé Rafa comme ça.

Le visage d'Emre était encore plus désespéré et triste que ce matin-là.

— Emre, dit Çeda. Tu avais quatorze ans.

— Tu avais cet âge quand tu as tué ce bâtard !

— Les pétales m'ont aidée.

Emre leva les mains et regarda la pièce richement décorée, les fenêtres qui brillaient sous les rayons du soleil. Puis il se tourna vers Çeda.

—Tu comprends ce que je dis ? Je me suis conduit comme un lâche ! J'ai été un lâche la nuit où Saadet a tué mon frère et j'ai été un lâche la nuit où tu m'as trouvé dans le lit de la Haddah.

—Tu étais évanoui quand je t'ai trouvé.

Emre serra les poings et un frisson le secoua de la tête au pied.

—Écoute... J'ai récupéré le colis au port méridional et le contact m'a dit d'être prudent. Des rumeurs affirmaient que des nomades traînaient dans les environs, des hommes favorables aux Rois. Ils savaient que Macide et les Hôtes sans Lune avaient passé un marché avec Juvaan et cela ne leur faisait pas franchement plaisir. Ils nous sont tombés dessus quelques instants plus tard. L'agent de Juvaan a dégainé son arme et s'est battu, mais moi...

Emre ferma les yeux. Ces souvenirs le glaçaient et hantaient.

—Ils se sont rués sur lui, Çeda. Il m'a regardé pour me demander de l'aide, mais j'étais incapable de bouger. J'étais pétrifié. Comme une statue. Et puis j'ai tourné les talons et je me suis enfui en courant. Ils l'ont tué. Enfin, je suppose. Je ne vois pas comment il s'en serait sorti. Tu m'as sauvé – *une fois de plus* –, et quand tu m'as ramené à la maison, je me suis fait une promesse, Çeda. J'ai juré sur la lame étincelante de Thaash que je ne me conduirais plus jamais comme ça.

—Emre...

Dieux tout-puissants, elle avait fait tant d'erreurs.

—Quoi ?

—Je n'aurais jamais dû me battre contre Saadet sans demander ta permission.

Le jeune homme secoua la tête.

—Tu voulais juste me protéger.

—Oui, mais je l'ai tué. Sans t'en parler.

—C'est sans importance. Il y a si longtemps.

—C'est pour cette raison que tu as rejoint les Hôtes...

—Çeda, je *savais* que ce porc était à Sharakhaï !

Çeda ouvrit la bouche, médusée.

—Quoi ?

—Tariq me l'avait dit. Il avait vu Saadet et me l'avait dit. Il m'avait dit qu'il était prêt à m'aider si je voulais venger Rafa. Je lui ai répondu que j'avais besoin de réfléchir. (Il éclata de rire et leva les bras.) Que j'avais besoin de *réfléchir* ! Jamais je n'aurais eu le courage de m'attaquer à ce bâtard. Jamais. Et quand toi tu l'as fait, j'ai enfin compris que j'étais un misérable lâche. En le tuant, tu m'as libéré, Çeda.

—Qu'est-ce que tu veux dire par là ?

—C'est à ce moment que j'ai décidé de faire le premier pas pour me libérer de ma peur.

Le visage d'Emre s'était transformé. Le petit garçon égaré avait cédé la place à un homme volontaire et courageux, voire téméraire. Ces paroles n'étaient pas une simple fanfaronnade. Dans l'arène, on lisait souvent cette expression sur les traits des vétérans qui ne se souciaient plus de ce qui pouvait leur arriver, mais Çeda ne l'avait jamais vu sur le visage d'Emre. C'était un masque taillé dans une profonde douleur, et la jeune fille aurait donné cher pour pouvoir l'arracher et le détruire.

—J'étais présent quand ils ont amené le seigneur Veşdi.

Emre avait prononcé ces mots avec fierté, mais ils glacèrent Çeda jusqu'aux os. Elle se rappela ce que Davud lui avait raconté à propos de la pierre de vie et son fonctionnement. Elle devina sans mal ce qui s'était passé ensuite.

—Ils se sont servis de son sang pour nourrir la pierre, n'est-ce pas ?

—Comment peux-tu savoir *ça* ?

—Je sais beaucoup de choses. Ce que j'ignore, c'est *pourquoi*. Et où ils espèrent trouver Hamzakiir. (Elle inspira un grand coup avant d'aborder l'étape suivante.) Tu ne comprends donc pas, Emre ? Je suis peut-être en mesure de t'aider.

Une partie d'elle refusait d'exposer le jeune homme au moindre danger, mais il était trop tard, elle ne pouvait plus le protéger, pas au détriment de tout le reste. Et puis, ses yeux l'avaient convaincue qu'il ne changerait pas d'avis. Et comme elle n'en changerait pas non plus, pourquoi ne pas coopérer ?

—Les Hôtes m'accordent une certaine confiance, Çeda, mais pas assez pour me raconter ce que tu veux savoir.

La jeune fille jeta un coup d'œil en direction de la porte. Elle se demanda combien de temps Ramahd allait encore leur accorder.

—Est-ce que tu dois les accompagner dans cette opération ?

—Oui.

—Et ils ne t'ont rien dit ?

—Ils m'ont dit qu'elle aurait lieu dans une semaine et qu'elle viserait un palais.

—Ils ont dit ça ? Le palais d'un Roi ?

—Le palais du désert de Külaşan, a dit Macide.

Çeda se figea.

—Par tous les dieux resplendissants…

—Quoi ? demanda Emre. Qu'est-ce qu'il y a ?

Çeda se leva, le cerveau en ébullition. Pendant la cérémonie au palais du soleil, Külaşan portait une couronne en or écarlate avec un médaillon au milieu. Ce médaillon avait réveillé quelque chose dans la mémoire de la jeune fille, mais elle n'était pas parvenue à se rappeler quoi. Les paroles d'Emre – *« le palais du désert de Külaşan »* – chassèrent la brume qui planait sur sa mémoire.

—Te rappelles-tu la nuit où nous sommes allés dans les champs en fleur ? demanda-t-elle.

Emre se leva et tendit les mains comme s'il craignait que Çeda s'évanouisse.

—Comment aurais-je pu oublier ? J'ai failli y laisser ma peau.

—Après l'attaque des ailes-vibrantes, pendant que tu étais inconscient, j'ai aperçu un cavalier monté sur un *akhala*. Il filait à travers le désert comme s'il avait Goezhen aux trousses. Il s'est arrêté près de l'arbre sur lequel j'avais grimpé, tu te rappelles ? Celui qui avait une pierre entre les racines.

—La pierre avec un symbole.

—J'ai vu le même symbole sur la couronne de Külaşan.

Emre fronça les sourcils.

—Tu es sûre de ne pas te tromper ? Ça s'est passé il y a bien longtemps, Çeda.

—Peut-être, mais je m'en souviens comme si c'était hier et j'ai vu la couronne il y a deux semaines à peine. Je ne me trompe pas, Emre. Il a approché de l'arbre et les racines se sont tendues vers lui. Elles l'ont *enveloppé* et entraîné dans le sable. Je suis certaine que c'était Külaşan. Le tamarix marque l'entrée de son palais.

—Comment peux-tu en être si sûre ?

—Si on l'appelle le Roi Errant, le Roi Perdu, c'est sans doute parce que son palais est caché dans le désert, loin de Sharakhaï.

Emre réfléchit.

—C'était la nuit de Beht Zha'ir, hein ? Pourquoi se serait-il caché dans son palais pendant la nuit sainte ? À supposer que ce soit bien son palais ?

—Le poème… « Sur une terre éloignée, Son amour libéré, Sous la sombre Tulathan ; La poussière des pétales, Comme l'ardeur des amants, Le guidera à sa tombe. »

—La poussière des pétales…

—Le pollen. (Çeda se mit à faire les cent pas devant la fenêtre.) Il se protège du pollen des adicharas.

—La nuit de Beht Zha'ir ? Parce qu'il a peur d'être empoisonné ?

—Pas d'être empoisonné. Enfin, pas forcément. Peut-être que le pollen l'affaiblit. Le poème dit qu'il sera *guidé* à sa tombe.

—Et il lui faudrait un palais tout entier pour se cacher ?

—Nous ne savons rien de ses dimensions, remarqua Çeda. Et n'oublie pas une chose : Beht Ihman a eu lieu il y a quatre cents ans. Külaşan a peut-être décidé de se construire un refuge confortable si un danger le menace chaque nuit sainte.

Le visage d'Emre se plissa tandis qu'il cherchait à se rappeler quelque chose.

— Comment le poème commençait-il ?

— « Des dunes dorées, des runes passées, le Roi de pierre étincelante, par l'épine inversée, eut la peau déchirée, mais devint plus puissant. » Au palais du soleil, le Roi Ihsan a parlé de gemmes éclatantes. J'avais lu quelque chose à ce sujet, mais il m'a fallu un moment pour me le rappeler. Au sud-ouest du Shangazi, sur les territoires ancestraux de la tribu Rafik, certains endroits sont couverts de pierres en forme d'œuf. Elles ressemblent à n'importe quel rocher, mais quand on en brise la gangue, on trouve des gemmes à l'intérieur. Et il y a des dunes qui prennent la couleur de l'or, surtout lorsque le vent souffle et que les grains de sable reflètent la lumière du soleil.

— Voilà qui explique le Roi de pierre étincelante et les dunes dorées, mais les runes ?

Çeda essaya de se souvenir de ce qu'elle avait lu au cours des nuits passées dans les caves du collegium.

— Sur les terres basses, avant les contreforts des montagnes, on peut voir des runes aussi grandes que des palais. Elles appartiennent à un langage disparu. On raconte qu'elles ont été gravées par les dieux, ou par leurs disciples, avant leur exode. Tout correspond.

Emre regarda son amie en réfléchissant.

— Et Hamzakiir est le fils de Külaşan.

Çeda se dirigea vers la fenêtre la plus proche et écarta le rideau pour observer la Maison des Rois. Elle se demanda si Külaşan était à Tauriyat.

— Nous ne pouvions pas rêver meilleure occasion. Si nous le frappons de concert, Külaşan devra réagir sur deux fronts.

— Encore faudrait-il que tu échappes à la surveillance des Vierges.

— L'épreuve est une veillée solitaire, Emre, et les aspirantes choisissent l'endroit où elles veulent s'installer. Je ne serai pas loin.

— Et comment entreras-tu dans le palais du désert ?

— Je trouverai un moyen.

Emre secoua la tête.

— C'est de la folie.

— Oui, c'est de la pure folie, et nous sommes au pied du mur.

Emre tourna en rond, perdu dans ses pensées.

— Macide n'a pas prévu de passer à l'action avant la semaine prochaine, mais je le convaincrai.

Le premier problème était là.

— C'est un homme méfiant, Emre. Je ne sais pas s'il t'écoutera.

— Il m'écoutera s'il estime que tu as une chance de tuer Külaşan.

— Emre, Macide ne me connaît pas.

— Je lui parlerai de toi. (Çeda ouvrit la bouche pour dire quelque chose, mais Emre poursuivit.) Je le convaincrai, Çeda.

La jeune fille hocha la tête.

— Je chercherai l'entrée du palais dès que j'aurai les mains libres.

Les rebelles devraient se débrouiller pour la rejoindre, car personne ne connaissait le plan de la tanière secrète de Külaşan.

Les deux jeunes gens se regardèrent pendant un long moment et Çeda sentit qu'Emre lui échappait déjà.

Il jeta un coup d'œil en direction de la fenêtre.

Il commençait à faire sombre.

— Je ferais mieux de partir, dit-il. Hamid voudra savoir où j'étais.

— Il faut que je rentre, moi aussi, mentit Çeda.

Elle aurait préféré retourner à la Maison des Vierges, mais elle avait l'autorisation de passer la nuit à l'ambassade qaimirienne et avait fait une promesse à Ramahd.

Une promesse qu'elle comptait bien tenir.

CHAPITRE 54

Ramahd était assis dans le bureau jouxtant le salon où Çeda et Emre se trouvaient. Les deux amis parlaient depuis un long moment, mais cela n'avait rien de très surprenant. Ils avaient beaucoup de choses à se dire. Il entendit la porte s'ouvrir et sortit dans le couloir. Çeda et Emre se dirigeaient vers le hall d'entrée.

Emre se tourna vers lui.

—Je pars, dit-il.

—Très bien. Le cocher te conduira où tu voudras.

Emre resta impassible.

—Je préfère me planter une lame dans le ventre plutôt que de remettre un pied dans ta fichue carriole!

—Qu'il en soit ainsi, mais tu risques d'avoir quelques ennuis quand tu voudras retourner en ville.

Emre tourna la tête vers Çeda d'un air hésitant. Les gardes qui surveillaient les portes de Tauriyat étaient particulièrement méfiants, même avec les gens qui quittaient la colline. Emre le savait fort bien et ses épaules s'affaissèrent.

—Très bien, appelle ton cocher, sale bâtard qaimirien.

—Dana'il t'attend dehors.

—Je ne partirai pas sans Çeda.

—Je crains que si. Je dois lui parler.

Emre regarda Çeda et la jeune fille lui serra aussitôt la main.

—Tout ira bien, dit-elle.

Emre hocha la tête et avant de sortir, il toisa Ramahd pour lui faire comprendre qu'il avait la ferme intention de lui faire payer la manière dont il avait été traité.

Le chariot s'éloigna en cahotant et Çeda se tourna vers Ramahd. Son visage était un masque de rage. Elle avança d'un pas et sa main fendit l'air. Le Qaimirien lui saisit le poignet avant que la gifle arrive à destination.

— Je n'avais pas demandé qu'on le frappe. J'avais dit à mes hommes de le faire venir sans avoir recours à la violence.

— C'est à cause de toi qu'il est dans cet état !

— Il fallait que vous vous parliez. Je n'ai fait qu'honorer ma promesse.

— Ta *promesse* ?

— J'ai dit que je te laisserai lui parler en premier. Comment cela aurait-il pu arriver si je n'étais pas intervenu ? J'ai besoin de savoir ce que les Hôtes préparent.

— Eh bien ! ne compte pas sur moi pour te le dire.

— Tu as promis.

Elle fit un geste sec pour libérer son poignet, mais Ramahd ne lâcha pas prise. Puis l'expression de la jeune fille changea. Ses yeux s'adoucirent sans rien perdre de leur intensité, comme si elle venait de prendre une décision.

— Ma promesse se limite à te dire si Emre fait partie des Hôtes sans Lune ou pas.

— Et ?

— Il en fait partie, mais ce n'est pas lui qui a tué ta femme et ta fille, alors laisse-le tranquille. Si tu touches à un seul de ses cheveux, c'est moi qui te traquerai, Ramahd Amansir. Je te traquerai comme tu traques Macide. Maintenant, lâche-moi.

Elle ne fit pas de nouvelle tentative pour se libérer. Elle n'essaya pas d'échapper à sa poigne. Et Ramahd ne la lâcha pas.

— Tu as aussi promis de me raconter le reste, dit-il. Où va-t-il ? Et où vas-tu ?

Çeda leva brusquement la main en opérant une rotation des hanches et des épaules. Ramahd n'eut pas d'autre choix que la lâcher. Elle en profita pour lui porter une clé de bras et le Qaimirien roula à terre pour éviter une fracture. Elle aurait pu maintenir la prise et lui déboîter l'épaule, mais elle n'insista pas.

Ramahd se releva d'un bond et Çeda lui agita son doigt sous le nez comme une mère qui fait la leçon à un fils turbulent.

— Un homme digne de ce nom se serait laissé gifler et il aurait été heureux que les choses n'aillent pas plus loin. Je ne te dois rien. Je ne te dois plus rien. Tu as perdu ce privilège quand tes sbires ont porté la main sur Emre.

Elle se tourna et se dirigea vers la porte d'entrée à grands pas. On aurait dit la déesse de la colère incarnée.

— Çeda ! S'il te plaît !

Ramahd s'élança derrière elle, mais quand il la rattrapa, elle écarta sa main tendue d'une frappe sèche et le gifla.

Le Qaimirien oublia où il était pendant un instant.

Il essaya d'appeler la jeune fille, mais celle-ci fit un pas en avant. Elle se baissa et le frappa à la poitrine, paume ouverte. Le coup projeta Ramahd en arrière. Il perdit l'équilibre et glissa sur les dalles blanches. Çeda fut sur lui en un instant et un poing s'écrasa sur sa joue droite.

— Voilà pour Emre. (Un autre coup le frappa au-dessus de l'œil gauche.) Et voilà pour moi.

Elle se redressa et se dirigea vers la porte en secouant sa main droite.

— Fiche-nous la paix, Ramahd. Et je ne plaisante pas.

Elle sortit et claqua le battant avec tant de force que le carreau se fendit.

— Eh bien, cher frère ? demanda une voix au sommet de l'escalier. (Il tourna la tête et aperçut Meryam.) T'a-t-elle dit tout ce que tu voulais savoir ?

— Garde tes plaisanteries pour toi, Meryam. L'humour n'a jamais été ton point fort.

— Vraiment ? (La jeune fille descendit les marches en riant.) Je crois pourtant que je ne m'en tire pas trop mal pour une noble. (Elle croisa son regard et fronça les sourcils.) Tss, tss, Ramahd. Cette fille n'a jamais été notre alliée et ne le sera jamais.

Elle aurait pu le devenir si j'avais agi différemment. Mais tu as raison, elle ne le sera plus.

Meryam descendit la dernière marche. Elle n'adressa pas un mot à son beau-frère, ne prit même pas la peine de lui demander s'il allait bien. Elle passa devant lui et se dirigea vers le salon où Çeda et Emre avaient bavardé. Elle tendit la main vers le loquet et sa manche se releva. Ramahd aperçut un bandage taché de sang autour de son poignet. Le Qaimirien se leva en se demandant si le plan de Meryam avait fonctionné. La jeune fille entra dans le salon et approcha du chariot sur lequel se trouvaient les verres. Elle prit le bouchon de la carafe et le porta à son nez.

Elle inspira un grand coup et ses yeux se perdirent dans le vague, comme chaque fois qu'elle avait recours à ses sombres pouvoirs. Elle resta immobile pendant un long moment, le visage figé. Elle contemplait un ailleurs auquel Ramahd n'avait pas accès, car il n'avait jamais pratiqué la magie de sang.

— Ça suffit, Meryam. Dis-moi : est-ce que ton plan a fonctionné ?

Un sourire se dessina sur les lèvres de la jeune femme. Un sourire cruel et satisfait. Elle ressemblait à un guépard qui a réussi à tuer le vautour qui le narguait.

— Il a fonctionné, oui.

Son sang. Elle avait versé quelques gouttes de son sang dans le vin. Ramahd vit deux verres au fond desquels reposait de la lie. Il n'y avait aucun doute possible : Çeda et Emre en avaient bu.

— Et maintenant ? demanda-t-il.

— Maintenant ?

Meryam fit un pas vers lui. Ses yeux étaient aussi terrifiants que ceux de l'ehrekh dans le désert. Cela arrivait de plus en plus souvent ces derniers temps.

— Maintenant, cher frère, nous allons nous occuper de Macide.

Ramahd hocha la tête en sentant une vieille flamme se rallumer au fond de lui. La visite de Çeda ne s'était pas déroulée comme il l'avait prévu, mais elle n'avait pas été inutile. Macide était enfin à sa portée. Après avoir attendu tant d'années, après avoir été rejeté par son roi, le père de sa malheureuse épouse… Il éprouva une sensation de plaisir indescriptible.

Non, cette visite n'avait pas été inutile.

CHAPITRE 55

Quatre ans plus tôt…

Deux jours après avoir vu le Roi dans une rue du Nœud, Çeda découvrit qu'il s'agissait de Mesut. Personne ne savait en quoi consistait le rôle de Mesut, le seigneur des asirim, ni pourquoi on le surnommait le Roi Chacal. De nombreuses histoires couraient sur son compte. On racontait qu'il avait jadis reçu le don d'immortalité la nuit de Beht Ihman. Il se rendait dans les champs d'adichara pendant Beht Zha'ir et y cueillait des fleurs pour les envoyer à Sukru, le Roi Moissonneur qui choisissait les victimes sacrificielles pour la plus grande gloire de Sharakhaï et des dieux. Mesut sélectionnait une petite partie d'entre elles pour créer de nouveaux défenseurs divins. Dans les souks, une vieille femme racontait qu'il se changeait en chacal pendant Beht Zha'ir et qu'il ne fallait pas croiser son regard sous peine d'être changé en statue de pierre.

Les fables étaient plus populaires quand elles étaient parsemées de faits authentiques, mais Çeda n'avait aucun moyen de savoir quels fragments de vérité se cachaient au milieu de la forêt de mensonges.

Surtout quand l'histoire était vieille de plusieurs siècles. Plus elle en apprenait à propos de Beht Ihman, plus elle était convaincue que la vérité ne servirait pas seulement à venger la mort de sa mère. En découvrant la clé de l'énigme, elle achèverait le travail entrepris par Ahya.

Elle ne dit pas à Emre qu'elle avait vu le Roi Chacal dans le Nœud. Il se serait inquiété et, somme toute, il n'y avait pas grand-chose à raconter. Le jeune homme sentit pourtant qu'il s'était passé quelque chose d'étrange.

— Je te trouve bizarre, remarqua-t-il.

L'hôpital se moquait de la charité.

Les deux jeunes gens tiraient une corde pour soulever un rocher. Galadan, le vieux maçon qui employait Emre, construisait un mur de pierres autour d'un nouveau jardin du temple de Tulathan, à l'est de l'Abreuvoir. Çeda avait accompagné son ami, car Djaga préparait son prochain combat avec ses partenaires habituels.

— Qu'est-ce que tu veux dire par *bizarre* ?

— Tu es nerveuse. Tu surveilles la rue comme si tu craignais que Bakhi vienne te chercher.

— Ce n'est pas vrai !

— Oh que si !

— Plus haut ! cria Galadan.

Debout sur le mur en construction, le vieil homme tendit la main vers la pierre suspendue à une solide grue en bois.

Çeda et Emre hissèrent le bloc cubique un peu plus haut avant de le faire descendre avec lenteur. Galadan le guida et le fit pivoter avec habileté pour le placer à l'endroit voulu. C'était un homme sec et âgé, mais il n'avait rien perdu de sa force. Il dénoua la corde et la lança à Emre pour qu'il attache une des dizaines de pierres disposées le long du mur.

Emre redressa un bloc. Il s'était étoffé, mais cela n'avait rien d'étonnant, car la plupart de ses emplois étaient très durs. Çeda passa la corde sous la pierre – deux fois – avant de la faire glisser sur le crochet de la grue. Puis les deux jeunes gens firent une pause pendant que sur le mur, Galadan calait un bloc à l'aide d'un gros maillet en bois.

— Bien le bonjour, Emre.

Çeda se tourna et vit une mince jeune fille qui plaisait beaucoup à son ami – ce qui n'était guère difficile à cette époque. Elle se dirigeait vers le puits du jardin avec un broc en argile. Emre se tourna à son tour et son visage s'éclaira.

— Bien le bonjour, Enasia ! lança-t-il en la saluant.

Il regarda Çeda et rougit.

— *Bien le bonjour à toi, Enasia*. (Çeda porta les mains à son ventre et fit semblant de vomir son repas du matin.) Je vais avoir la nausée...

— C'est une gentille fille.

— Gentille... Ce n'est qu'une gamine malingre, Emre.

— Elle a trois ans de plus que nous.

— Eh bien, cela montre à quel point elle est malingre. Regarde-la. (Enasia s'efforçait de tourner la poignée en bois de la poulie du puits.) Elle n'est même pas fichue de remonter le seau.

— Ce n'est pas parce que tu es bâtie comme un garçon...

Çeda eut l'impression d'être précipitée dans un lac glacé. Emre trouvait qu'elle ressemblait à un garçon ? En allait-il de même avec les autres hommes ?

Emre la regarda et son sourire amusé s'évanouit. Peut-être était-il embarrassé par ce qu'il venait de dire, ou peut-être était-il embarrassé d'avoir dit ce que tout le monde pensait tout bas. Quoi qu'il en soit, il ne s'excusa pas. Il se remit au travail avec une concentration dont il n'avait pas fait preuve jusque-là.

Enasia retourna vers le temple. Elle tourna la tête vers le mur en construction, mais Emre prit soin de ne pas regarder dans sa direction et Çeda se sentit mal à l'aise.

Ils hissèrent plusieurs blocs, puis Galadan décida qu'il était temps de faire une pause et s'en alla vérifier le travail de l'équipe dirigée par son fils. Çeda s'essuya le front et s'assit sur une pile de pierres couleur ivoire. Elle haletait presque.

— Si je suis bizarre, c'est peut-être parce qu'on est un peu trop près, dit-elle lorsque le maçon se fut éloigné.

Elle n'avait aucune envie que la conversation s'attarde sur son physique.

Emre la regarda et elle haussa le menton en direction de Tauriyat qui se dressait devant eux d'un air menaçant. Emre comprit ce qu'elle voulait dire. Elle parlait des Rois, des Vierges, de sa mère.

— Tu étais bizarre avant de venir ici.

— Je suppose que je suis bizarre depuis trois jours. Depuis que tu m'as proposé ce travail. Tu crois que je ne sais pas que le temple de Tulathan se trouve près de Tauriyat ?

Emre approcha et la regarda comme s'il voulait se glisser dans sa tête et voler tous ses secrets, mais Galadan revint et fit un geste en direction de la grue.

— Ça suffit, les tourtereaux. Au travail.

Emre rougit de nouveau – plus intensément que la fois précédente. Çeda sentit qu'elle faisait de même alors qu'ils se baissaient pour prendre la corde. Pendant le reste de la journée, elle essaya de ne pas admirer les muscles du jeune homme qui se contractaient sous le coup de l'effort, ses épaules et ses bras qui brillaient de sueur sous les rayons du soleil. Elle s'aperçut qu'il l'observait de temps en temps, mais il tournait la tête dès que leurs regards se croisaient.

Elle ne fit aucun commentaire.

Il n'en fit pas davantage.

Au cours des jours suivants, Çeda ne pensa qu'à sa rencontre fortuite avec le Roi Mesut. Elle le revoyait sans cesse sortir de la maison délabrée. Par le sourire cruel de Goezhen, qu'était-il allé faire dans cette masure ?

Il fallait qu'elle sache.

La nuit suivante – qui précédait celle de Beht Zha'ir –, la jeune fille enfila une dishdasha sale et usée jusqu'à la trame avant de dissimuler son visage derrière un niqab. Elle quitta l'appartement et traversa Crêterose en direction du sud. Les rues n'étaient pas désertes, mais c'était l'heure du dîner et les passants étaient peu nombreux.

Alors qu'elle approchait du quartier du Nœud, elle entendit un tambûr au nord et un duduk à l'est. Les instruments étaient éloignés, mais jouaient le même air : un thrène dédié aux âmes perdues errant dans le désert. À Sharakhaï, il n'était pas rare que des musiciens reprennent une mélodie entamée par un de leurs pairs. Certaines nuits, ils étaient si nombreux que des quartiers entiers résonnaient au rythme de leur musique, mais ce soir-là, ils n'étaient que deux. Les autres étaient peut-être aussi émus que Çeda, réticents à l'idée de bouleverser la sublime lamentation dont les notes s'entrelaçaient comme les fils d'une tapisserie. Çeda arriva dans la rue où elle avait vu le Roi et s'aperçut qu'un musicien devait être tout proche. Il y eut un long silence, puis des sifflets et des cris enthousiastes. Un tambour entama un air enjoué qui fut repris par le tambûr et le duduk, puis par un qanûn et des hochets kundhanais. La mélodie réconforta la jeune fille. La nuit tombait et elle avait souvent pensé à sa mère au cours des derniers jours.

Elle cessa de prêter attention à la musique en apercevant une silhouette qui se tenait devant la masure d'où le Roi était sorti.

Elle s'arrêta brusquement et les semelles de ses bottes crissèrent sur les pavés. Elle eut l'impression que le bruit résonnait dans toute la ville, mais l'inconnu ne tourna même pas la tête vers elle. Il était grand et mince. Il portait son turban vert à l'ancienne, très haut et avec d'épais bourrelets – une mode réservée aux nobles qui prétendaient que le sang des Rois coulait dans leurs veines. Ses vêtements étaient sombres et la pénombre cachait presque le fouet accroché à sa large ceinture de tissu. Il dégaina un kenshar et en appuya la pointe au creux de sa paume droite jusqu'à ce qu'une goutte vermeille apparaisse. Puis il leva la lame et la lécha avant de la ranger dans son fourreau.

Il agita la main pour que le sang se répande et serra le poing pendant un instant. Il ouvrit les doigts, examina sa paume et la pressa contre la porte. Il baissa le bras et Çeda aperçut la marque rouge qui luisait à la faible lueur du crépuscule. À ce moment, l'homme se pencha et souffla dessus. La marque disparut comme une tache d'humidité sur une roche exposée au soleil.

Et Çeda comprit. Le fouet.

Le fouet était le symbole de Sukru, le Roi Moissonneur, celui qui arpentait les rues de Sharakhaï pour choisir les prochaines victimes des asirim. Il venait de marquer l'habitant de cette maison.

Le Roi se tourna vers Çeda et la regarda comme s'il avait senti sa présence depuis longtemps et qu'il l'avait tolérée. L'air entraînant résonnait toujours dans la rue. Sukru approcha d'un pas tranquille. Cette cité était la sienne et il n'avait aucune raison de se méfier d'une jeune fille isolée. Il s'arrêta devant Çeda et regarda au fond de ses yeux, puis il souleva le niqab et observa son visage. Il l'examina comme s'il déchiffrait un ancien parchemin pour découvrir ses secrets.

Çeda cligna des paupières. Elle songea à la mort et un sentiment de rage l'arracha à son étrange fascination. Elle aurait dû s'agenouiller et se prosterner, mais elle resta debout et regarda le Roi – un des assassins de sa mère – sans ciller. Ce n'était pas grand-chose, mais c'était déjà beaucoup.

Sukru leva sa main droite tachée de sang.

—La marque des élus, dit-il d'une voix rauque. Ils ont de la chance, n'est-ce pas ?

—Oui, mon Roi.

—Et toi ? demanda-t-il en regardant sa paume. As-tu envie de faire partie de ces élus ? As-tu envie d'être illuminée par le baiser des dieux et de te promener dans les champs lointains ?

Je donnerai tout ce que j'ai pour me promener main dans la main avec ma mère, mais le moment n'est pas encore venu. Patience.

La mélodie s'achevait sur un rythme endiablé. Les notes du tambour étaient en harmonie avec les battements du cœur de Çeda. La jeune fille contempla la main ensanglantée et leva les yeux pour regarder le Roi.

—J'ai encore des chemins à parcourir, mon Roi. Des rues qu'il me faut arpenter.

La réponse sembla amuser Sukru, car il esquissa un sourire.

—Il est rare que je fasse une telle offre.

—Eh bien, j'espère que vous me la referez. Peut-être que ce jour-là, j'aurai changé d'avis.

Le Roi l'observa pendant un long moment, déconcerté par cette réponse. Puis il inclina la tête – un salut plutôt respectueux étant donné qu'il s'adressait à une simple roturière.

—Je vais y penser, petite alouette. Je vais y penser. (Il leva le bras et pointa le doigt au-dessus de l'épaule de Çeda.) Maintenant, rentre chez toi et laisse cette rue en paix.

Elle obéit.

La mélodie se termina dans une apothéose joyeuse et le silence retomba. Des sifflements approbateurs résonnèrent dans tout le quartier et Çeda jeta un coup d'œil par-dessus son épaule.

Le Roi avait disparu.

La présence de Sukru devant une maison fréquentée par Mesut ne pouvait pas être le fruit du hasard. Le Roi Moissonneur manigançait quelque chose dans le dos du Roi Chacal. Pour quelle autre raison aurait-il marqué ce lieu ? Les autres Rois l'obligeaient-ils à participer à une vendetta ou agissait-il de son plein gré ?

Quoi qu'il en soit, Çeda avait décidé de retourner à la maison. Elle devait découvrir pourquoi les Rois s'y intéressaient tant.

C'était Beht Zha'ir et les gens se terrèrent chez eux dès l'approche du crépuscule. Çeda traversa la ville aussi discrètement que possible. Elle profitait souvent des nuits saintes pour aller cueillir des pétales dans le désert, mais elle partait plusieurs heures avant le coucher du soleil, et ce soir, elle se sentait vulnérable. Elle s'attendait à voir Sukru ou une patrouille de Vierges surgir à chaque coin de rue. Elle s'attendait à voir le Roi Moissonneur approcher et la marquer de sa main sanglante pour que les asirim l'emportent et lui fassent subir le sort réservé à leurs malheureuses victimes.

Mais la ville était déserte et elle ne croisa personne. Elle arriva dans la rue où elle avait rencontré le Roi Moissonneur et s'arrêta devant la porte marquée. Tulathan se levait au-dessus de l'horizon oriental et sa lumière faisait ressortir le signe laissé par Sukru.

Çeda jeta un coup d'œil de chaque côté de la rue et essaya d'ouvrir la porte. Le verrou n'était pas tiré et elle entra. Elle distingua une jeune femme allongée sur un lit, à l'autre bout de l'unique pièce plongée dans la pénombre. L'inconnue se redressa sur-le-champ et Çeda s'aperçut qu'il y avait une enfant de trois ou quatre ans couchée près d'elle.

Elle porta un doigt à ses lèvres et ferma la porte.

—Qui es-tu ? souffla la femme.

Elle se leva et saisit le poignard posé sur la table de chevet. Elle le dégaina d'un geste rapide et la lame brilla dans la faible lumière qui se glissait entre les volets de la fenêtre, à droite de Çeda.

—Sors de chez moi !

La fillette se redressa à son tour. Elle se recroquevilla dans le lit et remonta les couvertures au-dessus de son nez. Çeda se préparait à expliquer la situation quand elle remarqua que la femme se tenait le ventre.

Une main pour brandir un kenshar, une main pour protéger son ventre.

—Est-ce que… est-ce que tu es *enceinte* ?

Bien sûr qu'elle était enceinte.

Mais pourquoi Sukru aurait-il marqué une femme portant l'enfant d'un autre Roi ?

—Je n'ai pas à répondre à tes questions ! cracha l'inconnue.

Elle avait parlé un peu plus fort et sa voix était devenue rauque. Elle fit un pas en avant et agita son couteau. Elle ne savait pas se servir d'une arme. Ses mouvements étaient trop rapides et trop larges.

—Je ne te veux aucun mal, dit Çeda.

—Eh bien, va-t'en, dans ce cas !

— Je ne le peux pas.

L'inconnue était ravissante. Elle était assez belle pour attirer l'attention d'un Roi, pour le convaincre de quitter Tauriyat et de se risquer dans le Nœud. D'après les rumeurs, les maîtres de Sharakhaï n'hésitaient pas à traverser la cité pour rejoindre leurs conquêtes. Certains se déguisaient, d'autres ne prenaient pas cette peine.

— Je m'appelle Çedamihn Ahyanesh'ala, dit la jeune fille dans l'espoir de créer un lien affectif avec l'inconnue et de la convaincre de sa sincérité. Et toi ?

— Tu t'introduis chez moi et tu me demandes mon nom ?

— Je… j'étais présente l'autre jour… (Elle baissa la voix.) … quand le Roi est sorti d'ici.

L'inconnue plissa les yeux, puis avança d'un pas et frappa de taille.

— Et alors ? Qu'est-ce que ça peut te faire ?

Çeda n'eut aucun mal à éviter le coup. Elle recula vers la porte alors qu'un long hurlement triste résonnait au-dessus de la ville. Elle frissonna et la jeune femme tourna la tête vers la fenêtre.

— Memma ! s'écria l'enfant pelotonnée dans le lit.

— Silence, Mala. Et toi, fiche le camp ! Tout de suite ! La sainte nuit va commencer !

— Je ne peux pas vous laisser, dit Çeda.

Elle leva les mains et la femme frappa de nouveau. Elle réfléchit à toute allure pour assembler les pièces de cet étrange puzzle.

— Ils vont venir. Ils vont venir ici. Chez *toi*.

Ces mots ébranlèrent la jeune femme qui se figea.

— Quoi ?

— Les asirim, expliqua Çeda.

Un nouveau hurlement résonna dans la nuit, plus douloureux et plus proche que le précédent, comme si Sukru fouettait la malheureuse créature avec son fléau noir.

— Ils viennent *ici*, reprit Çeda. Sukru a marqué ta porte. Tu ne comprends donc pas ? Toi, ta fille et ton enfant à naître avez été choisis !

— Tu racontes n'importe quoi !

Çeda fit un pas de côté et montra la porte.

— Va voir par toi-même, mais si tu veux sauver ta fille, je te conseille de te dépêcher.

La femme regarda l'enfant dans le lit, la main toujours posée sur son ventre, puis elle se tourna vers la porte tandis qu'un troisième hurlement montait dans la nuit. Un cri qui n'exprimait plus qu'une rage intense.

— Mets-toi par là, dit la femme en montrant un placard en bois. Derrière la table.

Çeda obéit. La mère de l'enfant approcha de la porte et l'ouvrit avec prudence, sans bruit. Elle examina le battant et tourna la tête vers Çeda.

— Il n'y a rien !

— Regarde *de plus près*, à la lumière de la lune.

La femme scruta la surface en bois, puis se figea et déglutit à grand-peine. Elle plissa les yeux et approcha un peu plus près pour observer la marque. La main qui tenait le poignard trembla sous le coup de la peur, de la confusion, ou des deux.

— Par Rhia la Miséricordieuse ! Pourquoi ?

Des hurlements montèrent des quartiers sud-ouest de la ville. Çeda ne savait pas si les asirim sentaient le sang de Sukru ou s'ils étaient guidés par un étrange pouvoir, mais une chose était sûre : ils seraient bientôt là.

— Je ne peux pas répondre à cette question, dit-elle. Mais je peux t'assurer que les asirim se déplacent vite et qu'une fois qu'ils ont repéré leur proie, elle ne peut plus leur échapper. C'est à toi de décider. As-tu envie qu'ils vous emportent ? Penses-tu que c'est un honneur d'être choisie ? Si tel est le cas, je n'insisterai pas. Sinon, il faut que nous partions sans perdre un instant.

Mala pleurait dans le lit. Ses sanglots étouffés exprimaient une peur intense. La femme pleurait également. Les rayons de lune faisaient briller les sillons humides de ses larmes sur son visage terrifié.

— Mala, habille-toi tout de suite, dit-elle.

Elle ouvrit le placard et se pencha vers les étagères inférieures.

— Pas le temps ! lança Çeda. Enfile tes sandales, petite, et suis ta mère.

Çeda saisit la femme par l'épaule et l'obligea à se redresser. Les hurlements des asirim résonnaient dans toute la ville. Quelque part, un homme poussa un long cri qui s'interrompit brutalement.

La femme se redressa en serrant un petit coffre en bois dans ses mains.

— Dépêche-toi, Mala.

Elles sortirent de la maison et s'enfoncèrent dans la nuit en marchant aussi vite et aussi discrètement que possible. Tandis qu'elles quittaient le Nœud, Çeda jeta un coup d'œil par-dessus son épaule et aperçut une ombre bondissante qui remontait la rue dans leur direction. Elle poussa la mère et l'enfant dans une allée, puis se tourna et posa la main sur la poignée de son shamshir en espérant qu'elle n'aurait pas besoin de le dégainer.

Propulsé par ses membres puissants, l'asir se rapprochait avec une rapidité inquiétante.

Çeda vida ses poumons et tira son sabre. Elle le leva devant elle et s'aperçut que ses bras tremblaient.

L'asir n'était plus qu'à quelques pas quand il tourna brusquement dans la ruelle que les fuyardes avaient empruntée quelques instants plus tôt. Çeda se demanda s'il se dirigeait vers la maison de la femme marquée ou vers une autre. C'était sans importance. Elle éprouva un profond sentiment de joie en songeant qu'elle était encore en vie.

Les trois fuyardes se remirent en route et s'enfoncèrent au cœur de Sharakhaï.

Alors qu'elles atteignaient la Serpentine, la femme saisit le bras de la jeune fille et souffla :

— Sirina. Je m'appelle Sirina. Sirina Jalih'ala al Kenan. Je veux que tu le saches au cas où nous mourrions cette nuit. Pour que nous puissions nous retrouver dans les champs lointains et pour que je puisse te remercier comme il se doit.

Dans le lointain, un cri étranglé fut interrompu par un hurlement. Des aboiements sinistres résonnèrent dans les ténèbres. On aurait dit que les asirim se félicitaient d'avoir fait une nouvelle victime.

— Tu ne mourras pas cette nuit. Ni toi, ni Mala, ni ton enfant à naître.

La femme saisit Çeda par les épaules et l'embrassa sur le front.

— Mon cœur t'appartient, dit-elle.

C'était une formule de gratitude très ancienne et très respectueuse.

Çeda serra le poignet de la femme et de Mala afin de leur communiquer un peu de sa force.

Puis elles se remirent en chemin vers Crêterose.

Çeda glissa une autre couverture sur Sirina et Mala. La mère et l'enfant étaient allongées dans le lit de Çeda et s'endormaient déjà. Emre se tenait dans l'encadrement de la porte. Il ne savait pas quoi faire pour aider son amie et resta donc immobile.

La jeune fille lui en fut reconnaissante. Elle approcha et lui planta un baiser sur la joue.

— En quel honneur ? demanda-t-il tandis qu'elle sortait de la chambre.

— Pour avoir essayé.

Il fronça les sourcils et lui emboîta le pas. Ils se couchèrent dans son lit sans dire un mot et remontèrent les couvertures. L'excitation de la course nocturne était retombée et Çeda était épuisée. Elle était glacée. Elle n'avait pas eu si froid depuis des années.

Un lourd silence planait sur la cité. Tulathan et Rhia étaient hautes et brillantes, mais elles allaient bientôt se coucher et les ténèbres s'installeraient pendant plusieurs heures avant le lever du soleil. Çeda en fut soulagée. La traversée de la ville avait été éprouvante et la lumière des deux lunes n'avait rien arrangé à l'affaire. Quelqu'un aurait pu apercevoir les fuyardes et donner l'alerte, mais le silence pesant de la nuit n'avait été rompu que par les cris et les hurlements des asirim au sud de la cité.

— Qu'est-ce qu'on va faire d'elles ? demanda Emre.

Il tenait la jeune fille dans ses bras et elle sentait sa chaleur contre son dos. Jamais elle n'avait éprouvé une telle plénitude. Elle se tourna pour le regarder dans les yeux.

— Nous allons leur trouver une nouvelle vie.

— Et si les Rois décident de les poursuivre ?

Çeda secoua la tête.

— Je ne pense pas qu'ils le feront. Sukru a marqué sa porte et elle ne retournera pas chez elle. Pour eux, la question est réglée. L'amante et son bâtard sont morts.

Emre se raidit et Çeda devina qu'il pensait au symbole que Dardzada avait tatoué dans son dos. La marque des bâtards.

— Je vais bien, dit-elle. Ça ne me dérange plus.

— Vraiment ?

Elle se serra contre lui et l'embrassa.

Elle se serra un peu plus fort et leur désir s'embrasa. Elle caressa les hanches et le ventre d'Emre et il fit de même avant de glisser une main sous sa chemise de nuit. Ses doigts étaient brûlants sur la peau glacée de la jeune fille.

Çeda n'avait jamais couché avec un garçon. Elle avait failli, un soir où elle s'était soûlée en compagnie de Tariq. Celui-ci avait apporté une bouteille de vin qu'il affirmait avoir achetée et non pas volée. Ils avaient remonté l'Abreuvoir et s'étaient réfugiés sous le Bossu où ils s'étaient embrassés fiévreusement. Mais Tariq avait trop bu, ou bien il était intimidé par la jeune fille. Tehla, la boulangère, lui avait expliqué que cela n'avait rien d'extraordinaire.

Toutefois, avec Emre, c'était différent. Çeda le regardait parfois – souvent – avec désir et elle avait remarqué qu'il faisait de même.

Mais leur relation n'était pas toujours facile…

Ils avaient vécu tant de choses ensemble. Il l'avait aidée à la mort d'Ahya. Il l'avait aidée après que Dardzada l'avait tatouée. Il l'avait aidée quand elle avait décidé de se rendre dans les champs en fleur. De son côté, elle s'était efforcée de le consoler – sans grand succès, d'ailleurs – après l'assassinat de Rafa. Le gamin dégingandé s'était transformé en jeune homme musclé et, plus important encore, généreux, mais il n'était jamais parvenu à chasser la peur qui le hantait.

Çeda caressa sa mâchoire avant de glisser la main sur sa nuque pour l'embrasser avec passion. Elle n'avait pas l'impression de faire quelque chose d'inconvenant, mais elle éprouvait un sentiment… étrange. Comme si leur relation allait bien au-delà du sexe. Et comme si rien ne changerait cela. Elle n'avait jamais considéré Emre comme un frère, mais comme un compagnon. Une âme sœur, peut-être, mais pas quelqu'un avec qui elle partageait des liens de sang.

Peut-être Emre ressentait-il la même chose, car après avoir embrassé son cou et écarté ses jambes, il se redressa et regarda la jeune fille dans les yeux.

Elle l'attira contre elle avec tendresse, glissa la main entre ses cuisses et saisit son sexe. Elle le caressa un moment, puis le guida en elle. Elle croisa les jambes dans le dos d'Emre pour le presser contre son corps et laissa échapper un hoquet de douleur quand il s'enfonça en elle. Emre essaya de se retirer, mais elle l'en empêcha. La souffrance n'était pas désagréable, et il y avait longtemps qu'elle voulait la partager avec lui.

Elle sourit et Emre l'imita avec une certaine réticence. Puis il ferma les yeux et se laissa emporter par ses mouvements de va-et-vient. Les deux amants s'étreignirent avec force alors qu'il plongeait en elle avec de plus en plus d'ardeur.

Il jouit en poussant un cri et Çeda arqua le dos sans le lâcher. Jamais elle n'aurait cru éprouver une sensation si puissante. Les pétales d'adichara lui conféraient une énergie sans pareille, mais *ça*… c'était différent, et tout aussi merveilleux et étourdissant. Comme une symphonie résonnant au-dessus du désert.

Par tous les dieux, si les effets secondaires étaient moins désagréables que ceux des pétales d'adichara, elle se promit d'aller offrir une poignée de sylvals au temple de Yerinde.

Cette pensée la fit rire.

— Qu'est-ce qu'il y a ? demanda Emre.

— Rien, rien.

— Tu ris. Alors qu'on vient de faire l'amour.

Elle leva la main et caressa sa joue.

— Si tu ressentais ce que je ressens, tu aurais envie de rire, toi aussi.

Et Emre rit à son tour. Une gaieté brève et magnifique. Ils s'embrassèrent.

Ils descendirent de leur petit nuage avec lenteur et restèrent allongés l'un contre l'autre en respirant de concert.

Emre tourna la tête vers elle et caressa son visage en fronçant les sourcils.

— Qu'est-ce qu'il y a ? demanda Çeda.

— Certains jours, je voudrais remonter le temps et tout recommencer.

— Comment ça ?

— Nous aurions dû nous enfuir avant que tout ça arrive.

— De quoi parles-tu ?

Emre haussa les épaules.

— De ta mère. Des Rois.

— Et de Rafa.

Il hocha la tête d'un air hésitant.

— Et de Rafa. Si je pouvais tout effacer, notre vie serait tellement agréable.

Le soleil était sur le point de se lever. Ils s'embrassèrent une nouvelle fois et Çeda nicha sa tête au creux de son épaule avant de le serrer contre elle.

— Et où serions-nous allés ? demanda-t-elle.

— Dans le désert. Nous aurions pris un navire et aurions navigué à travers les sables. Nous aurions visité les douze tribus. Nous aurions trouvé une place dans l'une d'elles, ou bien nous nous serions installés au milieu du désert, comme Saliah.

Çeda regrettait parfois de ne pas pouvoir changer le monde, elle aussi, mais à quoi bon espérer l'impossible ?

— Les choses sont ce qu'elles sont, Emre. Nous ne pouvons rien y faire.

— Je sais.

— Et la vie est terne.

— Je sais.

CHAPITRE 56

Sous le Bossu, on pouvait s'asseoir sur un muret et contempler la Haddah. C'était un endroit sale et infesté d'énormes araignées tapies sous le tablier et entre les pierres du pont, mais au printemps, quand l'eau était claire et fraîche, les alouettes des rues venaient y passer un moment. Le reste de l'année, le lit à sec rappelait combien il était difficile de vivre dans le Shangazi et les promeneurs étaient rares.

Emre et Çeda faisaient partie des rares qui continuaient de s'y rendre. Ils s'asseyaient et mangeaient les friandises qu'ils avaient volées un peu plus tôt avant de se lécher les doigts et de faire claquer leurs langues d'un air satisfait. Ils se réfugiaient là pour se protéger de la chaleur en compagnie de Tariq et de Hamid. Parfois, Rafa les rejoignait pour partager quelques plaisanteries, ou bien l'oncle de Hamid leur lançait des citrons pour qu'ils se rafraîchissent, mais la plupart du temps, Emre et Çeda étaient seuls. Assis sur le rebord en pierre, ils imaginaient ce qu'ils feraient au cours de leurs vies : ils traverseraient le Shangazi, dîneraient dans les palais des Rois disparus, échangeraient des histoires avec les nomades à la lueur d'un feu de camp. Ils savaient pourtant que tous ces projets ne se concrétiseraient jamais.

Il leur arrivait de s'embrasser et de se caresser, mais cela ne durait pas très longtemps – au grand regret du jeune homme. Çeda était tendue et mal à l'aise dans les moments d'intimité. Emre était convaincu qu'elle pensait à sa mère. C'était pourtant lui qui avait pensé à Ahya la *seule* fois où ils avaient fait l'amour. Les choses auraient sans doute été différentes si elle avait appris la mort de sa mère par la bouche de quelqu'un d'autre, mais Emre ne regrettait pas de s'en être chargé. Il regrettait juste que cet épisode douloureux soit devenu une barrière entre eux.

Ce fut dans cet endroit peuplé de souvenirs qu'Emre vint s'asseoir en sortant de la demeure du seigneur qaimirien, après avoir parlé à Çeda. Il ramena les genoux contre sa poitrine et écouta le sifflement du vent en observant les tourbillons de sable passer devant lui. Ils ressemblaient à des vagues se fracassant sur la côte. Enfin, il le supposait, car il n'avait jamais vu la mer et était convaincu qu'il ne la verrait jamais. Pas dans cette vie.

Il n'était qu'une alouette des rues. Il l'était depuis son enfance et le resterait jusqu'à sa mort.

Lorsque le crépuscule approcha, il se demanda s'il n'avait pas fait une terrible erreur. Sa requête n'avait pas enthousiasmé Hamid, mais il avait insisté et affirmé qu'il devait rencontrer Macide à tout prix, que c'était de la plus haute importance.

— Dans ce cas, dis-moi de quoi il s'agit, avait proposé Hamid.

— Non. Je ne peux le dire à personne d'autre que Macide.

Avec sa nonchalance trompeuse, Hamid avait haussé le menton en observant les plaies et les hématomes d'Emre.

— Que t'est-il arrivé ?

— C'est de cela que je dois parler à Macide.

— Tout cela ne me plaît guère, Emre.

— C'est bien dommage, avait répliqué le jeune homme.

Hamid avait fini par capituler. Il avait congédié Emre après lui avoir demandé où Macide pourrait le trouver s'il acceptait de le rencontrer.

— Sous le pont du Bossu, avait répondu Emre.

Hamid l'avait regardé en haussant les sourcils. Emre était-il sérieux ? Puis il avait éclaté de rire.

— Comme tu voudras, Emre. Après tout, tu es libre de choisir ta tombe.

Le vent soufflait de plus en plus fort. Le jeune homme leva la tête et vit plusieurs silhouettes qui approchaient par le lit du fleuve. C'était un groupe d'alouettes des rues. Cinq garçons et deux filles. Elles ôtèrent leurs voiles et leurs écharpes avant de se diriger vers le chemin qui permettait de monter jusqu'à l'endroit où se trouvait Emre. Elles s'arrêtèrent en apercevant le jeune homme.

Une jeune fille fit quelques pas en avant.

— C'est notre coin, ici.

Elle – et le garçon qui la suivait – avait presque le même âge qu'Emre.

— Pas aujourd'hui, dit Emre.

Deux autres garçons approchèrent, l'air déterminé.

— Tu as entendu ce qu'elle a dit. Dégage.

Emre ne bougea pas. Il dégaina son couteau et posa la lame contre son avant-bras en regardant la jeune fille droit dans les yeux. Il connaissait cet air plastronneur. Il l'avait affiché presque chaque jour au cours des six dernières années. Mais c'était terminé. Il aurait été incapable d'expliquer ce qui s'était passé, mais il n'était plus celui qu'il avait été. Il avait profondément changé.

Il continua à toiser la jeune fille, le couteau dans la main. Une partie de lui espérait que le groupe allait lui chercher querelle. Cela lui permettrait de libérer un peu de la rage qu'il accumulait depuis si longtemps.

Il ne sut jamais ce que la jeune fille lut dans ses yeux. Peut-être un mal qui menaçait de la contaminer, car au bout d'un moment, elle se tourna vers le reste du groupe.

— Tirons-nous, dit-elle. J'ai faim.

Elle s'éloigna dans les bourrasques de vent et de sable.

Ses camarades écarquillèrent les yeux et se tournèrent vers Emre. Ils l'observèrent pendant un instant, puis rejoignirent leur amie.

Le jeune homme se retrouva seul.

Mais pas pour longtemps.

Quelques minutes plus tard, une nouvelle silhouette apparut au milieu des rafales chargées de sable. Un homme. Il était grand, portait un turban et arborait une barbe fourchue. Quand il aperçut Emre, il détacha le voile qui dissimulait son visage et le bout de tissu claqua dans le vent furieux.

Il salua Emre d'un hochement de tête et un mince sourire se dessina sur ses lèvres. Un sourire entendu. Il approcha et s'assit près d'Emre sans prononcer un mot. Les deux hommes contemplèrent le lit du fleuve en silence.

— Je venais souvent ici quand j'étais enfant, dit enfin Macide.

Emre haussa les sourcils, surpris.

— Je croyais que vous aviez grandi dans le désert.

— C'est le cas, mais j'accompagnais parfois mon père quand il venait à Sharakhaï.

— Pourquoi ?

— Comment ça, pourquoi ?

— Pourquoi venait-il à Sharakhaï ?

Macide haussa les épaules – un geste curieusement puéril de la part d'un homme aussi imposant.

— Pour de nombreuses raisons. Il me répète qu'il déteste cette ville et qu'il la raserait sans la moindre hésitation s'il en avait l'occasion, mais on ne peut pas visiter Sharakhaï sans être impressionné, sans éprouver une certaine fascination. Je crois que c'est pour cette raison qu'il venait ici. Pour contempler ce qu'il haïssait le plus. C'était un peu comme un aphte sur lequel on ne peut pas s'empêcher de passer la langue.

Le vent se déchaîna et siffla comme une âme perdue qui hurle sa douleur à un monde indifférent.

— Pourquoi m'as-tu demandé de venir, Emre ?

— Pour que vous m'aidiez.

—Tu es une nouvelle recrue et tu *me* convoques pour que *je* t'accorde des faveurs ?

—Cela servira vos intérêts.

—Que de mystères, jeune faucon. Je suis intrigué.

—Vous voulez Hamzakiir. Vous espérez le trouver dans le palais de Külaşan et vous espérez que ce palais n'est pas très bien protégé. Je me trompe ?

Emre essaya de deviner les pensées de Macide, mais celui-ci contemplait le lit du fleuve d'un air impassible. Il finit par hocher la tête.

—Tu ne te trompes pas.

—Une certaine personne se rendra là-bas demain, pendant la nuit de Beht Zha'ir. Elle a l'intention de tuer Külaşan.

Macide fronça les sourcils et cligna des paupières pour chasser le sable de ses yeux.

—Il n'est pas facile de tuer un Roi.

—Sans doute, mais c'est ce qu'elle a l'intention de faire. Je ferai tout mon possible pour l'aider.

—Comment ?

—En détournant l'attention du Roi. Ou de ses gardes. Ou des deux.

—En détournant son attention sur *nous.*

—Oui.

—Mon père aura d'autres missions à nous confier après Beht Zha'ir. Tu sais qu'il nous restera bien des choses à faire si nous parvenons à sortir du palais de Külaşan avec ce que nous sommes allés y chercher.

—Bien sûr, mais ce n'est pas tous les jours qu'on a la chance de pouvoir se débarrasser d'un Roi.

—Comment ? Comment cette personne espère-t-elle le tuer ? Tous ceux qui ont essayé ont échoué.

—Elle a découvert des secrets.

—Des secrets ?

—Des secrets qui remontent à la nuit de Beht Ihman. Des secrets perdus ou oubliés.

—Des secrets qu'elle est seule à connaître ? Aurait-elle trouvé des parchemins ? Ou un bassin dans lequel lire l'avenir ?

Emre envisagea de mentir, mais c'était inutile. L'histoire de Çeda était empreinte d'une authenticité et d'une force auxquelles un homme comme Macide ne pouvait rester insensible.

—À la mort de sa mère, cette personne a hérité d'un livre dans lequel se cachaient des énigmes. Mais elle ne les a découvertes que des années plus tard, comme si les dieux avaient décidé de la guider.

—Et comment s'appelle-t-elle, cette personne ?

Une fois de plus, Emre envisagea de mentir, mais Macide connaissait certainement l'existence de Çeda. Hamid avait dû lui en parler.

— Çeda, répondit le jeune homme.

— Çedamihn Ahyanesh'ala.

— Oui, dit Emre, étonné que Macide connaisse le nom complet de son amie.

Macide resta silencieux un moment. Il regardait dans le vide, les bras croisés et posés sur ses genoux. Une étrange lueur brillait dans ses yeux et un vague sourire relevait le coin de ses lèvres.

— Très bien, Emre. Nous serons présents la nuit de Beht Zha'ir et nous verrons si ta Çeda est capable de mener son projet à bien.

— Et nous en profiterons pour récupérer ce qui nous intéresse.

— Oui, dit Macide en tapotant les cuisses d'Emre. Tout à fait.

Il se leva et descendit avec prudence le chemin en pente qui menait au lit du fleuve. Il s'arrêta en entendant Emre l'appeler.

— Attendez !

Le jeune homme était inquiet. Le marché avait été conclu un peu trop facilement à son goût.

— Est-ce que vous connaissez Çeda ? Est-ce que vous connaissiez sa mère ?

Macide se tourna vers lui. Une lueur ironique brillait dans ses yeux, un éclat malicieux et rusé qui laissait entrevoir une partie des émotions qui tourbillonnaient en lui.

— C'est bien possible, Emre. C'est bien possible.

Il atteignit le lit du fleuve et s'éloigna à grands pas. Le vent furieux tourbillonnait autour de lui, mais il n'y prêta aucune attention.

Les rafales chargées de sable l'avalèrent et il disparut.

CHAPITRE 57

À midi, le jour précédant Beht Zha'ir, le Roi Ihsan reçut un message le convoquant à Marégale, le palais du Roi des Rois qui se dressait au sommet de Tauriyat. Il s'y rendit, et en arrivant dans la cour centrale, aperçut Kiral avec son grand sabre, Tranchesoleil, accroché à sa ceinture. Navakahm, le capitaine des Lances d'argent, se tenait devant lui.

« Se tenait » était exagéré, songea Ihsan, car le capitaine chancelait et tremblait. Il avait certainement été interrogé par Cahil, le Roi au visage d'ange, le confesseur autoproclamé de Tauriyat. Celui-ci était campé derrière Kiral. Il avait les mains croisées dans le dos et paraissait s'ennuyer ferme. Il n'avait même pas pris la peine de faire un brin de toilette et était encore couvert du sang de Navakahm. Cahil aimait un peu trop son travail et c'était fort dommage. Il torturait les prisonniers sans laisser à Zeheb et à Ihsan le temps de les interroger, eux et leurs proches. Son enthousiasme empêchait souvent de capturer des complices, mais il était impossible de lui faire entendre raison. Et Kiral n'écoutait pas davantage. C'était un homme prompt à la colère qui ne supportait pas d'attendre avant d'agir. Il prenait rarement la peine de réfléchir à ce qui pouvait se cacher derrière les apparences.

Onur aurait dû être présent, car les Lances d'argent étaient placées sous son commandement, mais il y avait bien longtemps que le Roi Paresseux ne s'intéressait plus à ce qui se passait en dehors de l'enceinte de son palais. Kiral l'avait sermonné à maintes reprises pour qu'il accomplisse son devoir, mais avait fini par renoncer.

Cahil avait interrogé Navakahm en utilisant tous les moyens qu'il estimait nécessaires pour obtenir la vérité. Selon le capitaine, rien ne laissait présager que les Hôtes sans Lune s'en prendraient au premier fils de Külaşan. L'enquête n'avait pas permis de trouver l'endroit où le seigneur Veşdi avait été conduit, ni pour quelle raison il avait été enlevé. Pire encore : Navakahm n'avait pas la moindre piste dans l'affaire de l'attaque de la Maison des Vierges.

Cela n'avait rien d'étonnant, car Zeheb lui-même n'avait rien découvert de très intéressant. Les Hôtes contraient ses pouvoirs avec de plus en plus d'efficacité et il n'était pas infaillible.

Le Roi des Murmures n'entendait pas ce qui se disait à chaque coin de rue, mais il était néanmoins un atout précieux. C'était pour cette raison qu'Ihsan lui avait fait part de ses plans des années plus tôt. Cela aurait pu mal tourner, mais contrairement à Kiral, Ihsan savait qu'il avait besoin d'alliés pour atteindre son but. Et puis, il n'avait aucun doute sur la réponse de Zeheb lorsqu'il l'avait approché. Le Roi des Murmures protégeait ses secrets, mais Ihsan était capable de lire et de manipuler n'importe qui. Aucun habitant du Grand Shangazi ne pouvait lui résister. Ce n'était qu'une affaire de temps.

C'était un talent dont il était très fier, surtout quand sa victime était une personne de la trempe de Zeheb, car celui-ci avait été le plus fidèle des Douze Rois et le premier à défendre leur cause commune.

Jadis.

« Le temps guérit toutes les blessures », dit-on.

Le Roi Éloquent n'avait pas ménagé sa peine pour convaincre Zeheb du bien-fondé de ses plans. Il l'avait abreuvé de mensonges, lui avait révélé les trahisons les plus insignifiantes et lui avait répété à l'envi que la Maison des Rois était vouée à disparaître. Des dizaines d'années de travail, mais le résultat n'en était que plus satisfaisant.

Zeheb était indispensable, mais Ihsan avait pris soin de rester dans les bonnes grâces de Kiral et de demeurer le confident de Yusam afin de guider ses visions. Sans l'aide de ces trois Rois, ses projets étaient voués à l'échec et lui, à un avenir fort désagréable. Et il n'avait aucune envie qu'on le confie aux bons soins de Cahil.

Dans la cour, Kiral regarda Ihsan, puis Zeheb qui venait d'arriver. Il tira Tranchesoleil, son gigantesque sabre à deux mains, et contempla le capitaine couvert de sang et d'hématomes. Zeheb et Ihsan avaient été incapables de lui fournir des informations dignes d'intérêt, mais Kiral ne pouvait pas se permettre de se défouler sur eux.

Sur Navakahm, en revanche…

Kiral toisa le capitaine. Les dents de l'officier s'entrechoquaient si fort que ses joues grasses et tavelées semblaient parcourues de vagues. Tranchesoleil décrivit quelques mouvements lents, comme si son propriétaire mourait d'envie de l'utiliser.

— Est-ce que tu as une dernière déclaration à faire ? demanda le Roi des Rois.

— J'ai failli à mon devoir, dit Navakahm. Mais je vous attendrai pour vous servir de nouveau dans les champs lointains.

Quel idiot, songea Ihsan. Dans les champs lointains, Navakahm deviendrait peut-être assez puissant pour soumettre Kiral lorsque celui-ci franchirait la porte entre les mondes, mais cette promesse l'en empêcherait. *Les dieux ont des oreilles, mon ami. Surtout les premiers dieux. Et je crains fort qu'ils t'obligent à tenir ta parole.*

Kiral sembla à peine entendre le serment de fidélité. Au cours des quatre derniers siècles, il l'avait entendu de la bouche d'hommes et de femmes bien plus loyaux et bien plus compétents que Navakahm. Celui-ci devrait se contenter d'un poste subalterne quand il servirait son maître dans l'autre monde.

Mais Kiral tenait à respecter les traditions. Il attira Navakahm vers lui et déposa un baiser au sommet de son crâne. Puis il recula et saisit la poignée du sabre à deux mains avant de le brandir vers le ciel. La lame étincela à la lumière du soleil et s'abattit comme la foudre.

La tête du seigneur des Lances d'argent bascula et roula par terre tandis que son corps s'affaissait comme celui d'un ivrogne la nuit de Beht Revahl.

Kiral saisit le chiffon blanc que lui tendait Cahil et se dirigea vers Ihsan et Zeheb en essuyant la lame maculée de sang. Cette sinistre mise en scène était sans doute un avertissement, mais elle n'impressionna pas Ihsan. Bien au contraire. Elle le conforta dans l'idée que les choses devaient changer. Le Roi Éloquent n'accordait aucune importance aux menaces voilées de Kiral, mais ne voulait pas le défier. Il devait rester assez proche de lui pour deviner ses intentions. Kiral était isolé, mais son influence était grande. Ihsan prit donc une mine chagrinée et attendit que le Roi des Rois daigne parler.

— Alors ? demanda Kiral. A-t-on retrouvé le fils de Külaşan ?

— Je crains d'apporter de tristes nouvelles, répondit Zeheb avant qu'Ihsan ait le temps d'ouvrir la bouche. Un navire patrouilleur a trouvé le corps de Veşdi dans le lit de la Haddah, à une lieue de la cité.

Ihsan n'eut pas besoin de feindre l'étonnement, car Zeheb ne lui avait rien dit. Le Roi Éloquent détestait les surprises, mais il se calma en se rappelant qu'il n'avait pas vu Zeheb depuis la veille. Le Roi des Murmures n'avait sans doute pas eu le temps de l'informer.

— On l'a découvert près d'un gué que les patrouilleurs royaux traversent régulièrement, poursuivit Zeheb.

Les mâchoires de Kiral se contractèrent et ses yeux se perdirent dans le vague.

— Ils voulaient donc que nous le trouvions, dit-il au bout d'un moment.

Zeheb acquiesça.

— Des lianes d'adichara tressées entravaient ses chevilles et on lui a gravé la marque de la tribu oubliée sur le front.

Kiral écarquilla les yeux et leva le menton. Il n'était pas facile de le surprendre, mais Zeheb y était parvenu. Ihsan partageait son étonnement. La dernière personne à avoir été marquée ainsi était l'assassin, la mère de la nouvelle Vierge. Et c'était Cahil qui s'en était chargé. Ihsan avait trouvé l'idée ridicule, mais Cahil avait insisté. « Ce sera un avertissement à l'intention de ceux qui s'opposent à nous », avait-il affirmé après avoir pendu le corps devant les portes de Tauriyat. Ihsan n'aimait pas ce genre de spectacles. Ils avaient tendance à se retourner contre ceux qui les mettaient en scène. Comme aujourd'hui.

Kiral se tourna vers lui.

— Il s'agirait de représailles ? À cause de cette femme ?

— Bien sûr, dit Ihsan en baissant les yeux. Mais pourquoi nous avertir ?

Kiral leva la tête d'un air songeur.

— Et pourquoi maintenant ? Après tant d'années et la veille de Beht Zha'ir ?

Zeheb haussa les épaules. Le Roi des Murmures ressemblait à un animal lourd et maladroit à côté du puissant Kiral.

— Je l'ignore, mais rappelez-vous que les Hôtes sans Lune sont des gens patients. Ils l'ont prouvé à de nombreuses reprises.

Cette histoire avait éveillé la curiosité d'Ihsan qui n'avait pas éprouvé une telle excitation depuis des années. Il y avait un lien avec la nouvelle recrue, il en aurait mis sa tête à couper. Et il y avait aussi un lien avec Külaşan, car c'était son fils qu'on avait enlevé. Ihsan réfléchit. S'il avait raison, il valait mieux éviter que Kiral s'inquiète trop au sujet de Külaşan. Surtout cette nuit, et celles qui allaient suivre.

— La femme qui a été marquée s'était introduite à Tauriyat pour tuer l'un d'entre nous, dit Ihsan, exprimant à haute voix ce que tout le monde pensait tout bas. Nos ennemis préparent peut-être une attaque de ce genre.

Kiral fronça les sourcils.

— Tu crois qu'ils oseraient nous attaquer là où nous sommes les plus forts ?

— Si le corps de Veşdi avait été découvert à un autre moment, comment aurions-nous réagi ? Nous aurions envoyé les Vierges ratisser la ville pour obtenir des informations. Nous nous serions dispersés pour chercher des indices. Je pense que les Hôtes sans Lune espèrent que nous allons réagir ainsi. Ils veulent que nous nous concentrions sur la cité alors qu'ils visent la Maison des Rois.

Kiral tourna la tête vers Zeheb qui réagit comme il le fallait. Il acquiesça d'un air prudent, comme si les arguments d'Ihsan étaient sensés, mais qu'il n'avait pas eu le temps nécessaire pour les analyser.

— Ils sont de plus en plus audacieux, c'est un fait. Il est bien possible qu'ils nous tendent un piège.

— Où est Külaşan ? demanda Kiral.

— Je suppose qu'il conduit son fils à sa dernière demeure, dans le caveau de son palais du désert, pour le pleurer en paix.

Un autre Roi serait resté à Sharakhaï pour respecter les traditions funéraires, mais Külaşan n'aimait pas la cité, surtout la sainte nuit. Zeheb avait sans doute raison : il avait dû emporter le corps de son fils sans attendre le matin pour le pleurer à sa guise, loin de ses pairs.

— Je ne pense pas qu'il risque grand-chose dans son palais, dit Ihsan.

— Nous allons quand même lui envoyer des renforts.

— Comme tu voudras, mais nous devons nous occuper de nos propres affaires.

Kiral frissonna de colère.

— Tu as l'intention de te terrer dans ton palais, Ihsan ?

— Me terrer ? Non, mais je vais préparer un charmant comité d'accueil au cas où quelqu'un déciderait de me rendre une visite nocturne. C'est ce que nous devrions tous faire.

La remarque eut l'effet souhaité. Tous les Rois voulaient des représailles contre les Hôtes sans Lune, mais Ihsan était patient. Le moment de la vengeance viendrait, et en attendant, il avait des affaires urgentes à régler.

Kiral toisa Ihsan, les paupières à moitié closes, une expression désapprobatrice sur le visage.

— Eh bien, nous ne te retenons pas, lâcha-t-il.

C'était une insulte à peine voilée, mais Ihsan inclina la tête et sourit.

— Je prends donc congé…

CHAPITRE 58

Le soleil venait de se coucher, mais les étoiles étaient hautes et brillantes dans le ciel. Les six cavalières avançaient en colonne sur leurs imposantes montures. Zaïde chevauchait en tête, suivie de Sümeya, Kameyl, Melis, Jalize et Çeda. La matrone portait les habits blancs de sa caste, les Vierges, des robes de combat sombres.

Çeda montait un hongre noir qui tirait sur les rênes à chaque pas. L'animal secoua la tête et hennit pour que sa cavalière resserre les sangles pour la énième fois.

— Maudite carne ! marmonna la jeune fille.

Elle n'avait jamais aimé les chevaux et les chevaux ne l'avaient jamais aimée. Elle préférait chevaucher son zilij plutôt que cette créature bornée qui guettait un moment d'inattention pour la projeter à terre.

Les cavalières avaient quitté Tauriyat au crépuscule. Çeda était libre de passer la dernière épreuve où elle le souhaitait et avait choisi le champ d'adicharas où elle s'était aventurée en compagnie d'Emre au cours de son adolescence. L'endroit où ils avaient été attaqués par les ailes-vibrantes. L'endroit où elle avait vu Külaşan s'enfoncer dans le sable. Les six femmes avaient parcouru au moins trois lieues et Çeda savait qu'elles étaient tout près. Elle ne se trompait pas. En arrivant au sommet de la dune, elle aperçut les fleurs brillantes et les ombres sinistres des arbres tordus qui se dessinaient sur le sol ocre. Les cavalières poursuivirent leur route sans un mot. Elles descendirent la pente et entreprirent de gravir la dune suivante. On n'entendait que les cliquetis des brides, les bruits étouffés des sabots frappant le sable et le bourdonnement des ailes-vibrantes qui voletaient de fleur en fleur. Certaines se posaient sur des branches ou sur le sol avant de produire un vrombissement aigu qui faisait grincer les dents de Çeda.

Zaïde les conduisit vers une clairière au sein du champ d'adichara. Autour d'elles, les fleurs bleuet blanc étaient ouvertes et luisaient dans l'air froid du désert. Une nuée d'étoiles s'étendait sous les lunes, les innombrables enfants de Tulathan et de Rhia.

Les lianes épineuses des adicharas serpentaient entre elles tandis que soufflait le vent glacé du désert.

— Ici, déclara Zaïde en tirant sur les rênes de sa monture.

Elle mit pied à terre et les Vierges l'imitèrent. Çeda fut la dernière à descendre de selle. Les chevaux étaient bien dressés et restèrent immobiles tandis que les six femmes grimpaient sur un plateau et formaient une ronde. Melis était à gauche de Çeda, Jalize à droite. Puis venaient Sümeya et Kameyl. Zaïde, la Matrone, leur guide spirituelle, se tenait en face de Çeda.

— Nos coutumes veulent qu'une aspirante soit piquée par une épine avant de cueillir une fleur d'adichara, mais tu as déjà affronté cette épreuve et tu peux donc aller choisir une fleur. (Elle s'interrompit quand une aile-vibrante passa entre elles pour se diriger vers les arbres tordus.) Es-tu prête à entamer ta veillée ?

— Je suis prête.

— Alors, va. Et que la sagesse guide ton choix.

Çeda regarda la clairière. Les adicharas étaient couverts de fleurs et elle n'avait que l'embarras du choix. Les lunes étaient hautes et les pétales brillants. Le mouvement des branches avait quelque chose d'hypnotique. Il évoquait une mer démontée. La plupart des fleurs étaient tournées vers les astres et l'une d'elles avait tant de pétales qu'elle semblait sur le point d'exploser. On aurait dit qu'elle défiait les dieux sans la moindre crainte.

C'est toi que je veux, songea Çeda.

La fleur était haut perchée, hors de portée, et la jeune fille n'avait guère envie de regoûter à la morsure des épines. Elle tira donc son sabre et trancha le sommet de la tige. La fleur bascula et Çeda la fit glisser le long de sa lame pour qu'elle ne se coince pas dans les branches. Elle tendit la main et l'attrapa.

Comme son parfum était puissant !

Il lui rappela le moment où sa mère avait déposé le dernier pétale sur sa langue. La jeune fille éprouva un instant de bonheur. Cette nuit plus que toutes les autres, elle avait envie de sentir Ahya à ses côtés.

Elle rebroussa chemin et montra la fleur à Zaïde.

La Matrone hocha la tête et Çeda crut distinguer un sourire sur ses lèvres. Zaïde fit signe aux cinq femmes de s'agenouiller. Elles obéirent et la Matrone les imita. Comme ses camarades, Çeda posa le dos de ses mains sur ses cuisses. Elle tenait la fleur au creux de ses paumes.

— Nous conduisons notre sœur jusqu'ici, psalmodia Zaïde.

— Nous te laissons seule, mais notre esprit reste avec toi, dirent Sümeya, Kameyl, Melis et Jalize.

Zaïde tendit le bras et ramassa une poignée de sable. Elle le laissa glisser entre ses doigts et reprit d'une voix puissante :

— Que Goezhen t'accorde la force d'endurer ce qui t'attend.

Sümeya ramassa une poignée de sable à son tour. Il glissa sur le rocher qui était sous ses genoux dans un doux murmure.

— Que Thaash t'accorde le courage de frapper nos ennemis.

Melis répéta le rituel avec une déférence qui impressionna Çeda. Il était rare de voir quelqu'un faire preuve d'une telle humilité, que ce soit dans les temples, dans les quartiers ouest ou à Tauriyat. On aurait dit que la Vierge s'adressait aux dieux réunis devant elle.

— Que Tulathan t'accorde la lucidité pour faire différencier le bien du mal.

Kameyl attendit plusieurs secondes avant de prononcer sa supplique.

— Que Yerinde t'accorde le discernement, même lorsque tu es dans les ténèbres, car tu ne trouveras pas le vrai chemin sans lui.

Puis vint le tour de Jalize.

— Que Bakhi t'accorde la joie dans la voie que tu as choisie, car la joie est source de probité.

Çeda avait imaginé que les Vierges accompliraient la cérémonie sans grande conviction – dans le meilleur des cas – et elle fut surprise en entendant leur ferveur et leur respect. Y compris Kameyl et Sümeya. À leurs yeux, ces vœux étaient plus importants que le mépris qu'elles éprouvaient pour leur nouvelle camarade.

C'était maintenant au tour de Çeda. Elle savait ce qu'elle devait dire, mais les mots avaient du mal à sortir de sa gorge. Elle se pencha et prit une poignée de sable en se rappelant la promesse de vengeance qu'elle s'était faite des années plus tôt.

— Que Rhia m'accorde la volonté, car la volonté me permettra de défendre Sharakhaï contre ceux qui lui veulent du mal.

Ces paroles avaient un goût amer parce que ce serment s'adressait aux Rois et parce que la jeune fille avait le sentiment que les dieux l'avaient abandonnée depuis longtemps.

— Que la volonté des dieux soit faite, dit Zaïde.

— Que la volonté des dieux soit faite, répétèrent les Vierges.

Zaïde, Sümeya, Kameyl, Melis et Jalize se levèrent les unes après les autres pour embrasser Çeda au sommet du crâne, puis retournèrent vers les chevaux. Zaïde fut la dernière à partir. Elle s'accroupit et serra les épaules de la jeune fille.

— Quoi que tu puisses penser, tu t'es fort bien débrouillée. Husamettín croit en toi. Yusam et Ihsan également. Les autres te surveilleront de près, car tu es une gemme fraîchement arrachée aux sables du désert, mais ils finiront par te faire confiance.

— Et les Vierges ?

Zaïde haussa les épaules.

— Lorsque cette épreuve sera terminée, elles t'accepteront comme une des leurs.

— Mais elles ne m'aimeront jamais.

— L'amour est un sentiment surfait. Contente-toi de gagner leur respect. Cela t'apportera bien davantage. (Çeda n'en était pas persuadée, mais elle hocha la tête.) Absorbe les pétales, mais veille à ne pas en prendre trop d'un coup. Regagne Sharakhaï quand tu te sentiras prête.

À peine avait-elle prononcé ces mots qu'un hurlement triste monta dans le désert.

Zaïde se tourna vers le sud.

— Ils se sont réveillés tard. (Elle se pencha et embrassa Çeda à son tour.) C'est bon signe, Çeda. Je suis sûre qu'ils attendaient ta venue afin de t'accueillir dans les règles.

La Matrone s'éloigna en marmonnant une prière. La plupart des mots étaient inaudibles, mais Çeda entendit un bref passage : « Je t'en prie, Nalamae, guide-la. »

Les cinq cavalières formèrent une colonne et descendirent une pente sableuse avant d'entreprendre l'ascension de la dune suivante. Quand elles arrivèrent au sommet, un nouveau hurlement retentit. Plus proche que le précédent. Les cinq femmes disparurent et Çeda se retrouva en seule compagnie de la fleur éclatante qui reposait au creux de ses mains.

Elle arracha un pétale, mais au lieu de le glisser sous sa langue, elle le mâcha et l'avala. Le parfum des adicharas se répandit dans ses poumons et une puissante vague d'énergie l'envahit, comme si c'était sa première fois. C'était sans doute un effet de son angoisse. La perspective d'affronter le jugement des asirim était bien plus inquiétante que celle de rencontrer Emre dans la relative sécurité de l'ambassade qaimirienne.

Elle avala sa salive et détacha un autre pétale alors que de nouveaux hurlements déchiraient la nuit. Zaïde lui avait dit de ne pas les consommer trop vite, mais Çeda n'avait pas l'intention de suivre son conseil. Si c'était le moyen d'appeler les asirim, eh bien ! autant qu'ils soient aussi nombreux que possible. Elle refusait de laisser la peur s'installer dans son cœur. Elle les observerait et apprendrait. Avec un peu de chance, celui qui l'avait embrassée répondrait à son appel. Le Roi de ces créatures difformes.

Elle avala un troisième pétale. Un quatrième.

Un cinquième. Un sixième.

Un tintement aigu carillonnait à ses oreilles, mais elle entendit les asirim qui approchaient dans les ténèbres.

Les adicharas commencèrent à s'agiter et à se balancer. Les branches se tordaient et se repliaient tandis que de sombres silhouettes apparaissaient en dessous. Les asirim, songea la jeune fille avec effroi. Les arbres noueux les soulevèrent et plantèrent leurs épines empoisonnées dans leur chair avant de les déposer sur le sol. La plupart des créatures semblaient épuisées et avaient du mal à tenir sur leurs pattes. Elles ressemblaient à des chiens malades incapables de supporter le poids de leurs corps.

Par tous les dieux! Çeda les *sentait.*

Zaïde l'avait prévenue. C'était pour cette raison qu'on l'avait conduite dans les champs en fleur : pour que les asirim – et les adicharas – *s'imprègnent* d'elle.

Les arbres tordus se balançaient et la jeune fille sentait leurs mouvements. Elle sentait la présence des asirim comme un vague malaise au creux de son ventre. Elle sentait ceux qui étaient tout proches, ceux qui se trouvaient aux extrémités du champ d'adicharas et ceux qui étaient plus loin encore.

Elle avala un septième pétale, puis un huitième. Les premières créatures approchèrent, leur aura aussi enivrante qu'un alcool fort, et Çeda plongea dans un état second. Elle était émerveillée, subjuguée. Elle secoua la tête et la lumière des lunes, des étoiles et des fleurs dessina de longues traînées brillantes qui accentuèrent son vertige.

Elle continua à faire ce qu'elle devait faire. Les pétales. Elle les avala les uns après les autres, jusqu'au treizième. Jusqu'au dernier.

Les asirim s'étaient redressés sur leurs membres inférieurs. Leurs mouvements étaient devenus plus sûrs, plus souples, plus félins. Ils émergeaient de leur torpeur pour se rappeler leur véritable nature.

Certains s'éloignèrent d'un pas traînant et se dirigèrent vers Sharakhaï – peut-être pour répondre à la convocation de Sukru –, mais la plupart se rassemblèrent autour de Çeda dans un profond silence.

La peur que la jeune fille avait toujours éprouvée envers les asirim se réveilla. La peur d'un enfant confronté aux ténèbres, à l'inconnu, à l'étrange. Mais en voyant ces misérables créatures se déplacer comme une colonie d'insectes, la crainte de Çeda laissa place à la pitié et à un ancien sentiment de curiosité enfoui au fond de sa tête.

Ses mâchoires claquèrent comme si elle avait froid.

Mais elle n'avait pas froid. Bien au contraire. Elle était brûlante.

—Approchez, dit-elle. Je veux vous voir.

Les histoires des Rois étaient-elles vraies ? Était-elle en face des enfants, des femmes et des hommes qui s'étaient sacrifiés la nuit de Beht Ihman ? Dans les documents que lui avait apportés Davud, elle avait lu des récits parlant de trahison, de victimes choisies parmi les plus faibles des douze tribus.

Les asirim approchèrent un peu plus et encerclèrent Çeda. S'ils avaient l'intention de la tuer, de la déchiqueter et de la dévorer, eh bien ! elle ne pourrait pas faire grand-chose. Ils étaient si près qu'elle distinguait les plis de leur peau noire et les taches qui marbraient leurs crocs jaunis. Ils étaient maigres et leurs tendons saillaient comme des crêtes rocheuses. Ils frémissaient comme s'ils craignaient que la jeune fille les frappe, mais ils tendirent leurs bras émaciés pour toucher ses épaules et ses joues à travers le niqab noir. Certains caressèrent sa tête couverte par un turban.

— Qui êtes-vous ? demanda-t-elle.

L'un d'entre eux – un homme qui avait été grand, mais qui n'était plus qu'une créature brisée dotée d'une bosse dans le dos et d'un cou tordu – effleura son sabre et prit sa main pour examiner sa paume. Il posa son pouce sur sa peau pour suivre les dessins et les symboles tatoués par Zaïde. Une vague de douleur monta de la plaie empoisonnée, mais les effets des pétales étaient si puissants que Çeda la sentit à peine. L'asir marmonna quelque chose, mais il parlait si bas que ses paroles étaient incompréhensibles. Les autres créatures se joignirent à lui et leur murmure se mêla aux bruissements des branches et aux vrombissements des ailes-vibrantes pour former un son hypnotique. La jeune fille avait l'impression de rêver. Elle crut entendre les carillons de Saliah au cœur de l'étrange brouhaha.

Elle comprit alors qu'elle était sous l'emprise des pétales. Elle devait réagir au plus vite.

— Parlez-moi ! s'écria-t-elle. Expliquez-moi ce que vous dites !

Les créatures les plus proches esquissèrent un mouvement de recul, mais les autres ignorèrent la supplique de Çeda. L'asir bossu examinait toujours ses tatouages. Son pouce glissa sur la plaie laissée par l'épine d'adichara et une douleur aiguë rappela enfin la jeune fille à la réalité.

— J'ai rencontré votre Roi, dit-elle à la créature qui lui tenait la main.

Elle respira un grand coup quand l'asir appuya sur la plaie. La souffrance n'était pas désagréable et lui éclaircissait l'esprit.

— Il m'a parlé. Il m'a dit : « Il reposera en dessous de l'arbre tordu… »

L'asir leva la tête et la regarda. Il avait les yeux écarquillés et son visage exprimait – dans la mesure du possible – un mélange de peur et de tristesse.

— Vous connaissez ce poème, hein ? « Il reposera en dessous de l'arbre tordu jusqu'à la mort par son engeance portée. Par les larmes de Nalamae et par la crainte divine, le sang du sang gagnera les sombres terres. » Il parle de vous, n'est-ce pas ? Vous êtes le sang du sang !

Et la créature parla d'une voix rauque et sifflante, comme si elle se servait d'un instrument dont elle n'avait pas joué depuis longtemps. Elle prononça un mot presque inarticulé, mais la jeune fille le comprit, car elle l'avait employé quelques instants plus tôt.

— Saannngggg…

— Est-ce que vous voulez être libérés ? Est-ce là le sens du poème ?

— Libéérrréééés…

— Libérés de qui ? Des Rois de Sharakhaï ?

À ces mots, de nombreux asirim poussèrent des gémissements. Ils reculèrent et exprimèrent leur angoisse en levant la tête vers les cieux indifférents. Leurs cris résonnèrent jusque dans les os et le cœur palpitant de Çeda.

— Dites-moi ! insista-t-elle. Dites-moi ce qu'ils ont fait.

Mais aucune créature ne répondit à sa question. Elles gémirent plus fort et plus longtemps.

Celle qui tenait sa main était silencieuse. Elle fit glisser un ongle épais sur les tatouages. Elle montra plusieurs symboles, encore et encore, puis s'agenouilla sans lâcher la jeune fille et traça quelque chose sur le sable. Un signe émergea du néant et Çeda le reconnut. Elle laissa échapper un hoquet de stupeur et porta la main à sa gorge.

Par tous les dieux, qu'est-ce que cela pouvait bien signifier ?

L'asir avait dessiné la marque qui avait été gravée sur le front de sa mère, la marque dont Çeda cherchait le sens depuis des années.

Comment ?

Comment pouvaient-ils savoir ?

L'asir s'interrompit et plia les doigts comme si l'exercice était douloureux, mais il se remit au travail et traça les derniers traits. Il lâcha la jeune fille et s'inclina devant le symbole. Les autres l'imitèrent.

Un long gémissement s'échappa de la bouche de Çeda et la tristesse lui serra le cœur comme un étau. Revoir ce signe… était une épreuve douloureuse. Les asirim le regardaient avec révérence. Elle s'apprêtait à leur demander pourquoi quand elle entendit quelque chose. Un nouveau murmure parcourut le cercle des malheureuses créatures. Celles qui se trouvaient sur sa droite s'écartèrent.

L'asir à la couronne apparut.

— Sehid-Alaz, souffla Çeda en se rappelant le nom qu'avait prononcé Saliah quand elle lui avait raconté son étrange rencontre.

Sehid-Alaz avançait avec peine à la lumière des deux lunes. Il ressemblait à un homme blessé, mais fier. Un homme qui refusait de se plier à la volonté des Rois et à la volonté des dieux. Ses efforts l'épuisaient. Çeda le voyait dans le frémissement de ses épaules et dans la manière dont il gardait la tête droite.

Les asirim reculèrent pour lui faire de la place, puis s'inclinèrent avec respect.

Le Roi leva une main vers Çeda et celle-ci comprit qu'il voulait examiner ses tatouages. Elle se trompait. Elle tendit le bras et le Roi inspira plusieurs fois, comme s'il se préparait à une épreuve difficile.

—*Donne-moi ton nom*, dit-il d'une voix aussi ancienne que le désert.

—Je m'appelle Çedamihn Ahyanesh'ala.

Il la saisit et la fit pivoter, puis il prit la poignée de son sabre et le dégaina. Il brandit la lame d'ébène vers le ciel nocturne et les asirim geignirent.

Il baissa l'arme et traça un autre signe à quelques pas du premier. C'était un ancien terme signifiant « cheikh ». Il l'entoura et dessina douze marques.

—Les douze cheikhs, dit Çeda. Les chefs des tribus.

L'asir secoua la tête et traça un nouveau signe sous le premier. Un symbole ancien qui représentait Sharakhaï.

—Les Douze Rois.

L'asir posa un doigt sur les lèvres de la jeune fille avant de secouer la tête une fois de plus. Puis il montra les deux lunes.

Elles peuvent entendre. Les dieux peuvent entendre et prévenir les Rois. Il faut être discret.

Il traça une treizième marque près de celles représentant les Rois. Un treizième Roi. Il se redressa et posa la main sur sa poitrine, puis il dessina un trait entre le treizième Roi et la marque identique à celle qu'on avait gravée sur le front de sa mère.

Par tous les dieux…

Treize tribus.

Il n'y avait pas eu douze, mais *treize tribus.*

La tribu oubliée. Les asirim. Ces créatures étaient les vestiges de la treizième tribu.

Çeda ne savait pas ce qui s'était passé, mais elle était convaincue que les Douze Rois étaient responsables de la déchéance de ces malheureux.

Et elle était certaine que sa mère avait fait partie de cette treizième tribu.

J'en fais donc partie, moi aussi. Je suis la fille d'Ahya et ces gens sont mon peuple.

C'était pour cette raison que les Douze Rois avaient gravé ce signe sur le front d'Ahya, pour mettre en garde ceux qui seraient tentés de s'en prendre à eux.

Çeda contempla son tatouage et les signes invisibles que l'asir avait dessinés du bout de son ongle jauni. Tout était clair. Comment avait-elle pu ne pas comprendre ? Elle s'agenouilla et passa le doigt sur les symboles tracés dans le sable pour les rendre plus nets. Les souvenirs de sa mère devinrent si prégnants qu'elle ne put s'empêcher de pleurer. Un flot de larmes chaudes coula sur ses joues et elle éprouva un intense sentiment de libération. Elle retenait tout cela depuis trop longtemps… la mort de sa mère, son secret, son désir de vengeance contre les Rois cruels. Mais maintenant qu'elle le partageait – même de manière aussi étrange, inattendue et partielle –, elle éprouvait une curieuse sensation d'appartenance.

Elle s'était battue seule pendant trop longtemps, sans réfléchir, comme un enfant luttant contre un adversaire invisible au cœur de la nuit.

Avait-elle trouvé des *alliés* ?

Avait-elle trouvé une *famille* ?

Le Roi des asirim l'avait guidée sur ce chemin et elle avait été soignée par Zaïde, une femme qui avait dissimulé les desseins de ces malheureuses créatures dans les tatouages qu'elle avait tracés sur sa main. D'une manière ou d'une autre, la Matrone soutenait la cause des asirim, mais pourquoi ? Qu'espérait-elle accomplir ? Çeda était désormais convaincue que Zaïde était le contact de Dardzada au sein de la Maison des Vierges. Il faudrait qu'elle aborde le sujet avec elle. À condition qu'elle survive jusqu'au lever du soleil.

— Que s'est-il passé cette fameuse nuit ? demanda-t-elle en sentant une boule se former dans sa gorge. Que s'est-il passé pendant Beht Ihman ?

Les yeux du Roi croisèrent ceux de Çeda et la jeune fille y lut une émotion intense, comme s'il revivait ce moment. Il ouvrit la bouche, puis secoua la tête avec énergie. Il voulait partager ces souvenirs, mais était incapable d'en parler.

Aucun son ne sortit de sa gorge. Il avait été pratiquement condamné au silence, peut-être par les Rois, peut-être par les dieux.

Il se tourna soudain vers la droite et se baissa pour prendre une posture animale. Les autres l'imitèrent aussitôt. Çeda scruta la pénombre et tendit l'oreille, mais elle ne remarqua rien de particulier le long des dunes et dans les champs en fleur. Elle sentit pourtant les poils de sa nuque se hérisser.

Et puis elle perçut des bruits de pas dans le sable. Quelqu'un courait vers elle.

Une voix murmura dans les ténèbres.

— Partez, mes enfants. Partez.

Les asirim s'éparpillèrent et il ne resta bientôt plus que le Roi et deux créatures, dont celle qui avait tracé les signes sur les tatouages de Çeda.

Une grande femme émergea des ténèbres. Elle tenait un bâton.

— Saliah, souffla Çeda.

Par tous les dieux, c'était la sorcière du désert.

CHAPITRE 59

Çeda n'eut pas le temps d'être étonnée. La grande femme approcha et sa houlette frappa le sol en envoyant des gerbes de sable se perdre dans la nuit. Elle descendit une dune accompagnée par une coulée ocre qui brillait à la lumière des deux lunes. Le Roi et l'asir bossu effacèrent les signes qu'ils avaient tracés avec leurs pieds et leurs mains. Une fois leur travail accompli, ils se tournèrent vers Sharakhaï et partirent à toutes jambes.

— Viens ! siffla Saliah. Dépêche-toi ! (Elle arriva à la hauteur de la jeune fille et lui saisit le bras.) Vite !

Elle l'entraîna vers un bosquet d'adicharas. Les arbres se plièrent pour leur ménager un passage qui se referma au fur et à mesure que les deux femmes avançaient. Les branches s'écartaient à l'approche de Çeda, comme si elles craignaient de la piquer avec leurs épines.

— Chut ! souffla Saliah en levant son bâton à deux mains devant elle.

Çeda se demanda si elle s'adressait à elle ou bien aux adicharas. Elle s'arrêta et ne fit plus un bruit.

Elle resta immobile pendant un long moment et cette attente exacerba son angoisse. Saliah était pétrifiée, mais ses lèvres semblaient marmonner une prière silencieuse.

Puis la jeune fille entendit quelque chose. Un raclement de griffes sur la pierre. De sombres silhouettes apparurent au-delà des arbres. Deux créatures avec un poitrail massif, une fourrure hirsute et un dos pentu qui s'achevait sur un arrière-train bas et étroit. Elles furent suivies par une troisième, et une quatrième, et une cinquième.

Des pitres funestes. Des briseurs d'os. Ces hyènes vicieuses se déplaçaient en meutes et n'hésitaient pas à s'attaquer aux chevaux, aux gazelles, aux voyageurs imprudents et même aux énormes lézards rouges qui vivaient dans les étendues occidentales. Leurs têtes arrivaient à hauteur de l'épaule de Çeda. L'une d'entre elles ouvrit la gueule et la jeune fille aperçut de longues canines et des incisives en forme de pelle.

Les animaux reniflèrent le sol, et surtout l'endroit où Çeda s'était tenue quelques minutes plus tôt. Dans l'air, les dernières traces de la poussière minérale que Saliah avait soulevée avec son bâton brillaient faiblement à la lumière des deux lunes.

Un pitre éternua dans un bruit de grognement étouffé.

Ses compagnons levèrent la tête et poussèrent un hurlement bestial – une espèce de mugissement primal qui semblait s'adresser à la terre elle-même. Çeda le ressentit au plus profond de son être. Elle éprouva la soudaine envie de se gratter. Son ventre se noua et sa bouche s'assécha. Le cri se répéta encore et encore. La jeune fille voulut porter les mains à ses oreilles, mais Saliah lui saisit le poignet pour lui faire comprendre qu'elle ne devait pas bouger.

Une hyène fit pivoter ses grandes oreilles, puis tourna sa tête monstrueuse vers l'endroit où se cachaient Çeda et Saliah. Elle approcha en reniflant et ses camarades la regardèrent avec curiosité. Elles lui emboîtèrent le pas et se rassemblèrent devant le bosquet où les deux femmes s'étaient réfugiées. Les branches d'un adichara se tendirent et ondulèrent vers la meute.

Les pitres funestes les plus proches reculèrent en couinant. Les autres pouffèrent d'un rire pitoyable et inquiétant avant de suivre leur exemple. Certains inclinèrent la tête.

Des bruits de pas foulant le sable se firent entendre.

Çeda sentit la main de Saliah serrer son poignet un peu plus fort.

La sorcière du désert avait cessé de marmonner. Elle était aussi silencieuse que la mort.

Une odeur amère de myrrhe brûlée flotta dans l'air et une silhouette apparut. Elle était grande et ses jambes étaient courbées de curieuse manière, comme si elle était à moitié humaine et à moitié animale. Sa peau était si noire qu'elle dessinait une tache de néant sur le ciel étoilé qui s'étendait au-dessus de l'horizon. Une couronne d'épines ornait son front. Tout autour, le sable et les rochers semblèrent se tendre vers la créature, comme si le désert était incapable de résister à la gravité qu'elle exerçait.

Les genoux de Çeda flageolèrent, sa respiration devint hachée. Ses côtes et son estomac se contractèrent douloureusement. La petite fille qui était en elle aurait voulu crier et pleurer, mais cela équivalait à signer son arrêt de mort et elle le savait.

Car elle observait Goezhen en personne. Le dieu qui avait façonné la plupart des créatures difformes qui hantaient le désert. Dont les pitres funestes.

Goezhen s'accroupit et caressa le sol à l'endroit où l'asir avait tracé le symbole de la treizième tribu. Il ramassa une poignée de sable qu'il laissa glisser entre ses doigts.

Il se redressa et observa les adicharas. Son regard passa sur le bosquet où les deux femmes étaient tapies et Çeda crut qu'il allait les découvrir, qu'il allait s'avancer et les tirer de leur cachette. Mais le dieu des bêtes se tourna vers Sharakhaï.

Il contempla la cité un moment, l'air affamé. Il était voûté, les bras écartés le long de son corps et il haletait. On aurait dit qu'il avait envie de détruire quelque chose. N'importe quoi. Sharakhaï, peut-être.

Les pitres funestes approchèrent et l'un d'eux frotta sa tête contre les hanches du dieu, un autre contre ses cuisses. Goezhen caressa leurs nuques puissantes d'un geste distrait.

Il dit quelque chose d'une voix qui ressemblait au roulement sourd d'un tambour de guerre dans le lointain. Çeda ne comprit pas ses paroles, mais les briseurs d'os s'esclaffèrent et s'éloignèrent à grandes enjambées en projetant des gerbes de sable dans leur sillage.

Goezhen les suivit et disparut dans les dunes.

Le silence retomba, à l'exception du bruissement des branches et des épines qui frottaient les unes contre les autres.

Saliah lâcha Çeda et les adicharas s'écartèrent pour qu'elles traversent le bosquet. Les deux femmes n'avaient aucune envie de retourner à leur point de départ. L'endroit était un peu trop fréquenté ces derniers temps.

Çeda ouvrit la bouche, mais Saliah leva la main.

— Trop de mots ont été prononcés au cours de la nuit.

Elle tourna la tête vers la jeune fille bien qu'elle soit aveugle. Les deux lunes cheminaient en direction de l'ouest et étaient désormais au-dessus de l'horizon.

— Le dieu des épines nous a entendues, poursuivit Saliah. Il ne sait pas encore qui tu es, mais il le découvrira si nous ne faisons pas attention. (Çeda voulut parler de nouveau, mais la sorcière du désert ne lui en laissa pas le temps.) Ne prononce pas son nom. Pas quand les lunes traversent le ciel. Tu ne dois l'évoquer qu'en plein jour, fille d'Ahya. Et ne le fais que devant des personnes en qui tu as confiance. Le moment de passer à l'action est proche, mais je pense qu'il nous reste un peu de temps.

— Pour quoi faire ?

— Pour se préparer.

— Comment ?

Saliah toucha la main de Çeda du bout de sa houlette. L'extrémité du bâton appuya sur la plaie et la douleur se réveilla.

— L'histoire est en marche. Tu es une flèche, Çedamihn. Une lance pointée vers le cœur de Sharakhaï. Nous allons nous associer pour défaire ce que les Rois ont fait au nom de leurs dieux.

Pour une raison étrange, la jeune fille songea aux dieux qui avaient pourchassé une des leurs à travers le désert. Goezhen, Bakhi et Tulathan avaient détruit un temple bâti en l'honneur de leur sœur. Une simple sorcière aurait été incapable d'accomplir ce que Saliah venait de faire. Même si elle faisait partie de l'ancien peuple.

Il n'y avait qu'une seule explication possible.

— Tu es…

Les mains de Saliah claquèrent devant la bouche de Çeda.

— Ne prononce pas ce nom !

Tu es Nalamae. Je suis certaine que tu es Nalamae.

— Pourquoi ? Pourquoi est-ce que je ne peux pas dire ton nom ?

Saliah la prit par la main et l'entraîna en bas d'une dune.

— Viens, dit-elle. Suis-moi. Il est temps que tu apprennes ce que les Rois ont fait.

Nalamae se tourna vers Sharakhaï. Les lunes brillaient dans le ciel et le vent était froid. La déesse contempla le désert, puis elle leva la main et sembla effleurer les cordes d'une harpe invisible.

À cet instant, des hurlements d'asirim résonnèrent dans le lointain. Ils se rapprochèrent et au bout d'un moment, une dizaine de sombres créatures émergèrent des ténèbres.

Quatre d'entre elles tiraient des corps qui laissaient de profonds sillons dans le sable, des sillons que le vent du désert ne tarderait pas à effacer. Une femme se réveilla tandis qu'un asir la traînait vers les adicharas.

— Tulathan, protège-moi ! s'exclama-t-elle. Protège-moi !

Elle n'essaya pas de s'enfuir. Sa prière n'était qu'une tentative désespérée pour rassembler son courage et étouffer sa peur. Elle voulait être brave. De nombreuses personnes estimaient que c'était un honneur d'être choisi par les asirim, mais lorsque leur tour venait, la ferveur laissait souvent la place au doute.

Son regard croisa celui de Çeda.

— Que la paix soit sur toi, dit la jeune fille.

Que pouvait-elle dire d'autre ?

L'inconnue ne répondit pas. Elle tourna la tête vers les adicharas et griffa le sable dans l'espoir de s'accrocher à quelque chose. L'asir qui la tirait – une femme desséchée – ne sembla même pas s'en apercevoir. Elle attrapa la malheureuse à bras-le-corps et la projeta au milieu des épines avec une facilité déconcertante. Les fleurs blanches grandes ouvertes contemplaient les deux lunes, mais les branches réagirent aussitôt. Elles saisirent la femme hurlante en plein vol.

Ses cris montèrent dans les aigus lorsque les branches arrachèrent ses membres. Des gerbes de sang sombre et brillant éclaboussèrent les troncs tordus. Les asirim jetèrent les corps à différents endroits. On aurait dit des seigneurs lançant des morceaux de viande à leurs chiens affamés. Par chance, aucune autre victime ne se réveilla.

Par tous les dieux, c'est ainsi qu'ils nourrissent les arbres. Ils enlèvent des gens à Sharakhaï et les jettent au milieu des adicharas.

Un asir s'arrêta près de Çeda, un homme avec de longs membres et des yeux perdus dans le vague. La créature inclina la tête avec respect et la jeune fille fut envahie par un malaise diffus.

Et puis elle comprit le sens de ce geste. Elle comprit ce qui avait changé.

Les asirim l'avaient *acceptée*. Ils la considéraient désormais comme une des leurs.

Maintenant qu'elle connaissait le sort des personnes enlevées pendant Beht Zha'ir, la simple idée de lui rendre son salut lui retourna le cœur, mais prise de court, elle hocha la tête et l'asir s'éloigna.

Les sombres créatures se dirigèrent vers les adicharas et les arbres les accueillirent. Ils enveloppèrent de leurs branches épineuses ces malheureuses âmes et les entraînèrent dans le sable.

Le désert avala la dernière et le désert retrouva son calme. Les adicharas se balançaient avec douceur. Un scarabée s'envola et voleta entre les troncs tordus. La scène était étrangement banale. Dans quelques heures, le soleil se lèverait et les champs en fleur apparaîtraient tels qu'ils avaient toujours été. Ils cachaient leurs secrets comme des voleurs cachent leur trésor.

Çeda et Nalamae se retrouvèrent seules.

Les sacrifices avaient cessé, les sombres créatures avaient disparu.

La jeune fille eut l'impression d'avoir vécu une vie entière au cours de la nuit. Ce n'était pas totalement faux. En un sens, elle venait de renaître et elle découvrait un nouveau monde.

Et tout cela, à cause de sa mère.

« L'histoire est en marche », avait dit Saliah. « Tu es une flèche, Çedamihn. Une lance pointée vers le cœur de Sharakhaï. »

Puis Çeda se rappela pourquoi elle était venue dans le désert. Elle se rappela ce qu'Emre et les Hôtes sans Lune se préparaient à faire.

— Le Roi, dit-elle. Je dois trouver son palais.

Nalamae hocha la tête et fit quelques pas avec prudence. Elle tendait une main devant elle comme pour se réchauffer à la chaleur d'un feu. Elle entraîna Çeda vers le sud-ouest.

— Attends ! s'exclama la jeune fille.

Elle se dirigea vers l'adichara le plus proche et dégaina son sabre d'ébène. La lame siffla quatre fois et quatre fleurs tombèrent. Çeda les ramassa et les glissa dans sa robe avant de rejoindre Nalamae. Les deux femmes tournèrent le dos aux champs d'adicharas et s'enfoncèrent dans le désert.

Çeda devina qu'elles se dirigeaient vers le tamarix qui avait entraîné Külaşan dans le sable. Elle aperçut sa silhouette sur l'horizon, mais Nalamae partit dans une autre direction. Elle s'arrêta et prit Çeda par le bras pour la guider vers un endroit précis.

— Tu ne m'accompagnes pas ?

La grande femme aveugle secoua la tête.

— Les Rois sont protégés par les dieux du désert. Mais toi… tu es une des leurs. Ils ne te verront pas, enfin pas facilement.

Sous les pieds de Çeda, le sable frémit et s'écarta avec un bruissement à peine audible. Il engloutit les chevilles de la jeune fille, puis ses mollets, puis ses cuisses.

— Est-ce que je te reverrai ?

— Un jour…

— Quand ?

Nalamae recula.

— Bientôt. (Un terrible sentiment de solitude envahit la jeune fille quand elle comprit que la déesse allait partir.) Maintenant, fais confiance aux sables mouvants.

Çeda était aspirée par les profondeurs. Elle s'enfonça jusqu'à la taille, jusqu'à la poitrine, jusqu'aux épaules. Elle inspira une dernière fois l'air frais de la nuit et disparut.

Malgré ses résolutions, malgré les paroles réconfortantes de Nalamae, elle ne put s'empêcher de se débattre.

Les ténèbres. Une odeur chaude. L'étreinte impitoyable de la terre.

C'était trop.

Elle avait besoin de respirer. Elle avait besoin de hurler. Ses poumons étaient en feu, sa peau à vif. Et puis…

L'étreinte étouffante se relâcha.

Çeda tomba dans les ténèbres.

Elle atterrit sur un sol en pierre et une vive douleur irradia son genou malgré le cuir épais de sa robe de combat. Elle se redressa tant bien que mal. L'obscurité était totale.

Où aller ?

Elle le découvrit en entendant des cris de rage et de souffrance sur fond de claquements métalliques.

Et dans ce concert de voix, elle reconnut celle d'Emre.

CHAPITRE 60

Macide avançait d'un pas rapide pour ne pas être en retard. Il était suivi d'Emre, de Hamid, de Darius et d'une dizaine d'hommes et de femmes – des guerriers de l'Al'afwa Khadar, les Hôtes sans Lune. Ils portaient des vêtements et des bottes de la couleur de la terre humide. Des turbans et des voiles les protégeaient du vent et dissimulaient leurs traits.

Jusque-là, tout s'était bien passé. Ils avaient quitté Sharakhaï peu après le coucher du soleil et s'étaient dirigés vers le nord-ouest en suivant le lit du fleuve, comme Çeda et Emre l'avaient fait des années plus tôt. Ils avaient ralenti en arrivant à proximité des champs en fleur et Emre avait scruté le désert. Il n'avait vu personne au sommet des dunes et le long des crêtes rocheuses. Il n'avait pas senti d'odeurs suspectes. Il n'avait repéré aucun indice susceptible de lui indiquer où étaient Çeda et les Vierges.

Macide avait accepté d'éviter toute violence inutile si les Vierges remarquaient leur présence, mais n'avait rien promis à propos de Çeda. « Dans une bataille », avait-il déclaré, « les promesses n'ont aucune valeur. »

Le groupe de rebelles dépassa les champs en fleur et parcourut un quart de lieue supplémentaire avant que Macide approche de la berge droite. Il examina plusieurs rochers brillants enfoncés dans le sol en restant aussi bas que possible. Emre comprit qu'il cherchait quelque chose. Mais quoi ?

Macide tourna autour d'un rocher imposant, puis se redressa et fit signe à ses compagnons d'approcher.

—À plat ventre, souffla-t-il.

Il se coucha et s'éloigna en rampant sur le sol desséché. Il disparut presque aussitôt, avalé par la masse sombre de la berge.

Un tunnel, songea Emre.

Hamid suivit son chef, puis ce fut au tour du jeune homme. Il s'aplatit par terre et se glissa tant bien que mal dans le passage étroit. C'était un boyau naturel couvert de cristaux acérés qui vous éraflaient les mains, les genoux et le dos au moindre mouvement brusque. Pendant un long moment, Emre avança en n'entendant que le bruit de sa respiration et de celle des autres. Puis le tunnel s'élargit et des échos de gouttes d'eau s'écrasant sur la pierre parvinrent à ses oreilles.

Il réussit à s'accroupir, puis à se lever. Devant lui, Hamid alluma trois torches qu'il avait tirées de son sac en toile. Il en tendit une à Macide et une à Darius. Une lumière dorée dansa sur les parois tapissées de cristaux blancs. Emre eut l'impression d'être à l'intérieur d'une gangue de quartz, comme dans les histoires d'ehrekhs assoiffés de vengeance.

Macide reprit la tête du petit groupe et remonta une pente en direction des champs en fleur. La caverne s'élargissait et se rétrécissait sans cesse. À plusieurs reprises, les rebelles durent ramper parce que le plafond était trop bas, ou avancer de côté, le dos plaqué contre une paroi, pour ne pas tomber dans une crevasse. Macide semblait un peu perdu. Il examinait les passages avec attention avant d'en choisir un. À un moment, il fit demi-tour et retourna à l'embranchement précédent pour prendre un autre chemin. Au bout d'un certain temps, le cristal céda la place à la pierre et le tunnel s'élargit de nouveau. Les parois devinrent presque lisses et Emre s'aperçut qu'elles avaient été taillées par la main de l'homme.

Le petit groupe s'arrêta à une intersection à angle droit. Macide se tourna vers ses compagnons et dégaina un de ses deux shamshirs.

—Nous arrivons au palais de Külaşan, dit-il à voix basse. Nous ne savons pas s'il y a des Vierges à l'intérieur, ou des Lances d'argent, alors soyez prudents. Ne faites pas de bruit. Demandez l'aide de vos frères et de vos sœurs si quelque chose ne va pas.

Ils se séparèrent en trois groupes. Emre partit à gauche en compagnie de Hamid, de Darius et de deux autres guerriers – Gihran, un homme trapu qui avait deux fois son âge, et Sahbel, une femme dont il ne savait pas grand-chose. Ils remontèrent le passage et s'arrêtèrent à l'entrée d'une petite salle. Hamid avança d'un pas prudent, la torche levée. La pièce ne mesurait que cinq pieds sur cinq et elle abritait un sarcophage en granit avec un nom gravé sur le couvercle : « Iyesa Külaşan'ava al Masal ».

—Sa fille ? demanda Emre.

Hamid éclata de rire.

—Qui d'autre enterrerais-tu dans ton palais ?

La pièce contenait plusieurs bustes en marbre ainsi qu'une statue en pied. Toutes ces œuvres représentaient une même femme à différentes étapes de sa vie. Elle avait été très belle, avec des lèvres pleines et un front noble.

Une sculpture montrait un visage ridé et Emre songea qu'elle avait dû vivre jusqu'à un âge avancé. Parmi les décorations, il y avait également un tableau avec un aigle planant dans le ciel, un petit cheval en ivoire et un collier en or avec une superbe émeraude. Hamid tendit la main et récupéra le bijou accroché au cou d'un buste.

—Ce n'est pas comme s'il allait lui manquer, dit-il à Emre en retournant dans le couloir.

Ils reprirent leur chemin et trouvèrent plusieurs salles identiques à la première. Des tombes destinées aux êtres chers. La plupart des défunts étaient des Külaşan'ava, des fils et des filles du Roi Errant, mais il y avait aussi des Jalil'ava, des Muhsin'ava ou des Latif'ala. Des petits-enfants, des arrière-petits-enfants et des descendants plus éloignés encore... Cela n'avait rien de très étonnant : Külaşan avait vécu plus de quatre cents ans et son sang coulait dans les veines de nombreux Sharakhiens.

Le petit groupe arriva enfin dans un caveau sombre et glacé qui ne contenait rien d'autre qu'un sarcophage. Celui-ci était différent des autres, car son couvercle était orné de symboles.

—Des sceaux, dit Emre. (Sa voix résonna dans l'obscurité.) Pour empêcher que quelqu'un l'ouvre.

—Non, rectifia Hamid avec assurance. Pour empêcher que quelque chose en sorte.

Il regagna le couloir et siffla trois fois. Quelques instants plus tard, Emre entendit d'autres sifflements lui répondre. Hamid siffla deux fois de plus, peut-être pour guider ses camarades. Ils avaient trouvé ce qu'ils cherchaient.

Ils avaient trouvé la tombe de Hamzakiir.

Emre examina le sarcophage. Le nom de Hamzakiir n'apparaissait nulle part – enfin, sans doute, car Emre n'avait jamais été très doué pour les langues anciennes. Il comprit cependant que les marques étaient des symboles de pouvoir et non pas des noms.

Hamid revint.

—Tant d'efforts pour parler avec un cadavre, lâcha Emre.

Hamid le regarda avec ses yeux mi-clos et un sourire entendu se dessina sur ses lèvres.

Emre se rappela alors ce qu'il avait dit un moment plus tôt. Les sceaux n'étaient pas faits pour empêcher quelqu'un d'ouvrir le sarcophage, mais pour empêcher quelque chose d'en sortir. Pour empêcher *Hamzakiir* d'en sortir.

Par tous les dieux bienveillants ! Ils n'étaient pas venus parler avec Hamzakiir !

Ils étaient venus le *libérer* !

Le reste du groupe entra dans la pièce, Macide en tête.

Emre sortit son pied-de-biche, aussitôt imité par Macide, Gihran et Hamid. Chacun planta son outil à un coin du couvercle afin de le soulever.

Emre entendit un sifflement bref et Darius entra d'un pas précipité.

— Des gens approchent ! dit-il.

Macide laissa échapper un grognement tandis que le couvercle bougeait.

— Combien sont-ils ?

— Je ne sais pas. Une dizaine, peut-être davantage.

— Prends six hommes et va poser des pièges à l'intersection. Ralentis-les. Affronte-les s'ils réussissent à passer, mais veille à conserver tes forces.

Darius acquiesça et s'éloigna à la tête de six guerriers. Seuls Macide, Hamid, Emre et Gihran restèrent dans la pièce.

Ils réussirent à faire glisser le couvercle et aperçurent un linceul blanc. Macide tira dessus et une horrible momie apparut. La peau était desséchée comme si l'on avait exposé le corps au soleil pendant des centaines d'années. Les joues étaient si creuses qu'on distinguait le point de jonction entre les dents et la mâchoire. Les yeux enfoncés dans les orbites ressemblaient à des grains de raisin attendant d'être cueillis.

Un cri résonna dans un couloir et Macide tira la pierre de vie écarlate de sa dishdasha. Il essaya de la glisser entre les lèvres émaciées de Hamzakiir, mais celles-ci étaient trop serrées.

— Ouvre-lui la bouche, dit-il en regardant Emre.

Emre tendit la main et tira sur la mâchoire inférieure.

De nouveaux bruits se firent entendre. Des hommes qui se déplaçaient rapidement, des cliquetis de cottes de mailles, des boucliers qui s'entrechoquaient. Il s'agissait sans doute de Lances d'argent. Une dizaine d'entre elles approchaient. Un souffle puissant résonna dans le couloir et la lumière trembla.

Emre entendit des cris, aussitôt suivis de hurlements de douleur.

— Vite, dit Macide.

Il hocha la tête d'un air insistant.

Emre appuya plus fort, mais la mâchoire bougea à peine. Si le jeune homme déchirait la peau et les muscles, comment Hamzakiir parlerait-il une fois la pierre avalée ? Macide poussa la gemme écarlate entre les dents et elle disparut avec un petit bruit sec.

Rien ne se passa.

Des claquements métalliques résonnèrent quelque part dans le couloir. Des claquements et des cris. Un homme appela Külaşan avant de pousser un hurlement de douleur qui fut brutalement interrompu par un craquement sourd.

Hamzakiir était immobile.

La magie de la pierre n'avait pas fonctionné.

Emre lâcha la mâchoire, puis essaya de l'ouvrir de nouveau. Les muscles bougèrent plus facilement, et il réussit à enfoncer la gemme plus profond.

La gorge de Hamzakiir se contracta.

Macide tendit aussitôt la main pour la masser. Hamzakiir déglutit plusieurs fois, mais la pierre semblait coincée.

— Il faut le lever ! lança Macide.

Il entreprit de redresser le corps pour l'extraire du sarcophage. Emre et Hamid se déplacèrent pour l'aider tandis que Gihran se dirigeait vers l'entrée de la pièce, le sabre à la main. Si les Lances d'argent arrivaient jusque-là, il ferait tout son possible pour les arrêter.

Un sifflement retentit au moment où il sortait dans le couloir. Il tourna la tête et la boule hérissée de pointes d'une morgenstern lui fracassa le crâne. Gihran s'effondra dans une gerbe de sang.

Une silhouette apparut à l'entrée de la pièce, un homme qu'Emre ne connaissait pas. Il était grand et imposant. Il arborait une moustache et une longue barbe qui descendait sur sa large poitrine protégée par une cotte de mailles polie frappée d'un paon faisant la roue. Le filet métallique attaché à son casque conique cliqueta lorsqu'il tourna la tête pour regarder Macide, Hamid et Emre.

— Comment *osez*-vous ? gronda Külaşan d'une voix grave et rauque. (Il fit un pas et entra dans la pièce.) Comment *osez*-vous souiller ces lieux de votre présence ?

— Sortez-le du sarcophage, dit Macide en laissant Hamid et Emre s'occuper de Hamzakiir.

Il tira ses deux shamshirs et avança à la rencontre de Külaşan.

Les deux hommes s'élancèrent et Macide enchaîna une combinaison de coups féroces. Le Roi errant les bloqua avec Fossoyeur, sa morgenstern, ou son petit bouclier rond et noir incrusté de deux lunes dorées, mais son adversaire frappait avec tant de hargne qu'il dut reculer dans le couloir. Cela ne dura pas. Il para deux autres coups et passa à l'offensive. Fossoyeur s'abattit sans relâche tandis que le bouclier était prêt à bloquer une éventuelle contre-attaque.

Külaşan obligea Macide à reculer et l'accula dans un coin du caveau.

— Croyais-tu pouvoir t'introduire chez moi et me voler mon fils ?

Emre et Hamid réussirent à extraire Hamzakiir de son sarcophage et ils glissèrent ses bras sur leurs épaules. Le corps était toujours sans vie, mais sa tête se balançait de gauche à droite. Hamzakiir n'essaya pas de se redresser et ne fit aucun effort pour faciliter la tâche des deux hommes.

Par-dessus le fracas des sabres et de la morgenstern, Emre entendit un bruit qui était à peine plus qu'un murmure. Hamzakiir essayait de lever la tête et de parler.

Le jeune homme regarda Hamid, mais celui-ci se contenta de hausser les épaules.

— Que dites-vous ? demanda Emre en se penchant vers la momie. Je vous écoute ! (Hamzakiir souffla quelque chose d'inaudible.) Plus fort !

Le mort-vivant parvint à articuler deux mots dans un long râle.

— Duuu saaannng !

Emre frissonna.

— Sortons ! dit Hamid. Sortons-le d'ici !

Ils se dirigèrent vers le couloir tandis que Hamzakiir réclamait du sang d'une voix sifflante, mais alors qu'ils en atteignaient l'entrée, le pied de Külaşan frappa Macide en pleine poitrine et le chef rebelle fut projeté dans un coin de la pièce. Le Roi Errant se tourna sans perdre un instant et se précipita sur Emre et Hamid. Hamid grogna et poussa Emre dans le couloir avant de dégainer son sabre. Il appuya la lame sur sa paume et leva son arme pour bloquer la terrible morgenstern.

— *Du sang…*, souffla Hamzakiir. *J'ai besoin de sang.*

Emre l'aida à se redresser.

— Nous allons vous faire sortir d'ici, puis nous vous donnerons du sang, dit-il.

À la droite du jeune homme, un rideau de feu cachait l'intersection où Darius avait posé les pièges. Les guerriers de Macide affrontaient une quinzaine de Lances d'argent et d'autres gardes se tenaient derrière les flammes.

Dans le caveau, Hamid fut étourdi par un coup de bouclier et Külaşan en profita. Il abattit Fossoyeur et la morgenstern s'écrasa sur l'épaule de son adversaire. Hamid lâcha son arme et se recroquevilla en poussant un cri de douleur. Macide chargea, mais le Roi était trop rapide. Il bloqua les lames du chef rebelle sans difficulté.

Hamzakiir toussa faiblement.

— Ne soyez pas… idiot, articula-t-il à grand-peine. Nous ne sortirons jamais d'ici… si vous ne me donnez pas votre sang.

— Comment ?

En guise de réponse, Hamzakiir saisit le poignet du jeune homme entre ses mains desséchées et tremblantes, puis il appuya un ongle effilé sur la peau.

Emre déglutit avec peine.

Autour de lui, la bataille faisait rage. Les rebelles ne résisteraient pas longtemps : Macide était à bout de force, ses guerriers reculaient et le rideau de flammes faiblissait.

Il regarda Hamzakiir qui frissonna en levant la tête vers lui. La momie avait du mal à garder les yeux ouverts et semblait prête à replonger dans son repos éternel.

Je peux bien offrir un peu de sang à la cause. Mes camarades versent le leur sans hésitation.

Il déglutit de nouveau en se demandant si c'était vraiment sage. Quelles seraient les conséquences pour lui, pour Hamzakiir et les Hôtes sans Lune ? Il prit une décision et leva la main vers le mage de sang.

Hamzakiir ne perdit pas un instant. Il enfonça un ongle dans la chair du jeune homme qui grimaça de douleur. Le mage porta le poignet à ses lèvres pour boire le sang qui s'échappait de la plaie et Emre eut l'impression de plonger dans un lac glacé. Il frissonna et s'aperçut que ses forces l'abandonnaient. Il poussa un cri où se mêlaient la douleur et la peur de succomber à la soif de la momie. Cette réaction l'arracha à son état de stupeur, mais autour de lui, le monde plongea dans le brouillard.

Pendant combien de temps resta-t-il ainsi ? Il aurait été incapable de le dire.

Hamzakiir semblait décidé à boire jusqu'à la dernière goutte de son sang.

Les cris et le fracas de la bataille se firent lointains et des tintements insistants résonnèrent aux oreilles du jeune homme. Le reflet des flammes pâlit sur les murs. Emre ne savait plus trop qui il était et pourquoi il était là. Il avait l'impression d'être allongé sur un radeau emporté par la Haddah avec Çeda à ses côtés. Il avait fait cela quand il était jeune. Il avait économisé pendant des semaines pour construire un esquif de fortune et avait invité son amie à embarquer lorsque les premières pluies étaient tombées. Le voyage avait duré toute une journée. Ils avaient ri et mangé en admirant le désert, puis s'étaient fait remorquer par une longue barge à rames qaimirienne qui remontait vers la cité d'ambre.

Une partie de lui savait qu'il n'était pas sur le fleuve. Il était dans le caveau d'un roi oublié et il allait mourir. Hamzakiir allait boire son sang jusqu'à la dernière goutte. Il l'avait compris. De toute manière, il était condamné. Macide ne résisterait pas longtemps aux attaques de Külaşan. Ses mouvements étaient de plus en plus lents et il avait du mal à parer les coups de son adversaire.

Et puis il aperçut quelque chose sur sa gauche. Une silhouette traversa son champ de vision à la vitesse de l'éclair.

Une femme brandissant un sabre d'ébène.

Külaşan para son attaque, mais un puissant coup d'épaule l'obligea à reculer en titubant. L'inconnue se redressa et lança quelque chose vers le Roi.

Une fleur.

Une fleur d'adichara.

Külaşan l'écarta d'un coup de bouclier. La fleur fila vers un mur en laissant un nuage de poudre blanche et dorée dans son sillage.

Külaşan se mit à tousser avec une telle violence qu'il se plia en deux.

Hamzakiir lâcha le poignet d'Emre et éclata de rire – un rire long et grinçant qui semblait sortir de la gorge d'un dieu à l'agonie caché dans une caverne aux extrémités désolées du monde. Ses dents étaient maculées de sang. Le sang d'Emre. Il poissait sa bouche et coulait sur son menton.

Il se redressa sur ses jambes tremblantes et ses poings se serrèrent. Il regarda la pièce avec des yeux méchants et son rire s'éteignit lentement. L'air vibra tandis qu'un grondement annonçait le réveil de créatures oubliées depuis longtemps.

Un nuage de poussière descendit du plafond. Des fissures lézardèrent les murs. Des éclats de pierre tombèrent par terre.

Malgré sa quinte de toux, Külaşan enchaîna une série de violentes attaques contre Macide et la Vierge du Sabre – Emre devina qu'il s'agissait de Çeda. Les adversaires du Roi n'eurent d'autre choix que de reculer pour éviter Fossoyeur. Ils firent un pas en arrière et Külaşan lança une dernière attaque avant de se ruer dans le couloir.

Emre était glacé. Ses jambes et ses bras tremblaient comme ceux de Hamzakiir quelques minutes plus tôt. Il parvint à garder son équilibre en s'appuyant contre un mur.

Çeda se précipita vers l'entrée de la tombe, mais s'arrêta net en apercevant Emre. Son visage était caché par un voile et l'on ne voyait que ses yeux.

— Fiche le camp, dit-elle en voyant qu'il était mal en point. D'autres Lances d'argent vont arriver et on a dû appeler des Vierges en renfort.

Puis elle pivota et s'élança à la poursuite de Külaşan.

Macide sortit du caveau en soutenant Hamid. Celui-ci ne semblait pas gravement blessé, mais son bras gauche pendait le long de son corps et son épaule était couverte de sang. Macide siffla deux fois et les cinq guerriers qui avaient survécu aux combats reculèrent aussitôt pour s'éloigner de la barrière de feu et des Lances d'argent.

Le grondement résonnait toujours. Emre sortit du caveau et récupéra une torche. Il prit la tête du petit groupe et remonta le sombre passage sans cesser de frissonner. Les rebelles arrivèrent à un carrefour d'où partaient trois autres couloirs. Il entendit les échos de la quinte de toux de Külaşan et des pas de Çeda qui le poursuivait. Il venait de s'engager dans le passage que le Roi et la jeune fille avaient emprunté quelques instants auparavant lorsque le grondement gagna en intensité. Une pluie de débris s'abattit du plafond dans un bruit d'enfer et les rebelles reculèrent dans le couloir par lequel ils étaient arrivés. Un épais nuage de poussière les avala. La flamme de la torche trembla, mais par chance, elle ne s'éteignit pas.

Emre toussa et cracha pendant un bref moment, puis il brandit la torche pour regarder dans quel état était le couloir. Le carrefour était obstrué à l'exception d'un trou tout juste assez large pour laisser passer un homme. Malheureusement, ce trou ne menait pas au couloir que Külaşan et Çeda avaient emprunté.

Emre se baissa et examina l'éboulis dans l'espoir de trouver une autre faille qui lui permettrait d'aller aider son amie, en vain.

Le couloir était complètement bloqué.

— Laisse-la, dit Macide en tirant sur sa manche.

Emre tourna la tête vers le grand guerrier du désert. Il savait qu'il avait raison. Il savait qu'il ne pouvait rien pour Çeda et cette idée le minait. Leur relation avait été chaotique au cours des dernières semaines, mais la jeune fille venait de le sauver, comme elle l'avait fait à d'innombrables reprises. Emre éprouvait le pressant besoin de lui rendre la pareille, de rembourser une partie de sa dette, mais il ne pouvait rien faire pour le moment. Il ne pouvait pas la rejoindre. Il hocha la tête et aida ses camarades à franchir l'étroit goulet. Lorsque tout le monde fut passé, Darius jeta un pot en argile qui se brisa sur l'éboulis. Emre baissa sa torche et l'huile répandue sur les pierres s'embrasa aussitôt.

Les Lances d'argent et les Vierges n'allaient pas tarder à les prendre en chasse, mais les flammes les ralentiraient un moment.

Les rebelles se remirent en marche, et quelques minutes plus tard, ils traversèrent la caverne de cristal d'un pas rapide.

Puis ils débouchèrent dans le désert. Ils étaient sauvés.

CHAPITRE 61

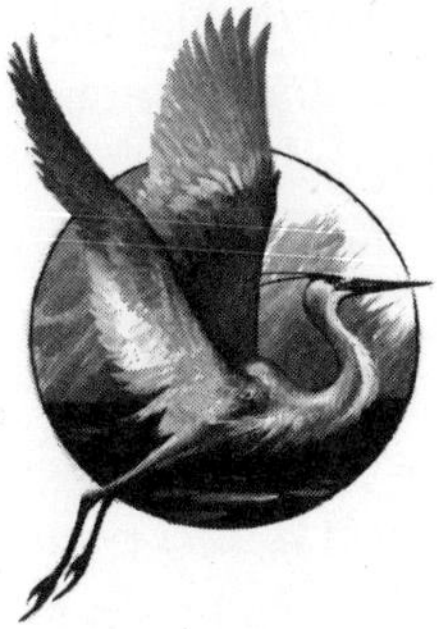

Ramahd était accroupi sur une crête basse. Dana'il se tenait à sa gauche, Meryam à sa droite. Neuf de ses hommes attendaient en ligne derrière lui. Corum, Quezada, Rafiro et le reste. Ils étaient agenouillés, l'arc à la main et les lances posées à leur portée. Ils attendaient sous les deux lunes depuis des heures. Ils attendaient que Meryam leur explique ce qui se passait dans le palais caché de Külaşan.

À leur arrivée, la jeune femme leur avait ordonné de s'arrêter et avait pointé le doigt vers un grand rocher qui se dressait de l'autre côté du lit du fleuve.

— Ils sont entrés par là, avait-elle dit.

Elle s'était agenouillée sur le sol rocailleux et n'avait pas bougé depuis. Elle se balançait doucement, les paupières mi-closes, tandis que la nuit s'écoulait avec lenteur.

— Nous devrions explorer la caverne, avait proposé Ramahd après plusieurs heures d'attente.

— Nous ne bougeons pas d'ici, avait lâché Meryam.

— Ils risquent de s'enfuir par une autre sortie.

— Préfères-tu les affronter dans une caverne étroite ou les surprendre en demeurant à bonne distance ?

— Ce n'est pas le problème. Nous pourrions les perdre, Meryam.

— Je ne les ai pas perdus.

Elle avait refusé d'en dire plus.

Rhia se coucha et Tulathan descendit vers l'horizon. Lorsque la lumière du soleil pointa à l'est, Ramahd se pencha vers Meryam.

— Le jour va se lever, ma sœur.

Mais Meryam resta silencieuse. Elle avait cessé de se balancer et était aussi immobile qu'une statue de pierre.

— Meryam ?

Les mâchoires de la jeune femme étaient contractées et ses yeux fixaient le lit du fleuve avec intensité. Ramahd comprit qu'elle regardait bien au-delà de l'entrée de la caverne. Elle regardait à l'intérieur du palais souterrain de Külaşan.

— Que se passe-t-il ? demanda Dana'il.

— Je ne sais pas, mais que tout le monde se tienne prêt.

Tulathan se coucha. Le ciel s'assombrit à l'ouest et s'éclaircit à l'est. Les muscles du cou de Meryam se contractèrent et ses lèvres se crispèrent en un rictus inquiétant. Ses yeux s'écarquillèrent sous le coup de la peur, ou de l'impatience.

Ramahd allait ordonner à ses hommes de le suivre dans la caverne quand Meryam lui saisit la main et la serra comme un étau. Le noble qaimirien grimaça de douleur en sentant ses ongles s'enfoncer dans sa peau.

— Que se passe-t-il ?

Dana'il intervint à ce moment.

— Ils arrivent !

Ramahd se libéra de la poigne de Meryam qui ne semblait guère encline à répondre à sa question. Il prit sa main et la secoua sans ménagement.

— Meryam, qu'est-ce qui se passe ?

— Il y a…

Elle ne termina pas sa phrase.

Dana'il adressa un signe à ses camarades pour les mettre en garde. Ils devaient être prêts à affronter toutes les éventualités.

Ramahd leva la tête et vit quelque chose bouger près du rocher. Ils sortaient de la caverne. Plusieurs guerriers rampèrent comme des crabes avant de se redresser. D'autres suivirent.

— Meryam, qu'est-ce qu'il y a ? Dis-moi ce qui se passe !

— Ils l'ont trouvé. Ils l'ont tiré de sa tombe.

Il comprit qu'elle parlait de Hamzakiir.

— Il est mort, Meryam. (La jeune femme voulut se lever, mais Ramahd l'en empêcha.) Tu m'as dit qu'il était mort.

— Je n'ai jamais dit cela, Ramahd.

— Par tous les dieux et leurs catins, Meryam ! Tu ne m'as certainement pas dit qu'il était vivant !

Meryam n'eut pas l'occasion de réagir à ses reproches. Une voix monta de l'autre côté du lit du fleuve.

— Restez où vous êtes ! Si vous ne touchez pas à vos armes, vous rentrerez peut-être chez vous en un seul morceau !

Le vent du désert se leva et la peau de Ramahd se hérissa. C'était la voix de Macide. Il s'adressait à eux alors que d'autres de ses guerriers émergeaient de la caverne.

— Que faisons-nous ? demanda Meryam. Il est juste *là*, Ramahd.

Elle le provoquait. Elle savait quelque chose qu'il ignorait, mais à ce moment, Ramahd n'en avait cure.

— Tenez-vous prêts ! lança-t-il à ses hommes.

Ceux-ci hochèrent la tête d'un air sombre et le vent souffla plus fort.

Meryam ressemblait à un chat de jungle. Ses narines frémissaient et son visage trahissait un dangereux mélange de férocité et d'exaltation sauvage. Si Ramahd ne l'avait pas si bien connue, il aurait pu croire qu'elle était impatiente que la bataille commence. Comme si la violence était une vieille camarade qu'elle avait hâte de retrouver.

— Maintenant ! cria Ramahd.

Ses hommes se levèrent et Meryam les imita. Elle écarta les bras et le vent se transforma en bourrasque. Ramahd ramena la corde de son arc contre son oreille.

Le sable mordit sa peau dans des hurlements de tempête.

Il tira. Son trait fila en direction de Macide, mais se planta dans la nuque d'un homme qui se trouvait près de lui. Plusieurs flèches sifflèrent, mais le vent perturba leur course. Certaines furent déviées, d'autres s'abattirent dans le lit du fleuve ou au-delà des guerriers de Macide. Tandis qu'il bandait son arc de nouveau, Ramahd s'aperçut avec étonnement qu'il pensait à Emre, l'amour de Çeda. Peut-être était-ce lui qu'il venait de tuer. Il faisait encore sombre et les rebelles étaient trop loin pour qu'il puisse les identifier – à l'exception de Macide qu'il aurait pu reconnaître les yeux bandés.

Le vent rugit. Il engloutit la nouvelle volée de flèches et l'éparpilla dans toutes les directions. Ramahd était incapable de dire si l'une d'elles avait frappé sa cible. L'air s'était épaissi et il distinguait à peine les sombres silhouettes des rebelles. Comment aurait-il pu suivre la trajectoire d'une flèche entre les rafales chargées de sable ?

Ses yeux lui jouaient-ils des tours ?

Un nuage de sable se dressa autour d'un rebelle décharné et celui-ci s'effrita comme une statue de poussière.

— Préparez-vous ! cria Meryam.

Loin derrière Ramahd, un tourbillon surgit de nulle part et le sable s'agglutina pour sculpter une silhouette squelettique. Celle de l'homme qui avait disparu quelques instants plus tôt. L'inconnu portait une robe rouge ancienne brodée de fils d'or et sa bouche était tachée de sang. Il semblait aussi faible qu'un rôdeur d'ossuaire, mais ses yeux…

Ses yeux exprimaient une sauvagerie, une folie et une volonté indomptable.

Un frisson glacé traversa Ramahd.

C'était Hamzakiir. Hamzakiir réveillé ou ressuscité, Ramahd ne savait quel terme était le plus approprié.

Poussé par la peur, il encocha une flèche et visa le mage de sang. Le trait fila vers sa cible, mais ne l'atteignit jamais. Un tourbillon de sable et de feu surgit du sol et enveloppa Hamzakiir. La flèche s'enflamma et fila vers le ciel. Le vent dispersa le sillage de fumée qu'elle laissait derrière elle. Les hommes de Ramahd tirèrent à leur tour, mais leurs traits connurent le même sort que celui de Ramahd.

Trois boules de feu jaillirent des paumes du mage de sang. La première frappa Dana'il, la deuxième Quezada…

Ramahd sentit quelque chose s'écraser contre sa poitrine.

Une gerbe de flammes explosa devant ses yeux. Il ressentit une terrible brûlure et fut projeté en arrière comme s'il avait été frappé par le marteau des dieux. Le monde tourbillonna et il heurta le sol avec tant de violence que des rochers entaillèrent son dos et ses hanches. Il roula sur une zone sableuse et s'immobilisa. Le bourdonnement qui résonnait dans ses oreilles noyait les autres bruits. Une odeur de poils ou de chair brûlés flottait dans l'air – Ramahd ne chercha pas à approfondir la question.

Hébété, il poussa un gémissement et réussit à lever la tête pour contempler la scène qui se déroulait devant lui. Hamzakiir avait cessé de s'intéresser à ses hommes. Plusieurs d'entre eux avaient été frappés par ses boules de feu, les autres couraient vers une rangée de rochers afin de s'abriter. Le mage de sang se tourna vers Meryam et lança une nouvelle rafale de projectiles enflammés. La jeune femme ne recula pas. Elle leva les mains et dévia les boules de feu les unes après les autres. Certaines filèrent vers le ciel, d'autres frappèrent le sol et explosèrent dans des gerbes de sable et de pierre.

Meryam fit un pas vers Hamzakiir, puis un deuxième. Une expression inquiète se peignait sur les traits du mage. Il était si maigre que Ramahd se demanda où il trouvait la force de tenir debout. Le mage de sang lança de nouvelles boules de feu. Une seule aurait suffi à terrasser la jeune femme – et sans doute à la tuer –, mais elle… Ramahd n'avait jamais lu une telle détermination sur le visage de sa belle-sœur. Ses yeux brillaient d'une rage et d'une joie perverse. Elle n'était pas venue là pour capturer Macide, mais pour affronter Hamzakiir.

Le mage de sang invoqua une énorme boule enflammée tandis que Meryam approchait.

— Meryam ! Non ! cria Ramahd.

Mais elle ne l'écouta pas. Elle se précipita vers son ennemi.

Hamzakiir lança la boule de feu vers son adversaire.

Les cheveux et la robe noire de Meryam tourbillonnèrent. Elle s'accroupit et leva le bras droit pour se protéger des flammes, puis sa main gauche décrivit un arc de cercle et frappa le projectile avec tant de force qu'il changea de direction.

Meryam s'élança vers Hamzakiir en ramenant les mains contre sa poitrine. Une boule de feu bleuté apparut entre ses paumes. Un éclat azuré de plus en plus intense illumina le désert et l'air chargé de sable.

Le projectile fila droit vers la poitrine de Hamzakiir. Le mage de sang leva les bras pour se protéger ou pour dévier l'attaque comme Meryam venait de le faire, mais il ne fut pas assez rapide. Ou habile. La boule le frappa et une explosion bleutée le projeta en arrière.

Ramahd se leva tant bien que mal. Il fit quelques pas sur ses jambes tremblantes et serra les dents pour supporter la douleur qui irradiait ses bras et sa poitrine. Le bourdonnement de ses oreilles s'apaisa peu à peu et il entendit les gémissements et les grognements de ses hommes. Tandis qu'il se dirigeait vers Meryam en chancelant, il regarda autour de lui pour évaluer la situation. Alamante et Corum étaient morts. Dana'il était évanoui. Son épaule et son bras gauches étaient horriblement brûlés. La plupart des autres étaient blessés et commotionnés, tout comme lui.

— Conduisez-les à l'abri des rochers et soignez-les aussi bien que possible, dit-il à Quezada et Rafiro.

Les deux hommes hochèrent la tête.

Ramahd arriva à la hauteur de Meryam et vit que Hamzakiir était évanoui. Sa robe rouge était intacte, mais son cou, ses mains et ses poignets étaient noirs. Le Qaimirien se demanda dans quel état était le reste du corps.

Meryam s'agenouilla près du mage et entreprit de lui ôter ses bracelets et ses anneaux. Ses mains tremblaient.

— Il nous a échappé, dit-il.

— Qui ?

— *Macide !*

La jeune femme récupéra le collier opalin du mage et fouilla la robe écarlate.

— Meryam, Macide nous a échappé.

Elle glissa le contenu des poches de Hamzakiir dans un petit sac accroché à sa ceinture, puis se leva et se tourna vers Ramahd.

— Tu crois vraiment que j'ai fait tant d'efforts, depuis tant d'années, dans le seul but de capturer Macide ?

— Sa mort a *toujours* été notre objectif. Notre *unique* objectif.

— Non, elle a toujours été *ton* unique objectif. D'autres doivent payer. Il n'était pas seul le jour où il a tué ma sœur. Des gens l'ont aidé. Ils lui ont fourni des navires, de l'eau, des armes et des vivres. Des gens qui se disent ses alliés.

— Je me fiche des autres Hôtes sans Lune, Meryam.

— Pas moi. (Elle le regarda droit dans les yeux.) Ils paieront pour leurs crimes, Ramahd Amansir. Jusqu'au dernier. Je le jure sur les dieux et sur mon pays.

Elle pivota et s'éloigna en direction du skiff ancré dans un proche bosquet. Ramahd saisit son poignet et l'obligea à se tourner vers lui.

— Lâche-moi ! cria-t-elle.

Elle leva sa main libre d'un air menaçant comme si, à cet instant, elle ne faisait aucune différence entre Hamzakiir et lui.

Ramahd ne la lâcha pas.

— Nous ne pouvons pas traquer tous les Hôtes sans Lune, Meryam.

— Oh, mais si, Ramahd. (Elle se libéra d'un geste sec et se remit en chemin vers le bosquet.) Nous le pouvons, et nous le ferons.

Le vent soufflait encore avec force et des nuages de sable glissaient au-dessus du sol. Quand Meryam fut à bonne distance, Ramahd se tourna vers ses hommes. Dana'il était debout et serrait son bras gauche contre lui. Son regard passa de la silhouette de Meryam à Ramahd, et il grimaça.

— Devons-nous entamer des recherches, seigneur ?

Il parlait de Macide.

— Non, répondit Ramahd. (Sa poitrine le brûlait de plus en plus et il était convaincu que le choc lui avait brisé une côte ou deux.) Il est parti, et de toute manière, nous ne sommes plus en état de l'affronter.

Les deux hommes saisirent Hamzakiir par les bras dans un harmonieux concert de grognements et de gémissements, puis ils le traînèrent en direction du bosquet où le skiff était ancré. La silhouette de Meryam était à peine visible. Dana'il hocha la tête dans sa direction.

— Que faisons-nous, maintenant ?

— Nous laissons Meryam jouer à son petit jeu et nous attendons qu'une autre occasion se présente. Je crois qu'elle a l'intention d'exterminer les Hôtes sans Lune pour leur faire payer la mort de Yasmine et de Rehann. Elle pense en être capable, mais elle ne pourra pas faire grand-chose sans notre aide. Une fois que nous nous serons occupés de Macide, nous rentrerons chez nous, dans notre pays.

— Et si elle nous entraîne dans la gueule du loup avant ?

Ramahd sourit, mais ses yeux trahissaient son angoisse. Il ne voulait pas montrer qu'il était aussi inquiet que Dana'il. Meryam ne posait pas de problème urgent.

Mais cela ne durerait pas.

CHAPITRE 62

Çeda pourchassait Külaşan dans le sombre couloir, mais ne parvenait pas à le rattraper malgré les terribles quintes de toux qui le secouaient. Les pétales décuplaient encore ses forces, mais leurs effets faiblissaient et quand ils cesseraient, la chute serait à la hauteur des sommets où ils l'avaient propulsée.

La lueur de l'incendie allumé par les Hôtes sans Lune avait laissé la place à la pénombre, puis à l'obscurité. La jeune fille avait dû ralentir et elle ne pouvait plus compter que sur ses sens affûtés pour suivre la trace de sa proie aux multiples intersections. La fleur d'adichara qu'elle tenait dans la main luisait dans les ténèbres, mais pas assez pour éclairer son chemin, et si Külaşan décidait de lui tendre une embuscade, la lumière lui fournirait de précieuses informations sur la position de son adversaire. Çeda glissa la fleur dans son dos sans s'arrêter.

Elle regrettait d'avoir abandonné Emre. Elle aurait voulu le conduire en sécurité, mais elle devait saisir la chance qui se présentait. Elle espéra de tout son cœur qu'il était parvenu à échapper aux éboulements dont les échos résonnaient derrière elle. Elle ne distingua aucune voix nouvelle parmi les cris de douleur et en conclut que son ami devait être sain et sauf.

Alors qu'elle arrivait au pied d'un escalier en colimaçon, elle entendit le claquement d'une porte qui se ferme avec violence, puis un cliquetis qu'elle ne put identifier. Elle leva Fille du Fleuve et tendit la fleur d'adichara devant elle, mais elle ralentit à peine. Elle n'avait pas l'intention de laisser Külaşan s'échapper. Une lumière dorée provenait du sommet de l'escalier. Çeda gravit les marches avec prudence. Elle ne vit et n'entendit personne. Elle arriva dans un grand hall avec un sol en marbre et un plafond couvert de mosaïques brillantes. La salle était remplie de statues inestimables, de sabres incrustés de pierreries et de boucliers dorés disposés sur des piédestaux.

Çeda ne savait pas combien de gardes ou de Vierges assuraient la protection du palais en temps normal, mais en toute logique, la plupart d'entre eux avaient dû être dépêchés dans les catacombes afin de repousser les Hôtes sans Lune. D'autres devaient être en route vers Sharakhaï pour demander des renforts. À moins qu'il existe un système de communication à distance. Si tel était le cas, la jeune fille devrait faire vite.

Deux larges couloirs partaient du hall, un vers la droite et un vers la gauche. Un grand escalier incurvé menait à une double porte portant le sceau de Külaşan – un paon faisant la roue – et surmontée d'une arche imposante. Deux autres portes se trouvaient en bas, en face de Çeda.

Par où es-tu passé, ô mon Roi ?

La jeune fille s'aperçut que ses mains tremblaient et que son cœur martelait sa poitrine. Elle savait que ce n'était pas seulement à cause de la poursuite. Elle n'avait jamais été aussi excitée, aussi inquiète et aussi effrayée. Elle sentit le regard de sa mère peser sur ses épaules tandis qu'elle avançait avec prudence sur un tapis épais, les yeux à l'affût du moindre indice.

Elle n'en trouva aucun. Il y avait des marques de pas sur le tapis de l'escalier, mais il était impossible de dire si elles avaient été faites une heure, un jour ou une semaine plus tôt. Une terrible pensée lui traversa l'esprit : la traque allait-elle s'achever avant d'avoir vraiment commencé ?

Et puis elle entendit un bruit.

Il venait du sommet de l'escalier. Çeda gravit les marches d'un pas rapide et silencieux et essaya d'ouvrir la double porte. Les battants étaient fermés de l'intérieur.

Elle avait préparé cette expédition avec soin et emporté le matériel de crochetage qu'elle utilisait quand elle travaillait pour Osman. Elle rengaina son sabre et ouvrit une poche accrochée à sa ceinture, pour en sortir une tresse métallique dotée de dents de chaque côté et d'un anneau à chaque extrémité. Elle en tira aussi un crochet avec lequel elle fit glisser le premier anneau entre les battants, juste au-dessus de la barre qui les maintenait fermés.

Elle allait maintenant aborder la partie la plus délicate.

Elle retira le crochet, s'agenouilla et regarda par l'interstice. Grâce à la faible lumière d'une lampe, elle vit l'anneau métallique qui se balançait de l'autre côté de la porte. Elle l'attrapa avec le crochet – après deux essais infructueux – et le récupéra avec des gestes précautionneux. Elle rangea le crochet et glissa un doigt dans chaque anneau avant d'entamer un mouvement de va-et-vient. Les dents de la tige torsadée mordirent la barre en bois dans un raclement sourd. La jeune fille grimaça, mais le bruit était inévitable.

Elle devait faire vite, car une fois Rhia couchée, elle perdrait toute chance de rattraper Külaşan.

Après quelques minutes d'efforts frénétiques, la barre céda.

La jeune fille tira son sabre d'ébène. Son cœur martelait sa poitrine. Elle leva la main et effleura les battants qui s'ouvrirent sans un bruit. Elle entra, ferma derrière elle et contempla l'escalier qui menait à une immense salle éclairée par des lanternes.

Elle glissa la main dans sa robe et sortit une des trois fleurs d'adichara qu'elle avait cueillies au début de la nuit. Elle l'agita avec énergie et des tourbillons dorés envahirent la pièce et montèrent vers la salle. Elle la frappa contre les poignées, les battants et la barre qu'elle venait de scier pour extraire jusqu'au dernier grain de pollen, puis la jeta au pied de la porte et se dirigea vers l'escalier.

Une quinte de toux se fit entendre. Une toux grasse identique à celle d'un homme à l'article de la mort. Une toux que la jeune fille avait entendue à de nombreuses reprises à Crêterose, au Nœud, dans les Bas-fonds et même dans les souks. C'était le symptôme d'une maladie infectieuse que les médecins appelaient tuberculose pulmonaire. Mais dans le cas présent, il s'agissait simplement d'une allergie au pollen d'adichara, une malédiction qui tourmentait Külaşan depuis quatre cents ans.

Çeda grimpa les marches en se demandant si la sensibilisation avait toujours été forte ou si elle s'était aggravée au fil des siècles.

Si les dieux sont justes, il en a toujours été ainsi.

Elle arriva au sommet de l'escalier et observa la salle surmontée d'un vaste dôme.

— Qui est donc cette petite colombe ? demanda une voix rauque dont les échos se répercutèrent entre les murs.

Il y avait mille recoins sombres et de nombreux objets derrière lesquels se cacher : des fougères du désert, de grands palmiers en pot, des tapisseries montées sur des charpentes, d'imposants canapés en soie, des vitrines contenant des sabres, des lances, des vases en jade et des encensoirs en bronze...

Çeda tendit l'oreille et se tourna avec lenteur pour observer la salle dans son intégralité. Elle sortit une nouvelle fleur et la secoua pour répandre le pollen autour d'elle. Elle espéra que cela obligerait le Roi à garder ses distances, mais rien n'était moins sûr.

Une nouvelle quinte de toux se fit entendre, mais la jeune fille ne réussit pas à déterminer son origine. Le Roi se déplaçait sans cesse.

— Est-ce que tu es venue m'aider, petite colombe ? Alors que les Rois et les Vierges se terrent à Tauriyat ?

La voix se déplaça de nouveau. Çeda comprit qu'elle devrait s'aventurer dans les zones sombres si elle voulait trouver Külaşan. Elle avança avec prudence et contourna une grande armure avec une cotte de mailles, un casque hérissé de pointes et une lance ornée de runes. Elle tira une nouvelle fleur de sa robe.

— Les adicharas ne m'aiment guère, c'est certain, dit Külaşan. Mais crois-tu que ces fleurs fraîchement cueillies me gêneront davantage que les champs qui entourent cette maudite cité ?

Çeda secoua une autre fleur pour en répandre le pollen dans la salle, puis la jeta et prit la dernière. Elle aurait dû en cueillir davantage, mais elle n'avait pas imaginé qu'il lui faudrait traquer le Roi dans une salle aussi grande.

Une nouvelle quinte de toux résonna, plus longue et plus grasse que les précédentes. Elle était toute proche. Çeda pivota en frappant de taille. Sa lame siffla, mais ne fendit que l'air.

— Tu es la nouvelle Vierge. Zaïde t'a conduite à nous, Yusam t'a accordé sa bénédiction et Husamettín t'a acceptée, mais Sümeya avait raison, n'est-ce pas ? Elle a vu au-delà de tes mensonges.

Un malheureux nuage de pollen s'échappa de la dernière fleur et Çeda eut l'impression d'être sans défense. Comment allait-elle trouver Külaşan maintenant ?

Et soudain, elle éprouva une étrange sensation. Les adicharas… Elle les sentait comme… comme au moment où elle avait cueilli la fleur avec son sabre. C'était une sensation discrète, mais omniprésente, comparable à la caresse du soleil sur la peau ou au parfum de la mort sur les dunes. Dans le désert, elle avait également senti les asirim en tant qu'entité, et maintenant, dans ce palais caché enfoui sous les sables, elle sentait la présence du Roi Errant. Elle ne le percevait pas de la même manière que les arbres et les créatures tordues, mais sous la forme d'un lien contre nature empreint de haine et de mépris.

La sensation était diffuse, mais réelle. Elle se nourrissait de la rage éternelle des asirim. Ils étaient incapables de se battre, de se rebeller contre le Roi, mais Çeda avait ce pouvoir et ils s'exprimaient à travers elle.

La jeune fille s'éloigna des espaces les plus sombres et vérifia une dernière fois que Külaşan n'était pas à proximité. Puis elle ferma les yeux et se concentra sur le cœur qui battait quelque part dans la salle.

— Auriez-vous peur d'une personne aussi jeune que moi ? demanda-t-elle.

Ses paroles résonnèrent entre les murs.

Külaşan éclata d'un rire pesant qui fit vibrer Çeda jusque dans ses os et jusque dans son âme.

— Je vois que les asirim t'ont prise sous leur aile, chère enfant, mais dis-moi un peu, qui est celui qui les commande ? Qui est celui qui les tient en laisse ?

Çeda ne réussit pas à déterminer où il était, mais une brusque quinte de toux le trahit et la jeune fille sentit sa présence à la limite de son champ de perception.

Külaşan dut s'en apercevoir, car il sortit de derrière un gigantesque trône à l'autre bout de la salle. Il portait une cotte de mailles brillante et un casque conique avec une barre étroite descendant sur le nez et un mince filet métallique qui protégeait la nuque. Dans l'arène, Çeda avait appris à jauger un adversaire d'un simple coup d'œil et elle comprit que le Roi Errant était redoutable. Il avait une poitrine puissante et des membres bien proportionnés. Elle n'aurait pas eu la moindre chance de le vaincre sans l'aide du pollen.

Ils s'observèrent et Çeda sentit le pouls de Külaşan. Elle le sentit avec une telle force qu'elle eut l'impression que les battements de son propre cœur étaient suspendus à ceux du Roi Errant.

Elle tomba à genoux, pétrifiée. Elle haletait comme si elle avait couru des heures dans le désert. La faible lumière lui rappela le crépuscule à Sharakhaï. Elle allait tomber en poussière et personne ne se souviendrait d'elle.

Le Roi approcha. Il tenait son bouclier rond d'une main, Fossoyeur de l'autre. Çeda remarqua que le manche bien huilé de la morgenstern était zébré de multiples encoches. Külaşan maniait la masse avec assurance et une expression déterminée se lisait sur son visage de jeune homme.

Il n'a pas vieilli d'un seul jour depuis que les Rois ont passé leur pacte immonde avec les dieux du désert.

Ce jour-là, la treizième tribu avait été sacrifiée pour sauver les Douze Rois et leurs peuples respectifs. Les maîtres de Sharakhaï avaient tué les frères et leurs sœurs, les mères et leurs filles, les pères et leurs fils. Ce massacre attisait le feu qui brûlait dans les entrailles de la jeune fille. Ce massacre et les lois que les Rois avaient édictées et rassemblées sous la forme du Kannan.

Tu ne franchiras pas le seuil de la demeure d'un adultère sous peine d'être lapidé par ton propre sang.
Tu ne convoiteras pas la femme de ton voisin sous peine d'être fouetté avec des lanières garnies de pointes.
Tu ne douteras pas de la parole de ton Roi sous peine de passer sept jours et sept nuits dans le désert.

Le Kannan rassemblait les lois écrites par ceux qui avaient perpétré le massacre de Beht Ihman. Des lois qu'ils avaient appliquées avec diligence et sévérité pour dissimuler leurs crimes. Car au cours de cette nuit fatidique, ils avaient appelé leurs cousins de la tribu oubliée afin de satisfaire aux exigences des dieux. Et pour soulager leurs consciences, ils avaient proclamé que c'était un grand honneur d'être choisi et sacrifié.

Ils avaient menti aux tribus, aux habitants de Sharakhaï et à leur propre sang. Ils avaient menti à tout le monde pour se protéger au cas où leur plan échouerait.

Külaşan n'était plus qu'à quelques pas. Il ralentit et se plia en deux, secoué par une quinte de toux si terrible qu'il ferma les yeux. Et le cœur de Çeda se remit à battre. À la première pulsation, une vague de douleur irradia sa main droite. À la deuxième, elle gagna en intensité et se concentra à l'endroit où l'épine d'adichara avait percé sa chair, l'endroit qui avait été éclaboussé par le sang de Saliah, la déesse Nalamae en personne.

Cette tache de sang avait été une bénédiction. Ce jour-là, Nalamae l'avait bénie ; elle lui avait offert le moyen de communiquer avec les asirim prisonniers de leurs corps desséchés. Ou peut-être la déesse avait-elle seulement senti ce don et que cela avait suffi à le réveiller. Quoi qu'il en soit, Çeda avait senti la rage et la soif de vengeance des asirim et ce fut ce torrent déchaîné qui lui donna la force de se lever. Elle inspira un grand coup et brandit son sabre de sa main empoisonnée. Une douleur sans nom la submergea.

Külaşan cessa de tousser et se redressa. Les cœurs des deux adversaires battaient à l'unisson, mais la nature du lien qui les unissait avait changé. Les âmes des asirim empruntèrent ce chemin et se projetèrent dans Külaşan. Ils prirent le contrôle de son cœur et de sa respiration qui ralentirent peu à peu.

Le Roi avait le souffle court et sifflant. Une expression de honte se lisait sur son visage, un fragment de sincérité après quatre siècles d'indifférence.

— Ils sont si nombreux, souffla-t-il. Je n'avais jamais imaginé qu'ils étaient si nombreux.

Il leva sa morgenstern et frappa, mais Çeda se baissa et évita le coup sans difficulté. Elle se redressa et enfonça son sabre dans la poitrine de son adversaire.

La morgenstern tomba sur les dalles avec un claquement brutal qui avait quelque chose de déplacé dans un cadre aussi somptueux. Un flot de sang – noir comme de l'encre à la lumière des lampes – jaillit de la blessure et éclaboussa les dalles de marbre blanc. Le Roi tomba à genoux et porta les mains à sa poitrine sans se préoccuper de la plaie mortelle qui se trouvait quelques centimètres plus bas.

Çeda fut envahie par un profond sentiment de soulagement. Les asirim et elle avaient attendu ce moment pendant de longues années et des larmes perlèrent aux yeux de la jeune fille. Ce n'étaient pas des larmes de joie, mais de regret. Le regret d'en être arrivé là. Sa vue se brouilla et elle faillit ne pas remarquer l'ombre qui se déplaçait à la périphérie de son champ de vision.

Des semelles en cuir souple glissèrent sur le sol de marbre.

Çeda se tourna juste à temps pour voir le sabre de la Vierge décrire un sinistre arc de cercle. Elle bondit sur le côté, mais son adversaire ne lui laissa aucun répit.

— Tu as osé ! cracha la guerrière.

Jalize. Souple comme une liane et rapide comme une panthère.

Elle enchaîna une succession de coups puissants et para les faibles contre-attaques de son adversaire.

Un flot de souffrance ininterrompu jaillissait de la plaie qui ne cicatriserait jamais. Çeda avait l'impression que sa main était à vif et elle serra les dents pour ne pas hurler. Elle était aveuglée par la douleur, mais étrangement, cela lui permit de voir au-delà de ses limites. Elle distingua la silhouette de Jalize, des plantes et des meubles.

— Écoute-moi, dit-elle en reculant.

Elle parait les attaques de Jalize avec l'énergie du désespoir. Elle se glissa derrière une énorme urne en terre cuite, mais Jalize la brisa d'un coup de pied aussi puissant que rapide et une pluie de fragments s'abattit sur Çeda.

La jeune fille frappa la Vierge à la poitrine, comme elle l'avait fait pour le Roi, en invoquant la haine que les asirim éprouvaient envers les Rois et les Vierges.

En vain.

Les asirim étaient concentrés sur Külaşan et ne se souciaient plus d'elle.

Çeda s'efforça de garder Jalize à distance, mais la Vierge était trop habile. Ses coups étaient rapides et elle n'avait aucun mal à anticiper les mouvements de son adversaire. Elle était maîtresse de ses émotions. Son sabre traça une ligne écarlate sur la cuisse de Çeda, puis sur le mollet. La pointe de sa lame perça la chair à hauteur de l'épaule. Un filet de sang coula sous la dishdasha de Çeda avant de se rassembler en une flaque glissante sur les dalles de marbre.

La jeune fille sentit la peur s'installer en elle.

Si elle mourait, tout ce qu'elle avait fait n'aurait servi à rien. Tout ce que sa mère avait fait n'aurait servi à rien ! Alors que le cadavre d'un Roi gisait à ses pieds et qu'elle avait presque réussi à s'échapper...

Assez ! songea-t-elle. *Ça suffit ! Chasse la peur de ton cœur !*

Si elle ne réagissait pas dans les plus brefs délais, elle ne sortirait pas vivante de ce palais.

Une succession de contre-attaques obligea Jalize à reculer, mais la Vierge ne tarda pas à réagir. Elle leva le bras pour porter un coup qui la laisserait vulnérable si elle manquait sa cible.

S'agissait-il d'un piège ?

Çeda utilisa une parade qu'elle avait peaufinée dans l'arène. Elle bloqua la lame de son adversaire que le choc déséquilibra. Çeda en profita pour avancer d'un pas. Elle saisit le poignet de la Vierge et l'obligea à pivoter. Elle lâcha son sabre pour contrôler sa prise, puis se glissa dans le dos de son adversaire et passa un bras autour de sa gorge.

Elle se pencha pour déséquilibrer Jalize.

La Vierge s'arqua en arrière et essaya de saisir la tête de Çeda, mais celle-ci accentua la pression sur son bras et l'épaule se déboîta dans un craquement sinistre. Jalize poussa un hurlement qui s'interrompit net lorsque Çeda lui brisa la nuque d'un geste sec. La Vierge glissa sur les dalles glacées comme une poupée en bois.

Les mains de Çeda tremblaient tant qu'elle eut du mal à ramasser Fille du Fleuve. Elle rengaina le sabre tandis que des vagues de douleur brûlante la traversaient de part en part. Elle contempla le corps de Jalize, puis s'agenouilla près de Külaşan. Malgré sa blessure, la respiration du Roi Errant était régulière, quoiqu'un peu rapide. Il observait le dôme, les mosaïques représentant les champs lointains – les œuvres d'un artiste qui avait rejoint ce monde depuis bien longtemps. Çeda l'imita pendant un moment. Elle regarda les douces collines éclairées par un grand soleil en espérant que sa mère s'y promenait et qu'elle était fière de ce que sa fille venait d'accomplir.

— Tu m'as sauvé.

Çeda baissa les yeux vers Külaşan. Le Roi Errant semblait à peine plus âgé qu'elle.

— Qu'avez-vous dit ?

Külaşan n'eut pas le temps de répondre. Sümeya, Kameyl, Hasenn et plusieurs autres Vierges firent irruption dans la salle. Sümeya avança, le sabre à la main. Elle regarda le Roi qui avait les yeux grands ouverts et le corps de Jalize étendu un peu plus loin. Elle vit que l'arme de Çeda était dans son fourreau et baissa la sienne.

— Par le sombre baiser de Goezhen ! Mais que s'est-il passé ?

Elle avait prononcé ces paroles d'une voix vaguement menaçante, mais elle était décontenancée – non sans raison. Elle ne croirait jamais aux explications de Çeda – et Çeda n'y aurait pas cru non plus si les rôles avaient été inversés –, mais elle n'avait d'autre choix que de l'interroger.

Külaşan se redressa et tendit les bras – dont un était couvert de sang – vers Çeda. Il saisit la main empoisonnée et la serra. Une vague de douleur remonta le long du bras de la jeune fille, mais elle s'était attendue à pire.

— Est-ce que tu comprends ? demanda Külaşan, le visage inondé de larmes. Tu m'as sauvé.

Il sourit, inspira un grand coup et embrassa la main de Çeda. Puis il retomba en arrière sans lâcher prise et marmonna quelques mots que la jeune fille ne comprit pas.

— Que s'est-il passé ? répéta Sümeya.

Sa colère avait cédé la place à l'incertitude.

Çeda déglutit avec peine. Un flot d'émotions tourbillonnait dans sa poitrine, mais elle parvint à les maîtriser.

— Je ne sais pas exactement, répondit-elle. J'ai entendu des cris d'alerte dans le désert. Je pense que c'étaient des Lances d'argent. J'ai voulu aller les aider, mais un adichara a enveloppé ses branches autour de moi et m'a amenée ici, dans ce palais.

Elle contempla la salle avec des yeux égarés. Elle n'eut pas trop à se forcer, car elle avait encore du mal à prendre conscience de ce qui venait de se passer. Des larmes coulèrent sur ses joues. Des larmes brûlantes, douloureuses et magnifiques.

— C'est le Roi qui m'a appelée. Il n'avait personne d'autre que moi pour l'aider, je suppose. Quand je suis arrivée ici, Jalize était étendue sur le sol. Elle avait déjà porté le coup de grâce.

Külaşan serra la main de Çeda avec tendresse, comme un père le ferait avec sa fille. La jeune fille aurait préféré s'éloigner, mais elle resta près de lui et le regarda caresser ses tatouages.

Les yeux du Roi s'assombrirent, son bras mollit et sa main glissa sur le sol. Sa poitrine se souleva et il poussa son dernier soupir avec une expression paisible.

Çeda leva la tête. Un mélange de crainte et de respect se lisait sur le visage de Sümeya, de Kameyl, de Melis et des autres Vierges. Sümeya regardait Külaşan et Çeda d'un air égaré. Elle se demandait si elle devait croire les paroles de Çeda et du Roi Errant.

Elle prit une décision et tourna la tête vers Çeda. Une étincelle de gratitude brillait dans ses yeux. Avec des gestes empreints d'un profond respect, elle posa un genou à terre et s'inclina.

Les autres Vierges l'imitèrent les unes après les autres. Kameyl fut la dernière à s'exécuter, mais elle le fit avec encore plus de révérence que Sümeya.

— Gloire aux braves ! lança Sümeya.

— Gloire aux braves ! répétèrent les autres.

CHAPITRE 63

Le boitillement de Çeda était réel, mais en tout point semblable à celui qu'elle affectait depuis des années pour protéger son identité. Même jambe, même démarche. Comme si les dieux avaient décidé de la prendre à son propre piège.

Ses blessures guérissaient avec lenteur. Elle ne portait plus sa robe de combat, ni aucune tenue de Vierge, mais une simple dishdasha couleur argile qui virait au bleu à l'extrémité des manches et à hauteur de l'ourlet. La jeune fille remontait l'Abreuvoir, anonyme. Il aurait fallu qu'un passant l'examine avec attention pour deviner qu'elle faisait partie des Vierges du Sabre, qu'il remarque son allure ou les tatouages qui ornaient ses mains. Sümeya avait sollicité l'honneur de concevoir et de graver le motif de la main gauche et Çeda avait accepté. Elle voulait que sa peau porte la trace des événements de cette fameuse nuit, même s'ils devaient être racontés par la commandante des Vierges en personne, une femme qu'elle considérait comme son ennemie quelques jours plus tôt.

Çeda avait mis de l'eau dans son vin depuis qu'elle avait découvert l'étendue des mensonges des Rois. On ne pouvait pas résister au poids du passé. Les Vierges étaient élevées dans la croyance absolue des fables imaginées par les maîtres de Sharakhaï, des histoires qui ne contenaient pas le moindre soupçon de vérité. Dans ces conditions, comment s'étonner que les guerrières vénèrent les Rois et le Kannan ?

Non, Çeda ne considérait plus les Vierges comme ses ennemies jurées. Elle devrait se montrer prudente au cours des prochains mois, mais un jour, elle dévoilerait la vérité. Elle ne savait pas encore comment elle s'y prendrait – elle signerait son arrêt de mort en faisant la moindre révélation à la Première Gardienne –, mais elle trouverait un moyen.

Sümeya n'avait pas ménagé sa peine pour concevoir le tatouage et pour le graver. Elle avait dessiné un superbe paon autour du poignet de Çeda. Les plumes de sa queue n'étaient qu'à moitié dressées – celui que Külaşan avait choisi comme armoiries faisait la roue – et il avait la tête baissée, comme s'il saluait. Sur le dos de la main, des symboles anciens étaient entourés de feuilles arrondies et de petites rivières. Sümeya avait écrit : « Sauveur de Sharakhaï ».

Alors que la Vierge achevait son œuvre, Husamettín était entré dans la pièce et s'était penché au-dessus de l'épaule de sa fille. Sümeya avait essuyé les bavures afin que le Roi puisse observer le tatouage. Husamettín l'avait examiné avec attention avant de tourner la tête vers Sümeya, puis vers Çeda. Son visage ne trahissait aucune émotion et la jeune fille avait eu la désagréable sensation que ses yeux la fouillaient jusqu'au plus profond de son âme. Il était sorti sans un hochement de tête, sans un signe d'approbation. Plus tard, Sümeya lui avait expliqué que le Roi des Lames se montrait rarement plus chaleureux.

Au cours des deux semaines qui suivirent l'attaque du palais de Külaşan, les habitants de la cité vécurent dans la peur tandis que les Vierges et les Lances d'argent fouillaient les maisons et écumaient les rues dans l'espoir d'arrêter les Hôtes sans Lune et les sympathisants encore en ville. Des dizaines de personnes étaient exécutées chaque matin. Certaines étaient pendues aux gibets qui se dressaient devant les portes de Tauriyat, mais la plupart mouraient des suites des interrogatoires conduits par les inquisiteurs royaux.

Macide était sans doute parvenu à s'échapper, car s'il avait été tué ou capturé, les Rois se seraient empressés de le faire savoir. Çeda n'avait pas de nouvelles d'Emre. Elle espérait qu'il avait réussi à s'enfuir, lui aussi. Chaque jour, elle regardait les visages des pendus pour vérifier qu'il n'était pas parmi eux, et petit à petit, elle finit par se convaincre qu'il était en sécurité.

La jeune fille franchit le Bossu et tourna dans la rue de Hauteporte, puis dans l'allée des Fleurons. Quelques minutes plus tard, elle arriva en vue d'une boutique d'apothicaire devant laquelle on avait déposé des épices, un morceau de pain et un gobelet de vin – une offrande à Bakhi et aux autres dieux. Çeda entra sans frapper. Dardzada était assis derrière son bureau. Il s'efforçait de lisser une feuille pour lire les chiffres griffonnés dessus et les recopier dans son livre de comptes.

Il leva les yeux en entendant la porte s'ouvrir. En voyant Çeda, il déglutit avec difficulté, cligna des paupières avec énergie, puis se remit au travail. Les rides qui barraient continuellement son front se creusèrent un peu plus.

Il s'interrompit pour plonger sa plume de vautour dans l'encrier.

— Si tu es venue pour poser des questions dont les réponses sont évidentes, tu peux rentrer chez toi.

— De grands changements se préparent, Dardzada.

— Crois-tu que je l'ignore ?

— Je sais ce que tu sais, mais il est temps que tu arrêtes de me protéger et que tu commences à m'aider. Je suis une adulte maintenant, et que tu le veuilles ou non, j'ai un rôle à jouer dans cette histoire. Tout comme toi. Tout comme Macide. (Elle marqua une courte pause.) Tout comme ma mère avant sa mort.

Dardzada glissa la plume dans l'encrier avec un soin exagéré, puis croisa les bras au-dessus de son livre de comptes.

— Et selon toi, que devrais-je donc faire ? Demander aux Rois de s'agenouiller devant toi afin que tu puisses leur trancher la gorge les uns après les autres ? Supplier les dieux pour qu'ils se plient à tes désirs ?

Çeda jeta un coup d'œil dans la pièce du fond, puis en direction de la rue. Elle ne vit personne et poursuivit dans un murmure.

— J'ai tué l'un d'entre eux, Dardzada. (Elle leva la main droite et montra la piqûre d'épine qui, ce jour-là, était à peine enflée.) Avec l'aide des asirim. Külaşan est mort.

Dardzada secoua la tête et son double menton tremblota.

— C'est impossible.

Çeda ne put retenir un sourire.

— Je l'ai tué de mes mains.

— La nouvelle se serait répandue.

— Tu crois vraiment que les Rois vont envoyer des crieurs annoncer la mort de Külaşan sur les places publiques ? Ils font tout leur possible pour que sa disparition ne s'ébruite pas. Ils vont cacher la vérité, mais ils ne pourront pas la cacher éternellement.

— Les Rois sont puissants, Çeda. Tu es bien placée pour le savoir.

La jeune fille acquiesça.

— En effet, mais cela ne change rien à l'affaire. L'un d'eux est mort. Onze sont encore vivants. Nous avons besoin d'indices, Dardzada. Nous avons besoin de trouver les autres poèmes.

— Et que puis-je faire ? Je ne sais rien de ces poèmes.

— Oh, que si ! Ahya te les a confiés avant sa mort.

— Certainement pas.

— Elle a dit à Saliah qu'elle en connaissait quatre. Le premier concernait Külaşan. Il y en a trois autres. Elle n'aurait pas pris le risque qu'on les oublie après sa mort. Cette nuit-là, elle t'a dit ce qu'elle allait faire avant de se rendre à Tauriyat. Je veux bien être pendue si elle ne t'a pas demandé de les conserver pour que d'autres puissent poursuivre sa tâche.

Dardzada regarda la jeune fille, puis tourna les yeux vers la porte d'entrée comme s'il espérait la voir partir, ou comme s'il envisageait de s'enfuir. Ses épaules se voûtèrent.

— Külaşan est mort…

— Külaşan est mort.

L'apothicaire saisit les bords du bureau et les serra si fort que les articulations de ses doigts blanchirent. Il se leva et se dirigea vers l'escalier d'un pas traînant. Il gagna sa chambre et redescendit quelques instants plus tard. Il tenait une petite clé en bronze attachée à un ruban pourpre. Il la posa dans la main de Çeda.

— Elle m'a dit de te la donner quand j'estimerais que tu serais prête. Avec un message.

Çeda contempla la clé avec des yeux écarquillés.

— Quel message ?

— « La lune d'argent donne accès aux vers de sang. »

— La lune d'argent ? Il s'agit de Tulathan, bien sûr, mais comment donnerait-elle accès à des vers ? Sont-ils cachés dans une boîte ? Dans un coffre ?

— Je ne crois pas. Je n'ai jamais vu Ahya avec ce genre de choses. Mais je n'avais jamais vu cette clé non plus avant qu'elle me la donne.

— Elle n'a pas laissé autre chose pour moi ?

— Rien d'autre que le livre et le médaillon que je t'ai déjà donnés.

— Tu m'as caché l'existence de cette clé pendant onze ans ? Il n'est pas impossible que tu…

— Je t'ai tout donné, Çeda.

— Pourquoi est-ce qu'elle ne t'a pas expliqué le sens de cette phrase ?

— Elle avait peur pour toi, Çeda. Elle craignait qu'on m'arrête et que je les conduise jusqu'à toi. Elle voulait laisser le moins d'indices possible.

C'était logique, mais frustrant. Çeda était venue chercher des réponses et elle n'avait trouvé que des énigmes.

Elle prit la clé avec des gestes précautionneux. Malgré son importance, elle était légère comme une plume. La jeune fille eut l'impression que les dieux la regardaient en se demandant ce qu'elle allait en faire.

— Nous pouvons les vaincre, tu sais, dit-elle à Dardzada.

Une étincelle de fierté brillait dans les yeux de l'apothicaire, mais il y avait aussi de la peur, une peur qui ne le quitterait sans doute plus jamais.

— Tu ferais mieux de partir, dit-il en montrant la porte du menton.

Çeda fit un pas vers lui, mais il se tourna et alla s'asseoir derrière le bureau. Il prit sa plume et se remit à écrire.

Cependant, Çeda ne pouvait pas partir. Pas tout de suite. Elle devait régler une affaire qui la tourmentait depuis sa dernière visite.

— Dardzada ?

— Oui ? dit l'apothicaire sans lever la tête.

— Crois-tu qu'on se souvienne de sa vie passée quand on arrive dans les champs lointains ?

— J'en suis convaincu.

— Crois-tu que ma mère finira par se souvenir de moi ? Avec le temps ?

Elle savait que le soir de sa mort, Ahya avait bu du vin de pendu, un breuvage qui effaçait la mémoire – à tout jamais, s'il était assez fort. En règle générale, la personne qui administrait ce breuvage implantait de nouveaux souvenirs à la place des anciens. Quand Ahya était arrivée à Tauriyat, elle avait oublié son identité, ses recherches sur les secrets des Rois et l'existence de sa fille, mais que s'était-il passé lorsqu'elle avait franchi la porte des champs lointains ? S'était-elle rappelé qui elle était ou non ?

Cette question tourmentait Çeda.

Dardzada cessa d'écrire et leva la tête. L'apothicaire et la jeune fille échangèrent un regard triste.

— C'est mon espoir le plus cher, Çedamihn.

Et il replongea dans son livre de comptes.

Çeda lui avait posé cette question à de nombreuses reprises quand elle était jeune, mais il n'avait jamais réagi ainsi. Dardzada était hanté par une sourde douleur depuis cette nuit funeste, car c'était lui qui avait réécrit la vie d'Ahya avant son départ pour Tauriyat. Il regrettait sûrement d'avoir effacé les souvenirs qu'elle avait de sa fille, mais il regrettait encore plus d'avoir effacé les souvenirs qu'elle avait de *lui*. Il ne se l'était sans doute jamais pardonné. Il avait aimé cette femme et l'avait aidée à l'oublier avant sa mort… Çeda essaya d'imaginer ce qu'elle ressentirait si elle devait faire de même avec Emre. Elle renonça. C'était trop douloureux.

— C'est aussi le mien, dit-elle.

Elle approcha du bureau et se pencha pour déposer un baiser sur le front de l'apothicaire.

« Il est le sang de ton sang », lui avait dit sa mère. Çeda ne l'avait pas cru, mais elle savait désormais qu'elle s'était trompée. Le sang de la treizième tribu coulait dans les veines de Dardzada, et dans les veines de bien d'autres, y compris des gens qui ignoraient jusqu'à l'existence de cette tribu. Un jour, elle trouverait ces gens et elle leur raconterait la véritable histoire de Beht Ihman.

Elle sortit de la boutique et remonta l'allée des Fleurons en direction de l'Abreuvoir. Elle aurait pu regagner l'appartement qu'elle avait partagé avec Emre, mais elle savait qu'il n'y serait pas. Un sentiment de solitude la poussa à rendre visite à Osman et à se glisser entre ses bras, mais elle n'avait pas envie que la Maison des Vierges s'intéresse de trop près aux affaires de ce vieux brigand. Et elle ne voulait pas qu'il croie qu'elle était amoureuse de lui. Elle renonça donc à cette idée et se promena dans les rues animées de Sharakhaï pendant le reste de la journée. Elle s'arrêta pour boire une tasse de thé au cynorhodon, manger quelques gâteaux composés d'innombrables couches et savourer le pain croustillant de Tehla. Lorsque le soir arriva, elle regagna sa nouvelle demeure : la Maison des Vierges.

Au cours des jours suivants, elle n'entendit pas parler d'Emre. Elle s'inquiéta, mais elle ne pouvait qu'attendre et espérer qu'il trouverait le moyen de lui faire parvenir un message.

Elle chercha la signification de l'énigme laissée par sa mère. « La lune d'argent donne accès aux vers de sang. » Quel rapport pouvait-il y avoir avec la petite clé ? Existait-il un coffre qui ne s'ouvrait qu'à la lumière de Tulathan ? Un coffre protégé par un sortilège qui le garderait scellé jusqu'à ce que Çeda le trouve ?

La jeune fille fut envahie par une profonde angoisse. Réussirait-elle à élucider cette énigme ? Trouverait-elle la serrure correspondant à la clé ? Ahya avait-elle eu le temps de donner toutes les informations nécessaires à Dardzada avant de mourir ?

Puis elle songea aux éléments dont elle disposait et la solution lui apparut.

La clé n'était pas liée au message, mais au livre d'Ahya.

Lorsque le soleil se coucha et que Tulathan se hissa au-dessus de l'horizon est, Çeda monta sur les toits de la Maison des Vierges. Elle vérifia que personne ne l'avait suivie et ouvrit le livre de sa mère. Elle le feuilleta avec lenteur, mais ne remarqua rien de particulier. Elle était cependant sûre d'elle.

Elle trouva le premier poème sur deux pages au milieu du livre. Entre les mots rédigés à l'encre noire, des lettres argentées brillaient à la lumière blanche de Tulathan. La jeune fille reconnut l'écriture élégante de sa mère.

Des yeux perçants,
Un esprit clairvoyant,
Le Roi d'Alouette ambrée,
D'un geste de la main,
Sur le sable frais,
Dans le noir disparaît.

Le Roi peut bouger,
Entre lumière et obscurité,
Le présent du ciel d'onyx ;
Les ombres jouent et glissent,
Pendant l'obscurité,
Mais sous l'œil de Rhia jamais.

Et quelques pages plus loin :

Le Roi des Sourires
Des vertes îles,
L'œil par la lune éclairé ;
D'une caresse satinée,
Quand la mort réparera,
Son souhait, l'âme perdue pleurera.

Le cadeau de Yerinde,
Un bracelet doré,
Avec l'œil noir et ambré,
Le Roi devra séparer,
La douce fierté de l'être aimé,
Les sombres âmes qui leur dû viennent chercher.

Deux, songea Çeda. *Deux autres poèmes. Deux autres énigmes. Deux satanés casse-tête.*

Elle les étudierait et découvrirait leur sens caché. Et quand ce serait chose faite, elle lancerait une nouvelle attaque contre les Rois avec l'aide de ses alliés.

En attendant, elle se contenta de regarder les vers, non pas pour découvrir leur signification, mais pour s'imprégner de leur histoire. Ahya avait risqué sa vie pour les trouver et Çeda éprouva différentes émotions en tenant le livre de sa mère.

Du soulagement, de la gratitude… et un sentiment de trahison, il fallait bien l'avouer. Mais plus que tout, Çeda était fière de ce qu'Ahya avait accompli.

— Pourquoi est-ce que tu ne m'as rien dit ? souffla-t-elle dans la nuit.

Comment aurait-elle pu ? Comment une mère aurait-elle pu expliquer ces terribles secrets à une enfant de huit ans ?

C'était impossible. Alors elle avait gardé le silence, et le malheur l'avait engloutie.

Comme il risquait d'engloutir Çeda.

— Nous verrons bien, souffla la jeune fille aux pages du livre. (Elle leva la tête vers Tulathan et le firmament qui s'étendait au-delà.) Nous verrons bien.

Elle ferma le livre et regagna la Maison des Vierges.

Aubin
IMPRIMEUR

IMPRIM'VERT
Votre imprimeur agit pour l'environnement

Achevé d'imprimer en juillet 2016
N° d'impression 1605.0070
Dépôt légal, août 2016
Imprimé en France
2810079-1